崇祯皇帝

CHONG ZHEN HUANG DI

◎姚雪垠 著

下

華藝出版社
HUA YIPUBLISHING HOUSE

下册·目录

李自成破洛阳杀福王

第二十七章

崇祯虽然绝对没有料到李自成会突然照准他的腰窝里狠揍一拳，打得他闪腰岔气，但是他由于多年经验，常有些不祥的预感压在心头。他担心杨嗣昌在四川追剿张献忠的军事行动会突然出了坏的变化，担心洪承畴在辽东支撑不住，担心山东的变乱正在如火如荼，扑灭不了，可能截断漕运，尤其使他常常不能放心的是李自成。自从李自成从武关突围之后，只知道他过了汉水，半年多来竟然没有再得到一点消息，不知道他潜伏在什么地方，会不会突然出来，打乱目前朝廷专力追剿张献忠的作战方略。

近来他每天五更照例在乾清宫丹墀上焚香拜天时候，总在替上述担心的事儿虔诚祈祷。他连做梦也没有想到，李自成已经到了河南很久，到处饥民响应，迅速发展了十几万人马，并且已经破了宜阳和永宁，正在向洛阳逼近。他每次在向上天默祷时，都祷告上天使李自成永远不会再起，无声无息地自然消灭。他希望过若干日月以后忽来某处地方奏报，说李自成确实已经病死了。

崇祯十四年正旦早晨，四更多天，北京全城的爆竹声就热闹起来。紫禁城中也燃放爆竹，但为着怕引起火灾，向来不许多放，所以不能同外边的热闹情况相比。等玄武门刚打过五更鼓声，皇城内外，所有的庙宇都钟鼓齐鸣，英华殿因为在紫禁城内，钟、磬、笙、箫、木鱼、云板声配合着诵经、梵呗声，一阵阵传送到乾清宫内。崇祯早已起床，穿着常朝服，到玄极宝殿隆重行了拜天礼，然后回到乾清宫，坐在正殿宝座上受后妃和皇子、皇女朝贺，

然后受宫中较有地位的太监朝贺。天色微明，他喝了一碗冰糖燕窝汤，吃一块虎眼窝丝糖，作为早点。太监们按照宫中风习，在他的御案摆了个“百事大吉盒儿”，内装柿饼、荔枝、龙眼、栗子、熟枣。但是他只望一望，并没有吃，却心中叹道：“唉，什么时候能看见百事大吉!”宫女们替他换上了一套正旦受朝贺的古怪衣帽，名叫衮、冕。但见那个叫做冕的古怪帽子用皂纱做成，顶上盖着一个长形板子，有一尺二寸宽，二尺四寸长，薄的铜板做胎，外蒙细绫，黑表红里，前圆后方，前后各有十二串叫做旒的东西，就是用五彩丝绳串的五彩玉珠，每一串十二颗。红丝带儿做冕系，束在下巴底下，带着白玉坠儿。长形板子两边各有一条黑色丝绳挂着一个绵球，一个黄玉坠儿。那叫做衮的古怪衣服是黑色的，上绣八样图案：肩上绣着日、月、龙，背上绣着星辰和山，袖子上绣着火、五色雉鸡、老虎和长尾猿。至于下边穿的十分古怪的裤子、蔽膝、鞋、袜、大带、玉佩，等等，不用写了。这冕和衮的制度都是从西周传下来的，改变不大。做皇帝的是非遵古制不行，不然就不像皇帝了。宫女们替他穿戴好这一套古怪的冠服之后，崇祯便走出乾清宫，坐上步辇，往皇极殿受百官朝贺。

尽管国事如焚，诸事从简，但是今日毕竟是正旦受朝，所以皇家的虚饰派头仍然同往年一样。在昨天，尚宝司就在皇极殿中央设好御座，设宝案于御座东，香案于丹陛南。教坊司设中和韶乐于殿内东西两边，面朝北向。今日黎明，锦衣卫从丹墀、丹陛，直到皇极门外，分两行摆满了各种各样的卤簿、仪仗，一片锦旗绣幡，宝气珠光，金彩耀目。典牧所陈仗马、犀、象于文、武楼南，装饰华美，双双相对，肃穆不动。丹墀内东边靠北首站立司晨郎，掌管报时。两个纠仪御史立在殿外丹墀的北边。四个鸿胪寺的赞礼官：两个立在殿内，两个立在丹墀北边。另外有传制、宣表等官，恭立殿内。所有这些官员，都是成双配对，左右相向；蟒袍玉带，服饰鲜美；仪表堂堂，声音洪亮。

午门上第一通鼓声响过，百官朝服整齐，在午门外排班立定，而崇祯也到了中极殿坐在龙椅上稍候。第二通鼓声响过，百官从左右掖门进来，走上丹墀，文左武右，面向北，分立丹墀东西。第三通鼓声响过，钟声继起。导驾等执事官到了中极殿前叩头。崇祯重新上辇，往皇极殿去。

跟着在皇极殿行大朝贺礼，无非是一套代代沿袭的繁杂礼仪，在时作时止的音乐声中像演戏一样。中间，有一个殿外赞礼官高声唱道：“众官皆跪!”

所有文武官员一齐跪下。赞礼官又高声唱道："致贺词!"随即有一个礼部官员代表百官在丹陛中间跪下，先报名"具臣"某某，接着背诵照例的典雅贺词：

"兹遇正旦，三阳开泰，万物咸新。恭惟皇帝陛下，膺乾纳祜，奉天永昌。寇盗不兴，灾荒永弭，四夷宾服，兵革敉平。圣世清明，国家有万年之安；皇恩浩荡，黎民荷无量之福!"

随着赞礼官的高声唱赞，又是一阵俯伏、拜、兴[1]之类的花样以及两次乐作、乐止。然后传制官在皇帝前跪奏："请传制!"照例不必等候皇上说话他便叩头起身，另一传制官由左边门走出大殿，到了丹陛，面向东立，口称"有制!"外赞礼官高声唱道："跪!"群臣皆跪。赞礼官随即又唱："宣制!"传制官高声背诵：

"履端[2]之庆，与卿等共之!"

赞礼官照例又高唱"俯伏"，"兴"，"乐止"。接着又唱："出笏!"文武百官都将象牙的和竹的朝笏取出，双手举在面前。又跟着赞礼官的唱赞，鞠躬三次，舞蹈。有些年老文臣，在拜舞时动作笨拙，蹒跚摇晃，险些儿跌跤。赞礼官又唱："跪!"又唱："山呼!"百官抱着朝笏，拱手加额，高呼"万岁!"赞礼官再唱："山呼!"百官再呼："万岁!"第三次唱："再山呼!"百官高呼："万万岁!"文武百官每次呼喊"万岁"，教坊司的乐工、仪仗队、锦衣力士以及所有太监，一齐呼喊，声震午门。一直心思抑郁的崇祯皇帝，只有这片刻才感到一丝欣慰，觉得自己真正是四海共主。

又一套行礼之后，仪礼司官到皇帝前跪奏礼毕，然后奏中和韶乐《定安之曲》。乐止，响了静鞭。按照惯例，这时皇帝应该从宝座起身，尚宝卿捧宝，导驾官前导，到中极殿中稍作停留，然后回乾清宫去。然而他想好了一个新点子，走下宝座后面向南正立，向一个御前牌子瞟一眼，轻声说：

"召阁臣来!"

听到太监传谕，几个辅臣不知何故，十分惊慌，由首辅范复粹率领，踉跄躬身从左边门进来。崇祯叫他们再往前进。他们走至殿檐，行叩头礼毕，跪着等候皇帝说话。

崇祯又说：

---

① 兴——封建时代行礼，叩了头起身叫做兴。

② 履端——一年初始，元旦。古人推算历法叫做推步或简称步。"履"即步的意思。

“阁臣西边来!”

辅臣慌忙起立，仍然不明白皇上是什么意思，打算分成东西两班走近皇帝面前。崇祯又说一句：“阁臣西边来!”随即有一个太监过来，将辅臣们引到西边立定。勋臣们一则没有听清，二则怕皇上怪罪，一直跟在辅臣们后边趋进，行礼，这时也小心翼翼地立在西边，不敢抬头。

崇祯略露不满神色，轻声说：

“勋臣们东边去!”

等勋臣们退往东边，崇祯又叫阁臣们走近一点，然后语气沉重地说：

“自古圣帝明王，皆崇师道。今日讲官称先生，犹存遗意。卿等即朕师也。敬于正月，端冕而求。”于是他转身向西，面向阁臣们一揖，接着说：“《经》言：‘修身也，尊贤也，敬大臣也，体群臣也。’朕之此礼，原不为过。自古君臣志同道合，天下未有不平治者。”他的辞色逐渐严峻，狠狠地看了大家一眼，又说：“职掌在部、院，主持在朕躬，调和[①]在卿等。而今佐朕中兴，奠安宗社[②]，万惟诸先生是赖!”

诸阁臣跪伏地上，以头触地。范复粹代表大家说：“臣等菲才，罪该万死。今蒙皇上如此礼敬，实在愧不敢当。”

崇祯说：“先生们正是朕该敬的，该敬的。如今张献忠已经被逼到川西，歼灭不难；李自成久无下落，大概已经身死众散。中原乃国家腹心之地，多年来各股流贼纵横，糜烂不堪。近据河南抚臣李仙风及按臣高名衡奏报，仅有小股土寇滋扰，已无流贼踪迹。看来国事确实大有转机，中兴确实在望。今日为一年之始，望先生们更加努力，不负朕的敬礼与厚望。先生们起来!”

崇祯看着阁臣们叩头起来以后，自己也在音乐声中离开皇极殿。

当他重新在中极殿稍停时候，他的心情忽然变得十分沉重。虽然他刚才对着阁臣们说大局如何变好，但是他明白历年来他产生过无数希望都像空中缥缈的海市蜃楼，眨眼化为乌有，而眼前仍然横着一个没法处理的破烂与荒乱世界。他又想着自己刚才向辅臣作了一揖，说的那几句“尊师重道”的话，确实像古时的“圣君明王”，必会博得臣民们的大大称赞，也将被史官大书一笔。但同时他也暗想，这些辅臣们没有一个能够替他认真办事的，将来惹他恼了，免不了有的被他削职，有的下狱，有的可能受到廷杖，说不定还有人

---

① 调和——调整或协调各种问题而加以治理。此词与今日词义稍有不同。

② 宗社——宗庙和社稷，代表皇统。

被他赐死！……

他不停地胡思乱想，竟忘从宝座上起身了。一个太监走到他的脚前跪下，用像女人般的声音怯怯地奏道：

“启奏皇爷，该起驾回宫了。”

“啊？”崇祯好像乍然醒来，一面起身一面向一个司礼监秉笔太监轻轻地问：“杨嗣昌和河南巡抚可有什么新的军情奏报？”

司礼太监躬身回答：“请皇爷放心。杨嗣昌在四川剿贼得手，无新的奏报。河南平静无事，所以地方官们也没有军情急奏。”

他自言自语说：“啊啊，没有奏报！河南平静无事！”

被称为东京开封的这座古代名城，当李闯王兵临洛阳城下时候，正在过着梦境一般的早春。杏花正开，大堤①上杨柳的柔条摇曳，而禹王台和繁塔寺前边的桃树枝上都已经结满花苞，只待春风再暖，就要次第开放。这是开封城最后一个繁华的早春。不久，战火就烧到开封城下。连经三次攻守战役，开封就毁灭了，当年这座城市的面貌就再也看不见了。

自从金朝于公元1161年迁都开封之后，用力经营，虽没有恢复北宋的旧观，但在长江以北，它要算最大最繁华的都市了。又经过七十三年，到金朝被元朝灭亡时候，因为金哀宗事先逃到蔡州（今汝南），所以开封虽然也遭到战争破坏，但尚不十分严重。当然，它从此不再作为一个国家的首都，也不能保持昔日的气象和规模。在元、明两朝交替的当口，徐达兵至陈桥，元朝的守将不战而降，使这座名城未遭受兵火破坏。朱元璋将他的第五子朱橚封在开封，称为周王，将北宋的宫城建为周王府。从明初到此时，又经过将近三百年没有战争，开封城内一直是歌舞升平。它位居中原，黄河离北门只有七八里，从睢州通往南方的运河大体上仍旧可以通船，有水陆交通之便，所以商业繁盛，使西安远远地落在它的后边，洛阳更不能同它相比。近几年来，因为各州、府、县受战乱摧残或严重威胁，有钱的乡绅大户逃来省城的日多，更使开封户口大增，大约有百万人口，而市面也更加繁华。

上自周王府，下至小康之家，今年的新年仍然在欢乐中度过。除夕开始，满城鞭炮不断，到元旦五更时更加稠密。天色刚麻麻亮，周王拜天之后，率

① 大堤——即护城堤，距城三里。

领各位郡王、宗人、仪宾[1]、文武官员，在承运门拜万岁牌。礼毕，转到存信殿，坐在王位上受朝贺。贺毕，赐宴。此后，诸王贵戚，逐日轮流治宴，互相邀请，直到灯节，并无虚日。第二代周王名朱有炖，谥号宪王，会度曲填词，编写了许多剧本，府中养了男女戏班，扮演杂剧、传奇，在全国十分有名。如今周王府中的声妓之盛虽然不如前代，但仍为全国各地王府所不及。从破五以后，每日从黄昏直到深夜，王府中轻歌曼舞不歇，丝竹锣鼓之声时时飘散紫禁城外，正如一首大梁人的诗中所说的："宫中日夜闻箫鼓，记得宪王新乐府。"偏偏从初一到破五，接连下两次大雪，街巷中冻死了不少逃荒的灾民和本地饥民，麇集在繁塔寺（那里设有施粥厂）附近的灾民冻死更多。每日讨饭的饥民络绎街巷，啼饥号寒之声不绝于耳。但是这情况并非今年所独有，大家习以为常，所以并不妨碍汴梁的繁华，更不妨碍王府、乡宦和有钱人家的新年欢乐。

虽然李自成来到豫西以后连破几十个山寨，平买平卖，开仓放赈，饥民从之如流，人马迅速壮大，这一类消息不断地传到省城开封，但是人们并没有特别重视，也不肯信以为真。特别是王府、官府和乡绅大户，更不相信。他们不相信的理由是：第一，李自成连一座城池也没有破过，可见他的兵力微不足道；第二，他们说，李自成始终徘徊于豫西山中，不敢向灾情略轻的豫中平原来，足见其无力"蹂躏"中原。一直到了十二月中旬，关于李自成的真实消息逐渐被开封所知，不仅有地方府、州、县官的火急禀报每日飞进省城，还有士绅的很多求救书信，尤其是红娘子破了杞县和李信兄弟往豫西去投李自成，这才引起了巡抚和布、按各衙门的重视。但经封疆大吏们商议之后，都同意巡抚李仙风和布政使梁炳的主张，暂时不向朝廷如实奏闻，免得皇上不但不会派来救兵，反而会降一道严旨，限令他们将李自成火速剿灭。

破五前一天，宜阳和永宁两城失守的消息报到开封，使住在省城中的封疆大吏们开始感到情况严重。但是他们不相信李自成有力量攻破洛阳，仍然决定暂时不惊动朝廷，将两城失守和万安王被杀的事压了几天才向朝廷奏报，却不提洛阳如何危急，不提请兵。为着洛阳是藩封重地，福王是皇上亲叔父，与万安王的地位大不相同，李仙风不能不飞檄驻在洛阳的警备总兵王绍禹"加意防守，不得有失"。至于王绍禹这个老头子是否胜任，手下兵力如何，

---

[1] 仪宾——明制，亲王和郡王的女婿称为仪宾。

他就不问了。

在李自成加紧准备围攻洛阳和活捉福王的时候，开封的上层社会完全沉溺在灯节的狂欢中。从正月十四日起，全城以周王府为中心，大大地热闹三天。为着张灯结彩、燃放焰火、大摆酒宴，全城花费的银子无法计算。周王府的花园中扎有鳌山一座，高结彩棚，遍张奇巧花灯，约有万盏，与天上星月争辉，如同白昼，使人们看起来眼花缭乱。在鳌山下边，利用原有的苍松翠柏，又栽了许多竹竿，扎成九曲黄河，河两岸尽是柏枝、花灯，曲折回环。当李自成召开军事会议的元宵节晚上，周王朱恭枵在宫中酒宴刚罢，乘坐小辇，以代彩船，游赏“黄河”。辇前细乐、滚灯引驾，并有提炉、香盒，沉香细烟氤氲，与宫女、内监的衣香、脂粉香相混，香风远飘数十丈远。细乐声与环佩丁冬声交织，时时点缀着细语轻笑。周王的小辇在宫女和太监的簇拥中缓缓前行，后边跟随着一群郡王和国戚，再后是一大群宫中臣僚。游毕九曲“黄河”，周王沿着铺有红毡和悬灯结彩的石级乘辇登山，在亭子上摆好的王座坐下，然后，由王府承奉和典礼官迎接诸郡王和国戚步行登山，陪他饮宴看戏。先是王府男女戏班和学习歌舞的宫女们轮番登台演奏，领受赏赐，最后由皇帝敕赐的御乐登台，演奏拿手节目，直到鸡叫方歇。他做梦也没有想到，就在这个时候，李自成为进攻洛阳派遣的第一支部队，即张鼐率领的两千骑兵，已经从得胜寨出发了。

元宵之夜，开封城中和五关①，又冻饿死不少灾民。在大相国寺院中和热闹的州桥、寺桥一带，常有逃荒的父母牵着啼哭打颤的小儿女，立在不会被看焰火的游人踏伤的街旁的灯光之下，在小儿女的头上插着草标。另外在那些鞭炮声音寥落，没有彩棚、游人，不被华灯照耀的穷街僻巷里，居民们为着旧年的债务未清，荒春即将来到而愁眉不展，唉声叹气。就在这一社会层中，关于李闯王在豫西的种种消息，正在迅速传播，甚至猜想着和议论着李闯王会不会攻破洛阳。在一间没有点灯的小屋里，三个孩子已经在啼哭中睡去了，男人对着他的妻子悄声说：

“豫西一带穷百姓的运气倒好，遇到了李闯王这个救星。”

女人推他一下，说：“老天爷，这是要命的话，你活得不耐烦啦！”

男人还想再说话，但是忍一忍不再提这一章，改换口气说：

① 五关——开封有五门，故有五关。

“咱们穷人家愁得要死，你听外边有多么热闹！”

城中的乡宦大户们共有梨园七八十班，小吹打二三十班，使全城处处有灯火的地方都飘荡着雅俗唱腔和锣鼓丝管之声。各庙宇都有灯棚。各大户和稍稍殷实之家的庭院中都挂着花灯，门前挂着彩绘门灯，争放火箭、花炮。城中和关厢很多地方焰火很盛，燃放着火盔、火伞、火马、火盆、炮打襄阳、五龙取水、花炮、起火、三起三落、炮打飞鼠、炮打花灯、水兔子入水穿波……争奇斗巧，不惜银钱。最为奇观的是，铁塔上一层层周围遍点灯盏，随风飘动，灿烂突兀，上接浮云，与天上疏星相乱。

十六日晚上，月下游人更多。男女成群结队，络绎街道，或携酒鼓吹，施放花炮，或团聚歌舞，打虎装象，琵琶随唱。约摸到二更时候，巨室大家的女眷出游，童仆提灯，丫环侍婢簇拥相随，一群群花团锦簇，香风扑鼻。这一类轻易不出三门四户的大家女眷，平日出门得放下车帘轿帘，难得每年有个灯节，可以大胆地徘徊星月之下，盘桓灯辉之中，低言悄语，嬉笑嘤嘤。这叫做“游走百病”，还得拥拥挤挤地过一道桥，据说可以一年中不得腰疼病。所谓“开封八景”之一的“州桥明月”，最为吸引游人，桥上拥挤得水泄不通。

这时，周王借共同听戏赏月为名，将几个封疆大吏召进宫中，先在花园中的畅心阁赐宴。宴毕，赐茶，拈着花白胡须问道：

“寡人近日听说，李自成攻破永宁之后，假行仁义，无知愚民受其欺哄，裹胁日众。先生们看，闯贼是否有进攻洛阳之意?”

几位封疆大吏当周王问话时都已经恭敬起立。等周王问毕，巡抚李仙风因自己官职最高，赶快躬身回答：

“卑职等身负封疆重任，只因兵饷两缺，未能早日剿灭流贼，致有永宁、宜阳等城失陷，万安郡王被害，知县武大烈等死节，百姓惨遭屠戮。卑职等已上奏朝廷，听候严加治罪。今蒙王爷殿下垂询，更觉惶恐。但河南府城，万无一失，请王爷不必担忧。目前杨阁部正在四川围剿献、曹二贼，已将二贼逼入川西，甚为得手。一俟献贼歼灭，杨阁部即可挥大军出川，清剿中原流贼。闯贼屡败之余，幸逃诛戮，只剩五十骑奔入河南。目前虽然伪称仁义，煽惑百姓，裹胁日众，似甚嚣张，然皆一时乌合之众，不足为虑。杨阁部大军一到，廓清不难。”

周王微微点头，又说：“本藩恪守祖训，一向不过问地方军政大事。然洛阳是亲藩封地，只怕万一有失，亲藩受惊，皇上震怒，对先生们也不甚好。”

李仙风又回答说：“河南府城高池深，户口数万，兵勇众多，道、府官员俱在，与永宁大不相同。况福王金钱粮食极多，紧急时不患无守城之资。职抚前已奏请皇上，命王绍禹为洛阳警备总兵，专职镇守，拱卫福藩。前南京兵部尚书吕维祺亦在洛阳城内，颇孚众望，必能倡导绅衿，捍卫桑梓。洛阳城决无可虑，谨请殿下放心。”

周王面露微笑，说：“只要能如先生所言，洛阳万无一失，寡人就不为开封担心了。”

话题转到今年的元宵灯火上，谈了一阵，便换了酒菜听戏，没有人再担心李自成会有意攻破洛阳。

在洛阳，从十二月中旬起，人们就天天谈论李自成，真实消息和虚假传说混在一起，飞满全城。虽然有洛阳分巡道、河南府知府和洛阳警备总兵会衔布告，严禁谣言，但谣言越禁越多。文武衙门不敢对百姓压得过火，只好掩耳不管。实际上，一部分关于李自成的消息就是从文武衙门中传出来的。和往年大不同的是，往年飞进洛阳城中的各种谣传十分之九都是对农民起义军的歪曲、中伤、诬蔑和辱骂，而近来的种种新闻和传说十分之九都是说李自成的人马如何纪律严明，秋毫不犯，如何只惩土豪大户，保护善良百姓，如何开仓放赈，救济饥民，以及穷百姓如何焚香欢迎，争着投顺，等等。飞进洛阳城中的传说，每天都有新的，还有许多是动人的小故事，而且故事中有名有姓，生动逼真，叫听的人不能不信。

关于李自成的传说，有不少是混合着穷苦百姓的感情和希望，真实的事情未必尽都被众人知道，而哄传的故事未必不含着虚构的、添枝加叶的地方。在洛阳城内，只有上层统治阶级不愿听到称颂李闯王的各种传说，对那些消息感到恐惧和殷忧。曾做过南京兵部尚书的吕维祺在洛阳的缙绅中名望最大，地位最高。他从南京回到洛阳这几年来，平时多在他自己创立的伊洛书院讲学，但地方上如有什么大事，官绅们便去向他求教，或请他出面说话。所以他虽无官职，却在关系重大的问题上比现任地方官更起作用。明代的大乡宦多是如此。一天下午，他忧心如焚，在伊洛书院中同一群及门弟子闲谈。这一群弟子中有不少是重要绅衿，有的已经做了官，近来罢官家居。吕维祺今日从程朱理学谈起，但是他和弟子们都无心像往日一样“坐而论道”，很快就

转到当前的世道荒乱，李自成声势日盛等种种情况，同弟子们不胜感慨。有一个弟子恭敬地说道：

“闯贼趁杨武陵追剿献贼入川，中原兵力空虚，封疆大吏都不以流贼为意，突然来到河南，号召饥民，伪行仁义。看来此人确实志不在小，非一般草寇可比。老师望重乡邦，可否想想办法，拯救桑梓糜烂？倘若河洛不保，坐看李自成羽毛丰满，以后的事就不堪设想了。”

吕维祺叹口气说：“今日不仅河洛局势甚危，说不定中原大局也将不可收拾。以老夫看来，自从秦、晋流贼起事，十数年中，大股首领前后不下数十，惟有李自成确实可怕。流贼奸掳烧杀并不可怕，可怕的是他们不奸掳烧杀，同朝廷争夺人心。听说李自成原来就传播过‘剿兵安民’的话，借以煽惑愚民。近来又听说闯贼散布谣言，遍张揭帖，说什么随了闯王就可以不向官府纳粮，他自己也在三年内不向百姓征粮。百姓无知，听了这些蛊惑人心的话，自然会甘愿从贼。似此下去，大乱将不知如何了局。老夫虽然忧心如焚，然身不在位，空言无补实际，眼看着河洛瓦解，洛阳日危，束手无策！”

另一个弟子说：“传闻卢氏举人牛金星投了闯贼，颇见信用；他还引荐一个江湖术士叫宋献策的，被闯贼拜为军师。又听说牛金星劝闯贼不杀举人，重用读书人。这些传闻，老师可听说了么？”

吕维祺点点头，说：“宋献策原是江湖术士，无足挂齿。可恨的是举人投贼，前所未闻。牛金星实为衣冠败类，日后拿获，寸斩不蔽其辜！”

头一个弟子说：“洛阳为藩封重地，福王殿下……”

一个老家人匆忙进来，向吕维祺垂手躬身说：“禀老爷，分巡道王大人、镇台王大人、知府冯大人、推官卫老爷、知县张老爷，还有几位地方士绅，一同前来拜见，在二门外边等候。”

吕维祺一惊，立即吩咐：“请！”他随即立起，略整幞头，对弟子们说：“他们约同前来，必有紧急要事。请各位在此稍候，我还有话向各位一谈。”说毕，便走往二门去迎接客人。

以分巡道王胤昌为首的几个文武官吏加上几位士绅，被请进书院的客堂坐下。仆人献茶一毕，王胤昌带头说：

“今日洛阳城中谣言更盛，纷纷传说李自成将来攻城。望城岗的墙壁上早晨撕下了无名揭帖，说李闯王如何仁义，只杀官不扰平民，随了闯王就不交纳钱粮，不再受官府豪绅欺压。据闻南阳各地愚民受此煽惑，信以为真，顿忘我大明三百年雨露之恩，纷纷焚香迎贼，成群结队投贼。宜阳和永宁两县，城外已经到了流贼，城内饥民蠢蠢思动。昨夜两县都差人来府城告急，都说危在旦夕。洛阳城内，也极其不稳。刚才各位地方文武官员与几位士绅都到敝分司衙门，商议如何保洛阳藩封重地。商量一阵，一同来求教先生，只有先生能救洛阳。”

吕维祺说：“学生自从罢官归来，优游林下，惟以讲学为务。没想到流贼猖獗，日甚一日，眼见河洛不保，中原陆沉。洛阳为兵家必争之地，亦学生祖宗坟墓所在地。不论为国为家，学生都愿意追随诸公之后，竭尽绵力，保此一片土地。诸公有何见教？”

知府冯一俊说：“目前欲固守洛阳，必须赶快安定军心民心。民心一去，军心一变，一切都完。闯贼到处声言不杀平民，只杀官绅。一旦洛阳城破，不惟现在地方文武都要杀光，恐怕老先生同样身家难保。更要紧的是福王殿下为神宗皇帝爱子，当今圣上亲叔。倘若洛阳失守，致使福藩陷没，凡为臣子，如何上对君父？况且……”

吕维祺截断知府的话，说：“目前情势十分急迫，请老父台直说吧，其他道理不用提了。”

冯一俊不再绕弯子，接着说：“洛阳存亡，地方文武有守土之责，不能推卸。然值此民心思乱、军心动摇之时，存亡实决于福王殿下。洛阳百姓们说：‘福王仓中的粮食堆积如山，朽得不能再吃。可是咱们老百姓流离街头，每日饿死一大批。老子不随闯王才怪！’……”

总兵王绍禹插言：“士兵们已经八个月没有关饷，背地里也是骂不绝口。他们说：‘福王的金银多得没有数，钱串儿都朽了。咱们快一年没有关饷，哪个王八蛋替他卖命守城！’我是武将，为国家尽忠而死，份所应该。可是我手下的将士不肯用命，叫我如何守城？”

分巡道王胤昌接着说：“目前惟一救洛阳之策，只有请福王殿下打开仓库，拿出数万两银子犒赏将士，拿出数千担粮食赈济饥民。舍此最后一着棋，则洛阳必不可守，福王的江山必不可保，我们大家都同归于尽！”

由于王胤昌的语气沉痛，听的人都很感动，屋子里片刻沉默，只有轻轻的叹息声。吕维祺拈须思量，慢慢地抬起头来问道：

“诸公何不将此意面启福王殿下？”

王胤昌说：“我同王总镇、冯知府两次进宫去求见殿下，殿下都不肯见。今日官绅集议，想不出别的办法，只得来求先生进宫一趟。”

吕维祺说：“诸位是守土文武，福王殿下尚不肯见，我以闲散之身，前去求见，恐怕更不行吧？”

胤昌说：“不然，不然。先生曾为朝廷大臣，且为理学名儒，河洛人望。福王殿下平日对先生十分尊重，断无不肯面见之理。”

知县张正学从旁劝驾：“请大司马务必进宫一趟，救此一方生灵。”

官绅们纷纷怂恿，说福王定会见他，听从他的劝告。吕维祺慨然说：

“既然各位无缘面启福王，痛陈利害，学生只好试试。”

送走官绅客人之后，他对弟子们说了他要去求见福王的事，弟子们都很赞成，都把洛阳存亡指靠他这次进宫。随即他换了衣服，坐轿往王宫去了。

隔了一道高厚的红色宫墙，将福王府同洛阳全城划成了两个天地。在这个小小的圈子里，仍然是酒色荒淫、醉生梦死的无忧世界。将落的斜阳照射在巍峨的黄色琉璃瓦上，阴影在一座座的庭院中渐渐转浓，有些彩绘回廊中阴气森森。正殿前边丹墀上摆的一对铜鼎和鎏金铜狮子也被阴影笼罩。在靠东边的一座宫院中传出来笙、箫、琵琶之声和檀板轻敲，曼声清唱，而在深邃的后宫中也隐约有琵琶之声传出，在宫院的昏暗的暮烟中飘荡。

在福安殿后边的一座寝宫中，福王朱常洵躺在一把蒙着貂皮锦褥的雕花金漆圈椅中，两腿前伸，将穿着黄缎靴子的双脚放在一张铺有红绒厚垫的雕花檀木矮几上。左右跪着两个宫女，正在替他轻捶大腿。另外两个宫女坐在两旁的矮凳上，每个宫女将他的一只粗胳膊放在自己腿上，轻轻捶着。他是那样肥胖，分明右边的那个略微瘦弱的宫女被他的沉重的胳膊压久了，不时偷偷地瞟他一眼，皱皱眉头。他的滚圆的大肚子高高隆起，像一口上百人煮饭用的大锅反扣在他的身上，外罩黄袍。在他的脚前一丈远的地方，拜垫上跪着一群宫女装束的乐妓，拿着诸色乐器，只有一个女子坐在矮凳上弹着琵琶，另一个跪着用洞箫伴奏。福王闭着眼睛，大半时候都在轻轻地扯着鼾声，有时突然鼾声很响，但随即就低落下去。当一曲琵琶弹完之后，福王也跟着停止打鼾，微微地睁开眼睛，用带着睡意的声音问：

“熊掌没熟？”

侍立在背后的一个太监走前两步，躬身回答："启禀王爷，奴婢刚才去问了问，熊掌快炖熟啦。"

"怎么不早炖？"

"王爷明白，平日炖好熊掌都得两个时辰，如今已经炖一个多时辰了。"

司乐的宫女头儿见福王不再问熊掌的事，又想朦胧睡去，赶忙过来跪下，柔声问道：

"王爷，要奏乐的奴婢们退下么？"

福王又睁开因酒色过度而松弛下垂的暗红眼皮，向她望一眼，说：

"奏一曲《汉宫秋月》，筝跟琵琶。"

抓筝的乐妓调整玉柱，轻试弦音，忽然承奉刘太监掀帘进来，向福王躬身说：

"启禀王爷，吕维祺进宫求见，已经等候多时。"

福王没有做声，重新闭起眼睛。抓筝的和弹琵琶的两个女子因刘承奉使个眼色，停指等候。屋中静了片刻，刘承奉向前再走一步，俯下身子说：

"王爷，吕维祺已经等候多时了。"

福王半睁倦眼，不耐烦地说："这老头儿见寡人有什么事儿？你告他说，寡人今日身子不舒服，不能见他。不管大事小事，叫他改日再来。"

刘承奉略露焦急神色，说："王爷，吕维祺说他今日进宫，非见王爷不可，不面见王爷他死不出宫。"

"他有什么事儿非要见到寡人不可？"

"他说王爷江山能否保住，在此一见。他是为王爷的江山安危，为洛阳全城的官绅百姓的死活进宫来求见王爷殿下。"

福王喘口气，说："洛阳全城的官绅百姓的死活干我屌事！啊，你们捶、捶，继续轻轻捶。寡人的江山是万历皇上封给我的，用不着他这个老头儿操心！"

"不，王爷。近来李闯王声势很大，兵马已到宜阳、永宁城外，声言要破洛阳。吕维祺为此事求见王爷，不可不见。"

朱常洵开始明白了吕维祺的进宫求见有些重要，但仍然不想接见。他近来可能是由于太胖，也可能还有别的什么毛病，总觉得瞌睡很多，头脑发昏，四肢肌肉发胀，所以经常需要躺下去，命四个生得很俊的宫女替他捶胳膊、腿。现在逼着他衣冠整齐地离开寝宫，到前院正殿或偏殿去坐得端端正正地

受吕的朝拜，同他说话，多不舒服！在片刻间他想命世子①由崧替他接见，但是他听见东宫里正在唱戏，想着自从几个月前新从苏州买来了一班女戏子，世子每日更加沉溺酒色，倘若世子在吕维祺的眼前有失检言行，颇为不美。想了一阵，他对承奉说：

“等一等，带吕维祺到福安殿见我！”

他在几个宫女的帮助下艰难地站立起来，换了衣冠，然后由两个太监左右搀扶，到了福安殿，在王位上坐下。两旁和殿外站了许多太监。吕维祺被带进殿内，行了跪拜礼。福王赐座，赐茶，然后问道：

“先生来见寡人何事？”

吕维祺欠身说：“目前流贼云集宜阳、永宁城外，旦夕破城。流贼声言俟破了这两座县城之后，即来攻破洛阳。洛阳城中饥民甚多，兵与民都无固志，怨言沸腾，多思从贼。官绅束手无策，坐待同归于尽。王爷藩封在此，原期立国万年，倘若不设法守城，江山一失，悔之何及！如何守城保国，时急势迫，望殿下速作决断！”

福王略觉吃惊，喘着气问：“洛阳是亲藩封国重地，流贼敢来破城么？”

“流贼既敢背叛朝廷，岂惧亲藩？崇祯八年高迎祥、李自成等流贼破凤阳，焚皇陵，殿下岂已忘乎？”

“寡人是今上皇叔，流贼敢害寡人？”

“请恕维祺直言无隐。听说流贼向百姓声言，要攻破洛阳，活捉王爷殿下。”

福王浑身一颤，赶快问：“此话可真？”

“道路纷传，洛阳城中虽三尺童子亦知。”

福王一阵心跳，喘气更粗，又问：“先生是个忠臣，有何好的主意？”

“王府金钱无数，粮食山积。今日维祺别无善策，只请殿下以社稷为重，散出金钱养兵，散出粮食济民。军心固，民情安，洛阳城就可坚守，殿下的社稷也稳如泰山。否则……大祸不堪设想！”

福王心中恍然明白，原来是逼他出钱的！他厌烦地看了吕维祺一眼，说：“地方文武，守土有责。倘若洛阳失守，本藩死社稷，他们这班食皇家俸禄的大小官儿也活不成。纵令他们有谁能逃出流贼之手，也难逃国法。先生为洛阳守城事来逼寡人，难道守城护藩之责不在地方文武的身上么？先生既是忠

---

① 世子——法定继承王位的儿子。这个世子朱由崧即后来的南明弘光帝。

臣，为何不去督促地方文武尽心守城，保护藩封？”

吕维祺起立说：“殿下差矣！正是因为洛阳文武无钱无粮，一筹莫展，才公推维祺进宫向殿下陈说利害，恳请殿下拿出一部分库中金钱，仓中粮食，以保洛阳，保社稷。殿下如仍像往年那样，不以社稷为念，将何以见二祖列宗于地下？”

朱常洵愤然作色，说：“近年水旱不断，盗贼如毛，本藩收入大减，可是宫中开销仍旧，入不敷出，先生何曾知道！请先生休再帮那班守土文武们说话，替他们开脱罪责。他们失守城池，失陷亲藩，自有大明国法在，用不着你入宫来逼寡人出钱出粮！”说毕，向两个太监示意，将他从王座上搀扶起来，喘着气往后宫去了。

吕维祺又吃惊又失望地望着福王离开福安殿，不禁叹口长气，顿了顿足，洒下眼泪，心中叫道：

“洛阳完矣！”

吕维祺同福王见面的当日晚上，袁宗第率领的一支义军奉闯王之命攻破宜阳，杀了知县唐启泰，对百姓秋毫无犯。这消息迅速传进了洛阳城中，证实了李闯王“只杀官，不杀平民”的传闻不假。又过几天，永宁失守和万安王被杀的消息传进了洛阳城中，人人都清楚，李闯王下一步就要来洛阳了。

洛阳在年节中同开封完全像两个世界。穷百姓怀着殷切的心情等待李闯王的大军来到，而官绅和大户都怀着惴惴忧惧的心情等待着大祸临头。洛阳城中，自元朝至今将近四百年间，从来没有一个春节过得像今年这样暗淡、萧条、草率。

吕维祺仍然是洛阳官绅的重心，被看做洛阳安危所系的人。正因为他居于如此举足轻重的地位，所以他下决心要与洛阳共存亡，决不逃走。但是他明白新安和洛阳两县百姓对他本人和他的家族积怨甚深，所以他狠心拿出来几百石杂粮在城内放赈，希图在穷人中买一个慈善之名。另外，他以个人名义给巡抚、布政使和按察使写信，请他们火速派兵救援洛阳。

福王虽然不得不相信李闯王要攻洛阳，但是他仍然指望有守土之责的地方文武会慑于国法，也为保自己身家性命，出死力固守城池，等待救兵。正月初十以后，义军的游骑每日出没于洛阳郊外，风声更加紧急。一天下午，他由两个太监搀扶着，巡视仓库。他叫典库官打开一座被叫做东二库的大屋子，看看里边堆满金银和铜钱，心中说："这都是神宗皇帝辛辛苦苦从全国弄到手的，赐给了寡人，也有些是寡人三十年来自己经营的家产，我连一个钱也不给人！"他希望过此一时，洛阳太平无事，他还要拼命从王庄、王店、茶引和盐引等方面聚敛钱财。他同他的父亲一样，金钱聚敛得越多越感到称心。

过了灯火稀疏的元宵节，李自成的义军已经占领了洛阳附近的延秋、龙门和洛河南岸的许多村镇，准备攻城。福王将分巡道王胤昌、总兵王绍禹、知府冯一俊等叫进宫去，问他们关于守城的事。王胤昌已得到巡抚李仙风的火急书信，内称他已率领大军自黄河北岸星夜西来，嘱洛阳文武官督率全城军民固守待援。他将这些连他自己也半信半疑的话启禀福王。福王的心情为之一宽，点头说：

"李巡抚倒是个大大的忠臣。事定之后，寡人要向皇上题本，重重奖赏他的大功。"

王绍禹趁机起立说："洛阳守城官兵，欠饷日久，咸有怨言。请王爷殿下速速发出几万饷银，以固军心。"

福王喘着气说："你们，一提到守城就要银子，要银子！你们不晓得寡人的困难，好像王宫中藏有摇钱树、聚宝盆！"

王胤昌说："倘无银子，便没人肯替殿下守城。"

福王说："李仙风不是要星夜赶来么？"

"但恐巡抚兵马未到，洛阳已经破了。"

福王想了想，说："那，那，那如何是好？……寡人为念将士辛苦，特赐一千两银子犒劳好啦。"

王绍禹说："数千将士，一千两银子如何敷用？卑职实在没法向将士们说话，鼓起士气守城。"

福王又想一下，说："我赏三千两如何？再多一两就没有了！"

大家不再恳求，叩头辞出。随即有太监将三千两银子送到镇台衙门，王绍禹自己留一千两，送一千两给分巡道，拿一千两犒赏将士。士兵们骂得更凶，有人公然说不再守城的话。王绍禹只好佯装不知，守城事听天由命。

正月十九晚上，李自成的大军已经将洛阳包围，即将攻城。福王得到禀报，大为惊慌，将几个亲信太监叫到面前，边喘气边声音打颤地说：

"你们要想法儿救寡人逃出洛阳。我不惜金银重赏，快救寡人……"

第二十八章

关陵庙中有一座大的道院，如今腾出来一部分作为李闯王暂时居住的地方。一部分随来的亲将和标营亲军都在大庙的两廊和山门下歇息。门外有一条东西小街，有几家小饭铺，在通往龙门和洛阳的官道旁也有饭铺，如今都驻扎着李闯王的标营亲军。所有战马，在遛过一阵之后，都拴在柏树林中和小街后边喂草料。再往东边，在东西小街的尽头，还有许多帐篷，驻着一队骑兵，是袁宗第派驻此地拱卫闯王行辕的。他们于昨日上午就来了，打扫了庙里庙外，又为闯王的亲军准备好柴草。龙门又名伊阙，自古是军事要道，袁宗第也派有少数人马驻扎。从关陵前边望去，可以望见龙门北头小街上露出来一面红旗，而伊水东岸的香山脚下也有一片帐篷和几面随风招展的红旗。

早饭早就准备好了。闯王等漱洗一毕，就坐下去吃早饭。在吃饭时候，他向军师问：

“那从潼关进来河南的一股变兵可接上头了？”

献策回答：“因为他们提前奔进洛阳，我们来不及派人接头。不过袁将军已暗中嘱咐我军在洛阳城中的细作，散布流言，然后鼓动这一支变兵献城投降。”

闯王问：“散布的什么流言？”

“只说河南巡抚与陕西总督都有上奏，奉旨：‘着将为首十人捕获归案，枭首示众，不得宽纵！’还说王绍禹已奉巡抚密檄，拟于洛阳解围之后，遵旨拿办，不许一人漏网。”

李岩说：“按道理讲，陕西总督与河南巡抚题奏上去，有圣旨下到开封，再由开封密檄洛阳防守总兵，来往颇费时日。说王绍禹现在已接到巡抚密檄，恐不可信。”

献策笑了起来，说：“足下，你这是书生之见，洛阳百姓和潼关叛兵却不会如此看的。如今兵荒马乱，谣言丛生，任何无根之言都容易被人轻信。何

况那几百杀官叛兵，正在疑神疑鬼，听风是雨，无事尚且惊慌自扰，一听这个谣言，岂有不信之理？等他们能够冷静剖析，知是谣言，那已经是破洛阳多日以后的事了。”

听献策这么一说，大家也笑了起来。正吃饭间，袁宗第又派人飞马前来禀报：偃师县已经于昨夜一鼓而破，未损失一兵一卒。活捉了贪官徐日泰，在衙门前边斩首，同时杀了县丞白世禄、训导刘恒等三四个民愤较大的人，对平民秋毫无犯。大家听了，知道一切都遵照闯王将令，马到成功，十分高兴。

吃毕早饭，李自成同宋献策等重新洗手，到大殿中向关公焚香礼拜，然后看了看大殿后边的冢子，又向当家方丈询问了这庙宇的历史和近来的香火情形。他已经知道李过尚未来到洛阳城外，而刘宗敏、袁宗第和牛金星今天上午又率领一支骑兵去洛阳城周围察看，所以他决定趁此机会让随来的将士们在此地休息半天，并吩咐中午这顿饭到未时以后吃，好使大家多睡一睡。他自己十分疲乏，一躺下去便很快睡熟了。

但是他们只睡了一个多时辰，全都醒了。眼看着就要攻破洛阳，大家都怀着兴奋的情绪，考虑着许多问题，不肯多睡。现在离吃午饭的时间还早，李自成带着宋献策和李岩等出庙走走。他们先在关陵的小街上看看，遇到一群小孩子在一辆空牛车上玩耍，有一个十来岁的孩子领头唱道：

> 吃他娘，
> 穿他娘[①]，
> 开了大门迎闯王。
> 闯王来时不纳粮！

闯王听了，哈哈大笑，对宋献策和李岩们说：“林泉到得胜寨以后编的歌谣，传得真快，这里的小孩子都唱起来啦！”

宋献策向孩子们笑着问：“你们还会唱别的歌谣么？”

孩子们看见这一群很不一般的义军将士，有点羞怯，不肯再唱，还有的跳下车跑了。闯王和献策等望着孩子们大笑起来，边谈话边继续向前走去。他们走了不过一箭之地，却听见孩子们又唱了一首歌谣：

---

① 吃他娘，穿他娘——这是河南群众的口头语，意思是没吃的，没穿的，但用的是谩骂口吻，表现了群众的怨怒感情。

朝求升，
暮求合，
近来贫汉难存活。
早早开门拜闯王，
管教大小都欢悦。

李闯王和宋献策等回到行辕门外，骑上战马，去游龙门。这个举国著名的古迹名胜地方，宋献策和尚炯在十年前都游过，昨天宋献策和刘宗敏、牛金星又一起从这里经过，倒是李闯王和李岩是闻名已久而未曾一至，所以特别兴致勃勃。他们到龙门山北头的小街上下了马，率领一部分亲兵步行前进。龙门山崖上石窟中佛像众多，李自成等实在没法仔细观看，只在奉先殿盘桓较久，赞赏那十分巍峨壮观的大佛像和左右天王、力士像。有一个身材高大的亲兵去抱一尊天王像的小腿，仅仅能够两手合拢。从奉先殿回来走不多远，他们到一座临着山崖的佛寺中休息。这座佛寺占地不大，但建筑玲珑，布局紧凑，禅堂清幽。有一道泉水从院中流出，从一只花岗石龙口喷出，泄入伊河。老和尚将李闯王等迎进方丈，一一献茶，十分恭敬。闯王问到龙门古迹的历史和近来香火情况，老和尚诉起苦来，说有些佛像受风雨剥蚀，损坏日多，虽然有檀越布施，但是杯水车薪，总不能将损坏的佛像都修补起来。闯王明白了他的意思，叫吴汝义取出二十两银子布施，嘱他先拣那些吃紧的地方整修一下，等到天下太平以后再大大整修。

闯王准备动身回关陵，却不见尚炯在那里，连尚炯的亲兵们也一个不见。有一个亲兵禀报说：从奉先殿往南去有一个石窟，石壁上刻满了各种药方，老神仙正在那里仔细观看药方。闯王笑一笑，命亲兵去请他快来。随即他同李岩一边闲谈，一边走出方丈。临着路边，以悬崖为屋基，有三间倒座禅堂，陈设雅致，原是接待从洛阳来的官绅和一班有钱人用的，现在亲兵们都在里边休息。宋献策对闯王说：

“昨天我同捷轩、启东从这里经过，也在这寺里休息吃茶。那三间禅堂的墙壁上有不少题字，有的出自名手，题的诗和字都很好。启东一时高兴，也在墙壁上题了几首七绝。何不趁着子明尚未转来，进去一看？”

闯王连声说：“好，好，进去看看。”

他们步入禅堂。满屋亲兵立刻肃然退出，站到院中。自成将整个禅堂打量一眼，看见中间后墙上供着一轴观音像，一副对联，神桌上摆一只蓝花白

瓷香炉，两边山墙上挂着条幅和对联，而除此之外，墙壁上确实有许多题字和题诗。他随着宋献策走到牛金星的题诗地方，看见有三首七言绝句，墨迹很新，题目是《随大军过龙门题壁》，下署“辛巳孟春，戎马书生题”一行小字，然后他回过来从第一首依次往后看。宋献策边看边按照平仄调子吟出声来。那三首诗是这样写的：

丽日光华明剑戟，春风浩荡入丝缰。
云霓企望来汤武，到处壶浆迎闯王。

踏破群山不觉险，龙门北进接康庄[①]。
三军争指关陵近，隐约城楼即洛阳。

百代中原竞逐鹿，关河离乱又沧桑。
沉沦周鼎[②]今何在？自古洛阳是帝乡。

吟诵完了，宋献策连声称赏，说这三首诗写得很好，雍容凝重，颇有宰相气派，非一般诗人之诗。他同牛金星、李岩都是朋友，所以在闯王面前总是对他们美言称赞。尤其因他是被牛金星推荐到闯王帐下，很得信任，拜为军师，不能不私心感激金星。他心中明白，金星的第三首诗是希望闯王在洛阳建都。虽然他从军事着眼不赞成目前就把洛阳作为建都之地，但因为他是河南人，所以从将来说，他巴不得李自成在洛阳建都。自成读完这三首题壁诗，一边仔细咀嚼这后一首的意思，一边听献策称赞，含笑点头，又转头望望李岩。李岩很注意第三首诗中所流露的希望闯王建都洛阳的思想，不好表示意见。他虽然建议李闯王在宛、洛建立一个立脚地，但是他不主张闯王过早地正式称王。他想，如果破了洛阳后，牛金星拿出来这个建议，被闯王采纳，将是很大失策。李自成见他看着墙壁不语，笑着问：

“林泉，你何不也题诗一首？”

李岩赶快说：“我平日文思迟钝，看见启东这三首题诗，更不敢动笔胡诌了。我近来才知道启东写的是苏体[③]，功底很深。就以这题壁诗的书法说，虽不是他的精心之作，率笔写成，在许多题诗中间也算得是凤毛麟角。”

---

① 康庄——即“康庄大道”的略语。从龙门到洛阳，道路平坦宽阔。

② 周鼎——周天子的传国鼎，相传为夏禹所铸，共有九个，象征国统和皇权。

③ 苏体——北宋以后，临摹苏轼书法的人不少，称他的书法为苏体。

正谈论间，尚炯回来了。他们走出寺门，别了老和尚，信步向北走，一面欣赏香山风景，一面谈论龙门的军事形势。但是李自成听着宋献策、李岩和医生谈话，心中在想着一些重大问题。在得胜寨过年节的时候，宋献策、李岩和牛金星都向他提出来据宛、洛，收河南以争天下的重要意见，又提出建立名号代替闯王称号，今天看牛金星的题壁诗，这些事必将在攻破洛阳之后，再次向他提出。可是看李岩刚才的意思，又分明对牛金星的希望建都洛阳的主张不置可否。现在已经进兵到洛阳城下，只要没有意外枝节，明天夜间就可以攻破洛阳。像这些十分重大的问题，不能不引起他反复考虑。

他们走到龙门北头的小街上，就遇见刘宗敏派来的亲将李友问闯王下午是否到望城岗去。如果闯王不能前去，他就同牛先生和众将领在晚饭后赶来关陵，计议攻城诸事，并请闯王亲自向众将发布军令。李自成听了以后，说：

"你回去禀报刘爷，我在酉牌时候，同军师和李公子赶到望城岗，还要到洛阳城外看看，然后同众将领会商军事。补之已经到了么?"

"到了。他的骑兵已经有一部分从新安来到洛阳西门外，其余的黄昏可以全到。在永宁的骑兵，今日下午也陆续到了。"

李自成不再询问，立刻上马，赶回关陵。

太阳还有树梢高的时候，李自成带着军师和李岩，从关陵到达洛河附近。这里有一条小街名叫望城岗，离洛阳南门数里。袁宗第的老营驻扎在这条街上。牛金星和刘宗敏也在此地，偕同袁宗第部署进攻洛阳军事。袁宗第的大部分人马和张鼐率领的人马，都已经驻在洛阳城外一二里内，而张鼐本人就驻在洛阳西门外的周公庙。现在实际上留驻在望城岗的部队不到七百人，但是因为它是袁宗第的老营所在地，全营辎重堆放在望城岗关帝庙中，所以部队支领东西，传送命令，禀报事情，来往频繁，使这个小街道顿然热闹。百姓们因为亲眼看见李闯王的部队平买平卖，又是才关了饷银，所以不惟街上的几家小铺都大胆开市，还吸引了附近的肩挑小贩纷纷来赶做买卖。街外边，离河岸不远有一座洛神祠，那小小的天井院落里和庙门外都是从洛阳城附近来的百姓，熙熙攘攘，络绎不断。他们有的是来投军，有的是来控诉他们所受王府、官吏、乡宦和豪绅们的鱼肉之苦。这些前来投军和告状的百姓，将城中的各种情况都清清楚楚地说了出来。袁宗第特意派一个小校同一个办文墨的先生率领二十个弟兄住在洛神祠中，接见前来投军和告状的百姓，免得他们都拥向老营。

李自成在袁宗第的老营中稍坐片刻。听宗第将进攻洛阳城的军事部署简单地禀报一下，便趁着太阳未落，驰往洛阳城下。刘宗敏、袁宗第、牛金星、宋献策、李岩等都跟他一道。他们在二三百骑兵的簇拥中从洛阳的南门走到西门，又走到西北城角。太阳已经落到涧河岸上，天色已暗，北邙山在北边变成了一道黑咕出律的暗影。洛阳已经合围，北郊的不少村落和通往孟津的大道上都有火光。城头上也点了灯笼火把，还有人语、柝声，不断从城上传来。李自成从原路回到望城岗。虽然在天黑以前他没有来得及将洛阳城周围的地势都看一遍，但主攻的地方是在北门，这一带的地势他已经完全清楚。

晚饭以后，李自成在望城岗主持军事会议，将一应有关如何破城，在破城后如何维持城中秩序，以及其他重大事项，都做了详细商议，由闯王做出决定。闯王见将士们连日辛苦，像李过已经三天三夜不曾睡觉，另外还有一部分人马明天才能陆续赶到，所以决定明日一天按兵不动，让将士们好生休息，同时将闯王的几条禁令由各营将领传谕下边的大小头目和士兵，“务必一体凛遵勿违”。袁宗第向闯王问：

“破了洛阳之后，你的行辕安在什么地方?”

没有等闯王回答，几个将领都说闯王应该从关陵移驻福王府中，说那里地方宽大，舒服，又说闯王苦战了十几年，明日破了洛阳，理应搬进福王宫中。闯王望望牛、宋和李岩，又望望刘宗敏和李过等几位大将，但大家都不做声。闯王的脸色严肃，对众将领说：

“破城之后，行辕移驻洛阳城外的周公庙中。如今天下未定，我正要和将士们同甘共苦，岂可贪图舒服!”

宋献策立刻点头说：“闯王所言甚是。行辕暂设在周公庙最好。凡不是必须驻扎城内的人马，亦一律不许入城，方好使城内安堵如常，市廛不惊。”

牛金星接着说：“闯王行辕暂驻周公庙，实为英明之见。昔汉高祖初到咸阳，不留在秦宫休息，还军霸上，与父老约法三章，为史家所称道。今闯王不住福王宫，暂留城外，也有汉高祖不住咸阳宫的意思。倘若将来据河洛以争中原，建名号以符民望，这现成的福王宫自然是也要用的。”

李自成用满意的眼神看一看牛、宋二人，但没做声。大家接着又商议别的问题。会议一直开到三更以后，才告结束。袁宗第的老营司务命火头军准备了一大锅羊肉熬红白萝卜，每个人喝了两大碗，浑身暖和。喝完羊肉汤，众将领纷纷回营。闯王请牛金星、宋献策和李岩也先回关陵休息。闯王等牛、宋和李岩走后，向院中叫了一声：

“张鼐！”张鼐回身进来，站在他的面前。他面带微笑地看着张鼐，慢慢地说：“小鼐子，你跟了我六七年，如今已经长成大人啦。这次攻洛阳，我叫你率领中军营精兵前来，这是第一次给你重要差遣，把你当重要将领使用。你要是砸了锅，我可是不答应的。你知道么?”

张鼐严肃地回答说：“知道，闯王！我要是不能遵照闯王的将令把事情办好，从今往后，请闯王再也不要给我重要差遣!”

刘宗敏在一旁笑了一声，骂道：“你这小子，说得倒轻松！如今是打仗，闯王交给你的差事就是军令，军令大如山。你出了差错，要按军法治罪哩!”

张鼐说：“是，请按军法治罪。”

闯王点点头，说：“你明白这一点就行了。我现在再对你说一遍，必须句句照办，不可有误。第一，明天黄昏，你将手下人马分作两支，一支留在西关，一支开往北关，等候破城。第二，不管是北门先开，西门先开，你的骑兵都要立即冲进城内。今晚会议上已经商定：在破城那一刻，冲入城时，其他各营人马都向你的骑兵让路。要迅疾，要像箭出弦上，不可有片刻耽搁。这就需要你事前在西关和北关整队等待。万一城上向外打炮，也不可乱了队伍。”

张鼐心情激动地说：“是，是。”

闯王接着说：“第三，你的骑兵一冲进城去，要立刻奔到王宫，先占据王宫的午门、东华门、西华门、后门。王宫很大。你一定要不使一个乱兵进入王宫，放火抢劫。不论军民，有敢闯入王宫放火抢劫的，当场斩首。第四，你事先安排好，冲入城门以后，立刻要分出几支骑兵占据通衢要道、十字街口，并有骑兵不断在大街小巷巡逻，严禁烧、杀、奸淫、抢劫。一边巡逻，一边传谕我的禁令。如有违反的，不论是溃散官军，或是我们自己的弟兄，都一律就地正法，枭首示众。第五，福王父子，罪大恶极，一定得捉拿归案。破城之后，他父子必然要逃出王宫。不管他们上天入地，非捉到不可！虽然各营将士都要捉拿福王父子，可是你的骑兵先冲进城，占据王宫，所以倘若没有福王父子，我惟你是问。在兵荒马乱中，如果你不能把他们父子全都捉到，至少得把福王本人捉到。逃走福王本人，我决不答应!”

张鼐回答说：“除非他生出两只翅膀，我决不会使他逃掉!”

刘宗敏在一旁说："小鼐子，要是逃走了朱胖子，你小心闯王会砍掉你的脑袋！"

闯王脸色严峻地看了张鼐一眼，接着说："第六，必须将吕维祺给我捉到，不使他逃出城去。"

张鼐说："是，我一定把吕维祺捉到，其余的官绅也决不放走一个。可是我担心四个城门……"

闯王说："刚才会议已经决定，南门、东门由你汉举叔派兵把守，西门、北门由你补之大哥派兵把守。倘若福王父子和吕维祺由城门逃走，罪不在你。"

李过对张鼐说："城中百姓认识吕维祺的人很多，我断定他不敢走出城门。张鼐，只要吕维祺藏在城内，你无论如何也要把他捉到。"

闯王问："我吩咐你的话都记清楚了么？"

张鼐说："都记清了。一共七桩事情：第一，……"

闯王笑笑，挥手使他停住，说："记清就行。快回周公庙休息去吧。"张鼐说声"是！"精神抖擞地转过身子，快步走出。一会儿就听见一阵马蹄声奔驰而去。闯王叫道：

"双喜！"

李双喜应声而来，垂手立在闯王面前。闯王连打几个喷嚏，微露出困乏神色，袁宗第关心地说：

"你怕是伤风了。"

闯王说："有一点儿。不要紧。双喜，刚才我分派你的事情你记清了么？"

双喜回答："明天我从汉举叔营中抽调一千步兵、一支驮运队，从补之大哥营中抽调一百名骑兵，编成一个辎重营。进城之后，先派兵将公私仓库、大官、乡宦、富豪住宅看守起来。天明以后，分头将以上各处粮食、财物查抄、清点、登账，运到一个地方看管。另外派出三百弟兄、十名书办，交给张鼐，专门清点王府财物，归类，登账，封存。"

闯王问："洛阳城内的官吏、乡宦、富豪的姓名住址，你抄好清单没有？"

双喜说："汉举叔的文书先生已经抄好一份交给我了。"

闯王又连打两个喷嚏，擤了清鼻涕，口气沉重地说："双喜，你是第一次学着办这样大的事情，这比你率领几百骑兵冲入敌阵，砍杀一阵，困难得多。洛阳是一个富裕城池，福王是一个最富的王。从前万历皇帝百般搜刮，等福王来洛阳时，几乎把宫中积蓄财富的一半运到了洛阳。这件事，你做得好，我们几十万大军的粮饷和洛阳饥民赈济，都不发愁。你大概在几天之内能够办完？”

双喜说：“我想要五天光景。”

闯王说：“我给你七天时间。在这七天内，凡是领取赈粮、赈款、军饷、各种用费，都到你那里支领。你要随时登账，不可有错。办事人员不够，我另外给你。这担子比你去冲锋陷阵的担子难挑，吃力得多，懂么？”

双喜回答说：“我懂。我一定要把事情做好。”

李自成摆手使双喜退出，随即向刘宗敏、李过和袁宗第问：“你们还有什么话要说？今晚所决定的事，有没有不妥当的？”

袁宗第抢着说：“闯王，看牛先生的意思，想饶吕维祺一条狗命。这个人是洛阳最大的乡宦，除福王外也是最大的财主。他注《孝经》，讲理学，满口孔孟之道，可是不知多少小百姓的土地被他家巧取硬夺，百方吞占。他家佃户过着牛马不如的日子，被他家庄头豪奴催租逼债，常常卖儿卖女，可是他佯装不知，又是放赈救灾，修盖书院讲学，这不是刽子手披着袈裟念经？像这样人，为什么要饶他狗命？难道李闯王日后坐天下还缺少一个兵部尚书？”

李过接着说：“我是才从新安来。新安百姓提到吕维祺一家，恨之入骨。平日百姓们受尽欺压，忍气吞声，连屁也不敢放。我一到新安，把吕家的人都捉了起来。老百姓知道闯王的手下将士都是来除暴安良的，纷纷拦住马头告状。吕维祺的弟弟名叫维祜，做过知县，已经给我斩首示众，为民除害。今晚牛先生的意思是想留下吕维祺，利用他的名望号召中原士大夫前来归顺，这意思何尝不好，只是咱们破开洛阳，光杀福王，不杀一个大乡宦，也不能稍平民愤，不能够狠狠地压下去乡绅土豪的气焰。”

闯王点点头，转望宗敏。刘宗敏没有说话，伸出巨大的右手，轻轻地做一个砍头的动作。虽然他面带微笑，态度轻松，但是闯王完全看出他的意思是坚决要杀，十分干脆。于是李自成轻轻地拍一下膝盖，说：

“杀，决定杀！启东原想留下他以为号召，也是为着咱们早成大事。文武之间有时意见不同，常常难免。你们是老八队的老人，都是我的亲信大将，对新来的读书人要处处尊重。文武们要一心一德，取长补短。我们对启东更应以师礼相待。”

宗敏问：“杀吕维祺要出罪状么？”

“不用了。百姓都明白他罪有应得，会拍手称快；为官为宦的、缙绅大户，会觉得兔死狐悲。我已经请林泉明日写一个《九问九劝》的稿子，将来

在洛阳城内传唱，把一些道理讲给百姓听。为什么杀吕维祺，这道理也包含在《九问九劝》里，用不着再写罪状啦。”

鸡子已经啼叫了。李自成十分困乏，骑上乌龙驹，带着吴汝义、双喜和大群亲兵，在月光下奔回关陵。

李岩所草拟的《九问九劝》是一份重要的宣传文件。它是依照闯王的意思，用河南人所熟悉的瞽儿词的调子，向老百姓问了九个问题，劝百姓九件事。这九个问题中包括一问为什么有少数人田土众多，富比王侯，而很多老百姓贫无立锥之地？二问为什么富豪大户，广有田地，却百方逃避赋税，把赋税和苛捐杂派转嫁到平民百姓身上，朝廷和官府全不过问？三问老百姓负担沉重，都为朝廷养兵，为什么朝廷纵容官兵到处奸淫妇女，抢掠财物，焚烧房屋，杀良冒功，专意残害百姓？四问为什么朝廷上奸臣当道，太监用事，而地方上处处贪污横行，贿赂成风，使百姓陷于水深火热之中而皇帝置若罔闻？五问为什么朝廷用科举考试，而做官为宦的或者是不辨麦黍的昏聩无用之辈，或者是狗彘不如的谄媚小人，而真正人才和正人君子却没有进身之路？……一连串问了九个问题，包括有一条是指问明朝一代代皇帝大封子侄为王，霸占了全国良田无数，骑在百姓头上，作威作福，再过几代，全国土地还能够剩下多少？这九个问题，问得痛快淋漓，深深地打中了当时的弊政。跟着是九劝：一劝百姓赶快随闯王，不纳粮，不当差，不做官府的鱼肉和富豪大户的牛马；二劝百姓随闯王，剿官兵，打豪强，为民除害；三劝百姓随闯王，杀贪官，除污吏，严惩不法乡宦，伸冤雪恨；……到最后一劝是劝百姓随闯王打进北京，夺取江山，建立个政治清明的太平天下。李岩把稿子写好以后，把宋献策请去，帮他推敲推敲，略作润色，然后呈给闯王。

李自成之所以叫李岩起草，一则因深知李岩很有才学，在杞县曾写过一篇有名的《劝赈歌》，也因为李岩对朝政积弊，百姓疾苦，十分清楚。果然，这一篇《九问九劝》的稿子他看了后大为满意，有许多句子使他反复诵读，频频点头。牛金星看了稿子，也连声称赞，并且说：

“白乐天写的诗，老妪皆懂。林泉写的这《九问九劝》，定能在百姓中到处传唱。”

听了这句话，李自成立即吩咐李强将李岩所起的《九问九劝》稿子拿去交给随营文书们用大字连夜抄出几十份，以备明日分贴洛阳城里城外。

第二十九章

黄昏以后，刘宗敏和袁宗第来到洛阳西关，李过和张鼐来到北关。李过和袁宗第的骑兵都改作步兵，携带着云梯，按照白天选好的爬城地点，等候在城壕外的民宅院内。掩护爬城的弓弩手和火铳手都站立在临近城壕的房坡上，只等一声令下，千百弓、弩和火铳对准城头齐射。张鼐的骑兵列队在西关和北关的大街上，肃立不动，而他本人却立马北关，注目城头，观察着守城的官军动静。虽然曾经同城内的官军接上线，官军情愿内应，但是城外义军仍然做好了不得已而强行爬城的准备。

大约在一更时候，有人在西门北边的城头上向城外呼唤："老乡，辛苦啦！想进洛阳城玩玩么？"

城壕外的屋脊上立刻有人回答说："老乡，你们也辛苦啦。我们正在等着进城，你们一开门，我们就进去。老乡，劳劳驾，把城门打开吧。"

城上笑着回答说："你们想得怪美！我们得进宫去问一问福王殿下。他要是说可以开城门，我们就开；他要说不能开，我们就得听他的。他今天拿出来一千两白花花的银子犒赏我们，官长一个人分到一两，少的八钱，当兵的每个人分到了一钱多一丁点儿银子，咋好不替他守城？咋好不替他卖命？"

城上城外，一片笑声。有片刻工夫，城头上在纷纷议论，城壕外也在纷纷议论。随即，城外边有人亲热地叫声"老乡"，说：

"听说福王的钱多得没法数，比皇帝的钱还要多。你们怎么不向他要呀？嫌肉太肥么？怕鱼刺扎手么？"

城上回答说："嗨，老乡，我们要，他能给么？福王爷的银钱虽然堆积如山，可是他还嫌向小百姓搜刮得不够哩！王府是狗屄衙门，只进不出。我们如今还穿着国家号衣，怎么办呢？等着瞧吧。"

城外问："老乡，听你的口音是关中口音，贵处哪里？"

城上回答："不敢，小地名华阴。请问贵处？"

城下答："呀，咱们还是小同乡哩！我是临潼人，可不是小同乡么？"

城上快活地说："果然是小同乡！乡亲乡亲，一离家乡更觉亲。大哥，你贵姓？"

城下："贱姓王。你呢？"

城上："贱姓十八子。"

城下："啊，你跟我们闯王爷原是本家！"

城上："不敢高攀。不过一个李字掰不开，五百年前是一家。"

城下："小同乡，你在外吃粮当兵，日月混得还好吧？"

城上："当兵的，过的日子还不是神仙、老虎、狗！"

城下："怎么叫神仙、老虎、狗？"

城上："不打仗的时候，也不下操，游游逛逛，自由自在，没人敢管，可不是赛如神仙？看见百姓，愿杀就杀，愿烧就烧，愿抢就抢，见大姑娘小媳妇就搂到怀里，她不肯就白刀子进去，红刀子出来，可不比猛虎还凶？一旦打了败仗，丢盔抛甲，落荒而逃，谁看见就赶，就打，可不是像夹着尾巴的狗一样？"

城上城下，一阵哄笑。跟着，城上有人低声警告说："道台大人来了，不要说话！"那个华阴人满不在乎地说："管他妈的，老子现在才不怕哩！他不发老子饷，老子骂几句，看他能够把老子的屌咬了！"他的话刚落音，旁边有人显然为表示支持他，故意大声说：

"如今李闯王大军围城，他们做大官儿的身家难保，也应该识点时务，杀杀威风，别他妈的把咱们小兵们得罪苦了。阎王无情，休怪小鬼无义！"

城下故意问："老乡们，有几个月没关饷了？"

城上那个华阴人调皮地回答说："唉，城下的老乡们，你听啊！……"

城上正要用一首快板说出官军欠饷的情况，忽然有一群人在月光下大踏步走了过来，其中有一人向士兵们大声喝问是谁在同城外贼人说话，并威胁说，再敢乱说，定要从严追究。那个华阴人大胆地迎上去说：

"道台大人，你来得正好。我们的欠饷到底发呀不发？"

分巡道王胤昌厉声回答说："目前流贼围城，大家只能齐心守御，岂是鼓噪索饷时候？贼退之后，还怕不照发欠饷，另外按功升赏么？"

华阴人高声嚷叫说："从来朝廷和官府的话都算放屁，我们当兵的根本不信。你现在就发饷，不发饷我们就一哄而散，休想我们守城！弟兄们，今夜非要王道台发饷不可，休怕做大官儿的在咱们当兵的面前要威风，以势压人！”

城头上一片鼓噪索饷，有很多人向吵嚷处奔跑，又有人从人堆中挤出来，向北门跑去。鼓噪的士兵将王胤昌和他的左右随从们裹在中心，一边谩骂着，威胁着，一边往西北城角移动。西门外，袁宗第含着笑看看刘宗敏，说：

“咱们快进城了。”

宗敏笑着回答：“快到时候了。你吩咐弟兄们再同城上搭话，准备抬云梯靠城。”

北门外，李过和张鼐立马北关，起初只听见西城头上和城外不断说笑，后来听见士兵鼓噪，吵吵嚷嚷地向北城走来，而北城也有人在奔跑，呼叫，有人喊着：“给兵主爷[①]让路！闪开！闪开！”又一群人匆匆地往西北城角赶去，显然是总兵王绍禹亲自去解决纠纷。张鼐急不可耐，向李过小声问：

“大哥，趁这时叫弟兄们靠云梯爬城怎样？”

李过冷静地回答说：“莫急，莫急。很快会让你顺利进城，连一支箭也用不着放。”

张鼐说：“趁现在城上士兵鼓噪索饷，我们的弟兄蜂拥爬城，城上决不会有人抵抗。快一点儿进城不好么？”

李过倾听着西北城角的吵嚷，注目城上动静，嘴角流露出若有若无的一丝微笑，犹不在意地回答说：“快了，快了。你听着城内的二更锣声。大概快到二更了吧？大概快啦。”

总兵官王绍禹在一群亲将亲兵的簇拥中骑着马奔往西北城角。由于他的心情恐慌、紧张，加上年老体虚，呼哧呼哧直喘气。这西城和北城的守军全是他自己的部队，他得到禀报说那胁持王胤昌、大呼索饷的还是他的镇标亲军。他想趁着士卒刚刚鼓噪的千钧一发时机，亲自去解救王胤昌，使事情不至于完全决裂。当他走进鼓噪人群时，看见变兵们紧扭着分巡道的两只胳膊，一把明晃晃的大刀举在他的脖颈上，喝叫他赶快拿出饷银，饶他性命。王胤昌吓得牙齿打颤，说不出话来。王绍禹想说话，但士兵们拥挤着，喧闹着，使他没有机会说话。王绍禹身边的中军参将大声叫道：“总兵大人驾到！不要嚷！不要嚷！不得无理！”立刻有一个士兵愤怒地反驳说：

---

① 兵主爷——明代下级军官和士兵对总兵的一种尊称。

"现在李闯王的人马就在城下。我等出死力守城，有劳有苦不记功，叙功升官没有我们的份儿。我们若要撒手放开，破城陷藩[①]与我们鸡巴相干！事到如今，哪怕他总爷？兵爷？"

一个军官怕王绍禹吃亏，推他说："此刻不是老总兵说话的时候，赶快离开！"

王绍禹的一部分亲兵随在士兵群中鼓噪，一部分簇拥着他的坐骑从城角小路下城，赶快逃走。有人举刀去杀王胤昌，被王的亲兵挡了一下，砍成重伤。那个亲兵随即被变兵杀死，而王本人却在混乱中被左右救护，逃下城去。这时城内有打二更的锣声飞向城头和城外。二更锣声敲响时，只见几个骑马的变兵从西城向南城奔驰，同时大呼："闯王进城了！闯王进城了！"城头上守军乱跑，有人逃命，有人成群结伙地滚下城去，争先奔往福王府抢劫财宝。

看见城头杀人，同时又听见城内传出来二更锣声，袁宗第和李过同时下令将士们立刻用云梯登城。从西城到北城，同时有三十多个云梯转瞬间抬过干涸的城壕，靠上城墙。将士们矫捷地鱼贯登城。在前边的将士们都是将大刀衔在嘴里，以备在刚上城头时倘若需要砍杀，免得临时从腰间抽刀会耽误时间。片刻过后，北城楼开始着火，烈焰冲天而起。在火头起时，一群变兵将北门打开，向外大叫："快进城！快进城！"张鼐见吊桥尚未放下，而桥两边干城壕中密密麻麻地奔跑着李过的步兵，呐喊着，打着唿哨，蜂拥爬城，他不能使骑兵同步兵争路，便在马上大声喝令开城的变兵："快放吊桥！快！快！"恰在这时，李自成派几个亲兵飞马来到北门和西门外，传下口谕：破城之后，对城中所有现任大小文武官员，除非继续率众顽抗，一概不加杀害，也不拘捕，只不许随便出城。闯王还传谕入城将士，要将这一条军令在满城晓谕周知。将士们听到之后，都觉诧异，不明白闯王为何如此宽容。张鼐虽也不明白闯王的用意，但他的部队是主要的进城部队，所以马上将闯王的军令传达全营知悉。他听见背后在嘁嘁喳喳议论，回头说："不许说话！遵照闯王的军令就是！"北关的吊桥落下来了。张鼐将马镫一磕，同时将宝剑一挥，大声下令："进城！"他首先率领亲兵们奔过吊桥，冲进瓮城。城楼正在大火燃烧，时有飞瓦和燃烧的木料落下。一个火块恰好从张鼐的面前落下，几乎

---

① 陷藩——陷没藩王。

打着马头。他用剑一挥，将落在空中的火块打到一旁，回头大叫一声："快!"他自己首先冲进城去，大队骑兵跟在背后，奔腾前进。奔到十字街口，张鼐又将剑一挥，大声说："分开!"于是骑兵分开，各队由头目率领，执行指定的任务。他自己率领三百名骑兵向福王府飞驰而去。

当将士们开始登上城头的时候，刘宗敏就派人飞马去向闯王禀报。西门因为掌管钥匙的军官逃走，临时寻找铁锤砸锁，所以过了一刻钟才打开城门。张鼐的留在西关等候的一支骑兵首先进城，布满城内的街巷要道。按照事先商定，袁宗第和李过的人马只有一部分占领洛阳四门和登城巡逻，大部分留在城外。刘宗敏和袁宗第等张鼐的骑兵都进城以后，带着一大群亲兵进城。走没多远，在十字街口正遇着李双喜率领一支骑兵和大约有两百步兵，匆匆向右首转去。刘宗敏叫住他，问：

"南门已经打开了?"

双喜回答说："南门、东门都打开了。城中的穷百姓一看见北门起火，就立刻驱散官兵、衙役，绑了洛阳知县，打开南门。东门是潼关来的叛兵打开的，知府也被他们抓到了。"

宗敏又问："你的人马进来了多少?"

双喜说："我先带进来二百骑兵、五百步兵，现在正在分头将全城文武官员、乡宦、富豪们的住宅前后门看守起来，任何人不准出进，到天明后开始抄查。"

刘宗敏一摆手，让双喜的人马过去。随即他同袁宗第来到福王府的西华门外，看见那里已经有张鼐的骑兵守卫，街上杀死了两个进府抢劫的官军。他们下了马，正要进宫去，看见李过从里边出来。袁宗第急着问：

"福王捉到了么?"

李过说："他妈的，福王父子都跑啦!"

宗敏问："张鼐在哪里?"

李过说："他一面继续在宫中各处搜查，一面抓了一些太监审问。"

他们三个人一时相对无言，都默思着福王父子如何能够逃走和会逃往何处。正在这时，一小队骑兵从西华门外经过，走在最后的是小头目，怀抱闯王令箭，最前边的是一个声音洪亮的大汉。那大汉敲着铜锣，高声传呼闯王的安民晓谕。

等这一小队骑兵走过以后，李过急着出北门去部署将士们分头搜索福王父子，赶快上马而去。袁宗第也上马奔出西门。刘宗敏走进西华门，想找张鼐问清情况。可是一到宫城以内，到处是殿宇楼阁，曲槛回廊，也到处有张鼐手下的将士把守宫殿门户，有些人在院中匆匆走动。刘宗敏没有工夫看福王宫中的巍峨建筑和豪华陈设，喝住一个正在搜查的小校，怒气冲冲地问：

“张鼐在哪里?”

这个小校看见总哨刘宗敏如此生气，吓得变颜失色，赶快垂手肃立，回答说小张爷在望京门审问太监。刘宗敏又厉声问道：

“什么望京门？在哪儿?”

“就是宫城后门。”

宗敏骂道：“妈的，后门就是后门，什么望京门！远不远？从哪儿走?”

小校说：“有一里多路。宫院中道路曲折，门户很多。我派人给总哨刘爷带路，从这西甬路去较近。”

刘宗敏回头对亲兵们说：“去西华门外把马匹都牵来!”

小校赶快说：“马匹骑着走宫城外边，绕道后门，反而快一些。小张爷有令，不论何人马匹，不得走进宫城。”

刘宗敏看见这个小校竟然敢说出来张鼐的将令阻止他牵马进宫，不觉愣了一下，但刹那间就在心中笑了，暗暗称赞说：“小鼐子，这孩子，行啦。”他向背后的亲兵们做个手势，说：

“马匹不要进宫，去几个弟兄牵着绕到后门。”他又对小校说：“快叫人给我带路!”

刘宗敏随着引路士兵，带着一群亲兵，穿过一条长巷，转了两个弯，过了两三道门，看见一座高大的房屋，门上用大锁锁着，门外有五六个弟兄守护。他问了一下，知道这里叫做西三库，藏的全是上等绫罗绸缎，各种玛瑙、翡翠、珊瑚、玉器、金、银、铜、漆古玩和各种名贵陈设。有三个穿着官军号衣的尸体躺在附近。他继续匆匆往前走，从后花园的旁边绕过，看见有些弟兄打着灯笼火把在花园假山上下、鹿圈前后、豹房左右，到处寻找。鹿圈的门曾经打开过，有几只梅花鹿已经冲出圈来，在林木中惊慌乱窜。一过花园，又穿过一架白玉牌坊，就到了宫城的后门里边。负责把守宫城后门的李俊听说刘宗敏来到，赶快来见。近来刘宗敏已同他厮熟，神色严峻地问道：

"子英，张鼐在哪里?"

李俊回答说："小张爷率领一支骑兵出城去了。"

宗敏问："查到一点儿踪迹么?"

李俊回答："刚才小张爷审问一群太监，知道破城时候，福王父子和老王妃、小王妃都换了衣服，由亲信太监和一群拿重金收买的卫士护送，从这后宫门分三批出去上了城。只是这留下的太监都不是亲信太监，不许跟随，所以出宫以后的踪迹他们也不清楚。小张爷已经派了十起将士趁着月光在城上城下搜索，又派了一队骑兵去截断去孟津过河的道路，他自己押着几个太监也出城去了。"

宗敏问："福王的老婆、媳妇都逃走了?"

李俊回答："是。趁着混乱，都逃出宫了。"

宗敏大怒，拍着腰刀骂道："混蛋！你们这一群将领是干什么的？你们是想死么？为什么让福王一家人从后门逃走？你说！你不要想着我不会先斩了你!"

李俊见宗敏如此盛怒，十分惊骇，但他竭力保持镇定，回答说："请总哨息怒，这事情罪不在我，也不在小张爷身上。攻城时候，原是没料到西城门打开较晚，所以最初只从北门冲进来一千多骑兵。到了离北门不远的十字街口，兵马分成几股，有的去占据钟楼、鼓楼和重要街口，有的去各重要衙门，有的去打开监狱。小张爷怕宫城的卫士会拼命抵抗，自己率领三百骑兵直奔午门，我也跟他一道去攻午门。另外一百骑兵奔往东华门，一百骑兵奔往西华门，李弥昌率领一百骑兵来夺望京门。没想到这后宫门东西两边的街上有闸子门[①]不能通过。等费力砍破了西边闸子门，又遇着几百乱兵从城上下来，打算进宫抢劫，有的已经蜂拥进宫。他们在后宫门外阻止道路。喝令他们散开，他们不惟不听，还拿着刀枪对抗。李弥昌没有办法，下令冲杀，当场杀死了十几个乱兵，杀伤了不少，才将乱兵驱散。等小张爷和李弥昌从前后两路进入宫中，福王父子和两个王妃已经找不到了。"

刘宗敏想了想，怒气稍息，说："叫别人留守这里，你立刻多带骑兵去帮同张鼐寻找。你将我的话传给张鼐：别人跑了犹可，福王这老狗必得找到。逃走了福王，我禀明闯王，非砍掉你们的头不可!"等李俊答应一声"遵令!"

---

① 闸子门——横街栅栏门，河南人叫做闸子门。

转身要走，宗敏又叫住他，走近一步放低声音说："子英，我如今不是把你当做从杞县来的客人看待，是把你当做闯王的部将看待。你要明白，这个福王，他是崇祯的亲叔父，民愤极大。咱们破洛阳为着何来？闯王将活捉福王的重担子交给张鼐和你们一群将领挑，倘若逃走了福王，你们如何向闯王交账？如何对河南百姓说话？如何对全军将士说话？子英，尽管张鼐是在闯王和我的眼皮下长大的，他的两个哥哥都是跟着闯王阵亡的，闯王和高夫人把他当儿子看待，你是林泉的叔伯兄弟，李弥昌他们又都是在闯王手下立过战功，在潼关南原出死力保护闯王突围的，可是今晚倘若逃走了福王，这不是一件小事。向来闯王的军法无私，我老刘执法如山，你们不可忘记！"

听了刘宗敏的话，李俊感到事情确实十分严重，而且深为激动，刚才在心中产生的那一缕委屈情绪跑到爪哇国了。他高声回答说："请总哨刘爷放心！不管他福王上天入地，我们一定要将他捉拿归案。总哨的吩咐，末将一字一句都传给小张爷知道。闯王的军令森严，赏罚无私，总哨执法如山，末将等不敢忘记！"

他转身大踏步走出望京门，将守门的事情交给一个头目，留下五十名骑兵，将原来他率领的骑兵和西门打开后又来到的骑兵，足有四五百人，全部带上，飞马出城而去。随即刘宗敏也走出宫门，看见他的几名亲兵已经将马匹都从西华门牵来了。他望望附近地上躺着的一些死尸，还有被砍成重伤的乱兵在墙角呻吟，又看见不远处的北城头上已经有兵士巡逻。他转回头来向簇拥在背后的亲兵们看了一眼，用低沉而威严的声音说：

"上马！"

从昨天晚上到今天清晨，刘宗敏曾三次派人飞马向闯王禀报，所以关于义军攻进洛阳后的重要情况，他全都知道。现在李自成从关陵往洛阳，队伍的前边是手持长枪的三百骑兵，每四人并辔前进。在他和牛金星等人的背后是一大群亲兵亲将。那长枪的枪杆、枪头的长度一律，将士们左手揽缰，右手持枪，枪尾插在马鞍右边安装的铁环子上，枪杆直立，所以在初春的阳光下看去像一队十分整齐的枪林，随着马的行走而波动。那磨利的枪头和猩红色的枪缨，以及紧随着他的银枪[1]、白鬃的"闯"字大旗和红伞银浮图[2]，在

---

① 银枪——指旗杆上端安装的银枪尖。

② 银浮图——浮图是梵语音译，即塔。银浮图是伞上边的银制塔形装饰物。

阳光中特别耀眼。

李自成像往常一样，穿一身青布箭衣，披一件羊皮斗篷，戴一顶北方农民喜欢戴的半旧白毡帽，上有红缨。他原来知道洛阳百姓和他的将领们要在洛阳南门外迎接他，却没有料到有成百成千的穷百姓来到洛河北岸上迎他。他又看见，在傍洛河的小街上和直到洛阳南关的大路两旁，都有百姓迎接，每隔不远就为他摆着香案，为他的士兵们准备着热茶桶和稀饭桶。他的人马沿路不停，缓辔前进。闯王不断打量着路两旁的欢迎百姓，为着不使百姓害怕，他特地在脸上挂着温和的微笑。经过多年的奋战、坎坷和挫败，今日胜利地走进曾经是九朝建都的名城洛阳，又加上洛阳百姓如此在路旁欢迎，他没法不感到心中激动。

离洛阳城门大约有两三里远的地方，李双喜和张鼐飞马前来迎接，而刘宗敏、袁宗第、李过和大群将领都在南关外立马迎候。李自成在将领们的簇拥中穿过南关，看见所有店铺都开门营业，门前摆着香案，门头上贴着用黄纸写的一个“顺”字，或写着“顺民”二字，而跪在道路两旁迎接的老百姓的帽子上也大部分贴着一个“顺”字。两三年来，他有时也想着将来会夺得江山，建立新朝，但是他将来用什么国号，却没有想过。就在这刹那之间，他的脑海里闪出来“大顺朝”三个字，同时想到了“应天顺人”这句成语。但是他没有机会多想，已经来到洛阳南门。他抬头望了一眼，看见城墙很高，城楼巍峨，城门洞上边有一块青石匾额，上刻“长夏门”三个大字。刚看清这三个大字，他的乌龙驹已经走进城门洞了。

刘宗敏等将闯王接进道台衙门。这是刘宗敏暂时驻的地方，在这里主持全城的军事、政治。李闯王离开关陵之前，已经知道福王和吕维祺都在黎明时候捉到。福王带着两三个心腹太监出城后藏在东郊迎恩寺中，被附近百姓看见，禀报张鼐，将他捉到；吕维祺正要缒城逃走，被张鼐的士兵在北城头上捉到。闯王望着张鼐问：

“福王的世子朱由崧，还有老王妃、小王妃，如何逃走了？”

张鼐很害怕，赶快回答说：“现在已经查明，福王世子没有跟他老子一道，他事先躲在安国寺，出城后由护送的卫士背着他逃到一个小村庄名叫苗家海，被我们的巡逻弟兄看见。弟兄们正要追上去捉拿他，他们从老百姓家里抢了一匹马，上马逃走了。当时弟兄们不晓得他是何人，所以没有继续追赶。天明后在邙山脚下一个乱葬坟园中捉到了一个护送他的人，才知道他就是福王世子。老王妃和小王妃也是在混乱中缒城逃走，现在还没有查出下落。我没有捉到福王世子，请闯王从严治罪。”

闯王沉默片刻，说：“只要捉到福王这个主犯，也就算了。现在既然城中的秩序如常，你将李公子的几百骑兵交还给他。他今天下午做好准备，从明天开始由他主持，分别在三个地方赈济洛阳饥民。”他转向刘宗敏：“大军进洛阳以后杀了多少人？”

宗敏说：“城上杀了几个人，有的是乱兵杀的。福王宫中和宫门外边死了三十几个人。乱兵进去时杀死了一些人，有的乱兵又给我们就地正法了。”

闯王点头，又问：“百姓看见捉到吕维祺有何话说？”

宗敏说：“我询问他家中的一些丫环、仆人，还有一些街坊邻居，知道吕维祺确实纵容悍奴恶仆欺压百姓，洛阳人敢怒不敢言。将他捉到以后，百姓拍手称快。”

闯王转向牛金星问：“你看，吕维祺肯投降么？”

牛金星已经不敢再流露救吕维祺的思想，回答说：“吕维祺曾为朝廷大臣，又以理学自命，一定不肯投降。既是小民恨之刺骨，杀了算啦。”

刘宗敏、袁宗第、李过都同时绽开笑颜，说：“牛先生说的是，杀了算啦。”宋献策和李岩也一齐点头。李自成见文武意见一致，心中高兴，微笑点头，又问：

“在洛阳的现任文武官员有逃掉的没有？”

宗敏回答：“所有大小现任文武官员全未逃脱，都拘留在各自家中，听候处置。”

闯王又向双喜询问了查抄福王府和各大乡宦豪门的进行情况，便将话题转到了如何放赈，如何扩大部队的问题上去。午饭以后，他将李岩留在道台衙门准备放赈的事，然后带着刘宗敏、牛金星、宋献策和袁宗第离开道台衙门。

李闯王一起人步行往福王宫去，亲兵们牵着战马走在后边。当他们走到王宫前边时，看见宫墙上也贴着《九问九劝》，挤着看的人更多，有些人挤不进去，只好站在人堆背后，踮着脚尖，伸着脖子，从人们的头上或头和头的空隙间往前看。有些听的人们不住点头，还有的忍不住小声说：“好！好！说得痛快！”百姓们看见闯王等走近时，都转身迎着他们肃立无声，目送着他们过去。这种情形，在洛阳城中也是破天荒的。往日，倘若是王爷出宫，事先

仁殿。太监连揭两道锦帘，大家躬身进去。向东，又连揭两道锦帘，群臣进到最里边的一间，才到了皇帝召见他们的地方。崇祯面容憔悴，坐在铺有黄缎褥子的御榻上。榻上放一张紫檀木小几，上边摆几封文书，还有一只带盖的茶碗放在莲叶形银茶盘上。左边悬一小匾，是崇祯御笔书写的“克己复礼”四字。等群臣叩头毕，崇祯叫他们起来，然后叹口气，神情忧伤地说：

“朕御极十有四年，国家多事，又遇连年饥荒，人皆相食，深可悯恻。近日，唉，竟然祸乱愈烈，流贼李自成攻陷洛阳，福王被害。”他的眼圈儿红了，伤心地摇摇头，接着说：“孟子说：‘亲亲而仁民，仁民而爱物。’连亲叔也不能保全，皆朕不德所致，真当愧死！”忽然他的鼻子一酸，抽咽起来，泪如奔泉。

驸马冉兴让和首辅范复粹赶快跪下，劝他不要悲伤，说这是气数所致。崇祯止了哭，揩揩眼睛和脸上泪痕，接着哽咽说：

“这……说不得都是气数。就是气数，亦须人事补救。这几年，何曾补救得几分啊！”

另外几位大臣听皇上的口气中含有责备之意，赶快跪下，俯伏在地，不敢做声。崇祯今日无意将责任推到他们身上，挥手使他们起来。他从几上拣起兵科给事中张缙彦的疏和河南巡按御史高名衡的疏，翻了一翻，叫张缙彦到他的面前跪下，问道：

“尔前疏提到河南的事，现在当面奏来。”

张缙彦叩头说：“洛阳失陷，福世子下落传说不一。臣思当此时候，亲藩所在，关系甚重。臣见抚、按塘报，俱未言之详细确凿。臣是河南人[1]，闻福世子现在孟县。”

“你怎么知道的？”

“孟县人郭必敬自臣家乡来，臣详细问他，是以知道。他在孟县亲见世子身穿孝服，故知福王殿下遇害是真。”

崇祯长叹一声，落下热泪。

张缙彦又说：“福王为神宗皇帝所钟爱，享国四十余年。今遇国变，王身死社稷。凡葬祭慰问，俱宜从厚。”

崇祯点头：“这说的是。”

---

① 河南人——张缙彦是河南孟县人。

范复粹跪奏："福王有两个内臣，忠义可嘉。"

崇祯说："还有地方道、府、县官及乡宦、士民，凡是城破尽节的，皆当查明，一体褒嘉。"

范复粹暗觉惭愧，叩头而退，心中责备自己："唉，我怎么只想到两个内臣！"

次辅陈演在一旁躬身说："福王身殉社稷，当立特庙。"

崇祯没有做声。

科臣[①]李焆出班跪奏："凡是用兵，只有打胜仗才有军威。督师杨嗣昌出兵至今，一年有余，惟起初报了玛瑙山一次小捷，近来寂寂无闻，威势渐挫。须另选一位大将帮他，方好成功。"

崇祯听出这话中实有归罪杨嗣昌以夺其兵权的意思，说道："督师去河南数千里，如何照管得到？虽鞭之长，不及马腹。你们说话，亦要设身处地，若只凭爱憎之见，便不是了。"

李焆说："正因其照管不来，故请再遣大将。"

崇祯不想对李焆发怒，敷衍一句："也遣了朱大典[②]，这便是大将。"李焆起身后，崇祯向群臣扫了一眼，问道："李自成是从何处来到了河南？"

又一位兵科给事中章正宸见机会已到，躬身奏道："听说贼是从四川来的。"

兵部尚书陈新甲立在一旁，赶快纠正说："贼从陕西来，非从四川来，非从四川来。"

崇祯不再理会，想着张献忠在开县境内战败官军的事已有塘报，此时可能已到川东一带，便望着陈新甲问道：

"张献忠现在何地？"

陈新甲跪下说："自从官军猛如虎一军在开县黄陵城受挫之后，尚无新的塘报。"

崇祯怒形于色，又问道："献贼在达州、开县之间，万一逃出，岂不夔、巫震动？夔州可有重兵防守？"

"万元吉可能现在夔州。"

---

① 科臣——六科给事中的简称。李焆是兵科给事中。

② 朱大典——金华人。崇祯十四年六月受命总督江北、河南、湖广军务。在此次召对时，他的官职是总督漕运兼巡抚庐、凤、淮、扬四府，镇凤阳。

"可能！杨嗣昌远在重庆，万元吉奉督师命追剿献贼。开县败后，他到底到了何地？如何部署追堵？如何扼献贼东逃入楚之路？你都知道么？"

陈新甲颤栗说："万元吉尚无续报到部，臣实不知。"

崇祯严厉地望着陈新甲说："卿部职司调遣，赏罚要严，须为朕执法，不得模棱。此后如姑息误事，皆卿部之罪！"

陈新甲叩头说："臣身为本兵，奉职无状，致使洛阳失陷，亲藩遇害，四川剿局，亦有小挫，实在罪该万死。今后自当恪遵圣谕，执法要严，赏罚要明，使行间将帅不敢视国法如儿戏。川楚剿局，尚未大坏；亡羊补牢，未为迟也。伏乞陛下宽心等待，不要过劳宸忧。"

崇祯命他起去，又翻了翻几上放的几封奏疏，很不满意地摇摇头，说："闯贼从洛阳往汝州南去（他不明白攻汝州的是李自成派出的一支故意迷惑官军的偏师），李仙风却领兵往黄河北来，明是规避，害怕与贼作战。就拿高名衡说，先报福王尚在，后报遇害，两报矛盾，也太忙乱了！"随即向阁臣们问道："福世子谕扎内言闯贼'杀王戮官'，在河南府境内更有何王被害？"

几位阁臣都说没有听说。崇祯不放心，又问一次。他们仍说不知。张缙彦走出班来，跪下奏道：

"正月初三日[①]贼破永宁，内有万安王被杀。他是伊王[②]一支的郡王。"见皇上不再追问，他接着说："洛阳失陷，凡王府宫眷，内外官绅士民，焚劫甚惨。此时贼虽出城，生者无所养，死者无所葬，伤者无所调治。皇上已发河南赈济银三万两，合无[③]先调用三五千两，专济洛阳，收拾余烬，以救燃眉？"

崇祯说："河南到处饥荒，别处亦都是要紧。朕再措发，即着钦遣官带去。"

召见已毕，诸臣重新叩头，鱼贯退出，到东角门立了片刻，见皇上不再叫回，才放下心，走出宫去。

从这次召对以后，朝中就开始纷纷议论，攻击陈新甲和杨嗣昌。有些人说，李自成是张献忠手下的一股，既然张献忠逃入四川，足见李自成是从四川到河南的。又有人说，李自成曾经被官军围在川东某地。突围而出，奔入

---

① 正月初三日——李自成破永宁是崇祯十三年十二月二十七日。张缙彦所说的是传闻之误。大概正月初三是杀万安王的日子。

② 伊王——朱元璋的第二十五子封为伊王。

③ 合无——可否。

河南（关于这川东某地，辗转附会，经过了几个月的添枝加叶，形成了一个被围困于“鱼复诸山”的完整故事）。人们说，陈新甲为着掩盖杨嗣昌的罪责，所以说李自成是从陕西到河南的，不是来自四川。陈新甲听到那些攻击他的话，一笑置之。他是本兵，军事情况知道的较多。他曾得到报告：去年秋天，陕西兴安一带的汉南各县曾有李自成的小股人马出没打粮，后来又有一股人马从武关附近奔入河南，从来没有李自成到川东的事。崇祯的心中也清楚李自成不曾到过川东，所以以后朝臣们纷纷攻击杨嗣昌时，没有一个人敢对他提出李自成自川入豫的话。

在崇祯召见群臣的第二天，老驸马冉兴让就奉钦命率领一群官员和太监王裕民前往豫北去了。

崇祯仍是寝食不安，焦急地等待着各地消息，最使他放心不下的是关于开封的守城胜败、张献忠和罗汝才的行踪、杨嗣昌的下一步“剿贼”部署，还有辽东的危急局势，山东等地的军事和灾荒……

愈是中原大局糜烂，崇祯愈担心张献忠由川入楚的消息。大约十天以前，他得到杨嗣昌自四川云阳来的飞奏，知道张献忠同罗汝才在开县黄陵城打败堵截的官军，将从夔州境内出川。杨嗣昌在奏疏中说他自己正在从云阳乘船东下，监军万元吉从旱路轻骑驰赴夔州，以谋遏阻“献贼”出川之路。崇祯十分害怕湖广局势也会像河南一样，不断地在心中问道：

“张献忠现在哪里？献贼可曾出川？”

如今，张献忠和罗汝才已经胜利出川，来到兴山县境，香溪旁边休息。

兴山，这是张献忠和罗汝才熟悉的地方。如今春天来了，香溪两岸，景色分外美丽。虽然每日赶路很紧，将士们十分辛苦，骡马都跑瘦了，但是士气却十分高涨，精神焕发。不过半年以前，罗汝才和张献忠受到杨嗣昌的大军压迫，不得已从这里相继进入川东。当时，各家农民军众心不齐，各有各的打算。献忠只同汝才的关系较好，而同其他各家根本没法合作，所以一方面他处在明军的四面压迫之下，一方面又在起义的各家中感到孤立。杨嗣昌把他视为死敌，正在用全力对付他，并且在川东摆好口袋，逼迫他非去不可，单等他进去后就束紧袋口，将他消灭。自从他在巫山、大昌之间同曹操会师，到如今仅仅半年时间，局面大变，杨嗣昌的全部军事方略被摧毁了，督师辅臣的声威完蛋了，几百万两银子的军事开销付之东流，十几万人马征调作战，落了个鸡飞蛋打，而他却胜利出川，重入湖广，从此如龙跃大海，再也不怕被官军四面包围。

人马停在昭君村和附近的村庄打尖，并不攻兴山县城，为的是不要耽误时间，也不要损伤一个将士。当将士们都在休息时候，张献忠拍一拍徐以显的肩膀，两人离开老营，也不要亲兵跟随，站在离老营不远的香溪岸上说话。水清见底，在他们的脚下奔流，冲着溪中大石，溅出银色浪花，又翻过大石倾泻而下，发出小瀑布那样澎湃之声。溪前溪后，高山重叠，林木茂盛，处处苍翠。不断有鸟声从竹树中间传来，只觉宛转悦耳，却看不见在何树枝上。他们的对面是一处小小的临水悬崖，布满层层苔藓，老的深暗，新的鲜绿，苔藓剥落处又露出赭色石面。悬崖上边被年久的藤萝盘绕，好似一堆乱发，而在藤萝丛中伸出一根什么灌木斜枝，上边有若干片尚未转成绿色的嫩红叶芽，生意盎然。另外，在悬崖左边有一丛金黄耀眼的迎春花倒垂下来，倒映在流动的清水里边。几条细长的鱼儿在花影动荡的苍崖根游来游去。徐以显猜到献忠要同他商量何事，但不由自己点破，先望望面前风景，笑着说：

“这搭儿山清水秀，怪道出了王昭君这样的美人儿！”

献忠骂道：“又是一个老臊胡！你莫学曹操，不打仗的时候，什么大事不想，只想着俊俏的娘儿们！”他随即哈哈一笑，风吹长须，照入流水。“伙计，咱们到底打败了杨嗣昌这龟儿子，回到湖广。你说，下一步怎么办？”

徐以显猜到献忠的打算，但不说出，侧着头问：“你说呢？”

献忠在军师的脸上打量一眼，正要说话，看见两名弟兄走来，站在近处的溪边饮马。一匹白马，一匹红马，前蹄踏进溪中，俯首饮着清水。因很快就要继续赶路，马未卸鞍，只是松了肚带，铜马镫搭在鞍上。献忠挥挥手，使他们将战马牵向别处去饮，然后对军师低声说：

“咱们既然要整杨嗣昌，一不做，二不休，索性狠整一下。去戳他王八蛋的老窝子行不行？”

徐以显迅速回答：“对，一定要打破襄阳！”

献忠点头，问：“你也想到去破襄阳？”

以显想了一下说：“襄阳防守很严，只可智取，不可力攻。趁眼下襄阳人还不知道咱们已经出川，也许可以成功，不妨试试。”

献忠兴奋地说：“对，对。趁着咱们出川的消息襄阳不知道，襄阳也还不知道杨嗣昌在黄陵城打了败仗的消息，咱们突然破了襄阳城，不愁他杨嗣昌

不捏着鼻子哭!”

徐以显冷笑说:“要是杨嗣昌失掉襄阳，倒不是光哭一通可以拉倒，崇祯会叫他的脑袋搬家哩。”

献忠将大腿一拍，说:“老徐，你算是看准啦！对，咱俩就决定走这步棋，将杨嗣昌逼进酆都城！伙计，怎么咱俩都想到一个点子上?”

“我是你的军师，不是饭桶。”

他们互相望着，快活地哈哈大笑。献忠随即问道:

“老徐，咱们今天到兴山城外，听到老百姓谣传河南方面的一些消息，说自成在去年十一月间到了河南，到处号召饥民，如今已经有二十多万人马，又传说他在一个月前破了永宁，杀了万安王，近来又破了洛阳。你觉得这些消息可靠么?”

徐以显叹口气，心有遗憾地回答说:“你同自成都不是平凡人物，只要得到机会，都能成大气候。谣言说自成在河南如何如何，我看是八九不离十。只是，谣传他如今有二十多万人马，我想不会。顶多十万上下。他先到南阳府地面，如今又到了洛阳西南，都在豫西，年荒劫大，饿死人的年景。你想想，专靠打破山寨，惩治富家大户，又要赈济饥民，又要养兵，如何能养活二十多万人马?”

献忠点点头，说:“对啦，恐怕是连影子有二十多万人马!”

以显接着说:“近几年，自成一直很倒霉，受的挫折不少，差一点儿完事啦。如今忽然交了庚字运，到了河南，如鱼得水，一下子有了十来万人马，看起来他要做一篇大文章啦。”

献忠骂道:“这大半年，咱们将杨嗣昌引入四川，把几省的官军拖住不放，有的给咱们打败了，有的给拖垮了，余下的给拖得精疲力尽。自成这小子躲在郧阳深山里，等待时机，突然跳出来拣个便宜。这能够算他有本领么?”

“大帅当断不断，放虎归山。倘若采纳以显的主张，何至有今日后悔!”

“老子那时不忍心下毒手，以义气为重嘛。”

“我的‘六字真言’中没有‘义气’二字。”

“他已经羽毛丰满，咱们怎么办?”

“我们如破襄阳，也可以与他势均力敌。以后大势，今日尚难预料，我们扩充人马要紧。”

张献忠同徐以显回到老营，将破襄阳的打算悄悄同曹操和吉珪商量。曹操自然赞成。献忠谈到李自成破了洛阳的传闻，忍不住破口大骂，还说：

“曹操，咱们拼命打了一年半的仗，便宜了李自成。我不信他有天大本领！”

曹操说：“不过自成真要破了洛阳，对咱们也有好处。”

张献忠用鼻孔哼了一声，说：“咱们在四川同杨嗣昌死打活拼，他却到河南拣便宜，这就是古话说的‘鹬蚌相持，渔人得利’，对咱们有鸡巴好处！”

曹操笑着摇头说：“不然，敬轩。咱们在湖广、四川打得杨嗣昌焦头烂额，他又在河南点把火，叫崇祯八下捂不住，败局从此定了。你想，自成在河南放的这一把大火，难道对咱们没有好处？”

献忠说：“好啦，老哥，你想当和事佬，也好，眼下还是对付崇祯和杨嗣昌要紧。往后的事，骑毛驴儿念唱本，走着瞧。说不定，你日后会知道他的厉害哩。”

汝才哈哈一笑，没再说话。他近几天已经觉察出来，献忠因为打了胜仗，说话时越发盛气凌人了。献忠见他不再谈李自成，便转向吉珪说道：

“子玉，你是主意包，多谋善断，请你同曹帅再商量一下往襄阳这步棋吧。”

吉珪赶快说：“大帅过奖，实不敢当。奔袭襄阳，抄杨嗣昌的老窝子，真是妙策，非敬帅没人能想得出来，亦无人敢如此想。”

献忠心中得意，又问：“你看，李自成能成功么？”

“请敬帅不要只看一时，误以为李自成破洛阳后声势大振，就是成功之象。其实不然。秦亡之后，项羽分封诸侯，凌驾群雄，叱咤风云，天下诸侯王莫敢不惟项羽之马首是瞻。刘邦偏处汉中，终灭项羽。王莽篡汉，赤眉、铜马共奉更始为帝，入据长安，俨然已有天下，终被光武剪除。故先得势者未必成功，徒为后来真命天子清道耳。李自成目前得势，远不能与项王、更始相比，有何惧哉！可喜敬帅得我们曹帅尽力辅佐，何患不得天下？请敬帅放心。”

献忠斜着眼睛问：“你说的是真话？”

“对敬帅岂敢有假。”

献忠哈哈大笑，亲切地拍拍吉珪的肩膀，同徐以显走了。到没人处，他对徐以显说：

“看来老吉果然不是草包。”

“我不是说过么？此人不像曹帅，不可不防。曹帅有时颇有诡计，亦甚狡猾，但有时粗疏，容易露底。吉珪确实城府深沉，真心思点滴不肯外露。”

他们匆匆地吃了东西，便率领人马继续赶路。

从他们出发的昭君村到当阳，四百多里，山路崎岖，还要翻过一些大山，却只用两天时间就赶到了。杨嗣昌在张献忠离开泸州以后，就已经考虑到张献忠和罗汝才会出川奔入湖广，传檄下县，预为防备，当阳县也在十天前就接到了紧急檄文。守当阳城的是都司杨治和降将白贵。杨治倒不算什么，那个白贵原是曹操率领的房均九营的一营之主，深知献忠和汝才用兵情形，所以守城严密，使献忠和汝才无隙可乘。他们决定不攻当阳，在关陵休息一夜，然后分兵两支：罗汝才率领曹营人马沿沮水小路往西北去，重经远安，向房县方面进兵，牵制最近驻兵房县以西的郧阳巡抚袁继咸，使之不能够驰援襄阳，而张献忠率领西营将士从当阳西北渡过漳河，绕过荆门州，交上从荆门往襄阳的大道，由于地势比较平坦，以一日夜三百里的速度前进。

这时候，杨嗣昌正在长江的船上，从夔州瞿塘峡放船东下。江流湍急，船如箭发。如今他必须以最快的速度赶到沙市，方能知道张献忠和罗汝才的行踪，决定继续追剿方略。他孤独地坐在大舱中，久久地望着窗外江水，不许人进来惊动。后来他轻轻地叹口气，自言自语地说道：

“皇上，臣力竭矣！”

去年五月，他将各股农民军逼到川东一带，大军四面围堵，惠登相和王光恩等股纷纷投降，罗汝才也已经决定投降。他想，只剩下张献忠一股，已经被包围在夔、巫之间的丛山中，不难歼灭。无奈首先是四川巡抚邵捷春不遵照他的作战方略部署兵力，其次是陕西将领贺人龙和李国奇两镇将士在开县鼓噪，奔回陕西境内，使堵御西路的兵力空虚。张献忠对罗汝才又劝说又挟制，使罗汝才不再投降，合兵一处，突入四川内地。他亲自赶往重庆，打算将张、罗驱赶到川西北的偏远地方，包围歼灭。无奈将不用命，士无斗志，尚方剑不起作用，一切堵剿谋划全都落空。半年之间，张献忠和罗汝才从川东到川北，回攻成都，又顺沱江南下，到川西泸州，再从川西回师北上，绕过成都，东趋通江，迅速南下，行踪诡秘，消息杳然，过了端日，突然在开县黄陵城出现，消灭了总兵猛如虎率领的堵截部队，从夔州、大昌境内出川。

他奉命督师至今，费了上百万银子的军饷，一年半的心血，竟然毁于一旦！他望着江水，继续想了很久，苦于不知道张献忠将奔往何处，也苦于想不出什么善策，觉得心中有许多话要向朝廷申诉，可是常言道“一出国门，便成万里”，如今只好听别人的攻讦！他的心情颓丧，十分沉重，不自觉地小声叫道：

“皇上！皇上！……”

半年以来，许多往事，不断地浮上心头。去年九月，他从三峡入川的情景，历历如在眼前……

去年九月上旬，杨嗣昌从夷陵乘船西上，于九月十一日到了巫山城外，船泊江边，没有上岸，只停了一晚就继续西上。

在川东投降的各营农民军中，杨嗣昌最重视的是王光恩这一营，在大船上特予接见，给以银币，好言抚慰。王光恩叩头涕泣，发誓效忠朝廷，永无二心。他的手下原有六千人，近来死、伤和逃散的约有一半。杨嗣昌命他挑选一部分精兵随军追剿，其余的由他率往郧阳、均州驻扎，整顿训练，归郧阳巡抚调遣。他问道：

“你可知道李自成现在何处？”

王光恩恭敬地回答说：“自从舍弟光兴在竹山境内的大山中同李贼见面之后，只知李贼后来继续向西北逃去，却不知他逃往何处。他的人马很少，十分饥疲，八成潜伏在陕西和湖广交界地方。”

杨嗣昌觉得放心不下，沉吟说：“倘能招他出降，就可以为朝廷除一隐患。”

王光恩说：“末将深知李贼秉性脾气与曹贼大不相同，也与八贼不同。他不管如何挫败，如何艰难困苦，从不灰心丧气，更莫说打算投降。想招他出降，实不容易。”

“既然他冥顽不化，死不肯降，那就稍缓时日，俟剿灭献贼之后，再分兵将他围歼不迟。你在郧、均一带驻扎，万勿大意；务要多派细作，侦伺他的下落，提防他突然窜出，攻破城池。”

“谨遵大人钧谕，末将绝不敢疏忽大意。”

接见了王光恩以后，杨嗣昌就在大船上批阅文书。他知道张献忠和罗汝才已经于初六日破了大昌之后，继续向西。他还不明白张、罗的作战意图，但是更证实了他原来对幕僚们说过的一句话：“倘献、曹二贼合股，则剿局必

多周折。”当天夜里，他同幕僚们商议之后，连着发出了两道十万火急檄文：一道给驻扎在竹山境内的左良玉，命他星夜驰赴秭归，使张献忠不得从夔东重入湖广；一道给邵捷春，命他坚守梁山，使张献忠不能够奔袭重庆。他虽然不能不想到夔州十分吃紧，但因为万元吉驻在夔州城内，使他比较放心。另外，他在军事上仍有获胜信心，命一位幕僚拟了一个布告稿子，说明督师辅臣亲率大军入川，痛剿残“寇”；凡愿投降的一概免死，妥予安插，惟张献忠一人不赦。他还叫另一位幕僚拟就了一个捉拿张献忠的檄文稿子，要使老百姓容易吟诵、记忆和流传。这位幕僚依照当时习惯，用《西江月》词牌很快地拟好檄文稿子，呈到他的面前。他捻须轻声念道：

　　不作安分降将，
效尤奋臂螳螂。
往来楚蜀肆猖狂，
弄兵残民无状。
　　云屯雨骤师集，
蛇豕奔突奚藏？
勉尔军民捉来降，
爵赏酬功上上。

布告和檄文的稿子都连夜交给后边一只大船上的刻字匠人，命他们连夜刻出来，大量印刷。

第二天黎明，巫峡中黑森森的。只听得三声炮响，最前边的一只大船上鼓角齐鸣。稍过片刻，船队起锚，开始向夔州进发。巫山县文武官吏、士绅和王光恩等新降将领，跪在岸上送行。但杨嗣昌没有走出船舱，只是命一位中军参将站在船头上传谕地方官绅免送，严守城池要紧。每一只大船都有许多灯笼火把，照耀江中，照出大小旗帜飘扬，像一条一里多长的巨龙，在激流中艰难地蜿蜒西上，十分壮观。为着早到夔州，今天每只船都增加了纤夫。在悬崖峭壁的半腰间，稀疏的灯笼在暗影中飘摇前行，纤夫的号子声此起彼伏。杨嗣昌从船窗中探出头来，向下看，水流汹涌，点点灯火在波浪中闪动，几丈外便是一片昏黑；往上看，黑森森高峰插天，在最高的峰尖上虽然已经有轻淡的曙色和霞光，但是看来非常遥远，并不属于这深而窄的、随时都有沉舟危险的峡中世界。船一转头，连那染有曙色的峰尖也看不见了。他一路上已经经过不少暗礁险滩，从此到夔州还要经过瞿塘，绕过滟滪堆，一处失误，便将在艰险的征途上死于王事。他正在胡思乱想，忽然听见从高处悬崖上落下来几声猿猴的啼叫，声音清苦。他的心中一动，叹息一声，不觉吟道：

巴东三峡巫峡长，
猿鸣三声泪沾裳！

由于心情沉重、悲凉，杨嗣昌无心再看江景，将头缩回舱中。他昨夜同幕僚商议军事，睡眠很少，想趁这时再倚枕假寐片刻。但刚刚闭上眼睛，种种军事难题一古脑儿涌上心头，同时从舱外传进来猿声、水声、橹声、船夫的号子声，使他的心神更乱。他迅速起床，唤仆人进来替他梳头，同时在心中叹道：

“朝中诸公，有几个知道我的为国苦心！”

…………

仅仅经过半年，杨嗣昌由希望到失望，到失去信心。这时他还不知道洛阳失守，不知道河南的局势已经大变，他所关心的只是张献忠和罗汝才的行踪，所以急于赶到沙市，重新部署军事。他在当时满朝大臣中不愧是一个精明能干的人，去年从夷陵入川以后，尽管鄂北郧、襄一带已无义军活动，但是他不能忘怀襄阳是军事上根本重地，而且是亲藩封地。他命襄阳知府王述曾负责守护襄阳城，但是他常常感到放心不下，几次亲自写信给王述曾，嘱咐他切不可疏忽大意。

现在因张献忠已经出川，他又想到襄阳，更加放心不下，但没有对任何幕僚提及。在半夜就寝时候，从夔州上船的监军万元吉和另外几位亲信幕僚都已离开，只有儿子杨山松尚未退出。他趁左右无人，叹口气小声问道：

“你看王述曾这个人如何？”

山松恭敬地回答说：“大人最有知人之明，用王述曾做襄阳知府自然比前任为好。他年轻有为，敢于任事，又为大人亲手提拔，颇思感恩图报。只是听说自从大人离开襄阳后，他有时行为不检，不似原先勤谨。还听说他有时借亲自查狱为名，将献贼的两个美妾从狱中提出问话。倘若日子久了，难免不出纰漏。”

杨嗣昌说：“目前战局变化无常，襄阳守臣须得老成持重方好；倘稍轻浮，纵然平日尚有干才，也易偾事。所以襄阳这个地方，我有点放心不下。”

山松说：“大人何不火速给王知府下一手教，嘱其格外小心谨慎，加意城

守①，严防奸细?”

杨嗣昌摇摇头，轻声说：“此时给王知府的书信中不写明川中战局变化，他不会十分重视。对他说明，亦有不便。目前正是谣言纷起时候，万不可使襄阳知道真相，引起人心惊慌，给住在襄樊的降人与流民②以可乘之机。且朝廷上很多人出于门户之见，不顾国家安危利害，惟以攻讦为能事。倘若我们自己不慎，将新近川中战局的变化传了出去，被京师言官知道，哗然相攻，而皇上又素来急躁，容易震怒，……”杨嗣昌不再说下去，无限感慨地叹口长气。

山松问：“如不趁此时速给王知府下手教，嘱其小心城守事宜，万一献贼窜出四川如何?”

嗣昌沉默一阵，说：“目前献、曹二贼也是疲于奔命，人马更少，只剩下三四千人，纵然能逃出四川，未必敢奔袭襄阳；纵然奔袭襄阳，只要襄阳城门盘查得严，奸细混不进去，也会万无一失。王知府虽然有些轻浮，然张兵备③素称老练。看来我的担心未免是过虑了。”

杨山松见父亲的心情稍安，也很困倦，便轻脚轻手地退了出去。

有一些可怕的预感压着杨嗣昌的心头。过了很久，他苦于睡不着觉，索性起身出舱，站立船头。皓月当空。江风凄冷。两岸黑黝黝高山突兀。船边激浪拍岸，澎湃作响。他望望两岸山影，又望望滔滔江水，感到前途莫测，但又无计可想。他的老仆人杨忠和儿子山松站立在背后，想劝他回舱中休息，却不敢做声。过了很久，他们听见他轻轻地叹口气，吐出来四个字：

“天乎！天乎！”

---

① 城守——义同守城。此词最初见于《汉书》，遂为后代士大夫所习用，显示吐词古雅。

② 流民——当时河南灾荒比湖北惨重，所以很多灾民逃到襄樊一带。

③ 张兵备——襄阳兵备道张克俭。

第三十一章

杨嗣昌的船队从夔州东下的十天以前，二月初四日快到黄昏时候，有一小队官军骑兵，共二十八人，跑得马匹浑身汗湿，驰至襄阳南门。襄阳因盛传洛阳失陷，四川战事不利，所以近几天来城门盘查很严，除非持有紧急公文，验明无误，一概不许人城。这一小队骑兵立马在吊桥外边，由为首的青年军官走近城门，拿出督师行辕的公文，证明他来襄阳有紧急公干。守门把总将公文仔细看了一遍，明白他是督师行辕标营中的一个小军官，官职也是把总，姓刘，名兴国，现年二十一岁。但守门把总仍不放心，抬头问道：

“台端还带有什么公文?”

刘兴国露出轻蔑的神气，拿出来一封火漆密封的火急文书，叫守门军官看看。守门军官看正面，是递交襄阳兵备道张大人的，上边注明“急密”二字，背面中缝写明发文的年月日，上盖督师辅臣行辕关防。他抬起头来对刘兴国说：

“请你稍候片刻，我去禀明黎大人，即便回来。”

从督师行辕来的青年军官不高兴地说：“怎么老兄，难道我们拿的这堂堂督师行辕公文是假的么?”

守门军官赔笑说：“莫见怪，莫见怪。公文自然是真的，只是需要禀准黎大人以后，才能开门。”

“老兄，这是紧急文书，误了公事，你我都吃罪不起!”

“不会误事。不会误事。黎大人就坐在城门楼上，我上去马上就来。”

杨嗣昌驻节襄阳时候，每个城门都有一位挂副将衔的将军负责，白天就坐在城门楼上或靠近城门里边的宅院中办公。自从杨嗣昌去四川以后，因襄阳一带数百里内军情缓和，各城门都改为千总驻守，惟南门比较重要，改为游击将军。这位游击将军名叫黎民安，他将呈上的公文正反两面仔细看了一遍，看不出可疑地方，但还是不敢放心，只好亲自下了城楼，站在城门洞里，

将前来下公文的青年军官叫到面前，将他浑身上下打量一眼，问道：

“你是专来下这封公文么?”

刘兴国恭敬地回答：“是，大人。”

将军说：“既是这样，就请在南关饭铺中休息等候。我这里立刻派人将公文送进道台衙门。一有回文，即便交你带回督师行辕。”

青年军官暗中一惊，赶快说：“回大人，我是来襄阳火急调兵，今晚必得亲自到道台衙门，将兵符呈缴道台大人，不能在城外等候。”

将军问：“有兵符?”

“有，有。”青年军官随即从怀中取出一半兵符呈上。

黎将军很熟悉督师行辕的兵符式样，看明白这位青年军官带来的一半兵符不假，而且兵符是铜制的，别人在仓卒之间也无法伪造。他的脸上的神色开始松和了，说道：

“你在吊桥外饭铺中稍候片刻，也叫弟兄们吃茶休息。我立刻亲自将公文、兵符送进道台衙门，当面呈上。兵符勘合不误，即请老弟带着弟兄们进城去住。这是公事手续，不得不然。”

青年军官说：“既是这样，只得从命，但请将军大人速将公文、兵符送呈道台大人面前。”说毕，行个军礼，便转身过吊桥去了。

张克俭的道台衙门距离南门不远，所以过了不多一阵，黎将军就从道台衙门骑马回来，差人去将等候在吊桥外的青年军官叫到面前，说道台大人拆看了阁部大人的火急文书，又亲自勘合了兵符，准他们进城住在承天寺，等候明日一早传见。将军随即问道：

“你带来的是几名弟兄?”

“回大人，连卑职在内，一共二十八人。”

“一起进城吧，我这里差人引你们到承天寺去。”

当刘兴国率领他的二十七名弟兄走进城门往承天寺去时，黎将军又将他叫住，稍微避开众人，小声问道：

“这里谣传四川战局不利，真的么?”

青年军官说：“请大人莫信谣言。四川剿贼军事虽不完全顺利，但献、曹二贼决难逃出四川。阁部大人正在调集人马，继续围剿，不难全部歼灭。要谨防奸细在襄阳散布谣言惑众!”

黎将军点头说：“是呀，说不定有奸细暗藏在襄阳城内，专意散布流言蜚语。前天有人劝知府王老爷要格外小心守城，王老爷还笑着说：‘张献忠远在四川，料想也不会从天上飞来！’我也想，担心张献忠来襄阳，未免也是过虑。”

青年军官说：“当然是过虑。即令张献忠生了两只翅膀，要从四川飞到襄阳来也得十天半月！”

将军微笑着点点头，望着这一小队骑兵往承天寺方向走去。

一线新月已经落去，夜色更浓。张献忠率领一支一千五百人的骑兵，正在从宜城去襄阳的大道上疾驰。离襄阳城不到十里远了，他忽然命令队伍在山脚下停住休息。因为已经看见襄阳南门城头上边的灯火，每个将士都心中兴奋，又不免有点担心，怕万一不能成功，会将已经进入襄阳城内的弟兄赔光。但是献忠的军纪很严，并没人小声谈话。将交三更时候，献忠大声吩咐“上马！”这一支骑兵立刻站好队，向襄阳南门奔去。

因为离战争较远，襄阳守城着重在严守六个城门，盘查出入，对城头上的守御却早已松懈，每夜二更过后便没有人了。当张献忠率领骑兵离文昌门（南门）大约二里远时，城上正打三更。转眼之间，承天寺附近火光突起，接着是襄王府端礼门附近起火，随后文昌门内火光也起。街上人声鼎沸，有人狂呼道台衙门的标营哗变。守南门的游击将军黎民安率领少数亲兵准备弹压，刚在南门内街心上马，黄昏时进城来住在承天寺的二十几名骑兵冲到。黎民安还没有弄明白是怎么回事，措手不及，被一刀砍死，倒下马去。他的左右亲兵们四下逃窜。转眼之间，这一小队骑兵逼着没有来得及逃走的守门官兵将城门大开，放下吊桥。张献忠挥军入城，分兵占领各门，同时派人在全城传呼：“百姓不必惊慌，官兵投降者一概不杀！”在襄阳城内只经过零星战斗，数千官军大部分投降，少数在混乱中缒城逃散。襄阳城周围十二里一百零三步，有几十条街巷，许多大小衙门，就这样没有经过大的战斗就给张献忠占领了。

张献忠进入文昌门后，首先驰往杨嗣昌在襄阳留守的督师行辕，派兵占领了行辕左边的军资仓库，然后策马往襄王府去。到了端礼门前边，迎面遇见养子张可旺从王府出来，弟兄们推拥着一个须发尽白的高个儿老人。献忠在火光中向老人的脸上看了一眼，向可旺问：

“狗王捉到了？”

可旺回答：“捉到了。王府已派兵严密看守，不许闲杂人出进。”

献忠说："好！快照我原来吩咐，将狗王暂时送往西城门楼上关押，等老子腾出工夫时亲自审问。"

他没有工夫进王府去看，勒马向郧、襄道衙门奔去。道台衙门的大门外已经有他的士兵守卫，左边八字墙下边躺着两个死尸。他下了马，带着亲兵们向里走去，在二门里看见养子张文秀向他迎来。他问道：

"张克俭王八蛋捉到了么？"

"回父帅，张克俭率领家丁逃跑，被我骑兵追上，当场杀死。尸首已经拖到大门外八字墙下，天明后让众百姓看看。"

献忠点点头，阔步走上大堂，在正中坐下。随即养子张定国走进来，到他的面前立定，笑着说：

"禀父帅，孩儿已经将事情办完啦。"

献忠笑着骂道："龟儿子，你干的真好！进城时没遇到困难吧？"

定国回答："还好，比孩儿原来想的要容易一些。多亏咱们在路上遇见杨嗣昌差来襄阳调兵的使者，夺了他的兵符，要是单凭官军的旗帜、号衣和咱们假造的那封公文，赚进城会多点周折。"

献忠快活地哈哈大笑，随即从椅子上站起来，拍着定国的肩膀说，"好小子，不愧是西营八大王的养子！你明白么？顶重要的不是官军的旗帜号衣，也不是公文和兵符，是你胆大心细，神色自然，使守城门的大小王八蛋看不出一点儿破绽，不能不信！"

他又大笑，又拍拍定国的肩膀，说："你这次替老子立了大功，老子会重重赏你。你进城以后，如何很快就找到了咱们的人？"

定国说："我带着几个亲兵去杏花村吃晚饭，独占一个房间，我刚进去，管账的秦先儿就向我瞄了几眼。随后跑堂的小陈跟进来问我要什么酒菜，看出来是我。从前孩儿两次来襄阳办事，同他见过面。我悄悄告他说咱们的人马今夜三更进城，要他速做准备，临时带人在城内放火，呐喊接应。他对孩儿说，他常去府班房中给潘先生送酒菜，马上将这个消息告诉潘先生知道，好在班房里做个准备。他还对孩儿说，防守吕堰驿①一带的千总吴国玺今天带家丁二十余人来襄阳领饷。他的家丁中有人与秦先儿暗中通气，早想起事，总未得手。秦先儿同他们约好，一到三更，就在他们住的阳春坊②一带放火，

---

① 吕堰驿——在襄阳东北七十里处，去新野的中间站。

② 阳春坊——襄阳东门叫阳春门，东门内一条胡同叫做阳春坊或阳春胡同。

抢占东门。要不是城中底线都接上了头，单靠孩儿这二十八个人，也不会这么顺利。”

献忠说：“好，好，办得好。老潘他们在哪里？”

白文选提着宝剑正踏上台阶，用洪亮声音代定国回答说：“潘先生以为大帅在襄王府，同两位夫人进王府了。后来他们听说大帅在这里，马上就来。”

献忠一看，叫道：“小白，你来啦！王知府捉到了么？”

白文选回答说：“跑啦，只捉到推官邝曰广，已经宰[1]啦。”

“王述曾这龟儿子逃跑啦？怎么逃得那么快？”

“破城时候，他同推官邝曰广正在福清王府陪着福清王和进贤王的承奉们玩叶子，一看见城中火起，有呐喊声，便带领家丁保护两位郡王逃走，逃得比兔子还快。我到府衙门扑个空，又到福清王府，听说他已逃走，便往北门追赶。到临江门[2]没有看见，听人说有二三十人刚跑出圈门。我追出圈门，他们已经逃出拱辰门，从浮桥过江了。我追到浮桥码头，浮桥已经被看守的官兵放火在烧。邝曰广跑得慢，在拱辰门里边被我抓住，当场杀死。”

献忠顿脚说：“可惜！可惜！让王述曾这小子逃脱了咱们的手！”

文选接着说：“我转回来到了县衙门，知县李天觉已经上吊死了，县印摆在公案上。听他的仆人说，他害怕咱们戮尸，所以临死前交出县印。”

献忠骂道：“芝麻大的七品官儿，只要民愤不大，咱老子不一定要杀他。倒是王述曾这小子逃走了，有点儿便宜了他！”

等了片刻，不见潘独鳌来到，张献忠忍不住骂了一句：“他娘的，咋老潘还不来！”他平常就有个急躁脾气，何况今夜进了襄阳城，事情很多，更不愿在道台衙门中停留太久。他用责备的口气问白文选：

“你不是说老潘马上要来见我么？”

白文选回答：“潘先生说是马上要来见大帅。他现在没赶快来，说不定那几百年轻囚犯要跟咱们起义的事儿拖住了他，一时不能分身。”

献忠将大手一挥说：“年轻的囚犯，愿投顺咱们的就收下，何必多费事儿！”

张定国说：“潘先生在监中人缘好，看监的禁卒都给他买通了，十分随

① 宰——杀牲畜叫做宰。

② 临江门——襄阳城的正北门叫做临江门。城东北角加筑一小城，内门叫做圈门，正对圈门的北门叫做拱辰门，俗称大北门；小城的东门叫做震华门。

便，所以结交了不少囚犯中的英雄豪杰。如今见父帅亲自破了襄阳，不要说班房中年轻的愿意随顺，年老的，带病的，都想随顺，缠得潘先生没有办法。孩儿刚才亲眼看见潘先生站在王府东华门外给几百人围困在核心，不能脱身。”

献忠一笑，说：“他妈的，咱们要打仗，可不是来襄阳开养济院的！”

他吩咐张定国立刻去东华门外，帮助潘独鳌将年轻的囚犯编入军中，将年老和有病的囚犯发给银钱遣散。然后他对白文选说：

“小白，跟老子一起到各处看看去。有重要事情在等着老子办，可没有闲工夫在这搭儿停留！”

献忠大踏步往外走去。白文选紧跟在他的身边。后边跟着他们的大群亲兵。文选边走边问：

“大帅，去处决襄王么？”

献忠用鼻孔哼了一声，说：“老子眼下可没有工夫宰他！”

他们在兵备道衙门的大门外上了战马，顺着大街向一处火光较高的地方奔去。城内到处有公鸡啼叫，而东方天空也露出鱼肚白色。

天明以后，城内各处的火都被农民军督同百姓救灭，街道和城门口粘贴着张献忠的安民告示，严申军纪：凡抢劫奸淫者就地正法。告示中还提到襄阳现任官吏和家居乡绅，只要不纠众反抗天兵，一律不杀。有几队骑兵，捧着张献忠的令箭，在城关各处巡逻。一城安静，比官军在时还好。街上店铺纷纷开市，而一般人家还在大门口点了香，门额上贴“顺民”二字。

西营的后队约三千人，大部分是昨日早晨袭破宜城后随顺的饥民，在辰巳之间来到了。献忠命这一部分人马驻扎在南关一带，不要进城，同时襄阳投降的几千官军和几百狱囚已经分编在自己的老部队中，将其中三千人马开出西门，驻扎在檀溪西岸，直到小定山下，另外两千多人马驻扎在阳春门外。这两处人马都有得力将领统带，加紧操练，不准随便入城。襄阳城内只驻扎一千精兵和老营眷属，这样就保证了襄阳城内秩序井然，百姓安居如常。襄阳百姓原来都知道张献忠在谷城驻军一年多，并不扰害平民，对他原不怎么害怕，现在见他的人马来到襄阳确实军纪严明，不杀人，也不奸淫抢劫，家家争着送茶，送饭，送草，送料。

献忠因樊城尚在官军手中，只有一江之隔，而王述曾也逃到樊城，所以他在早饭前处理了部队方面的重大事情之后，又亲自登上临江门城头向襄江北岸望了一阵，又察看了北城地势，下令将文昌门和西门上的大炮移到夫人城[①]和拱辰门上，对准樊城的两处临江码头。浮桥在西营人马袭破襄阳后就被樊城官军烧毁，所以只需要用大炮控制对岸码头，防止樊城方面派人乘船来袭扰襄阳。

从北门下来，张献忠回到设在襄王宫中的老营，由宫城后门进去穿过花园，到了襄王妃居住的后宫。敖氏和高氏等五位夫人已经换了衣服，打扮整齐，在王府宫中等他。当敖氏和高氏等看见他走进来时，都慌忙迎了上来，想着几乎不能见面，不禁流出热泪。献忠笑着向她们打量片刻，特别用怀疑的眼神在敖氏的焕发着青春妩媚的脸上多打量一眼，然后对她们嘲讽地说：

“你们不是又回到老子身边么？酸的什么鼻子？怕老子不喜欢你们了？放心，老子还是像从前一样喜欢你们。妈的，娘儿们，没有胡子，眼泪倒不少！你们的眼泪只会在男人面前流，为什么不拿眼泪去打仗？”这最后一句话，引得左右人忍不住暗笑。他转向一个老营中的头目问道：“潘先生在哪里？怎么没有看见？”

“回大帅，潘先生在前边承恩殿等候。”

献忠立刻走出后宫，穿过两进院落，由后角门走进承恩殿院中，果然看见潘独鳌站在廊庑下同几个将领谈话。献忠一边走一边高兴地大叫：

“唉呀，老潘，整整一年，到底又看见你啦！我打后宫进来，你不知道吧？”

潘独鳌边下台阶迎接边回答说：“刚听说大帅到了后宫，我以为大帅会坐在后宫中同两位夫人谈一阵话，所以在此恭候，不敢进去。”

献忠已经抓住了独鳌的手，拉着他走上台阶，说：“我哪有许多婆婆妈妈的话跟她们絮叨？还是咱们商量大事要紧。你们大家吃过早饭没有？”

同众将和潘独鳌站在一起的马元利回答说：“同潘先生一起等候大帅回来用饭。”

“好，快拿饭。老子事忙，也饿得肚子里咕噜响。看王府里有好酒，快拿来！军师在干什么？怎么还不来？他在襄阳城中有亲戚么？”

马元利说：“杨嗣昌在襄阳积存的军资如山，王府中的财宝和粮食也极

---

① 夫人城——襄阳城西北角加筑的一个小城，突出大城之外。东晋初年，苻坚派兵来攻，守将朱序的母亲率婢女和城中妇女所筑，所以叫做夫人城，后经历代修缮。

多。军师怕分派的将领没经验，会发生放火和抄抢的事儿，他亲自带着可靠将士，将这些地方查看一遍，仓库封存，另外指派头目看守，他还指派头目去查抄各大乡宦巨富的金银财宝，还要准备今日先拿出几十担粮食向城中饥民放赈，忙得连早饭也顾不上吃。”

献忠点头说：“他娘的，好军师，好军师。快派人请他回来，一起吃早饭。”他转向潘独鳌，眼睛里含着不满意的嘲笑，说：“老潘，好伙计，你可不如他。你在杨嗣昌面前说的什么屁话，老子全知道。不过，你放心，过去的事儿一笔勾啦。我这个人不计小节，还要重用你。这一年，你坐了监，也算为咱老张的事儿吃了苦啦。”

潘独鳌满脸通红，起初他的心好像提到半空中，听完献忠的话，突然落下来，又羞愧，又感动，吃吃地说：

“我初见杨嗣昌的时候实想拿话骗他，并非怕死，只不过想为大帅留此微命，再供大帅驱使耳。俗话说：路遥知马力，日久见人心。独鳌有生之年，定当……”

献忠笑着说：“不用说啦。不用说啦。小事一宗，我说一笔勾就算勾啦。啊，老徐，你回来得好，正等着你吃早饭哩！”

徐以显在查封王府财宝时已经同潘独鳌见了面。他现在不知道献忠刚才说的什么话，为着给潘吃一颗定心丸，拉着潘的手说：

“老潘，咱们大帅常常提到你，总说要设法救你，今日果然救你出狱了。大帅的两位夫人在狱中幸得足下照顾，都甚平安，这也是你立的一功。”

因为承恩殿太大，早饭摆在东配殿中。张献忠给潘独鳌斟了满杯酒祝贺他平安无恙。潘独鳌也回敬献忠，祝贺大捷。陪坐的众亲将一同干杯。献忠快活地向大家问：

“你们猜猜，杨嗣昌下一步会走什么棋？”

众人说猜不准，反正他没有什么好棋可走，大概会被崇祯逮京问罪，落得熊文灿那样下场。献忠又望着潘独鳌：

“老潘，你说？”

潘独鳌笑着说：“据我看，杨嗣昌已经智尽力竭，连陷两座名城，失陷两处亲藩，必将走自尽一途。”

献忠愕然：“啊？你说清楚！”

独鳌重复说：“洛阳确实于上月二十四日夜间失守，李自成杀了福王。如今又失了襄阳，襄王也将成大帅的刀下鬼。崇祯岂能轻饶他？即令崇祯有意活他，朝廷中门户之争一向很凶，平时他就是众矢之的，岂不乘机群起攻击，将他置于死地而后快？但杨嗣昌不像熊文灿那样懦弱，所以我猜他八九成会自尽而死。”

献忠瞪大眼睛问：“洛阳的消息可是真的？”

独鳌点头说：“昨日我在狱中听说，襄阳道、府两衙门已差人探明是千真万确。”

献忠骂道：“他妈的，老子在路上听到谣传，还想着不一定真。瞧瞧，气人不气人？咱们又迟了一步，果然给自成抢在前头啦！”

马元利说：“虽然李帅先杀了明朝亲藩，走在咱们前边，但襄王也是亲王。”

献忠说：“襄王虽然也是亲王，可是福王是崇祯的亲叔父，杀福王更能够为百姓解恨，更够味道！”片刻沉默过后，他接着说：“也好，咱们捉到襄王也是一头大猪[1]。自成杀了福王，崇祯未必会要杨嗣昌的命。咱杀了襄王，这襄阳是杨嗣昌自己管的地方，崇祯岂能不要他的八斤半？咱们快吃饭，快办事，打发襄王这老杂种上西天！”

匆匆吃毕早饭，张献忠命人在承恩殿前廊下摆了一把太师椅，自己先坐下，然后吩咐将襄王朱翊铭押来，跪到阶下。襄王叩头哀求说：

“求千岁爷爷饶命！”

献忠说：“操他娘，你是千岁，倒叫我千岁！我不要你别的，只借你一件东西。”

襄王说：“只要千岁饶命，莫说借一件东西，宫中金银宝玩任千岁搬用。”

献忠冷笑说：“哼，我现在已经占了襄阳，占了你的王宫，你有何法禁我搬用？老子不承你这个空头情！只一件东西，你必得借我一用。”

襄王颤声说：“不知千岁所要何物。只要小王宫中有，甘愿奉献。”

“宫中有的，我自然不用向你借。我借你的头，行么？”

襄王叩头说：“恳千岁爷爷饶命！饶命！”

献忠说：“为这件事，你不用叩头求饶。我原是想杀杨嗣昌，可是他在四川，我杀不到，只好借借你的头。我砍掉你的猪头，崇祯就会砍掉他的狗头。

---

① 猪——谐音“朱”。崇祯十六年张献忠向武昌进兵，武昌百姓流传一句话：“一群猪，屠夫来了！”指楚王宗族即将被杀。

我今日事忙，废话少说，马上就借。”他向亲兵叫道：“快拿碗酒来！”一个亲兵立刻将早饭剩下的酒端来一碗，并且依照献忠的眼色，端到襄王身边。献忠笑着说：“王，请喝下去这碗酒，壮壮胆，走出城西门将脖子伸直点儿！”

襄王仍在叩头，却被左右士兵从地上拖起。他们也不勉强他喝下送命酒，推着他踉跄地走出被火烧毁一角的端礼门，把他同他的侄儿贵阳王朱常法一起推出襄阳西门斩首。当他们由白文选率领五十名弟兄押赴西门外刑场时，沿途一街两行百姓争着观看，有几百人跟出西门。很多人拍手称快，有人骂道：

“这两只猪，可逃不脱屠刀啦！”

张献忠一面派出一支三百人的骑兵由小路越过南漳，日夜赶路，往南漳西南歇马河附近去迎接曹操，一面从襄王的钱财中拨出十五万两银子赈济穷人，并在襄阳城中和四郊征集骡马、粮食，招收新兵。

曹操从当阳沿着沮水向房县的方向前进，到了歇马河附近就停下来，等候襄阳消息。驻军房县和竹山之间的郧阳巡抚袁继咸因手下人马单弱，不敢向曹操进攻，却没料到张献忠会智取襄阳。曹操看见派来迎接的骑兵，全营振奋异常，星夜赶路，于初七日黄昏来到襄阳，与献忠会师。献忠在襄王宫中治了盛大宴席，一则为曹操和曹营中的重要将领们接风，二则庆贺联军打败杨嗣昌和袭破襄阳。在宴席上，大家又谈论一阵杨嗣昌，嘲笑他刚出北京和来到襄阳时有多么神气，有多大抱负，后来如何挨四川人的骂，如何指挥不了左良玉和贺人龙这班跋扈悍将。他们还谈到张定国如何射杀四川老将张令，以及女将秦良玉如何只经一战，三万人全军覆没，一生威名扫地。将领们的兴头极高，加上张献忠平时对将领们十分随便，谈笑风生，骂人也骂得俏皮，所以大庭中热闹非凡。潘独鳌同罗汝才坐在一起，他给汝才敬了一杯酒，开玩笑说：

“曹帅，秦良玉大概还年纪不老，风韵犹存，你为何不将她活捉过来？”

汝才笑一笑说：“你以为秦良玉还不老么？她比我的妈还老，已经是六七十岁的老奶奶啦，还说屁风韵犹存！”

潘独鳌说：“不会吧？崇祯二年她带兵到北京勤王。崇祯在平台召见，赐她御制诗四首，一时朝野传诵。我记得那四首中有这样句子：‘学就西川八阵图，鸳鸯袖内握兵符。’‘蜀锦征袍手制成，桃花马上请长缨。’还有：‘凯歌马上清吟曲，不似昭君出塞词。'‘试看他年麟阁上，丹青先画美人图。’看崇祯在这些诗句中用的都是艳丽的字眼，我猜想秦良玉那时不过二三十岁，不仅武艺好，容貌也美。如何现在就六七十了？”

献忠不禁哈哈大笑，说：“老潘，你真是聪明一世糊涂一时！崇祯住在深宫里，兵部尚书事前只对他说女将秦良玉带兵来京勤王，并没有告诉他说秦良玉那时是一个五十多岁的老太婆，他的左右太监们都不清楚。他当晚就在乾清宫诌起诗来，第二天平台召见，将这四首诗赐给秦良玉。因为他是皇上，不惟秦良玉感激流涕，就是朝野上下也都认为这是秦良玉的莫大荣幸，谁也不敢说皇上诌的诗驴头不对马嘴。天下事，自古如此。他崇祯住在深宫中，外边事全凭群臣和太监们禀奏，能够知道多清？就像咱们同杨嗣昌怎么打仗这样大事，他能知道个屌！”

这几句话引起来一阵哄堂大笑。

第二天，张献忠派少数人马乘船渡江，饥民和士兵内应，在樊城的明朝文武官吏逃走，没有费一枪一刀就占了樊城，修复了浮桥。罗汝才的人马在襄阳休息一天。献忠将在襄阳所得的新兵、金银、粮食和骡马分给汝才一部分。曹营将士都认为西营发了大财，曹营分得的太少，暗中怨忿。曹操的几个亲信将领对他说：“大帅，你也该在张帅面前争一争，不能够他们西营吃饱了肉，扔给咱们曹营几根骨头！”曹操的心中也很不平，但是他不许将领们乱说，叫大家忍耐一时，将领们退出后，他悄悄向吉珪说：

“子玉，敬轩如今志得意满，看来他不再将咱们曹营放在眼里啦！”

吉珪说：“目前还不到同西营散伙时候，对此事万勿多言，忍为上策。等待时机一到，再谋散伙不迟。”

曹操又感慨说：“李自成破洛阳，杀福王。张敬轩破襄阳，杀襄王。转眼之间他们二人声威大震，倒是我罗汝才没出息，像是吹鼓手掉井里——响着响着下去啦！”

吉珪冷笑说：“塞翁失马，安知非福？我看未必天意即便亡明。将军不为已甚，为来日留更多回旋余地，岂不甚好？”

曹操望着吉珪片刻，忽有所悟，轻轻点头。

当日夜间，因听说左良玉统率两万人马从鄂西追来，离襄阳只有一百多里，驻扎在襄阳城郊的联军，全数移到樊城，烧了浮桥，并且在离开前放火烧了襄阳府和停放襄王尸首的西城楼。

初九一早，联军数万人马离樊城向随州进发。路过张家湾时，太阳出来了。罗汝才策马追上献忠，并辔而行，在鞍上侧身问道：

“敬轩，听说自成杀了福王以后，一直逗留在洛阳未走，大赈饥民，人马增加极快。你看他下一步将往哪搭儿?”

献忠摇头说：“难说，这家伙，眼看他的羽毛丰满啦，反而把咱们撇在后头!”停一阵，他又快活起来，回头说：“曹哥，说实话，我此刻倒不想自成的事，是想着另外一位朋友，一位没有见过面的朋友，你猜是谁?”

“谁呀?”

“杨文弱！曹哥，你想，咱们这位对手如今是什么情形？你难道不关心么?”

罗汝才哈哈地大笑起来。

杨嗣昌沙市自尽

第三十二章

今天是二月三十日，杨嗣昌来到湖北沙市已经三天了。

沙市在当时虽然只是荆州的一个市镇，却是商业繁盛，在全国颇有名气。清初曾有人这样写道："列巷九十九条，每行占一巷；舟车辐凑，繁盛甲宇内，即今之京师、姑苏皆不及也。"因为沙市在明末是这般富裕和繁华，物资供应不愁，所以杨嗣昌将他的督师行辕设在沙市的徐园，也就是徐家花园。他当时只知道襄阳失守，襄王被杀，而对于洛阳失陷的消息还是得自传闻，半信半疑。关于襄阳失陷的报告是在出了三峡的船上得到的。猛如虎在黄陵城的惨败，已经使杨嗣昌在精神上大受挫折；接到襄阳失守的报告，他对"剿贼"军事和自己的前途便完全陷入绝望。在接到襄阳的消息之前，左右的亲信们就常常看见他兀坐舱中，或在静夜独立船头，有时垂头望着江流叹气。在入川的时候，他常常在处理军务之暇，同幕僚和清客们站在船头，指点江山，评论形胜[1]，欣赏风景，谈笑风生；有时他还饮酒赋诗，叫幕僚和清客们依韵奉和。而如今，他几乎完全变了。同样的江山，同样的三峡奇景，却好像跟他毫无关系。出了三峡，得到襄阳消息，他几乎不能自持。到沙市时候，他的脸色十分憔悴，左右亲信们都以为他已经病了。

今日是他的五十四岁生日。行辕将吏照例替他准备了宴席祝寿，但只算是应个景儿，和去年在襄阳时候的盛况不能相比，更没有找戏班子唱戏和官

---

① 形胜——指地理险要。

妓歌舞等事。他已经有两天没有吃饭，勉强受将吏们拜贺，在宴席上坐了一阵。宴席在阴郁的气氛中草草结束。他明白将吏们的心情，在他临退出拜寿的节堂时候，强打精神，用沉重的声音说：

"自本督师受任以来，各位辛苦备尝，原欲立功戎行，效命朝廷。不意剿贼军事一再受挫，竟致襄阳失陷，襄王遇害。如此偾事，实非始料所及。两载惨淡经营，一旦付之东流！然皇上待我恩厚，我们当谋再举，以期后效。诸君切不可灰心绝望，坐失亡羊补牢之机。本督师愿与诸君共勉！"

他退回处理公务和睡觉的花厅中，屏退左右，独坐案边休息，对自已刚才所讲的话并不相信，只是心上还存在着一线非常渺茫的希望。因为他吩咐不许有人来打扰他，所以小小的庭院十分寂静，只有一只小鸟偶尔落到树枝上啁啾几声。他想仔细考虑下一步怎么办，但是思绪纷乱。一会儿，他想着皇上很可能马上就对他严加治罪，说不定来逮捕他的缇骑[①]已经出京。一会儿，他幻想着皇上必将来旨切责，给他严厉处分，但仍使他戴罪图功，挽救局势。一会儿，他想着左良玉和贺人龙等大将的骄横跋扈，不听调遣，而四川官绅如何百般抵制和破坏他的用兵方略，对他造谣攻击。一会儿他猜想目前朝廷上一定是议论哗然，纷纷地劾奏他糜费百万金钱，剿贼溃败，失陷藩王。他深知道几十年来朝野士大夫门户斗争的激烈情况，他的父亲就是在门户斗争中坐了多年牢，至今死后仍在挨骂，而他自己也天天生活在门户斗争的风浪之中。"那些人们，"他心里说，"抓住这个机会，绝不会放我过山！"他想到皇上对他的"圣眷"[②]，觉得实在没有把握，不觉叹口气，冲口说出：

"自来圣眷都不是一成不变的，何况今上[③]的秉性脾气！"

他的声音很小，没有被在窗外侍候的仆人听见。几天来缺乏睡眠和两天来少进饮食，坐久了越发感到头脑眩晕，精神十分萎惫，便走进里间，和衣躺下，不觉朦胧入睡。他做了一个噩梦，梦见他已经被逮捕入京，下在刑部狱中，几乎是大半朝臣都上疏攻他，要将他问成死罪，皇上也非常震怒；那些平日同他关系较好的同僚们在这样情况下都不敢做声，有些人甚至倒了过去，也上疏讦奏，有影没影地栽了他许多罪款。他又梦见熊文灿和薛国观一

---

① 缇骑——原是汉朝管巡逻京城和逮捕人的官吏，明朝借指锦衣卫旗校。明朝皇帝逮捕文武臣僚由锦衣卫去办。

② 圣眷——皇帝的眷爱，眷顾。

③ 今上——封建时代称当今皇上为今上。

起到狱中看他，熊低头叹气，没有说话，而薛却对他悄声嘱咐一句："文弱，上心已变，天威莫测啊！"他一惊醒来，出了一身冷汗，定神以后，才明白自己是梦了两个死人，一个被皇上斩首，一个赐死。他将这一个凶梦想了一下，心中叹息说：

"唉，我明白了！"

前天来沙市时，船过荆州，他曾想上岸去朝见惠王①，一则请惠王放心，荆州决可无虞，二则想探一探惠王对襄阳失陷一事的口气。当时因忽然身上发冷发热，未曾登岸。今天上午，他差家人杨忠拿着他的拜帖骑马去荆州见惠王府掌事承奉刘古芳，说他明日在沙市行过贺朔礼②之后就去朝见惠王。现在他仍打算亲自去探一探惠王口气，以便推测皇上的态度。他在枕上叫了一声："来人！"一个仆人赶快小心地走了进来，在床前垂手恭立。杨嗣昌问杨忠是否从荆州回来。仆人对他说已经回来了，因他正在睡觉，未敢惊驾，现在厢房等候。他立刻叫仆人将杨忠叫到床前，问道：

"你见到刘承奉没有？"

杨忠恭敬地回答："已经见到了刘承奉，将老爷要朝见惠王殿下的意思对他说了。"

杨嗣昌下了床，又问："将朝见的时间约定了么？"

杨忠说："刘承奉当即去启奏惠王殿下，去了许久，可是，请老爷不要生气，惠王说……请老爷不要生气，不去朝见就算啦吧。"

嗣昌的心中一寒，生气地说："莫啰嗦！惠王有何口谕？"

杨忠说："刘承奉传下惠王殿下口谕：'杨先生愿见寡人，还是请先见襄王吧。'"

听了这话，杨嗣昌浑身一震，眼前发黑，颓然坐到床上。但是他久作皇上的亲信大臣，养成了一种本领，在刹那间又恢复了表面上的镇静，不曾在仆人们面前过露惊慌，失去常态。他徐徐地轻声说：

"拿洗脸水来！"

外边的仆人已经替他预备好洗脸水，闻声掀帘而入，侍候他将脸洗好。他感到浑身发冷，又在圆领官便服里边加一件紫罗灰鼠长袍，然后强挣精神，踱出里间，又步出花厅，在檐下站定。仆人们见了他都垂手肃立，鸦雀无声，

---

① 惠王——万历皇帝第六子，名朱常润。后逃到广州，被清朝捕杀。

② 贺朔礼——每月朔日（初一）官吏向皇帝的牌位行礼，称做贺朔礼。

仍像往日一样，但是他从他们的脸孔上看出了沉重的忧愁神色。行辕中军总兵官和几位亲信幕僚赶来小院，有的是等候有什么吩咐，有的想向他有所禀报。他轻轻一挥手，使他们都退了出去。一只小鸟在树上啁啾。一片浮云在天空飘向远方，随即消失。他忽然回想到一年半前他临出京时皇帝赐宴和百官在广宁门外饯行的情形，又想到他初到襄阳时的抱负和威风情况，不禁在心中叹道："人生如梦！"于是他低着头退入花厅，打算批阅一部分紧急文书。

他在案前坐下以后，一个仆人赶快送来一杯烫热的药酒。这是用皇帝赐他的玉露春酒泡上等高丽参，他近来每天清早和午睡起来都喝一杯。他喝过之后，略微感到精神好了一些，便翻开案上的标注着"急密"二字的卷宗，开始批阅文书，而仆人为他端来一碗燕窝汤。他首先看见的是平贼将军左良玉的一封文书，不觉心中一烦。他不想打开，放在一边，另外拿起别的。批阅了几封军情文书之后，他头昏，略作休息，喝了半碗燕窝汤，向左良玉的文书上看了一眼，仍不想看，继续批阅别的文书。又过片刻，他又停下来，略作休息，将燕窝汤吃完。他想，是他出川前檄令左良玉赴襄阳一带去"追剿"献忠，目前"追剿"军事情况如何，他需要知道。这么想了想，他便拆开左良玉的紧急机密文书。左良玉除向他简单地报告"追剿"情况之外，却着重用挖苦的语气指出他一年多来指挥失当，铸成大错。他勉强看完，出了一身大汗，哇的一声将刚才吃的燕窝汤吐了出来。他明白，左良玉必是断定他难免皇帝治罪，所以才敢如此放肆地挖苦他，指责他，将军事失利的责任都推到他的身上。他叹口气，恨恨地骂道："可恶！"无力地倒在圈椅的靠背上。

立刻跑进来两个仆人，一个清扫地上脏东西，一个端来温开水请他漱口，又问他是否请医生进来。他摇摇头，问道：

"刚才是谁在院中说话？"

仆人回答："刚才万老爷正要进来，因老爷恰好呕吐，他停在外边等候。"

杨嗣昌无力地说："快请进来！"

万元吉进来了。他是杨嗣昌最得力的幕僚，也是最能了解他的苦衷的人。杨嗣昌急需在这艰难时刻，听一听他的意见。杨嗣昌点首让坐，故意露出来一丝平静的微笑。万元吉也是脸色苍白，坐下以后，望望督师的神色，欠身问：

"大人身体不适，可否命医生进来瞧瞧？"

嗣昌微笑摇头，说：“偶感风寒，并无他病，晚上吃几粒丸药就好了。”他想同万元吉谈一谈襄阳问题，但看见元吉的手里拿有一封文书，便问：“你拿的是什么文书?”

万元吉神色紧张地回答说：“是河南巡抚李仙风的紧急文书，禀报洛阳失守和福王遇害经过。刚才因大人尚未起床，卑职先看了。”

杨嗣昌手指战抖，一边接过文书一边问：“洛阳果然……?”

万元吉说：“是。李仙风的文书禀报甚详。”

杨嗣昌浑身打颤，将文书匆匆看完，再也支持不住，顾不得督师辅臣的尊严体统，放声大哭。万元吉赶快劝解。仆人们跑出去告诉大公子杨山松和杨嗣昌的几个亲信幕僚。大家都赶快跑来，用好言劝解。过了一阵，杨嗣昌叫仆人扶他到里间床上休息。万元吉和幕僚们都退了出去，只有杨山松留在外间侍候。

晚饭时，杨嗣昌没有起床，不吃东西，但也不肯叫行辕中的医生诊病。经过杨山松的一再恳劝，他才服下几粒医治伤风感冒的丸药。晚饭过后，他将评事万元吉叫到床前，对他说：

“我受皇上恩重，不意剿局败坏如此，使我无面目再见皇上!”

万元吉安慰说：“请使相宽心养病。军事上重作一番部署，尚可转败为胜。”

嗣昌从床上坐起来，拥着厚被，身披重裘，浑身战抖不止，喘着气说：“我今日患病沉重，颇难再起，行辕诸事，全仗吉仁兄悉心料理，以俟上命。”

万元吉赶快说：“大人何出此言？大人不过是旅途劳累，偶感风寒，并非难治重病。行辕现在有两位高明医生，且幕僚与门客中也颇有精通医道的人，今晚请几位进来会诊，不过一两剂药就好了。”

杨山松也劝他说：“大人纵不自惜，也需要为国珍重，及时服药。”

嗣昌摇摇头，不让他再谈治病的话，叹口气说：“闯贼自何处奔入河南，目前尚不清楚。他以屡经败亡之余烬，竟能死灰复燃，突然壮大声势，蹂躏中原，此人必有过人的地方，万万不可轻视。今后国家腹心之患，恐不是献贼，而是闯贼。请吉仁兄即代我向平贼将军发一紧急檄文，要他率领刘国能等降将，以全力对付闯贼。”

万元吉答应照办，又向他请示几个问题。他不肯回答，倒在床上，挥手叫元吉、山松和仆人们都退了出去。

过了好久，杨嗣昌又命仆人将万元吉叫去。万元吉以为督师一定有重要话讲，可是等候一阵，杨嗣昌在军事上竟无一句吩咐，只是问道：

"去年我到夔州是哪一天？"

万元吉回答说："是十月初一。"

杨嗣昌沉默片刻，说道："前年十月初一，我在襄阳召开军事会议，原想凭借皇上威灵，整饬军旅，剿贼成功。不料封疆大吏、方面镇帅，竟然处处掣肘，遂使献贼西窜，深入四川。我到夔州，随后又去重庆，觉得军事尚有可为。不料数月之间，局势败坏至此！"

万元吉说："请大人宽心。军事尚有挽救机会，眼下大人治病要紧。"

杨嗣昌沉默。

万元吉问道，"要不要马上给皇上写一奏疏，一则为襄阳失陷事向皇上请罪，二则奏明下一步用兵方略？"

杨嗣昌在枕上摇摇头，一言不答，只是滚出了两行眼泪。过了片刻，他摆摆手，使万元吉退出，同时叹口气说：

"明日说吧！"

万元吉回到自己屋中，十分愁闷。他是督师辅臣的监军，杨嗣昌在病中，行辕中一切重大事项都需要由他做主，然而他心中很乱，没有情绪去管。他认为目前最紧迫的事是杨嗣昌上疏请罪，可是他刚才请示"使相大人"，"使相"竟未点头，也不愿商量下一步追剿方略，什么道理？

他原是永州府推官，与杨嗣昌既无通家之谊，也无师生之缘，只因杨嗣昌知道他是个人才，于去年四月间向朝廷保荐他以大理寺评事衔作督师辅臣的监军。他不是汲汲于利禄的人，只因平日对杨嗣昌相当敬佩，也想在"剿贼"上为朝廷效力，所以他也乐于担任杨嗣昌的监军要职。如今尽管军事失利，但是他回顾杨嗣昌所提出的各种方略都没有错，毛病就出在国家好像一个人沉疴已久，任何名医都难措手！

他在灯下为大局思前想后，愈想愈没有瞌睡。去年十月初一督师辅臣到夔州的情形又浮现在他的心头。

去年夏天，杨嗣昌驻节夷陵，命万元吉代表他驻夔州就近指挥川东战事。当张献忠和罗汝才攻破土地岭和大昌，又在竹穗坪打败张令和秦良玉，长驱奔往四川腹地的时候，杨嗣昌离开夷陵，溯江入川，希望在四川将张献忠包围歼灭。十月一日上午，杨嗣昌乘坐的艨艟大船在夔州江边下锚。万元吉和四川监军道廖大亨率领夔州府地方文武官吏和重要士绅，以及驻军将领，早已在江边沙滩上肃立恭候。万元吉先上大船，向杨嗣昌禀明地方文武前来江边恭迎的事。三声炮响过后，杨嗣昌在鼓乐声中带着一大群幕僚下了大船。恭候的文武官员和士绅们都跪在沙滩上迎接。杨嗣昌只对四川监军道和夔州知府略一拱手，便坐上绿呢亮纱八抬大轿。军情紧急，不能像平日排场，只用比较简单的仪仗执事和香炉前导。总兵衙中军官全副披挂，骑在马上，背着装在黄缎绣龙套中的尚方宝剑，神气肃敬威严。数百步骑兵明盔亮甲，前后护卫。幕僚们有乘马的，有坐轿的，跟在督师的大轿后边。一路绣旗迎风，刀枪映日，鸣锣开道，上岸入城。士民回避，街巷肃静。沿街士民或隔着门缝，或从楼上隔着窗子，屏息观看，心中赞叹：

"果然是督师辅臣驾到，好不威风!"

杨嗣昌到了万元吉替他准备的临时行辕以后，因军务繁忙，传免了地方文武官员的参见。稍作休息之后，他就在签押房中同万元吉密商军情。参加这一密商的还有一位名叫杨卓然的亲信幕僚。另外，他的长子杨山松也坐在一边。一位中军副将带着一群将校在外侍候，不许别的官员进去。杨嗣昌听了万元吉详细陈述近日的军情以后，轻轻地叹口气，语气沉重地说：

"我本来想在夔、巫之间将献贼包围，一鼓歼灭，以释皇上西顾之忧。只要献贼一灭，曹贼必会跟着就抚，十三年剿贼军事就算完成大半。回、革五营，胸无大志，虽跳梁于皖、楚之间，时常攻城破寨，实则癣疥之疾耳。待曹操就抚之后，慑之以大军，诱之以爵禄，可不烦一战而定。不料近数月来，将愈骄，兵愈惰，肯效忠皇上者少，不肯用命者多。而川人囿于地域之见，不顾朝廷剿贼大计，不顾本督师通盘筹划，处处阻挠，事事掣肘，致使剿贼方略功亏一篑。如今献、曹二贼逃脱包围，向川北狼奔豕突，如入无人之境，言之令人愤慨！我已将近日战事情况，据实拜疏上奏。今日我们在一起商议二事：一是议剿，二是议罚。剿，今后如何用兵，必须立即妥善筹划，以期失之东隅，收之桑榆。罚，几个违背节制的偾事将吏，当如何斟酌劾奏，以肃国法而励将来，也要立即议定。这两件事，请二位各抒高见。"

万元吉欠身说："使相大人所谕议战议罚两端，确是急不容缓。三个月来，卑职奉大人之命，驻在夔州，监军剿贼，深知此次官军受挫，致献、曹

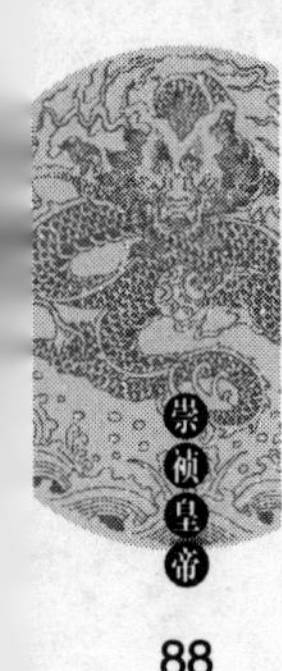

二贼长驱西奔，蜀抚邵肇复[①]与几位统兵大将实不能辞其咎。首先以邵抚而论，应请朝廷予以重处，以为封疆大吏阻挠督师用兵方略因致败事者戒。卑职身在行间，闻见较切，故言之痛心。”

杨卓然附和说：“邵抚不知兵，又受四川士绅怂恿，只想着画地而守，使流贼不入川境，因而分兵扼口，犯了兵法上所谓‘兵分则力弱’的大忌，致有今日的川东溃决。大人据实奏劾，实为必要。”

杨嗣昌捻须沉默片刻，又说：“学生深受皇上知遇之恩，畀以督师剿贼重任。一年来殚精竭虑，惟愿早奏肤功，以纾皇上宵旰之忧。初到襄阳数月，鉴于以前剿抚兼失，不得不惨淡经营，巩固剿贼重地，站稳自家脚跟。到今年开春以后，一方面将罗汝才与过天星诸股逼入夔东，四面大军围剿；另一方面，将献贼逼入川、陕交界地方，阻断其入川之路，而责成平贼将军在兴安、平利一带将其包围，克日进剿，遂有玛瑙山之捷。”他喝了一口茶，接着说，“十余年来，流贼之所以不可制者以其长于流，乘虚捣隙，倏忽千里，使官军追则疲于奔命，防则兵分而势弱，容易受制于敌。到了今年春天，幸能按照预定方略，步步收效，官军在川、楚一带能够制贼而不再为贼所制。可恨的是，自玛瑙山大捷之后，左昆山按兵不动，不听檄调，坐视张献忠到兴、归山中安然喘息，然后来夔东与曹操合股。倘若左昆山在玛瑙山战后乘胜进兵，则献贼不难剿灭；纵然不能一鼓荡平，也可以使献贼不能与曹贼合股。献、曹不合，则曹操必随惠登相等股投降。如曹贼就抚，则献贼势孤，剿灭自然容易。今日追究贻误戎机之罪，左昆山应为国法所必究。其次，我曾一再檄咨蜀抚邵肇复驻重兵于夔门一带，扼守险要，使流贼不得西逃，以便聚歼于夔、巫之间。不料邵肇复这个人心目中只有四川封疆，而无剿贼全局，始尔使川军分守川、鄂交界的三十二隘口，妄图堵住各股流贼突破隘口，公然抵制本督师用兵方略。当各股流贼突破隘口，流窜于夔、巫与开县之间时，邵肇复不思如何全力进剿，却将秦良玉与张令调驻重庆附近，借以自保。等大昌失守，张令与秦良玉仓卒赶到，遂致措手不及，两军相继覆没，献、曹二贼即长驱入川矣。至于秦军开县噪归，定当从严处分，秦督郑大章[②]实不能辞其咎。学生已经驰奏皇上，想圣旨不日可到。今日只议左帅与邵抚之罪，以便学生即日拜表上奏。”

---

① 邵肇复——邵捷春字肇复。

② 郑大章——郑崇俭字大章。

万元吉和杨卓然都很明白杨嗣昌近来的困难处境和郁闷心情，所以听了他的这一些愤慨的话，丝毫不觉得意外，倒是体谅他因自家的辅臣身份，有些话不肯明白说出。他们心中明白，督师虽然暗恨左良玉不听调遣，但苦于“投鼠忌器”，在目前只能暂时隐忍，等待事平之后再算总账。万元吉向杨嗣昌欠身说：

“诚如使相大人所言，如行间将帅与封疆大吏都遵照大人进兵方略去办，何能大昌失陷，川军覆没，献、曹西窜！然今日夔东决裂，首要责任是在邵抚身上。左帅虽常常不奉檄调，拥兵观望，贻误戎机，然不如邵抚之罪责更重。窃以为对左帅议罪奏劾可以稍缓，再予以督催鼓励，以观后效。今日只奏邵肇复一人可矣。”

杨卓然说：“万评事所见甚是。自从在川、楚交界用兵以来，四川巡抚与川中士绅鼠目寸光，全不以大局为念，散布流言蜚语，对督师大人用兵方略大肆攻击，实在可笑可恨……”

杨嗣昌冷然微笑，插话说：“他们说我是楚人，不欲有一贼留在楚境，所以尽力将流贼赶入四川。他们独不想我是朝廷辅臣，奉旨督师，统筹全局，贵在灭贼，并非一省封疆守土之臣，专负责湖广一地治安，可以以邻为壑，将流贼赶出湖广境外即算大功告成。似此信口雌黄，实在无知可笑之至。”

杨山松愤愤地咕哝说：“他们还造谣说大人故意将四川精兵都调到湖广，将老弱留在四川。说这种无中生有的混话，真是岂有此理！”

杨卓然接着他刚才的话头说：“邵巡抚一再违抗阁部大人作战方略，贻误封疆，责无旁贷，自应从严劾治，不予姑息。其余失职川将，亦应择其罪重者明正典刑，以肃军律。”

杨嗣昌向万元吉问：“那个失守大昌的邵仲光逮捕了么？”

万元吉回答：“已经逮捕，看押在此，听候大人法办。”

杨嗣昌又问：“二位对目前用兵，有何善策？”

万元吉说：“如今将不用命，士无斗志，纵有善策，亦难见诸于行，行之亦未必有效。以卑职看来，目前靠川军、秦军及平贼将军之兵，都不能剿灭献、曹。数月前曾建立一支人马，直属督师行辕，分为大剿营与上将营。后因各处告警，分散调遣，目前所剩者不足一半。除留下一部分拱卫行辕，另一部分可以专力追剿。猛如虎有大将之才，忠勇可恃。他对使相大人感恩戴德，愿出死力以报。他的长子猛先捷也是弓马娴熟，颇有胆勇。请大人畀以

‘剿贼总统’名号，专任追剿之责。如大人不以卑职为驽钝，卑职拟请亲自率领猛如虎、猛先捷及楚将张应元等，随贼所向进兵，或追或堵，相机而定。左、贺两镇之兵，也可调来部分，随卑职追剿，以观后效。”

杨嗣昌点头说：“很好，很好。既然吉仁兄不辞辛苦，情愿担此重任，我就放心了。”

又密议很久，杨嗣昌才去稍事休息，然后接见在夔州城中等候请示的文武大员。当天下午，杨嗣昌即将失陷大昌的川将邵仲光用尚方剑在行辕的前边斩首，跟着将弹劾邵捷春的题本拜发。第三天，杨嗣昌率领大批幕僚和护卫将士乘船向重庆出发，而督师行辕的数千标营人马则从长江北岸的旱路开赴重庆。……

已经三更以后了。杨山松突然来到，打断了万元吉的纷纷回忆。让杨山松坐下之后，他轻轻问道：

“大公子不曾休息？”

山松回答：“监军大人，今晚上我怎么能休息啊！”

“使相大人服药以后情况如何？睡着了么？”

“我刚才去看了看，情况不好，我很担忧。”

“怎么，病势不轻？”

“不是。服过药以后，病有点轻了，不再作冷作热了，可是，万大人！……”

万元吉一惊，忙问：“如何？使相有何言语？”

“他没有什么言语。听仆人说，他有时坐在案前沉思，似乎想写点什么，却一个字也没有写。有时他在屋中走来走去，走了很久。仆人进去劝他上床休息，他不言语，挥手使仆人退出。仆人问他要不要吃东西，他摇摇头。仆人送去一碗银耳汤，放在案上，直到放冷，他不肯动口。万大人，家严一生经过许多大事，从没有像这个样子。我刚才亲自去劝他，走到窗外，听见他忽然小声叫道：‘皇上！皇上！’我进去以后，他仿佛没有看见我，又深深地叹口气。我劝他上床休息，苦劝一阵，他才和衣上床。他心上的话没对我讲出一句，只是挥手使我退出。万大人，愚侄真是为家大人的……身体担心。怎么好呢？”

万元吉的心中一惊。自从他做了杨嗣昌的监军，从杨嗣昌的旧亲信中风闻前年杨嗣昌出京时候，皇帝在平台赐宴，后来皇上屏退内臣，君臣单独密谈一阵，声音很低，太监们但听见杨嗣昌曾说出来“继之以死”数字。他今天常常想到这个问题，此时听了杨山松说的情形，实在使他不能放心。他问道：

“我如今去劝一劝使相如何？”

山松说：“他刚刚和衣躺下，正在倦极欲睡，万大人不必去了。明天早晨，务请婉言劝解家严，速速打起精神，议定下一步剿贼方略，为亡羊补牢之计。至于个人之事，只能静待皇命。据愚侄看，一则圣眷尚未全衰，二则封疆事皇上也早有洞鉴，纵然……”

万元吉不等杨山松说完，赶快说道：“眼下最迫之事不是别的，而是请使相向皇上上疏请罪，一则是本该如此，二则也为着对付满朝中嚣嚣之口，先占一个地步。”

杨山松猛然醒悟：“是，是。我竟然一时心乱，忘了这样大事!”

“我们应该今夜将使相请罪的疏稿准备好，明早等他醒来，请他过目，立即缮清拜发，万万不可耽误。”

“是，是。请谁起草?”

万元吉默思片刻，决定命仆人去将胡元谋从床上叫起来。这位胡元谋是杨嗣昌的心腹幕僚之一，下笔敏捷，深受嗣昌敬重。过了不久，胡元谋来到了。万元吉将意思对他一说，他说道：

“今晚我的心上也一直放着此事，只因使相有病，未曾说出，等待明日。既然监军大人吩咐，我马上就去起草。”

万元吉说：“我同大公子今夜不睡觉了，坐在这里谈话，等阁下将稿子写成后，我们一起斟酌。”

胡元谋走了以后，杨山松命人将服侍他父亲的家奴唤来，询问他父亲是否已经睡熟，病情是否见轻。那家奴说：

“回大爷，你离开不久，老爷将奴才唤去，命奴才倒一杯温开水放在床头的茶几上。老爷说他病已轻了，很觉瞌睡，命奴才也去睡觉，到天明后叫醒他行贺朔礼。天明以前，不许惊醒了他。奴才刚才不放心，潜到窗外听了一阵，没有听见声音。谢天谢地，老爷果然睡熟了。”

杨山松顿觉欣慰，命家奴仍去小心侍候，不许惊醒老爷。家奴走后，他对万元吉说：

“家严苦衷，惟有皇上尚能体谅，所以他暗中呼喊‘皇上！皇上！’”

万元吉说：“在当朝大臣中能为朝廷做事的，也只有我们使相大人与洪亨九两位而已。三年前我在北京，遇到一位永平举人，谈起使相当年任山、永巡抚时的政绩，仍然十分称颂。人们称颂使相在巡抚任上整军经武，治事干练勤谨，增修山海关南北翼城，大大巩固了关门防守。人们说可惜他在巡抚任上只有两年就升任山西、宣、大总督，又一年升任本兵，然后入阁。倘若皇上不看他是难得人才，断不会如此接连提升，如此倚信。你我身在行间，看得很清。今日从关内到关外，大局糜烂，处处溃决，岂一二任事者之过耶？拿四川剿局说，献、曹进入四川腹地之后，逼入川西，本来围堵不难。可是，左良玉的人马最多，九檄而九不至，陕西也不至，可用以追贼之兵惟猛如虎数千人而已。猛帅名为‘剿贼总统’，其实，各省将领都不归他指挥。最后在黄陵城堵御献、曹之战，他手下只有一二千人，安能不败！”

万元吉说到这里，十分愤激。当时他奉命督率猛如虎等将追赶张献忠和罗汝才，刚到云阳境内就得到黄陵城的败报，一面飞报从重庆乘船东下的杨嗣昌，一面派人去黄陵城收拾溃散，寻找幸未阵亡的猛如虎，一面又乘船急下夔州，企图在夔州境内堵住张献忠出川之路。他虽然先一日到了夔州，可是手中无兵可用，徒然站在夔州背后的山头上望着张献忠和罗汝才只剩下的几千人马，向东而去。他亲自写了一篇祭文，祭奠在黄陵城阵亡的将士，放声痛哭。如今他同杨山松谈起此事，两个人不胜感慨，为杨嗣昌落到此日失败的下场不平。

他们继续谈话，等待胡元谋送来疏稿，不时为朝政和国事叹息。

已经打过四更了。开始听见了报晓的一声两声鸡叫，随即远近的鸡叫声多了起来。只是天色依然很暗，整个行辕中十分寂静。

因为杨嗣昌后半夜平安无事，万元吉和杨山松略觉放心。再过一阵，天色稍亮，杨山松就要去向父亲问安，万元吉也要去看看使相大人能不能主持贺朔，倘若不能，他自己就要代他主持。

胡元谋匆匆进来。他代杨嗣昌向皇上请罪的疏稿已经写成了。

万元吉将疏稿接到手中，一边看一边斟酌，频频点头。疏稿看到一半，忽听小院中有慌乱的脚步声跑来，边跑边叫，声音异乎寻常：

“大公子！大公子！……”

杨山松和万元吉同时向院中惊问：“何事？何事惊慌？”

侍候杨嗣昌的家奴跑进来，跪到地上，禀报杨嗣昌已经死了。万元吉和杨山松不暇细问，一起奔往杨嗣昌住的地方。胡元谋赶快去叫醒使相的几位亲信幕僚，跟着前去。

杨山松跪在父亲的床前放声痛哭，不断用头碰击大床。万元吉的心中虽然十分悲痛，流着眼泪，却没有慌乱失措。他看见杨嗣昌的嘴角和鼻孔都有血迹，指甲发青，被、褥零乱，头发和枕头也略有些乱，断定他是服毒而死，死前曾很痛苦，可能吃的是砒霜。他命奴仆赶快将使相嘴角和鼻孔的血迹揩净，被、褥和枕整好，向周围人们嘱咐："只云使相大人积劳成疾，一夕病故，不要说是自尽。"又对服侍杨嗣昌的奴仆严厉吩咐，不许乱说。然后，他对杨山松说道：

"大公子，此刻不是你哭的时候，赶快商量大事！"

他请胡元谋留下来寻找杨嗣昌的遗表和遗言，自己带着杨山松和杨嗣昌的几位亲信幕僚，到另一处房间中坐下。他命人将服侍杨嗣昌的家奴和在花厅小院值夜的军校叫来，先向家奴问道：

"老爷死之前，你一点儿也没有觉察？"

家奴跪在地上哭着回话："奴才遵照老爷吩咐，离开老爷身边。以为老爷刚刚睡下，不会有事，便回到下房，在灯下朦胧片刻，实不敢睡着。不想四更三点，小人去看老爷，老爷已经……"

万元吉转问军校："你在院中值夜，难道没有听见动静？"

军校跪在地上回答："回大人，在四更时候，小人偶然听见阁老大人的屋中有一声呻吟，床上似有响动，可是随即就听不见了，所以只以为他在床上翻身，并不在意，不想……"

万元吉心中明白，杨嗣昌早已怀着不成功则自尽的定念，所以在出川时就准备了砒霜，而且临死时不管如何痛苦，不肯大声呻唤。杨嗣昌对他有知遇之恩，他也深知杨嗣昌的处境，所以忽然禁不住满眶热泪。但是他忍了悲痛，对地上的军校和奴仆严厉地说：

"阁老大人一夕暴亡，关系非轻。你们二人不曾小心侍候，罪不容诛。本监军姑念尔等平日尚无大过，暂免深究。只是，你们对别人只说使相是夜间病故，不许说是自尽。倘若错说一字，小心你们的狗命。下去！"

军校和家奴磕头退出。

杨山松哭着向大家问："家严尽瘁国事，落得如此结果，事出非常，应该

如何料理善后？"

幕僚们都说出一些想法，但万元吉却不做声，分明是在等待。过了一阵，胡元谋来了。万元吉赶忙问道："胡老爷，可曾找到？"

胡元谋说："各处找遍，未见使相留有遗表遗言。"

万元吉深深地叹口气，对大家说："如使相这样大臣，临死之前应有遗表留下，也应给大公子留下遗言，对家事有所训示，给我留下遗言，指示处分行辕后事。他什么都未留下，也没有给皇上留下遗表。使相大人临死之前的心情，我完全明白。"他不觉流下热泪，随即接着说："如今有三件事必须急办：第一，请元谋兄代我拟一奏本，向皇上奏明督师辅臣在军中尽瘁国事，积劳成疾，不幸于昨夜病故。所留'督师辅臣'银印、敕书[①]一道、尚方剑一口，业已点清包封，恭送荆州府库中暂存。行辕中文武人员如何安置，及其他善后事宜，另行奏陈。第二，'督师辅臣'银印、敕书、尚方剑均要包好、封好，外备公文一件，明日派官员恭送荆州府衙门存库，候旨处理。第三，在沙市买一上好棺木，将督师辅臣装殓，但是暂不发丧，等候朝命。目前如此处理，各位以为然否？"

大家纷纷表示同意。万元吉将各事匆匆作了嘱咐，使各有专人负责，然后回到自己住处，吩咐在大厅前击鼓鸣钟，准备贺朔。他在仆人服侍下匆匆梳洗，换上七品文官[②]朝服，走往前院大厅。

在督师辅臣的行辕中，五品六品的幕僚都有。万元吉虽只是七品文官，却位居监军，类似幕僚之长，位高权重，所以每当杨嗣昌因故不能主持贺朔礼时，都由监军代行，习以为常。在乐声中行礼之后，万元吉以沉痛的声音向众文武官员宣布夜间使相大人突然病故的消息。由于大部分文武官员都不住在徐家花园，所以这消息对大家竟如晴天霹雳。有的人同杨嗣昌有乡亲故旧情谊，有的跟随杨嗣昌多年，有的确实同情杨嗣昌两年辛劳，尽忠国事，与熊文灿绝不相同，不应该落此下场，一时纷纷落泪，甚至有不少人哭了起来。

---

① 敕书——即皇帝命杨嗣昌为"督师辅臣"的任命书，用的皇帝敕书形式。

② 七品文官——万元吉原为永州府推官，为七品文官，后被推荐为大理寺评事，获得中央文臣职衔，但官阶仍是七品。按官场习俗，七品官只能称老爷，但因他职任督师辅臣的监军，故在小说中写人们称他大人。

困厄中的崇祯皇帝

第三十三章

崇祯自从接到杨嗣昌从云阳发出的紧急奏疏，说他正在出川途中，以后没有再接到他的消息。他想，虽然张献忠回到湖广，但是人数已经不多，只要杨嗣昌回到襄阳，重新部署围剿，战局是有办法的，所以他将注意力集中在开封的守城战事上。

在召对群臣的第五天，崇祯忽然接到从开封来的一封没有贴黄的十万火急的军情密奏。他登时面色如土，手指打颤，不愿拆封。一些可怕的猜想同时涌现心头，甚至将平日要作中兴英主的念头登时化为绝望，望着空中，在心中自言自语说：

“天呀！天呀！叫我如何受得了啊！”

过了片刻，他慢慢地恢复了镇静，仗着胆子先拆开河南巡按高名衡的密奏，匆匆看了“事由”二句，不敢相信，重看一遍，嘴角闪出笑意，将全文看完，脸上恢复了血色。由于突然的激动，手指颤抖得更凶，一个宫女低头前来往宣德香炉中添香，不敢仰视他的脸孔，只看见他的手指颤抖得可怕，生怕皇上拿她发泄心中暴怒，会将她猛踢一脚，吓得心头紧缩，脸色煞白，小腿打颤，背上冒出冷汗。崇祯没有看她，赶快拆开周王的奏本，看了一遍，脸上显出了笑容。他这才注意到十四岁的宫女费珍娥已添毕香，正从香炉上缩回又白又嫩的小手，默默转身，正要离开，才发现这宫女长得竟像十六岁姑娘那么高，体态苗条，穿着淡红色罗衣，鬓上插一朵绒制相生玫瑰花，云鬟浓黑，脖颈粉白。他正在为开封的事儿满心高兴，突然将费珍娥搂到怀里

放在腿上，在她的粉颈上吻了一下，又在她的颊上吻了一下，大声说：

“好啊！开封无恙！”

忽然想起来周王奏疏中有几句还没看清，他将费珍娥猛地推开，重看奏疏，然后提起朱笔在纸上写了上谕：“著[①]将河南巡抚李仙风立即逮京问罪，巡按御史高名衡守城有功，擢升巡抚，副将陈永福升为总兵，其子守备陈德升为游击，祥符知县王燮升为御史，其余立功人员分别查明，叙功升赏。”他又俯下头去，用朱笔圈着高名衡奏疏中的重要字句，特别在奏疏中写到李自成如何猛攻开封七日夜，人马损失惨重，又如何将李自成射瞎左眼，等等字句旁边，密密画圈，还加眉批：“开封文武群臣及军民士庶，忠勇可嘉。”那个刚在他的面前红袖添香，被他一时高兴而搂入怀中，连吻两下的稚年宫女仍立在他的身边，但分明被他忘到九霄云外。

崇祯时代，全部宫女大约有几千人，能够挑选到皇上、皇后、太子、长平公主、皇贵妃和贵妃这几处宫中服侍的，大约有三四百人。这三四百人中，多数是粗使的宫女，能够有幸运被皇帝看见的是极少数。这很少数比较幸运的宫女无不希望偶然意外地得到皇上的垂青，会有个“出头之日”。但费珍娥的年纪还小，入宫只有两年，对这样突如其来的事情毫无思想准备。她被皇上搂到怀中时，十分惊慌，害羞，心头狂跳，但是不敢挣扎，心情紧张得几乎连呼吸也停止了。当她被皇上推开以后，踉跄两步才站稳身子，一时茫然失措，不知道是否应该走开。她还不懂得如何获得宠幸，只是害怕不得“圣旨”便擅自跑掉会惹皇上生气，祸事临头。过了片刻，她明白皇上专心处理军国大事，不再要她，才想着应该离开。但她刚走两三步，忽然转回身来，扑通跪下，向没有注意她的皇上叩了个头，然后站起，不敢抬头，胆怯地揭起帘子，匆匆走掉。

费珍娥低着头回到乾清宫背后的小房中，仍然腿软，心跳，脸颊通红，眼睛浸满泪水，倒在榻上，侧身面向墙壁，不好意思见人说话。窗外传过来三四个宫女的笑语声。她害怕她们进来，赶快将发烧的脸孔埋在枕上。笑语渐渐远了，却有人掀帘进来，到她的榻边坐下，并且用手轻轻扳她的肩膀，要扳转她的身子。她只好转过来身子，但不肯睁开眼睛。一个十分熟悉的声音凑近她的耳边说：

---

① 著——从前公文中的命令语。这以下几句话是撮述崇祯对有关衙门下的命令。

"珍娥，我都知道了。"

费珍娥的脸又红了，一直红到耳后。因为已经知道是乾清宫管家婆魏清慧坐在身边，便睁开泪眼，小声哽咽问：

"大姐，您看见了？"

魏宫人点头说："我正要去问皇爷要不要吃燕窝汤，隔帘子缝儿看见了，赶快退回。珍娥，说不定你快有出头之日了。"

费珍娥颤声说："大姐，我害怕。我怎么办？"

"你等着。皇爷既然看上了你，你就有出头之日了。不像我，做一个永远不见天日的老都人，老死宫中。"

"可是大姐，您才二十一岁呀，还年轻呢。皇爷平日也很看重您，他发脾气的时候只有您敢去劝他。"

"唉，二十一岁，在皇爷的眼中就算老了。我生的不算丑，可是在都人中并不十分出色。皇爷看重我，只是因为我能为他管好乾清宫这个家。另外，我小心不得罪人，又不受宠，别人没谁嫉妒我。你生成一副好人品，年纪又嫩，正是稚年玉貌，像一个刚要绽开的花骨朵。但愿你的八字好，有个好命。"

"我怕，大姐。宫中的事儿很可怕，祸福全没准儿。"

"今天的事，你千万莫让别的都人知道。万一招人嫉妒，或者都人们将风儿吹进皇后、皇贵妃的耳朵里……"

话未说完，后角门外有太监高声传呼："皇后娘娘驾到！"魏清慧立刻跳起，率领现在乾清宫正殿背后的全体宫女前去跪迎。

皇后听乾清宫的太监告她说开封已经解围，特来向皇帝贺喜。坐下以后，崇祯很高兴地将开封的战事经过以及李自成被"射瞎"左眼，"狼狈溃逃"的消息，对皇后说了一遍。周后听得十分激动，眼睛闪着泪花说：

"皇上，开封获此大捷，看来天心已回，国运要转好了。"

"我正要往奉先殿告慰二祖列宗在天之灵，你来得好，就陪我一起去吧。"

他们乘龙、凤辇到奉先殿上了香，叩了头，告慰了祖宗，然后到交泰殿盘桓片刻。在闲谈中崇祯问到长平公主媺娖[1]近日读书有无长进。皇后回答说也有长进，只是几个陪她读书的小都人都不够聪明，也很贪玩。想挑一个肯

① 媺娖——音 měi chuò。这是长平公主的小名，意为美好，修整。

读书的、聪明伶俐的都人给嫰娖，尚未挑选到。

崇祯没有再问公主读书的事，自己回到乾清宫去。将近黄昏时候，曹化淳进来奏事。崇祯带着很难得的笑容，向他问道：

“曹伴伴，开封来的捷音，京师士民们都知道了么？”

曹化淳赶快回答：“回皇爷，这好消息已经传遍了五城。皇爷住在深宫，自然听不到皇城外的鞭炮之声。”

“什么鞭炮之声？”

“在京城有许多河南的官宦、巨商，也有平民之家。今日一听说汴梁城打败流贼的好消息，都放鞭炮祝贺。听说很多人到正阳门关帝庙还愿，拥挤不堪。”

崇祯笑着点头，但是在心中叹道：“要是洛阳能像开封这样坚守就好了！”

今日晚膳，崇祯觉得胃口稍好。皇后差宫女送来几样小菜，使他更觉满意。他要了宫中所酿的陈年长春露酒，色如朝霞，味醇而香，用白玛瑙杯连饮几杯。慈宁宫两位太妃因听说开封告捷，也差宫女送来几样小菜，并劝皇上努力加餐，莫多为国事忧愁。崇祯命管家婆魏清慧去慈宁宫代他叩谢，并启禀太妃们他今晚吃得很好，请两位老娘娘不必挂念。过了一阵，魏宫人回来复命。崇祯仍在饮酒，侧头向她问道：

“两位太妃还有什么话说？”

魏宫人跪下回奏：“两位太妃老娘娘听奴婢启禀皇爷今晚饮了长春露酒，越发高兴。刘太妃娘娘说：‘皇上平日很少饮酒，今晚饮几杯长春露酒是个吉兆：国运从此逢春了。’”

崇祯笑着说：“惠康昭太妃说得好，再斟一杯。”

晚膳后，崇祯靠在东暖阁的御榻上，想着李自成经此挫折，河南局面可以缓和一时，四川战事虽有黄陵城之挫，但未闻张献忠出川后有何警报，看来湖广尚无大险，目前必须抽出手来，挽救关外危局。他明白祖大寿守锦州，事关辽东大局。如今锦州被围日久，粮草极度困难。万一祖大寿献出锦州投降，关外就不堪设想了。想到这里，他从榻上下来，到御案前坐下，猜想关外方面今日会有何奏报。他刚吃一口茶，一个太监因知他晚膳时心情喜悦，就趁着这时候捧着一个放有各宫妃嫔牙牌的黄锦长方盒跪到他的面前，虽未言语，却是宫中祖传规矩，意思是请他选定一位娘娘，好赶快传知她沐浴梳妆，等候宣召前来养德斋或皇上“临幸”她的宫中。崇祯望一眼那两行牙牌，竟没有一个称心的。田妃有病，回避房事，使他心中觉得惘然。忽然想到费珍娥，他的心中不免一动，随即眼前浮出一个快要长成的苗条身影，细嫩的颈后皮肤，白里透红的脸颊，还有那明亮的眸子，朱唇微启时露出的整齐洁白的牙齿……他还没有完全决定，恰巧文书房太监送来一封十万火急的机密文书。他一看见高名衡的密奏，想道：莫非李自成已经伤重毙命？又想，如是“闯贼”伤重毙命，正可露布以闻[1]，用不着机密文书。莫非李自成被官军追击，有意投降，尚难断定，高名衡先来一封飞奏，请示方略？他心中充满希望，一边拆文书一边对手捧牙牌锦盒的太监说：

“你等一等，莫急。”

崇祯拆开高名衡的急奏一看，突然像当头顶打个炸雷，浑身一震，面色如土，大声叫道：“竟有此事！竟有此事！”随即放声大哭，声达殿外。乾清宫中所有较有头脸的太监和宫女都奔了来，在他的面前跪了一片。大家都不知皇上如此痛哭为了何事，只是劝他不要哭伤身体。崇祯痛哭不止，连晚膳时所吃的佳肴美酒都呕吐出来。魏清慧看皇上今晚哭得特别，无人能够劝止，便偷偷离开众人，往坤宁宫启奏皇后。当走出暖阁时，她听见皇帝忽然哭着说：

“我做梦也不曾想到！不曾想到！”接着又连声问道：“杨嗣昌，杨嗣昌，你在哪里？”

一连几天，崇祯总在流泪，叹气，有时站在母亲的画像前抽泣。虽然他每日仍是黎明即起，在乾清宫院中虔敬拜天，然后上朝，但上朝的时间都很短，在上朝时常显得精神恍惚，心情急躁。他一直感到奇怪：张献忠怎么会神出鬼没地回到湖广，袭破襄阳，杀了襄王？更奇怪的是：这一重大消息首先是由住在开封的高名衡来的密奏，随后由逃出来的襄王的次子福清王来的奏报，竟然没有杨嗣昌的奏报！杨嗣昌现在哪儿？

有一天正在午膳，他忽然痛心，推案而起，将口中吃的东西吐出，走回暖阁，拍着御案，在心中悲痛地说：

“襄、洛据天下形胜之地，而襄阳位居上游，对东南有高屋建瓴之势。宪

① 露布以闻——意思是公开告捷，不用密奏。古时有一种向朝廷告捷的办法是将捷书写在帛上或木板上，用竿子挑着，故意使沿路的人们都能看见，叫做露布。“布”是布告的意思。

王[1]为仁宗爱子，徙封于襄[2]，作国家上游屏藩，颇有深意。襄阳失陷，陪京[3]必为震动!”过了一阵，他更加悲观自恨，又在心中说道：“朕为天下讨贼，不意在半月之内，福王和襄王都死于贼手。这是上天厌弃我家，翦灭我朱家子孙，不然贼何能如此猖狂!”

到了三月上旬，他仍得不到杨嗣昌的奏报，而锦州的危机更加紧迫。偏偏在这种内外交困的日子里，他又病了，一直病了十天左右，才能继续上朝。在害病的日子里，皇后和袁妃每天来乾清宫看他。田妃因她自身的病忽轻忽重，不能每天都来。太子、永王、定王、十三岁的长平公主，按照古人定省之礼，每天来两次问安。其他许多妃嫔每日也按时前来问安，却不能同他见面。有一次长平公主前来问安，他问了她的读书情况，随即用下巴向一个在旁服侍的宫女一指，对公主说：

“这个小都人名叫费珍娥，认识字，也还聪明。我将她赐给你，服侍你读书。她近来服侍我吃药也很细心。等过几天我不再吃药，就命她去你身边。”

长平公主回头看费珍娥一眼，赶快在父亲面前跪下叩头，说道：

“谢父皇恩赏!”

费珍娥一时感到茫然，不知如何是好。魏清慧轻轻地推她一下，使眼色叫她赶快谢恩。她像个木头人儿似的跪下向皇上叩头，又向公主叩头，却说不出感恩的话。长平公主临走时候，望着她说：

“等过几天以后，你把自己的东西收拾收拾，到我的宫里去吧。”

到了三月二十日，崇祯的病已经痊愈几天了。他后悔说出将费珍娥赐给长平公主的话，所以暂时装作忘了此事。他正在焦急地盼望杨嗣昌的消息，忽然接到万元吉的飞奏，说杨嗣昌于三月丙子朔天明之前在沙市病故，敕书、印、剑均已妥封，暂存荆州府库中。第二天，崇祯又接到新任河南巡抚高名衡的飞奏，说杨嗣昌在沙市“服毒自尽，或云自缢”。崇祯对杨嗣昌又恨又可怜，对于以后的“剿贼”军事，更觉束手无策。同陈新甲商量之后，他下旨命丁启睿接任督师。他心中明白，丁启睿是个庸才，不能同杨嗣昌相比。但是他遍观朝中大臣，再也找不出可以代他督师的人。

---

① 宪王——襄藩第一代国王，明仁宗的第五子，名瞻善，谥为宪王。被张献忠杀死的是第七代襄王。

② 徙封于襄——第一代襄王先封在长沙，改封襄阳。

③ 陪京——指南京。

在杨嗣昌的死讯到达北京之前，已经有一些朝臣上本弹劾他的罪款，多不实事求是，崇祯都不理会。杨嗣昌死的消息传到北京以后，朝臣中攻击杨嗣昌的人更多了，弹劾的奏本不断地递进宫中。

崇祯想着杨嗣昌是他力排众议，视为心膂的人，竟然糜饷数百万，剿“贼”无功，失守襄阳，确实可恨。他一时感情冲动，下了一道上谕：“辅臣杨嗣昌二载瘁劳，一朝毕命。然功不掩过，其议罪以闻！”许多朝臣一见这道上谕，越发对杨嗣昌猛烈攻击，说话更不实事求是，甚至有人请求将杨嗣昌剖棺戮尸。崇祯看了这些奏疏，反而同情杨嗣昌。他常常想起来前年九月在平台为杨嗣昌赐宴饯行，历历如在目前。那时候杨嗣昌曾说如剿贼不成，必将“继之以死”的话，余音犹在他的耳边。他最恨朝廷上门户之争，党同伐异，没有是非，这种情况如今在弹劾杨嗣昌的一阵风中又有了充分表现。他很生气，命太监传谕六部、九卿、科、道等官速来乾清宫中。当他怀着怒气等候群臣时候，看见费珍娥又来添香。他似乎对他曾经搂抱过她并且吻过她的脖颈和脸颊的事儿完全忘了，瞥她一眼，随便问道：

“你还不去长平公主那里么？”

费珍娥一惊，躬身问道：“皇爷叫奴婢哪一天去？”

崇祯再没有看她，心不在焉地说：“现在就去好啦。”

费珍娥回到乾清宫背后的小房中，默默地收拾自己的东西，含着汪汪眼泪，连自己也说不清心中的怅惘滋味。管家婆走到她的身边，轻声问道：

“你现在就走么？”

珍娥点点头，没有做声，因为她怕一说话就会止不住哽咽。清慧搂住她的脖子说：

“别难过，以后我们会常见面的。这里的姐妹们对你都很好，你得空儿可以来我们这儿玩。”

珍娥只觉伤心，思路很乱，不能说话，而且有些心思也羞于出口。她平日对这座雄伟而森严的乾清宫感到像监狱一样，毫无乐趣，只是从皇上那次偶然对她表示了特殊的感情后，她一面对这事感到可怕，感到意外，同时也产生了一些捉摸不定的幻想。她本来不像一般年长的宫女那样心事重重，在深宫中看见春柳秋月，鸟鸣花开，都容易引起闲愁，暗暗在心中感伤，潜怀着一腔幽怨无处可说，只能在梦中回到无缘重见的慈母身边，埋头慈母的怀中（实际是枕上）流泪；自从有了那次事情，她的比较单纯也比较平静的少

女心灵忽然起了变化，好像忽然混沌开了窍，又好像一朵花蕾在将绽未绽时忽然滴进一珠儿朝露，射进了春日的阳光，吹进了温暖的东风，被催得提前绽开。总之，她突然增长了人生知识，产生了过去不曾有过的心事；交织着梦想、期待、害怕、失望与轻愁。为着改变自己和家人的命运，她多么希望获得皇上的“垂爱”！她想如果她的命好，真能获得皇上喜欢，不仅她自己在宫中会有出头之日，连她的半辈子过着贫寒忧患生活的父母，她的一家亲人，都会交了好运，好似俗话所说的“一步登天”。自从怀着这样的秘密心事，每次轮到她去皇帝身边服侍，她总是要选最美的一两朵花儿插在云髻或鬓上，细心地薄施脂粉，有时故意不施脂粉，免得显不出自己脸颊的天生美色：白嫩中透出桃花似的粉红。她还不忘记将皇上最喜欢的颜色衣裙，放在熏笼上熏过，散出淡淡的清幽芳香。如果是为皇上献茶，穿衣，她还要临时将一双洁白如玉的小手用皇后赏赐的龙涎香熏一熏。不料崇祯再没有对她像那次一样特别“垂爱”。有一次崇祯午睡醒来，她在养德斋中服侍，屋中没有别的太监，也没有别的宫女。当崇祯看她一眼时，她的脸刷地红了（一般时候，宫女在皇帝面前是不会这样的）。她不敢抬头。当她挨近皇帝胸前为皇帝的黄缎暗龙袍扣左上端的空心镂花赤金扣时，她以为皇上会伸手将她搂住，心情十分紧张，呼吸困难，分明听见自己心跳的声音。但是皇上又一次没有理她。当皇上走出养德斋时，回头望她一眼，露出笑容。她以为皇上要同她说话，赶快走上一步，大胆地望着皇上的眼睛。不料崇祯自己伸手将忘在几上的十来封文书拿起来，走了出去，并且深深地叹口气说：

“真是国事如焚！”

她独自在养德斋整理御榻上的凌乱被褥，心绪很乱，起初懵懂，后来渐渐明白：皇帝刚才的笑容原是苦笑。她想着，皇上也喜欢她有姿色，只是他日夜为国事操劳发愁，没有闲心对她“垂爱”。她恨“流贼”，尤其恨李自成，想着他一定是那种青脸红发的杀人魔王；她也恨张献忠，想着他的相貌一定十分凶恶丑陋。她认为是他们这班扰乱大明江山的“流贼”使皇上每日寝食不安，心急如焚，也使她这样容貌出众女子在宫中没有出头的日子。她恨自己没有生成男子，不能够从军打仗，替皇上剿灭“流贼”。

当崇祯在病中对长平公主说要将她赐给公主时，她虽然暗中失望，但仍然希望皇上会再一次对她“垂爱”，改变主意。如今一切都完了，再莫想会有出头之日了。但是这种心事，这种伤感，她只能锁在心里，沉入海底，连一个字也不能让别人知道！

魏清慧似乎明白了她深藏的心事，趁房中没人，小声说道：

“珍妹，你还小，这深宫里的事儿你没有看透。若是你的命不好，纵然被皇上看重，也是白搭。虽然我们的皇上是一位励精图治的好皇上，不似前朝常有的荒淫之主，可是遵照祖宗定制，除皇后和东西宫两位娘娘外，还有几位妃子、许多选侍、嫔、婕好、美人、淑女……等等名目的小娘娘。不要说选侍以下的人，就拿已经封为妃子的人来说，皇上很少到她们的宫里去，也很少宣召她们来养德斋，不逢年过节朝贺很难见到皇上的面。你也读过几首唐人的宫怨诗，可是，珍妹，深宫中的幽怨，苦情，诗人们何曾懂得？何曾写出来万分之一！要不是深宫幽怨，使人发疯，何至于有几个宫女舍得一身剐，串通一气，半夜里将嘉靖皇爷勒死？[①] 你年纪小，入宫只有两年，这深宫中的可怕事儿你知道的太少！”她轻轻地叹息一声，接着说：“我们的皇上是难得的圣君，不贪色，可是他毕竟是一国之主。这一两年，或因一时高兴，或因一肚皮苦恼无处发泄，也私‘幸’了几个都人。这几个姐妹被皇上‘幸’过以后，因为没有生男育女，就不给什么名分。说她们是都人又不是都人，不明不白。有朝一日，宫中开恩放人，别的都人说不定有幸回家，由父母兄长择配，这几位都人就不能放出宫去……”

珍娥听得出神，忽然问：“为什么？”

“为什么？……这不用问！就为着她们曾经近过皇上的御体，蒙过‘恩幸’，不许她们再近别的男人。所以，我对你说过，倘若一个都人生就的命不好，纵然一时蒙恩侍寝，也不一定有出头之日，说不定会有祸事落到头上。”她用沉痛的悄声说：“我们不幸生成女儿身，又不幸选进宫中。我是两年前就把宫里的诸事看透了。我只求活一天对皇上尽一天忠心，别的都不去想。倘若命不好，蒙皇上喜欢，就会招人嫉妒，说不定会给治死，纵然生了个太子也会给人毒死[②]。

---

① 将嘉靖皇爷勒死——嘉靖二十一年，明世宗有一晚宿在曹妃的宫中，宫女杨金莲等，等他睡熟，将他勒死。丝绳不是死结，嘉靖得不绝气。同伙宫女张金莲害怕，跑去告诉皇后方氏，率宫女、太监来救。随后逮捕了杨金莲等宫女和王宁嫔、曹妃，凌迟处死。她们的家人也被冤杀了十余人。曹妃实际不知此谋。

② 给人毒死——明宪宗时万贵妃专宠，后宫有娠者迫使堕胎。有纪姓宫女本是广西贺县土官女，在战争中被俘，没入后宫，看管库房，偶被宪宗遇见，加以奸污。怀孕后伪装有病，谪居安乐堂。生子，潜养西宛。六年之后，宪宗一日梳头，见白发，感叹年老无子。太监趁机说出这个孩子。宪宗命人取来，立为太子，纪氏移居永寿宫，不久暴死。

所好的，从英宗皇爷晏驾以后，受恩幸的娘娘和都人都不再殉葬①啦。珍妹，你伤心，是因为你不清楚深宫中的事，做一些镜花水月的梦！你到公主身边，三四年内她下嫁出宫，你到驸马府中，倒是真会有出头之日。”

魏清慧说了这一番话，就催促费珍娥快去叩辞皇上。她带着珍娥绕到乾清宫正殿前边，看见崇祯已经坐在正殿中央的宝座上，殿里殿外站了许多太监，分明要召见群臣，正在等候，而朝臣们也快到了。

崇祯平日在乾清宫召见群臣，常在东暖阁或西暖阁，倘若离开正殿，不在暖阁，便去偏殿，即文德殿或昭仁殿。像今日这样坐在正殿中央宝座上召见群臣却是少见，显然增加了召见的严重气氛。魏清慧不敢贸然进去。在门槛外向里跪下，说道：

“启奏皇爷，费珍娥前来叩辞！”说毕，起身退立一旁。

随即，费珍娥跪下叩了三个头，颤声说：“奴婢费珍娥叩辞皇爷。愿陛下国事顺心，圣躬康泰。万岁！万岁！万万岁！”

崇祯正在看文书，向外瞟一眼，没有做声，又继续看文书。这时一大群朝臣已经进了乾清门，躬身往里走来。费珍娥赶快起身，又向皇帝躬身一拜，随魏宫人转往乾清宫正殿背后，向众姐妹辞行。

崇祯从文书上抬起头来，冷眼看着六部、九卿、科、道等官分批在宝座前三尺外行了常朝礼，分班站定以后，才慢慢地说：

“朕今日召你们来，是要说一说故辅臣杨嗣昌的事。在他生前，有许多朝臣攻击他，可是没有一个人能为朕出一良谋，献一善策，更无人能代朕出京督师。杨嗣昌死后，攻击更烈，都不能设身处地为杨嗣昌想想。”他忍不住用鼻孔冷笑一声，怒气冲冲地接着说，“杨嗣昌系朕特简，用兵不效，朕自鉴裁。况杨嗣昌尚有才可取，朕所素知。你们各官见朕有议罪之旨，大肆排击，纷纭不已，殊少平心之论。姑不深究，各疏留中，谕尔等知之！下去吧！”

众官见皇帝震怒，个个股栗，没人敢说二话，只好叩头辞出。他们刚刚走下丹墀，崇祯又命太监将几位阁臣叫回。阁臣们心中七上八下，重新行礼，俯伏地上，等候斥责。崇祯说道：

“先生们起来！”

阁臣们叩头起身，偷看崇祯，但见他神情愁惨，目有泪光。默然片刻，

---

① 殉葬——明朝行殉葬制，至英宗临死时遗诏废除，从此终止了这一野蛮制度。明成祖死后，殉葬的妃子和宫女达十六人之多。

崇祯叹口气说：

“朕昨夜梦见了故辅臣杨嗣昌在这里向朕跪下叩头，说了许多话，朕醒后都记不清了。只记得他说：‘臣鞠躬尽瘁，死而后已。朝中诸臣不公不平，连章见诋，故臣今日归诉皇上。’朕问他：‘所有的奏疏都不公平么？某人的奏疏似乎也有些道理吧？’嗣昌摇头说：‘亦未然。诸臣住在京城，全凭意气，徒逞笔舌，捕风捉影，议论戎机。他们并未亲历其境，亲历其事，如何能说到实处！’朕问他：‘眼下不惟中原堪忧，辽东亦岌岌危甚，卿有何善策？’嗣昌摇头不答。朕又问话，忽来一阵狂风，窗棂震动，将朕惊醒。”说毕，连声叹气。

众阁臣说一些劝慰的话，因皇上并无别事，也就退出。

转眼到了四月上旬，河南和湖广方面的战事没有重大变化。李自成在伏牛山中操练人马，暂不出来，而张献忠和罗汝才被左良玉追赶，在湖广北部东奔西跑。虽然张、罗的人马也破过几个州、县城，但是经过洛阳和襄阳接连失守之后，像这样的事儿在崇祯的心中已经麻木了。局势有一点使他稍微宽心的是：李自成和张献忠都不占据城池，不置官吏，看来他们不像马上会夺取天下的模样。他需要赶快简派一位知兵大臣任陕西、三边总督，填补丁启睿升任督师后的遗缺。考虑了几天，他在大臣中实在找不到一个可用的统兵人才，只好在无可奈何中决定将傅宗龙从狱中放出，给他以总督重任，使他统率陕西、三边人马专力“剿闯”。主意拿定之后，他立即在武英殿召见兵部尚书。

自从洛阳和襄阳相继失守之后，陈新甲尽量在同僚和部属面前保持大臣的镇静态度，照样批答全国有关兵事的各种重要文书，处事机敏，案无留牍，但心中不免怀着疑虑和恐惧，觉得日子很不好过，好像有一把尚方剑悬在脖颈上，随时都可能由皇上在一怒之间下一严旨，那尚方剑无情地猛然落下，砍掉他的脑袋。听到太监传出皇上口谕要他赶快到武英殿去，皇上立等召见。他马上命仆人帮助他更换衣服，却在心中盘算着皇上召见他为着何事。他的心中七上八下，深怕有什么人对他攻击，惹怒了皇帝。匆匆换好衣服，他就带着一个心腹长班和一个机灵小厮离开了兵部衙门。他们从右掖门走进紫禁城，穿过归极门（又名右顺门），刚过了武英门前边的金水桥，恰好遇见一个相识的刘太监从里边出来，对他拱手让路。他赶快还礼，拉住刘太监小声问

道：

“刘公，圣驾还没来到？”

刘太监向里边一努嘴，说：“皇上处分事儿性急，已经在里边等候多时了。”

“你可知陛下为着何事召见？”

“尚不得知。我想横竖不过是为着剿贼御虏的事。”

“皇上的心情如何？”

“他总是脸色忧愁，不过还好，并无怒容。”

陈新甲顿觉放心，向刘太监略一拱手，继续向北走去。刘太监向陈新甲的长班高福使个眼色。高福暂留一步，等候吩咐，看刘太监的和善笑容，心中已猜到八九。刘太监小声说：

“你回去后告你们老爷说，里边的事儿不必担忧。如有什么动静，我会随时派人告你们老爷知道。还有，去年中秋节借你们老爷的两千银子，总说归还，一直银子不凑手，尚未奉还。昨日舍侄传进话来，说替我在西城又买了一处宅子，已经写下文约，尚缺少八百两银子。你回去向陈老爷说一声，再借给我八百两，以后打总归还。是急事儿，可莫忘了。”

高福连说：“不敢忘，不敢忘。”

“明日我差人到府上去取。”刘太监又说了一句，微微一笑，匆匆而去。

高福在心中骂了一句，赶快追上主人。陈新甲被一个太监引往武英殿去，将高福和小厮留在武英门等候。

崇祯坐在武英殿的东暖阁中，看见陈新甲躬身进来，才放下手中文书。等陈新甲跪下叩头以后，他忧虑地说道：

“丁启睿升任督师，遗缺尚无人补。朕想了数日，苦于朝中缺少知兵大臣。傅宗龙虽有罪下在狱中，似乎尚可一用。卿看如何？”

陈新甲正想救傅宗龙出狱，趁机说道：“宗龙有带兵阅历，前蒙陛下识拔，授任本兵。偶因小过，蒙谴下狱，颇知悔罪。今值朝廷急需用人之际，宗龙倘荷圣眷，重被简用，必能竭力尽心，上报皇恩。宗龙为人朴实忠诚，素为同僚所知，亦为陛下所洞鉴。”

崇祯点头说：“朕就是要用他的朴忠。”

陈新甲跪在地上略等片刻，见皇帝没有别事“垂问”，便叩头辞去。崇祯就在武英殿暖阁中立即下了一道手谕，释放傅宗龙即日出狱，等候召见，随即又下旨为杨嗣昌死后所受的攻击昭雪，称赞他“临戎二载，屡著捷功；尽瘁殒身，勤劳难泯。”在手谕中命湖广巡抚宋一鹤派员护送杨嗣昌的灵柩回籍，赐祭一坛。他又命礼部代他拟祭文一道，明日呈阅。

第二天，崇祯在文华殿召见陈新甲和傅宗龙。当他们奉召来到时候，崇祯正在用朱笔修改礼部代拟的祭文。将祭文改完放下，他对身边的太监说：

“叫他们进来吧。”

等陈新甲和傅宗龙叩头以后，崇祯命他们起来，仔细向傅宗龙打量一眼，看见他入狱后虽然两鬓和胡须白了许多，但精神还很健旺，对他说道：

“朕前者因你有罪，将你下狱，以示薄惩。目今国家多故，将你放出，要你任陕西、三边总督。这是朕的特恩，你应该知道感激，好生出力剿贼，以补前愆。成功之后，朕当不吝重赏。”

傅宗龙重新跪下叩头，含着热泪说：“严霜雨露，莫非皇恩。臣到军中，誓必鼓励将士，剿灭闯贼，上慰宸衷，下安百姓；甘愿粉身碎骨，不负皇上知遇！”

崇祯点头说：“很好。很好。你到西安之后，估量何时可以带兵入豫，剿灭闯贼？”

“俟臣到西安以后，斟酌实情，条奏方略。”

崇祯心中急躁，下意识地将两手搓了搓，说道：“如今是四月上旬。朕望你赶快驰赴西安，稍事料理，限于两个月之内率兵入豫，与保督杨文岳合力剿闯。切勿在关中逗留过久，贻误戎机。”

傅宗龙怕皇帝突然震怒，将他重新下狱，但又切知两月内决难出兵，只得仗着胆子说：

“恐怕士卒也得操练后方好作战。”

崇祯严厉地看他一眼，说：“陕西有现成的兵马。各镇兵马，难道平时就不操练么？你不要等李自成在河南站稳脚跟，方才出兵！”

傅宗龙明知各镇练兵多是有名无实，数额也都不足，但看见皇上大有不耐烦神色，只好跪地上低着头不再说话。崇祯也沉默片刻，想着傅宗龙已被他说服，转用温和的口气说：

“汝系知兵大臣，朕所素知。目前东虏围困锦州很久，朕不得不将重兵派出关外。是否能早日解锦州之危，尚不得知。河南、湖广、山东等省局势都很不好，尤以河南、湖广为甚，连失名城，亲藩殉国。卿有何善策，为朕纾

忧？”

傅宗龙叩头说：“微臣在狱中时也常常为国家深忧。虽然也有一得愚见，但不敢说出。”

崇祯的眼珠转动一下，说：“苟利于国，不妨对朕直说。”

傅宗龙说：“目前内剿流贼，外御强虏，两面用兵，实非国家之福。朝中文臣多逞空言高论，不务实效，致有今日内外交困局面。如此下去，再过数年，国家局势将不堪设想。今日不是无策，惟无人敢对陛下言之耳。”

崇祯心动，已经猜中，赶快说：“卿只管说出，勿庸避讳。”

“陛下为千古英主，请鉴臣一腔愚忠，臣方敢说出来救国愚见。”

“卿今日已出狱任事，便是朕股肱大臣。倘有善策，朕当虚怀以听。倘若说错，朕亦决不罪汝。”

傅宗龙又叩了头，低声说：“以臣愚见，对东虏倘能暂时议抚，抚为上策。只有东事稍缓，方可集国家之兵力财力痛剿流贼。”

崇祯轻轻地啊了一声，仿佛这意见并不投合他的心意。他疑惑是陈新甲向傅宗龙泄露了消息或暗嘱他作此建议，不由地向站在旁边的陈新甲望了一眼。沉默片刻，崇祯问道：

“你怎么说对东虏抚为上策？不妨详陈所见，由朕斟酌。”

傅宗龙说：“十余年来，内外用兵，国家精疲力竭，苦于支撑，几乎成为不治之症。目今欲同时安内攘外，纵然有诸葛孔明之智，怕也无从措手。故以微臣愚昧之见，不如赶快从关外抽出手来，全力剿贼。俟中原大局戡定，再向东虏大张挞伐不迟。”

崇祯说：“朕已命洪承畴率大军出关，驰援锦州。目前对东虏行款，示弱于敌，殊非朕衷。你出去后，这‘议抚’二字休对人提起。下去吧！”

等傅宗龙叩头退出以后，崇祯向陈新甲问道：“傅宗龙也建议对东虏以暂抚为上策，他事前同卿商量过么？”

陈新甲跪下说：“傅宗龙今日才从狱中蒙恩释放，臣并未同他谈及关外之事。”

崇祯点点头，说：“可见凡略明军事的人均知两面作战，内外交困，非国家长久之计。目前应催促洪承畴所率大军火速出关，驰救锦州。不挫东虏锐气，如何可以言抚？必须催承畴速解锦州之围！”

陈新甲说：“陛下所见极是。倘能使锦州解围，纵然行款，话也好说。臣所虑者，迁延日久，劳师糜饷，锦州不能解围，反受挫折，行款更不容易。况国家人力物力有限，今后朝廷再想向关外调集那么多人马，那么多粮饷，不可得矣。”

崇祯脸色沉重地说：“朕也是颇为此忧。眼下料理关外军事，看来比豫、楚还要紧迫。”

“是，十分紧迫。”

崇祯想了想，说：“对闯、献如何进剿，卿下去与傅宗龙仔细商议，务要他星夜出京。”

“是，遵旨!”

陈新甲退出后，崇祯觉得对关内外军事前途，两无把握，不禁长叹一声。他随即将礼部代拟而经他略加修改的祭文拿起来，小声读道：

> 维大明崇祯辛巳十四年四月某日，皇帝遣官赐祭故督师辅臣杨嗣昌而告以文曰：
>
> 呜呼！惟卿志切匡时，心存报国；入参密勿，出典甲兵。方期奏凯还朝，图麟铭鼎①。讵料谢世，赍志渊深。功未遂而劳可嘉，人云亡而瘁堪悯。爰颁谕祭，特沛彝章②。英魂有知，尚其祗服!

崇祯放下祭文，满怀凄怆。想着国家艰难，几乎落泪。他走出文华殿，想步行去看田妃的病，却无意向奉先殿的方向走去。身边的一个太监问道：

“皇爷，上午去了一次奉先殿，现在又去么?”

崇祯心中恍惚，知道自己走错了路，回身停步，想了一下，决定不去承乾宫，转向坤宁宫的方向走去。但到了交泰殿，他又不想往坤宁宫了，便在交泰殿中茫然坐了一阵，在心中叹息说：

“当年杨嗣昌也主张对东虏暂时议抚，避免两头用兵，内外交困，引起满朝哗然。如今杨嗣昌已经死去，有用的大臣只剩下洪承畴了。关外事有可为么?……唉!”

第二天早朝以后，傅宗龙进宫陛辞。崇祯为着期望他能够“剿贼”成功，

---

① 图麟铭鼎——意思是永记功勋。铭鼎是指上古时将功劳铭刻（铸）在鼎和其它铜器上。图麟是指像汉宣帝时将功臣像画在麒麟阁上。

② 特沛彝章——杨嗣昌督师无功，因而自尽，本来不当“谕祭”，但这是特殊降恩（特沛），按照大臣死后的常规（彝章）办理。

在平台召见，照例赐尚方剑一柄，说几句勉励的话。但是他很明白傅宗龙和杨文岳加在一起也比杨嗣昌的本领差得很远，这使他不能不心中感到空虚和绝望。召见的时间很短，他便回乾清宫了。

他坐在乾清宫东暖阁省阅文书，但心中十分烦乱，便将司礼监掌印太监王德化叫来，问他近日内操的事儿是否认真在办，内臣们在武艺上是否有长进。这所谓内操，就是抽调一部分年轻的太监在煤山下边的大院里操练武艺和阵法。崇祯因为一心想整军经武，对文臣武将很不相信，所以两三年前曾经挑选了很多年轻体壮的太监进行操练。朝臣们因鉴于唐朝宦官掌握兵权之祸，激烈反对，迫使崇祯不得不将内操取消。近来因洛阳和襄阳相继失守，他一则深感到官军多数无用，缓急时会倒戈投敌，亟想亲手训练出一批家奴，必要时向各处多派内臣监军。另外在他的思想的最深处常常泛起来亡国的预感，有时在夜间会被亡国的噩梦惊醒，出一身冷汗。因为有此不祥预感，更思有一群会武艺的家奴，缓急时也许有用。在半月之前，他密谕王德化瞒着外廷群臣，恢复内操，而使杜勋等几个做过监军的亲信太监在王德化手下主持其事。为着避免朝臣们激烈反对，暂时只挑选五百人集中在煤山院中操练，以后陆续增加人数。现在王德化经皇帝一问，不觉一怔。他知道杜勋等主持的内操有名无实，只图领点赏赐，但是他决不敢露出实话，赶快躬身回奏：

“杜勋等曾经奉皇爷派出监军，亲历戎行，也通晓练兵之事。这次遵旨重办内操，虽然日子不久，但因他们认真替皇爷出力办事，操练颇为认真，内臣们的武艺都有显著长进。”

崇祯欣然微笑，说：“杜勋们蒙朕养育之恩，能够为朕认真办事就好。明日朕亲自去看看操练如何？”

王德化心中暗惊，很担心如果皇上明日前去观操，准会大不满意，不惟杜勋等将吃罪不起，连他也会受到责备。但是他没有流露出任何不安神情，好像是喜出望外，躬身笑着说：

“杜勋们知道皇爷忧劳国事，日理万机，原不敢恳求皇爷亲临观操。如今皇爷既有亲临观操之意，这真是莫大恩幸。奴婢传旨下去，必会使众奴婢们欢呼鼓舞。但是圣驾临幸，须在三天之后，方能准备妥当。”

崇祯说：“朕去煤山观操，出玄武门不远便是，并非到皇城以外，何用特做准备！”

“虽说煤山离玄武门不远，在清禁之内，但圣驾前去观操，也需要几件事做好准备。第一，因圣驾整年旰食宵衣，不曾出去，这次观操，不妨登万岁山一览景物。那条从山下到山顶的道路恐怕有的地方日久失修。即令无大损坏，也得仔细打扫；还有，那路边杂草也需要清除干净。第二，寿皇殿和看射箭的观德殿虽然并无损坏之处，但因皇爷数载不曾前去，藻井和画梁上难免会有灰尘、雀粪等不洁之物，须得处处打扫干净。那观德殿看射箭用的御座也得从库中取出，安设停当。第三，皇爷今年第一次亲临观操，不能没有赏赐。该如何分别赏赐，也得容奴婢与杜勋等商议一下，缮具节略，恭请皇爷亲自裁定，方好事先准备。还有，第四，圣驾去万岁山观操，在宫中是件大事，必须择个吉日良辰，还要择定何方出宫吉利。这事儿用不着传谕钦天监去办，惊动外朝。奴婢司礼监衙门就可办好。请皇爷不用过急，俟奴婢传谕准备，择定三四天后一个吉日良辰，由内臣扈驾前去，方为妥帖。"

崇祯听了，觉得很有道理，心中称赞王德化不愧是司礼监掌印太监，办事小心周密。他没有再说二话，只是眼神中含着温和微笑，轻轻点头，又将下巴一摆，使王德化退出。

王德化退出乾清宫以后，来不及往值房中看一眼，赶快出玄武门，一面骑马回厚载门[①]内的司礼监衙门，一面派人进万岁山院中叫杜勋速去见他。

不过一顿饭时候，一个三十多岁、高挑身材、精神饱满、没有胡须的男子在司礼监的大门外下马，将马缰和鞭子交给一个随来的小答应，匆匆向里走去。穿过三进院子，到了王德化平时起坐的厅堂。一个长随太监正在廊下等他，同他互相一揖，使眼色让他止步，转身掀帘入内。片刻之间，这个太监出来，说道：

"请快进去，宗主爷有话面谕。"

高挑身材的太监感到气氛有点严重，赶快躬身入内，跪到地上叩头，说道：

"门下杜勋向宗主爷叩头请安！"

王德化坐在有锦缎围幛的紫檀木八仙桌边，低着头欣赏一位进京述职的封疆大吏赠送他的北宋院画真迹的集锦册页，慢慢地抬起头，向杜勋的脸上冷淡地看一眼，低声说：

"站起来吧。"

---

① 厚载门——皇城北门在明代称北安门，清代改称地安门，明、清两代都俗称厚载门。

杜勋又叩了一次头，然后站起，垂手恭立，对王德化脸上的冷淡和严重神色感到可怕，但又摸不着头脑。

王德化重新向画上看一眼，合起装璜精美的册页，望着杜勋说："我一手保你掌管内操的事儿，已经半个月啦。你小子不曾认真做事，辜负我的抬举，以为我不知道么？"

杜勋大惊，赶快重新跪下，叩头说："回宗主爷，不是门下不认真做事，是因为人都是新挑选来的，马匹也未领到，教师人少，操练还一时没有上道儿。"

"闲话休说。我没有工夫同你算账。今日我倘若不替你在皇爷前遮掩，想法救你，哼，明日你在皇爷面前准会吃不了兜着走！你以为皇爷不会震怒？"

杜勋面如土色，叩头说："门下永远感激宗主爷维护之恩！皇上知道操练得不好么？"

"还不知道。可是他想明日上午驾临观德殿前观操。到那时，内操不像话，骗不过他，你做的事儿不是露了馅么？你心里清楚，当今可不像天启皇爷那样容易蒙混！"

杜勋心中怦怦乱跳，问道："圣驾是不是明日一定亲临观操？"

"我已经替你支吾过去啦。可是，再过三天，圣驾必将亲临观操。只有三天，你好好准备吧。可不要使皇爷怪罪了你，连我这副老脸也没地方搁！"

杜勋放下心来，说道："请宗主爷放心。三天以后皇上观操，门下一定会使圣心喜悦。"

"别浪费工夫，快准备去吧。"

杜勋从怀中掏出一个红锦长盒，打开盖子，里边是一个半尺多长的翡翠如意，躬着身子，双手捧到王德化的面前，赔笑说："这是门下从一个古玩商人手中买来的玩意儿，特意孝敬宗主爷，愿宗主爷事事如意。以后遇见名贵的字画、古玩、玉器，再买几样孝敬。"

王德化随便看一眼，说："你拿回去自己玩吧，我的公馆里已经不少了。"

杜勋嘻嘻笑着说："宗主爷千万赏脸留下，不然就太亏门下的一番孝心了。"

王德化不再说话，重新打开桌上的册页。杜勋将翡翠如意小心地放到桌上，又跪下叩个头，然后退出。王德化没有马上继续看北宋名画，却将翡翠如意拿起来仔细观看，十分高兴。想到皇帝观操的事，他在心里说：

“再过三天，杜勋这小子大概会能使皇上满意的。”

三天过去了。在观操的早晨，崇祯刚交辰牌时候就把杜勋召进宫来，亲自询问准备情况。杜勋跪下去分条回奏，使崇祯深感满意，在心中说：

“杜勋如此尽忠做事，日后在缓急时必堪重用！”

辰时三刻，崇祯从乾清宫出发。特意乘马，佩剑，以示尚武之意。骑的是那匹黄色御马吉良乘，以兆吉利。一群太监手执黄伞和十几种仪仗走在前边，马的前后左右紧随着二十个年轻太监，戎装佩剑。依照灵台占卜，“圣驾”出震方吉利，所以崇祯不能径直穿过御花园，出玄武门前去观操，而只能绕道出东华门，沿玉河东岸往北，然后转向西行。夹道每十步有一株槐树，绿叶尚嫩，迎风婆娑，使崇祯大有清新之感，但同时在心中叹息说：

“年年春光，我都没福享受！”

倘若只为登万岁山观赏风景，应该直往西走，进北上东门①，向北进万岁门②。今天是为观操而来，所以转过紫禁城东北角走不远就向北转，到山左里门下马。王德化、曹化淳率领一群较有头面的太监和主持内操的大太监杜勋等都在门外跪迎。崇祯在上百名太监簇拥中到了观德殿，坐在阶上设好的御座上，背后张着伞扇。王德化和曹化淳等大太监侍立两旁。等他稍事休息，喝了一口香茶，杜勋来到他的面前跪下，叩了一个头，问道：

“启奏皇爷，现在就观看操练么？”

崇祯轻轻点头，随即向万岁山的东北脚下望去，看见在广场上有五百步兵盔甲整齐，列队等候。杜勋跑到阵前，将小旗一挥，鼓声大作，同时步兵向皇帝远远地跪下，齐声山呼：“皇上陛下万岁！万岁！万万岁！”这突然的鼓声和山呼声使万岁山树林中的梅花鹿有的惊窜，有的侧首下望，而一群白鹤从树枝上款款起飞，从晴空落下嘹亮叫声，向琼华岛方向飞去。山呼之后，杜勋又挥动小旗，步兵在鼓声中向前，几次依照小旗指挥变化队形，虽不十分整齐，但也看得过去。一会儿，响了锣声，步兵退回原处，重新列队如前。杜勋又将小旗一挥，二十五名步兵从队中走出，到离皇帝三十步外停住，分

---

① 北上东门——万岁山（清代改名景山）在明代围墙南面有房屋，道路傍着玉河，很窄。出万岁门，南边有一门名北上门，为万岁山的前门，左边是北上东门，右边是北上西门。一九二七年以后，故宫博物院为便利交通，修建东西马路，拆除北上东门和北上西门，独留北上门，脱离景山整体，成了神武门的外门。解放后，北上门妨碍交通，亦被拆除。

② 万岁门——又称万岁山门，清代改称景山门，现为景山公园正门。

成五排，每排五人，操练单刀。随后又换了二十五人，操练剑法。又换了二十个人在皇帝面前表演射艺，大体都能射中靶子。射箭完毕，杜勋又来到崇祯面前跪下，说道：

"启奏皇爷，奴婢奉旨掌管内操，未曾将事做好，实在有罪。倘若天恩宽宥，奴婢一定用心尽力，在百日之内为皇帝将这五百人练成一支精兵。"

崇祯说："你只要为朕好生做事，朕日后定会重用。"

"奴婢谢恩！"杜勋边说边赶快俯地叩头。

杜勋刚从地上起来，王德化躬身向崇祯轻声说："皇爷，可以颁赏了。"崇祯点点头。王德化向身后的一个太监使个眼色，随即发出一声传呼：

"奏乐！……颁赏！"

在乐声中，太监们代皇上颁发了三百两银子，二十四绸缎，另外给杜勋赏赐了内臣三品冠服和玉带，其余几个管内操的太监头儿也都有额外赏赐。杜勋等在乐声中向皇帝叩头谢恩。全体参加内操的太监一齐跪下叩头谢恩。又是一阵山呼万岁。

王德化向崇祯躬身问道："皇爷，永寿殿①牡丹、芍药正开，恭请御驾赏玩。"

崇祯看过操以后起初还觉满意，此刻又莫名其妙地感到空虚，看花的兴趣索然。他抬头望一眼林木茂密的万岁山，说道：

"上山去看看吧。"

一个御前太监回头向背后呼唤："备辇伺候！"

崇祯上了步辇，由四个太监抬着，往西山脚下走。曹化淳因东厂有事，在崇祯上辇后对王德化说明，请德化替他奏明皇上，便走出山左里门，扳鞍上马。忽然杜勋追了出来，傍着马头，满脸赔笑，小声说：

"东主爷要回厂去？幸亏东主爷从东厂借给我十来个会射箭的，获得圣心欢喜。今晚我到东主爷公馆里专诚叩谢。"

曹化淳笑着说："你出自宗主王老爷门下，我同他是好兄弟，遇事互相关照，自然不会使你小子倒霉。这叫做瞒上不瞒下，瞒官不瞒私。使皇上圣心喜欢，大家都有好处。在皇上面前操练，不过是应个景儿。可是你以后也得小心，要提防他万一心思一动，突然驾临。你不认真操练几套应景

---

① 永寿殿——在观德殿东南，相距很近。

本领，到那时就不好办啦，小子！”

“是，是。”杜勋躬身叉手齐额，送曹化淳策马而去。

万岁山在明代遍植松、柏，也有杂树，十分葱茏可爱。山下边周围栽了各种果树，所以又叫做百果园。崇祯坐在辇上，沿着新铺了薄薄黄沙的土磴道，一路欣赏山景，直到中间的最高处下辇。当时山上还没有一个亭子①，中间最高处有石刻御座，两株松树在高处虬枝覆盖，避免太阳照射。今天石座上铺有黄缎绣龙褥子。但是他没有坐下，立在石座前边，纵目南望，眼光越过玄武门钦安殿、坤宁宫、交泰殿、乾清宫、中极殿、皇极殿、午门、端门、承天门、大明门、正阳门，直到很远的永定门，南北是一条笔直的线。紫禁城内全是黄色的琉璃瓦，在太阳下闪着金光。正阳门外，人烟稠密，沿大街两旁全是商肆。他登极以来，只出过正阳门两次。如今这繁华的皇都景色，使他很想再找一个题目出城看看。永定门内大街左边约二里处，有一片黑森森的柏林，从林杪露出来一座圆殿的尖顶，引起他的回想和感慨。他曾经祭过祈年殿，却年年灾荒，没有过一个好的年景，使他再也没有心思重去。他转向西方望去，想到母亲就埋在西山下边，不禁心中怅然。他又转向西北望，逐渐转向正北，想看出来这一带的“王气”② 是否仍旺。但是拿不准，只见重山叠嶂，自西向东，苍苍茫茫，宛如巨龙，依然如往年一样。他忽然想到这万岁山本是他每年重阳节率后妃们登高的地方，可是因为国事太不顺心，往往重阳节并不前来，只偕皇后和田、袁二妃在堆绣山③上御景亭中吃蟹小酌，观看菊花，作个点缀。去年因为杨嗣昌将张献忠逼入四川，军事有胜利之望，而李自成销声匿迹，满朝都认为不足为患，他才带着后、妃、太子、皇子和公主们来万岁山快乐半天。不意今年春天局势大变，秋后更是难料，加之田妃患病，分明今年的重阳不会再有兴致来登高了。明年，后年，很难逆料！想到这里，几乎要怆然泪下。

他无心继续在山顶盘桓，不乘辇，步行沿着山的东麓下山，随时北顾，见杜勋仍在用心指挥操练。他在心里说：“如果将领们都能像杜勋这样操练人

① 亭子——明代煤山上没有亭子，有些书中所记错误。山上的五个亭子始建于清乾隆十五年。大概为建五个亭子，增土筑成五个山峰。

② 王气——古代有一种望气的迷信，认为有帝王兴起、国运盛衰，都有相应的云气表现，这种云气就叫做王气。

③ 堆绣山——即坤宁宫后御花园中的假山。

马，流贼何患不能剿灭！”下到山脚，那里有一棵槐树[1]，枝叶扶疏，充满生意。他停下来，探手攀一下向北伸的横枝，只比他的头顶略高。北边还有一棵较小的槐树，绿荫相接。他想，如果一两年后国家太平，田妃病愈，春日和煦，他偕田妃来这两棵树下品茗下棋，该多快活！但是他在心中说：“这怕是个空想！”他心中越发怆然，对身边的太监吩咐：

“辇来！”

崇祯回到宫中，换了衣服，洗了脸，看见御案上有新到的军情文书，又想看又不愿看，犹豫一阵，决定暂时不看，在心中感慨地说：“反正是要兵要饷！”他因为昨夜睡得很晚，今日黎明即起，拜天上朝，刚才去万岁山院中观德殿前观操，又在山顶盘桓一阵，所以回来后很觉疲倦。午膳时候虽然遵照祖宗传下的定制，在他的面前摆了几十样荤素菜肴，另外还有中宫和东、西宫娘娘们派宫女送来的各种美味，每日变换名堂，争欲使他高兴。然而他由于心中充满怅惘悲愁情绪，在细乐声中随便吃了一些，便回养德斋休息去了。

他的精神还没有从洛阳和襄阳两次事变的打击下恢复过来。尤其是洛阳的事情更使他不能忘怀。他在两个宫女的服侍下脱下靴、帽、袍、带，上了御榻，闭目午睡。忽然想到李自成破洛阳的事，心中一痛，睁开双眼，仰视画梁，深深地叹口长气，发出恨声。魏清慧轻脚轻手地揭起黄缎帘子进来，看见崇祯的悲愤和失常神情，感到害怕，站在御榻前躬身低眉，温柔地低声劝道：

“皇爷，请不要多想国事，休息好御体要紧。”

崇祯挥手使她出去，继续想着福王的被杀。虽然在万历朝，福王的母亲郑贵妃受宠，福王本人也被万历皇帝钟爱，几乎夺去了崇祯父亲的太子地位，引起过持续多年的政局风波，但是崇祯和福王毕竟是亲叔侄，当年的“夺嫡”[2] 风波早成了历史往事，而不久前的洛阳失守和福王被杀却是崇祯家族的空前惨变，也是大明亡国的一个预兆，这预兆没人敢说破，却是朝野多数人都有这个想法，而且像乌云一样经常笼罩在崇祯的心上。现在他倚在枕上，默思很久，眼眶含着酸泪，不让流出。

---

① 槐树——相传崇祯吊死在这棵树的横枝上。“文化大革命”中，这棵槐树被红卫兵锯掉。

② 夺嫡——按封建宗法制度，嫡子立为太子，有承继皇位的合法资格。立庶子，不立嫡子，由庶子夺取太子地位，叫做夺嫡。

想了一阵中原"剿贼"大事，觉得傅宗龙纵然不能剿灭李自成，或可以使中原局势稍得挽回；只要几个月内不再糜烂下去，俟关外局面转好，再调关外人马回救中原不迟。这么想着，他的心情稍微宽松一点，开始朦胧入睡。

醒来以后，他感到十分无聊。忽然想起来今年为着洛阳的事，皇后的生日过得十分草草，连宫中的朝贺也都免了。虽然这是国运不佳所致，但他是一国之主，总好像对皇后怀着歉意。漱洗以后，他便出后角门往坤宁宫去。

周后每见他面带忧容，自己就心头沉重，总想设法儿使他高兴。等崇祯坐下以后，她笑着问：

"皇上，听奴婢们说，圣驾上午去万岁山院中观看内操，心中可高兴么？"

崇祯心不在焉地微微点头。

周后又笑着说："妾每天在佛前祈祷，但愿今年夏天剿贼胜利，局势大大变好，早纾宸忧。皇上，我想古人说'否极泰来'，确有至理。洛阳和襄阳相继失陷就是'否极'，过此就不会再有凶险，该是'泰来'啦。"

崇祯苦笑不语，那眼色分明是说："唉，谁晓得啊！"

周后明白他的心情，又劝说："皇上不必过于为国事担忧，损伤御体。倘若不善保御体，如何能处分国事？每日，皇上在万机之暇，可以到各宫走走，散开胸怀。妾不是劝皇上像历朝皇帝那样一味在宫中寻欢作乐，是劝陛下不要日夜只为着兵啊饷啊操碎了心。我们这个家里虽然不似几十年前富裕强盛，困难很多，可是在宫中可供皇上赏心悦目的地方不少，比如说……"

崇祯摇头说："国事日非，你也知道。纵然御苑风景如故，可是那春花秋月，朕有何心赏玩！"

"皇上纵然无心花一天工夫驾幸西苑，看一看湖光山色，也该到各处宫中玩玩。六宫[①]妃嫔，都是妾陪着皇上亲眼挑选的，不乏清秀美貌的人儿，有的人儿还擅长琴、棋、书、画。皇上何必每日苦守在乾清宫中，看那些永远看不尽的各种文书？文书要省阅，生涯乐趣也不应少，是吧？"

崇祯苦笑说："你这一番好心，朕何尝不明白？只是从田妃患病之后，朕有时离开乾清宫，也只到你这里玩玩，袁妃那里就很少去，别处更不想去。朕为天下之主，挑这一副担子不容易啊！"

---

① 六宫——六宫一词，最早见于《周礼》。据说帝王除后以外，还有各种名目的妃子、妻妾，总数共一百二十人，分属六宫。但后世"六宫"一词只是泛指后妃全体，数目实际没有那样多。

周后故意撇开国事，接着说：“皇上，妾是六宫之主，且与皇上是客、魏[1]时的患难夫妻，所以近几年田妃特蒙皇上宠爱，皇上也不曾薄待妾身。六宫和睦相处，前朝少有。正因为皇上不弃糟糠，待妾恩礼甚厚，所以妾今日才愿意劝皇上到妃嫔们的宫中寻些快乐，免得愁坏了身体。皇上的妃嫔不多，可是冷宫不少。”

“这都因国事日非，使朕无心……”

“皇上可知道承华宫陈妃的一个笑话？”

崇祯摇头，感到有趣，笑看皇后。

周后接着说：“承华宫新近添了一个小答应，名叫钱守俊，只有十七岁。他看见陈妃对着一盆牡丹花坐着发愁，问：‘娘娘为何不快活了？’陈妃说：‘人生连天也不见，有甚快活？’守俊说：‘娘娘一抬头不就看见天了？’陈妃扑哧笑出来，说：‘傻子！’”

崇祯听了，忍不住笑了起来。但随即敛了笑容，凄然说道：“这些年，我宵衣旰食，励精图治，不敢懈怠，为的是想做一个中兴之主，重振国运，所以像陈妃那里也很少前去。不料今春以来，洛阳和襄阳相继失陷，两位亲王被害。这是做梦也不曾想到的事！谁知道，几年之后，国家会变成什么局面？”他不再说下去，忽然喉头壅塞，滚出热泪。

周后的眼圈儿红了。她本想竭力使崇祯快活，却不管怎样都只能引起皇上的伤感。她再也找不到什么话可说了。

一个御前太监来向崇祯启奏：兵部尚书陈新甲在文华殿等候召见。崇祯沉默片刻，吩咐太监去传谕陈新甲到乾清宫召对。等到他的心中略觉平静，眼泪已干，才回乾清宫去。

陈新甲进宫来是为了援救锦州的事。他说援锦大军如今大部分到了宁远一带，一部分尚在途中，连同原在宁远的吴三桂等共有八个总兵官所率领的十三万人马，刷去老弱，出关的实有十万之众。他认为洪承畴应该赶快出关，驰往宁远，督兵前进，一举解锦州之围。崇祯问道：

“洪承畴为何仍在关门[2]逗留？”

“洪承畴仍以持重为借口，说要部署好关门防御，然后步步向围困锦州之敌进逼。”

---

① 客、魏——天启的乳母客氏和太监魏忠贤。

② 关门——指山海关，当时的习惯用词。

“唉，持重，持重！……那样，何时方能够解锦州之围？劳师糜饷为兵家之大忌，难道洪承畴竟不明白？”

陈新甲说：“陛下所虑甚是。倘若将士锐气消磨，出师无功，殊非国家之利。”

崇祯说：“那个祖大寿原不十分可靠。倘若解围稍迟，他献出锦州投降，如何是好？”

“臣所忧者也正是祖大寿会献城投敌。”

崇祯接着说：“何况这粮饷筹来不易，万一耗尽，再筹更难。更何况朝廷亟待关外迅速一战，解了锦州之围，好将几支精兵调回关内，剿灭闯献。卿可将朕用兵苦心，檄告洪承畴知道，催他赶快向锦州进兵。”

“是，微臣遵旨。”

“谁去洪承畴那里监军？”

“臣部职方司郎中张若麒尚称知兵，干练有为，可以前去总监洪承畴之军。”

“张若麒如真能胜任，朕即钦派他前去监军。这一二日内，朕将颁给敕书，特恩召对，听他面奏援救锦州方略。召对之后，他便可离京前去。”

陈新甲又面奏了傅宗龙已经星夜驰赴西安的话，然后叩头辞出。他刚走出乾清门，曹化淳就进来了。

曹化淳向崇祯跪下密奏：“奴婢东厂侦事人探得确凿，大学士谢升昨日在朝房中对几个同僚言说皇爷欲同东虏讲和。当时有人听信，有人不信。谢升又说，这是‘出自上意’，又说是‘时势所迫，不得不然’。今日朝臣中已有人暗中议论，反对同鞑子言和的事。”

崇祯脸色大变，怒气填胸，问道：“陈新甲可知道谢升在朝房信口胡说？”

“看来陈尚书不知道。奴婢探得陈尚书今日上朝时并未到朝房中去。下朝之后，差不多整个上午都在兵部衙门与众官会商军事，午饭后继续会议。”

“朝臣中议论的人多不多？”

“因为谢升是跟几个同僚悄声私语，这事儿又十分干系重大，所以朝臣中议论此事的人还不多，但怕很快就会满朝皆知，议论开来。”

崇祯的脸色更加铁青，点头说：“朕知道了。你出去吧。”

曹化淳退出后，崇祯就在暖阁中走来走去，心情很乱，又很恼恨。他并不怀疑谢升是故意泄露机密，破坏他的对“虏”方略，但是他明白谢升如此

过早泄露，必将引起朝议纷纭，既使他落一个向敌求和之名，也使日后时机来到，和议难以进行。他想明日上朝时将谢升逮入诏狱，治以妄言之罪，又怕真相暴露。左思右想，他终于拿定主意，坐在御案前写了一道严厉的手谕，说：

> 大学士谢升年老昏聩，不堪任使，着即削籍。谢升应即日回山东原籍居住，不许在京逗留。此谕！

每于情绪激动时候，他处理事情的章法就乱。他没有考虑谢升才五十几岁，算不得“年老昏聩”，而且突然将一位大学士削籍，必然会引起朝野震动，就命太监将他的上谕立即送往内阁了。接着，他传谕今晚在文华殿召见张若麒，又传谕兵部火速探明李自成眼下行踪，布置围剿。命太监传谕之后，他颓然靠在椅背上，发出一声长叹，随即喃喃地自言自语：

“难！难！这大局……唉！洪承畴，洪承畴，为什么不迅速出关？真是可恼！……”

洪承畴出关

第三十四章

在山海卫城西门外大约八里路的地方，在官马要道上，有一个小小的村庄，叫做红瓦店。这里曾经有过一个饭铺，全部用红瓦盖的屋顶。虽然经过许多年，原来的房子已被烧毁，后来重盖的房子，使用旧红瓦只占了一部分，大部分用的是新的和旧的灰瓦，可是这个村庄仍旧叫做红瓦店，早已远近闻名，而且这个地名已载在县志上了。从红瓦店往北去，几里路之外，是起伏的群山，首先看见的是二郎山，从那里越往北去，山势越发雄伟。在两边的大山之间有一道峡谷。沿着峡谷，要经过大约二十里曲折险峻的山路，才能到达九门口。九门口又名一片石，为防守山海关侧翼的险要去处。从红瓦店往南望，几里外便是海边。当潮水退的时候，红瓦店离海稍远，但也不过几里路。就在这海与山之间，有一大片丘陵起伏的宽阔地带，红瓦店正在这个地带的中间。自古以来，无数旅人、脚夫，无数兵将，从这里走向山海关外，走往辽东去，或到更远的地方。有些人还能够重新回来，有些人一去就再也不回来了。特别从天启年间以来，关外军事情况发生了巨大变化，有很多很多的将士，从这里出去，就死在辽河边上，死在宁、锦前线，而能够回来的也多是带着残伤和消沉情绪。红瓦店这个村庄被过往的人看做是出关前一个很重要的、很有纪念意义的打尖地方。不管是从北京来，从永平来，从天津来，陆路出关，都需要经过红瓦店，在这里停停脚，休息休息，再赴山海关，然后一出关就属于辽东了。

这天早晨，东方才露出淡青的曙色，树梢上有疏星残月，从谁家院落中

传出来鸡啼、犬吠。惨淡的月色照着红瓦店的房子和大路，街外的大路上流动着朦胧的晓雾。很多很多运送粮食和各种辎重的马车，骡子，骆驼，从这里往山海关去。骆驼带着铜铃铛，一队一队，当啷、当啷的铃声传向旷野，慢吞吞地往东去。瘦骨嶙嶙的疲马，面有菜色的赶车人，也在早晨的凉风和薄雾中，同样接连不断地往前走。有时候从晓雾中响起一下清脆的鞭声，但是看不见鞭子，只看见鞭上的红缨在黎明的熹微中一闪。鞭声响过，红瓦店村中，这里那里，又引起一阵犬吠，互相应和。

一会儿，天渐渐大亮了。公鸡虽然已经叫了三遍，现在还在断断续续地叫个不停。在南边的海面上，有一阵乳白色的晓雾好像愈来愈重，但过了不久，一阵凉风吹过，雾又消散了，稀薄了，露出没有边际的海的颜色。海色与远方的天色、云色又混到一起，苍苍茫茫，分不清楚哪是海，哪是云，哪是天空。在这海天苍茫、分不清楚的地方，逐渐地出现了一行白色的船帆。这船帆分明在移动，一只接着一只，也许几十只，也许更多。偶尔曙色在帆上一闪，但又消失，连船队也慢慢地隐进晓雾里边。

这时，从山海关西环城中出来了一小队骑马的人，中间的一位是文官打扮。当他快到红瓦店的时候，在马上不断地向西张望，显然是来迎候一位要紧的人。他策马过了石河的长桥，奔往红瓦店街中心来。

当这一小队人马来到红瓦店街上的时候，街旁的铺板门已经陆续打开，有的店家已经在捅炉子，准备给过往行旅做饭。这位官员下马后，并不到小饭铺中休息，却派出一名小校带领两名骑兵继续往西迎去。在街南边有平日号的一处民宅，专为从京城来的官员休息打尖之处，俗称为接官厅。这位穿着五品补服的官员到接官厅前下马，进去休息。他是河南人，姓李，名嵩，字镇中，原是一个候补知府，如今则是蓟辽总督洪承畴的心腹幕僚，今晨奉洪承畴之命来这里迎接一位深懂得军事、胸有韬略的朋友。当下他在接官厅里打了一转，仍不放心，又走出院子，站在土丘上张望片刻，然后才回进厅来，吩咐准备早饭，并说总督大人的贵客将到，须得准备好一点。

过了大约一刻钟，一阵马蹄声来到接官厅大门外停下。李镇中赶快站起来，不觉说道："来了!"他正要出迎，却有一个军官匆匆进来，几个亲兵都留在大门外。一看不是客人，李镇中不觉一笑，说：

"原来是张将军!"

这位张将军和洪承畴是福建同乡，新来不久，尚没有正式官职，暂时以游击衔在中军副将下料理杂事。他同李镇中见过礼后，坐下问道：

“客人今天早晨能赶到么?”

李嵩说：“他是连夜赶路，按路程说，今早应该赶到才是。”

“制台大人急想同这位刘老爷见面，所以老先生走后不久，又差遣卑将赶来。制台大人吩咐，如果刘老爷来到，请在此稍作休息，打尖之后，再由老先生陪往山海关相见。卑将先回去禀报。”

“怎么要刘老爷先进城去? 制台大人不是在澄海楼等候么?”

“制台大人为选定明日一早出关，今日想巡视长城守御情况，所以决定一吃过早饭就到山海关城内，等见了刘老爷之后，即便出关巡视。”

李嵩感叹说：“啊，制台为国事十分操劳，一天要办几天的事啊!”

张将军又问道：“这位刘老爷我没有见过，可是听制台大人说，目前局面，战守都很困难，有些事情想跟刘老爷筹划筹划。这刘老爷究竟是怎样一个人物，老先生可知道么?”

李嵩慢慢地说：“我也只见过一面。听说，此人在关外打了二十年的仗，辽阳一仗①几乎全军覆没。他冲出重围，仍在辽东军中，总想有所作为。不意又过数年，局面毫无转机，他忿而回到关内。从此以后，他对辽东事十分灰心，在北京每与人谈到辽事，不免慷慨流涕。他曾屡次向朝廷上书，陈述救辽方略，但是朝廷并不采纳。朝廷上的门户之争是那么激烈，他已经看透，无能为力，后来就隐居在西山一个佛寺里边，听说是卧佛寺，在那里注释兵法。我们总督大人离北京以前，偶然到卧佛寺去，遇见了这位刘老爷，平日已闻其名，一谈之下，颇为倾心。此后就几次约他到北京城内公馆里住下深谈，每次都谈到深夜。总督大人几次请刘老爷来军中赞画军务。这位刘老爷执意不肯，说是他已经年过花甲，对国家事已经灰心。最近因为咱们大人就要出关，去解锦州之围，特意写了一封十分恳切的书信派人送往刘老爷处，邀他务必来山海关一晤，商谈今后的作战方略。刘老爷这才答应前来。几天前已经从北京起身了，天天向这里赶路，前天到了永平，听说我们大人明天就要离开山海关，就只好日夜兼程。”

“哦! 原来是这么重要啊，难怪总督大人今天天不明就起来，连连问派人去迎接没有。我们说，李老爷已经去了。立刻又派我来，真是巴不得马上跟

① 辽阳一仗——此事发生在明熹宗天启元年三月。明军先失沈阳，继失辽阳。

他见面。”

正说着，外面又是一阵马蹄声。他们停了谈话，侧耳谛听。李嵩向仆人说：

“快看看！是不是客人到了？”

一月以前，洪承畴从永平来到山海关，他的行辕就扎在山海关城外靠着海边的宁海城中。这里是长城的尽头，宁海城就紧挨着长城的东端。它一边临海，一边紧靠长城，是为防守长城和山海关而建立的一个军事堡垒。洪承畴因为山海关城内人马拥挤，所以将行辕移出来，设在宁海城中。现在宁海城的民房都占尽了，官房也占尽了，仍然不够住，又在城内城外搭起了许多军帐。他的制标营有两千五百名骑兵和步兵，大都驻扎在宁海城内外，也有一部分驻扎在山海关的南翼城。他自己近来不住在他的制台行辕，却住在澄海楼中。这澄海楼建筑在海滩的礁石上，没有潮水的时候，楼下边也有水，逢到涨潮，兼有东风或南风，更是波涛汹涌，拍击石基，飞溅银花。然而波涛声毕竟不像城内人喊马嘶那么嘈杂，也不是经常都有，所以他喜欢这个地方多少比较清静，且又纵目空旷，中午也很凉爽。从澄海楼到宁海城相隔大约不到半里路，有桥梁通到海岸。桥头警戒很严，五步一岗，十步一哨。在澄海楼的东边、南边、西边，不到五十丈远，有一些带着枪炮和弓弩的船只拱卫着这个禁区。更远处约摸有一二里路，又是好多船只保卫着澄海楼向海的三个方面。

半个月来，从洪承畴的外表上看不出有什么变化，他照旧治事很勤谨，躬亲簿书，每日黎明即起，半夜方才就寝，但他的心中却埋藏着忧虑和苦闷。他之所以离开行辕，住在澄海楼，也可能与他的内心苦闷有关。但是他自己不肯泄露一点心思，仅是幕僚中有人这么猜想罢了。

那天五更时候，从海面上涌来的一阵阵海涛，拍打着澄海楼的石基，澎湃不止。洪承畴一乍醒来，知道这正是涨潮时候，而且有风。但睡意仍在，没有睁开眼睛。他忽然想着几桩军戎大事，心中烦恼，就不能再睡了。赶快穿衣起来之后，他不愿惊动仆人，轻轻开门走出，倚着栏杆，向海中瞭望。海面上月色苍茫，薄雾流动，海浪一个接着一个，真是后浪推前浪，都向着澄海楼滔滔涌来，冲着礁石，打着楼基。在海边有很多渔船，因为风浪刚起，还没有起锚出海。警戒澄海楼的几只炮船，在远处海面上随着灯火上下。在这几只炮船外面，可以看见向辽东运送军粮的船队，张满白帆，向着东北开去。这时宁海城和榆关城中号角声起，在号角声中夹着鸡鸣、犬吠、马嘶。大地渐渐地热闹起来了。

洪承畴凭着栏杆望了一阵，感到一身寒意，便退回屋中，将门关上，坐在灯下，给住在京城的家中写信。

一个面目姣好、步态轻盈的仆人，只有十八九岁，像影子似的一闪，出现在他的背后，将一件衣服披到他的背上。他知道这是玉儿，没有抬头，继续将信写完。

玉儿替他梳了头，照料他洗过脸，漱了口。他又走出屋去，凭着栏杆闲看海景。

这时太阳刚刚出来，大得像车轮，红得像将要熔化的铁饼，开始一闪，从海面上露出半圆，随即很快上升，最后要离开海面时，似乎想离开又似乎不肯完全离开，艳红色的日边粘在波浪上，几次似乎拖长了，但终于忽然一闪，毅然离开海面，冉冉上升。

洪承畴正在欣赏海面的日出奇景，忽然听见附近几丈外泼剌一声，银光一闪，一条大鱼跳出海面又落入水中，再也不曾露出来一点踪迹。洪承畴重新将眼光转向刚升起的红日和远处的孤立礁石姜女坟，以及绕过姜女坟东去的隐约可见的点点白帆。

洪承畴看了一阵海景，又想起了未来的军事，感慨地长嘘一声。他知道兵部要派一个张若麒来到他的身边，作为监军，这使他的心事更加沉重。他想着这次统兵援锦，不知能否再回山海关内，能否再从澄海楼上眺望这山海关外的日出景色，不禁心中怆然。

他重新走回屋中，吩咐玉儿替他焚香。然后他将昨夜由幕僚们准备好的奏疏，用双手捧着放在香炉后边，跪下去叩了头。刚刚起身，中军副将陈仲才进来，向他躬身说道：

“禀大人，黎明以前，李赞画已去红瓦店迎候刘先生。题本今早就拜发么？”

洪承畴说：“题本刚已拜过，立即同咨文一起发出。”

桌上放着的洪承畴给皇帝的题本和送给兵部的咨文，内容都是报道他对山海关防御已经部署就绪，择定明日出关，迅赴宁远，力解锦州之围。中军副将拿起来两封公文，看见果然都已经封好，注了“蓟密”二字，盖了总督

衙门的关防。他又将洪承畴已经写好的家书也拿起来，正要退出，洪承畴慢慢说道：

“我吃过早饭要去城中，接见本地官绅，然后出关巡视几个要紧地方的防御部署。你火速再派张将军去红瓦店迎候刘先生，请刘先生在红瓦店稍事休息，打尖之后，径到城内同我相见，不必来澄海楼了。”

“是！马上就派张将军骑马前去。”

洪承畴心事沉重，背抄着手，闲看楼上的题壁诗词。在众多的名人题壁诗词中，他最喜爱一首署款“戎马余生”的《满江红》，不禁低声诵读：

　北望辽河，
凝眸久，
壮怀欲碎。
沙场静，
但闻悲雁，
几声清唳。
三十年间征伐事，
潮来潮落楼前水。
问荒原烈士未归魂，
凭谁祭？
　封疆重，
如儿戏。
朝廷上，
纷争炽。
叹金瓯残缺，
效忠无计。
最痛九边传首①后，
英雄抆②尽伤心泪。
漫吟诗慷慨赋从军，
君休矣！

---

① 九边传首——熊廷弼在天启年间任辽东经略，颇有才干，懂军事，不得展其所长，且受排挤陷害，于天启五年（公元1625年）八月被杀，传首九边示众。

② 抆——音wěn。古人诗词中习惯将擦泪写作“抆泪”。

这首词，他每次诵读都觉得很有同感，其中有几句恰好写出了他的心事。遗憾的是，自从驻节澄海楼以来，他曾经问过见闻较广的几位幕僚和宾客，也询问过本地士绅，都不知道这个“戎马余生”是谁。

他正在品味这首词中的意思，仆人来请他下楼早餐。洪承畴每次吃饭，总在楼下开三桌。同他一起吃饭的有他的重要幕僚、清客，前来求他写八行书荐举做官的一些赋闲的亲故和新识。虽然近来宾客中有人害怕出关，寻找借口离开的不少，但是另有人希望获得军功，升官较易，新从北京前来。洪承畴在吃饭时谈笑风生，谁也看不出他竟是心事沉重。早饭一毕，他就吩咐备马进城。

洪承畴还没有走到山海关南门，忽然行辕中有飞骑追来，请他快回行辕接旨。洪承畴心中大惊，深怕皇上会为他未能早日出关震怒。他决定派一位知兵的幕僚和一位细心的将军代他巡视山海关近处的防御部署，并且命人去城中知会地方官绅都到行辕中等候接见，随即策马回澄海楼去。

尽管洪承畴官居蓟辽总督，挂兵部尚书和都察院右都御史衔，分明深受崇祯皇帝的倚重，但每次听说要他接旨都不免心中疑惧，有时脊背上冒出冷汗。他没法预料什么时候皇上会对他猜疑，不满，暴怒，也不能料到什么时候皇上会听信哪个言官对他的攻讦或锦衣卫对他的密奏，使他突然获罪，下入诏狱。现在他怀着忐忑的心情赶回到澄海楼，竭力装得镇静，跪下接了旨，然后叩头起立，命幕僚们设酒宴招待送旨的太监。他自己捧着密旨走进私室。当他拆封时候，手指不禁轻轻打颤。这是皇上手谕，很短。他匆匆看了一遍，开始放下心来，然后又仔细看了一遍。那手谕上写道：

> 谕蓟辽总督洪承畴：汝之兵饷已足，应星夜驰赴宁远，鼓舞将士，进解锦州之围，纵不能一举恢复辽沈，亦可纾朕北顾之忧。勿再逗留关门，负朕厚望。已简派兵部职方司郎中张若麒总监援锦之师，迅赴辽东军中，为汝一臂之助。如何进兵作战，应与张若麒和衷共济，斟酌决定，以期迅赴戎机，早奏肤功。
>
> 此谕！

洪承畴将上谕看了两遍，放在桌上，默默坐下。过了片刻，几位亲信幕僚进来，脸上都带着疑虑神色，询问上谕所言何事。

洪承畴让大家看了上谕，一起分析。因皇上并未有谴责之词，众皆放心。

关于张若麒的议论，前几天已经在行辕中开始了。但那时只是风传张若麒将来，尚未证实。今见上谕，已成事实，并且很快就要到达，大家的议论就更牵涉到一些实际问题。有人知道张若麒年轻，浮躁，喜欢谈兵，颇得兵部尚书陈新甲的信任。但历来这样的人坏事有余，成事不足。可是今天他既是钦奉敕谕，前来监军，就不可轻易对待。还有人已经预料张若麒来到以后，必定事事掣肘，使洪承畴战守都不能自己做主，不禁为援锦前途摇头。

当大家议论的时候，洪承畴一言不发，既不阻止大家议论，也不表露他对张若麒的厌恶之情。他多年来得到的经验是，纵然跟亲信幕僚们一起谈话，有些话也尽可能不出于自己之口，免得万一被东厂或锦衣卫的探事人知道，报进宫去。这时他慢慢走出屋子，凭着栏杆，面对大海，想了一阵。忽然转回屋中，告诉幕僚和亲信将领们说：

“你们各位都不要议论了。皇上对辽东军事至为焦急，我忝为大臣①，总督援军，应当体谅圣衷，努力尽职；成败利钝，付之天命。我已决定不待明天，提前于今夜二更出发。”他转向中军副将说：“你传令行辕，做好准备，一更站队，听候号声一响，准在二更时候全部出关。”他又叫一位幕僚立即替他草拟奏稿，口授大意说：“微臣跪诵手诏，深感皇上寄望之殷，振奋无似。原择于明日出关，已有密本驰奏。现乃决定提前于今夜二更出关，驰赴宁远。”

众人听了，尽皆诧异：仅仅提前一夜，何必更改行期？

洪承畴想得很多，用意甚深，但他不便说出。等到大家散后，他对两三个最亲信的幕僚小声说道：

“你们不知，皇上这一封密旨还没有对我见罪，如果再不出关，下一次密旨到来，学生就可能有大祸临头。现有圣旨催促出关，自不宜稍有违误。学生身为总督大臣，必须遵旨行事，为诸将树立表率。虽只提前一夜，也是为大臣尽忠王事应有的样子。”

一位幕僚说：“张若麒至迟明日可到，不妨等他到了一起出关，岂不很好？”

洪承畴笑一笑，轻轻地摇摇头，不愿说话。

另一幕僚说：“这话很是。等一下张监军，也免得他说大人故意怠慢了

---

① 忝为大臣——惭愧地做了朝廷大臣。忝：愧对他人。用为自谦之词。

他。我看这个意见颇佳，幸望大人采纳。”

洪承畴望望左右，知道屋中并无别人，方才说道：“张若麒年轻得意，秉性浮躁，又是本兵大人心腹。皇上钦派他前来监军，当然他可以随时密奏。皇上本来多疑，所以他的密奏十分可怕。如果我等待他来到以后再起身出关，他很可能会密奏说是在他催促之下我才不得已出关的。为防他这一手，我应该先他起身，使他无话可说。我们害人之心不可有，防人之心不可无。”说了以后，轻轻一笑，颇有苦恼之色。

几个亲信都不觉心中恍然，佩服洪承畴思虑周密。有人轻轻叹息，说朝廷事就坏在各树门户，互相倾轧，不以大局为重。

一个幕僚说：“多年如此，岂但今日？”

又一个幕僚说：“大概是自古皆然，于今为烈。”

洪承畴又轻轻笑了一声，说：“朝廷派张若麒前来监军，在学生已经感到十分幸运，更无别话可说。”

一个幕僚惊问：“大人何以如此说话？多一个人监军，多一个人掣肘啊！”

洪承畴说：“你们不知，张若麒毕竟不是太监。倘若派太监前来监军，更如何是好？张若麒比太监好得多啊。倘若不是高起潜监军，卢九台不会阵亡于蒿水桥畔。”

大家听了这话，纷纷点头，都觉得本朝派太监监军，确是积弊甚深。张若麒毕竟不是太监，也许尚可共事。

正说着，中军进来禀报：送旨的太监打算上午去山海关逛逛，午后即起身回京，不愿在此久留。洪承畴吩咐送他五百两银子作为程仪。一个幕僚说，这样一个小太监，出一回差，送一封圣旨，一辈子也不一定能见到皇上，送他二百两银子就差不多了。

洪承畴笑一笑，摇摇头说：“你们见事不深。太监不论大小，都有一张向宫中说话的嘴。不要只看他的地位高低，须知可怕的是他有一张嘴。”

这时，张游击将军从红瓦店飞马回来，禀报刘先生快要到了。洪承畴点点头，略停片刻，便站起来率领幕僚们下楼，迎上岸去。

这位刘先生，名子政，河南人，已经有六十出头年纪。他的三绺长须已经花白，但精神仍很健旺，和他的年纪似不相称。多年的戎马生活在他的颧骨高耸、双目有神的脸上刻下深深的皱纹，使他看上去显然是一个饱经忧患和意志坚强的人。看见洪承畴带着一群幕僚和亲信将领立在岸上，他赶紧下

马，抢步上前，躬身作揖。洪承畴赶快还揖，然后一把抓住客人的手，说道：“可把你等来了啊！”说罢哈哈大笑。

“我本来因偶感风寒，不愿离京，但知大人很快要出关杀敌，勉为前来一趟。我在这里也不多留，倾谈之后，即便回京，从此仍旧蛰居僧寮，闭户注书，不问世事。”

“这些话待以后再谈，请先到澄海楼上休息。”

洪承畴拉着客人在亲将和幕僚们的簇拥中进了澄海楼。但没有急于上楼。下面原来有个接官厅，就在那里将刘子政和大家一一介绍，互道寒暄，坐下叙话。过了一阵，洪承畴才将刘单独请上楼去。

这时由幕僚代拟的奏疏已经缮清送来，洪承畴随即拜发了第二次急奏，然后挥退仆人，同刘谈心。

他们好像有无数的话需要畅谈，但时间又是这样紧迫，一时不能细谈。洪告刘说，皇上今早来了密旨，催促出关，如果再有耽误，恐怕就要获罪。刘问道：

“大人此次出关，有何克敌制胜方略？”

洪承畴淡然苦笑，说：“今日局势，你我都很清楚。将骄兵惰，指挥不灵，已成多年积弊。学生身为总督，凭借皇上威灵，又有尚方剑在手，也难使大家努力作战。从万历末年以来，直至今天，出关的督师大臣没有一个有好的下场。学生此次奉命出关，只能讲尽心王事，不敢有必胜之念。除非能够在辽东宁远一带站稳脚跟，使士气慢慢恢复，胜利方有几分希望。此次出兵援锦，是学生一生成败关键，纵然战死沙场，亦无怨言，所耿耿于怀者是朝廷封疆安危耳。此次出关，前途若何，所系极重。学生一生成败不足惜，朝廷大事如果毁坏，学生将无面目见故国父老，无面目再见皇上，所以心中十分沉重，特请先生见教。”

刘子政说：“大人所见极是。我们暂不谈关外局势，先从国家全局着眼。如今朝廷两面作战，内外交困，局势极其险恶。不光关外大局存亡关乎国家成败事大，就是关内又何尝不是如此？以愚见所及，三五年之内恐怕会见分晓。如今搜罗关内的兵马十余万众，全部开往辽东，关内就十分空虚。万一虏骑得逞，不惟辽东无兵固守，连关内也岌岌可危。可惜朝廷见不及此，只知催促出关，孤注一掷，而不顾及北京根本重地如何防守！”

洪承畴叹息说：“皇上一向用心良苦，但事事焦急，顾前不能顾后，愈是困难，愈觉束手无策，也愈是焦躁难耐。他并不知道战场形势，只凭一些塘报、一些奏章、锦衣卫的一些刺探，自认为对战场了若指掌，遥控于数千里之外。做督师的动辄得咎，难措手足。近来听说傅宗龙已经释放出狱，授任为陕西、三边总督，专力剿闯。这个差使也不好办，所以他的日子也不会比学生好多少。”

刘子政感慨地苦笑一下，说：“傅大人匆匆出京，我看他恐怕是没有再回京的日子了。这是他一生最后一次带兵，必败无疑。”

“他到了西安之后，倘若真正练出一支精兵，也许尚有可为。”

“他如何能够呢？他好比一支箭，放在弦上，拉弓弦的手是在皇上那里。箭已在弦，弓已拉满，必然放出。恐怕他的部队尚未整练，就会匆匆东出潼关。以不练之师，对抗精锐之贼，岂能不败？”

洪承畴摇摇头，不觉叹口气，问道：“你说我今天出关，名义上带了十三万军队，除去一些空额、老弱，大概不足十万之众，能否与虏一战？”

刘子政说：“虽然我已经离开辽东多年，但大体情况也有所闻。今日虏方正在得势，从兵力说，并不很多，可是将士用命，上下一心，这跟我方情况大不相同。大人虽然带了八个总兵官去，却是人各一心。虏酋四王子[①]常常身到前线，指挥作战，对于两军情况，了若指掌。可是我方从皇上到本兵，对于敌我双方情况，如同隔着云雾看花，十分朦胧。军旅之事，瞬息万变，虏酋四王子可以当机立断，或退或进，指挥灵活。而我们庙算决于千里之外，做督师者名为督师，上受皇帝遥控，兵部掣肘，下受制于监军，不能见机而作，因利乘便。此指挥之不如虏方，十分明显。再说虏方土地虽少，但内无隐忧，百姓均隶于八旗，如同一个大的兵营，无事耕作，有事则战，不像我们大明，处处叛乱，处处战争，处处流离失所，人心涣散，谁肯为朝廷出力？朝廷顾此不能顾彼，真是八下冒火，七下冒烟。这是国势之不如虏方。最后，我们虽然集举国之力，向关外运送粮食，听说可以勉强支持一年，但一年之后怎么办呢？如果一年之内不能获胜，下一步就困难了。何况海路运粮，路途遥远，风涛险恶，损失甚重。万一敌人切断粮道，岂不自己崩溃？虏方在他的境地作战，没有切断粮道的危险。他不仅自己可以供给粮食，还勒索、逼迫朝鲜从海道替他运粮。单从粮饷这一点说，我们也大大不如虏方。”

① 虏酋四王子——指清太宗皇太极，为努尔哈赤第八子，因于努尔哈赤天命元年被封为四大贝勒之一，位居第四，故俗称虏酋四王子。

洪承畴轻轻点头，说："先生所言极是。我也深为这些事忧心如焚。除先生所言者外，还有我们今天的将士不论从训练上说，从指挥上说，都不如虏方；马匹也不如虏方，火器则已非我之专长。"

"是啊！本来火器是我们大明朝的利器，可是从万历到天启以来，我们许多火器被虏方得去。尤其是辽阳之役，大凌河之役，东虏从我军所得火器极多。况且从崇祯四年正月起，虏方也学会制造红衣大炮。今日虏方火器之多，可与我们大明势均力敌，我们的长处已经不再是长处了。至于骑兵，虏方本是以游牧为生，又加上蒙古各部归顺，显然优于我方。再说四王子这个人，虽说是夷狄丑酋，倒也是彼邦的开国英雄，为人豁达大度，善于用人，善于用兵。今天他能够继承努尔哈赤的业绩，统一女真与蒙古诸部，东征朝鲜，南侵我国，左右逢源，可见非等闲之辈，不能轻视。"

正谈到这里，忽然祖大寿派人给洪承畴送来密书一封。洪承畴停止了谈话，拆开密书一看，连连点头，随即吩咐亲将好生让祖大寿派来的人休息几天，然后返回宁远，不必急着赶回锦州，怕万一被清兵捉到，泄露机密。刘子政也看了祖大寿的密书，想了一想，说：

"虽然祖大寿并不十分可靠，但这个意见倒值得大人重视。"

洪承畴说："我看祖大寿虽然过去投降过四王子，但自从他回到锦州之后，倒是颇见忠心，不能说他因为那一次大凌河投降，就说他现在也想投降。他建议我到了宁远之后，步步为营，不宜冒进，持重为上。此议甚佳，先生以为然否？"

"我这一次来，所能够向大人建议的也只有这四个字：持重为上。不要将国家十万之众作孤注一掷，……"

刘子政正待继续说下去，中军副将走了进来，说是太监想买一匹战马，回去送给东主爷曹化淳，还要十匹贡缎，十匹织锦，都想在山海关购买。副将说：

"这显然是想要我们送礼。山海关并非江南，哪里有贡缎？哪里有织锦？"

大家相视而笑，又共相叹息。

洪承畴说："不管他要什么，你给他就是，反正都是国家的钱，国家的东西。这些人得罪不得呀！好在他是个小太监，口气还不算大。去吧！"

副将走后，洪承畴又问到张若麒这个人，说："刘先生，你看张若麒这个人来了，应该如何对付？"

“这个人物，大人问我，不如问自己。大人多年在朝廷做官，又久历戎行，什么样的官场人物都见过，经验比我多得多。我所担心的只有一事而已。”

“何事？”

“房琯[①]之事，大人还记得么？”

洪承畴不觉一惊，说：“刘先生何以提到此话？难道看我也会有陈陶斜之败乎？”

刘子政苦笑一下，答道：“我不愿提到胜败二字。但房琯当时威望甚重，也甚得唐肃宗的信任。陈陶斜之败，本非不可避免。只因求胜心切，未能持重，遂致大败。如果不管谁促战，大人能够抗一抗，拖一拖，就不妨抗一抗，拖一拖。”

“对别的皇上，有时可以用‘将在外，君命有所不受’的话抗一抗。可是我们大明不同。我们今上更不同。方面大帅，自当别论；凡是文臣，对圣旨谁敢违拗？”

两人相对苦笑，摇头叹息。

洪承畴又说道：“刘先生，学生实有困难，今有君命在身，又不能久留，不能与先生畅谈，深以为憾。如今只有一个办法，使我能够免于陈陶斜之败，那就是常常得到先生的一臂之助。在我不能决策的时候，有先生一言，就会开我茅塞。此时必须留先生在军中，赞画军务，请万万不要推辞。”说毕，马上起身，深深一揖。

刘子政赶快起身还揖，说道：“辱蒙大人以至诚相待，过为称许，使子政感愧交并。自从辽阳战败，子政幸得九死一生，杀出重围，然复辽之念，耿耿难忘。无奈事与愿违，徒然奔走数年，辽东事愈不可为，只得回到关内。子政早已不愿再关心国事，更不愿多问戎机。许多年来自知不合于时，今生已矣，寄迹京师僧舍，细注‘兵法’，聊供后世之用。今日子政虽剩有一腔热血，然已是苍髯老叟，筋力已衰，不堪再作冯妇[②]。辱蒙大人见留，实实不敢从命。”

洪承畴又深深一揖，说：“先生不为学生着想，也应为国事着想。国家安

---

① 房琯——曾做唐肃宗的宰相。至德元年（公元756年）十月，房琯率大军与安禄山叛军战于咸阳的陈陶斜，大败。

② 再作冯妇——不自量力，重做前事。冯妇是寓言中的人名，寓言故事见于《孟子·尽心章》。

危，系于此战，先生岂能无动于衷乎？”

刘子政一听，默思片刻，眼泪刷刷地流了下来，说：“大人！人非草木，孰能无情。国家兴亡，匹夫有责。子政倘无忠君爱国之心，缺少一腔热血，断不会少年从军，转战塞外，出生入死，伤痕斑斑。沈阳沦陷，妻女同归于尽。今子政之所以不欲再作冯妇者，只是对朝政早已看穿，对辽事早已灰心，怕子政纵然得侍大人左右，不惜驰驱效命，未必能补实际于万一！”

洪承畴哪里肯依，苦苦劝留，终于使刘子政不能再执意固辞。他终于语气沉重地说：

“我本来是决意回北京的。今听大人如此苦劝，惟有暂时留下，甘冒矢石，追随大人左右。如有刍荛之见，决不隐讳，必当竭诚为大人进言。”

洪承畴又作了一揖，说：“多谢先生能够留下，学生马上奏明朝廷，授先生以赞画军务的官职。”

刘摇头说：“不要给我什么官职，我愿以白衣效劳，从事谋划。只待作战一毕，立刻离开军旅，仍回西山佛寺，继续注释兵书。”

洪承畴素知这位刘子政秉性倔强，不好勉强，便说：“好吧，就请先生以白衣赞画军务，也是一个办法。但先生如有朝廷职衔，便是王臣，在军中说话办事更为方便。此事今且不谈，待到宁远斟酌。还有，日后如能成功，朝廷对先生必有重重报赏。”

“此系国家安危重事，我何必求朝廷有所报赏。”

中午时候，洪承畴在澄海楼设便宴为刘子政洗尘。由于连日路途疲乏，又多饮了几杯酒，宴会后，刘在楼上一阵好睡。洪承畴稍睡片刻，便到宁海城行辕中处理要务。等他回到澄海楼，已近黄昏时候。

洪承畴回来之前，刘子政已经醒来，由一位幕僚陪着在楼上吃茶。他看了壁上的许多题诗，其中有孙承宗的、熊廷弼的、杨嗣昌的、张春的，都使他回忆起许多往事。他站在那一首《满江红》前默然很久，思绪潮涌，但是他没有说出这是他题的词。那位陪他的幕僚自然不知。正在谈论壁上题的诗词时，洪承畴带着几个幕僚回来了。洪要刘在壁上也题诗一首。刘说久不做诗，只有旧日七绝一首，尚有意味，随即提起笔来，在壁上写出七绝如下：

跃马弯弓二十年，
辽阳心事付寒烟。

僧窗午夜潇潇雨，

起注兵书《作战篇》①。

大家都称赞这首诗，说是慷慨悲凉，如果不是身经辽阳之战，不会有这么深沉的感慨。洪承畴说："感慨甚深，只是太苍凉了。"他觉得目前自己就要出关，刘子政题了此诗，未免有点不吉利，但并未说出口来。

这天晚上，二更时候，洪承畴率领行辕的文武官员、随从和制标营兵马出关。他想到刘子政连日来路途疲劳，年纪也大，便请刘在澄海楼休息几天，以后再前往宁远相会。刘确实疲倦，并患轻微头晕，便同意暂留在澄海楼中。洪承畴又留下一些兵丁和仆人，在澄海楼中照料。

刘子政一直送洪承畴出山海关东罗城，到了欢喜岭上。他们立马岭头，在无边的夜色中望着黑黝黝的人马，拉成长队，向北而去，洪承畴说：

"望刘先生在澄海楼稍事休息，便到宁远，好一起商议戎机。今夜临别之时，先生还有何话见教?"

刘子政说："我看张若麒明日必来，一定会星夜追往宁远，大人短时期内务要持重，千万不能贸然进兵。"

洪承畴忧虑地说："倘若张若麒又带来皇上手诏，催促马上出战，奈何?"

"朝廷远隔千里之外，只要大人同监军诚意协商，无论如何，牢记持重为上。能够与建虏②相持数月，彼军锐气已尽，便易取胜。"

"恐怕皇上不肯等待。"

"唉！我也为大人担忧啊！但我想几个月之内，还可等待。"

"倘若局势不利，学生惟有一死尽节耳!"

刘子政听了这话，不禁滚出眼泪。洪承畴亦凄然，深深叹气。刘子政不再远送，立马欢喜岭上，遥望大军灯笼火把蜿蜒，渐渐远去，后队的马蹄声也渐渐减弱，终于旷野寂然，夜色沉沉，偶然能听到荒村中几声犬吠。

---

① 《作战篇》——《孙子兵法》中的一篇。

② 建虏——也称东虏。明朝从吉林到辽宁一带建置建州卫、建州左卫、右卫，治理军事。清肇祖猛哥帖木耳在永乐时任建州左卫指挥官。明朝人称满洲人为建虏，表示蔑视。

辽海崩溃

第三十五章

当傅宗龙和杨文岳两位总督被崇祯督催着向汝宁府地方进兵时，洪承畴也被催逼着向锦州进兵。关外的和关内的两支人马的作战行动都牢牢地受着住在紫禁城内的皇帝控制，而洪承畴比傅宗龙等更为被动，更为不得已将援救锦州的大军投入战斗。

却说七月将尽时候，在宁远[①]城外的旷野里和连绵不断的山岗上，草木已经开始变黄。这里的秋天本来就比关内来得早，加上今年夏季干旱，影响了农事，田园一片荒凉，再加上四处大军云集，骡马吃光了沿官路附近的青草，使秋色比往年来得更早。

一日午后，申末酉初，海边凉风阵阵，颇有关内的深秋味道。虽然只有三四级风，海面上的风浪却是很大。放眼望去，一阵一阵的秋风，一阵一阵的浪涛，带着白色浪尖，不停地向海岸冲来，冲击着沙滩、礁石，也涌向觉华岛[②]，拍击着觉华岛的岸边，飞溅起耀眼的银花。这时候，运粮船和渔船，大部分都靠在觉华岛边的海湾处，躲避风浪，但也有些大船，满载着粮食，鼓满了白帆，继续向北驶去。这些大船结队绕过觉华岛，向着塔山和高桥方面前进，一部分已经靠在笔架山的岸边，正在卸下粮食。

从海边到宁远城，每隔不远，便有一个储存军粮的地方，四围修着土寨、箭楼、碉堡，有不少明军驻守，旗帜在风中飘扬。

---

① 宁远——今辽宁省兴城。

② 觉华岛——在宁远东南海中，今写作菊花岛。

洪承畴带着一群将军、幕僚和扈从兵士，立马海边，正回头向觉华岛和大海张望。他们是上午去觉华岛的，刚刚乘船回来，要骑马回城。因为风浪陡起，担心粮船有失，所以立马回顾。望了一阵，他颇为感慨地说：

“国家筹措军粮很不容易，从海路运来，也不容易。现在风力还算平常，海上已经是波涛大作。可见渤海中常有粮船覆没，不足为奇。”

一个中年文官，骑马立在旁边。他是朝廷派来不久的总监军、兵部职方司郎中张若麒。听了洪承畴的话，赶快接着说：

“大人所言极是。正因为军粮来之不易，所以皇上才急着要解锦州之围，免得劳师糜饷。”

候补道衔、行辕赞画刘子政在马上听了张若麒的话，微微冷笑。正要说话，看见洪承畴使个眼色，只得忍住。洪承畴叫道：

“吴将军！”

“卑镇在！”一位只有三十出头年纪的总兵官在马上拱手回答，赶快策马趋前。

洪承畴等吴三桂来到近处，然后态度温和地对他说：“这觉华岛和宁远城外是国家军粮屯积重地，大军命脉所在，可不能有丝毫疏忽。后天将军就要前赴松山[①]，务望在明天一日之内，将如何加固防守宁远和觉华岛之事部署妥帖，以备不虞。有的地方应增修炮台、箭楼，有的地方应增添兵力，请照本辕指示去办。只要宁远和觉华岛固若金汤，我军就没有后顾之忧，可以大胆与敌人周旋于锦州城外。”

“卑镇一定遵照大人指示去办，决不敢有丝毫疏忽，请大人放心。”

洪承畴望着他含笑点头，说：“月所将军，倘若各处镇将都似将军这样尽其职责，朝廷何忧！”

“大人过奖，愧不敢当。”

在洪承畴眼中，吴三桂是八个总兵中比较重要的一个。他明白吴三桂是关外人，家族和亲戚中有不少人是关外的有名武将。如果他能够为朝廷忠心效力，有许多武将都可以跟着他为朝廷效力；如果他不肯尽心尽力，别的武将自然也就会跟着懈怠。何况他是困守锦州的祖大寿的亲外甥，而祖家不仅在锦州城内有一批重要将领，就在宁远城内也很有根基。想到这里，洪承畴

---

① 松山——原叫松山堡，在锦州西南三十里处。是明朝宣德年间为军事需要而建筑的一座小城，置中屯前千户所于此。今为松山镇所在地。

有意要同他拉拢，就问道：

“令尊大人[1]近日身体可好？常有书子来么？”

吴三桂在马上欠身说：“谢大人。家大人近日荷蒙皇上厚恩，得能闲居京师，优游林下[2]。虽已年近花甲，尚称健旺。昨日曾有信来，只说解救锦州要紧，皇上为此事放心不下，上朝时也常常询问关外军情，不免叹气。”

洪承畴的心头猛一沉重，但不露声色，笑着问：“京师尚有何新闻？”

“还提到洛阳、襄阳的失守，以及杨武陵沙市自尽，使皇上有一两个月喜怒无常，群臣上朝时凛凛畏惧，近日渐渐好了。这情况大人早已清楚，不算新闻。”

洪承畴点点头，策马回城。刚走不过两里，忽然驻马路旁，向右边三里外一片生满芦苇的海滩望了一阵，用鞭子指着，对吴三桂说：

“月所将军，请派人将那片芦苇烧掉，不可大意。”

“是，大人，我现在就命人前去烧掉。”

在吴三桂命一个小校带人去烧芦苇海滩时，洪承畴驻马等候。监军张若麒向洪承畴笑着说：

“制台大人久历戎行，自然是处处谨慎，但以卑职看来，此地距离锦州尚远，断不会有敌骑前来；这海滩附近也没有粮食，纵然来到，他也不会到那个芦苇滩去。”

洪承畴说：“兵戎之事，不可不多加小心，一则要提防细作前来烧粮，二则要提防战事万一变化。平日尚需讲安不忘危，何况今日说不上一个安字。”

等芦苇滩几处火烟起后，洪承畴带着一行人马进城。快进城门时，吴三桂对刘子政拱手说道：

“政翁，请驾临寒舍小叙，肯赏光么？”

刘子政拱手赔笑说：“制台大人原是命学生今晚到贵辕拜谒，就明日如何进军松山的事，与将军一谈。俟学生晚饭之后，叩谒如何？”

吴三桂笑道：“何必等晚饭后方赐辉光，难道寒舍连蔬菜水酒都款待不起么？”

张若麒已经接受了吴三桂的邀请，在马上回头说：“政老不必推辞，我们都去吴将军公馆叨扰，请不要辜负吴将军的雅意盛情。借此机缘，你我长谈，

---

① 令尊大人——此处指吴三桂的父亲吴襄，原为辽东总兵，居住北京。

② 林下——并非真的山野或乡下，而是指不再做官，闲居在家。

拜领明教，幸何如之!”

刘子政知道吴三桂是一个好客的人，看出他颇具诚意，同时也听出来张若麒有意同他谈谈对敌作战的看法。他讨厌这个年轻浮躁、好大喜功的人。怀着一种复杂的心情，他犹豫一下，便请洪承畴的一位幕僚转告制台，说他晚饭时要到吴公馆去，不能在行辕奉陪。

吴三桂的书房虽然比较宽敞，但到底是武将家风：画栋雕梁和琳琅满目的陈设，使人感到豪华有余而清雅不足。书房中也有琴，也有剑，但一望而知是假充风雅。作为装饰，还有两架子不伦不类的书籍，有些书上落满了尘埃，显然是很久没有人翻动。也有不少古玩放在架上，用刘子政的眼光一看，知道其中多数都是赝品，而且有些东西十分庸俗，只有少数几件是真的。倒是有一个水晶山子，里头含着一个水胆，晶莹流动。这样的水晶山子，水胆自然生成，不大容易得到。有几把圈椅蒙着虎皮。几幅名人字画挂在墙上，有唐寅和王冕的画，董其昌的字。当时董其昌的字最为流行，但刘子政看了，觉得好像也不是董其昌的真迹。有一副对联，是吴三桂的一个幕僚写的：

深院花前留剑影
幽房灯下散书声

正看着对联，马绍愉来到了。是吴三桂特意请他来吃晚饭的。

马绍愉原在兵部衙门做一个主事官，和张若麒同在职方清吏司。虽然张若麒是职方郎中，是主管官，马绍愉是他的部属，但是他两个人关系较密，可以无话不谈。自从张若麒受命监军之后，就推荐马绍愉也来军中，为的是一则遇事好一起商量，二则让马绍愉能够乘机立下一点军功，得一条升迁捷径。马绍愉对于车战本来一窍不通，由于张若麒一手保荐，说他可教练兵车，得到皇上钦准，同他一起来到关外赞画军务。他现在什么事也不做，就住在宁远城中，只等锦州解围之后，因军功获得优叙。

当下他同大家寒暄几句，话题就转到那副对联上。张若麒称赞这副对联的对仗工稳，十分典雅。马绍愉随声附和，赞扬不止。他们都是进士出身，又是朝中文官，在吴三桂及其幕僚、清客的眼中，说话较有斤两。吴三桂心中高兴，不住哈哈大笑。有一个幕僚说：

“这副对联恰恰是为我们镇台大人写照。镇台大人不但善于舞剑，也喜欢读书，所以这副对联做得十分贴切。”

吴三桂说："可惜裱得不好。下次有人进京，应该送到裱褙胡同墨缘斋汤家裱店重新裱一裱。"

于是有人建议最好送胡家裱店，说汤家裱店虽系祖传，但是近来徒有虚名，裱工实际不如胡家。吴三桂点头表示同意。这时他忽然发现刘子政一直笑而不言，仿佛心中并不称赞。他感到有些奇怪，就问道：

"政翁原是方家，请看这对联究竟如何？"

刘子政说："近世书家多受董文敏[①]流风熏染，不能独辟蹊径。这位先生的书法虽然也是从董字化出，但已经打破藩篱，直向唐人求法，颇有李北海的味道。所以单就书法而言，也算上品。可惜对联中缺少寄托，亦少雄健之气。军门乃当今关外虎将，国家干城。此联虽比吟风弄月之作高了一筹，但可惜文而不武，雅而不雄。"

吴三桂心中不快，勉强哈哈大笑。他每遇文官，必请书写屏联。今日已为张若麒和马绍愉准备了纸墨。现在见刘子政自视甚高，便先请刘写副对联，有意将他一军，使他不要随意褒贬。张若麒和马绍愉在旁催促，目的是想看刘的笑话。张若麒在心中说：

"一个行伍出身的老头子，从军前仅仅是个秀才，过蒙总督器重，不知收敛，处处想露锋芒，未免太不自量！"

刘子政看出来大家是想看他的笑话，特别是张若麒的神情令他极其厌恶。他胸有成竹，有意在这件小事上使张若麒辈不敢对他轻视。于是他摇摇头，淡淡一笑，表示推辞，说他少年从军，读书不多，未博一第，实不敢挥毫露丑，见笑大方。吴三桂说："请政老随便写一副，留下墨宝，使陋室生辉，也不负此生良遇。"

张若麒也含着讽刺的语意说："政老胸富韬略，闲注兵书，足见学养深厚，何必谦逊乃尔！"

刘子政不得已又一笑，说："既然苦辞不获，只好勉强献丑了。"随即略一沉思，挥笔写成一联，字如碗大，铁画银钩，雄健有力，又很潇洒，不带半点俗气。一个幕僚摇头晃脑地念道：

常思辽海风涛急

欲报君王圣眷深

---

① 董文敏——董其昌谥文敏公。

吴三桂大为叫好，众幕僚也纷纷叫好。张若麒心中暗暗吃惊，不敢再轻视刘子政非科甲出身。

吴三桂又请张若麒写副对联。张自知一时想不出这样自然、贴切、工稳，寓意甚佳的对联，只好写副称颂武将功勋的前人对联，敷衍过去。马绍愉坚辞不写，吴三桂也不勉强。

吴三桂问刘子政："制台大人有何钧谕？"

"事关军机。"

众人一闻此言，自动退出。

张若麒问："我同马主事也要退出么？"

刘子政说："大人是钦派监军大臣，马主事赞画军务，自然都无回避之理。"他转过眼睛望着吴三桂，接着说："制台大人命学生向军门说的是两件事：一是要军门务必留下一位谨慎得力将领，防护粮草；二是请军门奉劝左夫人不要随大军去救锦州。"

吴三桂说："家舅母一定要去，实在无法劝阻。前天我多说了几句，她就将我痛责一顿，说我不念国家之急，也不念舅父之难。"

大家谈到左夫人，都觉得她在女流中是个了不起的人物。她虽然并不带兵打仗，却是弓马娴熟，性情豪爽，颇有男子气概。几年之前，她知道祖大寿在大凌河作战被俘，投降了满洲，被皇太极放回锦州。祖大寿假装突围逃回，答应将锦州献给清朝。左夫人坚决反对投降，劝祖大寿说："你既然回来了，投降之事可以作罢。我们死守锦州，你自己向朝廷上表谢罪，把你如何战败被俘，不得已投降建虏，赚回性命，仍然尽忠报国，这一片诚意，如实上奏，听凭皇上处分。事关千秋名节，万万不可背主降敌！"后来祖大寿果然听她的话，将被俘经过上奏皇上。崇祯特意赦免他的罪，仍叫他驻守锦州。这件事在辽东几乎每个人都知道，所以大家谈起左夫人，都带有几分敬意。张若麒和刘子政自从到宁远城以来，也经常远远望见左夫人，虽然年逾五旬，却能开劲弓，骑烈马，每日率领仆婢，出城练习骑射，也知道她家里养了二三百个家丁，成为死士，武艺精强。

张若麒赞同左夫人去，认为援锦必可得胜，此去并无妨碍。刘子政摇头表示不同意，认为援锦胜败现在还看不出来，前路困难甚多，不必让左夫人冒此凶险。张若麒说：

"政老未免过于担忧。我们这一次用兵与往日不同。洪总督久历戎行，对

于用兵作战，非一般大臣可比。另外八个总兵官，俱是久经战阵，卓著劳绩。十余万人马，也是早已摩拳擦掌，只待一战。解锦州之围，看来并不如政老所想的那么困难。一旦大军过了松山，建虏见我兵势甚强，自会退去。若不退去，内外夹击，我军必胜。”

刘子政冷冷一笑说：“自从万历末年以来，几次用兵，都是起初认为必胜，而最后以失败告终。建虏虽是新兴的夷狄，可是在打仗上请不要轻看。古人说：知己知彼，百战百胜；不知己不知彼，每战必败。我们今日正要慎于料敌，先求不败，而后求胜。我军并非不能打胜，但胜利须从谨慎与艰难中来。”

张若麒力图压服刘子政，便说：“目前皇上催战甚急，我们只有进，没有退；只能胜，不能败。只要我军将士上下一心，勇于杀敌，必然会打胜仗。岂可未曾临敌，先自畏惧？政老，吾辈食君之禄，身在军中，要体谅皇上催战的苦心。”

刘子政立刻顶了回去：“虽有皇上催战，但胜败关乎国家安危，岂可作孤注一掷！”

“目前士气甚旺，且常有小胜。”

“士气甚旺，也是徒具其表。张大人可曾到各营仔细看看，亲与士卒交谈？至于所谓小胜，不过是双方小股遭遇，互有杀伤，无关大局。今天捉到虏军几个人，明天又被捉去几个人，算不得真正战争。真正战争是双方面都拿出全力，一决胜负，如今还根本谈不到。倘若只看见偶有小胜，只看见抓到几个人，杀掉几个人，而不从根本着眼，这就容易上当失策。”

吴三桂看他们二人你一言，我一语，相持不下，刘子政已经有几番想说出更厉害的话，只是暂时忍住而已，再继续争持下去，必然不欢而散。他赶紧笑着起身，请他们到花厅入席。

在酒宴上，吴三桂有意不谈军事，只谈闲话，以求大家愉快吃酒。他叫出几个歌妓出来侑酒，清唱一曲，但终不能使酒宴上气氛欢乐。于是他挥退了歌妓，叹口气说：

“敝镇久居关外，连一个歌妓也没有好的。你们三位都是从京城来的，像这些歌妓自然不在你们的眼下。什么时候，战争平息，我也想到京城里去饱饱眼福。”

下边幕僚们就纷纷谈到北京的妓女情况。张若麒为着夸耀他交游甚广，谈到田皇亲府上喜欢设酒宴请客，每宴必有歌妓侑酒。马绍愉与田皇亲不认识，但马上接口说：

“田皇亲明年又要去江南，预料必有美姬携回。吴大人将来如去北京，可以到皇亲府上以饱眼福。”

吴三桂笑着说：“我与田皇亲素昧平生，他不请我，我如何好去？”

张若麒说：“这，有何难哉！此事包在我身上。我可以告诉田皇亲设宴相邀，以上宾款待将军。到那时红袖奉觞，玉指调弦，歌喉宛转，眼波传情，恐将军……哈哈哈哈！”

吴三桂也哈哈大笑，举杯敬酒。宾主在欢笑中各饮一杯，只有刘子政敷衍举杯，强作笑容，在心中感叹说：

“唉，十万大军之命就握在这班人的手中！”

吴三桂笑饮满杯之后，忽然叹口气说：“刚才说的话，只能算望梅止渴，看来我既无缘进京，更无缘一饱眼福。”

张若麒问：“将军何出此言？”

吴三桂说：“张大人，你想想，军情紧急，守边任重。像我们做武将的，鏖战沙场才是本分，哪有你们在京城做官为宦的那样自由！”

张若麒说：“此战成功，将军进京不难。”

马绍愉紧接着说：“说不定皇上会召见将军。”

吴三桂不相信这些好听的话，但是姑妄听之，哈哈大笑。

这时忽报总督行辕来人，说制台大人请刘老爷早回，有要事商议。刘子政赶快起身告辞。吴三桂也不敢强留，将他送出二门。席上的人们都在猜测，有人说：

“可能从京城来有紧急文书，不然洪大人不会差人来催他回去。”

张若麒心中猜到，必定是兵部陈尚书得到了他的密书，写信来催洪承畴火速进兵。但他对此事不露出一个字，只是冷言冷语地说：

“不管如何，坐失戎机，皇上决不答应。”

大家无心再继续饮酒，草草吃了点心散席。张若麒和马绍愉正要告辞，被吴三桂留住，邀进书房，继续谈话。

正谈着，左夫人派人来告诉吴三桂，说她刚才已面谒洪制台大人。蒙制台同意，她将率领家丁随大军去解锦州之围。并说已备了四色礼物，送到张大人的住处，交张大人的手下人收了，以报其催促大军援救锦州之情。张若

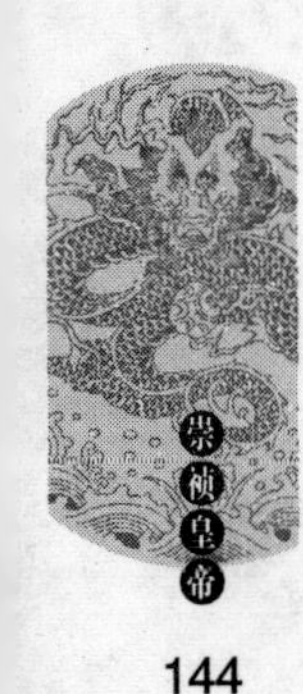

麒表示了谢意。

吴三桂趁此机会，也送了张若麒、马绍愉一些礼物、银子。他们推辞一阵，也都收下。吴三桂平素十分好客，特别是喜欢拉拢从北京来的官僚，所以每逢有京官来此，必邀吃酒，必送礼物，这已成了他的习惯。

第二天早晨，洪承畴偕同总监军张若麒率领大批文武要员和数千名督标营的步骑精兵从宁远出发。吴三桂率领一群文武官员出城送行。

张若麒同马绍愉走在一起。马绍愉不相信能打胜仗，启程之后，转过一个海湾，看见左右并无外人，全是张若麒的心腹随从，就策马向前，与张若麒并马而行，小声嘀咕了一句：

“望大人保重，以防不虞。”

张若麒点点头，心中明白。昨晚从吴三桂的公馆出来后，他们就回到监军驻节宅中作了一番深谈。张若麒的心情轻松，谈笑风生，认为此次进兵，只要鼓勇向前，定能打胜。他好像完全代皇上和本兵说话，对马绍愉说，必须对“东虏”打个大胜仗，才能使朝廷专力剿灭“流贼”。马绍愉认为对“东虏”迟早要讲一个“和”字，目前皇上和本兵力主进兵，目的在能打出一个“和”字，在胜中求和。张同意他的看法，但对胜利抱着较大的侥幸心理。

八位总兵官除吴三桂外，都早已到了高桥和松山一带。吴三桂的一部分人马也到了高桥附近，只是他本人为部署宁远这个军事重地的防守，尚须到明天才能动身。从高桥到松山大约三十里路，众多军营，倚山傍海，星罗棋布。旌旗蔽野，刀枪如林，鼓角互应。自从辽阳战役以后，这是明朝最大的一次出师。刘子政看着这雄壮的军容，心中反而怀着沉重的忧虑。他在马上想到昨晚洪承畴收到的陈新甲的催战书信，深为洪承畴不断受朝廷的逼迫担忧，心中叹息说：

“朝廷别无妙算，惟求侥幸，岂非置将士生命与国家安危于不顾!”

自从来到关外以后，洪承畴驻节宁远，已经来塔山、杏山、高桥①和松山一带视察过一次。今天是他将老营推进到松山与杏山之间，顺路再作视察。他最不放心的是高桥到塔山附近屯粮的地方。这里是丘陵地带，无险山峻谷

---

① 塔山、杏山、高桥——在宁远和松山之间，都是当时重要的军事据点，而塔山和杏山尤为重要，筑为要塞，称为塔山堡、杏山堡。

作屏障，最容易被敌人的骑兵偷袭，也容易被骑兵截断大路。他一直骑马走到海边，指示该地守军将领应如何防备偷袭。现在，他立马高处，遥望塔山土城和东边海中的笔架山①，又望望海面上和海湾处点缀的粮船和渔船，挥退从人，只留下辽东巡抚邱民仰、监军张若麒和赞画刘子政在身边，口气沉重地说：

"我们奉命援锦，义无返顾，但虏方士气未衰，并无退意，看来必有一场恶战，方能决定胜负。此地是大军命脉所系，不能有半点疏忽。倘有闪失，则粮源断绝，全军必将不战瓦解，所以我对此处十分放心不下。"

邱民仰说："这里是白广恩将军驻地，现有一个游击守护军粮。看来需要再增加守兵，并派一位参将指挥。"

"好，今天就告诉白将军照办。监军大人以为如何？"

张若麒正在瞭望一个海湾处的成群渔船，回头答道："大人所虑极是。凡是屯粮之处，都得加意防守。"

洪承畴本来打算到了松山附近之后，命各军每前进一步都抢先掘壕立寨，步步为营，不急于向锦州进逼，但是昨天晚上他接到兵部尚书陈新甲的密书，使他没法采取稳扎稳打办法。如今想到那封密书中的口气，心中仍然十分不快。

当天晚上，他驻在高桥，与刘子政等二三亲信幕僚密商军事。大家鉴于辽阳之役和大凌河之役两次大败经验，力主且战且守，并于不战时操练人马，步步向锦州进逼。他们认为与敌人相持数月，等到粮尽，清兵必然军心不固，那时全师出击，方可获胜。洪承畴又将陈新甲的催战书子拿出，指着其中一段，命一位幕僚读出。那位幕僚读道：

> 近接三协之报，云敌又欲入犯。果尔则内外交困，势莫可支。一年以来，台臺②麾兵援锦，费饷数十万而锦围未解，内地又困。斯时台臺滞兵松、锦，徘徊顾望，不进山海则三协虚单，若往辽西则宝山空返③，何以副圣明而谢朝中文武诸臣之望乎？主忧臣辱，台臺谅亦清夜有所不安

---

① 笔架山——在塔山附近海边，落潮时可以与陆地相通，为当时明军储粮重地。

② 台臺——"台"字是一般尊敬的称谓。"臺"字是对尚书、总督一级官僚的尊称。洪承畴以兵部尚书衔实任蓟辽总督，所以陈新甲在书信中尊称他台臺。

③ 宝山空返——意思是本来应该打胜仗却无功而返。这是从"如入宝山，空手而返"一句成语变化出来的。

也！

洪承畴苦笑说：“我身任总督，挂兵部尚书衔，与陈方垣是平辈同僚，论资历他算后进。在这封书子中，他用如此口气胁迫，岂非是无因？”

一个幕僚说：“必定是皇上焦急，本兵方如此说话。另外，张监军并不深知敌我之情，好像胜利如操左券，也会使本兵对解锦州之围急于求成。”

刘子政说：“朝廷不明情况，遥控于千里之外，使统兵大员，动辄得咎，如何可以取胜！”

他们密议到深夜，决定给皇上上一道奏本，详陈利害，提出且战且守，逐步向锦州进逼的方略。同时给陈新甲写封长信，内容大致相同。因为刘子政通晓关外形势，且慷慨敢言，决定派他携带奏本和给陈新甲的书信回京，还要他向陈新甲面陈利害。

第二天拂晓，刘子政来向洪承畴辞行。他深知几个总兵官大半怯战，而且人各一心，因此预感到大军前途十分不妙。他用忧虑的目光望着洪承畴说：

“卑职深知大人处境艰难，在军中诸事掣肘，纵欲持重，奈朝中与监军惟知促战何！望大人先占长山地势，俯视锦州，然后相机而动。只要不予敌以可乘之机，稍延时日，敌必自退。但恐大人被迫不过，贸然一战。”

洪承畴苦笑说：“先生放心走吧，幸而在我身边监军者尚非中使[①]。”

在刘子政起程回京的第二天，洪承畴又接到催促进兵的手谕。张若麒催战更急，盛气凌人。洪承畴害怕获罪，不得不向清营进逼。

明军八总兵的人马在洪承畴的指挥下拔营前进。八月初，有五万人过了松山，占领了松山与锦州之间的一带山头。步兵大军在山上树立木城，安好炮架。岭下驻扎的多是骑兵，环绕松山三面，设立营栅。两山之间，共列七处营垒，外边掘了长壕。

洪承畴偕巡抚邱民仰登上松山高处，俯瞰不规则的锦州城。房舍街巷，历历在目。辽代建筑的十三层宝塔，兀立在蓝天下，背后衬着一缕白云。适遇顺风，隐约地传过来塔上铃声。一道称做女儿河的沙河流经松山与锦州之间，曲折如带。包围锦州的清兵都在离城二里以外的地方安营立寨，外掘三重壕沟，以防城内明兵突围。另外，清军面对松山和左边的大架山上也有许

---

① 中使——太监。

多营垒，防御严密，多是骑兵。

仔细观察了一阵，洪承畴看不出清营的弱处何在。正在寻思，忽见一队骑兵约二三百人，拥着一员女将，从山后出来，直驰清营附近，张望片刻，等清兵大队准备冲出时，又迅速驰往别处。如此窥探了三处敌营，方驰返吴三桂的营寨。邱民仰不觉叹道：

“左夫人解救锦州心切，不惜自往察探敌兵虚实。今日上午，我到吴镇营中，她对我说，锦州樵苏断绝，势难久守，请我转恳大人，乘我士气方锐，火速进攻敌垒，内外夹击，以救危城军民。不知大人决定何时进兵？”

洪承畴说：“锦州城内不见一棵树木，足见已经薪柴烧尽，恐怕家具门窗也烧得差不多了。解救锦州之围，你我同心。只是遍观敌垒，看不出从何处可以下手。不管如何，明日出兵，以试敌人虚实。”

第二天早晨，明军出动三千骑兵，分为三支，直冲清兵营垒，侦察虚实。马蹄动地，喊杀震天。在松山一带扎寨的各营人马，呐喊擂鼓助威。骑兵冲近清营时，清营三处营门忽开，驰出三支骑兵迎战，人数倍于明军。明骑兵稍事接杀，便向后退，进入步兵营中。清兵气势甚锐，追击不放，打算冲击明军的步兵营。明军故意放清军进来，火炮齐发，箭如雨下。清军死伤很重，赶快退回。

随即清军大队又来，多是骑兵，共约一万余人，从松山的西面向东进攻，争夺松山的高岭。明兵奋勇抵抗，使清军不得前进。明军反攻，也难得手。这时被围困在锦州城中的祖大寿乘机派兵呼噪出城，夹击清兵，但是遇到清兵掘的又宽又深的壕沟，越不过去，有很多人在壕沟外中了炮火弩箭，死伤满地。鏖战多时，锦州明军和松山明军终难会合。祖大寿只得鸣锣收兵回城。在松山西北面激战的明清两军死伤相当，各自收兵。

经过这次接战，洪承畴更确知清军防守坚固，一时难于取胜，与祖大寿在锦州城外会师的希望很难实现。他知道各总兵本来就存心互相观望，不肯向前，倘若原来就不旺盛的明军士气一旦受挫，则各营势必会军心动摇。从几个俘虏口中，他得知清营中传说老憨王①即将由沈阳启程，亲率满、蒙大军前来。他料想未来数日之后必有一场恶战。敌方等到老憨王的援军来到，一定会全力以赴，进行决战；而他麾下诸将恐怕没几个甘心为国家效死疆场。

① 老憨王——又称老憨、喝竿，满洲语音译，指满洲皇帝。北方民族自古称国王为“汗”，转为满洲语的憨、喝竿。

想到这里，他不再希望侥幸胜利，只求避免辽阳之役的那种败局再次出现。

当天晚上，他两次派亲信幕僚去吴三桂营中，劝左夫人速回宁远。因为他担心一旦决战不利，左夫人阵亡或被清兵所俘，祖大寿没有顾恋，就会向敌人献出锦州投降。

第二天上午，洪承畴在松山西南面的老营中召集诸将会议，以尽忠报国勖勉诸将，要大家掘壕固守，等候决战，并将如何保护海边军粮的事，作了认真筹划，特别将保护笔架山军粮的责任交给王朴，守高桥的责任交给唐通，而使白广恩全营驻守松山西麓，以备决战。送出诸将的时候，他将吴三桂叫住，问道：

"月所将军，令舅母已经动身回宁远了么？"

吴三桂回答："家舅母已遵照大人劝谕，于今早率领奴仆家丁起身，想此时已过高桥了。"

"未能一鼓解锦州之围，使令舅母怆然返回，本辕殊觉内疚！"

"眼下情势如此困难，这也怨不得大人。昨日当敌人大举来犯之时，家舅母率家丁杂在将士中间，亲自射死几个敌人，也算为救锦州出了力量。她说虽未看见锦州解围，也不算虚来一趟。只是今早动身时候，她勒马高岗，向锦州城望了一阵，忍不住长叹一声，落下泪来，说她今生怕不能同家舅父再见面了。"

洪承畴说："两军决战就在数日之内。倘若上荷皇上威灵，下赖将士努力，一战成功，锦州之围也就解了。"

吴三桂刚走，张若麒派飞骑送来书信一封，建议乘喝竿未至，以全力进攻清营。洪承畴看过书子，心里说："老夫久在行间，多年督师。你这个狂躁书生，懂得什么！"但是他的脸上没有露出一点厌恶表情，反而含笑向来人问：

"张监军仍在海边？"

"是，大人，他在视察海运军粮。"

洪承畴笑一笑，说："你回禀监军大人，这书中的意思我全明白了。"

他希望在决战到来时，各营能固守数日，先挫敌人锐气，再行反攻，于是亲赴各紧要去处，巡视营垒，鼓励将士。

第三十六章

清兵围攻锦州的主帅是多罗[1]睿郡王多尔衮。他是皇太极的异母兄弟。努尔哈赤有十六个儿子，多尔衮排行十四。他今年二十九岁，为人机警果断，敢于任事，善于用兵，深得皇太极的喜爱。皇太极于天聪二年（公元 1628 年）征伐察哈尔蒙古族多罗特部，多尔衮十七岁，在战争中立了大功，显露了他智勇兼备的非凡才能。皇太极赐给他一个褒美的称号墨尔根代青[2]，连封爵一起就称做墨尔根代青贝勒[3]。后来晋位王爵，人们称他为墨尔根王。在爱新觉罗氏众多亲王、郡王和贝勒、贝子中，都没有得过这样美称。去年在围困锦州的战争中他处事未能尽如皇太极的意，几个月前被降为郡王。他的副手是皇太极的长子肃亲王豪格，也同时降为郡王。

多尔衮从十七岁起就开始领兵打仗，建立战功，二十岁掌清国吏部的事，但以后仍以领兵打仗为主。崇祯十一年八月，他曾率领清兵由墙子岭、青山口打进长城，深入畿辅，在巨鹿的蒿水桥大败明军，杀死卢象升，然后转入山东，破济南，俘虏明朝的宗室德王。十二年春天，他率领饱掠的满洲兵经过天津附近，由青山口出长城。这次侵略明朝，破了明朝的几十座府、州、县城池，俘虏去的汉族男女四五十万。

从去年起，他奉命在锦州、松山、杏山一带与明军作战，围困锦州。今年以来，对锦州的围困更加紧了，同时还要准备抵挡洪承畴统率明朝的援军来到。他和豪格统率的部队以满洲人为主体，包括蒙古人、汉人、少数朝鲜人，大约不到三四万，虽然比较精强，但人数上比明朝的援军差得很远。他

---

① 多罗——满洲语，一种美称，常加在爵号或称号前边，如多罗郡王、多罗格格。

② 墨尔根代青——墨尔根，满语为聪明智慧。代青原是蒙古语，意为统兵首领。后来多尔衮汉语称为睿郡王、睿亲王，睿字是墨尔根的汉译。

③ 贝勒——清朝建国之初，满族贵族的封爵十分简单，贝勒等于王爵，其最贵者称为和硕贝勒。太宗崇德元年（公元 1636 年）重定制度，贝勒位在郡王之下，其次序为：亲王、郡王、贝勒、贝子。这种封爵也颁给蒙古贵族。

不曾直接同洪承畴交过手，只晓得洪承畴在明朝任总督多年，较有战争阅历，也很有威望，非一般徒有高位和虚名的大臣可比。他还知道洪承畴深受南朝皇帝的信任，如今兵力也雄厚，粮草也充足，这些情况都是当年的卢象升万万比不上的。

最近以来，他一直注视着明朝援军的动向，知道明军在向松山一带集结，已经基本完成。这几天又哄传洪承畴已从宁远来到松山，决心与清军决战，以解锦州之围。他感到不可轻敌。为了探听明军虚实，他几次派出小规模的骑兵和步兵向松山附近的明军进行试探性的攻击，结果互有杀伤，清军没有占到什么便宜。

这天，他把豪格叫到帐中，屏退闲人，商议对明军作战的事。

豪格比多尔衮小两岁。他虽然是皇太极的长子，但满洲制度不像汉族那样“立嗣以嫡，无嫡立长”，将来究竟谁是继承皇位的人，完全说不定，因此豪格在多尔衮面前没有皇储的地位，而只能以侄子和副手的身份说话。虽然他内心对多尔衮怀有忌妒和不满情绪，但表面上总是十分恭敬，凡事都听多尔衮的。他两人都喜爱吸旱烟，都有一根很精致名贵的旱烟袋，平时带在腰间。这时他们一边吸烟一边谈话，毡帐中飘散着灰色的轻烟和强烈的烟草气味。

他们从几天来两军的小规模接触谈起，一直谈到今后的作战方略，商量了很久。尽管他们都有丰富的作战经验，一向不把明军放在眼里，可是这一次情况大大不同，因此对于这一仗到底应该怎么打，他们的心中都有些捉摸不定。

多尔衮说：“几天来打了几仗，双方都只出动了几百人，昨天出得多一点，也不过一两千人。可以看出，南军的士气比往日高了，像是认真打仗的样儿。南朝的兵将，从前遇到我军，有时一接仗就溃了，有时不等接仗就逃了，总是避战。这一次不同啦，好像也能顶着打。豪格，你说是么?”

豪格说：“叔王说的是，昨天我亲自参加作战，也感到这次明军确非往日可比。”

“你估计洪承畴下一步会怎样打法?”

“我还不十分看得清楚。叔王爷，你看呢?”

多尔衮说道：“依我看啊，洪承畴有两种打法，可是我拿不准他用哪一种。一种是稳扎稳打的办法，就是先占领松山附近的有利地势，这一点他们已经做到啦。现在从松山到大架山，已经布满了明朝的人马。倘若明军在占领有利地势后，暂时不向锦州进逼，只打通海边的运粮大道，从海上向困守在锦州的祖大寿接济粮食，这样，锦州的防守就会格外坚固，松山一带的阵地也会很快巩固起来。那时，我们腹背受敌，很是不利。我担心洪承畴会采用这种打法。他不向我们立即猛攻，只是深沟高垒，与我们长期相持，拖到冬天，对我们就……就很不利了。”

说到这里，多尔衮向豪格望了一会儿，看见豪格只是很注意地听着，没有插话，他继续说下去：

“围攻锦州已经一年，我军士气不比先前啦。再拖下去，士气会更加低落。我们的粮食全靠朝鲜接济，如今朝鲜天旱，听说朝鲜国王李倧不断上表诉苦，恳求减免征粮。辽东这一带也是长久干旱，自然不会供应大军粮草，如到冬天，朝鲜的粮食接济不上来，辽东本地又无粮草，如何能够对抗明军？我担心洪承畴在打仗上是个有经验的人，看见从前明军屡次贸然进兵吃了败仗，会走这步稳棋。”

豪格问道：“叔王刚刚说洪承畴可能有两种打法，另一种是怎样打法呢？”

多尔衮说：“另一种打法就是洪承畴倚仗人马众多，依靠松山地利，全力向我们猛攻，命祖大寿也从锦州出来接应。”

“我看洪承畴准是这么打法。”

“你怎么能够断定？”

“他现在兵多粮足，当然巴不得鼓足一口气儿为锦州解围，把祖大寿救出。听说南朝钦派一位姓张的总监军随军前来，催战很急。”

多尔衮摇头说：“我担心洪承畴阅历丰富，是一个很稳重的人。”

“不，叔王爷。不管洪承畴多么小心稳重，顶不住南朝皇帝一再逼他。他怕吃罪不起，只好向我进攻，决不会用稳扎稳打的办法。你等着瞧，他会向我军阵地猛冲猛打，妄想一战成功。”

多尔衮笑道：“你这么说还有点道理。要是洪承畴这样打法，我就不怕了。”

豪格轻轻摇头说：“他就是这样打，我也担心哪！他现在确实人马多，不同往日。叔王爷担心他稳扎稳打，我倒担心他现在拼命猛攻，祖大寿又从锦州出来，两面夹攻我军。”

多尔衮将白铜烟袋锅照地上磕了两下，磕净灰烬，说道：“你只看到他们

人马多，这一次士气也比往日高，可是你忘了，我们的营垒很坚固，每座营寨前面都挖有很深的壕沟。如果我们坚守，他想攻过来同祖大寿会师很不容易。只要我们坚守几天，憨王爷再派一支人马来援，我们就必然大胜，洪承畴就吃不消了。”

豪格想了一下，笑着点头，说：“叔王爷说的有理。既然他会全力猛攻，我看现在只能一面坚守，一面派人速回盛京[1]，请求憨王爷赶快增援。”

“这是最好的主意。我们如有一二万人马前来增援，就完全可以打败洪承畴。”

商量已定，他们就立即派出使者，奔赴盛京求援。

几天以后，盛京的援兵来到锦州城外，却只有几千人。老憨王皇太极派了一名内院学士名叫额色黑的，来向他们传达口谕，说道：

“敌人若来侵犯啊，你们两个王爷可不要同敌人大打，只看准时机把他们赶走就算了。明军要是不来侵犯啊，你们千万不要轻动。你们要守定自己的阵地，不要随随便便出战。”

多尔衮这时明白了皇太极是在等待时机，以便一战把洪承畴消灭在松山附近。同时他也明白，皇太极是要亲自前来对付洪承畴，所以只给他派来几千援兵，又一再叮嘱他“坚守”。这不禁使他暗暗失望。

多尔衮是这么一个人，他有极大的野心，远非一般将领可比。首先，他希望从他的手中为清国征服邻国，扩充疆土，恢复大金朝[2]盛世局面。这样的雄心，在他年纪很轻的时候就已经有了，当他还只有二十二岁的时候，皇太极曾经问他：现在我国又想出兵去征服朝鲜，又想征服明国，又想平定察哈尔，这三件大事，你看应该先做哪一件？多尔衮毫不犹豫地回答说：

“憨王，我看应该先征服明国为是。我们迟早要进入关内，要恢复大金朝的江山，这是根本大计。”

皇太极笑着问：“如何能征服明国？”

他胸有成竹地回答说：“应该整顿兵马，赶在庄稼熟的时候，进入长城，围困北京，将北京周围的城池、堡垒，屯兵的地方，完全攻破。这样长期围困下去，一直等待他力量疲惫，我们就可以得到北京。得到了北京，就可以

---

① 盛京——即沈阳。清太祖努尔哈赤自辽阳迁都于此，改称盛京。

② 大金朝——满族是我国女真族的后裔，所以努尔哈赤初建国号称金（史称后金），后改为清。清与金音相近。清太宗时的最大野心是恢复金朝局面，尚非完全征服明朝。

南下黄河。”

皇太极当时虽然没有采纳他的意见，却很赏识他这恢复金朝盛世局面的宏图远略。皇太极曾经让他的懂得满文的汉人大臣，也就是一些学士们，将“四书”和《三国演义》翻译成满文。在满文的《三国演义》印出来后，他特地先赐给多尔衮一部，要多尔衮好好读《三国演义》，学习兵法韬略，借此也表示了他对多尔衮的特别看重。从那时起又过了两年，由于多尔衮战功卓著，便晋封为墨尔根代青贝勒，后来晋爵亲王。因为这时汉族的制度和文化已大量被满族学习采用，所以多尔衮的封号用汉文写就成了睿亲王。就在这一年，皇太极让多尔衮随着他带兵侵略朝鲜，占领了朝鲜的江华岛，俘虏了逃避在岛上的王妃和世子，迫使朝鲜国王李倧投降。班师回来的时候，皇太极命多尔衮约束后军，带着作为人质的朝鲜国王的世子李溰[1]、另一个儿子李淏[2]和几个大臣的儿子返回盛京。在这一次战役中，多尔衮为清国建立了赫赫战功，那时他才二十五岁。

他曾经多次入侵明朝，深悉明朝政治和军事的腐败情况，也知道洪承畴目前虽然兵力强盛，但士气不能持久，所以他想只要再给他二万精兵，他就能够打败洪承畴的援锦之师。倘若由他一手指挥人马夺取这一重大胜利，他就将为国家建立不朽的功勋。因此想到皇太极将要亲自率军前来，他不免感到失望和不快。尽管如此，他表面上仍然装作没有领会憨王的用意，又将豪格叫到帐中，商议如何再请求憨王增兵。

豪格虽然不希望多尔衮独自立下大功，但也不希望他父亲皇太极亲自前来指挥战争。他希望能让他和多尔衮一起来指挥这一战争，打败明朝的十三万援兵，建立大功，恢复亲王称号。他们两人都互相提防，没有说出各自的真心话，不过却一致认为，只要有了援军，打败明军不难。援军也不需要太多，只要再增加二万人马就够了。经过一番商议，他们就又派使者去盛京，请求憨王派和硕郑亲王济尔哈朗率盛京一半人马来援。济尔哈朗的父亲是努尔哈赤的兄弟，他和皇太极、多尔衮是从兄弟。多尔衮认为，如果派济尔哈朗来，仍然只能做他的副手，而不会夺去他的主帅地位。所以他才提出了这一建议。

① 溰——音 wāng。
② 淏——音 hào。

多尔衮今天忙碌了大半天，感到困乏。从一清早起，他就到各处巡视营垒，又连续传见在松山、锦州一带的各贝勒、贝子、固山额真[①]，以及随军前来的重要牛录章京[②]等领兵和管事首领，当面指示作战机宜，刚才又同豪格议论很久，如今很需要休息一阵，再去高桥一带视察。他吩咐戈什哈[③]，除非有紧急重要的事儿，什么人也不要前来见他。自从他明白老憨王皇太极可能亲自来指挥作战，他的心中忽然产生了极其隐秘的烦恼。他本来想躺下去睡一阵，但因为那种不能对任何人流露的烦恼，他的睡意跑了，独自坐在帐中，慢腾腾地吸着烟袋。

他对皇太极忠心拥戴，同时也十分害怕。皇太极去年对他的处罚，他表面上心悦诚服，实际内心中怀着委屈。当时因许多人马包围锦州，清兵攻不进去，明兵无力出击，成了相持拖延局面。他同诸王、贝勒们商议之后，由他做主，向后移至距城三十里处驻营，又令每一旗派一将校率领，每一牛录[④]抽出甲士五人先回盛京探家和制备衣甲。皇太极大怒，派济尔哈朗代他领兵，传谕严厉责备，问道："我原来命你们从远处步步向锦州靠近，将锦州死死围困。如今啊你们反而离城很远扎营，敌人必定会多运粮草入城，何时能得锦州？"多尔衮请使者代他回话："原来驻扎的地方，草已经光了。是臣倡议向后移营，有草牧马，罪实在臣。请老憨王治罪！"皇太极又派人传谕："我爱你超过了所有子弟，赏赐也特别厚。如今你这样违命，你看我应如何治你的罪？"多尔衮自己说他犯了该死的罪。皇太极将他和豪格降为郡王，罚了他一万两银子，夺了他两牛录的人。这件事使多尔衮今天回想起来还十分害怕。他不免猜想：是不是会有人在老憨的身边说他的坏话，所以老憨要亲来指挥作战？……

一个四十多岁的、多年服侍他的叶赫族包衣[⑤]罗托进来，跪下一只腿问道："王爷，该用饭了，现在就端上来么？"

多尔衮问道："朝鲜进贡的那种甜酒还有么？"

---

① 固山额真——管理一旗的长官，入关后改用汉语名都统。

② 牛录章京——原称牛禄额真，清太宗崇德八年（公元 1643 年）改称牛录章京，汉译"佐领"。

③ 戈什哈——简称戈什，即侍从护卫人员。

④ 牛录——满洲基本户口和军事组织单位，每牛录三百人。

⑤ 包衣——满语"包衣阿哈"的简称，即家奴。

包衣罗托说："王爷，您忘了？今日是大妃[①]的忌日。虽说已经整整满十五年啦，可是每逢这一天，您总是不肯喝酒的。"

多尔衮的心中一动，说道："这几天军中事忙，你不提起，我真的忘了。不要拿酒吧，罗托！"

罗托见多尔衮脸色阴沉，接着劝解说："王爷那时才十四岁，这十五年为我们大清国立了许多汗马功劳。大福晋[②]在天上一定十分高兴，不枉她的殉葬尽节。王爷，这岁月过得真快！"

多尔衮说："罗托，你还不算老，变得像老年人一样啰嗦！"

罗托退出以后，多尔衮磕去了烟灰，等待饭菜上来。十多年来，他一则忙于为清国南征北战；二则朝廷上围绕着皇太极这位雄才大略的统治者勾心斗角；三则他自己不到二十岁就有了福晋和三位侧福晋，很少再想念母亲，只在她的忌日避免饮酒。今日经罗托提起，十五年前的往事又陡地涌上心头。那一年是天命[③]十一年，他虚岁十四岁。太祖努尔哈赤攻宁远不克，人马损失较重，退回盛京时半路患病，死在浑河船上。他临死前将大妃纳喇阿巴亥召去，遗命大妃殉葬。回到盛京后，大妃不愿死。可是皇太极已经即位憨王，催促她赶快自尽。她拖延了一两天，被逼无奈，只好自尽。在自尽之前，她穿上最好的衣服，戴了最名贵的首饰，人们很少看见她那样盛装打扮。她要看一看她的三个儿子：阿济格、多尔衮、多铎。皇太极答应了她的要求，命他们三人去见母亲，并且面谕他们劝母亲赶快自尽。他们到了母亲面前，不敢不照憨王的意思说话，可是他们的心中惨痛万分。特别是多尔衮同多铎的年纪较小，最为母亲钟爱。她一手拉着多尔衮，一手拉着多铎，痛哭不止。他们也哭，却劝母亲自尽。在他们的思想中，遵照憨王的遗命殉葬，不要违抗，是天经地义的道理。但是他们又确实爱母亲，可怜母亲，不忍心母亲自尽。所以从那时以后，多尔衮当着别人的面，不敢流露思念母亲的话，怕传到皇太极的耳朵里，但是最初两三年，他在暗中却哭过多次，在夜间常常梦

---

① 大妃——多尔衮的生母，姓纳喇，名阿巴亥，原为蒙古族，后为叶赫部。她是努尔哈赤的皇后纳喇氏的侄女。皇后死后，她被立为大妃。当时制度草创，大概都按满洲语称福晋，所谓后、妃这种名号，都是稍后时代加上去的。大妃的地位仅次于皇后，也算正妻，高于所谓侧妃和庶妃。

② 大福晋——即大妃。福晋称呼类似汉语的夫人，一般满洲贵族的妻子都可称福晋。后来学习汉族文化，封建等级制度严密化，皇帝的妻妾称后妃，亲王、郡王的正妻称福晋，妾是侧福晋。这制度直到清亡。

③ 天命——清太祖的年号。天命十一年为明天启六年（公元1626年）。

见母亲。

饭菜端上来了。多尔衮为着要赶往高桥一带去察看明军营垒，不再想这段悲惨的往事，赶快吃饭。可是不知怎么，他想到皇太极近来的身体不好，说不定在几年内会死去。他心中闲想：他会要哪位妃殉葬呢？他会要谁继他为憨王呀？他决不会使豪格和其他诸子袭位。如今最受宠的是关雎宫宸妃和永福宫庄妃。宸妃生过一个儿子，活到两岁就死了。庄妃生了一个儿子，名叫福临，今年五岁，最受憨王喜爱，可能憨王临死时会让这个小孩子承袭皇位。……他没有往下多想，只觉得这件事太渺茫了。但是他不希望豪格袭位；倘若豪格袭位，他的处境就十分危险了。

忽然，他的眼前现出来庄妃的影子，不觉从眼角露出一丝似有若无的笑意。他认为她确实生得很美，看来十分端庄，却在一双眼睛中含有无限情意。他又想到豪格的福晋，她也很美，神态不像庄妃高贵，眉眼却像庄妃……

他正在胡思乱想，一位侍从官员进来，打千禀道：

“王爷，憨王派三位官员前来传谕!”

自从七月下旬以来，皇太极就把自己的注意力集中在锦州战场，原来打算要去叶赫地方打猎，也只好取消了。他几乎每天都接到从围困锦州的军中送来的密报，对于洪承畴统率的明军如何向松山附近集中，兵势如何强盛，他都完全清楚。但是他不急于向锦州战场增援，也不向多尔衮等宣示他的作战方略。沈阳城中，表面平静，实际上逐日在增加紧张。不断地有使者带着他的密旨（多是口谕），夜间或黎明从盛京出发，分赴满洲和蒙古各部，调集人马。

他所任用的统兵作战的满族亲贵，都是富有朝气的年轻人，起小就在战争生活中锻炼，不打仗的时候，就借助大规模的围猎练习骑射和指挥战争。这些分领八旗的年轻贵族，从亲王、郡王到贝勒、贝子，在重大事情上没有人敢向他隐瞒实情。有时倘若有小的隐瞒，事后常有人向他禀报，他就分别轻重处罚。他一贯赏罚分明，使人心服。他很欣赏多尔衮的统兵作战才能，几个月前将多尔衮降为郡王，只是对其围困锦州不力暂施薄罚，打算不久后军事胜利，仍恢复多尔衮的亲王爵位。他很重视这一仗，希望这一仗能够按照他的想法打胜，为下一步进兵长城以南扫清障碍。如果能够活捉洪承畴，那就更使他称心如愿。

近来，由于明军的大举援救锦州，在沈阳城中引起来很大震动。民间有不少谣言说南朝的兵力如何强大，准备的粮饷如何充足，还说洪承畴是一个如何有阅历、有韬略的统兵大臣，如何得南朝皇帝的信任和众位大将的爱戴，不可等闲视之。在朝臣中，也有许多满汉官员担心洪承畴倘若将锦州解围，从此以后，辽河以西就会处处不得安宁。皇太极对于盛京臣民的担心和各种谣言都很清楚。有一次上朝时，他对群臣说：

"我所担心的不是洪承畴率领十三万人马全力来救锦州，倒是担心他不肯将全部人马开来。他将人马全部开来，我们就可以一战成功，叫南朝再也没力量派兵来山海关外，连关内也从此空虚!"

这种充满自信的语言决不是故意对群臣鼓气，而确是说出了他的真正想法。皇太极的这种气概是在长期的战争和胜利中形成的。从三十六岁起他继承皇位，一直不停顿地开疆拓土，创建大业，一个胜利接着一个胜利。他的父亲努尔哈赤以十三副甲起事，凭着血战一生，将满洲的一个小小的部落变成辽河流域的统治民族，草创了一个兵力强盛的小小王国，不愧为当时我国北部众多文化落后的游牧部落中"应运而生"的杰出人物，这个"运"就是历史所提供的各种条件。皇太极发扬了努尔哈赤的杰出特点，而在政治才能和军事才能两方面更为成熟。他不断招降和重用汉人协助他创建国家的工作，积极吸收高度发达的汉族封建文化为他所用。他继承努尔哈赤已经开始的各种具有远见的措施，努力发展生产。在他的统治时期，已经使他所属的游牧部落在辽河流域定居下来，变成以农业经济为主体，同时还发展了各种战争和生活所需的手工业，包括制造大炮的手工业在内。当然，在发展农业和手工业方面，要大量依靠俘虏的、掳掠的、投顺的和原来居住在辽河流域的汉人来贡献生产知识、经验和劳力，并且要将一部分家庭奴隶解放为农业生产力。从努尔哈赤晚年开始，经过皇太极统治的十六年，不过三十年的时间，满族社会以极快的速度从奴隶制演变为封建制，这是历史上罕见的进步。在军事上，他征服和统一了蒙古族的各个分散部落。居住在我国东北直到黑龙江以北的众多少数民族部落，都在开始叫后金国、后来改称大清国的统一之下，成为一个新的女真民族又称做满洲民族。他又派兵侵入朝鲜，迫使朝鲜脱离了同明朝的密切关系，成为清国的臣属，为清国提供粮食和其他物资，有时还被迫支付人力。这对朝鲜来说是侵略和压迫，但对清国来说，却巩固了他进行扩张战争所处的地位。

当时清国所取得的成功，正如皇太极自己所夸耀的："自东北海滨，迄西北海滨，其间使犬使鹿之邦，及产黑狐黑貂之地，不事耕种、渔猎为生之俗，厄鲁特部落，以至斡难河源①，远迩诸国，在在臣服。"② 这样，他对明朝来说是一个崛起的强敌和大患；对以满族为主体的东北少数民族来说，是一个推动社会发展的杰出人物；对朝鲜来说是一个侵略者；对伟大中国的整体发展来说，则有不可磨灭的贡献。现在他刚刚五十岁，虽然已经发胖，也开始有了暗病，有时胸闷，头晕，但从外表看，精力十分健旺，满面红光，双目有神。因为他正处在一生事业接近高峰的时候，因此无论在行动上，谈话中，他都表现出信心十足、踌躇满志。

当他得到多尔衮和豪格的驰奏，知道洪承畴亲率八个总兵官已经全部到达松山一带，越过了大架山，占据松山，正在向锦州进逼时，他认为时机已到，再不亲自前去，多尔衮等可能吃亏。于是他决定八月十一日，率领新召集到盛京的三万人马启程，星夜驰赴松山一带。

一个小小的意外发生了，就是他突然患了流鼻血的病症，流得特别多。尽管后妃们和王公大臣们为他求过神，许过愿，萨满③们也天天跳神念咒，他自己又服了几种草药，但流血仍然不止。本来选定八月十一日是个出征吉利的日子，却不能动身，只好推迟三天。十四日仍不行，又推迟到十五日。由于前方军情紧急，他不能再推迟了，不得已带兵启程。这天辰牌时候，皇太极带着随征的诸王、贝勒、大臣等出了盛京的抚近门，走进堂子，在海螺和角声中行了三跪九叩头礼，然后率领三万大军启程，向锦州进发。

随行的人除满、蒙诸王、贝勒和满汉大臣、医生和萨满之外，还有朝鲜国王的世子、大公、质子④以及他们的一群陪臣和奴仆。每次举行较大规模的打猎，皇太极总是命朝鲜世子等奉陪。这一次去同明军决战，他也要带着他们，目的是让将来要继承朝鲜国王位的李滨及其左右臣仆，亲眼看看他的烜赫武功。

---

① 斡难河——黑龙江上源。

② "自东北海滨……在在臣服。"——这段话系崇祯七年六月，皇太极致明国皇帝书中语。

③ 萨满——又译作"萨玛"，即巫。有男女两种，宫中多用女巫。这是很多民族共有的巫风。中国从殷代就很盛行。屈原的《九歌》就是为男觋女巫们写的祭神舞蹈歌词。

④ 质子——清太宗于天聪十年十二月率师侵略朝鲜，次年正月迫使朝鲜国王李倧投降，使李倧的三个儿子即世子李滨、凤林大君李淏、麟坪大君李濬以及几个大臣的儿子作为人质，长期住在沈阳（凤林大君和麟坪大君可以轮换回国）。朝鲜大臣们送到沈阳的儿子被称为质子。

他最宠爱的关雎宫宸妃博尔济吉特氏[①]独蒙特许，骑马送他出京，陪他走了一天的路程，晚上住宿在辽河西岸的一个地方，照料他服下汤药。第二天，宸妃又送他上马走了很远，才眼泪汪汪地勒转马头，在婢女和护卫的簇拥中返回沈阳。

皇太极的鼻血还没有完全止住，但不像前几天流得那么凶了。流的时候就用一个盘子在马上接住，继续行军。这样又断断续续流了三天，才完全病愈。他的精神开始好起来，心情愉快。为着赶路，晚上宿营很迟。那天晚上，诸王、贝勒、大臣照例到御帐中向他请安，祭神，看萨满跳神念咒，然后坐下来共议军国大事，主要是对明军的围攻之策。皇太极笑道：

“我但恐敌人听说我亲自来到，会从锦州和松山一带悄悄逃走。倘蒙上天眷佑，敌兵不逃，我必令你们大破此敌，好像放开猎犬追逐逃跑的野兽一样。获胜很容易，不会叫你们多受劳苦。我那些已经决定的攻战办法，你们都知道，可千万不要违背，不要误事，好生记着!”

随他出征的多罗武英郡王阿济格，多罗贝勒多铎等一齐向他奏道：

“请憨王慢慢儿走，让臣等先赶往松山。”

皇太极摇摇头说：“行军打仗嘛，为的是克敌制胜，越是神速越好。我若是有翅膀能飞啊，就要飞去，怎么要我慢走!”

一连走了几天。八月十九日黄昏，皇太极到了松山附近的卧龙山[②]。他打算在卧龙山休息半夜，再继续前进，插到明军背后，将他的御营摆在塔山北边不远的高桥。这样，就将十万明军的退路截断了。这是很大胆的一着。决定之后，他就派遣内院大学士刚林[③]、学士罗硕[④]去见多尔衮和豪格，传达他的口谕：“我马上就要到了。可令我以前派去的固山额真拜尹图、多罗额驸[⑤]英俄尔岱带的兵，还有科尔沁土谢图亲王的兵、察哈尔琐诺木卫察桑等带的兵，先到高桥驻营。等我到的时候，就可以把松山、杏山一起合围。”于是刚林等人骑马出发了。

---

① 博尔济吉特氏——皇太极的妻子中有三个姓博尔济吉特的，都出自蒙古科尔沁贝勒一家。皇后博尔济吉特氏是姑母，两个侄女都是皇太极的妃子。这个早死的博尔济吉特氏是顺治生母的姐姐，死后追封为元妃。

② 卧龙山——在锦州城东南，松山东侧，仅一河（小凌河）之隔。

③ 刚林——姓瓜尔佳氏，隶满洲正黄旗，崇德间授国史院大学士。

④ 罗硕——姓栋鄂氏，隶满洲正白旗。

⑤ 多罗额驸——多罗是一美称，额驸是驸马。

围困锦州的诸王、贝勒、大臣和将士们听说老憨王御驾亲来，勇气陡然大增，到处一片欢呼。但多尔衮和豪格对于憨王驻兵高桥一事却很不放心，因此又让刚林等第二天返回戚家堡向憨王奏陈他们的意见，说：

“现在圣驾已经来到，臣等勇气倍增，惟有勇跃进击，为国家建立大功。靠着皇上天威，臣等决不害怕敌人。可是军中形势，不得不对皇上说清楚。目前明朝新来的人马众多，臣等几个月来围困锦州，屡经攻战，将士也有不少损伤。现在皇上说要先在高桥驻营，使臣等不敢放心。倘若敌兵为我们逼迫得紧，约会锦州、松山的兵内外夹攻，协力死战，万一我军有失，就不好办了。不如皇上暂且驻在松山、杏山之间，不要驻到高桥，这样就安全了。只要憨王万安，臣等作战也会有更大的勇气。”

皇太极听了，觉得他们的话有道理，就决定把他的御营驻在松山、杏山之间。随即又派刚林等去告诉多尔衮和豪格：

“我若在松山、杏山之间驻营，敌人一定很快就要逃走，恐怕不会俘虏、斩获得那么多。既然你们劝我不驻在高桥，也只好如此吧。”

之后，他就继续率领大军进发，往松山、杏山之间前去。沿路的诸王、贝勒、将士们看见他前边的简单仪仗队和前队骑兵，知道是憨王经过，人人欢跃，远近发出来用满洲语呼喊“万岁”的声音。

八月二十日凌晨，洪承畴还不知道皇太极已经来到。他继续指挥明军向北猛攻，企图与锦州守军会师。松山东南隔着妈妈头山、小凌河口的滨海一带是接济军粮的地方，前天他已经在妈妈头山和滨海处增添了三千守兵。昨天张若麒自请偕马绍愉等驻守海边，保护粮运。洪承畴欣然同意，额外拨给二百精兵作为他的护卫。送他走的时候，洪承畴拉着他的手，嘱咐说：

“张监军，风闻虏酋将至，援兵也已陆续开到。我军既到此地，只能鼓勇向前，不能后退一步。稍微后退，则军心动摇，敌兵乘机猛攻，我们就万难保全。我辈受皇上知遇，为国家封疆安危所系，宁可死于沙场，不可死于西市。大军决战在即，粮道极为重要，务望先生努力!”

今天黎明时候，洪承畴用两万步骑兵分为三道，向清兵营垒进攻。祖大寿在锦州城内听见炮声和喊杀声，立即率两千多步兵从锦州南门杀出，夹击清军。但清营壕沟既深，炮火又猛，明军死伤枕藉，苦战不得前进。洪承畴害怕人马损失过多，只好鸣锣收兵。祖大寿也赶快携带着受伤的将士退回城内。清军并不乘机反攻，只派出零股游骑在明军扎营的地方窥探。下午酉时刚过，洪承畴正在筹划夜间如何骚扰清营，忽然接到紧急禀报，说是数万清兵已经截断了松山、杏山之间的大道，一直杀到海边，老憨王的御营也驻在松、杏之间的一座小山坡上。没有一顿饭的时候，又来一道急报，说是有数千敌骑袭占高桥，使杏山守军陷于包围，塔山也情势危急。大约一更时候，洪承畴得到第三次急报：清兵包围塔山，袭占了塔山海边的笔架山，将堆积在笔架山上的全部军粮夺去，而且派兵驻守。这一连串的坏消息使洪承畴几乎陷于绝望。但是他努力保持镇静，立即部署兵力，防备清兵从东边、西边、南边三面围攻松山。同时他召集监军张若麒和八位总兵官来到他的帐中开紧急会议，研究对策。张若麒借口海边吃紧不来。诸将因笔架山军粮被敌人夺去，松、杏之间大道被敌人截断，高桥镇也被敌人占领，多主张杀开一条血路，回宁远就粮。洪承畴派人飞马去征询监军意见，旋即得到张若麒的回书，大意说：

“我兵连胜，今日鼓勇再胜，亦不为难。但松山之粮不足三日，且敌不但困锦，又复困松山。各帅既有回宁远支粮再战之议，似属可允，望大人斟酌可也。”

接到这封书信以后，洪承畴同总兵、副将等继续商议。诸将的意见有两种：或主张今夜就同清兵决战，杀回宁远；或主张今夜休兵息马，明日大战。最后，洪承畴站起来，望一眼背在中军身上的用黄缎裹着的尚方剑，然后看着大家，声色严重地说道：

“往时，诸君俱曾矢忠报效朝廷，今日正是时机。目前我军粮尽被围，应该明告吏卒，不必隐讳，使大家知道守亦死，不战亦死，只有努力作战一途。若能拼死一战，或者还可侥幸万一，打败敌人。不肖决心明日亲执桴鼓，督率全军杀敌，作孤注一掷，上报君国。务望诸君一同尽力！”

决定的突围时间是在黎明，为的是天明后总兵官和各级将领容易掌握自己的部队，也容易听从大营指挥，且战且走。关于行军路线、先后次序、如何听从总督旗号指挥，都在会议中做了决定。洪承畴亲口训示诸将：务要遵行，不得违误。

诸将辞出后，洪承畴立即派人飞骑去接张若麒和马绍愉速回行辕，以便在大军保护下突围。他又同辽东巡抚邱民仰和几个重要幕僚继续商议，估计可能遇到的各种困难情况，想一些应付办法。正在商议之间，忽然听见大营

外人喊马嘶，一片混乱。洪承畴大惊，一跃而起，急忙向外问道：

“何事？何事？……”

片刻之间，这种混乱蔓延到几个地方，连他的标营寨中也开始波动，人声嘈杂，只是尚未像别处那样混乱。中军副将陈仲才突然慌张进帐，急急地说：

“请诸位大人赶快上马，情势不好！”

洪承畴厉声问道：“何事如此惊慌？快说！”

陈仲才说：“大同总兵王朴贪生怕死，一回到他的营中就率领人马向西南逃跑。总兵杨国柱见大同人马逃走，也率领他自己的人马跟着逃跑。现在各营惊骇，势同瓦解。情势万分危急，请大人赶快上马，以备万一。”

洪承畴跺脚说：“该杀！该杀！你速去传下严令，各营人马不许惊慌乱动，务要力持镇静，各守营垒。督标营全体将士准备迎敌，随本督在此死战。总兵以下有敢弃寨而逃者，立斩不赦！”

“是，遵令！”陈仲才回身便走。

辽东总兵曹变蛟带着一群亲兵骑马奔来，到洪承畴帐前下马，匆匆拱手施礼，大声说：

“请大人立刻移营！敌人必定前来进攻大营。请大人速走！”

洪承畴问：“现在留下未逃的还有几营？”

曹变蛟回答：“职镇全营未动。王廷臣一营未动。白镇一营未动。其余各镇有的已逃，有的很乱，情况不完全清楚。”

“吴镇一营如何？”

“吴镇营中人喊马嘶，已经大乱。”

一个将领跑到帐前，接着禀报：“禀制台大人：杨国柱的逃兵冲动吴营，吴镇弹压不住，被左右将领簇拥上马，也向西南逃去。”

忽然，从敌军营中响起来战鼓声，角声，海螺声。接着，有千军万马的奔腾声，喊杀声。大家都听出来：一部分敌人在追赶逃军；一部分敌人正向松山营寨冲来。曹变蛟向洪承畴催促说：

“请大人火速移营，由职镇抵挡敌军。”

洪摇摇头，说：“刻下敌人已近，不应移动一步。倘若移动一步，将士惊慌，互相拥挤践踏，又无堡寨可守，必致全军崩溃。”他向侍立身后的几个中军吩咐：“速去传谕未逃的各营将士，严守营垒，准备迎敌。敌人如到近处，只许用火器弓弩射死他们，不许出寨厮杀。敌退，不许追赶。有失去营寨的，总兵以上听参，总兵以下斩首！”

他又转向曹变蛟，说：“曹将军，你随我作战多年，为朝廷立过大功。今日尚未与敌交战，王朴、杨国柱先逃，累及全军，殊非我始料所及。我们以残缺之师，对气焰方张之敌，必须抱必死之心，与虏周旋，方能保数万将士之命。倘若不利，你我当为皇上封疆而死，鲜血洒在一处，决不苟且逃生！”

“请大人放心。变蛟只能作断头将军，一不会逃，二不会降！”

“敌人已近，你赶快回营去吧！”

那天夜里，清兵听见明军营中人喊马嘶，乱糟糟的，知道发生了变故，但没有料到有一部分人马已经开始逃跑。多尔衮正在诧异，随即得到探报，知道确实有一部分明军已经向西南逃走，而且逃走的还不止一起，而是两起，后面还有人马在跟着。由于月色不明，没法知道人数多少。他判断洪承畴会随在这两批人马后边突围，一定还有很多人马断后。他同豪格略作商议，使豪格率领少数骑兵追赶和截杀已经逃走的明军，他自己亲率两万名步骑兵向洪承畴的大营进攻，希望趁洪承畴开始出寨的混乱时候一举将明军的主力击溃。

由于王朴、杨国柱、吴三桂等已经各率所部弃寨逃走，洪承畴的总督大营暴露在敌人面前，因此清兵毫无阻拦地来到了洪承畴寨外的壕沟前边。看见寨中灯火依旧，肃静无哗，没有一点准备要逃走的模样，多尔衮感到十分奇怪，不敢贸然进攻，只派出六七百步兵试着越过壕沟，而令骑兵列队壕外，以防明军出寨厮杀。

数百步兵刚刚爬过壕沟，寨中突然擂响战鼓，喊杀声起，炮火与弓弩齐射。清兵退避不及，纷纷倒下。有些侥幸退回到壕沟中的，又被壕沟旁边堡垒中投出的火药包烧伤。多尔衮看见洪承畴大营中戒备甚严，想退，又不甘心马上就退，于是继续挥动步兵分三路进攻，企图夺占一二座堡垒，打开进入大寨的口子。几千名骑兵立马壕外射箭，掩护进攻。

顷刻之间，明军情况变得十分危急。洪承畴和邱民仰一起奔到寨边，亲自督战。他们左右的亲兵和奴仆不断中箭倒地。

有一个亲将拉洪承畴避箭。他置之不理，沉着地命令向清兵开炮。

明军向敌人密集处连开三炮，硝烟弥漫。清兵死伤一片，多尔衮赶快下

令撤退。

这时曹变蛟和王廷臣各派来五百射手和火炮手支援大营。大营已经转危为安，情况看来十分稳定。洪承畴拂去袍袖上的沙尘，望着部将们说：

“几次清兵入关，所到之处好像没有一座城池能够坚守的。其实仔细一想，凡是愿意坚守的城池，清兵总是避过。他能破的都是那些不肯坚守的城池。地方守土官畏敌如虎，城池也就很轻易地丢掉了。刚才这一仗，如果我们畏惧不前，自己惊慌，就会不堪设想。”

众将说：“仰赖大人指挥若定，将士们才能够人人用命。”

这时，有人上前禀报说，马科和唐通两总兵在战事紧张时也跟在吴三桂等后面逃跑了。洪承畴听了，什么话也没有说，只吩咐大家做好向松山堡撤退的准备。有人站得离他较近，在暗夜中看出他的脸色很苍白，眉宇间交织着愤怒和愁闷。

天明时，有几起溃逃的人马又跑了回来，说昨夜五个总兵的人马逃跑后，前有皇太极的伏兵截击，后有多尔衮的部队追杀，起初明军还能支持，后来越逃越惊慌，越惊慌越乱，几乎成了各自逃生。他们看见有灯光的地方就避开，以为没有灯光的地方就是生路，其实没有灯光的地方偏偏有清方的伏兵。遇着伏兵，只要呐喊一声，明军就鸟惊兽窜，毫无抵抗。逃了半夜，有很多人被杀、被俘，但几个总兵官总算都各自率领一部分人马冲了出去。他们这几起人马未能冲破清兵包围，所以又跑了回来。

洪承畴立即下令总督标营和曹变蛟、王廷臣、白广恩三位总兵的大部分人马撤退到松山堡外，分立十来个营寨，赶筑堡垒、炮台，外边掘了壕沟。而在原来的驻守处留下曹变蛟的一部分人马，死守营寨，与松山堡互为犄角。逃回的几起人马由曹变蛟等收容在自己营里。退到松山堡外的人马连同原来驻守松山的和留驻笔架山的加在一起，共约三四万人。

这一天，洪承畴派出许多游骑，又放出许多细作，去侦察敌情。下午，游骑和细作陆续回来，知道吴三桂等率的人马虽然有很大损失，但尚有数万之众，都已退到杏山寨外扎营。清兵将他们包围起来，并不敢猛烈进攻。倒是那些溃散的人马，有的跑到海边，被清兵到处搜杀，死伤甚惨。海边情况也很混乱，已经被清兵插进去一支骑兵，攻占了妈妈头山，把海岸和松山隔断。

洪承畴急于要知道张若麒是否平安，但人们都说“不知道”，只知道海边死了很多人。洪承畴心中非常担忧。他想，现在人马已经跑走那么多，损失这么重，如果钦派的张若麒再有好歹，如何向皇上交代？但事已如此，也只好听之任之。现在惟有赶快想办法，让大军不再遭受损失，平安退回宁远。

当晚，他吩咐松山附近的驻军饱餐一顿。一更以后，他派曹变蛟、白广恩率领二万多人马，向驻在松山和杏山之间的清兵大营，也就是皇太极的御营，突然猛攻。他想，清兵得了胜利后，正在追击搜抄那些逃散的明军，御营里的人马不会很多。如果突然攻进皇太极的营寨，那些逃在杏山附近的明军听见清兵御营中喊杀声起，一定会回过来两面夹击。只要松山、杏山这两股兵联成一气，就可以打败清兵。他亲自送白广恩和曹变蛟出发，把许多希望都寄托在这一仗上。

不久以后，只听见清营那边杀声震天，火光突起，他又派出一支人马前往增援。但是杀到半夜，白广恩、曹变蛟又率兵纷纷退回松山堡下。原来皇太极一到松、杏之间扎下御营，就将御营周围的炮台、壕沟筑得十分坚固，而且把精兵都摆在御营周围，有的在明处，有的在暗处，先立于不败之地。因此曹变蛟、白广恩前去劫营，反而吃了不小亏，混战半夜，只好退回。最可恨的是，吴三桂等五个总兵官，听见杀声突起，不仅没有率师来跟曹变蛟等合手，反而惊慌逃窜，直往高桥奔走，遭到高桥一带清兵的截杀，四下溃散。吴三桂等总兵官只带着少数亲随和很少的骑兵冲杀出来，逃往宁远。

洪承畴得到这些战报后，知道打通杏山这条路已经不可能了。现在聚集在松山周围的人马还相当多，如果都留在此地，粮食马上会吃光；如果都走，松山堡必然失守；松山堡失守，锦州也跟着完了。这天后半夜，他把重要武将包括总兵、副将、参将和道员以上的文官都召集到他的帐中，向大家说：

“不肖奉皇上之命，率八总兵官，将近十万人，号称十三万，来援救锦州，不意有今日之败！现在，如果我们大家都留驻此地，粮食马上要吃尽；如果都走，松山必然失守。我想来想去，今夜乘敌人不备，可以马上突围，但不能全走。我身为总督大臣，奉命援救锦州，大功未就，应该死守松山孤城，等候朝命。倘无援兵前来，不肖当为封疆而死。你们各位将领中，王总兵随我留下，其余人马都由白总兵、曹总兵率领，四更突围出去。到宁远以后，整编人马，等待皇上再派援军，回救松山、杏山，进解锦州之围。”

大家一听说洪承畴要留下，纷纷表示反对。都说：“大人身系国家安危，万不可留驻此地。宁肯我们留下，也要请大人今夜突围。”

洪承畴心里早已明白，如果他自己突围，纵然能够保全数万军队，也必然会被崇祯杀掉。与其死于国法，不如死于此地。但这种想法，他不愿说出来，只说道：

“我以十万之众来救锦州，丧师而回，有何面目再见天子？我决意死守此地！你们各位努力，归报天子，重整人马，来救锦州。倘若我在这里，能使松山坚持数月，必可等待诸君再来，内外夹击。只要诸君再来，解锦州之围仍然有望。”

众人见他主意坚定，不好再劝。只有曹变蛟站出来说：

“大人！我看还是让白将军一个人回去，我和王将军一起留下，随大人死守松山。”

“不必了，有一个总兵官随我留在这里就可以了。”

“大人，不然。战争之事，吉凶难说。如果只有一个大将留在这里，万一失利，或有死伤，就一切都完了。如果我同王总兵两人留在大人左右，即使有一个或死或伤，尚有一人可以指挥作战。请大人万万俯允！卑职追随大人多年，今日松山被困，决不离开大人！”

洪承畴未即答言，邱民仰又站起来说：“我也是封疆大吏，奉皇上旨意，随大人来救锦州。今日情况如此，民仰愿随大人死守松山，决不离开松山一步。”

还有许多文职道员、幕僚也都纷纷恳求，愿随洪承畴死守松山。洪承畴非常感动，想了片刻，说：

“目前情况这样紧急，不能争执不休。需要出敌不意，该走的人马四更必须出发。现在就请白将军率松山人马的三分之二突围出去，为国家保存这点力量。留下三分之一，由王将军、曹将军率领，随我死守松山，等待朝廷援军再来。”他又同意邱民仰和少数文官、幕僚也一起留下，而让其他文职官员和幕僚们一起随白广恩突围。

这样决定之后，他就根据敌人白天分布的情况，指示白广恩离开松山后，不要走敌人多的地方，可以走一条叫做国王碑的道路直往西去，远远地绕过高桥。他一再嘱咐白广恩，撤退时一定不要乱；几万人的部队，只要自己不乱，敌人必不敢贸然来攻；纵然来攻，也难得逞。

他又同几位总兵、副将、参将等官员一起，把留下来的部队人数合计了一下。知道松山堡内原有两三千驻军，为首的是副将夏承德，另外还有一位总兵官，是祖大寿的堂兄弟，名叫祖大乐，人马已经没有了，只有几百亲兵随在身边。洪承畴把松山的粮食和人马通盘计算一下，决定让白广恩带走更多的人马，只留下万把人防守松山，这万把人也包括夏承德的人马在内。

四更时候，洪承畴亲自送白广恩出发，又一再叮嘱他路上避免与敌作战，不要使人马溃散，回到宁远后，别的总兵官的人马，仍让他们回去归队，留下自己的人马，等候朝廷命令。

白广恩率着人马出发后，洪承畴又派出少数骑兵追随在后边，看他们能否平安突围，直到得知他们确已顺利突围出去，他才放下心来。随即他又同邱民仰、曹变蛟、王廷臣等商谈了一阵，决定让邱民仰带着少数标营人马和一些文职人员驻在松山堡内，他自己率领其余人马留驻城外，在一些重要地方扎下营寨，准备抵御清兵。现在解救锦州之围的希望已经化为泡影，他所期待的只是朝廷能够重整人马前来援救，但这种期待，在他自己看来也很渺茫。他在心中叹息说：

“朝廷怎能重新征召一支大军？从何处再征到众多粮饷？唉，望梅止渴！”

张若麒三四天前来到海边以后，并没有立即过问保护粮运的事。他干的第一件事是同马绍愉一起，找到一条很大的渔船，给了渔民一些粮食和银子，派几个亲信兵丁和家奴驻守船上，以备万一。早在他以前盛气凌人地催促洪承畴进攻的时候，他已经暗暗地同马绍愉商定，要从海上找一条退路。前晚，当他获知笔架山的军粮被夺，明军准备退回宁远的消息后，他更确信这条渔船就是他的救命船。昨天，当战事开始紧张起来，清兵攻夺笔架山以北的三角山时，他不是派兵抵抗，而是同马绍愉和一些亲信随从迅速登上了船，等待起锚。

那些溃逃到海边的部队和原来在海岸上保护粮运的部队，在清兵的猛攻下，纷纷往海滩败退。洪承畴派给张若麒的二百名护卫，也站在离渔船十几丈远的沙滩上，保卫着渔船。当清兵进行最后冲击的时候，明军继续往水边退去。因为正是潮落的时候，渔船起了锚，随着落潮向海里退去，但并没有撑起布帆。船，仍然在海上逗留着。而士兵们，不管是溃败下来的，还是保护张若麒的，也都跟着向水中一步一步地退。但是他们越退水越大，沙越软，行动也越是困难。

清兵骑在马上，直向退走的明军射箭。明军也用箭来回射。后半夜潮水

涨了，涨得很快，加上风力，渐渐地漫到人的大腿上，又很快地漫到腰部，还继续往上涨，并且起了风浪。清兵趁这个时候，又猛烈地射箭。明军起初还回射，后来人站不稳了，弓被水浸湿了，弓弦软了，松了，箭射不出来了，纵然射出来，也射不很远。清兵的箭像飞蝗般地射过来，许多人已经中箭，漂浮在海面，有的淹死，有的呼救。一些将领还在督阵，预备向岸上冲去，但是已经不可能了。尽管在平时，这些将领和士兵之间有许多不融洽的事情，特别是有些将领侵吞了士兵的军饷，可是到了这个时候，这一切都忘记了，大家想的是如何共同逃命，如何不要被清兵杀死。还有些将领平时对士兵多少有些感情，这时士兵就成排成排地站在他们前面，企图用自己的身体挡住清兵射来的箭，保护自己的长官。许多士兵在将领前面一排一排地倒下去，被水冲走，而最后将领们也中箭身亡，漂浮海面。

张若麒直到最后潮水完全涨起的时候，才下令把船上的几个布帆完全撑起来，乘着风势，扬帆而去。有些士兵和将领多少识些水性，看见张若麒的渔船经过，一面呼救，一面游过去，但张若麒全然不理。有些人被海浪猛然推到船边，赶紧用手攀援船舷，一面呼救，一面往上爬。船上的亲随都望着张若麒。张若麒下令用刀剑向那些人的头和手砍去。霎时间船上落了许多手指头，还落下一些手。船就在漂荡的死尸和活人中冲开了一条路，直向东南驶去。

张若麒坐在船舱里，想着既然笔架山的军粮被夺，那里很可能会有清兵的船只，得绕过去才好。果然到拂晓时，他遥见笔架山插着清军的旗帜，也有船只停在那里。于是他吩咐渔船继续往东，深入海中，远远地绕过笔架山，然后再转向宁远方向驶去。他也准备着，如果宁远和觉华岛也已经被清兵占领，他就漂渡渤海，到山东登州上岸。他一面向着茫茫大海张望，一面已经打好一个腹稿，准备一到岸上，不管是在宁远，还是在登州，立刻向皇帝上一道奏本，把这一次失败的责任完全推到洪承畴身上，痛责洪承畴不听他的劝告,未能在皇太极到来之前，全力向清军进攻，坐失战机，才有此败。

这时，在夜晚发生过战斗的海边，潮水还在继续往上涨，由于风势，有些死尸已经开始向岸上冲来。后来，当潮水又退下去的时候，在海边，在沙滩上，几乎到处都是七横八竖的死尸。另外也有很多死尸又随着潮水退去，远远望去，好像一些漂浮在水面的野鸭子，这里一片，那里一团，在阳光下随着浪潮漂动。

清兵已经从海边退走，海滩上一片寂静，只偶尔有白鹤和海鸥飞来，盘旋一阵，不忍落下，发出凄凉叫声，重向远处飞去。

岸上，仍不时地有飞骑驰来，察看一番。他们是洪承畴派来打探张若麒的情况的。他们不知道张若麒已经乘着渔船平安逃走，疑心他也许是不幸被俘，也许是为保护粮草阵亡。

第三十七章

八月二十二日黄昏以后，月亮还没有出来，松山堡周围一片昏黑，只有明军的营垒中有着灯火。炮声停止了。喊杀声没有了。偶尔有几匹战马在远处发出单调的嘶鸣。一切都显得很沉寂，好像战事已经过去。

洪承畴自从送走白广恩后，一直忙于部署松山堡的防务，打算长期坚守下去。他表面仍然很平静，说话很温和，但内心十分苦闷，感到前途茫茫。就在这种心境中，他忽然得到一个消息，使他的眼前一亮，登时生出来不小希望。原来将近黄昏时候，有人向他禀报，说虏酋四王子刚刚移营到松山堡附近，离城不过四五里路。他的御营在中间，两边又各扎了两营人马，一个营是镶黄旗，另一个营是正黄旗。都是刚刚安下营寨，还来不及挖壕筑垒。

现在天色越来越暗。洪承畴想，马上派人去清营劫寨，倘能得手，将虏酋活捉或杀死，整个战局就会大大改观。于是他马上派人将邱民仰、曹变蛟、王廷臣找来，商议劫营之事。大家认为，自从丧师以来，又经过第一次劫营失败，老憨绝对料不到明军以现在的残师会去劫营。如果现在迅速出兵，乘其不备，很可能得手。这是出奇制胜的一着棋，但要胆大心细，准备劫营不成能够全师而回。当下王廷臣要求派他前去，曹变蛟也要求前去。

洪承畴考虑了一阵，决定让王廷臣留守松山堡，而派随他转战多年，富有经验的曹变蛟前去劫营。但是目前松山堡的人马实在太少，那天从松山和大架山两处撤退时，留下了几千人马和十几门红衣大炮在几座营寨中，以便与松山堡互为犄角，抗击清兵。现在如果不把这两支人马调回，则劫营的兵力太单薄；如果调回，红衣大炮又一时来不及撤运。

洪承畴又同大家略一商量，决定还是立即将大架山的人马撤回，速去劫营，以求必胜，红衣大炮来不及撤运就扔掉算了。

大架山的人马撤回后，曹变蛟让大家饱餐一顿，立即出发。他自己率领精兵居中，一个参将带着人马在左边，一个参将带着人马在右边，另外一个游击率领一支人马在后，准备接应。曹变蛟命令大家不准举火，不准喧哗，在秋夜的星光下悄无声息地迅速向敌营奔去。

清兵营中正在休息，中间御营还在为胜利跳神。曹变蛟命两个参将各率人马去劫镶黄旗和正黄旗两座营寨，他自己率着精兵直往御营冲来。等到清兵发觉，大喊“明军劫寨!”曹变蛟早已挥动大刀，在喊杀声中冲进敌营。明军见人就杀，距离稍远的就用箭射。清兵一时惊恐失措，纷乱已极，有的进行没有组织的抵抗，有的大呼奔跑，有的拼命奔往老憨的御帐外边“保驾”。

皇太极正在御帐观看跳神，一听到明军劫寨，赶紧指挥他的御前侍卫，守住御帐前边，拼死抵抗。可是曹变蛟的人马来势极猛，皇太极的侍卫纷纷死伤。左右一些清兵将领看见御帐遭到猛烈冲击，赶快来救，但都被曹变蛟的人马杀败。眼看御帐已经无法守住，皇太极只得由侍卫们保护着，且战且退，等待两边的营寨前来救援。但这时镶黄旗和正黄旗的营寨也正受到明军两个参将的冲杀，特别是距离最近的正黄旗，受到的袭击格外猛烈，陷于一片混乱，无法分出兵力去援救御营。

皇太极周围的侍卫死伤越来越多，处境越来越危急，有时明兵冲到他的面前，逼得他自己也不得不挥剑砍杀，将突来的明兵杀退。正在抵挡不住之时，他忽然看见一个大汉，骑在马上，大呼着向他冲来。他知道这就是明军的主将，立刻吩咐左右侍卫，一齐向这个大汉射箭。

这个大汉正是曹变蛟，已经负伤，正在流血。他忽然发现了皇太极，不觉眼睛一亮，骂了句：“休想逃走!”便不顾一切地直往前冲，要将敌酋生擒或杀死。当他冲到离皇太极只有三四丈远的时候，被一支箭射中右肩，落下马来。

明军赶紧救起曹变蛟，停止了冲击，迅即向外撤退，昏暗中只听见短促而紧急的口令：“出水！快出水!”这时曹变蛟因两次负伤流血过多，已经昏迷不醒。明军冲出皇太极御营，进攻镶黄旗和正黄旗的两支人马也先后来到，汇合一起，向着松山堡退去。

皇太极因事出意外，惊惶初定，又不知明军究竟有多少，不敢派兵追击。他下令连夜整顿御营，同时调集人马在御营前驻扎，加强戒备，以防明军再一次前来劫营。

曹变蛟被抬回松山后，经过急救，慢慢醒来。他的伤势很重，但性命还不要紧。经此劫营不成，洪承畴已经不再幻想改变局面。他吩咐把曹变蛟送

到松山堡内，好好医疗。过了几天，他为着避免损失，将大部分人马移驻到城内，一部分留驻城外的堡垒里边，准备从此受清军的围困，拼死固守，等待朝廷援兵。

经过一夜整顿，皇太极的御营前面又扎了一个营垒，在营垒前挖了两道壕沟，布置了不少火器，又为御营修筑了简单的土围墙和堡垒。由于昨夜清兵损失并不很大，而明军倒是大将曹变蛟身负重伤，所以第二天皇太极就断定洪承畴在松山不再会有所作为，他继续派骑兵到杏山周围，到处搜剿逃出来的明军，并继续派人在塔山、高桥一带埋伏，准备随时堵截明军。对于松山的敌人，他暂时不去进攻，只派大军四面包围，监视起来，还在重要的道路上掘了很深很宽的壕沟，使明军不能够再向清兵袭击。同时，明军在大架山的空寨和没有运走的红衣大炮也都落到清兵的手中。

皇太极十分得意，连着几天在松、杏和高桥之间一面打猎，一面搜剿逃匿的明军，在山野中又获得许多明军遗弃的甲胄、军器和马匹。到二十九日，这一次战役基本上结束了。

皇太极命内院学士替他草拟一份告捷敕谕，然后命学士罗硕、笔帖式石图等拿到盛京宣布。这敕谕是用满文写的，同时译成蒙文和汉文各誊写了一份。原来起草的稿子中，写道明军损失甚重，死伤一万余人，溃败十万人；清兵死伤两三千人；另外还写了他们获得的马匹、骡子、骆驼、甲胄、大炮和兵器的数目。皇太极看后十分不满，就亲自在满文的敕谕上重新写定，并要学士们用满、蒙、汉三种文字重新誊抄一遍。经过他的改定，就变成了明军十三万人马全部被击溃，杀死五万余人，只剩下万余人退守松山堡中，清兵则仅仅在一夜间误伤了八人。因为他要炫耀自己的武功，因此就把战果尽量地夸大，而不管这样的夸大是否合理。就这样，敕谕发到了盛京，通报整个大清国，包括蒙古在内。他又命人把敕谕用汉文再誊一份，送给朝鲜国王。在发出敕谕的同时，他又命人在御帐前面的东南角上立起神杆，他亲率诸王、贝勒、贝子和满洲大臣们对着神杆祭天，感谢皇天保佑他获得了大捷。

又过了几天，他把御营移到了松山堡北面的一座小山上，离松山堡不过数里路，从那里可以俯看城内的动静。他命令每天向松山堡内开炮，松山也照样向他这边打炮。他想进攻松山，又怕一时难以得手，因为松山堡的守卫很严密，城外还有几营明军。他终于放弃了立即攻破城池的想法，而准备将洪承畴长期围困下去。

他的心情始终很不正常。一方面由于胜利来得太快、太大，使他忽然觉得进入关内、占领北京、恢复金太宗的事业的抱负即将实现，因而激动不已。另一方面，也许是曹变蛟劫营给他造成的惊恐太大，事隔多日，回想起来还感到可怕。这两种感觉混合在一起，就使他的心绪烦乱，夜晚常常要做些奇怪的梦。

一天夜间，他梦见自己正在指挥军队列阵，突然有一只坐山雕从天上飞下来，飞下地后就一直向着他面前走来，他连发两箭都没有射中。旁边一个大将又递给他一支箭，他才射中。他正要命人将死雕取过来看个究竟，低头一看，忽又发现一条青蛇正从马蹄旁经过，跑得非常快，于是他赶紧策马去追，却怎么也追不上。仔细看去，才发现那条蛇还长着许多脚，所以跑得那么快。他正在着急，忽见天上飞下一只鹳来，猛地一嘴啄在蛇头上，蛇才动得慢了。鹳又继续一嘴一嘴地啄蛇，蛇一动也不动了。他感到很奇怪，因想这大概是专门吃蛇的鸟，所以蛇看见它就害怕，不敢抗拒。正在胡思乱想，忽然惊醒。

第二天，他就把内院①大学士范文程、希福、刚林召进御帐，将自己的梦说给他们，然后问道：

“你们看，这是吉兆呀还是凶兆？”

大家纷纷说，这是吉兆，是大吉之兆。

皇太极问：“吉在何处？”特别望着范文程加问一句：“你要好生替我圆梦，不要故意将好的话说给我听！”

在汉人的文臣中，范文程最被信任，许多极重要的军国大计都同他秘密商议，听从他的意见。范是沈阳人，是宋朝范仲淹的后裔，相传他的祖先在明武宗时曾做过兵部尚书。他为人颖敏机警，沉着刚毅，少年时喜欢读书，爱好所谓“王霸大略”②。清太祖于天命三年③占领抚顺时候，范文程二十二岁，是沈阳县的秀才，到抚顺谒见努尔哈赤，愿意效忠。努尔哈赤因见他身材魁梧，相貌堂堂，谈话颇有识见，又知道他是明朝的大臣之后，遂将他留

---

① 内院——清初因国家草创，未设内阁，将内阁和翰林院的政务合在一起，称为内院，又称内三院，包括内国史院、内秘书院、内宏文院，各设大学士一人掌管。

② 王霸大略——关于建立王业和霸业的重大问题。略是方略、计谋。

③ 天命三年——明万历四十六年，即公元1618年。

下，并对诸贝勒说："他是有名望的大臣后代，你们要好生待他！"范文程看清楚明朝的政治腐败，军力不振，努尔哈赤必将蚕食辽东和蒙古各地，兴国建业，所以他不像当时一般汉族读书人一样存着民族观念，而是考虑他自己如何能够保全他的家族和建立富贵功名。他竭智尽忠，为爱新觉罗家族驰驱疆场，运筹帷幄，比有些满洲贵族还要卖力，还要有用。皇太极继位后对他极其信任，言听计从。每次商议政事，皇太极总是向大臣们问："范章京[①]知道么?"倘若他感到王、公、大臣们商议的结果不能使他满意或尚不能使他拿定主意，便问道："为什么不同范章京商议?"如果大家说范章京也是这样意见，他便点头同意。以清国皇帝名义下的重要文件，如给朝鲜和蒙古各国[②]的敕谕，都交给范文程视草[③]。起初皇太极还将稿子看一遍，后来不再看稿，对范说："你一定不会有错。"现在皇太极很担心他的梦不吉利，所以希望有学问又忠诚的范文程如实地替他圆梦。

范文程在乍然间也没法回答，但是他转着眼珠略想一下，俨然很有把握地回答说："啊，陛下此梦确实做得非常好。雕为猛禽之首，显然指的就是明军统帅。陛下两箭不中而第三箭射中，说明洪承畴在这次战役中虽然侥幸不死，困守松山，将来必定难逃罗网，不是被我军所杀，就是被我军所俘。"

皇太极听了高兴，说道："我宁愿他被捉住，可不愿他死掉。"忽然想起这梦还只圆了一半，便又问道："可是那条青蛇又是什么意思呢?"

"那条青蛇即指仓皇逃窜的明军，虽然跑得快，但因陛下早在要道埋下伏兵，所以仍被截住，一举歼灭。那只鹳便是陛下的伏兵。"

皇太极又问："可是蛇为什么有脚呢?"

希福赶快解释说："明军吓破了胆，没命地逃，都恨不得多生几只脚出来啊!"

众人听了都笑起来。皇太极更加高兴，随即命萨满跳神，感谢皇天赐此吉祥之梦。

就在当天夜里，他又做了一个梦，梦见他的父亲努尔哈赤命四个人捧着玉玺给他，他双手接住。玉玺很重，刚一接住，他便醒了。

---

① 章京——满洲语的音译，各级负责的官员都可以称做章京。

② 各国——清朝建国初期，对"国家"的概念很宽泛，常常将散居东北的小部落和蒙古各部落也看成是国。

③ 视草——唐宋以来，皇帝所下诏、敕，交翰林院官员审定草稿，称做视草，后来也包括代皇帝起草。

于是他又将大学士范文程、希福、刚林等叫进御帐，要他们圆梦。他们都说，这个梦再明白不过。玉玺乃天子之宝，太祖皇爷把玉玺授给皇上，皇上将来必然进入关内，建立大清朝一统江山无疑。

皇太极越发高兴。连着两天，他不断地赏赐这一个，赏赐那一个，连朝鲜国来的总兵官和一些武将也受到他的特别赏赐。然而万万没有料到，就在他万分高兴之时，九月十二日那一天，从盛京来了两个满洲官员，一个叫满笃里，一个叫穆成格，向他禀告说关雎宫宸妃患病，病势不轻。皇太极一听，非常焦急，立刻召集诸王、贝勒、贝子、公、固山额真等前来，告诉他们，宸妃得病，他自己要马上回盛京探视。随即布置一部分人在多罗安平贝勒杜度、多罗饶余贝勒阿巴泰、固山额真谭泰等的率领下继续围困锦州，一部分人在多罗贝勒多铎、多罗郡王阿达礼、多罗贝勒罗洛宏等的率领下围困松山，还有一部分人分别驻守杏山、高桥等地。布置一毕，他就让大家退去，自己独坐御帐，想着宸妃的病情，感到无限忧虑。当天晚上，他辗转反侧，一夜没有睡好。

十三日一早，他就动身奔赴盛京。一连走了四天，来到一个地方住下。当夜一更时候，盛京又有使者来到，报说宸妃病危。皇太极无心再睡，立即吩咐启程。他一面心急如焚地往盛京赶路，一面遣大学士希福、刚林、梅勒章京①冷僧机、启心郎②索尼等先飞驰赶回盛京问候，一有消息，立即回报。将近五更时，希福等从盛京返回，说是宸妃已死。皇太极一闻噩耗，登时从马上滚下来，哭倒在地。随行的诸王、贝勒赶忙上前解劝。皇太极哭了一阵，在左右的搀扶下又骑上马向盛京奔去。

到了盛京，进入关雎宫，一见宸妃的遗体，他又放声痛哭，几乎哭晕过去。王、公、大臣们都劝他节哀，说："国家事重，请陛下爱惜圣体。"哭了很久，他才慢慢地勉强止住哭泣，筹备埋葬之事。又过了几天，宸妃已经埋毕。他亲到坟上哭了一场，奠了三杯酒。

从此他心情郁闷，时常想着宸妃生前的种种好处。想到这么一个温柔体贴的妃子，又是那样美貌，竟然只活了三十三岁，便已死别，这损失对他说来简直是无法补偿。虽然不久前他刚刚在对明朝作战中获得大胜，但也不足以消释他内心的悲哀。同时他觉得自己的身体仿佛也没有先前那么好，

---

① 梅勒章京——满洲八旗封爵名号，约等于副将或副都统一级的武将。顺治年间定为世职。

② 启心郎——清初因满洲诸王、贝勒掌管部、院事，设启心郎掌校理汉文册籍并备咨询。

心口有时隐隐作痛。

王、公、大臣们看到皇太极这样郁郁寡欢，都非常担心，联名上了一个满文奏折，大意说：

> 陛下万乘之尊，中外仰赖，臣庶归依。今日陛下过于悲痛，大小臣工皆不能自安。以臣等愚见，皇上蒙天眷佑，底定天下，抚育兆民，皇上一身关系重大。况今天威所临，大功屡捷；松山、锦州之克服，只是指顾间事。此正国家兴隆，明国败坏之时也。皇上宜仰体天意，善保圣躬；无因情牵，珍重自爱。……

这是存档的汉文译本，文绉绉的，有些删节。皇太极当时看的是满文本，比这啰嗦，也比这质朴得多，所以更容易打动他的心。他把奏折看了几遍，虽然觉得很有道理，但他心中的痛苦仍然一时不能消除。于是他决定出去打猎，借以排遣愁闷。谁知出了沈阳城后，无意间又经过宸妃墓前，登时触动他的心弦，又哭了一阵，哭声直传到陵园外边。哭毕，奠了酒，才率领打猎的队伍继续前进。自从宸妃死后，她的音容始终萦绕在他的心头，不能淡忘，直到一年后他死的时候，那“悼亡”的悲痛依然伴随着他。

刘子政带着洪承畴给皇帝的一封奏疏和给兵部尚书陈新甲的一封密书，离开了松山营地后，一路上风餐露宿，十分辛苦。到了山海关后，他就因劳累和感冒病了起来。虽然病势不重，但毕竟是上了年纪的人，又加上心情忧闷，所以缠磨几天，吃了几剂汤药，才完全退烧。他正要赶往北京，忽然听到风传，说洪总督率领的援锦大军在松山吃了败仗，损失惨重。这传闻使他不胜震惊和忧虑，不能不停下来听候确讯。连着三四天，每天都有新的传闻，尽是兵败消息。到了第五天，山海关守将派出去的塘马自宁远回来，才证实了兵败的消息是真。除关于洪承畴的下落还传说纷纭外，对大军溃败的情况也大致清楚了。刘子政决定不去北京，只派人将洪承畴给皇帝的奏疏和给陈新甲的书信送往京城，他自己也给一位在朝中做官的朋友写了一封信，痛陈总监军张若麒狂躁喜功，一味促战，致有此败。

他想，既然援锦大军已溃，他赶回北京去就没有必要了。为着探清洪承畴的生死下落，他继续留在山海关。山海关的守将和总督行辕在山海关的留守处将吏，都对他十分尊敬。他仍然住在澄海楼，受到优厚款待。山海关守将和留守处的将吏们每日得到松锦战事消息都赶快告诉他，每一个消息都刺痛他的心，增添他的愤慨和伤心，也增添他对国事的忧虑和绝望。白天，他有时在澄海楼等候消息，或倚着栏杆，凝望着大海沉思，长嘘，叹息。有时他到山海关的城楼上向北瞭望。有时出关，立马在欢喜岭上，停留很久。有时他到城中古寺，同和尚了悟闲话，一谈就是半天。但每天晚上，他仍然在灯下注释《孙子兵法》，希望能早一点将这一凝结着多年心血的工作搞完。

又过了十天，许多情况更清楚了。他知道洪承畴并没有死，也不肯突围出来，退守松山堡中待援，被清兵四面围困。八位总兵有六位突围而归，只有曹变蛟和王廷臣留在洪的身边。他心中称赞洪的死守松山，说道："这才是大臣临危处变之道。到处黄土埋忠骨，何必自陷国法，死于西市！"后来他听说有塘马从宁远来到，急急地赶赴北京，并听说是宁远总兵吴三桂向兵部衙门送递塘报，还带有吴三桂和张若麒的两封急奏。对于吴三桂的奏本他不大去想，而对于张若麒的奏本想得较多，忿忿地说：

"皇上就相信这样的人，所以才是非不明，如坐鼓中！"

一连数日，都是阴云低垂，霜风凄厉。刘子政心中痛苦，命仆人替他置办了简单的祭品，准备到欢喜岭上威远堡的城头上向北遥祭在松、锦一带阵亡的将士。主管总督行辕留守事宜的李嵩，就是春天到红瓦店迎接他的那位进士出身的文官，洪承畴的亲信幕僚，知道刘子政有遥祭阵亡将士之意，正合他的心愿，就同刘子政商量，改为公祭，交给行辕留守处的司务官立即准备。刘子政原想他私自望北方祭奠之后，了却一件心事，再逗留一二日便离开山海关往别处去，如今既然改为公祭，隆重举行，他也满意。在威远堡城中高处，临时搭起祭棚，挂起挽联，哀幛，布置了灵牌，树起了白幡，准备了两班奏哀乐的吹鼓手。除留守处备办了三牲①醴酒等祭品之外，刘子政自己也备了一份祭品，另外山海关镇衙门、榆关县衙门、还有其他设在山海关的大小文武衙门都送来了祭品。商定由李嵩主祭，刘子政读祭文。刘子政连夜赶写好祭文，将稿子交李嵩和两三位较有才学的同僚们看了看，都很赞赏，只是李嵩指着祭文中的有些字句说：

"政老，这些话有违碍么？"

刘子政说："镇中先生，数万人之命白白断送，谁负其咎？难道连这些委屈申诉的话也不敢说，将何以慰死者于地下？我看不用删去。祭文读毕，也

① 三牲——牛、羊、猪。

就焚化，稍有一些胆大的话，只让死者知道，并不传于人间，有何可怕？”

李镇中一则深知刘子政的脾气很倔，二则他自己也对援锦大军之溃深怀愤慨，而且他的留守职务即将结束，前程暗淡，所以不再劝刘子政删改祭文，只是苦笑说：

“请政老自己斟酌。如今朝廷举措失当的事很多，确实令志士扼腕！”

临祭奠的时候，各衙门到场的大小文武官员和地方士绅共有二三百人，其余随从兵丁很多，都站在祭棚外边。当祭文读到沉痛的地方，与会的文武官员和士绅们一齐低下头去，泣不成声。读毕，随即将祭文烧掉。回关时候，有些文官和本地士绅要求将这篇打动人心的祭文抄录传诵，刘子政回答说祭文已经焚化，并未另留底稿。大家知道他说的是实话，也谅解他焚稿的苦衷，但没人不感到遗憾。

山海卫城内的士绅们，近来都知道刘子政这个人，对他颇有仰慕之意。但因为他除了同了悟和尚来往之外，不喜交游，所以只是仰望风采，无缘拜识。经过这次在威远堡遥祭国殇，才使大家得到了同他晤面的机会。虽然大家不曾同他多谈话，但是都看出来他是一个慷慨仗义、风骨凛然的老人。

三天以后的一个上午，有本地举人佘一元等三个士绅步行往澄海楼去拜望这位老人。他们正在走着，忽然前边不远处有人用悲愤的低声朗诵：

> 赵括[①]虚骄而临戎兮，
> 长平一夕而卒坑。
> 宋帝[②]慷慨而授图兮，
> 灵州千里而血腥。
> 悲浮尸之散乱兮，
> 月冷波静而无声。
> 恨胡骑之纵横兮，
> 日惨风咽而……

这声音忽然停住，似乎一时想不起来以下的词句。佘一元等的视线被一道短墙隔断，认为这墙那边行走的人必是刘子政在回忆烧掉的祭文稿子。追

---

① 赵括——战国时秦攻赵，相持于长平（今山西省晋城县西北）。赵王以赵括代廉颇为将，大败。赵兵四十万，投降后为秦兵活埋。

② 宋帝——北宋皇帝遣将出征，常从宫中授给阵图，要将帅依图作战，借以遥控。灵州即今宁夏灵武县，为宋朝西北军事重镇，宋真宗咸平五年（公元1002年）为西夏攻陷。

过了短墙，两路相交，佘一元等才看见原来是山海关镇台衙门的李赞画在此闲步，背后跟着一个仆人。大家同李赞画都是熟人，且素知李赞画记性过人，喜读杂书①，对刘子政亦颇仰慕。互相施礼之后，佘一元笑着问道：

“李老爷适才背诵的不是刘老爷的那篇祭文么？”

李赞画说：“是呀，可惜记不全啦。我为要将这篇祭文回忆起来，两天来总在用心思索。刚才衙门无事，躲出城外，在这个清静地方走走，看能不能回忆齐全。不行，到底不是少年时候，记性大不如前，有大半想不起来。如此佳文，感人肺腑，不得传世，真真可惜！诸位驾往何处？”

佘一元说：“弟等要去澄海楼拜望政老，一则想得见祭文原稿，二则想听他谈一谈援锦大军何以溃败如此之速，今后关外局势是否仍有一线指望。”

李赞画说：“啊呀，我也正有意去拜望政老请教。他说底稿已经烧掉，我总不信。既然你们三位前去拜访，我随你们同去如何？”

佘一元等三个人一齐说：“很好，很好。”

他们一起步行到了宁海城，先拜见主管留守事务的李镇中。李镇中同他们原是熟人，看了名刺，赶快将他们请进客厅坐下。当李镇中知道他们的来意之后，不胜感慨地说：

“真不凑巧，诸公来迟一步！政老因援锦大军溃败，多年收复辽左之梦已经全破，于昨日上午先将他的仆人打发走，昨晚在了悟和尚处剃了发，将袍子换为袈裟，来向我们辞行并处置一些什物。我们一见大惊，但事已无可挽回。大家留他在澄海楼又住了一夜，准备今日治素席为他饯行。政老谈起国事，慷慨悲歌，老泪纵横。今日清早，不辞而别，不知往哪里去了。可惜你们来迟一步！”

大家十分吃惊，一时相顾无言。李镇中接着说：

“近几天来，政老常说他今日既然不能为朝廷效力疆场，他年也不愿做亡国之臣。”

大家都明白他对国事灰心，但没有料到他竟会毅然遁入空门，飘然而去。

佘一元说：“世人出家为僧，也有种种。常言道，有因家贫无以为生而幼年送到寺中为僧的叫做饿僧，有因幼年多病而送入寺中为僧的叫做病僧，另外还有愤僧、悲僧、情僧、逃僧等等，各种原因不同。真正生有慧根，了然

---

① 杂书——明、清科举盛行时代，读书人将五经、四书等直接与考试有关的书籍之外的一切书籍视为杂书，各种学问称为杂学。

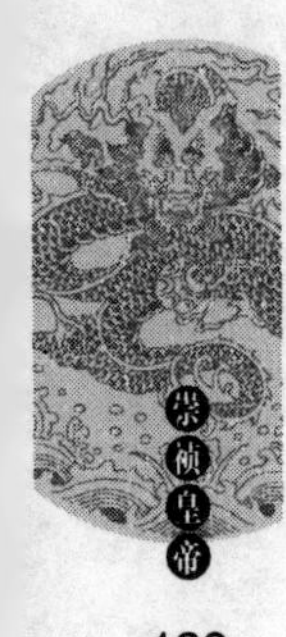

彻悟，一心想做阿罗汉的，并不很多。政老大概算是愤僧了。请问李老爷，传闻政老有《孙子新注》一稿，倘能传之人间，必有裨于戎事。此稿现在何处？”

李镇中摇头说：“可惜！可惜！此稿已经被政老暗中撕毁，投入大海了！”

“投入大海?! ……镇老何不劝阻？”

“不知他什么时候就已经投进大海。今早有人从海滩上拾到半页，显然是涨潮时偶然漂回岸边。弟已命贱仆将此半页稿子晾干，珍藏勿失。另外颇值珍视的是，今早政老走后，同僚们在澄海楼上看见他新填《贺新郎》一阙，留题柱上，旁边挂着他多年佩在腰间的那把宝剑。”

佘一元等一听说刘子政临走时在柱上留词一首，都要去亲眼看看，抄录下来。李镇中带他们下到海边，过了浮桥，登上高楼。他们经李镇中一指，果然看见一根柱子上题有一首《贺新郎》，墨色甚新。佘一元抢前一步，赶快念道：

　海楼空挥泪。
叹三番雄师北伐[①]，
虎头蛇尾。
试问封疆何日复，
怕是而今已矣！
念往事思如潮水。
数万儿郎成新鬼，
决天河莫洗神州耻。
戎幕策，
剩追悔。
　残秋岭上曾遥祭。
雾沉沉风号雁唳，
此情谁会？
塞外双城[②]犹死守，

---

① 三番雄师北伐——这是指明对清作战较重大的三次溃败：一次是万历四十七年（公元1619年）杨镐出师大败。第二次是天启元年（公元1621年）袁应泰正议三路出师，清兵先进攻，攻陷沈阳、辽阳。第三次即崇祯十四年（公元1640年）洪承畴援锦之役。

② 双城——指锦州和松山。

望断天涯日暮。

欲解救睢阳[1]无计。

休论前朝兴亡事，

最伤心弱宋和金史。

千古恨，

《黍离》[2] 耳！

佘一元读时，大家跟着他读，反复读了几遍，琢磨着每句含义，每个人都对“戎幕策，剩追悔”六个字暗中猜解。李镇中明白这六字所指何事，却不肯说出。大家正在议论，忽然起了狂风，天地陡暗，海涛汹涌，冲击着澄海楼的根基。大家停止谈话，奔出屋子，抓紧栏杆，向翻滚着白浪的茫茫大海张望，都觉得这座建筑在礁石上并以大石为根基的澄海楼在风浪中不住摇动。

---

① 睢阳——今河南商丘县南。唐朝安史之乱时，张巡在此死守，不获救援，城破被杀。

② 《黍离》——《诗经》中一个篇名，写周大夫看见西周故宫长满庄稼，兴起亡国之痛。

洪承畴被俘降清

第三十八章

崇祯十五年二月十八日晚上，月亮刚升上皇极殿的琉璃觚棱①。

崇祯皇帝心烦意乱，六神无主，勉强耐下心看了一阵文书，忽然长嘘一口闷气，走出乾清宫，在丹墀上徘徊。春夜的寒意侵人肌肤，使他的发涨的太阳穴有一点清爽之感，随即深深地吸了一口凉气，又徐徐地将胸中的闷气呼出。他暗数了从玄武门上传过来的云板②响声，又听见从东一长街传来的打更声，更觉焦急，心中问道："陈新甲还未进宫？已经二更了！"恰在这时，一个太监轻轻地走到他的身边，躬身说道：

"启奏皇爷，陈新甲在文华殿恭候召见。"

"啊……辇来！"

上午，陈新甲已被崇祯帝在乾清宫召见一次，向他询问应付中原和关外的作战方略。陈新甲虽然精明强干，无奈明朝十多年来一直陷于对内对外两面作战的困境，兵力不足，粮饷枯竭，将不用命，士无斗志，纪律败坏，要挽救这种危局实无良策，所以上午召见时密议很久，毫无结果。崇祯本来就性情急躁，越是苦无救急良策就越是焦急得坐立不安，容易在宫中爆发脾气，吓得乾清宫中的太监们和宫女们一个个提心吊胆，连大气儿也不敢出。晚膳刚过，他得到在山海关监军的高起潜来的密奏，说洪承畴在松山被围半年，已经绝粮，危在旦夕，并说风传清兵一旦攻破松山，即将再一次大举入关，围困京城。虽然松

---

① 觚棱——宫殿转角处的瓦脊。

② 云板——乐器的一种。明代在紫禁城的玄武门上，以鼓声报时，云板声报刻。

山的失陷已在崇祯的意料之内，但是他没有料到已经危在旦夕，更没有料到清兵会很快再次南来，所以高起潜的密奏给他的震动很大，几乎对国事有绝望之感。高起潜在密奏中提到这样一句：“闻东虏仍有议和诚意。倘此事能成，或可救目前一时之急。国事如此，惟乞皇爷圣衷独断。”崇祯虽然不喜欢对满洲用“议和”一词，只许说“议抚”或“款议”①，但是他的心中不能不承认实是议和，所以在今晚一筹莫展的时候并没有因为高起潜的用词不当生气。关于同满洲秘密议和的事，他本来也认为是目前救急一策，正在密谕陈新甲暗中火速进行，愈快愈好，现在接到高起潜的密奏，不觉在心中说道：“起潜毕竟是朕的家奴，与许多外廷臣工不同。他明白朕的苦衷，肯替朕目前的困难着想！”他为辽东事十分焦急，不能等待明天，于是命太监传谕陈新甲赶快入宫，在文华殿等候召对。

崇祯乘辇到了文华殿院中。陈新甲跪在甬路旁边接驾。崇祯将陈新甲看了一眼，不禁想起了杨嗣昌，心中凄然，暗想道：“只有他同新甲是心中清楚的人！”龙辇直到文华前殿的阶前停下。皇帝下辇，走进东暖阁，在御座上颓然坐下，仿佛他感到自己的心情和身体都十分沉重，没有精力支持。陈新甲跟了进来，在他的面前跪下，行了常朝礼，等候问话。崇祯使个眼色，太监们立即回避。又沉默片刻，他忧郁地小声说：

“朕今晚将卿叫进宫来，是想专商议关外的事。闯、曹二贼猛攻开封半个多月，因左良玉兵到杞县，他害怕腹背受敌，已经在正月十五日撤离开封城下，据地方疆吏奏称是往西南逃去。左良玉在后追剿，汪乔年也出潼关往河南会剿。中原局势眼下还无大碍，使朕最为放心不下的是关外战局。”

陈新甲说：“关外局势确实极为险恶。洪承畴等被围至今，内无粮草，外无救兵，怕不会支持多久。祖大寿早有投降东虏之意，只是对皇上畏威怀德，不肯遽然背叛，尚在锦州死守。倘若松山失陷，祖大寿必降无疑。松、锦一失，关外诸城堡难免随之瓦解。虏兵锐气方盛，或蚕食鲸吞，或长驱南下，或二策同时并行，操之在彼。我军新经溃败，实无应付良策。微臣身为本兵，不能代陛下分忧，实在罪不容诛。”

崇祯问道：“据卿看来，松山还能够固守多久？”

“此实难说。洪承畴世受国恩，又蒙陛下知遇，必将竭智尽力，苦撑时

① 款议——关于外番前来归服的谈判。

日，以待救援。且他久历戎行，老谋深算，而曹变蛟、王廷臣两总兵又是他的旧部，肯出死力。以微臣看来，倘无内应，松山还可以再守一两个月。”

崇祯问：“一两个月内是否有办法救援？”

陈新甲低头无语。

崇祯轻轻叹了口气，说：“如今无兵驰往关外救援，只好对东虏加紧议抚，使局势暂得缓和，也可以救洪承畴不致陷没。”

陈新甲说：“上次因虏酋对我方使臣身份及所携文书挑剔，不能前去沈阳而回。如今马绍愉等已经准备就绪，即将动身，前往沈阳议抚。全部人员共九十九人，大部分已经暗中分批启程，将于永平会齐，然后出关。”

“马绍愉原是主事，朕念他此行劳苦，责任又重，已擢升他为职方郎中[1]，特赐他二品冠服，望他不负此行才好。”

陈新甲赶快说：“马绍愉此去必要面见虏酋，议定而归，暂纾皇上东顾之忧，使朝廷得以专力剿灭流贼。”

崇祯点头，说：“卿言甚是。安内攘外，势难兼顾。朕只得对东虏暂施羁縻之策，先安内而后攘外。朕之苦衷，惟卿与嗣昌知之！”

陈新甲叩头说：“皇上乃我朝中兴英主，宏谋远虑，自非一班臣工所能洞悉。然事成之后，边境暂安，百姓得休养生息，关宁铁骑可以南调剿贼。到那时，陛下之宏谋远虑即可为臣民明白，必定众心咸服，四方称颂。”

崇祯心中明白陈新甲只是赞助他赶快议和，渡过目前危局，至于这件事是否真能使“众心咸服，四方称颂”，他不敢奢望，所以他听了陈的话以后，脸上连一点宽慰的表情也没有，接着问道：

“天宁寺[2]的和尚也去？”

陈新甲回奏：“天宁寺和尚性容，往年曾来往于辽东各地，知道虏中情形。且东虏拜天礼佛，颇具虔诚，对和尚与喇嘛亦很尊重，所以命性容秘密随往。”

崇祯又问：“马绍愉何时离京？”

陈新甲说：“只等皇上手诏一下，便即启程，不敢耽误。”

“这手诏……”

---

① 职方郎中——兵部衙门分设四司，其一为职方清吏司，简称职方司，主管官称郎中，正五品。

② 天宁寺——在北京广宁门外，相传创建于隋朝，原名弘业寺；唐开元年间改名天王寺；明正统年间始改名天宁寺，为京师名刹之一。

“倘无陛下手诏，去也无用。此次重去，必须有皇上改写一道敕书携往，方能使虏酋凭信。”

崇祯犹豫片刻，只好说：“好吧，朕明日黎明，即命内臣将手诏送到卿家。此事要万万缜密，不可泄露一字。缜密，缜密！”

陈新甲说：“谨遵钦谕，绝不敢泄露一字。”

“先生请起。”

陈新甲叩头起立，等候皇上问话。过了一阵，崇祯忽然叹道：“谢升身为大臣，竟然将议抚事泄于朝房，引起言官攻讦，殊为可恨。朕念他平日尚无大过，将他削籍了事。当时卿将对东虏暗中议抚事同他谈过，也是太不应该的。不过，朕对卿恩遇如故，仍寄厚望。既往不咎，以后务必慎之再慎。”

一听皇帝提到谢升的事，陈新甲赶快重新跪下，伏身在地。他对于崇祯的多疑、善变、暴躁和狠毒的秉性非常清楚，尽管他得到皇帝倚信，却无时不担心祸生不测。他明白皇上为什么这时候对他提到谢升，感到脊背发凉，连连叩头，说：

“谢升之事，臣实有罪。蒙皇上天恩高厚，未降严谴，仍使臣待罪中枢，俾效犬马之劳。微臣感恩之余，无时不懔懔畏惧，遇事倍加谨慎。派马绍愉出关议抚之事，何等重要，臣岂不知？臣绝不敢泄露一字，伏乞陛下放心。”

崇祯说：“凡属议抚之事，朕每次给你下的手谕，可都遵旨立即烧毁了么？”

“臣每次跪读陛下手诏，凡是关于议抚的，都当即亲手暗中烧毁，连只字片语也不敢存留人间。”

崇祯点头，说：“口不言温室树[1]，方是古大臣风。卿其慎之！据卿看来，马绍愉到了沈阳，是否能够顺利？”

“以微臣看来，虏方兵力方盛，必有过多要求。”

“只要东虏甘愿效顺，诚心就抚，能使兵民暂安，救得承畴回来，朕本着怀柔[2]远臣之意，不惜酌量以土地与金银赏赐。此意可密谕马绍愉知道。”

“是，是。谨遵钦谕。”

---

① 口不言温室树——西汉时长乐宫中有温室殿。孔光是汉成帝的大臣，为人十分周密谨慎，每次回家休息，兄弟妻子在一起闲话，一句不谈及朝中政事。或有谁问他：“温室殿院中种的是什么树？”他默然不应，或答以他语。

② 怀柔——招来远方异域，使之归附，古人把这种政策叫做“怀柔”。

崇祯又嘱咐一句："要救得洪承畴回来才好！"

召对完毕，陈新甲走出文华门，心中七上八下。他深知道皇上对东虏事十分焦急，但是他不能够预料这议和事会中途有何变化。忽然想起来昨日洪承畴的家人到他的公馆求见，向他打听朝廷是否有兵去解救松山之围，于是他的耳边又仿佛听见了皇上的那一句忧心忡忡的话：

"要救得洪承畴……"

同一天晚上，将近三更时候。

洪承畴带着一名中军副将、几名亲兵和家奴刘升，登上了松山北城。松山没有北门，北门所在地有一座真武庙，后墙和庙脊早已被清兵的大炮打破，有不少破瓦片落在真武帝的泥像头上。真武帝脚踏龟、蛇，那昂起的蛇头也被飞落的瓦片打烂。守北城的是总兵曹变蛟的部队。将士们看见总督大人来到，都赶快从炮身边和残缺的城垛下边站立起来。洪承畴挥手使大家随便，用带着福建口音的官话轻声说："赶快坐下去，继续休息。夜里霜重风冷，没有火烤，你们可以几个人膀靠膀，挤在一起坐。"看见将士们坐了下去，他才抬起头来，迎着尖利的霜风，向城外的敌阵瞭望。

几乎每夜，洪承畴都要到城上巡视。往年带兵打仗，他都是处于顺境，和目前完全两样，这使他不能不放下总督大臣的威重气派，尽力做到平易近人，待士兵如对子弟。长久被围困于孤城之内，经历了关东的严冬季节，改变了他在几十年中讲究饮食的习惯。他熟知古代名将的所谓"与士卒同甘苦"是非常可贵的美德，能获得下级将官和广大士卒的衷心爱戴，但是他从来不能做到，也从来没有身体力行的打算。被围困在这座弹丸孤城以后，特别是自经严冬以来，城中百姓们所有的猪、羊、牛、驴和家禽全都吃光，军中战马和骡子也快杀完，粮食将尽，柴草已完，他大致上过着"与士卒同甘苦"的生活。如今在他的身上还保持着大臣的特殊地方，主要是多年养成的雍容、儒雅和尊贵气派，以及将领们在他的面前还没有失去敬意。另外，他平生爱好清洁，如今虽受围困，粮尽援绝，短期内会有破城的危险，别的文武大官都无心注意服饰，但是他的罩袍仍然被仆人洗得干干净净。别的官员们看见他这一点都心怀敬意，背后谈论他不愧是朝廷大臣，单从服饰干净这一点也可以看出来他身处危城，镇静如常，将生死置之度外。今晚城上将士们看见总督大人神情仍然像过去一样安闲，对目前的危急局势就感到一点安心。曹变蛟的部队过去在明军中比较精锐，又因为完全是从关内来的，全是汉人，所以处此危境，都抱着一个血战至死的决心。这种最简单的思想感情压倒平日官兵之间的深刻矛盾，连他们同洪承畴之间的关系也变得亲近起来。

一连几天，敌营都很平静，没有向街上打炮。这平静的局面使洪承畴觉得奇怪，很不放心。他猜想，清兵可能正在做重大准备，说不定在两三天内会对松山城进行猛攻。如今敌人对松山城四面层层包围，城中连一个细作也派不出去，更没有力量派遣人马进袭敌营，捉获清兵，探明情况。城中不仅即将断粮，连火药也快完了，箭也快完了。倘若敌人猛力攻城，要应付也很吃力。他没有流露自己心中的忧虑，继续瞭望敌营。在苍茫的月光下，他望不见敌营的帐篷和营地前边的堡垒、壕沟，但是他看见二三里外，到处都有火光。有很长一阵，他默默地向北凝望。大约有四里远近，横着一道小山，山头上火光较多。小山北边，连着一座高山，火光很少，山影昏暗，望不清楚。这浅山和高山实际是一座山，就是松山；松山堡就因为这座山而得名。登上那座高山，锦州城全在眼底。今夜因洪承畴预感到情况十分危急，所以望着这一带山头更容易逗起来去年兵败的往事，仍然痛心，不禁在心中感慨地说：

"唉，我可以见危授命[1]，死不足惜，奈国家大局何！"

他正要向别处巡视，曹变蛟上城来了。曹变蛟驻在不远地方，听说总督上了北城，匆忙赶来。洪承畴见了他，说道：

"你的病没好，何必上城来？"

曹变蛟回答说："听说大人来到北城，卑镇特来侍候。患了几天感冒，今日已见好了。"

洪承畴向曹变蛟打量一眼，看清楚他的脸上仍有病容，说道："你赶快下城，不要给风吹着。明天上午你去见我，有话面谈。城上风紧，快下城吧。"

"是，是，我就下城。明天上午到大人行辕，听大人吩咐。大人，你看，那个火光大的地方就是虏酋四王子去年扎营的地方，现在是敌军攻城主帅豪格在那里驻扎。就是那座小山头[2]！去年八月，四王子驻西南那座山下，立营未稳，卑镇已经杀进虏酋老营，不幸身负重伤，只好返回。过几天，四王子

① 见危授命——遇到危险时献出自己的生命。语出《论语·宪问》。

② 小山头——皇太极在松山的小山头上驻扎的地方有几块大石头，如今当地人称那个地方为憨王殿。当时必有较大的黄毡帐篷，称为殿，实际上应该称为帐殿，就是古书上说的黄幄。

就移驻这座小山上，我军就无力去摸他的老营了。要是那一次多有一千精兵前去，截断敌人救兵，活捉老憨这个鞑子，死也瞑目。如今，嗨！”曹变蛟向洪承畴叉手行礼，车转身，走下城头。

洪承畴走到真武庙前，向沉默的全城看看，又看看东、南两面山头和山下的敌营火光。城内全是低矮的、略带弧形屋顶的灰白色平房，还有空地方的旧军帐，在月色下分不清楚，一片苍茫。他随即转往西城巡视。西门外地势比较开阔、平坦。北往锦州和南往杏山、塔城、宁远，都得从西门出去。由总兵王廷臣陪着，他站在西城头上看了一阵，望着原野上火光不多。但目前已经无力突围了。

走下寨墙，他回到坐落在西街向左不远的一家民宅中。这里从围城时起就成了他的行辕。他的枣骝马拴在前院的马棚里。马棚坐西向东，月光照在石槽上和一部分马身上。在被围之前，洪承畴很爱惜他的骏马，曾在一次宴后闲话时对左右幕宾们说过一句话：“骏马、美姬，不可一日或离。”掌牧官为这匹马挑选最好的马夫，喂养得毛色光泽，膘满体壮。行辕中有两位会做诗的清客和一位举人出身的幕僚曾专为这一匹骏马赋诗咏赞；还有一位姓曹的清客原是江南画师，自称是曹霸①之后，为此马工笔写真，栩栩如生，堪称传神，上题《神骏图》。但现在，这马清瘦得骨架高耸，腰窝塌陷，根根筋骨外露。

洪承畴顺便走进马棚，看看他的往日心爱之物。那马无精打采地垂头立在空槽边，用淡漠的眼光望望他，好像望一个陌生的人，随即又将头垂了下去。洪承畴心中叹息，走出马棚后回头对掌牧官说：

“不如趁早杀了吧，让行辕的官兵们都吃点马肉。”

掌牧官回答说：“为老爷留下这匹马以备万一。只要我和马夫饿不死，总得想办法让它活着。”

洪承畴刚回到后院上房，巡抚邱民仰前来见他。邱是陕西渭南县人，前年由宁前兵备道升任辽东巡抚，驻节宁远城中。洪承畴奉命援锦州，他担负转运粮饷重任。去年七八月间大军溃败时他同洪承畴在一起，所以同时奔入松山城中。洪承畴知道今夜邱巡抚来见他必有要事商量，挥手使左右亲随人一齐退出。他隔桌子探着身子，小声问道：

---

① 曹霸——唐开元、天宝年间的著名画家，尤长于画马。因为他做过左武卫将军，故又被称为曹大将军。

“长白兄，可有新的军情？”

邱民仰说：“今日黄昏，城中更加人心浮动，到处有窃窃私语，并有流言说虏兵将在一二日破城。谣言自何而起，尚未查清。这军心不稳情况，大人可知道？”

洪承畴轻轻点头，说：“目前粮草即将断绝，想保军心民心稳固，实无善策。但学生所忧者不在虏兵来攻，而在变生肘腋。”

“大人也担心城中有变？”

“颇为此事担忧。不过，两三日内，或不要紧。”

邱民仰更将头向前探去，悄声问：“大人是担心辽东将士？”

洪承畴点点头。

邱问：“有何善策？”

洪承畴捻须摇头，无可奈何地说：“目前最可虑的是夏承德一支人马。他是广宁①人，土地坟墓都在广宁。他的本家、亲戚、同乡投降建虏的很多；手下将士也多是辽东一带人，广宁的更居多数。敌人诱降，必然从他身上下手。自从被围以来，我对他推心置腹，尽力笼络，可是势到目前，很难指望他忠贞不变，为国捐躯。另外，像祖大乐这个人，虽然手下的人马早已溃散，身边只有少数家丁和亲兵相随；可是他还是总兵身份，又是祖大寿的兄弟，在辽东将领中颇有声望。他们姓祖的将领很不少，家产坟墓在宁远，处此关外瓦解之时，难免不怀有二心。夏承德虽非他的部将，可是他二人过往较密，互为依托，使我不能不疑。足下试想，外无救兵，内无粮草，将有二心，士无斗志，这孤城还能够支撑几日？”

邱叹道：“大人所虑极是。目前这孤城确实难守，而夏某最为可虑。我们既无良法控驭，又不可打草惊蛇，只好听其自然。”

洪说：“打草惊蛇，不惟无益，反而促其速降，献出城池。我打算明日再召祖大乐、夏承德等大将前来老营议事，激之以忠义，感之以恩惠，使此弹丸孤城能够为朝廷多守几日。倘若不幸城陷，我身为大臣，世受国恩，又蒙今上知遇，畀以重任，惟有以一死上报皇恩！”

邱民仰站起来说：“自从被围之后，民仰惟待一死。堂堂大明封疆大臣，断无偷生之理。民仰将与制台相见于地下，同以碧血上报皇恩，同作大明忠魂！”

① 广宁——今辽宁省北镇。金和清为广宁府，明为广宁卫。

洪承畴说："我辈自幼读圣贤书，壮年筮仕[1]，以身许国，杀身成仁，原是分内之事。"

将邱民仰送走之后，洪在院中小立片刻，四面倾听，听不到城内外有什么特别动静。他回到屋里，和衣就寝，但是久久地不能入睡。虽然大臣为国死节的道理他很清楚，也早已将生死置之度外，但此刻他的心情仍不免有所牵挂。原来心中感到丢不下的并不是老母年高，也不是他的夫人，更不是都已经成人的子女（他明白，当他为国殉节以后，皇上会对他的家人特降隆恩，厚赐荫封）。倒是对留在北京公馆中的年轻貌美的小妾陈氏，尚不能在心中断然丢下。他凝望着窗上月色，仿佛看见了她的玉貌云鬟，美目流盼，光彩照人。他的心头突然一动，幻影立刻消失，又想到尽节的事，不觉轻叹一声。

就在这同日下午，将近黄昏时候，清朝皇帝皇太极从叶赫[2]回到了盛京。他是在十三天前去叶赫打猎的。虽然不是举行大的围猎，却也从八旗中抽了两千骑兵，另外有三百红甲和白甲巴牙喇[3]在皇帝前后护卫。去的时候，皇太极出盛京小北门，直奔他的爱妃博尔济吉特氏即关雎宫宸妃的坟墓看了看，进入享殿中以茶、酒祭奠，并且放声痛哭，声达殿外；过了一阵才出来重新上马，往叶赫进发。今日回来，又从宸妃的坟墓经过，下马徘徊片刻，不胜怅惘哀思。到了城外边，两千随驾打猎骑兵各回本旗驻地，留下诸王、贝勒、贝子、公和固山额真等亲贵以及巴牙喇，护驾进城。进了地载门，清帝命朝鲜世子回馆所[4]休息。于是随驾出猎的朝鲜世子李溰、次子凤林大君李淏，几位朝鲜大臣质子，以及朝鲜世子和大君的大小侍臣下马谢恩，等清帝过去稍远，重新上马，和奴仆共一百多人，由武功坊穿文德坊，回大南门内的馆所。皇太极一行到了大清门[5]外下马，被跪在御道两侧的亲贵和文武大臣们迎进宫院。他的眉毛上和皮靴上带着征尘，先到崇政殿接受亲贵和群臣朝见。人们望见他的眼皮松弛，眼睛里流露着疲倦神情。因为宸妃之死，他的心中常常痛苦和郁闷，只好借打猎消愁。这次去叶赫地方打猎，本来预定二十天，携

---

① 筮仕——开始做官。

② 叶赫——在今辽宁省开原旧城东北，吉林省四平市之南。

③ 巴牙喇——巴牙喇是满洲语，为皇帝的亲军，比较精锐。各固山额真之下也有巴牙喇。清朝入关之后，巴牙喇成为护军之前身。

④ 馆所——简称馆，俗称高丽馆。

⑤ 大清门——盛京的皇宫大门。

带了足够的粮食和需要物品。但是他一离开盛京往北，就挂心着锦州等地的战事消息，尤其挂心的是围攻松山的军情。四天前他在围场中接到了指挥松锦一带清兵的多罗肃郡王豪格等的飞骑密奏，说明朝守松山的副将夏承德在夜间将一个姓蔺的卖豆腐的人缒下城墙，传出愿意投降的意思，此事正在暗中接头，数日内可见分晓。接到密奏之后，他匆匆停了打猎，驰回盛京。等朝见礼毕，他用满洲语向王、公、大臣们问道：

“松山有消息么？”

内院大学士范文程跪下去用满洲话回答：“松山方面尚无奏报。”

皇太极不再问话，暗中担心夏承德献城投降的事会遇到波折。他吩咐诸亲王、郡王、贝勒、贝子和公们都留下，等一会儿到清宁宫去，随即走下御座，往后宫去了。

后宫的规模很小，和并不壮观的崇政殿合在一起，是一个简单而完整的建筑群，还不如江南大官僚地主的府第富丽堂皇。原来，爱新觉罗·努尔哈赤这一家族只是中国境内女真民族中的一个部落，尽管从永乐年间以来就不断接受明朝封号，但是力量衰微，从努尔哈赤的兴起到现在也只不过三十多年的历史。从辽阳迁都沈阳，改称盛京，也只有十七年，宫殿建筑的简陋正是反映着一个文化落后的民族正当国家草创时期的特色。在较早时候，满洲人不懂得应该把这一较大的建筑群称做王宫或皇宫。他们一代代和汉族接触，认为管理国家事务和统治百姓的地方叫做衙门，而这一建筑群要比一般州、县衙门占地要大，权力要大，所以就叫它为“大衙门”。然而在汉族文臣的影响下，所有主要建筑都仿照汉族的宫殿取了名称。

这座建筑群的第一道大门名叫大清门，是仿照北京的大明门，内宫的大门名叫凤凰楼，是来自唐朝的丹凤楼。凤凰楼进去是一座简单的天井院落，既无雕梁画栋，也无曲槛回廊。坐北向南的主要建筑是皇帝和皇后居住和祭神的地方，名叫清宁宫，好像北京的坤宁宫。东边两座厢房叫做关雎宫、永福宫，西边两座厢房叫做麟趾宫、衍庆宫。这四座宫住着皇太极的四个有较高地位的妃子，其余的那些所谓“侧妃”和“庶妃”都挤在别处居住。

这清宁宫俗称中宫，东首一间占全宫四分之一的面积，是皇帝和皇后住的地方，又分前后两间，各有大炕。其余四分之三的面积是祭神的地方。宫门开在东南角。南北各有两口很大的铁锅，一年到头煮着猪肉。接着大锅是大炕。按照满洲风俗：神位在西边，坐人处南边为上，北边为下。南炕上的

鹿角圈椅是准备皇上坐的，北炕上的鹿角圈椅是准备皇后坐的。靠西山墙的大炕是供神的地方，摆着祭神用的各种法物。山墙上有一块不大的木板，垂着黄绸帷幔，名叫神板。神板前边的炕上设有连靠背的黑漆座，上边坐着两个穿衣服的木偶，据说是蒙古神瘽。神板两边墙上悬挂着彩色画轴：释迦牟尼像、文殊菩萨像、观世音像、七仙女像（即吞朱果的仙女佛库伦[1]在中间，两个姐姐和别的仙女夹在左右），另外还有枣红脸、眯缝双眼的关法玛[2]像。各神像画轴，不祭祀的时候都卷起来，装进黄漆或红漆木筒。墙上还挂着一支神箭，箭头朝下，尾部挂着一缕练麻；另一边挂着盛神索[3]的黄色高丽布袋。清宁宫门外东南方不远处有一个石座，遇到祭天的日子，前一日在上边竖着一根一丈三尺长的木杆，称做神杆，上有木斗。今日不祭天，所以石座空立，并无神杆。

当皇太极穿过凤凰楼，走进后宫时候，各宫的妃子都在两边向他屈膝恭迎，而永福宫庄妃的身边有一个五岁的男孩，也就是他的最小和最钟爱的儿子，汉语名叫福临[4]。皇太极因为心中有事，只向他看一眼就走过去，被皇后迎进清宁宫了。

太阳完全落去。清宁宫点了许多蜡烛。有的牛油烛有棒槌那么粗，外边涂成红色。香烟，烛烟，灶下的木柴烟，从大肉锅中冒出的水蒸气，混合一起，使清宁宫中的气氛显得朦胧、神秘、庄严。皇太极已经听皇后说今日挑选的两头纯黑猪特别肥大，捆好前后腿，抬进清宁宫扶着它们朝着神案，用后腿像人一样立着。等萨玛跳神以后，将热酒灌进它的耳朵，它挣扎动弹，摇头摆耳，可见神很高兴领受。皇太极正在期待松山的好消息，听了皇后这么一说，心中也觉高兴。他洗过手，同皇后从东间走出来，开始夕祭[5]。夕祭的时间本来应该在日落之前，因为等候皇帝打猎回来，今日举行迟了。

---

① 佛库伦——满洲人传说长白山下有池名布尔湖里。一日天女姊妹三人，大的叫恩古伦，二的叫正古伦，小的叫佛库伦，到池中洗澡。洗毕，有神鸟衔朱果放在佛库伦衣上。佛库伦将朱果含在口中，不觉入腹，生一男孩就是满洲人的始祖。

② 关法玛——即关老爷。法玛是满洲语老爷的意思。

③ 神索——用黄、绿色棉线捻成绳索二条，夹系各色绸片，代表幸福。经过求福祭祀，萨玛将一条神索给皇帝悬挂，一条给皇后悬挂。过了三天，夕祭之后，皇帝、皇后将神索解下，交萨玛放回袋中。

④ 福临——即后来的顺治皇帝。

⑤ 夕祭——清宁宫每日祭神二次，分朝祭、夕祭。北京的坤宁宫是按照满洲祭神需要而改造和布置的。

他面向西，对着神像跪下行礼。然后皇后行礼。他们行礼以后，在大炕上的鹿角圈椅中坐下。五岁的福临也被叫来行礼。随后，萨玛头戴插有羽毛的神帽，腰部周围系着腰铃，摇头摆腰，手击皮鼓，铃声鼓声一时俱起，边跳边唱诵祝词①：

> 上天之子。年锡之神。安春。阿雅喇。穆哩。穆哩哈。纳丹。岱珲。纳尔珲。轩初。恩都哩。僧固。拜满。章京。纳丹。威瑚哩。恩都。蒙鄂乐。喀屯。诺延。……

萨玛诵祝至紧处，若癫若狂。诵得越快，跳得越甚，铃声和鼓声越急。过了一阵，诵祝将毕，萨玛若昏若醉，好像神已经凭到她的身上，向后踉跄倒退，又好像站立不住，要向后倒。两个宫中婢女从左右将她扶住，坐在椅子上。她忽然安静，装做瞑目闭气的样儿。婢女们悄悄地替她去了皮鼓、神帽、腰铃，不许发出一点响声。又过片刻，萨玛睁开眼睛，装做很吃惊的神情，分明她认为对着神座和在皇上、皇后面前坐都是大大无礼。她赶快向神叩头，又向皇上、皇后叩头，然后恭敬退出。

皇太极和皇后博尔济吉特氏又向诸神行礼，然后命人传谕在外等候的亲王、郡王、贝勒、贝子和公等进来。

今晚被叫进来的都是贵族中较有地位的人。他们鱼贯而入，先向神行礼，再向皇帝和皇后行礼。御前侍卫给每人一块毡，让他们铺在地上。他们在毡上坐下以后，侍卫在每人面前放一盘白肉、一杯酒、一碗白米饭、一碗肉汤。当时关外不产大米，大米是向朝鲜国李氏朝廷勒索来的。各人从自己的腰间取出刀子，割吃盘中猪肉。虽然贵族们将皇帝赐吃肉看成莫大荣幸，但是又肥又腻的白猪肉毕竟难吃。幸而御前侍卫们悄悄地在每位大人面前放一小纸包的盐末，让他们撒在肉上，自然他们事后得花费不少赏银。

吃肉完毕，贵族们怀着幸福的心情谢恩退出。皇太极同皇后回到住宿的东间屋中。他本来出外打猎十几天，感到疲倦，应该早点睡觉；但是正要上炕，忽然从松山送来了豪格的紧急密奏，说夏承德投降献城的事已经谈妥，定于十八日五更破城。皇太极突然跳起，连声叫道："赛因！扎奇赛因！"（"好！好哇！"）他立刻发出训示：破城之后，如洪承畴被捉到，无论如何要留下他的性命，送来盛京。对其他明朝大批文武官员的处置他来不及思考，

① 祝词——满洲人早期用的祭神祝词和祷词，许多话到乾隆年间已经没人懂得。

要豪格等待他以后的上谕。飞使出发以后，他仍然很不放心。因为飞使需要两天的时间才到达松山军营，万一洪承畴被杀，那就太可惜了。

将近三更时候，防守松山南城的明军副将夏承德亲自照料，将他的弟弟夏景海和他的十七岁的儿子夏舒縋下城去。几天前由那个卖豆腐的老蔺向清营暗通了声气之后，就由夏景海三次夜间出城，与清营首脑直接谈判投降条件和献城办法。清方害怕万一中计，要夏承德送出亲生儿子作为人质。现在距约定向清兵献城的时间快要到了。

夏景海护送侄儿夏舒下城之后，过了城壕不远，向一个石碑走去。清营的一个牛录额真带领四个兵在石碑旁边等候，随即护送他们到三里外的多铎[1]营中。多罗肃郡王豪格、多罗郡王阿达礼[2]、还有罗洛宏[3]等，都在多铎营中等候。夏舒叔侄向满洲郡王和贝勒等跪下叩头，十分恭敬，深怕受到疑惑，使投降事遭到波折。多铎询问了夏舒的年龄、兄弟行次，并无差误；又将一个去年八月被俘投降的明兵叫来。他原在夏承德的部下，见过夏舒，证明确系夏副将的次子。随即他们被带进另一座毡帐，派几名清兵保护，给他们东西吃。正是三更时候，清军开始行动。

清兵原来在城壕外不远处准备了云梯和登城的将士，现在趁着天上起云，月色不明，左翼云梯一架和右翼云梯一架走在前边，八旗云梯八架紧紧跟随。十架云梯静悄悄地靠上南城。夏承德和他手下的守城将士探头向下望望，没有做声。清军总怕中计，事前挑选了两名不怕死的勇士，靠好云梯以后，首先爬上城头。他们回身望下边一招手，众人才利用十架云梯鱼贯上城，迅速地上去了一千多人，占领了夏承德防守的南城和东城的一小段，而大部队还在继续上城。曹变蛟和王廷臣的守城部队开始察觉，但由于在城上的人数不多，又都长期饥饿，十分虚弱，在匆忙中奋起抵抗，经不住清兵冲杀。东城很快地被清兵占领，而东门和南门也被打开，准备好的两支清兵蜂拥入城。曹变蛟和王廷臣听见城头喊杀声起，赶快上马，率领各自的部下进行巷战，同时通知洪承畴速从西门逃走。

---

① 多铎——努尔哈赤第十五子，后封豫亲王。清朝入关后担任从潼关进攻李自成和从扬州下江南的统帅。

② 阿达礼——代善（努尔哈赤第二子）的孙子。他的父亲名叫萨哈璘，是代善的第三子。皇太极死后，他与其叔硕托阴谋拥护多尔衮继承皇位，同被处死。

③ 罗洛宏——或译作罗洛浑，代善的孙子，岳托的长子。

洪承畴听见杀声陡起，知道清兵入城，赶快骑上瘦骨嶙嶙的坐骑，在一群亲兵、亲将、幕僚和家丁的簇拥中奔到街上，恰遇着曹变蛟和王廷臣派来的人催他从西门逃走。他早已考虑过临危殉节的问题，所以这时候确实将生死置之度外，还能够保持镇静。他问道："邱抚台现在何处?"左右不能回答，但闻满城喊杀之声。他在行辕大门外的街心立马片刻，向东一望，看见曹变蛟正在拼死抵抗清兵。他知道自己未必能够逃走，要自刎的念头在他的心上一闪。忽然王廷臣来到他的面前，大声说：

"制台大人快出西门！西门尚在我们手中，不可耽误。我与曹帅在此死战迎敌，请大人速走!"

洪说："我是国家大臣，今日惟有与诸君死战到底，共殉此城!"

"大人为国家重臣，倘能逃出，尚可……"

王廷臣的话未说完，看见曹变蛟已抵敌不住，清兵从几处像潮水般杀来，同时西城上也开始混乱。他大叫一声："大人快走!"随即率领随在身边的将士向来到近处的一股敌兵喊杀冲去。洪承畴立马的地方也开始混乱，他被身边的亲兵亲将簇拥着向西门奔去，幕僚多被冲散。有一股清兵突然从一条胡同里冲出来，要去夺占西门。洪承畴的一个亲将带领十几个弟兄冲了上去，同时王廷臣的一部分将士也赶快迎击敌人，在西门内不远处发生混战。仆人刘升见主人的马很不得力，就在马屁股上猛拍一刀。

把守西门的将士看见总督来到，赶快打开西门，让洪承畴出城。他们不再去关闭西门，也向前来夺占西门的清兵杀去，投入附近街上的混战漩涡。

出松山城西门几丈远，地势猛然一低，形成陡坡①。洪承畴从西门奔出后，不料瘦弱的枣骝马在奔下陡坡时前腿一软，向下栽倒，将他跌落地上。仆人刘升把他从地上搀起，刚刚跑了几步，那埋伏在附近的清兵呐喊而出，蜂拥奔来，砍死刘升，将他捉获，并杀散了保护他突围的少数将士。敌人当时就认出他来，用满洲语发出胜利的欢叫：

"捉到了！捉到了！洪承畴捉到了!"

① 陡坡——松山城西门外的陡坡地形一直保持到解放初未改。公社化以后因为要通汽车，才将高处铲低，低处垫高，变成缓坡。

第三十九章

二月二十一日午后不久，突然盛京八门击鼓，声震全城，距城十几里全都听见。随即全城军民人等，都知道松山城已于十九日黎明前攻破，俘获了洪承畴等明朝的全部文武大员。

皇太极在接到围守松山的多罗肃郡王豪格、多罗郡王阿达礼、多罗贝勒多铎、罗洛宏等自军中来的联名奏报以后，立即将赍送奏报的一个为首官员名叫安泰的叫进清宁宫问话，同时命人传谕八门擂鼓，向全城报捷。他详细询问了夏承德的投降和破城经过，将送来的满文奏报重看一遍，心中感到满意。他原来担心洪承畴会在混战中被杀或在城破时自尽，现在知道不但洪承畴被活捉了，而且明朝的辽东巡抚邱民仰，总兵王廷臣、曹变蛟、祖大乐，游击祖大名、祖大成，总兵白广恩的儿子白良弼等，全被活捉。清兵入城后杀死明朝兵备道一员、副将十员、游击以下和把总以上官一百余员，以及士兵三千零六十三名。这些官员和士兵都在城破后进行巷战，英勇不屈；后来巷战失败，溃散到各处住宅，继续进行零星抵抗，坚不投降。有一部分人身带重伤，被俘之后，仍然骂不绝口，直到被杀。另外有一千多城中百姓包括少年儿童因同明军一起抵抗，也被杀死，但奏报中只是轻描淡写地提到一笔，另外提到俘获了妇女幼稚一千二百四十九口。皇太极用朱笔抹去了满文奏报中关于明朝军民进行巷战和坚不投降的情况，然后问道：

“洪承畴捉获之后，有意降么？”

安泰回答说：“憨王！你不用想他投降，那是决不会的！奴才听说他被捉到以后，把他拉到多罗肃郡王爷的面前，他很傲慢，是个硬汉，宁死不跪；也不答话，只是乱骂。那个姓邱的巡抚、姓王的总兵、姓曹的总兵，也都跟他一样，在王爷前毫不怕死，骂不绝口。这两个总兵都是受了几处重伤，倒在地上，才被捉到的。还听说那个曹总兵原就有病，马也无力，马先倒下，他又步战了多时才倒了下去。”

皇太极挥手使跪在面前的安泰退出宫去，心里说道：“幸而明朝的武将不都像王廷臣和曹变蛟一样！”

关于如何处置洪承畴等人，在皇太极的心中一时不能做最后决定。倘若照他原来想法把洪承畴留下，那么邱民仰和王廷臣、曹变蛟等人怎么处置？他召见了范文程等几位大臣，也没有一致主张，于是他暂且派人传谕松山诸王：将俘获之物酌量分赐将士，一应军器即于松山城内收贮，洪承畴等人暂羁军中候命。

到了三月初四，皇太极得到围攻杏山的多罗武英郡王阿济格自军中来的奏报，知道明朝派来的议和使者即将来到，杏山和锦州很快就会投降，他想着只有留下洪承畴最为有用，便派人往谕驻在松山的多罗肃郡王豪格、多罗郡王阿达礼、多罗贝勒多铎等：将明总督洪承畴和祖大寿的堂兄弟祖大乐解至盛京；将明巡抚邱民仰、总兵王廷臣和曹变蛟处死；将祖大寿的另外两个堂兄弟祖大名、祖大成放回锦州，同他们的妻子完聚，并劝说祖大寿赶快投降。果然到了三月初十，祖大寿献出锦州投降，杏山也跟着投降，只有塔山一城不降，经过英勇苦战失守，全城军民包括妇女在内，几乎全部战死或被俘后遭到残杀。

三月十日，虽然锦州投降的奏报尚未来到盛京，但是皇太极知道锦州已经约定在初十投降，他谕令朝廷即做准备，择定明日去堂子①行礼，感谢上天。十一日辰刻，陈设卤簿②，鼓吹前导，皇太极率领礼亲王代善③、多罗饶余贝勒阿巴泰④、朝鲜世子、大君和文武诸臣，出了抚近门⑤，前往坐落在大东门内偏南的一座庙院。到了堂子的大门外边，汉族大臣、朝鲜国的世子、大君和他们的陪臣以及满族的一般文武官员都不能入内，只有被皇帝许可的少数亲贵和满族大臣进去陪祭。这是保存满族古老风俗和原始宗教最浓厚的一座庙宇，因为汉族和一般臣民不能进去一看，所以被认为是满洲宗教生活中最为神秘的地方，连敬的什么神也有各种猜测和传说。其实，如今清朝皇帝率领少数满族亲贵们进去的地方只有两座建筑，一座四方形的建筑在北边，名叫祭神殿，面向南，是皇帝祭堂子时休息的地方，并且存放着祭神的各种法物；另

---

① 堂子——满族皇帝祭天的地方。
② 卤簿——皇帝的仪仗。
③ 代善——努尔哈赤的次子，皇太极的哥哥。
④ 阿巴泰——努尔哈赤的第七子。
⑤ 抚近门——盛京内城东门之一，即南边的东门。

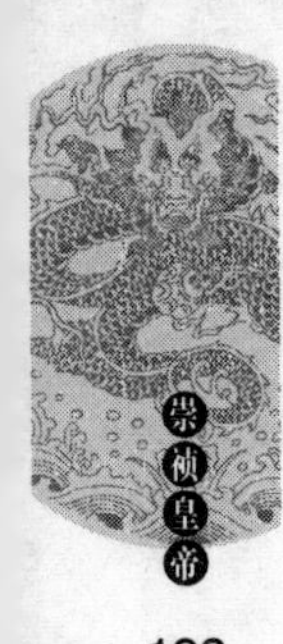

一座建筑在南边，面向北，圆形，名叫圜殿，就是所谓堂子。祭堂子就是在圜殿里边，而里边既不设泥塑偶像，也没有清宁宫那些神像挂图。圜殿的南院，正中间有一个竖立神杆的石座，其后又是石座六行，为皇子、王、贝勒等致祭所用。

皇太极在祭神殿稍作停留，祭堂子的仪式开始了。满洲和蒙古的海螺和画角齐鸣，那些从汉族传进来的乐器备而不用。皇太极在海螺和画角声中进入圜殿，由鸣赞官赞礼，面向南行三跪九叩头礼，少数陪祭的满族亲贵大臣分左右两行俯首跪在他的后边。虽然使用鸣赞官赞礼和三跪九叩头都是接受汉族文化的影响，但面向南祭神却保持着长白山满洲部落的特殊习俗，不但和汉族不同，也不同于一般女真族的习俗①。在他行礼之后，四个男萨玛头戴神帽，身穿神衣，腰间挂着一周黄铜腰铃，一边跳舞，一边用满洲语歌唱古老的祝词，同时或弹三弦，或拍神板，或举刀指画，刀背上响动着一串小铃，十分热闹而节奏不乱。

拜过堂子，皇太极走出圜殿，为着他的武功烜赫，又一次获得大捷，面向南拜黄龙大纛。虽然皇家的旗纛用黄色，绣着龙形图案，是接受的汉族影响，但祭旗纛不用官员鸣赞，仍用萨玛祝祷，也是一代代传下来的满族旧俗。

祭拜完毕，皇太极仍由仪仗和鼓吹前导，返回宫中。朝鲜国世子和大君在进入抚近门后，得到上谕，就返回他们的馆所去了。

第二天，多罗饶余贝勒阿巴泰率领固伦额驸祈他特②、巴牙思护朗③、朝鲜国世子李溰以及满洲、蒙古、汉人诸臣上表祝贺大捷，汉文贺表中称颂皇太极“圣神天授，智勇性成，运伟略于寰中，奏奇勋于阃外”。过了四天，洪承畴解到盛京，被拘禁在大清门左边不远的三官庙④中。皇太极一面命文臣们代他拟出诏书，满、蒙、汉三种文字并用，将松、锦大捷的武功大加夸张，传谕朝鲜国王李倧和蒙古各部的王和贝勒知道，一面命汉族大臣设法劝说洪承畴赶快投降。但是两天之后，劝说洪承畴投降这一着却失败了。洪承畴自进入盛京以后就不断流泪，不断谩骂，要求赶快将他杀掉。过了三天，洪就绝食了。皇太极在清宁宫心中纳闷，如何能够使洪承畴不要绝食，也不要像

---

① 一般女真族的习俗——金朝是面向东祭神。

② 固伦额驸祈他特——蒙古科尔沁部达尔汗亲王的从子，清太宗皇太极的女婿。按清制：皇后所生的女儿称固伦公主，驸马称额驸。

③ 巴牙思护朗——蒙古科尔沁部土谢图汗巴达礼的儿子，也是固伦额驸，皇太极的女婿。

④ 三官庙——清朝入关后改建为太庙。

张春[1]那样宁教羁留一生，也坚不投降。用什么法儿使洪承畴这个人回心转意？

洪承畴在两三个月前就断定朝廷再也无力量派兵为松、锦解围，松山的失陷分明难免，而他的尽力坚守也只是为朝廷尽心罢了。由于他心知孤城不能久守，所以早已存在城亡与亡的决心。当城上和街上喊声四起的片刻间，他正要悬梁自尽，不意稍一犹豫，竟被一群亲将拥出行辕，推扶上马，后来又在亲兵亲将的簇拥中冲出西门。在马失前蹄之前，他也曾在刹那间产生一线希望：倘能逃出，就奔回山海关收集残众，继续同敌人周旋。被俘之后，他深深后悔松山失陷时不曾赶快自尽，落得像今天这样身为俘囚，只有受辱一途。在被解来沈阳之前，他同邱民仰曾被关押在一座帐篷里边，二人都能将生死置之度外，以忠义相勉。过了一段日子，三月初，在豪格派一满洲将领来宣布清朝皇帝上谕，要将洪承畴解往盛京和将邱民仰处死时候，邱民仰镇定如常，徐徐地对清将说：

"知道了。"转回头来对洪淡然一笑，说："制台大人，民仰先行一步。大人此去沈阳，必将与文文山[2]前后辉映，光照史册。民仰虽不能奉陪北行，大骂虏廷，但愿忠魂不灭，恭迎大人于地下。"

洪承畴说："我辈自束发受书[3]，习知忠义二字。身为朝廷大臣，不幸陷于敌手，为国尽节，分所当然。况学生特荷皇上知遇，天恩高厚，更当以颈血洒虏廷，断无惜死之理。"

邱民仰不顾清将催促，扶正幞头，整好衣襟，向西南行了一跪三叩头礼，遥辞大明皇帝，起来又向洪承畴深深一揖，然后随清将而去。洪承畴目送着邱民仰被押走以后，心中赞道：

"好一个邱巡抚，临危授命，视死如归，果然不辱朝廷，不负君国！"

洪承畴被解往盛京途中，清将为怕他会遇到悬崖时从马上栽下自尽，使他坐在一辆有毡帏帐的三套马轿车上边。车前，左边坐着赶车马的士兵，右边坐着负责看守他的牛录额真。车前后走着大约三百名满洲骑兵，看旗帜他

① 张春——陕西同州人。崇祯四年八月奉命监总兵吴襄、宋伟两军，驰救大凌河，与清兵激战于长山，兵败被擒，拒不投降，被拘禁多年，至死不屈。

② 文文山——文天祥号文山。

③ 束发受书——指男孩子开始将头发束扎起来，入学接受读书教育。按古人对束发的年龄并无一定说法，大约指六七岁以后。

明白这是正黄旗的人马。洪承畴并不同那位牛录额真和赶车的大兵说话，而他们也奉命不得对他无礼。多半时候，洪承畴闭起眼睛，好像养神，而实际他的脑海中无一刻停止活动，有时像波浪汹涌，有时像暗流深沉；有时神驰故国，心悬朝廷，有时又不能不考虑着到了沈阳以后的事，不禁情绪激昂。当然他也不时想到他的家庭、他的母亲（她在他幼年就教育他“为子尽孝和为臣尽忠”的道理)、他的夫人和儿女等等亲属。特别奇怪的是，他在这前往沈阳赴死的途中，不仅多次想到他的一个爱妾，还常常想到两个仆人，一个是在松山西门外被清兵杀死的刘升，另一个是去年八月死于乱军之中的玉儿。每次心头上飘动玉儿的清秀姣好的面孔和善于体贴主人心意的温柔性情，不禁起怅惘之感。然而这一切杂念不能保持多久，都被一股即将慷慨就义的思想和感情压了下去。

他自从上了囚车就已经在心中决定：到了沈阳以后，如果带他到虏酋四王子面前，他要做到一不屈膝，二不投降，还要对虏酋破口大骂，但求速杀。他想象着虏酋可能被他的谩骂激怒，像安禄山对待张巡那样，打掉他的牙齿，割掉他的舌头，然后将他杀掉。他想，倘若那样，壮烈捐躯，也不负世受国恩，深蒙今上知遇。他又想到，也许虏酋并不马上杀他，也不逼迫他马上投降，而是像蒙古人对待文天祥那样，暂时将他拘禁，等待很久以后才将他杀掉。如果这样，他也要时时存一个以死报国的决心，每逢朔、望，向南行礼，表明他是大明朝廷大臣。有时他睁开忧愁的眼睛，从马头上向前望去，看见春色已经来到辽东，河冰开始融化，土山现出灰绿，路旁向阳处的野草有开始苏醒的，发出嫩芽，而处处柳树也在柔细的枝条上结满了叶苞，有的绽开了尖尖的鹅黄嫩叶。洪承畴经过漫长的秋天和冬天被围困，忽然看见了大地的一些春色，在心头上便生出来一缕生活的乐趣，但是这种乐趣与他所遭遇的军败身俘，即将慷慨殉节的冷酷现实极不调和，所以片刻过去，便觉得山色暗淡，风悲日惨，大地无限凄凉。他再一次闭起眼睛，在心中叹道：

“这辽阔的祖宗山河，如今处处破碎，一至于此！”

锦州城已经投降，再也听不见双方的炮声。当锦州投降之前，清朝大队人马不敢从离城两三里以内的大路经过，害怕城上打炮，也害怕误中地雷。如今押解洪承畴的三百骑兵和一辆马车从小凌河的冰上过去，绕过锦州继续前进。因为知道是经过锦州，正是他曾经奉命率大军前来援救的一座重要城池，所以他不能不睁开眼睛一望。他望见了雄峙的不规则的城墙，稍微被炮火损伤的箭楼，特别使他注目的是那座耸立云霄的辽代八角古塔，层层飞檐，历历入目。忽然，一阵冷风吹过，传来隐约的铃声。他怔了一下，随即明白了这是从塔上来的铃声，觉得一声声都含着沧桑之悲。

过了锦州，囚车继续向前奔驰。他的心情十分单调、忧闷，总是想起来邱民仰临刑前的镇定神态和对他说的几句话，也时时在心中以文天祥自诩。他在最苦闷时就默诵文天祥的《过零丁洋》[1] 诗，越默诵心中越充满了慷慨激情。他虽然不是诗人，但正如所有生活在唐、宋以来的读书人一样，自幼就学习做诗，以便应付科举，并且用诗来从事交际应酬，述志言情。因此，对于做诗一道，他不惟并不外行，而且对比较难以记熟的诗韵，他也能不翻阅韵书而大体不致有误。默诵了几遍《过零丁洋》诗以后，他趁着囚车无事，感情不能抑制，在心中吟成了《囚车过锦州》七律一首：

万里愁云压槛车[2]，
封疆处处付长嘘。
王师已丧孤臣在，
国土难全血泪余。
浊雾苍茫就死地，
慈颜凄惨倚村闾。
千年若化辽东鹤[3]，
飞越燕山恋帝居。

从松山出发走了四天，望见了沈阳城头。自从望见沈阳以后，他的心情反而更加镇定，只有一个想法："我是天朝大臣，深蒙皇上知遇，任胡虏百般威逼利诱，决不辱国辱身！"他判定皇太极定会将他暂时拘留，不肯杀害，命大臣们向他轮番劝降，甚至会亲自劝他，优礼相加。他也明白，自来临阵慷慨赴死易，安居从容就义难，所以必须死得愈快愈好。为着必须赶快为国尽节，他决定一俟到了沈阳拘留地方，必须采取三项对策：一是谩骂，二是不理，三是绝食。这么想过之后，他在心中冷笑说：

---

① 《过零丁洋》——零丁洋在今广东中山县南。文天祥被元兵所俘，舟过零丁洋，做七律一首，慷慨悲壮，末二句为："人生自古谁无死，留取丹心照汗青。"

② 槛车——古代押解犯人的车子，四面有围栏。此处借用。

③ 辽东鹤——古代神话：有个辽人名叫丁令威，学道千年，化为白鹤，飞返家乡，后又飞到天上。

"任你使尽威逼利诱办法，休想我洪某屈膝！"

皇太极并不急于看见洪承畴，也不同意有些满、汉大臣建议，将洪杀掉。他吩咐将洪拘留在大清门外的三官庙中，供用好的饮食，严防他自尽，同时叫汉人中的几个文武官员轮流去劝洪投降。三天以后，他知道劝说洪承畴投降的办法行不通，不管谁去同洪谈话，洪或是谩骂，或是闭目不理，一言不答，还有时说他不幸兵败被擒，深负他的皇上知遇之恩，但求速速杀他。他在提到他的皇上时，往往痛哭流涕，悲不自胜，而对劝降的汉人辱骂得特别尖刻。这时，有人建议皇太极将洪杀掉，为今后不肯投顺的明臣作个鉴戒。皇太极对这样的建议一笑置之，有时在心中骂道："蠢材！"到第四天洪承畴因见看守很严，没有机会自缢，开始绝食了。不管给他送去什么美味菜肴，他有时仅仅望一眼，有时连望也不望。经过长期围困，营养欠缺，他的身体本来就很虚弱，所以到第五天，绝食仅仅一天多，他的精神已经显得相当委顿，躺在炕上不起来了。

洪承畴一连绝食三天，使皇太极十分焦虑。在他继承努尔哈赤的皇位以来，已经使草创的满洲国家大大地向前发展。他用武力征服了朝鲜，又用文武两种手段臣服了蒙古各部，下一步目标就是将他的帝国版图扩展到长城以内，直到黄河流域，全部恢复金朝极盛时期的规模。努尔哈赤所建立的国号本来是后金，到皇太极崇德元年（1636 年）改国号为大清。清与金音相近，却避免刺伤汉人的民族感情。就此一事，也可以说明他的用心之深。为着这一宏图远略，他十分需要吸收汉族的文化和人才。凭着自己以往的经验，他深知明朝的武将容易招降，惟独不容易使文臣投降。过去他曾经收降了耿精忠和尚可喜，目前收降了祖大寿等一大批从总兵、副将到参、游的明朝将领，而且还在加紧招降明朝的宁远总兵吴三桂。他已经给驻守锦州诸王、贝勒们下一道密谕，叫他们速从祖大寿部下挑选一些忠实可靠、有父母兄弟在宁远的人，放回宁远。祖大寿是宁远人，如今他的妻子也在宁远。祖氏家族活着的武将共有三个总兵官，从副将到参、游有十几人，全部降顺，所以从他们部下放一批人回宁远，对招降吴三桂和吴的部将大有作用。他打算过不久就亲自给吴三桂送去劝降诏谕，也叫祖大寿等新旧降顺的武将，都给吴三桂去信劝降，看来吴三桂的归顺只是迟早的事。可是倘若没有明国的重要文臣投降，要恢复金朝的旧业就不容易。何况，倘若洪承畴为明国绝食尽节，受到明朝朝廷褒扬和全国赞颂，会大大鼓励明朝的文臣与大清为敌，而光靠兵力决不能征服和治理明朝的土地、人民。他在清宁宫中越想越焦急，感到对洪承畴无计可施。尽管近来他的身体不如以前，今天又感到胸口很闷，有时胸口左侧有些疼痛，应该躺下去休息或叫萨玛来跳神念咒才是，但是他忍着病痛不告诉任何人。晚上，约摸已经一更天气，他命人去叫内院大学士范文程来见。

自从努尔哈赤开始建国不久，就注意招降和任用一些汉人为他工作。到了皇太极继位，更重视使用有才能的汉人。今晚因洪承畴已经绝食三天，躺在炕上等死，精神很是委顿，所以皇太极考虑汉人中文武群臣只有范文程可以解此难题，便连夜将他叫进清宁宫来。

当时清朝的君臣礼节远不像入关以后完全学习汉人，搞得那么森严和繁琐。皇太极等范文程叩头以后，命他在对面坐下，用满洲语忧虑地问道：

"洪承畴坚不归降，已经绝食三天啦。你看这事怎办？"

范文程立即起身用流利的满洲语答道："请陛下不必过于焦虑。洪承畴虽然身体原就虚弱，今又绝食三日，情况不佳，但他每日饮开水数次，看来一两天内尚不至绝命。以臣看来劝他回心转意，尚非毫无办法。"

皇太极问道："别人都去劝说他投降，你为何不去劝他？"

范文程说："前几天凡是去劝他的都被他无礼谩骂，臣因此违背陛下旨意，未曾前去。"

皇太极心中不快，问道："为着国事，你何必计较他骂你几句？"

范文程躬身微笑说："臣为陛下开拓江山，不辞粉身碎骨，自然不在乎洪承畴的辱骂。但臣是清国大臣，暂不见他，也不受他的辱骂与轻视，方能留下个转圜余地。据微臣看来，这转圜的时候快到了。"

"倘若你能使洪承畴回心转意，归我朝所用，正是我的心愿。我近来常读大金太宗[①]的本纪，想着建立太宗的事业不难，要紧的是善于使用人才。洪承畴在明国的大臣中是很难得的人才，只是明国皇帝不善使用，才落到兵败被俘的下场。如今他已绝食三天，你怎么知道他能够回心转意？"

---

① 金太宗——金朝第二代皇帝，本名完颜吴乞买，汉名改为完颜晟。在位十二年（1123—1135），对于扩大金朝的武功和版图起了重大作用。在他统治时期，灭了辽国，臣服了西夏和高丽，占领中原，俘虏了北宋的徽、钦二帝，一度打到杭州，迫使宋天子称为侄皇帝，贡纳岁币，处于臣服地位。皇太极曾命汉族文臣将《金史》中的《太宗本纪》译为满文，供他阅读。

范文程回答说："陛下用兵如神，臣即以用兵的道理为陛下略作剖析。洪承畴原来确不愿降顺我国，他必然会将他解来盛京看成是最后一战。古人论作战之道，曾说临阵将士常常是一鼓作气，再而衰，三而竭。洪承畴初到盛京，对前去劝降的我国大臣或是肆口谩骂，或是闭目不理，其心中惟想着慷慨就义，以完其为臣大节，名垂青史，流芳百世。这是他一鼓作气。后来明白陛下不肯杀他，他便开始绝食。但绝食寻死比自缢、吞金难熬百倍，人所共知。正因绝食十分难熬，所以洪承畴绝食到第二天，便一日饮水数次，今日饮水更多。往日有满人进去照料，洪偶尔一顾，目含仇恨之色。今日偶尔一顾，眼色已经温和，惟怕不给水饮。这是再而衰了。此时……"

皇太极赶快问："此时就能劝说他回心转意么?"

范文程摇头说："此时最好不要派人前去劝说。此时倘若操之过急，逼他投降，或因别故激怒了他，他还会再鼓余勇，宁拼一死。"

"那么……"

"以臣愚见，此时应该投之以平生所好，引起他求生之念。等他有了求生之念，心不愿死而自己不好转圜，然后我去替他转圜，劝他投降，方是时机。"

"你知道他平生最好的是什么?金银珠宝，古玩玉器，锦衣美食，我什么都肯给他，决不吝惜。"

范文程微笑摇头。

皇太极又问："他多年统兵打仗，可能像卢象升一样喜爱骏马?"

范文程又微笑摇头。

皇太极默思片刻，焦急地说：

"范章京，到底这个人平生最爱好的是什么?"

范文程回答说："松山被俘的文武官员中，不乏洪承畴的亲信旧部，有一些甘愿投降的来到盛京。臣从他们的口中，得知洪承畴平生只有一个毛病，就是好色。他不但喜爱艳姬美妾，也好男风。"

"什么?"

范文程尽力将男风一词用满语解释得使皇太极明白，然后接着说："近世明国士大夫嗜好男风不但恬不为耻，反以为生活雅趣，在朋友间毫不避忌。福建省此风更盛，甲于全国。洪是福建人，尤有此好。他去年统兵出关，将一俊仆名唤玉儿的带在身边，八月间死于乱军之中。自那时起，洪氏身处围城之中，无从再近美女、佼童。目前洪深为绝食所苦，生死二念必然搏斗于心中。此时如使他一见美色，必为心动，更会起恋生怕死之念。到那时，为他转圜，就很容易，如同瓜熟蒂落。”

皇太极问：“美女可有？”

“臣今日正在派人暗中物色，尚未找到。此时并非将美女赏赐洪承畴，侍彼枕席，仅是引动他欲生之念耳。”

皇太极说：“盛京中满汉臣民数万家，美女不会没有。另外有朝鲜国王去年贡来的歌舞女子一队，也有生得不错的。”

范文程说：“有姿色的女子虽不难找，但此事绝不能使臣民知道，更不能使朝鲜知道。此系一时诱洪承畴不死之计，倘若张扬出去，传之属国，便有失上国体统。”

“何不挑一妓女前去？使一妓女前去，也不会失我清国体统。”

“臣也想到使用妓女。但思洪承畴出身名族，少年为宦，位至尚书，所见有姿色女子极多。盛京妓女非北京和江南的名妓可比，举止轻佻，言语粗俗，只能使洪承畴见而生厌。”

皇太极说：“洪承畴在松山被围日久，身体原已虚弱，经不起几天绝食。明日一定得想出办法使他回心转意，不然就迟误了。”

范文程躬身回答：“臣要尽力设法，能够不拖过明天最好。”

皇太极沉吟片刻，叫范文程退了出去，然后带着疲倦和忧虑的神色又坐了片刻，想起了庄妃博尔济吉特氏。自从她的姐姐关雎宫宸妃死后，在诸妃中算她生得最美，最得皇太极宠爱。她能说汉语，略识汉字，举止娴雅，温柔中带着草原民族的刚劲之气，所以近来皇太极每次出外打猎总是带她一道。今夜皇太极本来想留在清宁宫住，但因为心中烦闷，中宫皇后对他并没有什么乐趣，便往庄妃所住的永福宫去。

上午，天气比较温和，阳光照射在糊着白纸的南窗上。洪承畴从昏昏沉沉的半睡眠状态醒来，望望窗子，知道快近中午，而且是好晴天。他向窗上凝望，觉得窗上的阳光从来没有这样可爱。他想到如今在关内已是暮春，不禁想到北京的名园，又想到江南的水乡，想着他如今在为皇上尽节，而那些生长在江南的人们多么幸福！今天，他觉得身体更加衰弱，精神更加委顿，大概快要死了。昨天，他还常常感到饥肠辘辘做声，胃中十分难熬，但今天

已经到第四天，那种饥饿难熬的痛苦反而减退，而最突出的感觉是衰弱无力，经常头晕目眩。他平日听说，一般强壮人饿六天或七天即会饿死，而他的身体已经在围困中吃了亏，如今可能不会再支持一二日了。于是他在心中轻轻叹道：

“我就这样死去么？”

因为想着不久就要饿死，他的心中有点怆然，也感到遗憾。但是一阵眩晕，同时胃中忽然像火烧一般的难过，使他不能细想有什么遗憾。等这阵眩晕稍稍过去，胃中也不再那么难过，他又将眼光移到窗上。他多么想多看一眼窗上的阳光！过了一阵，他听见窗外有轻轻的脚步声和人语声，但很久不见有人进来。他想从他绝食以后，头一天和第二天都有几个清朝大臣来劝他进食，他都闭目不答。昨天也有三个大臣来到他的炕边劝说，他依然闭目不答。过去三天，每次由看管他的虏兵送来饭菜，比往日更丰美，他虽然饥饿难熬，却下狠心闭目不看，有时还瞪目向虏兵怒斥：“拿走！赶快拿走！”他很奇怪：为何今日没有虏兵按时给他送来肴馔，也不来问他是不是需要水喝？为何再没有一个人来劝他进食？忽然他的心中恍然明白，对自己说：

“啊，对啦，虏酋已经看出我坚贞不屈，对大明誓尽臣节，不再打算对我劝降了。”

他想着自己到沈阳以来的坚贞不屈，心中满意，认为没辜负皇上的知遇之恩，只要再支持一二日，就完了臣节，将在青史上留下忠义美名，传之千秋，而且朝廷一定会赐祭，赐谥，立祠，建坊，厚荫他的子孙。想着想着，他不禁在心中背诵文天祥的诗句：

读圣贤书，
所学何事？
而今而后，
庶几无愧！

背诵之后，他默思片刻，对自己已经做到了“无愧”感到自慰。他想坐起来，趁着还剩下最后的一点精力留下一首绝命诗，传之后世。但他刚刚挣扎坐起，又是一阵眩晕，使他马上靠在墙上。幸而几天来他都是和衣而卧，所以背靠在炕头墙壁上并不感到很冷，稍有一股凉意反而使他的头脑清爽起来。挨炕头就是一张带抽屉的红漆旧条桌，上有笔、墨、纸、砚，每日为他送来的肴馔也是摆在这张条桌上。他瞟了一眼，看见桌上面有一层灰尘，纸、砚上也有灰尘，不觉起一股厌恶心情。他平生喜欢清洁，甚至近于洁癖。倘若在平时，他一定会怒责仆人，然而今天他只是淡漠地看一眼罢了。他不再打算动纸、笔，将眼光转向别处。火盆中尚有木炭的余火，但分明即将熄灭。他想着自己的生命正像这将熄的一点余火，没人前来过问。他想到死后，尽管朝廷会给他褒荣，将他的平生功绩和绝食殉国的忠烈宣付国史，但是他魂归黄泉，地府中一定是凄凉、阴冷，而且是寄魂异域，可怕的孤独。他有点失悔早入仕途，青云直上，做了朝廷大臣，落得这个下场。忽然，从陈旧的顶棚上落下一缕裹着蛛网的灰尘，恰落在他的被子上。他看一眼，想着自己是快死的人，无心管了。

洪承畴胡乱地想着身后的事，又昏昏沉沉地进入半睡眠状态。他似乎听见院中有满洲妇女的小声说话，似乎听见有人进来，然而他没有精神注意，没有睁开眼睛，继续着半睡眠状态，等候死亡。好像过了很久，他的精神稍稍好了一些，慢慢地睁开眼睛，感到奇怪，不相信这是真的，心中自问："莫非是在做梦?"他用吃惊的眼光望了望两个旗装少女，一高一低，容貌清秀，静静地站立在房门以内，分明是等候着他的醒来。看见他睁开眼睛，两个女子赶快向他屈膝行礼，而那个身材略高的女子随即走到他的炕边，用温柔的、不熟练的汉语问道："先生要饮水么?"

洪承畴虽然口干舌燥，好像喉咙冒火，但是决心速死，一言不答，也避开了她的眼睛，向屋中各处望望。他发现，地已经打扫干净，桌上也抹得很净，文房四宝重新摆放整齐，火盆中加了木炭，有了红火。他的眼光无意中扫到自己盖的被子上，发现那一缕裹着尘土的蛛网没有了。他还没有猜透这是什么意思，立在炕前的那个女子又娇声说道：

"这几天先生吃了大苦，真正是南朝的一大忠臣。先生纵然不肯进食，难道连水也不喝一口么?"

洪承畴断定虏酋已对他无计可施，只好使用美人计。他觉得可笑，干脆闭起了眼睛。过了一阵，洪承畴听见两个满洲女子轻轻地走了，才把眼睛睁开。盆中的木炭已经着起来，使他感到暖烘烘的；他的心上还留有她们的影子，那种有礼貌的说话态度和温柔的眼神使他的心头上感到了一股暖意。自从被俘以来，那些看守他的清兵，有时态度无礼，有时纵然不敢过分无礼，但也使他起厌恶之感。今天是他第一次看见了不使他感到厌恶的人。他知道清宫中没有宫女，只有宫婢，猜想她们定然是虏酋派来的宫婢，但仔细一想，

又不像是用美人计诱他复食。这两个女子并没有劝他复食，只是简单地劝他饮水，也不多劝，而且丝毫没有在他的面前露出故意的媚态。他心中暗问：

“这是什么意思？下边还有什么文章？”

他虽然猜不透敌人的用意，却断定必有新的文章要做。想着自己已经衰弱不堪，再撑一二日便可完成千秋大节，决不能堕入敌人诡计，在心中冷笑说：

“哼，你有千条计，我有一宗旨，惟有绝食到底而已！”

为着不使自己中了敌人的美人计，他拿定主意：倘再有女人进来，他便破口谩骂，叫她们立刻滚出屋子。

忽然，房门口脚步响动，他看见刚才那个身材稍矮而面孔特别白嫩的宫婢掀开门帘，带一个美丽的满洲少妇进来，后边跟随着刚才那个身材稍高的苗条宫婢，捧着一把不大的暖壶。洪承畴本来准备辱骂的话竟没有出口；想闭起眼睛，置之不理，但是一股强烈的好奇心使他不能不注视着在面前出现的事情，特别有一股不可抗拒的力量使他要看看进来的满洲少妇。虽然这进来的少妇也是宫婢打扮，却带着一种高贵神气，并不向他行屈膝礼，直接脚步轻盈地走到他的炕前，用不很纯熟的汉语说道：

“先生为明国大臣，不幸兵败被俘，立意为明国皇上尽忠，绝食而死，令我十分钦敬，特意送来温开水一壶，请先生喝了，减少口干之苦。”她亲手接过暖壶，送到洪的面前，又说：“这温开水不能救先生的命，只能略减临死前的痛苦，请赶快喝下去吧。”

洪承畴坚决不理，闭起双眼。房间里片刻寂静。一股名贵脂粉的异香和女人身上散出的温馨气息扑入他的鼻孔，一直沁入心肺。他心中奇怪：“她不像宫婢。这是谁？”随即告诫自己：“不要理她！不要堕入虏酋诡计！”忽然他又听见那清脆而温柔的声音问道：

“先生不是要做南朝的忠臣么？”

洪承畴不说话，也不睁眼。那富有魅力的声音又说：

“我愿意帮助先生成为南朝忠烈之臣，所以特来劝先生饮水数口，神志稍清，以便死前做你应做的事。先生为何如此不懂事呀？”

洪承畴睁开双眼，原想用怒目斥骂她快滚出去，不料当他的眼光碰到她的眼光，并且望见她的眼神和嘴角含着高贵、温柔又略带轻视的笑意时，他的心中一动，眼睛中的怒气突然全消，不自觉换成了温和神色。这位满洲女子接着说道：

“不是今天，便是明天，你为南朝尽节的时刻就到。倘不投降，必然饿死，或是被杀，决不能再活下去。你是进士出身，又是大臣，不应该在糊涂中死去。我劝你喝几口水，方好振作精神，趁现在留下绝命诗或几句什么话，使明国朝野和后世都知道你是如何为国尽节。说不定还有重要的事儿在等待着你，需要你坚强起来。快喝水吧，先生！”

洪承畴迟疑一下，伸出苍白的、衰弱的、微微打颤的双手，接着暖壶，喝了一口，咽下喉咙，立时感到无比舒服。他又喝了一口，忽然一怔，想吐出，但确实口渴，喉干似火，十分难过，终于咽下，然后将壶推出。满洲女子并不接壶，微笑问道：

“先生为何不再饮了？”

洪承畴简单地说：“这里有人参滋味。我不要活！”

满洲女子嫣然一笑，在洪的眼睛中是庄重中兼有妩媚。他不愿堕入计中，回避了她的眼睛，等待她接住暖壶。她并不接壶，反而退后半步，说道：

“这确是参汤，请先生多饮数口，好为南朝尽节。听说憨王陛下今日晚上或明日就要见你。倘若先生执意不降，必然被杀。你到了憨王陛下面前，如果十分衰弱无力，别人不说你是绝食将死，反而说你是胆小怕死，瘫软如泥，连话也不敢大声说。倘若喝了参汤，有了精力，就可以在憨王面前慷慨陈词，劝两国罢兵修好，也是你替南朝做了好事，尽了忠心。听说南朝议和使者一行九十九人携带敕书，几天内就会来到盛京。你家皇上如不万分焦急，岂肯这样郑重其事？再说，倘若你不肯投降被杀，临死时没有一把精力，如何能步往刑场，从容就义？”停一停，她看出洪承畴对她的话并无拒绝之意，接着催促说：“喝吧，莫再迟疑！”

洪承畴好像即将慷慨赴义，将人参汤一饮而尽，还了暖壶，仰靠壁上，闭了眼睛，用斩钉截铁的口气说道：

“倘见老憨，惟求一死！”

他听见三个满洲女子开始离开他的房间，不禁将眼睛偷偷地睁开一线缝儿，望一望她们的背影。等她们完全走出以后，他才将眼睛完全睁开，觉得炕前似乎仍留下脂粉的余香未散。他心中十分纳罕，如在梦中，向自己问道：

“这一位丽人是谁？”

他感到确实有了精神，想着应该趁此刻写一首绝命诗题在墙上，免得被

老憨一叫，跟着被杀，在仓猝间要留下几行字就来不及了。但是他下炕以后，心绪很乱，打算写的五言八句绝命诗只想了开头三句便不能继续静心再想。在椅子上坐了一阵，他又回到炕上，胡思乱想，直到想得疲倦时朦胧入睡。

直到下午很晚时候，没有人再来看他，好像敌人们都将他遗忘了。自从被俘以来，他总是等待着速死，总是闭目不看敌人，或以冷眼相看。现在没有人来看他，他的心中竟产生寂寞之感。到了申牌时候，他心中所称赞的那个"丽人"又带着上午来的两个宫婢飘然而至。她用温和的眼光望着，分明给他的心头上带来了一丝温暖。但是他没有忘记他自己是天朝大臣，即将为国尽节，所以脸上保持着冷漠神色。那位神态尊贵的满洲少妇从宫婢手中接过暖壶，递到洪承畴的面前，嘴角含着似有似无的微笑，说道：

"先生或生或死，明日即见分晓，请再饮几口参汤。"

洪承畴一言不发，捧过暖壶，将参汤一饮而尽。满洲少妇感到满意，用眼色命身边的一个宫婢接住暖壶。她的眼神中多了几分嘲讽的味道，但是她的神态是庄重的、含蓄的，丝毫没有刺伤洪承畴的自尊心。她问道：

"憨王陛下实在不愿先生死去。先生有话要对我说么？"

洪承畴回答说："别无他言，惟等一死。"

她微笑点头，说："也好。这倒是忠臣的话。"随即又说："先生既然神志已清，我以后不再来了。从今晚起，将从汉军旗中来一个奴才服侍你，直到你为南朝慷慨尽节为止。"

洪承畴问道："你是何人？"

满洲女子冷淡地回答："你不必多问，这对你没有好处。"

望着这个神气高贵的女子同两个宫婢走后，洪承畴越发觉得奇怪。过了一阵，他想着这个女子可能是宫中女官，又想着自己可能不会被杀，所以老憨命这三个宫中女子两次送来参汤救他。但是明天见了老憨，他决不屈膝投降，以后的事情如何？他越想越感到前途茫然，捉摸不定。他经此一度绝食，由三个女子送来参汤救命，希望活下去的念头忽然兴起，但又不能不想着为大臣的千秋名节，皇上的知遇之恩，以及老母和家人的今后情况。他左思右想，心乱如麻，不觉长叹。过了一阵，他感到精神疲倦，闭起眼睛养神。刚刚闭起眼睛，便想起劝他喝参汤的"丽人"。他记起来她的睛如点漆、流盼生光的双目，自从督师出关以来，他没有看见过这样的眼睛。他记起来当她向他的面前送暖壶时，他用半闭的眼睛偷看到她的藏在袖中的一个手腕，皮肤白嫩，戴着一只镂花精致、嵌着几颗特大珍珠的赤金镯子。他想着满洲女子不缠足，像刚才这个“丽人”，步态轻盈中带着矫健，不像近世汉族美人往往是弱不禁风，于是不觉想起曹子建形容洛神的有名诗句：“翩若惊鸿，婉若游龙。”他正在离开死节的重大问题，为这个“丽人”留下的印象游心胡想，忽闻门帘响动，随即看见一个姣好的面孔一闪，又隐在帘外。门外有一阵细语，然后有一个满洲仆人装束的青年进来。

进来的青年仆人不过十八九岁，身材苗条，带有女性的温柔和腼腆表情。他走到洪承畴的炕前跪下，磕了一个头，起来后垂手恭立，躬身轻叫一声：“老爷！”说的是北方普通话，略带苏州口音，也有山东腔调。洪承畴将他浑身上下打量一眼，问道：“你是唱戏的？”

“是的，老爷。”

“你原来在何处唱戏？”

“小人九岁时候，济南德王府派人到苏州采买一班男孩和一班女孩到王府学戏，小人就到了德王府中。大兵①破济南，小人被掳来盛京，拨在汉军旗固山额真府中。因为戏班子散了，北人也不懂昆曲，没有再唱戏了。”

洪承畴又将他打量片刻，看见他确实眉目清秀，唇红齿白，眼角虽然含笑，却分明带有轻愁。又仔细看他脸颊白里透红，皮肤细嫩，不由地想起来去年八月死于乱军中的玉儿。他又问：“你是唱小旦的？”

“是，老爷。老爷的眼力真准！”

“你来此何事？”

“这里朝中大人要从汉人中挑选一个能够服侍老爷的奴才，就把小人派来了。”

洪承畴叹息说：“我是即将就义的人，说不定明天就不在人间，用不着仆人了。”

“话不能那样说死。倘若老爷一时不被杀害，日常生活总得有仆人照料。况且老爷是大明朝的大臣，纵然明日尽节，在尽节前也得有奴仆照料才行。像大人这样蓬头垢面，也不是南朝大臣体统。大人不梳头，恐怕虱子、虮子长了不少。奴才先替大人将头发梳一梳如何？”

洪承畴的头皮早已痒得难耐，想了一下，说：“梳一梳也好。倘若明日能

---

① 大兵——指清兵。清兵于崇祯十一年十月第三次入长城南侵，深入畿辅、山东，于次年正月破济南，掳德王。

得一死，我还要整冠南向，拜辞吾君。你叫什么名字?”

“小人贱姓白，名叫如玉。”

洪承畴“啊”了一声，心上起一阵怅惘之感。

如玉出去片刻，取来一个盒子，内装梳洗用具。他替洪承畴取掉幞头、网巾，打开发髻，梳了又篦，篦下来许多雪皮、虱子、虮子。每篦一下，都使洪承畴产生快感。他心中暗想：倘若不死，长留敌国，如张春那样，消磨余年，未尝不可。但是他忽然在心中说：

“我是大明朝廷重臣，世受国恩，深蒙今上知遇，与张春不同。明日见了虏酋，惟死而已，不当更有他想。”

如玉替他篦过头以后，又取来一盆温水，侍候他洗净脸和脖颈上的积垢。一种清爽之感，登时透入心脾。如玉又出去替他取来几件干净的贴身衣服和一件半旧蓝绸罩袍，全是明朝式样的圆领宽袖，对他说：

“请老爷换换内衣，也将这件罩袍换了。这件罩袍实在太脏，后襟上还有两块血迹。”

洪承畴凄然说：“那是在松山西门外我栽下马来时候，几个亲兵亲将和家奴都抢前救护，当场被虏兵杀死，鲜血溅在我这件袍子上。这是大明朝忠臣义士的血，我将永不会忘。这件罩袍就穿下去吧，不用更换。我自己也必将血洒此袍，不过一二日内之事。”

“老爷虽如此说，但以奴才看来，老爷要尽节也不必穿着这件罩袍。老爷位居兵部尚书兼蓟辽总督，身份何等高贵，鲜血何必同亲兵家奴洒在一起?请老爷更换了吧。听说明日内院大学士范大人要来见老爷。老爷虽为俘囚，衣着上也不可有失南朝大臣体统。”

“不是要带我去面见老憨?”

“小人听说范大人来见过老爷之后，下一步再见憨王。”

“你说的这位可是范文程?”

“正是这位大人，老爷。他在憨王驾前言听计从，在清国中没有一个汉大臣能同他比。明日他亲自前来，无非为着劝降。同他一见，老爷生死会决定一半。务请老爷不要再像过去几天那样，看见来劝降的人就破口大骂或闭起眼睛不理。”

洪承畴严厉地看仆人一眼，责斥说：“你休要多嘴！他既是敌国大臣，且系内院学士，我自有应付之道，何用尔嘱咐老爷!”

“是，是。奴才往后再不敢多言了。”

如玉侍候他换去脏衣，并说今晚将屋中炭火弄大，烧好热水，侍候他洗一个澡。洪承畴没有做声，只是觉得这个仆人的温柔体贴不下死去的玉儿。过一会儿，如玉将晚饭端来，是用朝鲜上等大米煮的稀饭，另有两样清素小菜。洪承畴略一犹豫，想着明日要应付范文程，跟着还要应付虏酋四王子，便端起碗吃了起来。他一边吃一边想心思，心中问道：

“对着范文程如何说话？”

第四十章

民间有句俗话：祸不单行。这不是迷信，常常是各种具体因素在同一个时间内，促成不同的倒霉事同时出现。从表面看来是偶然，实际一想也并不偶然。崇祯连做梦也不会想到，在同一天里，他在乾清宫中接到了两封飞奏：上午收到河南巡抚高名衡奏报，陕西、三边总督汪乔年在襄城兵败，李自成于二月十七日攻破襄城，将汪乔年捉到，杀在城外。下午收到宁远总兵吴三桂的飞奏，说松山城于二月十九日失守，洪承畴生死不明，传闻死于巷战之中，又云自尽。

几天以前，崇祯知道左良玉同李自成在郾城相持，汪乔年要到襄城和左良玉夹击李自成。没有料到，他会失败这么快，竟然死了。不明白：左良玉到哪里去了？汪乔年的人马到哪里去了？在襄城一战溃散了么？倘若在往年，他得到这奏报会十分震惊，震惊后会到奉先殿痛哭一阵。然而自从杨嗣昌死后，他在内战中已经习惯于失败的打击，只觉得灰心，愁闷，忧虑，而不再哭了。几个月前得到在项城城外傅宗龙的被杀消息，他也没有落泪。另外，傅宗龙和汪乔年这两个总督，在他的心目中的分量较轻，压根儿不能与杨嗣昌、洪承畴二人相比。

当得到吴三桂的飞奏后，他却哭了。他立刻命陈新甲设法查清洪承畴的生死下落，他自己也给吴三桂下了手谕，要他火速查清奏明。

自从松山失守的消息传到北京后，北京朝野就关心着洪承畴的下落，一时间传说不一。有的说他在松山失守时骑马突围，死于乱军之中。有的说他率领曹变蛟和王廷臣诸将进行巷战，身中数伤，仍然督战不止，左右死伤殆尽，他正要自尽，敌人拥到，不幸被俘，以后生死不明。过了几天，又有新消息传到北京，说邱民仰、曹变蛟和王廷臣都被杀了，其余监军道员十余人、大小将领数百人，有的战死，有的被俘后遭到杀害，而洪承畴被俘后一看见“敌酋”就骂不绝口，但求速死，已经被解往沈阳。

朝廷命宁远总兵吴三桂“务将洪承畴到沈阳就义实情，探明驰奏”，同时崇祯也叫在山海关监军的高起潜探明洪承畴是否果真不屈，已经就义。

到了四月下旬，吴三桂和高起潜的奏报相继来到，而洪承畴在北京的公馆中得到的消息更快。首先是洪承畴老营中的一个士兵，被俘后从沈阳逃了回来，说他临逃出沈阳时确实在汉人居民中哄传洪承畴绝食身死，是一个大大的忠臣。随后高起潜密奏，说闻洪承畴确实自缢未遂，继以绝食，死在沈阳。

吴三桂给兵部衙门的一封秘密塘报说，洪承畴确实到沈阳后，对劝降的满洲官员骂不绝口，每次提到皇上知遇之恩，便痛哭流涕，惟求速杀。塘报最后说：

> 闻洪总督已绝食数日，一任敌人百般劝诱，只是不理，闭目等死。虏方关防甚严，不许消息外传。洪总督是否已死，传说不一。一俟细作续探真确，当再飞报。须至塘报者![1]

京师士民连日来街谈巷议，都认为洪承畴必死无疑。那班稍有历史知识的人们都把他比做当今张、许[2]；甚至少年儿童，也都知洪承畴是一位为国尽节的大忠臣。朝廷之上，纷纷议论，都是赞许的话。有的人在朝房中说：“唉，当世劳臣[3]，强敏敢任，志节之坚，殉国之烈，孰如洪氏!”那些平日弹劾过他的言官，或因门户之见平日喜欢说他短处的同僚，这时都改变腔调，异口同声地说：

“古人说盖棺论定，洪亨九大节无亏，可谓死得其所!”

恰在这时候，洪府的管事家人陈应安等因京师朝野如沸，洪府故旧门生都在关心朝廷荣典，大少爷尚未回京，事情不能再等，便共同给皇帝上了一道奏本，陈述洪承畴确已就义，其中有这样感人的话：

> 去岁八月战溃，家主坐困松城。城中粮绝，杀马饷兵，忍饥苦守。不意逆将夏承德暗投胡虏，开门献城。家主犹督兵巷战，大呼杀敌，血染袍袖；迨家主身负重伤，左右死亡枕藉，乃南向叩头，口称“天王圣

---

① 须至塘报者——这是明代塘报最后一句话，成为定式。它的原意是对办理和递送塘报的官员说的。

② 张、许——张巡和许远。唐朝安禄山叛乱时，二人坚守睢阳，被围数月，城陷被执，骂贼不屈而死。

③ 劳臣——为国事辛苦有功的臣。

明，臣力已竭”。被执之后，骂不绝口，惟求速死。后以虏兵防守甚严，自缢不成，绝食毕命。从来就义之烈，未有如臣家主者也！

崇祯皇帝将这道奏本看了两遍，深深地叹了口气。乾清宫的管家婆魏清慧轻轻地掀开半旧绣龙黄缎门帘，走进暖阁，本来有事要向他启奏，但是看见他在御案前神色愁惨，双眉紧皱，热泪盈眶，便吓得后退半步，不敢做声，也不敢退出。过了片刻，崇祯转过头来，望她一下，问道：

“你去承乾宫刚回来？”

魏清慧躬身回答：“是，皇爷，奴婢刚从承乾宫回来。”

“田娘娘今日病情如何？”

“田娘娘仍然每日下午申时以后便发低烧，夜间经常咳嗽，痰中带血。她自觉浑身无力，不思下床。她经常想着自己的病症不会治好，又思念五皇子，心中总是郁郁寡欢，还时常流泪。这样一天一天下去，病情只有加重的份儿。”

崇祯骂道：“太医们每日会诊，斟酌药方，竟然如此无能，全是饭桶！”

魏宫人说：“太医们虽然悉心为田娘娘治病，巴不得田娘娘凤体早日痊愈，早宽圣心。可是他们只能在行经、清脾、润肺、化痰、止咳上用心思，能够用的药都用了，无奈对田娘娘的病都无效应。如今田娘娘的病确实不轻，经血已经有几个月不来了，人也一天比一天消瘦。以奴婢看来，不能专靠太医，也需要祈禳祈禳才是。”

崇祯点点头，用眼色命宫女退出。随即一个御前太监进来，启奏说兵部尚书陈新甲奉召进宫，在乾清门外等候召对。崇祯忧郁地问道：

“那个张真人还在京么？”

御前太监回奏：“听说张真人因奏恳皇上特降隆恩，按照衍圣公为例，将真人改为二品俸禄，并在京城中赐官邸一处。此事尚未蒙皇爷恩准，所以仍留京师，住在长春观中，未曾回龙虎山①去。”

崇祯说：“他请求的这两件事，朕已批示礼部衙门详议。后据礼部衙门复奏，本朝无此故事②，碍难同意。礼部衙门的意思很是，张真人为何还在京城滞留？唉，且不管这些小事，你今日替朕传旨：命张真人就在长春观中建醮，

---

① 龙虎山——在江西贵溪县西南。东汉张道陵在此修炼，为后来道教起源。其后人世居龙虎山，元末封为天师，明洪武初改称真人，世袭至民国年间。

② 故事——前例。

为皇贵妃的病虔心祈禳。你再传谕僧道录司，京师各有名寺观，都要为皇贵妃诵经祈禳三日。南宫中的僧道，还有英华殿、大高玄殿等地方，不管是名德法师，或是习道礼佛宫女，从明天起都为皇贵妃诵经祈禳七天。”

太监叩头说：“遵旨！”

崇祯想着国事和家事如此不幸，不禁摇头叹气，随即命传谕陈新甲进来。他近来因为对李自成作战着着失败，已经对这位兵部尚书很不满意，只是遍观朝臣，没有一个比陈新甲做事更干练的人，加之同“东虏”秘密议和的事正在依靠此人，所以他的不满意并没有表露出来。等陈新甲进来行过一跪三叩头礼以后，他望着跪在地上低头等待问话的兵部尚书问道：

“洪承畴为国尽节的事，卿可有别的消息？”

陈新甲回答说：“臣部别无新的塘报。洪宅家人陈应安昨日曾到臣部见臣，说洪承畴确已慷慨尽节，言之确凿，看来颇似可信。”

崇祯说：“朕也见到陈应安等奏本，所以将卿叫进宫来商量。既然洪承畴为国尽节，实为难得的忠烈之臣，朝廷应予褒荣，恤典从优。卿可知道洪承畴在京城有何亲人？他的儿子现在何处？”

陈新甲说：“洪承畴长子原在京城，一个月前因事离京。昨天据陈应安等对臣面禀，彼已星夜赶回，大约一二日内即可来到。洪家在京城如何发丧成服[①]，如何祭奠，如何受吊，都已准备就绪，只等洪承畴的长子回京主持。”

崇祯的思想已经转往别处，沉默片刻，突然发问：“马绍愉是否已经到了沈阳？”

“按日期算，如今可能已到沈阳。”

崇祯叹息说：“目前流贼未灭，中原糜烂。长江以北，遍地蝗旱为灾，遍地饥民啸聚，遍地流贼与土寇滋扰。凡此种种，卿身当中枢重任，知之甚悉。虏势方张，难免不再入塞。内外交困，如之奈何！”

陈新甲知道皇上要谈论议和的事，赶快叩头说：“微臣身为本兵，不能为陛下安内攘外，实在罪该万死。然局势演变至今，只能对东虏暂时议抚，谋求苟安一时，使朝廷全力对付中原危局，剿灭闯贼。舍此别无善策。马绍愉已去沈阳，必能折冲虏廷[②]，不辱使命。望皇上放心等候，不必焦虑。”

“朕所担心者虏事未缓，中原已不可收拾。”

---

① 发丧成服——向亲友宣布丧事，开始穿孝。服指丧服。

② 折冲虏廷——在敌方朝廷上进行外交谈判。

“河南方面，微臣已遵旨檄催各军驰赴援剿。至于东虏方面，只怕要求赏赐过奢。臣已密嘱马绍愉，在虏酋面前既要宣扬皇上德威，启其向化之心，也要从我国目前大局着想，不妨稍稍委曲求全。臣又告他说，皇上的意思是只要土地人民不损失过多，他可以在沈阳便宜行事；一旦有了成议，火速密报于臣，以释圣念。”

崇祯心情沉重地说：“但愿马绍愉深体朕之苦衷，将抚事办妥；也望虏酋不要得寸进尺，欲壑无厌，节外生枝。朕欲为大明中兴之主，非如宋室怯懦之君。倘虏方需索过多，朕决不答应。只要土地人民损失不多，不妨速定成议，呈朕裁定，然后载入盟誓，共同遵守，使我关外臣民暂解兵戎之苦。”

陈新甲说：“是，是。皇上圣明！”

“马绍愉如有密报来京，万不可泄露一字。”

“是，是。此等事自当万分机密。”

“朕已再三嘱咐，每次给卿手谕，看后即付丙丁①。卿万勿稍有疏忽！”

陈新甲说：“臣以驽钝之材，荷蒙知遇之恩，惟望佐皇上成为中兴英主，所以凡是皇上此类密旨，随看随焚，连一字也不使留存于天壤之间。”

“先生出去吧。关外倘有消息，即便奏朕知道！”

陈新甲连声说“是”，随即叩头辞出。

几天以后，礼部关于洪承畴的各项褒忠荣典已经题奏皇帝，奉旨火速赶办。这些荣典事项，包括赐谥忠烈，赠太子太保，赐祭九坛，在京城和洪的福建家乡建立祠堂。礼部与工部会商之后，合奏皇帝，京城的祠堂建立在正阳门月城中的东边。明朝最崇奉关羽，敕封协天大帝，全国到处有关帝庙，建在正阳门月城中的西边的关帝庙在京城十分有名。如今奉旨在月城中的东边建一“昭忠祠”，分明有以洪氏配关羽的意思。

祭棚搭在朝阳门外、东岳庙附近，大路北半里远的一片空地上，坐北朝南。面对东关大路，贫民房舍拆除许多，很是宽大。临大路用松柏枝和素纸花扎一牌坊，中间悬一黄绸横幅，上书“钦赐奠祭”。牌坊有三道门，中门是御道，备皇帝亲来致祭，所以用黄沙铺地。从牌坊直到一箭之外的祭棚，路两旁竖着许多杆子，挂着两行白绸长幡和中央各衙门送的挽联。路两旁三丈

---

① 即付丙丁——立即用火烧掉。按五行说法，丙丁是火。

外搭了四座白布棚，每边两座，三座供礼部主祭官员及各衙门陪祭官员临时休息之用，一座供洪氏家人住宿休息。还有奏乐人们的小布棚，设在祭棚前边，左右相对。其余执事人员，另有较小布棚两座，都在祭棚之后。祭棚门上悬一黄缎匾额，四边镶着白缎，上有崇祯御笔亲题四个大字："忠魂不朽"。祭棚内就是灵堂，布置得十分肃穆庄严。灵堂内正中靠后设一素白六扇屏风，屏风前设有长几，白缎素花围幛，上放洪承畴的灵牌，恭楷写着"故大明兵部尚书、蓟辽总督、太子太保、赐谥忠烈、洪公之灵位"。前边，左右放着一对高大的锡烛台，中间是一个白铜香炉。紧挨灵几，是一张挂有白围幛的供桌。灵堂四壁，挂着挽幛、挽联。灵堂门外和松柏枝牌坊的门两旁都有对联，全是写在白绸子和细白葛布上。所有对联和挽联，都称颂洪氏忠君爱国，壮烈捐躯。京城毕竟是文人荟萃的地方，遇到皇帝为殉国大臣赐祭的难得机会，各大小衙门，各洪氏生前故旧，以及并无一面之缘的朝中同僚，有名缙绅，都送挽联，自己不会做挽联的就请别人代做，各逞才思，各显书法，真是琳琅满目，美不胜收。且看那牌坊中门的一副楹联，虽然不算工稳，却写出了当时的朝野心情：

十载汗马，半载孤城，慷慨忠王事，
老臣命绝丹心在；
千里归魂，万里悲风，挥涕悼元老，
圣主恩深恤典隆。

如今且放下朝阳门外的"赐祭"地方不去详述，让我的笔尖转到热闹非常的正阳门。在正阳门月城内，正在日夜动工，为洪承畴修建祠堂。这项工程，由礼部衙门参酌往例，议定规制，呈请皇帝钦定，批交工部衙门遵办，然后由工部衙门的营缮清吏司①掌管施工，限期建成。该司原有工役多调作别用，乐得将工程交给最有面子和愿意出较多回扣的包工商人承建，趁机伙同分肥。尽管层层剥削，木匠和泥瓦匠仅仅至于不饿着肚皮，大批徒工是白干活儿，但是大家干活的劲头从来没有这样高过。洪氏的"壮烈殉国"的传说深深地打动了大家的心，连平日喜欢偷懒的人也不好意思偷懒了。由于这祠堂是皇帝"敕建"的，又是建在正阳门的月城之内，所以每天前来观看的人很多。有些人看过后心情激动，回去后吟诗填词，一则颂扬洪氏忠义，一则

① 营缮清吏司——简称营缮司，掌管修建宫殿、陵寝、城郭、牌坊、祠庙……等事项。

借以寄慨。据说有许多佳作，都是有名气的文人写的，后来都自己烧掉稿子，不曾有一篇收入文集，甚至对曾经做过这样的诗词也讳莫如深。

五月初四按历书是黄道吉日，也是择定的昭忠祠正厅上梁的日子。上午巳时整，正阳门月城中放了一阵鞭炮，随即奏起鼓乐，工部衙门营缮司派一位七品文官行礼上香，另一位八品官员跪读了上梁文，然后焚化。尽管有五城兵马司派兵丁弹压，驱赶拥挤的人群，但看的人还是将路边围得水泄不通。许多上了年纪的人，想着从前几个经营辽东的大臣，如王化贞、熊廷弼、袁崇焕三个人，都落个被朝廷诛戮的下场，如今洪承畴却是困守孤城，城破被擒，骂敌不屈，绝食而死，忍不住小声议论，赞叹不止。

当昭忠祠上梁时候，崇祯皇帝正在平台召见群臣。他坐在御座上，脸色忧愁，眉头紧皱，白眼球因过分熬夜而网着血丝。臣工们看见他的双脚在御案下不住踩动，知道他常常因心情焦急上朝时都是这样，所以大家捏了一把汗，屏息无语，等候问话。他将御案上的一叠军情文书拿起来又放下，轻声叫道："陈新甲！"

兵部尚书陈新甲立刻答一声，走到御案前跪下去叩了个头。但崇祯没有马上问话，又叫了礼部尚书和工部尚书到面前跪下。有几件要紧事情他都要向大臣们询问，但是他的心中很乱，一时不知道先问哪一桩好。停了片刻，他又将户部尚书也叫到面前跪下。他将御案上的文书看了一眼，然后向陈新甲问道：

"自从汪乔年在襄城兵败以后，两个月来闯贼连破豫中、豫东许多州、县，连归德府也破了，风闻就要去围攻开封。卿部有何援剿之策？"

陈新甲叩头说："臣已檄催丁启睿、杨文岳两总督统率左良玉等总兵，大约有二十万之众，合力援剿，不使流贼窥汴得逞。"

崇祯对丁启睿、杨文岳的才干并不相信，也不相信左良玉会实心作战，叹口气，又问道：

"倘若援剿不利，还有兵可以调么？"

陈新甲回答说："陛下明白，目前兵、饷两缺，实在无兵可调。倘若万不得已，只好调山西总兵刘超、宁武总兵周遇吉驰援河南。另外，陛下将孙传庭从狱中放出，命他总督陕西、三边军务。他已经于一个月前到了西安，正在征饷集粮，加紧练兵。倘若能在短期内练成数万精兵，也可救援开封。"

崇祯转向新任户部尚书傅淑训问道："筹饷事急，卿部有何善策？"

傅淑训战战兢兢地回答说：“目前处处灾荒，处处战乱，处处残破，处处请赈、请饷，处处……”

崇祯几年来听熟了这样的话，不愿听下去，向工部尚书刘遵宪问：“为洪承畴设祭的地方可完全布置就绪？”

刘遵宪回答：“前几天就已经完全就绪。因为陛下将亲临赐祭，又将附近几家贫民破旧房屋拆除，加宽御道，铺了黄沙。”

崇祯又问：“命卿部在正阳门月城中为洪承畴修建祠堂，工程进行如何？”

“工程进展甚速，今日已上梁矣。”

崇祯转向礼部尚书：“明日开祭，烦卿代朕前去。数日之后，朕必亲临致祭。子曰‘祭如在’。《礼记》云‘祭祀主敬’。望卿与陪祭诸臣务须斋戒沐浴，恪尽至诚，献飨致祭，感格忠魂。昨日朕看到承畴的儿子所刻承畴行状[①]，对承畴殉国经过叙述较详。朕看了两遍，深为感动。”崇祯热泪盈眶，喉头壅塞，停了片刻，接着说：“朕为一国之主，没有救得承畴，致有今日！……”

皇帝突然热泪奔流，泣不成声。大臣们都低下头去，有的也陪着皇帝落泪。过了一阵，崇祯揩干眼泪，向大家问道：

“你们还有什么话需要面奏？”

礼部尚书林欲楫赶快奏道：“臣部代陛下所拟祭文，已进呈两日，不知是否上合圣心？如不符圣心，如何改定，伏乞明谕。”

崇祯说：“朕心中悲伤，几乎将此事忘了！卿部所拟祭文，用四言韵语，务求典雅，辞采亦美，然不能将朕心中欲说的话说得痛快，实为美中不足。朕今日将亲自拟一祭文，交卿明日使用。”

林欲楫叩头说：“臣驽钝昏庸，所拟祭文未能仰副圣衷，殊觉有罪。陛下日理万机，旰食宵衣，焦劳天下，岂可使陛下为此祭文烦心？臣部不乏能文之士，请容臣部另拟一稿，进呈御览。”

崇祯说：“不用啦。承畴感激朕知遇之恩，临难不苟，壮烈殉国，志节令名[②]光照史册。朕为他亲拟祭文，以示殊恩，也是应该的。”

陈新甲说：“陛下为忠臣亲拟祭文，实旷代所未有之殊恩，必能使天下忠君爱国的志士咸受鼓舞。”

① 行状——叙述死者爵里和一生行事的文字。

② 令名——美名。

崇祯没再说话，起驾回乾清宫去了。

二更过后，崇祯坐在乾清宫的御案前改定祭文。当时，翰林中有不少能文之士，宫内秉笔太监也有一两个可以代为拟稿的，但是他平日不大相信别人，习惯于“事必躬亲”，尽管他要处理许多重要文书，还是亲自动笔写祭文稿子。晚饭前他已经将稿子写成，晚饭后因东厂提督太监曹化淳进宫来向他禀奏一些事情，包括一些朝臣的家庭阴私琐事。通过曹化淳当面密奏，他知道洪家所刻的洪承畴行状在京城散发极广，有些人与洪家毫无瓜葛，没有资格收到行状，也要想法借到一份，誊抄珍藏。曹化淳还说，京师臣民因听说皇上将亲写祭文并将亲临东郊致祭，人人为之感动，口称圣明，都说有这样圣君，故有洪承畴那样忠臣。崇祯平时自认为是英明之主，对曹化淳并不完全相信，惟独今晚对他的密奏句句信以为真。曹化淳走后，他本来已很疲倦，但不肯休息，将祭文稿摊在御案上进行最后修改。他首先默诵一遍，精神集中，心情激动，疲倦全消。

这篇祭文不长，在下午写成后就经过两遍修改，所以现在只改了几个字，便成定稿。对着这篇改定的祭文稿子，他噙着两眶热泪，用悲痛的低声读了一遍：

维大明崇祯十五年五月，皇帝遣官致祭于故兵部尚书、都察院右都御史、蓟辽总督洪承畴之灵前而告以文曰：

呜呼！劫际红羊①，祸深黄龙②。安内攘外，端赖重臣。昊天不吊③，折我股肱。朕以薄德，罹此蹇剥④，临轩洒涕，痛何如之！

曩者青犊⑤肆虐于中原，铜马⑥披猖于西陲，乃命卿总督师旅，扫荡秦、蜀。万里驰驱，天下知上将之辛劳；三载奋剿，朝廷纾封疆之殷忧。方期贼氛廓清，丽日普照于泾、渭；讵料虏骑入犯，烽火遍燃于幽、燕。畿辅蹂躏，京师戒严。朕不得已诏卿勤王，星夜北来。平台召见，咨以

---

① 红羊——即迷信所谓红羊劫，谓国家遭受厄运。

② 黄龙——即黄龙府，在今吉林省农安县，金初国都。今吉林全境及辽宁省北部均其辖地。

③ 昊天不吊——上天不肯怜悯。

④ 罹此蹇剥——遭到倒霉运气。《易经》中蹇卦和剥卦都不吉利。罹音lí。

⑤⑥ 青犊、铜马——王莽时两支农民起义军名称。此处泛作农民起义军的代称。

方略。蓟辽督师，倚为干城。海内板荡[1]，君臣共休戚之感；关外糜烂，朝野乏战守之策。卿受命援锦，躬亲戎行；未建懋功，遽成国殇。呜呼痛哉！

自卿被围，倏逾半载。孤城远悬，忠眸难望一兵之援；空腹坚守，赤心惟争千秋之节。慷慨誓师，将士闻之而气壮；擂鼓督战，夷狄对之而胆寒。大臣如此勇决，自古罕有。睢阳义烈[2]，堪与比拟。无奈壮士掘鼠，莫救三军饥馁，叛将献城，终至一朝崩解。然卿犹督兵巷战，狂呼杀敌；弱马中箭，继以步斗；手刃数虏，血满袍袖；两度负伤，仆而再起；正欲自刎，群虏涌至，遂致被执。当此时也，战鼓齐喑，星月无光，长空云暗，旷野风悲，微雨忽零，淅沥不止，盖忠贞格于上苍，天地为之愁惨而陨泣！

闻卿被执之后，矢志不屈，蓬头垢面，骂不绝口。槛车北去，日近虏庭，时时回首南望，放声痛哭。迨入沈阳，便即绝食。虏酋百般招诱，无动卿心。佳肴罗列于几上，卿惟目闭而罔视；艳姬侍立于榻前，卿惟背向而怒斥。古人云：慷慨赴死易，从容就义难。慷慨与从容，卿兼而有之矣。又闻卿绝食数日，气息奄奄，病不能兴，鼓卿余力，奋身坐起，南向而跪，连呼"陛下！陛下！"气噎泪流，欲语无声，倒地而死，目犹不瞑。君子成仁，有如是耶？呜呼痛哉！

年余以来，迭陷名城，连丧元臣，上天降罚，罪在朕躬。建祠建坊，国有褒忠之典；议谥议恤，朕怀表功之心。卿之志节功业，已饬宣付史馆。呜呼！卿虽死矣，死而不朽。死事重于泰山，豪气化为长虹；享俎豆[3]于百世，传令名于万年。魂其归来，尚飨！

崇祯将祭文改好之后，又忍不住反复小声诵读，声调凄苦，热泪双流。关于洪承畴如何进行巷战，负伤被俘，以及如何绝食而死，他都是采自洪家所刻的行状，不过在他的笔下写得特别富于感情。祭文中有些话因为有"潜台词"，在执笔者自己诵读时，比旁人更为感动。对于那些打动自己感情的段落，他往往在诵读时满怀酸痛，泣不成声。

---

① 板荡——《板》和《荡》都是《诗·大雅》的篇名，本是写周厉王无道的诗，后世引申沿用，成为世乱的代词。

② 睢阳义烈——唐张巡与许远共守睢阳，对抗安禄山，殉国甚烈。

③ 俎豆——俎（zǔ）和豆都是古代祭祀用的器皿，引申为祭祀之意。

玄武门鼓打三更了。一个宫女用托盘端来一碗银耳汤和一碟虎眼窝丝糖放在他的面前，躬身轻声说道：

“皇爷，已经三更啦。请用过点心就休息吧，明日一早还要上朝呢。”

崇祯叫一个太监将祭文送到司礼监值房中连夜誊缮，天明时送交礼部。喝了银耳汤，便去养德斋就寝。但是刚刚睡熟不久，就做了一个凶梦，连声呼叫：

“嗣昌！承畴！……”

他一乍惊醒，尚不知是真是幻，倾听窗外，从乾清宫正殿檐角传过来铁马丁冬。一个值夜太监匆忙进来，躬身劝道：

“皇爷，您又梦见洪承畴和杨嗣昌啦。这两位大臣已经为国尽忠，不可复生。望皇爷不要悼念过甚，致伤圣体。”

崇祯叹息一声，挥手命太监退出。

在洪承畴开始吃东西的第二天，范文程到三官庙中看他。范文程同他谈了许多关于古今成败的道理，说明明朝种种弊政，必然日趋衰亡，劝他投降。但是他很少回答；偶尔说话，仍然说他身为明朝大臣，决不投降，惟求速死。为着保持大臣体统，他对范文程来时不迎，去时不送。范文程对他的傲慢无礼虽不计较，但心中很不舒服。同他见面之后，范文程去清宁宫叩见皇太极，面奏劝说洪承畴投降的结果。

皇太极问道：“洪承畴仍求速死，朕自然不会杀他。你看，他会在看守不严的时候用别的法儿自尽么?”

范文程说：“请陛下放心。以臣看来，洪承畴不会死了。以后不必看守很严，让他自由自在好了。”

皇太极面露笑容，问道：“你怎么知道他不会再自尽了?”

“洪承畴被俘之后，蓬头垢面，确有求死之心。昨晚稍进饮食，即重有求生之意。今日臣与他谈话时虽然他对臣傲慢无礼，仍说受南朝皇帝深恩，惟愿速死，但适有梁上灰尘落在他的袍袖上，他立刻将灰尘掸去。洪承畴连袍袖上的清洁尚如此爱惜，岂有不自惜性命之理?”

皇太极哈哈大笑，说：“好，这话说得很是!”想一想，又说：“他一定会降，但不要逼他太紧，不要催他剃头。缓些日子不妨。”

几天以后，洪承畴已有愿意投降表示。清朝政府就给他安置到有两进院落的宅子里，除曾在三官庙中陪伴他的颇为温柔体贴、使他感到称心的姣仆白如玉仍在身边外，又给他派来两个仆人、一个马夫、一个管洗衣做针线的女仆、一个很会烹调的厨师，还有一个管做粗活的仆人。一切开销，都不用他操心。日常也有官员们前来看他，但他因身份未定，避免回拜。他有时想起老母和家中许多亲人，想起故国，想起祖宗坟墓，尤其想到崇祯皇帝，心中感到惭愧、辛酸，隐隐刺痛。但是近来在平常时候，有满洲官员们前来看他，他倒是谈笑自若，没有忧戚外露。有时忠义之心，忧戚之感，重新扰乱他的心中平静，但是他强颜为欢，不想在满洲臣僚面前流露这种心情。他对于饮食逐渐讲究，对于整洁的习惯也几乎完全恢复。

几天前他风闻张存仁曾经给清国老憨上了一道奏本，建议将祖大寿斩首，将他留用。随后有人将张存仁原疏的抄件拿给他看，关于留用他的话是这么说的：

> 洪承畴虽非挺身投顺，皇上留之以生，是生其能识时势也。……洪承畴既幸得生，必思效力于我国，似不宜久加拘禁。应速令剃发，酌加任用，使明国之主闻之寒心，在廷文臣闻之夺气。盖皇上特为文臣归顺者开一生路也。且洪承畴身系书生，养于我国，譬如孤羊在槛阱之中，蝇飞无百步之力耳。纵之何所能？禁之何所用？此恩养之不宜薄者也。

张存仁的这几句话，充分说明了清方必欲使他投降的深心，就是要他为明朝文臣树立一个投降清朝后受到优养和重用的榜样。他对自己自幼读圣贤之书，受忠义之教，落到这个下场，感到羞耻，不禁发出恨声，不断长叹。然而奇怪的是，这时如果他有心自尽，很容易为国“成仁”，然而他根本不再有自尽的想法了。

今天午饭后不久，正当崇祯在乾清宫为洪承畴写祭文的时候，范文程差一位秘书院的官员前来见洪，告他说明天上午皇上要在大政殿召见他同祖大寿等，请他今天剃头，并说一应需用衣帽，随后送到。虽然这是洪承畴意料中必有的事，却仍然不免在心中猛然震动。这位官员向他深深作揖致贺，说他必受到皇上重用。他赶快还礼，脸上的表情似笑似哭，喃喃地不能回答出一句囫囵的话。刚送走这位官员，就有人送来了衣、帽、靴、鞋，并来了一个衣服整洁、梳着大辫子的年轻剃头匠。那剃头匠向洪承畴磕了个头，说：

“大学士范大人命小人来给大人剃头。”

洪承畴沉默片刻，将手一挥，说道：“知道了。你出去等等！”

剃头匠退出之后，洪承畴坐在椅子中穆然不动，过了好长一阵，仍然双眼直直地望着墙壁。虽然他已经决定投降，但剃头这件事竟给他蓦然带来很深的精神痛苦。这样的矛盾心情和痛苦，也许像祖大寿一类武将们比较少有。他在童年时候就读了《孝经》，将“身体发肤，受之父母，不敢毁伤”的话背得烂熟。如果是为国殉节，这一句古圣贤的话就可以不讲，而只讲“尽忠即是尽孝”。但如今他是做叛国降臣，剃头就是背叛了古圣先王之制，背叛了华夏之习，背叛了祖宗和父母。一旦剃头，生前何面目再见流落满洲的旧属？死后何面目再见祖宗？然而他心中明白：既然已经投降，不随满洲习俗是不可能的，在这件事情上稍有抗拒，便会被认为怀有二心，可能惹杀身之祸。他正在衡量利害，白如玉来到他的身边，凑近他的耳朵低声说：

“老爷，快剃头吧。听说范大人马上就要来到，与老爷商量明日进见憨王的事。”

洪承畴嗯了一声，点一下头。白如玉掀开一半帘子，探出头去，将手一招。随即满洲剃头匠把盆架子搬了进来，放在比较亮的地方。这架子，下边是木架子，有四条腿，都漆得红明红明的；上边放着铁炉，形似罐子，下有炉门，燃着木炭，上边接一个约有半尺高的黄铜围圈。他端来盛有热水的、擦得光亮的白铜脸盆，放在黄铜围圈上。脸盆背后的朱红高架旁挂着荡刀布，中间悬着一面青铜镜。剃头匠本来还有一只特制的凳子，同盆架子合成一担，可以用扁担挑着走。因为洪承畴的屋中有更为舒服的椅子，所以不曾将那只凳子搬进屋来。剃头匠将一把椅子放在盆架前边，请洪承畴坐上去，俯下腰身，替他用热水慢慢地洗湿要剃去的头发和两腮胡须。洪承畴对剃头的事完全陌生，只好听从剃头匠的摆布。洗过以后，剃头匠将盆架向后移远一点，取出刀子，在荡刀布上荡了几下，开始为洪剃头。刀子真快，只听刷刷两下，额上的头发已经去了一片，露出青色的头皮。洪承畴在镜中望见，赶快闭了眼睛。剃头匠为他剃光了脑壳下边的周围头发，剃了双鬓和两腮，又刮了脸，也将上唇和下颌的胡须修剃得整整齐齐，然后将洪承畴留下的头发梳成一条辫子，松松地盘在头上。洪对着铜镜子看看，觉得好像比原来年轻了十年，但不禁心中一酸，赶快将眼光避开镜子，暗自叹道：

“从此‘生为别世之人，死为异域之鬼![1]’。”

---

① 生为……之鬼——出自西汉投降匈奴将领李陵的《答苏武书》。此书可能是伪托。

洪承畴正要起身，剃头匠轻声说："请老爷再坐一阵。"随即这个年轻人用两个大拇指在他的两眉之间轻巧地对着向外按摩几下，又用松松的空拳轻捶两下，转到他的背后，轻捶他的背脊和双肩。捶了一阵，又蹲下去捶他的双腿，站起来捶他的两只胳膊。剃头匠的两只手十分轻巧、熟练，时而用实心拳，时而用空心拳，时而一空一实，时而变为窝掌，时而使用拳心，时而变为竖拳。由于手式变化，快慢变化，使捶的声音节奏变化悦耳，被捶者身体和四肢感到轻松、舒服。洪承畴以为已经捶毕，不料剃头匠将他右手每个指头拉直，猛一拽，又一屈，使每个指头发出响声，然后将小胳膊屈起来，拉直，猛一拽，也发出响声。再将小胳膊屈起来，冷不防在肘弯处捏一下，使胳膊猛一酸麻，随即恢复正常，而酸麻中有一种特殊快感。他将洪的左手和左胳膊，同样地摆弄一遍。剃头匠看见洪承畴面露微笑，眼睛半睁，似有睡意，知道他感到舒服，便索性将他放倒椅靠背上，抱起他的腰举一举，使他的腰窝和下脊骨也感到柔和，接着又扶着坐直身子，在他肩上轻捶几下，冷不防用右手大拇指和食指在他的下颏下边按照穴位轻轻一捏。洪承畴蓦然昏晕，浑身一晃，刹那苏醒，顿觉头脑清爽，眼光明亮。剃头匠又替他仔细地掏了耳朵，然后向他屈了右膝打千①，赔笑说：

"老爷请起。过几天小人再来给老爷剃头刮脸。"

洪承畴刚起身，白如玉就将一个红纸封子赏给剃头匠。剃头匠接到手里，猜到是一两银子，赶快向洪承畴跪下叩头，说：

"谢老爷的赏！要不是老爷今日第一次剃头，小人也不敢接赏。这是讨个吉利，也为老爷恭喜。老爷福大命大，逢凶化吉；从此吉星高照，前程似锦；沐浴皇恩，富贵无边。"

白如玉等剃头匠走后，用一绸帕将剃下来的长发和以后不会再用的网巾包起来，放进洪承畴床头的小箱中，然后侍候主人更换了衣服。洪承畴平日认为自己生长在"衣冠文物之邦"，很蔑视满洲衣帽，称之为夷狄之服。他常骂满洲人的帽子后边拖着豚尾，袍袖作马蹄形，都是自居于走兽之伦。现在他自己穿戴起来，对着镜子看看，露出一丝苦笑，正要暂时仍旧换上旧服，外边仆人来禀：内院大学士范大人驾到。洪承畴赶快奔出二门外相迎，心里说：

① 打千——满洲风俗，男子向人请安行礼的一种姿势，名叫打千，即左膝前屈，右腿后弯，上体稍向前俯，右手伸直下垂。

“幸好换上了满洲衣帽!”

洪承畴本来要迎出大门，但看见范已经进到大门内，就抢到范的面前深深作了一揖，说道:“辱承枉顾，实不敢当!”范文程赶快还揖，赔笑说:“九老是前辈，今后领教之处甚多，何必过谦。”并肩走到二门阶下，洪又作了一揖，说声“请!”范还了一揖，登阶入门。到了上房阶下，洪又同样礼让；上了台阶以后，到门口又作揖，让范先走一步，到了上房正间，洪又作揖，请范在东边客位坐下，自己在西边主位坐下。仆人献茶以后，洪承畴稍微欠欠身子，赔笑说:

“学生以待罪之身，未便登门拜谒，务请大人海涵。”

范文程说:“不敢，不敢。老先生来到盛京，朝野十分重视。皇上恩情隆渥，以礼相待，且推心置腹，急于重用。明日召见之后，老先生即是皇清大臣，得展经纶[①]矣。”

随即他将明日朝见的礼节向洪承畴嘱咐一番。正说话间，一个仆人匆匆进来，向洪承畴禀道:

“请老爷赶快接旨!”

洪承畴不知何事，心中怦怦乱跳，赶快奔出迎接。范文程趁此时避立一边。那来的是一位御前侍卫，手捧黄缎包袱，昂然走进上房，正中面南而立。等洪承畴跟进来跪在地上，他用生硬的汉语说:

“皇上口谕:洪承畴孤身在此，衣物尚多未备，朕心常在念中。目前虽然已交五月，但关外还会有寒气袭来。今赐洪承畴貂皮马褂一件，以备不时御寒之需。”

跪在地上的洪承畴呼叫:“谢恩!”连叩了三个头，然后双手捧接包袱，恭敬地起身，将包袱放在八仙桌后的条几正中间，又躬身一拜。

御前侍卫没有停留，随即回宫。洪承畴送走了御前侍卫，回进上房，对范文程说:

“皇上真乃不世[②]之主也!”

这天晚上，洪承畴的心情极不平静，坐在灯下很久，思考明天上午跪在大清门外如何说自己有罪的话，然后被引到大政殿前跪下，大清皇帝可能问些什么话，他自己应该如何回答。虽然他做官多年，身居高位，熟于从容应

---

① 经纶——治国的学问、本领。

② 不世——非常的、少有的。

对，但是明天是以降臣身份面对新主，不能说半句不得体的话，更不能有说错的话。当他在反复考虑和默记一些重要语言时候，虽然不知崇祯皇帝正在反复诵读修改好的祭文而哽咽、饮泣，终至俯案痛哭，但是他明白大明皇帝和朝野都必以为他已慷慨尽节，所以他的心中自愧自恨。白如玉每到晚上就薄施脂粉，在他们这种人叫做“上妆”，别人也不以为奇。这时他轻轻地来到洪承畴的身边，小声说：

“老爷，时候不早了，您快上床休息吧，明日还要上朝哩。”

洪承畴长叹一声，在白如玉的服侍下脱衣上床。但是他倚在枕上，想起来一件心事，便打开床头小箱，取出那张在“槛车”上写的绝命诗稿，就灯上烧了，又将包着网巾和头发的小包取出，交给如玉，说道：

“你拿出去，现在就悄悄烧掉。”

如玉说：“老爷，不留个念物么？”

洪承畴摇摇头，语气沉重地说：“什么念物！从此以后，同故国、同君亲、同祖宗一刀两断！过去种种譬如昨日死！”

当白如玉回到床边坐下时，洪承畴已经将灯吹熄，但仍旧倚在枕上胡思乱想。如玉知道他的心中难过，小声劝慰说：

“老爷，大清皇上很是看重您，今日赏赐一件貂皮马褂也是难得的恩荣。老爷应该高兴才是。”

洪承畴紧抓住白如玉的一只柔软的手，小声说：“玉儿，你不懂事。旧的君恩未忘，新的君恩又来，我如何能不心乱如麻？”

“是的。老爷是读书人，又做过南朝大臣，有这种心情不奇怪。”沉默一阵，如玉又说：“过几天，老爷可奏准皇上，暗中差人回到南朝，让家中人知道您平安无恙。”

“胡说！如今全家都以为我已尽节，最好不过。倘若南朝知我未死，反而不妙。从前张春被俘之后，誓死不降，被南朝称为忠臣，遥迁[①]右副都御史，厚恤其家。后来张春写信劝朝廷议和，本是好意，却惹得满朝哗然，就有人劾他降敌，事君不忠。朝廷将张春二子下狱，死在狱中。我岂可稍不小心，连累家人？”

白如玉又说：“听说老夫人住在福建家乡，年寿已高，倘若认为老爷已尽

---

① 遥迁——升官叫做迁。因张春被满洲所俘，所以给他升官叫做遥迁。

节死去，岂不伤心而死？”

“不，你不知道老夫人的秉性脾气。老夫人知书明理，秉性刚强。我三岁开始认字，就是老夫人教的。四岁开始认忠孝二字，老夫人反复讲解。倘若她老人家知道我兵败不死，身事二主，定会气死。唉，唉！……”

洪承畴想着老母，不禁抽泣。过了一阵，他轻轻推一推白如玉，意思是要他到小炕上去睡。白如玉用绸汗巾替他揩去脸上的纵横泪痕，站起来说：

“事已至此，请老爷不必过分为老夫人难过。好生休息一夜，明日要起早梳洗穿戴。第一次见大清皇上，十分要紧！”

第四十一章

次日五月端阳，辰牌时候，正当北京城朝阳门外，明朝的礼部尚书林欲楫代表崇祯皇帝，偕同兵部尚书陈新甲和文武百官，在庄严悲凄的哀乐声中向洪承畴的灵牌致祭时候，在北京东北方一千四百七十里的沈阳城中，举行隆重的受降仪式，一时间八门击鼓，大清门外响起来一阵鼓声和号角之声。然后从大清门内传出来一派皇帝上朝的乐声。随着乐声，满、汉群臣，在盛京的蒙古王公，作为人质的朝鲜世子和大君兄弟二人以及世子的几位陪臣，都到了大政殿前，向坐在大政殿内的清朝皇帝皇太极行礼，然后回到平日规定的地方，只有满、蒙王公和朝鲜世子、大君可以就座，其余都肃立两行。大清门外，跪着以明朝蓟辽总督洪承畴为首的松、锦降臣，有总兵祖大寿、董协、祖大乐，已经革职的总兵祖大弼，副将夏承德、高勋、祖泽远等，低着头等候召见。当时清朝的鸿胪寺衙门尚未成立，有一礼部汉人官员向大清门的降臣们高声传宣：

“洪承畴等诸文武降臣朝见！”

洪承畴叩头，高声奏道：“臣系明国主帅，将兵十三万来到松山，欲援锦州。曾经数战，冒犯军威。圣驾一至，众兵败没。臣坐困于松山城内，粮草断绝，人皆相食。城破被擒，自分当死。蒙皇上矜怜，不杀臣而恩养之。今令朝见。臣自知罪重，不敢遽入，所以先陈罪状。许入与否，候旨定夺。”

礼部官将洪承畴请罪的话用满语转奏清帝之后，皇太极用满语说了几句话。随即那位礼部官高声传谕：

“皇上钦谕：洪承畴所奏陈的话很是。然彼时尔与我军交战，各为其主，朕岂介意？朕所以宥尔者，是因为朕一战打败明国十三万人马，又得了松、锦诸城，全是天意。天道好生，能够恩养人便合天道，所以朕按照上天好生之心意行事，留下你的性命。尔但念朕的养育之恩，尽心图报，从前冒犯之罪，全都宽释不问。从前在阵前捉到张春，也曾好生养他。可惜他既不能为

明国死节，也不能效力事朕，一无所成，白白死去。尔千万莫像他那样才是！”

洪承畴伏地叩头说：“谨遵圣谕！”

祖大寿接着高声奏道：“罪臣祖大寿谨奏！臣的罪与洪承畴不同。臣有数罪当死：往年被陛下围困于大凌河①，军粮吃尽，吃人，快要饿死，无计可施，不得已向皇上乞降。蒙皇上不杀，将臣恩养，命臣招妻子、兄弟、宗族来降，遣往锦州。臣到锦州之后，不惟背弃洪恩，而且屡次与大军对敌。今又在锦州被围，粮食已尽，困迫无奈，方才出城归顺。臣罪深重，理应万死！”

随即礼部官员传出皇帝口谕：“祖大寿所陈，也算明白道理。尔之背我，一则是为尔主，一则是为尔的妻子、宗族。可是得到你以后决不杀你，朕早就怀有此心了。朕时常对内院诸臣说：‘祖大寿必不能杀，后来再被围困时仍然会俯首来降。只要他肯降，朕就会始终待以不死。’以前的事儿你已经追悔莫及，也就算啦。”

明朝副将祖泽远也跪在大清门外奏道：“罪臣祖泽远伏奏皇帝陛下：臣也是蒙皇上从大凌河放回去的，臣的罪与祖大寿同，也该万死！”

皇太极命礼部官员传谕：“祖泽远啊，你是个没有见识的人。你蒙朕放走后之所以不来归降，也只是看着你的主将祖大寿行事罢了。往日朕去巡视杏山，你不但不肯开门迎降，竟然明知是朕，却特意向我打炮，岂不是背恩极大么？尔打炮能够伤几个人呀？且不论尔的杏山城很小，士卒不多，就说洪承畴吧，带了十三万人马，屡次打炮，所伤的人究竟有多少？哼哼！……朕因尔背恩太甚，所以才说起这事。朕平日见人有过，明言晓谕，断不念其旧恶，事后再加追究。岂但待你一个人如此？就是地位尊于你的祖大寿，尚且留养，况尔是个小人，何用杀你！你正当少壮之年，自今往后，凡遇战阵，为朕奋发效力就好啦。”

祖泽远和他的叔父祖大乐都感激涕零，同声说道：“皇上的话说得极是！”

文武新降诸臣都叩头谢恩，然后起立，进入大清门，到了崇政殿前，在

---

① 大凌河——大凌河城，在辽宁省锦州东北数十里处。崇祯四年八月，明军大败，总兵祖大寿等被围于大凌河城中。至冬，城中粮尽，食人、马。满洲招降。祖大寿同意投降，副将何纲反对。大寿杀何纲，与副将张存仁出城投降。大寿说他的妻子在锦州，请放归设计诱降守锦州的将领，清方遂将他放走。

鼓乐中行了三跪九叩头的朝见大礼。乐止，皇太极召洪承畴、祖大寿、祖大乐、夏承德、祖大弼五人进入殿内。等他们重新叩头毕，清帝命他们坐于左侧，赐茶，然后靠秘书院的一位官员翻译，向洪承畴问道：

"我看你们明主，对于宗室被俘，置若罔闻；至于将帅率兵死战，或阵前被擒，或势穷力竭，降服我朝，必定要杀他们的妻子，否则也要没入为奴。为什么要这样？这是旧规么？还是新兴的办法？"

洪承畴明白清帝所问的是出于传闻之误，只好跪下回答说："昔日并无此例。今因文臣众多，台谏[①]纷争，各陈所见以闻于上，遂致如此。"

皇太极接着说："今日明国的文臣固然多，遇事七嘴八舌议论，可是在昔日，文臣难道少么？究竟原因只在如今君暗臣蔽，所以枉杀多人。像这种死战被擒的人，还有迫不得已才投降了的人，岂可杀戮他们的老婆孩子？即令他们身在敌国，可以拿银子将他们赎回，也是朝廷应该做的事，何至于将他们的老婆孩子坐罪，杀戮充军？明国朝廷如此行事，无辜被冤枉滥杀的人也太多啦。"

洪承畴显然被皇太极的话打动了心事，流着眼泪叩头说："皇上此谕，真是至圣至仁之言！"

这一天，降将祖大寿等献出了许多珍贵物品，有红色的和白色的珊瑚树，有用琥珀、珊瑚、珍珠等做的各种数珠，还有珠箍、珠花、沉香、玉带、赤金首饰、玉壶，以及用玉、犀牛角、玻璃、玛瑙、金、银制成的大小杯盘和各种精美银器；皮裘一类有紫貂、猞猁狲、豹、天马皮等，另有倭缎、素缎、蟒衣，各种纱、罗、绸、缎衣料，黄金和白金，氆氇和毡毯、红毡帐房，骏马、雕鞍、宝弓和雕翎箭，虎皮和豹皮，精巧的琉璃灯和明角灯，各种名贵瓷器，各种精工细木家具，镀金盔甲，镶嵌着宝石的苗刀，等等。皇太极命洪承畴和祖大寿等坐在大清门外，将降将们献的东西看了一遍。洪承畴因为是仓猝中突围被俘，所以无物可献。但是心中明白，皇太极是要他看一看祖大寿等许多将领的降顺诚心，意不在物。

看过贡献的名贵东西之后，有官员传出上谕："祖大寿等所献各物，具见忠心。朕一概不纳，你们各自带回去吧。"祖大寿等降将赶快跪在地上再三恳求说："皇上一物不受，臣等实切不安。伏望稍赐鉴纳！"皇太极念他们十分

① 台谏——泛指谏官。明代的都察院在东汉和唐、宋称为御史台，或称宪台，故谏官称为台谏。

诚恳，命内务府酌收一二件，其余一概退还。

大政殿前击鼓奏乐，皇太极起身还宫。礼部官吩咐洪承畴和祖大寿等下去休息，但不能远离。过了半个时辰，宫中传出上谕，赐洪承畴、祖大寿等宴于崇政殿，命多罗贝勒多铎、固山贝子博洛、罗托、尼堪，以及内大臣图尔格等作陪。宴毕，洪承畴等伏地叩头谢恩，退出大清门外。忽然，皇太极又命大学士希福、范文程、刚林、学士罗硕等追了出来，向洪承畴和祖大寿等传谕：

"朕今日召见你们，并未服上朝的衣冠，又不亲自赐宴，并不是有意慢待你们，只是因为关睢宫敏惠恭和元妃死去还不满周年的缘故。"

洪承畴和祖大寿等叩头说："圣恩优异，臣等实在愧不敢当，虽死亦无憾矣！"

回到公馆，洪承畴的心中一直没法平静。从昨天起，他剃了头，改换了满洲衣帽；从今天起，他叩见了清国皇帝，正式成了清臣。虽然皇太极用温语慰勉，并且赐宴，但是是非之心和羞耻之念还没有在他的身上完全消失，所以他不免暗暗痛苦。这天下午，有几位内院官员前来看他，祝贺他深蒙皇上优礼相待，必被重用无疑。他强颜欢笑，和新同僚们揖让周旋，还说了多次感激皇恩的话。到了晚上，当白如玉服侍他脱衣就寝时候，看见他郁郁寡欢，故意偎在他的胸前，轻声问道：

"老爷，从今后您会建大功，立大业，吉星高照，官运亨通。为何又不高兴了？是我惹老爷不如意么？是我……"

洪承畴叹了口气，几乎说出来自己是"赧颜苟活"，但是话到口边就赶快咽了下去。在南朝做总督的那些年月，他常常小心谨慎，深怕自己的左右有崇祯皇帝的耳目，将他随便说的话报进东厂或锦衣卫，转奏皇上；如今来到北朝，身居嫌疑之地，他更得时时小心。尽管这个白如玉是他的爱仆，同床而眠，但是他也不能不存戒心，心中的要紧话决不吐露。白如玉等不到主人回答，体会到主人有难言心情，便想拿别的话题消解主人的心中疙瘩，说道：

"老爷，听说朝廷要另外赏赐您一处大的公馆和许多东西，还要赏赐几个美女，要您快快活活地替皇上做事。听说老爷您最喜欢美女……"

忽然有守门仆人站在房门外边叫道："启禀老爷，刚才内院差人前来知会，请老爷明日辰牌以前到大清门外等候，大衙门中有事。"

洪承畴一惊，从枕上抬起头问："宫中明日可有何事？"

“内院的来人不肯说明，只传下那一句话就走了。”

洪承畴不免突然生出许多猜疑，推开白如玉，披衣坐起。

第二天辰时以前，洪承畴骑马到了大清门外。满、汉官员已经有一部分先到，其余的不过片刻工夫也都到了。鼓声响后，礼部官传呼：满、蒙诸王、贝勒、贝子、公、内院大学士和学士、六部从政等都进入大清门，在大政殿前排班肃立，朝鲜国的世子、大君和陪臣也在大政殿前左边肃立。礼部官最后传呼洪承畴和祖大寿一族的几位投降总兵官也进入大清门内，地位较低的群臣仍在大清门外肃立等候。洪承畴刚刚站定，凤凰楼门外又一次击鼓，清国皇帝皇太极带着他的只有五岁的儿子福临，由一群满族亲贵组成的御前侍卫扈从，走出凤凰门，来到大政殿。他没有走进殿内，侍卫们将一把鹿角圈椅从殿中搬出来放在廊檐下。他坐在圈椅中，叫福临站在他的右边。大政殿前文武群臣，包括朝鲜国的世子和大君等，一齐随着礼部官的鸣赞向他行了一跪三叩头礼。他用略带困倦的眼睛向群臣扫了一遍，特别在洪承畴的身上停留一下，眼角流露出似有若无的一丝微笑，然后对大家说了些话，一位官员译为汉语：

“洪承畴和祖大寿等已经归降，松山、锦州、杏山、塔山四城都归我国所有。感谢上天和佛祖保佑我国，又一次获得大捷。上月朕已经亲自去堂子祭天。今日朕要率领你们去实胜寺烧香礼佛。明国朝政败坏，百姓到处作乱，眼看着江山难保。我国国势日强，如日东升，战无不胜，攻无不克。上有上天和佛祖保佑，下有你们文武群臣实心做事，朕不难重建大金太宗的伟业。今去烧香礼佛，你们务须十分虔诚。午饭以后，你们仍来大政殿前，陪洪承畴观看百戏。朕也将亲临观看，与你们同乐。”

洪承畴伏地叩头，流着泪，且拜且呼：“感谢皇恩！万岁！万岁！万万岁！”

皇太极望着洪承畴诚心感激，心中欣慰，又一次从眼角露出微笑。随即他率领满、蒙贵族和各族文武大臣，骑马往盛京西城外的实胜寺烧香礼佛。他和满、蒙大臣都按照本民族习俗脱掉帽子，伏地叩头，而汉族大臣和朝鲜国世子、大君及其陪臣则按照儒家古制，行礼时冠带整齐。在这个问题上，皇太极倒是胸襟开阔，并不要求都遵守满洲风俗。礼佛完毕，回到城中，时届正午，皇太极自回皇宫。满、蒙、汉各族文武大臣和朝鲜世子等将他送至

大清门外，一齐散去，各回自己的衙门或馆舍。

午后不久，朝中各族文武大臣、满、蒙贵族、朝鲜国世子、大君和陪臣，都到了大清门内，按照指定的地方坐下，留着中间场子。洪承畴虽然此时尚无官职，却被指定同内三院大学士坐在一起。大家坐定不久，听见凤凰门传来咚咚鼓声，又赶快起立，躬身低头，肃静无声。忽然，洪承畴听见一声传呼："驾到！"他差不多是本能地随着别人跪下叩头，又随着别人起身，仍然不敢抬头。在刹那间，他想起来被他背叛的故君，不免心中一痛，也为他对满洲人跪拜感到羞耻。但是他的思想刚刚打个回旋，又听见一声传呼："诸臣坐下！"因为不是传呼"赐坐"，所以群臣不必谢恩。洪承畴随着大家坐下，趁机会向大政殿前偷瞟一眼，看见老憨已经坐在正中间，左右坐着两个女人。当时清朝的朝仪远不像迁都北京以后学习明朝旧规，变得那么繁杂和森严，所以大臣们坐下去可以随便看皇帝，也可张望后、妃。但洪承畴一则尚不习惯清朝的仪制，二则初做降臣尚未泯灭自己的惭愧心理，所以低着头不敢再向大政殿的台阶上观看，对皇帝和后、妃的脸孔全未看清。

大政殿院中，锣鼓开场，接着是一阵热闹的器乐合奏，汉族的传统乐器中杂着蒙古和满洲的民族乐器。乐止，开始扮演"百戏"，似乎为着象征皇帝的"圣躬康乐"，第一个节目是舞龙。这个节目本来应该是晚上玩的，名叫"耍龙灯"。如今改为白天玩耍，龙腹中的灯火就不用了。洪承畴自幼就熟悉这一玩耍，在军中逢到年节无事，也观看士兵们来辕门玩耍狮子和龙灯。现在他是第一次在异国看这个节目，仍然感到兴趣，心中愁闷顿消。锣鼓震耳，一条长龙鳞爪皆备，飞腾跳跃，或伸或屈，盘旋于庭院中间，十分活泼雄健。但是他偶然觉察出来，故国的龙啊，不管是画成的、雕刻的、泥塑的、纸扎的、织的、绣的、玩的布龙灯，那龙头的形状和神气全是敦厚中带有庄严，不像今天所看见的龙头形象狞猛。他的心中不由得冒出一句评语："夷狄之风！"然而这思想使他自己吃了一惊。自从他决意投降，他就在心中不断告诫自己：要竭力泯灭自己的故国之情，不然就会在无意中招惹大祸。他重新用两眼注视舞龙，特别是端详那不住低昂转动的龙头，强装出十分满意的笑容，同时在心中严重地告诫自己说：

"这不是'胡风'，而是'国俗'！要记清，要处处称颂'国俗'！满洲话是'国语'，满洲的文字是'国书'。牢记！牢记！"

接着一个节目是舞狮子。他从狮子头的形状也看出了狞猛的“国俗”。他不敢在心中挑剔，随着左右同僚们高高兴兴地欣赏“狮子滚绣球”。他开始胆大一些，偷眼向大政殿前檐下的御座张望，看见皇帝坐在中间，神情喜悦。他不必偷问别人，偷瞟一眼就心中明白：那坐在皇帝左边的中年妇女必是皇后，坐在右边的标致少妇必是受宠的永福宫庄妃。他继续观看玩狮子，心中又一次感叹清国确是仍保持夷狄之俗，非礼乐文明之邦。按照大明制度，后妃决不会离开深宫，连亲信大臣也不能看见。即令太后因嗣君年幼，偶尔临朝，也必须在御座前三尺外挂起珠帘，名曰“垂帘听政”。她能够在帘内看见群臣，臣下看不见她，哪能像满洲这样！他不敢多想，心中警告自己务要称颂“国俗”，万不可再有重汉轻满的思想，致惹杀身之祸。

以下又扮演了不少节目，有各种杂耍、摔跤、舞蹈。洪承畴第一次看见蒙古的男子舞蹈，感到很有刚健猛锐之气，但他并不喜爱；满洲的舞蹈有的类似跳神，有的模拟狩猎，他认为未脱游牧之风，更不喜欢。后来他看见一队朝鲜女子进场，身穿长裙，脚步轻盈，体态优美，使他不觉入神。他还看见一个身材颀长的美貌舞女在做仰身旋体动作时，两次偷向坐在西边的朝鲜国世子送去眼波，眼中似乎含泪。他的心中一惊，想道：“她也有故国之悲！”等这一个节目完毕，这个朝鲜女子的心思不曾被清朝皇帝和众臣觉察，洪承畴才不再为她担心。

朝鲜的舞蹈显然使皇太极大为满意，吩咐重来一遍。趁这机会，洪承畴略微大胆地向大政殿的前檐下望去，不期与永福宫庄妃的目光相遇。庄妃立刻将目光转向重新舞蹈的朝鲜女子，似乎并没有看见他，神态十分高贵。洪承畴又偷看一眼，却感到相识，心中纳罕。过了片刻，他又趁机会偷看一眼，忽然明白：就是她曾到三官庙用人参汤救活了他！他在乍然间还觉难解，想着清主不可能命他的宠妃去做此事，但是又一想，此处与中朝[1]不同，此事断无可疑。他再向庄妃偷看一眼，看见虽然装束不同，但面貌和神态确实是她，只是那眼神更显得高傲多于妩媚，庄重多于温柔，惟有眼睛的明亮光彩、俊俏和聪颖，依然如故。洪承畴想着自己今生虽然做了降臣，但竟然在未降之时承蒙清主如此眷顾，如此重视，如此暗使他的宠妃两次下临囚室，亲为捧汤，柔声劝饮，这真是千载罕有的恩幸，真应该感恩图报。然而他

① 中朝——洪承畴思想中的“中朝”指明国的朝廷，不是一般意义的“朝廷之中”。

又一想，清主命庄妃做此事必然极其秘密，将来如果由他泄露，或者他对清朝稍有不忠，他将必死无疑；而且，倘若清主和庄妃日后对此事稍有失悔，他也会有不测之祸。这么一想，他不禁脊背上冒出冷汗，再也不敢抬头偷望庄妃了。

洪承畴庆幸自己多年身居猜疑多端之朝，加之久掌军旅，养成了处事缜密的习惯，所以一个月来，他始终不打听给他送人参汤的女子究系何人。尽管白如玉服侍他温柔周到，夜静时同他同床共枕，小心体贴，也可以同他说一些比较知心的私话，然而他一则常常提防这个姣仆是范文程等派到他身边的人，可能奉命侦伺他的心思和言行，二则他对妓女和娈童一类的人向来只作为玩物看待，认为他们是生就的杨花水性①，最不可靠，所以闭口不向白如玉问及送人参汤的女子是谁，好像人间从不曾发生过那回事儿。

洪承畴继续观看扮演，胡思乱想，心神不宁。后来白日西沉，"百戏"停止，全体文武众臣只等待跪送老憨回宫，但是鼓声未响，大家肃立不动。忽然，皇太极望着洪承畴含笑说了几句话，侍立一侧的一位内院官员翻译成汉语传谕：

"洪承畴，今日朕为你盛陈百戏，君臣同乐，释汝羁旅之怀。尔看，尔在本朝做官同尔在南朝做官，苦乐如何?"

洪承畴伏地叩头谢恩，哽咽回答："臣本系死囚，幸蒙再生。在南朝，上下壅塞，君猜臣疑；上以严刑峻法待臣下，臣以敷衍欺瞒对君父。臣工上朝，懔懔畏惧，惟恐祸生不测，是以正人缄口，小人逞奸，使朝政日益败坏，不可收拾。罪臣幸逢明主，侧身圣朝，如枯草逢春，受雨露之滋润，蒙日光之煦照，接和风之吹拂。今蒙皇上天恩隆渥，赐观'百戏'，臣非木石，岂能不感激涕零。臣本驽钝，誓以有生之年，为陛下效犬马之劳，纵粉身碎骨，亦所不辞！"

谁也不知道洪承畴的话是真是假，但是看见他确实呜咽不能成声，又连连伏地叩头。皇太极含笑点头，对他说了几句慰勉的话，起身回宫。

洪承畴回到公馆，在白如玉的服侍下更了衣帽。晚饭他吃得很少，只觉得心中很乱，无情无绪，仿佛不知道身在何地。临就寝时候，白如玉见他心情稍好，轻声对他说：

---

① 杨花水性——或作水性杨花。杨花随风飘荡，流水随地流动，在封建士大夫眼中比喻妇女中轻薄易变、感情不专的品性。

“老爷，南朝的议和使臣快到啦。”

洪的心中一动，沉默片刻，问道：“何时可到？”

“听说只在这近几天内。为首的使臣是兵部职方司郎中马绍愉大人，老爷可认识么？”

洪承畴不想说出马绍愉曾同张若麒在他的军中数月，随便回答说：“在北京时他去拜见过我，那时他还没有升任郎中。我同他只有一面之缘，并无别的来往。”

白如玉又问：“他来到盛京以后，老爷可打算见他么？”

“不见。不见。”

洪承畴忽然无意就寝，将袖子一甩，走出房门，在天井中徘徊。白如玉跟了出来，站在台阶下边，想劝他回屋去早点安歇，但是不敢做声。他习惯于察言观色，猜度和体会主人心思，如今他侍立阶下，也在暗暗猜想。他想着主人的如此心思不安，可能是担心这一群议和使臣会将主人的投降禀报南朝，连累洪府一门遭祸？也许洪怕同这一群使臣见面，心中自愧？也许洪担心两国讲和之后，那边将他要回国，然后治罪？也许他亲见清国兵强势盛，想设法从旁促成和议，以报崇祯皇帝对他的知遇之恩？也许是他既然投降清国，希望和议不成，好使清兵去攻占北京？……

白如玉猜不透主人的心事，不觉轻轻地叹了口气。庭院中完全昏暗。他抬头向西南一望，一线月芽儿已经落去。

北京朝廷每日向洪承畴的灵牌致祭，十分隆重。第一天由礼部尚书主祭，以后都由侍郎主祭。原定要祭九坛，每日一坛，已经进行到第五天。每日前往朝阳门外观看的士民像赶会一样，人人称赞洪承畴死得重于泰山，十分哀荣。从昨天开始，哄传钦天监择定后天即五月十一日，上午巳时三刻，皇帝将亲临致祭，文武百官陪祭。这是极其少有的盛事，整个北京城都为之沸腾起来。随着这消息的传出，顺天知府、同知等官员偕同大兴知县，紧急出动，督率兵役民夫，将沿路街房仔细察看，凡是破损严重，有碍观瞻的，都严饬本宅住户连夜修缮；凡墙壁和铺板上有不雅观的招贴，都得揭去，用水洗净。当时临大街的胡同口都放有尿缸，随地尿流，臊气扑鼻。各地段都责成该管坊巷首事人立即将尿缸移到别处，铲去尿泥，填上新土。掌管五军都督府的成国公朱纯臣平日闲得无事可干，现在要趁此机会使皇上感到满意，就偕同

戎政大臣[1]，骑着骏马，带着一大群文官武将，兵丁奴仆，前呼后拥，从东华门外向东沿途巡视，直到朝阳门外二里远的祭棚为止，凡是可能躲藏坏人的地方都一一指点出来。他同戎政大臣商定，从京营中挑选三千精兵，从后天黎明起沿途"警跸"。至于前后扈驾，祭棚周围侍卫，銮舆仪仗，全是锦衣卫所司职责，锦衣卫使吴孟明自有安排。吴孟明还同东厂提督太监曹化淳商量，双方都加派便衣侦探，当时叫做打事件番子，在东城和朝外各处旅栈、饭馆、茶肆、寺庙等凡可以混迹不逞之徒的场所，严加侦伺防范。另外，大兴县从今天起就号了几百辆骡、马大车，不断地运送黄沙，堆在路边，以备十一日黎明前铺在路上。工部衙门正在搭盖御茶棚，加紧完工，细心布置，以备皇上休息。

今天是五月初十。崇祯皇帝为着明天亲去东郊向洪承畴致祭，早朝之后就将曹化淳和吴孟明召进乾清宫，询问他们关于明日一应所需的法驾、卤簿以及扈驾的锦衣卫力士准备如何。等他们作了令他满意的回奏以后，他又问道：

"近日京师臣民对此事有何议论？"

曹化淳立刻奏道："近来京师臣民每日纷纷议论，都说洪承畴是千古忠臣，皇爷是千古圣君。"

崇祯点点头，忽然叹口气说："可惜承畴死得太早！"

吴孟明说："虽然洪承畴殉国太早，不能为陛下继续效力，可是陛下如此厚赐荣典，旷世罕有，臣敢信必有更多如洪承畴这样的忠烈之臣闻风而起，不惜肝脑涂地，为陛下捍卫江山。"

曹化淳接着说："奴婢还有一个愚见。洪承畴虽然尽节，忠魂必然长存，在阴间也一样不忘圣恩，想法儿使东虏不得安宁。"

崇祯沉默片刻，又叹口气，含着泪说："但愿承畴死而有灵！"

一个长随太监进来，向崇祯启奏：成国公，礼、兵、工三部尚书和鸿胪寺卿奉召进宫，已经在文华殿中等候。崇祯挥手使吴孟明和曹化淳退出，随即乘辇往文华殿去。

今天的召见，不为别事，只是崇祯皇帝要详细询问明白，他亲临东郊致祭的准备工作和昭忠祠的修建情况。倘若是别的皇帝，一般琐细问题大可不

---

① 戎政大臣——五军都督府例由一位勋臣掌管，但这种人多系纨袴子弟，不练达政务，所以朝廷另派一位兵部侍郎协理戎政，简称戎政大臣或戎政侍郎。

问，大臣们对这样事自然会不敢怠忽。但是他习惯于事必躬亲，自己不亲自过问总觉得不能放心，所以于国事纷杂的当儿，硬分出时间来召见他们。他问得非常仔细，也要大臣们清楚回奏。有些事实际并未准备，他们只好拿谎话敷衍。他还问到洪氏祠堂的石碑应该用什么石头，应该多高，应该命谁撰写碑文。礼部尚书林欲楫很懂得皇上的秉性脾气，跪下回答说：

“洪承畴为国捐躯，功在史册，流芳百世，永为大臣楷模。臣部曾再三会商，拟恳皇上亲撰碑文，并请御笔亲题碑额。既是奉饬建祠树碑，又是御撰碑文，御题碑额，故此碑必须选用上等汉白玉，毫无瑕疵，尤应比一般常见石碑高大。”

崇祯问：“如何高大？”

礼部尚书回奏：“臣与部中诸臣会商之后，拟定碑身净高八尺，宽三尺，厚一尺五寸，碑帽高三尺四寸，赑屃[1]高四尺。另建御碑亭，内高二丈二尺，台高一尺八寸，石阶三层。此系参酌往例，初有此议，未必允妥，伏乞圣裁！”

崇祯说：“卿可题本奏来，朕再斟酌。”

召对一毕，崇祯就乘辇回乾清宫去。最近，李自成在河南连破府、州、县城，然后由商丘奔向开封。崇祯心中明白，这次李自成去攻开封，人数特别众多，显然势在必得；倘若开封失守，不惟整个中原会落入“流贼”之手，下一步必然东截漕运，西入秦、晋，北略畿辅，而北京也将成孤悬之势，不易支撑。他坐在辇上，不知这一阵又有什么紧急文书送到乾清宫西暖阁的御案上，实在心急如焚。等回到乾清宫，在御案前颓然坐下，他一眼就看见果然有一封十万火急文书在御案上边。尽管这封文书照例通政司不拆封，不贴黄，但是他看见是宁远总兵吴三桂来的飞奏，不由地心头猛跳，脸上失色。他一边拆封一边心中断定：必是“东虏”因为已经得了松、锦，洪承畴也死了，乘胜进兵。他原来希望马绍愉此去会有成就，使他暂缓东顾之忧，专力救中原之危，看来此谋又成泡影！等他一目数行地看完密奏，惊惧的心情稍释，换成一种混合着恼恨、失望、忧虑和其他说不清的复杂心情。他将这密奏再草草一看，用拳头将桌子猛一捶，恨声怒骂：

“该死！该杀！”

---

① 赑屃——音 bì xì，驮石碑的龟，有耳朵。传说中龙生九子之一，最有力气。

恰巧一个宫女用双手端着一个嵌螺朱漆梅花托盘，上边放着一杯新贡来的阳羡春茶，轻脚无声地走到他的身边，蓦吃一惊，浑身一震，托盘一晃，一盏带盖儿的雨过天晴暗龙茶杯落地，哗啦一声打成碎片，热茶溅污了龙袍的一角。那宫女立刻跪伏地上，浑身颤栗，叩头不止。崇祯并不看她，从龙椅上跳起来，脚步沉重地走出暖阁，绕着一根朱漆描金云龙的粗大圆柱乱走几圈，忽然又走出大殿。他在丹墀上徘徊片刻，开始镇静下来，在心中叹息说："我的方寸乱了！"恰在这时，王承恩拿着一叠文书走进来。看见皇上如此焦灼不安，左右侍候的太监都惶恐屏息，王承恩吓了一跳，不敢前进，也不敢退出，静立于丹墀下边。崇祯偶然转身，一眼瞥见，怒目盯他，叫道：

"王承恩！"

王承恩赶快走上丹墀，跪下回答："奴婢在！"

崇祯说："你快去传旨，洪承畴停止祭祀，立刻停止！"

"皇爷，今天上午已祭到五坛了。下午……"

"停！停！立即停祭！"

"是。奴婢遵旨！"

"向礼部要回朕的御赐祭文，烧掉！"

"是，皇爷。"

"洪承畴的祠堂停止修盖，立即拆毁！"

"是，皇爷。"

崇祯向王承恩猛一挥手，转身走回乾清宫大殿，进入西暖阁。王承恩手中拿着从河南来的十万火急的军情文书，不敢呈给皇上，只好暂带回司礼监值房中去。崇祯重新在龙椅上颓然坐下，长叹一口气，又恨恨地用鼻孔哼了一声，提起朱笔在一张黄色笺纸上写道：

> 谕吴孟明：着将洪承畴之子及其在京家人，不论男女老少，一律逮入狱中，听候发落，并将其在京家产籍没。立即遵办，不得姑息迟误！

他放下笔，觉得喉干发火，连喝了两口茶。茶很烫口，清香微苦，使他的舌尖生津，头脑略微冷静。他重新拿起吴三桂的密疏，一句一句地看了一遍，才看清楚吴三桂在疏中说他差人去沈阳城中，探得洪承畴已经停止绝食，决意投敌，但是尚未剃发，也未受任官职，并说"虏酋"将择吉日受降，然后给他官做。崇祯在心中盘算：洪承畴既不能做张巡和文天祥，也不能做苏武，竟然决意投敌，实在太负国恩，所以非将洪承畴的家人严加治罪不足以泄他心头之恨，也没法儆戒别人。但是过了片刻，崇祯又一转念：如今“东虏”兵势甚强，随时可以南侵。倘若将洪氏家人严惩，会使洪承畴一则痛恨朝廷，二则无所牵挂，必将竭力为敌人出谋献策，唆使“东虏”大举内犯，日后为祸不浅，倒不如破格降恩，优容其家，利多害少。但是宽恕了洪的家人，不能够释他的一腔恼恨。有很长一阵，他拿不定主意，望着他写给吴孟明的手谕出神。他用右手在御案上用力一拍，忽地站起，推开龙椅，猛回身，却看见几尺外跪着刚才送茶的宫女。原来当他刚才走出乾清宫时，“管家婆”魏清慧赶快进来，将地上收拾干净，另外冲了一杯阳羡春茶，放在御案，而叫获罪的宫女跪远一点，免得正在暴怒的皇上进来时会一脚踢死了她。这时崇祯才注意到这个宫女，问道：

“你跪在这儿干吗？”

宫女浑身哆嗦，以头触地，说：“奴婢该死，等候皇爷治罪。”

崇祯严厉看她一看，忽然口气缓和地说：“算啦，起去吧。你没罪，是洪承畴有罪！”

宫女莫名其妙，不敢起来，继续不住叩头，前额在地上碰得咚咚响，流出血来。但崇祯不再管她，焦急地走出大殿。看见承乾宫掌事太监吴祥在檐下恭立等候，他问道：

“你来何事？田娘娘的病好些么？”

吴祥跪下回答：“启奏皇爷，娘娘的病并不见轻，反而加重了。”

崇祯叹口气，只好暂将洪承畴的问题撂下，命驾往承乾宫去。

为洪承畴扮演“百戏”之后，不过几天工夫，除赐给洪承畴一座更大的住宅外，还赐他几个汉族美女，成群的男女奴婢，骡、马、雕鞍、玉柄佩刀，各种珍宝和名贵衣物。洪承畴虽然尚无职衔，但他的生活排场俨然同几位内院大学士不相上下。皇太极并不急于要洪承畴献“伐明”之策，也不向他询问明朝的虚实情况，暂时只想使洪承畴生活舒服，感激他的恩养优渥。洪承畴天天无事可干，惟以下棋、听曲、饮酒和闲谈消磨时光。原来他担心明朝的议和使臣会将他的投降消息禀报朝廷，后来将心一横，看淡了是非荣辱之念，抱着听之任之的态度。范文程已经答应不令南朝的议和使臣见他，使他更为安心。

以马绍愉为首的明国议和使团，于初三日到塔山，住了四天，由清国派

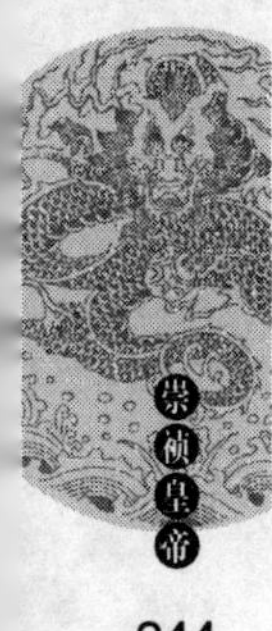

官员往迎；初七日离塔山北来，十四日到达盛京。当时老憨皇太极不在盛京。他保持着游牧民族的习惯，不像明朝皇帝那样将自己整年、整辈子关闭在紫禁城中，不见社会。皇太极主持了洪承畴一群人的投降仪式之后，又处理了几项军政大事，便于十一日午刻，偕皇后和诸妃骑马出地载门，巡视皇家草场，看了几处放牧的牛、马，还随时射猎。但是在他离开盛京期间，一应军国大事，内院大学士们都随时派人飞马禀奏。关于款待明朝议和使臣的事，都遵照他的指示而行。五月十四日上午，几位清国大臣出迎明使臣于二十里外，设宴款待。按照双方议定的礼节：开宴时，明使臣向北行一跪三叩礼，宴毕，又照样儿行礼一次。这礼节，明使臣只认为是对清国皇帝致谢，而清方的人却称做“谢恩”。明使臣被迎入沈阳，宿于馆驿。皇太极又命礼部承政满达尔汉①、参政阿哈尼堪②、内院大学士范文程、刚林、学士罗硕同至馆驿，宴请明国议和使臣。明使臣仍遵照初宴时的规定行礼。宴毕，满达尔汉等向明使臣索取议和国书。马绍愉等说他们携来崇祯皇帝给兵部尚书陈新甲敕谕一道，兵部尚书是钦遵敕谕派他们前来议和。满达尔汉等接过崇祯给陈新甲的敕谕，看了一下，说他们需要进宫去奏明皇上知道，然后决定如何开议。说毕就离开馆驿。

第二天上午，辽河岸上，小山脚下，在一座黄色毡帐中，皇太极席地而坐，满达尔汉、范文程和刚林坐在左右，正在研究明使臣马绍愉携来的崇祯敕书。皇太极不识汉文，满达尔汉也只是略识一点。他们听范文程读了敕书，又跟着用满洲语逐句译出。那汉文敕书写道：

> 谕兵部尚书陈新甲：昨据卿部奏称，前日所谕休兵息民事情，至今未有确报。因未遣官至沈，未得的音。今准该部便宜行事，遣官前往确探实情具奏。特谕！

皇太极听完以后，心中琢磨片刻，说：“本是派使臣前来求和，这个明国皇帝却故意不用国书，只叫使臣们带来他给兵部尚书的一道密谕，做事太不干脆！这手谕可是真的？”

范文程用满语回答：“臣昨日拿给洪承畴看过，他说确系南朝皇帝的亲笔，上边盖的‘皇帝之宝’也是真的。”

---

① 满达尔汉——姓纳喇，满洲正黄旗人。
② 阿哈尼堪——姓富察，满洲镶黄旗人。

皇太极笑了一笑，说：“既是南朝皇帝亲笔，盖的印信也真，就由你和刚林同南朝使臣开议。刚林懂得汉语，议事方便。哼，他明国皇帝自以为是天朝，是上天之子，鄙视他人。上次派来使者也是携带他给兵部尚书的敕书一道，那口气就不像话，十分傲慢自大……”他望着范文程问：“你记得今年三月间，他的那敕书上是怎么说的？还记得么？”

范文程从护书中取出一张纸来，说道：“臣当时遵旨将原件退回驻守锦州、杏山的诸王、贝勒，掷还明使，却抄了一张底子留下。那次敕书上写道：‘谕兵部尚书陈新甲：据卿部奏，辽沈有休兵息民之意，中朝未轻信者，亦因从前督、抚各官未曾从实奏明。今卿部累次代陈，力保其出于真心。我国家开诚怀远，似亦不难听从，以仰体上天好生之仁，以复还我祖宗恩义联络之旧。今特谕卿便宜行事，差官宣布，取有的确音信回奏！’”范文程随即将后边附的满文译稿念了一遍，引得皇太极哈哈大笑。

满达尔汉也笑起来，说：“老憨，听他的口气，倒好像他明国打败了我国，是我国在哀怜求和！”

皇太极说：“上次经过我的驳斥[1]，不许使者前来。南朝皇帝这一次的敕书，口气老实一点，可是也不完全老实。我们且不管南朝皇帝的敕书如何，同南朝议和对我国也有好处。我的破南朝之策，你们心中明白。你们留下休息，明日随我一起回京。”

两天以后，即五月十六日，皇太极偕皇后、诸妃、满达尔汉和范文程等进盛京地载门，回到宫中。第二天，围攻松山和锦州的诸王、贝勒等都奉召回到盛京。皇太极亲自出城十里迎接，见面时，以多罗饶余贝勒阿巴泰为首，一个一个轮流屈一膝跪在他的面前，抱住他的腰，头脑左右摆动两下，而他则松松地搂抱着对方的肩背。行毕这种最隆重的抱见礼，一起回到京城，先到堂子祭神，然后他自己回宫，处理紧要国事。

目前首要的大事是如何对明国议和问题。关于议和的事，有一群满、汉大臣，以从前降顺的汉人、现任都察院参政祖可法、张存仁为首，主张拒绝南朝求和，趁此时派大军“南伐”，迫使崇祯逃往南京，纳贡称臣，两国以黄河为界。

---

① 驳斥——三月十六日，皇太极针对崇祯给陈新甲的敕谕，也给驻军锦州、杏山的诸王、贝勒等一道长的敕谕，对崇祯敕谕的态度、口气和内容痛加驳斥，盛称清国的强盛，提出应该议和的道理。敕谕最后说：“朕以实意谕尔等知之，尔等其传示于彼。”

皇太极不同意他们的建议。他有一个进入关内、重建金太宗勋业的梦想，也有切实可行的步骤，但不肯轻易说出。想了一想，他指示范文程和刚林等同南朝使臣们立即开议，随时将开议情况报告给他，由他亲自掌握。

他回到盛京以后，就听说满族王公大臣中私下抱怨他对洪承畴看待过重，赏赐过厚。他听到有人甚至说："多年汗马功劳，为皇上负伤流血，反而不如一个被活捉投降的南朝大臣。"驻军锦州一带的诸王、贝勒等回来以后，这种不满的言论更多了，其中还有些涉及庄妃化装宫婢去三官庙送人参汤的话。皇太极必须赶快将这些闲话压下去。一天，在清宁宫早祭之后，皇太极留下一部分满族王公、贝勒赐吃肉。这些人都有许多战功，热心为大清开疆拓土，巴不得赶快囊吞半个中国。吃过肉，皇太极向他们问：

"我们许多年来不避风雨，甘冒矢石，几次出兵深入明国境内，近日又攻占松山、锦州、杏山、塔山四城，究竟为的什么？"

众人回答说："为的是想得中原。"

皇太极点头笑着说："对啦。譬如一群走路的人，你们都是瞎子，乱冲乱闯。如今得了个引路的人，我如何能够不心中高兴？如何不重重地赏赐他，好使他为我效力？洪承畴就是个顶好的引路人，懂么？"

众人回答："皇上圣明！"

皇太极哈哈大笑，挥手使大家退出。

当五月初四日崇祯在乾清宫流着泪为洪承畴亲自撰写祭文的时候，李自成和罗汝才率领五十万人马杀向开封，前队已经到了开封城外。这个消息，过了整整十天才飞报到京。现在是五月十五日的夜晚，明月高照，气候凉爽宜人。但是崇祯的心中非常烦闷，不能坐在御案前省阅文书，也无心往皇后或任何妃子的宫中散心解愁，只好在乾清宫的院子里久久徘徊。有时他停步长嘘，抬头看一看皇极殿高头的一轮皓月；更多的时候是低垂着头，在漫长的汉白玉甬路上从北走到南，从南走到北，来回走着，脚步有时很轻，有时沉重。几个太监和宫女在几丈外小心伺候，没有人敢轻轻儿咳嗽一声。

他很明白，李自成这次以五十万之众围攻开封，分明是势在必得，不攻下开封决不罢休。尽管他和朝臣们都只说李自成是凶残流贼，并无大志，攻开封不过想掳掠"子女玉帛"，但是他心中清楚，李自成士马精强，颇善于收揽民心，这次攻开封可能是想很快就建号称王。想到这个问题，他不禁脊背发凉，冒出冷汗。

他的心情愈想愈乱，不单想着中原战局，而且田妃的十分瘦弱的病容也时时浮在他的眼前。

田妃的病一天重似一天，眼看是凶多吉少，大概挨不过秋天。今天下午，他带着皇后和袁妃到承乾宫看了田妃，传旨将太医院的官儿们严厉切责，骂他们都是白吃俸禄的草包，竟没有回春之术。当时太医院尹带着两个老年的著名太医正在承乾宫后边的清雅小屋中吃茶翻书，商酌药方，听到太监口传圣旨切责，一齐伏地叩头，浑身颤栗，面无人色。崇祯在返回乾清宫的路上，想着已经传谕全京城的僧、道们为田妃建醮诵经，祈禳多次，全无影响，不觉叹了口气，立即命太监传谕宣武门内的西洋教士率领京师信徒，从明天起为田妃祈祷三日；宫女中也有少数信天主教的，都有西洋教名，也传谕她们今晚斋戒沐浴（他以为天主教徒做郑重的祈祷也像佛、道两教做法事，需要斋戒沐浴），从明日黎明开始为田妃天天祈祷，直到病愈为止。此刻他彷徨月下，从田妃的病势沉重想到五皇子的死，忍不住叹息说：

“唉，国运家运！……”

看见曹化淳走进乾清门，崇祯站住，问道：“曹伴伴，你这时进宫，有事要奏？”

曹化淳赶快走到他的面前，跪下叩头，尖声说道：“请皇爷驾回暖阁，奴婢有事回奏。”

崇祯回到乾清宫的东暖阁，颓然坐下。近来他专在西暖阁批阅文书，东暖阁只放着他偶尔翻阅的图书和一张古琴，作为他烦闷时的休息地。曹化淳跟着进来，重新在他的面前跪下叩头。他打量了曹化淳一眼，心中七上八下，冷淡地说：“说吧，曹伴伴，不要隐瞒。”

曹化淳抬起头来说：“今日下午，京师又有了一些谈论开封军情的谣言。奴婢派人在茶馆、酒楼、各处闲杂人聚集地方，暗中严查，已经抓了几十个传布流言蜚语的人，仍在继续追查。”

“横竖开封被围，路人皆知。又有了什么谣言？”

“奴婢死罪，不敢奏闻。”

崇祯的心头一震，脸色一寒，观察曹化淳神色，无可奈何地说：“你是朕的家里人，也是朕的心腹耳目。不管是什么谣言，均可直说，朕不见罪。”

曹化淳又叩个头，胆怯地说：“今日下午，京师中盛传李自成将要攻占开

封，建立国号，与皇爷争夺天下。”

崇祯只觉头脑轰了一声，又一次冷汗浸背。这谣言同他的担心竟然完全相合！他竭力保持镇静，默然片刻，说道：

“朕已饬保督杨文岳、督师丁启睿以及平贼将军左良玉，统率大军星夜驰援开封，合力会剿，不使闯贼得逞。凡是妄谈国事，传布谣言的，一律禁止。倘有替流贼散布消息，煽惑人心的，一律逮捕，严究治罪。你东厂务须与锦衣卫通力合作，严密侦伺，不要有一个流贼细作混迹京师。剿贼大事，朕自有部署，不许士民们妄议得失。”

“奴婢领旨！”

崇祯想赶快改换话题，忽然问道：“对洪承畴的事，臣民们有何议论？”

曹化淳一则最了解皇帝的性格和心思，二则皇帝身边的太监多是他的耳目，所以他知道崇祯曾有心将洪承畴的全家下狱，妇女和财产籍没，随后回心一想，将写好的手谕焚去的事。洪宅因害怕东厂和锦衣卫敲诈勒索，已经暗中托人给他和吴孟明送了贿赂。听皇上这么一问，他趁机替洪家说话：

“洪承畴辜负圣恩，失节投敌，实出京师臣民意外。臣民们因见皇爷对洪家并不究治，都说皇爷如此宽仁，实是千古尧、舜之君，洪承畴猪狗不如。”

崇祯叹息说：“洪承畴不能学文天祥杀身成仁，朕只能望他做个王猛①。”

曹化淳因为职司侦察臣民，又常常提防皇上询问，对京城中稍有名气的官员，不管在职的或在野的，全都知道，不仅记得他们的姓名，还能够说出每个人的籍贯、家世、某科进士出身。惟独这个王猛，他竟然毫无所知。趁着皇上没有向他询问王猛的近来情况，他赶快奏道：

“皇爷说的很是，京城士民原来对洪承畴十分称赞，十分景仰，如今都说他恐怕连王猛也不如了。老百姓见洪家的人就唾骂，吓得他家主人奴仆全不敢在街上露面，整天将大门紧闭。老百姓仍不饶过，公然在洪家大门上涂满大粪，还不断有人隔垣墙掷进狗屎。”

崇祯喜欢听这类新闻，不觉露出笑容，问道：“工部将齐化门外的祭棚拆除了么？”

“启奏皇爷，不等工部衙门派人拆除，老百姓一夜之间就去拆光了。那些挽联、挽幛，礼部来不及收走的，也被老百姓抢光了。”

---

① 王猛——南北朝时人，以汉族人事前秦苻坚（氐族）为丞相，颇受倚信，曾劝苻坚不要图晋。

“没有兵丁看守?”

“皇爷，人家一听说他辜负皇恩，投降了鞑子，兵丁们谁还看守？再说，兵丁看见众怒难犯，乐得顺水推舟，表面做个样子，吆喝弹压，实际跟着看看热闹。听说洪承畴的那个灵牌，还是一个兵丁拿去撒了尿，掷进茅厕坑中。”

崇祯说：“国家三百年恩泽在人，京师民气毕竟可用！那快要盖成的祠堂拆毁了么?”

“没有。前门一带的官绅士民因见那祠堂盖得宽敞华美，拆了可惜，打算请礼部改为观音大士庙。”

崇祯正要询问别的情况，忽然司礼监值班太监送进来两封十万火急的军情密奏。他拆开匆匆一看，明白是开封周王和河南巡抚高名衡的呼救文书。他一挥手使曹化淳退出，而他自己也带着这两封文书往西暖阁去，在心中叫苦说：

“开封！开封！……”

陈新甲泄密被诛

第四十二章

崇祯所过的岁月好像是在很深的泥泞道路上，一年一年，艰难地向前走，两只脚愈走愈困难，愈陷愈深。不断有新的苦恼、新的不幸、新的震惊在等待着他。往往一个苦恼还没有过去，第二个苦恼又来了，有时甚至几个苦恼同时来到。为什么会有这种情况呢？他有时似乎明白，有时又不明白，根本上是不明白。直到现在他还没有断绝要当大明“中兴之主”的一点心愿。近来他不对臣下公然说出他要做“中兴之主”，但是他不肯死心，依然默默地怀着希望。

今年年节之后，虽然开封幸而解围，但跟着来的却是不断的败报，使他的“中兴”希望大受挫折。中原的失败和关外的失败，几乎同时发生。他原指望左良玉能与李自成在开封城下决战，使李自成腹背受敌，没想到李自成从开封全师撤离，左良玉也跟着离开杞县，与李自成几乎是同时到了郾城，隔河相持。之后，他又催促汪乔年赶快从洛阳赶到郾城附近，与左良玉一同夹击李自成。对于这个曾经掘了李自成祖坟的汪乔年，崇祯抱有很大的希望。然而事出他的意料之外，李自成不但没有被消灭，反而将汪乔年在襄城杀死了。这是继傅宗龙之后，一年之中死掉的第二个总督。差不多在这同时，松山失守了，洪承畴被俘，邱民仰和曹变蛟等文武大臣被杀，锦州的祖大寿和许多将领都向满洲投降了。这样，崇祯在关内关外两条战线所怀的不可捉摸的希望，一时都破灭了。另外，他还得到奏报，说张献忠在江北连破名城，十分猖狂，听说还要过长江扰乱南京，目前正在巢湖中操练水师。

到了夏季，新的打击又来了。在洪承畴被俘后，他曾一心希望洪能够为国尽节，为文武百官作出表率，鼓励大家忠于国事，没想到洪承畴竟然在沈阳投降了。他又曾希望归德府能够坚守。只要归德府能坚守，李自成进攻开封就会受到阻滞和牵制。他没有料到归德那样一座十万人口的城市，粮食充足，城高池深，竟然在两三天内就失守了。

就在各种不幸军情败报接连着传到乾清宫时，田妃的病越发重了。国事，家事，同样使他忧愁和害怕。随后他希望对满洲议和能够顺利成功，使他可以腾出一只手来专门对付“流贼”；希望官军救援开封能够一战成功，挽回中原败局；还希望田妃的病情会能好转。为着这三件心事，他每日黎明在乾清宫丹墀上拜天祈祷，还经常到奉先殿跪在祖宗的神主前流泪祈祷，希望上天和二祖列宗的“在天之灵”能给他保佑。住在南宫①中的僧、道们不停地做着法事；整个北京城内有名的寺院、有名的道观和宣武门内的天主堂，也都奉旨祈祷，已经许多天了。但是国运并无转机，田妃的病情毫无起色，反而一天比一天沉重了。几年来，每逢他为国事万分苦恼的时候，只有田妃可以使他暂时减轻一些忧愁。他的心情也只有田妃最能体贴入微。虽然他从来不许后妃们过问国事，但是在他为国事愁苦万分时，田妃会用各种办法为他解闷，逗引他一展愁眉。所以尽管深宫里妃嫔众多，却只有田妃这样一个深具慧心的美人儿被他称为解语花。如今这一朵解语花眼巴巴地看着枯萎了，一点挽救的办法也没有。因为医药无效，他只好把一线希望继续寄托在那些僧、道们的诵经祈禳，以及天主堂外国传教士和中国信徒们每日两次的祈祷上。

六月初旬的一天，崇祯的因过分疲劳而显得苍白的脸孔忽然露出了难得看见的喜色。近侍太监和宫女们看见了都觉得心中宽慰，至少可以避免皇上对他们动不动大发脾气。但没有人知道这是什么原因，对崇祯这样严厉、多疑而又容易暴怒的皇上，他们什么也不敢随便打听。乾清宫的“管家婆”魏清慧那天恰好有事去坤宁宫，便将这一好消息启奏皇后。周后听了也十分高兴。她多么希望皇上能趁着心情愉快来坤宁宫走走！

崇祯今天的高兴有两个原因。首先是陈新甲进宫来向他密奏，说马绍愉在沈阳同满洲议和的事已经成功，不久就可以将议定的条款密奏到京。虽然他明白条款对满洲有利，他必须让出一些土地，在金钱上每年要损失不少，

---

① 南宫——明代在今北京南池子一带建筑的宫殿群叫做南宫，又叫做南城。

但是可以求得短期间关外安宁。只要关外不再用兵，他就可以把防守关外的兵力调到关内使用。想到将来能够专力“剿贼”，他暗中称赞马绍愉不辱使命。而陈新甲虽然在某些事上叫他不满，毕竟是他的心腹大臣，在这件秘密议和的事情上立了大功。

另一件使他略觉宽慰的事是：他接到了河南巡按御史高名衡五月十七日来的一封飞奏，说接到了杨文岳的塘报，丁启睿、杨文岳和左良玉的部队共二十万人马已经到了朱仙镇，把流贼包围起来，不日就可歼灭。虽然根据多年的经验，他不敢相信能这样轻易地把李自成歼灭，但又在心中怀着希望：即使不能把流贼歼灭，只要能打个胜仗，使开封暂时转危为安，让他稍稍喘口气，也就好了。近日来他总是吃不下饭，睡不着觉，今天感到略微轻松了。

他决定到承乾宫去看看田妃，但又想到应该先去皇后那里走走，让皇后也高兴高兴。于是他从御案前站了起来，也不乘辇，也不要许多宫女、太监跟随，就走出乾清宫院子的后门，向坤宁宫走去。

看见崇祯今天的心情比往日好得多，周后十分高兴，赶快吩咐宫女泡了一杯皇上最喜欢的阳羡茶。崇祯喝了一口，就向皇后问起田妃的病情。皇后叹了口气，说：

“好像比几天前更觉沉重了。我今日上午去看她，她有一件事已经向我当面启奏了。我正要向陛下启奏，请皇上……”

崇祯赶快问：“什么事儿？”

“田妃多年不曾与家里人见面。我朝宫中礼法森严，自来没有后妃省亲的制度。现在她病重了，很想能同家里人见上一面。她父亲自然不许进宫来。她弟弟既是男子，纵然只有十几岁，自然也不许进宫。她有个亲妹妹，今年十六岁。她恳求准她将妹妹召进宫来，让她见上一面。我已经对她说了，这事可以向皇上奏明，请皇上恩准。皇上肯俯允田妃所请么？”

崇祯早就知道田妃有个妹妹长得很美。倘在平时，他也不一定想见这个妹妹，但今天因为心情好，倒也巴不得能看看她长得到底怎样，便说道：

“既然她要见见她妹妹，我看可以准她妹妹进宫。你定个时间，早点告诉田妃。”

周后听了，马上派太监到承乾宫传旨，说皇上已答应让田娘娘的妹妹明天上午进宫。因为田妃平时的人缘很好，所以旁边侍立的太监、宫女听了都很高兴，特别是大家都知道，田妃恐怕不会活很久了。崇祯又坐了一阵，本想往承乾宫去，忽又想起还有一些文书未曾省阅，便决定次日上午等田妃的妹妹进宫后再去。他在坤宁宫稍坐一阵，忽又满怀愁闷，又回到乾清宫去。

第二天上午，崇祯正在乾清宫省阅文书，一个太监进来启奏：首辅周延儒在文华殿等候召对。崇祯点点头，正待起身，又一个太监进来奏道：田妃的妹妹已经进宫，皇后派人来问他是否要往承乾宫去一趟。崇祯又点点头，想了一想，便命太监去文华殿告诉周延儒，要他稍候片刻。他随即走出乾清宫，赶快乘辇往承乾宫去。

田妃这时正躺在床上。她这次把妹妹叫进宫来，一则是晓得自己不会再活多久，很想同家里人见一面；二则还有一件心事需要了结。现在趁着皇上驾到之前，她示意宫女们退了出去，叫她的妹妹坐到床边。

妹妹名叫田淑英，刚进宫来的时候，对田妃行了跪拜大礼。她不但很受礼仪拘束，而且战战兢兢，惟恐失礼。这时她见皇贵妃命宫女们都退了出去，亲切地向她招手，拉她坐到床边，又成了姐妹关系，单这一点，就使她十分感动，不觉热泪涌满眼眶。

田妃用苍白枯瘦的纤手拉着妹妹，轻声叹了一口气，哽咽说道："淑英，我是在世不久的人了。宫中礼法森严，我没法见到家中别的人，所以才奏明皇上和皇后，把你叫进宫来。今天我们姐妹幸而得见一面，以后能不能再见很难说，恐怕见不到了。"

说到这里，田妃就抽咽起来。淑英也忍不住抽咽起来，热泪像清泉一般地在脸上奔流。哭了一阵，淑英勉强止住泪水，小声安慰姐姐说：

"请皇贵妃不必难过，如今全京城的僧、道都在为皇贵妃祈祷，连宣武门内的洋人们也在为皇贵妃祈祷。皇贵妃福大命大，决不会有三长两短；过一些日子，玉体自然会好起来的。"

田妃说："我自己的病自己清楚，如今已是病入膏肓了。你也不要难过。我要对你说的话，你务必记在心上。"

淑英点点头，说："皇贵妃有什么吩咐，请说出来，我一定牢记心上。"

田妃说道："皇上在宫中为国事废寝忘餐，却没人能给他一点安慰。虽然三宫六院中各种各色的美人不少，都不能中他的意，所以他很少到别的宫中去。我死以后，他一定更加孤单，更加愁闷。我死，别无牵挂，就是对皇上放心不下。如果他再选妃子，当然会选到貌美心慧的人，但是那样又会生出

许多事情。另外，我们家中因我被选到宫里，受到皇上另眼看待，才能够富贵荣华。我死之后，情况就不同了。大概你也知道，父亲做的许多事使朝廷很不满意。几年来常有言官上表弹劾，皇上为此也很生气，只是因为我的缘故，他格外施恩，没有将父亲处分。倘若我死之后，再有言官弹劾，我们家就会祸生不测。每想到这些事，我就十分害怕。如果日后父亲获罪，家中遭到不幸，我死在九泉也不能瞑目。我今天把你叫进宫来，你可明白我的心意?”

淑英似乎有点明白，但又不十分明白，两只泪眼一直望着姐姐，等待她再说下去。田妃接着说道：

“妹妹的容貌长得很美，比我在你这个岁数时还要美。我有意让皇上见见你，如果皇上对你有意，我死之后，把你选进宫来，一则可以上慰皇上，二则可以使我们家里长享富贵。妹妹可明白了么?”

淑英的脸孔通红，低下头去，不敢做声。她明白姐姐的用心很深，十分感动，但皇上是否会看中她，实在难说。正在这时，忽听外边太监传呼：

“皇上驾到!”

田妃赶紧对妹妹说：“你去洗洗脸，不要露出泪容，等候皇上召见。”淑英刚走，她又马上吩咐宫女：“把帐子放下来。”随即听见窗外鎏金亮架上的鹦鹉叫声：

“圣上驾到！……接驾!”

崇祯没有看一眼跪在地上接驾的太监和宫女，下了辇，匆匆地走进来。

几天来虽然天天都想来看田妃，可是每当他要来承乾宫时就有别的事来打扰他，使他来不成，所以现在他巴不得马上就见到田妃。往日他每次来承乾宫，田妃总是匆匆忙忙地赶到院中跪迎，而这几次来，田妃已经卧床不起，院中只有一批太监和宫女跪在那里，看不见田妃了。以前他们常常于花前月下站在一起谈话，今后将永远不可能了。以前田妃常常为他弹奏琵琶，几个月来他再也不曾听见那优美的琵琶声了。今天他一进承乾宫的院子，心中就觉得十分难过，连鲜花也呈现凄凉颜色。

当他来到田妃的床前时，看见帐子又放下了。他十分不明白的是，最近以来，他每到承乾宫，为什么田妃总是命宫女把帐子放下。他要揭开，田妃总是不肯；即使勉强揭开，也是马上就又放下。今天他本来很想看看田妃到底病得怎样，可是帐子又放下了。只听她隔着帐子悲咽地低声说道：

“皇爷驾到，臣妾有病在身，不能跪迎，请皇爷恕罪！”

崇祯说：“我只要听到你的声音，就如同你亲自迎接了我。你现在只管养病，别的礼节都不用多讲。今日身体如何？那药吃了可管用么？”

田妃不愿崇祯伤心，便说：“自从昨天吃了这药，好像病轻了一些。”

崇祯明知这话不真，心中更加凄然，说道：“卿只管安心治病，不要担心。因卿久病不愈，朕已对太医院迭次严旨切责。倘不早日见效，定当对他们严加治罪。朕另外又传下敕谕，凡京师和京畿各地有能医好皇贵妃病症的医生、士人，一律重赏。如是草泽医生或布衣之士，除重赏银钱外，量才授职，在朝为官。我想纵然太医院不行，但朝野之中必有高手，京畿各处不乏异人。朕一定要遍寻神医，使卿除病延年，与朕同享富贵，白首偕老。”

田妃听了这话，心如刀割，不敢痛哭，勉强在枕上哽咽说：“皇爷对臣妾如此恩重如山，情深似海，叫臣妾实在不敢担当。恳请皇爷宽心，太医们配的药，臣妾一定慢慢服用，挣扎着把病养好，服侍皇爷到老。”

崇祯便吩咐宫女把帐子揭开，说他要看看娘娘的面上气色。宫女正要上前揭帐，忽然听见田妃在帐中说：

“不要揭开帐子。我因为大病在身，床上不干净，如今天又热，万一染着皇上，臣妾如何能够对得起皇上和天下百姓。”

“我不怕染着病，只管把帐子揭开。”

“这帐子决不能揭。隔着帐子，我也可以看见皇爷，皇爷也可以听见我说话。”

“还是把帐子揭开吧，这一个月来，每次我来看你，你都把帐子放下，不让我看见你，这是为何？”

“并不为别的，我确实怕皇爷被我的病染了，也不愿皇爷看见我的病容心中难过。”

“你为何怕朕心中难过？卿的病情我不是不知道。从你患病起，一天天沉重，直到卧床不起，我都清楚。朕久不见卿面容，着实想再看一眼。你平日深能体贴朕的心情，快让我看一看吧，哪怕是只让我看一眼也好！”

“今日请皇爷不必看了。下次皇爷驾临，妾一定命宫女不要放下帐子。”

崇祯听她这么一说，虽然心里十分怅惘，也不好再勉强，只得叹了口气，走到平时为他摆设的一把御椅上坐下，说道：

“你妹妹不是已经进宫了么？快命她来见我。”

不一会儿，田淑英就由四名宫女带领来到崇祯跟前。她不敢抬头，在崇祯的面前跪下，行了君臣大礼。崇祯轻声说：

“赐座！”

田淑英叩头谢恩，然后起身，坐在宫女们替她准备的一把雕花檀木椅上，仍然低着头。崇祯微微一笑，说：

“你把头抬起来嘛。”

田妃也在帐中说：“妹妹，你只管抬起头来，不要害怕。”

田淑英又羞又怯，略微抬起头来，但不敢看皇帝一眼。她刚才在宫女们的服侍下已经洗过脸，淡扫蛾眉，薄施脂粉。虽然眼睛里还略带着不曾消失的泪痕，但是容光焕发，使崇祯不觉吃惊，感到她美艳动人，像刚刚半开的鲜花一般。崇祯继续打量着她的美貌，忽然想到十几年前田妃刚选进宫的时候：这不正是田妃十几岁时候的模样么？他又打量了田淑英片刻，心旌摇晃，同时感到往事怅惘。他默然起身，走到摆在红木架上的花盆前边，亲手摘下一朵鲜花，转身来插在淑英的头上，笑着说：

“你日后也是我们家里的人。”

田淑英突然一惊，心头狂跳，又好像不曾听真，低着头不知所措。田妃在帐中提醒她说：

“妹妹，还不赶快谢恩！”

田淑英赶快在崇祯面前跪下，叩头谢恩，起来后仍然满脸通红，一直红到耳朵根后。崇祯正想多看她一会儿，可是田妃又在帐中说道：

“妹妹，你下去，我同皇上还有话说。”

田淑英又跪下去叩了头，然后在宫女们的簇拥中退了下去。

崇祯目送着她的背影，十分不舍，可是田妃已经这么说了，而且左右有那么多宫女，他自己毕竟是皇帝，又不同于生活放荡的皇帝，也就不好意思再留她。他重又走到田妃床前的御椅上坐下，说道：

“卿有何话要同朕说？”

“启禀皇爷：臣妾有一句心腹话要说出来，请皇爷记在心里。”

崇祯听出这话口气不同寻常，忙答道：“你说吧，只要我能够办到的，一定替你办。”

田妃悲声说：“我家里没有多的亲人。母亲在几年前病故，只有一个父亲，一个弟弟，还有这个妹妹。万一妾不能够服侍皇上到老，妾死之后，请皇上看顾臣妾家里，特别是这个弱妹。”

崇祯隔着帐子听见了田妃的哽咽，忙安慰道：“卿只管放心，我明白你的心思。”

崇祯确实明白田妃的意思，他也感到田妃大约活不了多久了，心想如果田妃死了，一定要赶快把她的妹妹选进宫来。他又隔着帐子朝里望望，想着田妃的病情，心里一阵难过，便离开御椅，走到田妃平时读书、画画的案前，揭开了蒙在一本画册上的黄缎罩子，随便翻阅。这画册中还有许多页没有画，当然以后再也画不成了。他看见有一页画的是水仙，素花黄蕊，绿叶如带，生意盎然，下有清水白石，更显得这水仙一尘不染，淡雅中含着妩媚。他想起这幅画在一年前他曾看过，当时田妃正躺在榻上休息，头上没有戴花，满身淡妆，也不施脂粉，天生的天姿国色。当时他笑着对田妃说：“卿也是水中仙子。”万不料如今她快要死了！他翻到另一页，上面画的是生意盎然的大片荷叶，中间擎着一朵刚开的莲花，还有一个花蕾没开，下面是绿水起着微波，一对鸳鸯并栖水边，紧紧相偎。这幅画他也看过，那时田妃立在他的身旁，容光焕发，眉目含笑，温柔沉静，等待他的评论。他看看画，又看看田妃，不禁赞道：“卿真是出水芙蓉！”如今画图依然，而人事变化多快！他看了一阵，满怀怅惘，合上册页，蒙上黄缎罩子。他回到床前，正想同田妃说话，恰好这时太监进来启奏：

“周延儒已在文华殿等了很久，请皇爷起驾到文华殿去。”

崇祯忽然想到周延儒进宫求见，定有重要的军国大事，就对田妃说道：

“朕国事繁忙，不能在此久留，马上要到文华殿去，召见首辅。你妹妹可以留在宫中，吃了午饭再走。朕午饭之后再来看你。”说罢，他就往文华殿去了。

田妃吩咐宫女把帐门揭开，把她妹妹叫来。过了片刻，田淑英又来到田妃面前。田妃望了她一眼，说：

“你坐下。”

淑英为刚才的事仍在害羞，不敢看她的姐姐。田妃微微一笑，说道：

“妹妹，你不用害羞，我也是像你这样年纪时选进宫来的，要感谢皇恩才是。”

淑英说：“皇贵妃，刚才皇上来的时候，你把帐子放下了，听说后来皇上要揭开，你都不肯，这不太负了圣上的一片心意么？”

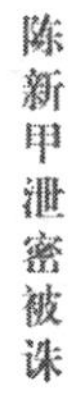

田妃叹了口气，见近边并无宫女，方才说道："妹妹哪里想到，皇上对我如此恩情，说来说去，还不是我天生的有一副美貌，再加上小心谨慎，能够体贴皇上的心，我家才有今天的荣华富贵。我不愿皇上在我死之前看到我面黄肌瘦，花萎叶枯，我死后他再也不会想我。如果皇上在我死后仍旧时常想到我，每次想到我仍旧像出水芙蓉一般，纵然有言官参劾父亲，皇上也会不忍严罚。只要皇上的恩情在，我们田家就可以平安无事。自古以来，皇上对妃子的恩情都为着妃子一有美色，二能先意承旨，处处小心体贴，博得圣心喜悦。你也很美，不亚于我。我死之后，你被选进宫来，小心谨慎侍候皇上，我们田家的荣华富贵就能长保。"

说完这一段她埋藏在心中很久的话，忽觉心中酸痛，眼泪扑簌簌地滚落下来。淑英的心中也很悲伤，勉强对姐姐说：

"皇贵妃虽然想得很深，但也不要完全辜负了皇恩。下次皇上驾临，请皇贵妃不要放下帐子。"

"现在妹妹已被皇上看中，我的一件心事已经完了。如果今天午后皇上再来，我就不必落下帐门了。"

周延儒正在文华殿外面等候，看见崇祯来到，赶紧跪在路旁迎接，然后随驾进殿，重新磕头。

崇祯对于周延儒是比较重视的，因为周在二十岁就中了状元，这在明朝是很少有的。三十多岁时，也就是崇祯五六年间，他做过两年首辅，后来被罢免了。去年又被召进京来，再任首辅。他为人机警能干，声望很高，所以他第二次任首辅，崇祯对他十分倚重，曾对他说：

"朕以国事付先生，一切都惟先生是赖。"

周延儒见皇上对自己这么倚重，心里确实感动，但时局已经千疮百孔，他实在无能为力。明朝末年的贪污之风盛行，而周延儒和别的大官不同，他的贪污受贿也有些独特的作风。别人给他钱，不论多少他都要；即使本来答应给的数字很大，而最后给得不多，欠下不少，他也不再去要。他对东林和复社的人特别照顾，所以东林和复社的人对他也很包涵，在舆论上支持他在朝廷的首辅地位。

这时崇祯叫他坐下。他谢座后，在太监准备的一把椅子上侧身就座，然后向崇祯面奏了几位封疆大吏的任免事项，顺便奏称，据山东、河南等省疆吏题奏，业已遵旨严厉禁毁《水浒传》，不许私自保存、翻刻、传抄，违旨的从严治罪。崇祯说道：

“这《水浒传》是一部妖书，煽惑百姓作乱，本来早该严禁，竟然疏忽不管，致使山东一带年年土寇猖獗。幸好今年把土寇李青山一部剿灭，破了梁山，这才有臣工上奏，请求禁毁这部妖书，永远不许擅自刻板与传抄。可是疆吏们做事往往虎头蛇尾，现在虽有山东、河南一带疆吏的题奏，说是已经遵旨销毁，究竟能不能禁绝，尚未可知。此事关乎国家大局，卿要再次檄令他们务须禁绝此书，不许有丝毫疏忽。”

周延儒回奏说：“此书确实流毒甚广，煽惑百姓造反。臣一定给该地方的督抚们再下檄文，使他们务必禁绝。请陛下放心。”

崇祯沉吟片刻，总觉放心不下，又说：“像《水浒传》这样诲盗的稗官小说，败坏人心，以后不仅这妖书不许流传，其故事亦不许民间演唱。倘有违禁，擅自演唱，定将从严惩处，不许宽容。梁山泊的山寨房屋务要彻底拆毁，不留痕迹。倘有痕迹，以后再被乱民据守，后患无穷。”

周延儒恭敬地回答：“臣已檄令地方官吏，限期拆除山寨寨墙与房屋，请陛下宽心。”

崇祯心里最关心的是朱仙镇之战，可是到今天还没有捷奏到京，不觉叹了口气，向周延儒问道：

“卿以为朱仙镇之役能否一举将闯贼歼灭？如不能歼灭，只是将其战败，也会使开封暂时无虑，也是一大好事，以先生看来，官军能否取胜？”

周延儒心中明白官军很难取胜，但是实际战况他并不清楚，只是因为左良玉与东林人物素有关系，便赶快回答说：

“以微臣看来，此次援兵齐集朱仙镇，人马不能算少，应该能获大胜。只怕文武不和耳。”

崇祯一惊，问：“他们那里也是文武不和么？”

“臣只是就一般而言。因为我朝从来都是重文轻武，文武之间多有隔阂，所以常常在督师、总督与总兵官、将领之间不能一心一德，共同对敌。这是常事，并非单指朱仙镇而言。如果文武齐心，共同对敌，胜利就可以到手。”

“丁启睿、杨文岳都不能同杨嗣昌相比，这一点，朕心中甚为明白。如今只看左良玉是否用命。倘若左良玉肯死心作战，纵然丁启睿、杨文岳都不如杨嗣昌，想来也不会受大的挫折。”

周延儒附和说："左良玉确是一员难得的大将，过去在战场上屡建功勋，陛下亦所深知。现在以微臣看来，朱仙镇这一仗也是靠的左将军效忠出力。"

崇祯又说道："那个虎大威，原是被革职的将领，朕赦他无罪，重新命他带兵，因知他是有用之将。想来这次他定会深感皇恩，不惜以死报国，不会辜负朕望。"

"要紧的是左良玉。自从皇上封左良玉为平贼将军，他手下人马更多了。这朱仙镇战况如何，多半要靠左良玉。"

崇祯点点头，没有再说别的。对于左良玉的骄横跋扈，不听调度，他自然十分明白，但这话他不愿说出来。他在心中总是怀着一些渺茫的希望，等待着朱仙镇的捷音。

周延儒见崇祯沉默不语，就想乘这个时候谈谈对满洲和议的事。他早就知道，陈新甲秘密地奉皇上圣旨，派马绍愉于四月间暗中出关，如今和议的事已快成了。可是他身为首辅，这样重大的国事，竟被瞒得纹丝不露，心中甚为不平。而且他也知道，朝中百官，对陈新甲有的不满，有的妒忌，有的则瞧不起他仅仅是举人出身。最近流言蜚语比以前更多起来。他今天进宫，虽是向皇上禀奏几个封疆大吏的任免事项和禁毁《水浒传》的情况，但也有意找机会探探关外和谈的消息。他见崇祯仍然无意谈及关外之事，便忍不住用试探口气说道：

"如今关外，松锦已失，势如累卵，比中原尤为可虑。"

崇祯又沉默一阵，答道："关内关外同样重要。"

周延儒仍是摸不着头脑，又说道："倘若东虏乘锦州、松山沦陷，祖大寿、洪承畴相继投降，派兵入关，深入畿辅，进逼京师，局势就十分危险了。所以以微臣之见，中原固然吃紧，关外也需要注意。"

崇祯不明白周延儒为什么突然对关外事这么关心，十分狐疑。停了片刻，他才说了一句：

"慢慢想办法吧。"

周延儒是个十分聪明的人，知道自己刚才对局势的分析并没有错，十分合理，可是崇祯好像并不在意，完全没有往日那种忧虑的神情。他顿时明白：议和的事已经成了定局！于是他不再停留，向崇祯叩头辞出。

回到内阁，他想着这么一件大事，自己竟被蒙在鼓里，不免十分生气，也越发想要探明议和的真实情况。岂能身为首辅，而对这等大事毫无所知！

他更换了衣服，走出内阁，来到朝房里，同一个最亲信的幕僚一起商议。他们的声音极小，几乎没人听到……

几天以后，官军在朱仙镇全军溃败的消息报到了北京。崇祯震惊之余，束手无策，只得召集阁臣们到文华殿议事。大家都想不出有效的救汴之策，只是陈新甲尚有主见。他建议命山东总兵刘泽清援救开封，在黄河南岸扎营，控制接济开封的粮道。因开封离黄河南岸只有八里路，粮食可以用船运到南岸接济城内，开封就可长期坚守。他又恐怕刘泽清兵力不够，建议命太监刘元斌率领防守凤阳的京营人马速赴商丘以西，为刘泽清声援，再命山西总兵许定国火速东出太行，由孟津过河，直趋郑州，以拊李自成之背。崇祯对这些建议都点头采纳，觉得虽然朱仙镇大军溃败，只要陈新甲这些想法能够奏效，开封仍可继续坚守。

阁臣们退出以后，陈新甲独被留下。周延儒因为没有被留下，想着必是皇上同陈新甲谈论同满洲议和之事。他回到内阁，想了半天，从嘴角露出一丝冷笑。

在文华殿内，崇祯挥退了太监，小声向陈新甲问道："那件事情到底如何？马绍愉的人怎么还未到京？"

陈新甲赶快躬身说："请陛下放心。马绍愉已经派人给微臣送来了一封密书，和款已经拟好，大约一二日内就可将和议各款命人送到京城。微臣收到之后，当立即面呈陛下。是否妥当，由圣衷钧裁。如无大碍，可以立刻决定下来，臣即飞檄马绍愉在沈阳画押。不过到时恐怕还得有陛下一道手诏，谕知马绍愉或谕知微臣，只云'诸款尚无大碍，可相机酌处'。"

崇祯问："不是已有密诏了么？"

陈新甲说："微臣所言陛下手诏是给虏酋看的。虏酋不见陛下手诏，不会同意画押。"

崇祯点头说："只要各议款大体过得去，就可以早日使马绍愉在沈阳画押。为使虏酋感恩怀德，不要中途变卦，朕可以下一道手诏给卿。"

陈新甲说："皇上英明，微臣敢不竭尽忠心，遵旨将款事[1]办妥，以纾陛下东顾之忧！"

---

① 款事——明代的政治术语，指对蒙古和满洲的议和事。"款"字含有使"夷狄"归附的意思。

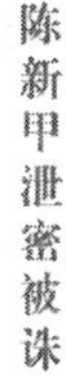

崇祯稍觉宽慰，点头说："如此甚好。卿下去吧。"

陈新甲辞出后，崇祯并没有回乾清宫，而是立即乘辇来承乾宫看望田妃。

田妃事先知道皇上要来，趁着今日精神略好，便命宫女替自己梳妆起来。她尽管病重，十分消瘦，但头发还是像往常一样黑，一样多。云鬟上插了朵鲜花，脸上薄施脂粉。脸上虽然病容憔悴，一双大眼睛仍然光彩照人。崇祯来到时，她勉强由宫女搀扶着，伫立门外，窗外鎏金亮架上的鹦鹉又像往日一样叫道：

"圣上驾到！圣上驾到！"

同时有一太监传呼："接驾！"太监们和宫女们都已跪到院中地上。田妃在两个宫女的搀扶下也跪了下去。崇祯见田妃带病接驾，十分感动，亲自扶她起来。坐下以后，他打量田妃今天特意命宫女替她梳妆打扮一番，可是毕竟掩盖不住长年的病容。田妃不断地强打精神，还竭力露出微笑，希望使崇祯快乐。过了片刻，田妃看出崇祯的忧虑未减，不禁心中沉重，明白皇上看出来她的病已经没有指望。她想着十几年来皇上对她的种种宠爱，而今天这一切都快完了，心中一阵难过，脸上的本来就出于勉强的微笑立时枯萎了，僵死了。她眼睛里浮出了泪花，只是她忍耐着不使泪珠滚落。崇祯回避了她的眼睛，轻声问道：

"你今天感到精神好了一点没有？"

田妃轻轻点头，不敢说话，怕的是一开口说话，就会流泪和泣不成声。崇祯告诉她，已经命张真人暂不要回龙虎山，仍在长春观为她建醮祈禳。田妃赶快谢恩，但心里明知无效。她安慰崇祯说：

"皇爷这样为臣妾操心，臣妾的贱体定可以支撑下去。只要太医们尽心配药，再加上满京城的寺、观都在祈祷，病总会有起色的。"

崇祯勉强装出一丝笑容说："只要爱卿心宽，朕的心也就宽了。"

崇祯因为国事太多，在承乾宫稍坐一阵，就回到乾清宫省阅文书。晚膳以后，他心中很闷，坐立不安。他想去坤宁宫，又想一想不愿去了；想召一个什么妃嫔来养德斋吧，又觉得没有意思。这到处是雕栏玉砌的紫禁城中，如今竟没有一个可以使他散心解闷的地方！想来想去，还是决定去翊坤宫袁妃那里。他想起两三年以前，也是这样的夏季，他有一天晚上到了袁妃宫中，在月光下袁妃穿着碧色的轻纱衣裙，身材是那么苗条，脸颊和胸部又是那么丰满，他让袁妃坐在对面，一阵微风吹过，他闻到一股香气，是那么温馨。

袁妃的一颦一笑，又显得那么敦厚。想起当时的情景，他站了起来，准备带着宫女们立即往翊坤宫去。可是刚刚走出暖阁，他又矛盾起来：国事如此艰难，哪有闲心到翊坤宫去！但是他实在六神无主，百无聊赖，继续向前走，走出了乾清宫正殿，到了丹墀上，才决定哪儿都不去了。他在丹墀上走来走去，走来走去，不许别人惊动他。快到二更时候，忽然有一个太监来到面前，跪下禀奏：

“陈新甲有紧急密奏，请求召见。”

崇祯一惊，但马上想道：既是进宫密奏，大概不会是河南的坏消息，一定是马绍愉的密奏来了。他立即吩咐说：

“命陈新甲速到武英殿等候召见。”

夜已经深了，从神武门上传来鼓声两响，接着又传来云板三声。在武英殿西暖阁内，只有崇祯和陈新甲在低声密谈。太监们都退出去了，连窗外也不许有人逗留。

崇祯坐在镶着金饰的御椅上，借着头边一盏明角宫灯的白光，细看手中的一个折子，那上面是陈新甲亲手誊抄的马绍愉所禀奏的和议条款。原件没有带到宫内，留在陈新甲家中。崇祯把这个文件看了两遍，脸色十分严肃、沉重。

陈新甲跪在地上，偷看皇上的脸色，心中七上八下。他不知道皇上是否同意，倘不同意，军事上将毫无办法，他这做兵部尚书的大臣就很难应付。

崇祯心中一阵难过，想着满洲原是“属夷”，今日竟成“敌体”，正式写在纸上。这是冷酷的现实，他不承认不行，但是由他来承认这一现实，全国臣民将如何说？后世又将如何说？嗨！堂堂天朝大明皇帝竟然与“东虏”订立和议之约！……

他又对和议的具体条款推敲一番，觉得“东虏”的条件还不算太苛刻。拿第一款来说，“吉凶大事，交相庆吊”，实在比宋金议和的条款要好得多了。他又推敲另外一款：“每年明朝赠黄金万两、白银百万两于清朝；清朝赠人参千斤、貂皮千张于明朝。”他最初感到“东虏”要的金银太多了，目前连年饥荒，“流贼”猖獗，国库空虚，哪里负担得起？但转念一想，如不同意，清兵再来侵犯，局面将更难收拾。随即他又推敲第三款、第四款、第五款……觉得有的条款尚属平等互利，并不苛刻，惟独在疆界的划分上却把宁远以北许多尚未失守的地方都割给清方，不觉从鼻孔哼了一声。

崇祯想到祖宗留下的土地，将在自己手上送掉，感到十分痛苦，难以同意。他放下折子，沉默半晌，长叹一声。

陈新甲从地上轻声问道："圣衷以为如何？"

崇祯说："看此诸款，允之难，不允亦难。卿以为如何？"

"圣上忧国苦心，臣岂不知？然时势如此，更无善策，不安内何力攘外？"

"卿言甚是。朝臣们至今仍有人无术救国，徒尚高论。他们不明白目前国家内外交困，处境十分艰危，非空言攘夷能补实际。朕何尝不想效法汉武帝、唐太宗征服四夷？何尝不想效法周宣王、汉光武，做大明中兴之主，功垂史册？然而……"

陈新甲赶紧说："对东虏暂缓挞伐，先事安内，俟剿贼奏功，再回师平定辽东，陛下仍是中兴圣君，万世景慕。"

崇祯摇摇头，又长叹了一声。自从松、锦失守，洪承畴投降满洲和朱仙镇溃败以来，他已经不敢再希望做中兴之主，但愿拖过他的一生不做亡国之君就是万幸。只是这心思，他不好向任何人吐露一字。现在听了陈新甲的话，他感到心中刺痛，低声说道：

"卿知朕心。倘非万不得已，朕岂肯对东虏议抚！四年前那次，由杨嗣昌与高起潜暗主议抚，尚无眉目，不意被卢象升等人妄加反对，致抚事中途而废，国事因循蹉跎至今，愈加险恶。近来幸得卿主持中枢，任劳任怨，悉心筹划，对东虏议抚事已有眉目。倘能暂解东顾之忧，使朝廷能在两三年内专力剿贼，则天下事庶几尚有可为，只恐朝臣们虚夸积习不改，阻挠抚议，使朕与卿之苦心又付东流，则今后大局必将不可收拾！"

陈新甲说："马绍愉大约十天后可回京城。东虏是否诚心议和，候绍愉回京便知。倘若东虏感陛下恩德，议和出自诚心，则请陛下不妨俯允已成之议，命马绍愉恭捧陛下诏书，再去沈阳一行，和议就算定了。"

"马绍愉回京，务要机密，来去不使人知。事成之后，再由朕向朝臣宣谕不迟。"

"微臣不敢疏忽。"

陈新甲从武英殿叩辞出来，由于深知皇上对他十分倚信，他也满心感激皇恩，同时也觉得从此可以摆脱内外同时用兵的局面，国运会有转机了。

崇祯随即乘辇回乾清宫。因为他感到十分疲倦，未去正殿暖阁，直接回到养德斋。魏清慧回禀说刚才田娘娘差都人前来向皇上启奏，她今日吃了太医们的药，感觉比往日舒服，请皇爷圣心放宽。崇祯“啊”了一声，不相信医药会有效。但是他没有说话，只在心中骂道：“太医院里尽是庸医！”在宫女们的服侍下他脱衣上床，打算睡觉。当宫女们退出后，他忽然想起来开封被围的事，又没有瞌睡了，向在外间值夜的太监吩咐：

“快去将御案上的军情文书全部拿来！”

第四十三章

朱仙镇溃败之后，丁启睿、杨文岳、左良玉都有密奏到京，说明溃败的原因和经过情形，虽然都有请罪的话，却尽量将罪责推给别人，并且大大夸大了李自成人马的数目。丁启睿和杨文岳在仓皇逃窜数日后，又在汝宁会合。他们虽然也有矛盾，但在谈到溃败原因时又互相有些包庇，都将主要罪责推给左良玉。

崇祯看了他们的密奏，愤怒谩骂，继而痛哭，叹息自杨嗣昌死后剩下的全是庸才。他下旨将丁启睿“褫职候代”，杨文岳“褫职候勘①”，而对左良玉只下旨切责，希望他固守襄阳，整兵再战，以补前愆。

他在灰心失望之中，想着幸而周延儒被他起用，回到内阁任首辅。尽管崇祯六年六月他将周延儒罢黜归里，但他知道延儒原是个做事敏捷的人，只因朝廷上门户之争，使他一怒之下将延儒斥逐，经过他换过几个首辅，看起来都不如延儒练达有为，不愧是“状元宰相”。所以他不久前听了朝臣们的意见，重新起用延儒，对他期望甚殷。对丁启睿、杨文岳、左良玉三个人的不同处分，崇祯也是采纳了他的意见，由他“票拟②”。现在崇祯为急于救援开封，在整个朝廷大臣中选不出一个可以受命督师的人物。他不想将全体辅臣召进宫来，只要首辅周延儒在文华殿单独召对。

周延儒一听太监传谕他单独去文华殿召对，便猜到八九分是密商选派督师救汴的事。他这次能够“东山再起”，回朝重任首辅，也借助东林和复社③人物张溥的吹嘘活动。朱仙镇溃败后，他向皇上建议对左良玉从轻处分，虽然是因为左良玉手中掌有重兵，又希望他继续打仗，另外也因为左良玉是商丘侯恂提拔起来的，而侯氏弟兄都是东林人物。现在当他随着一位御前太监

---

① 候勘——等候问罪。

② 票拟——明朝内阁辅臣代皇帝拟出批示、饬谕稿子，叫做票拟。

③ 复社——崇祯年间继东林之后出现的一个最重要的结社。

往文华殿走时，他的主意已经打定了。

崇祯等周延儒行了礼，赐座以后，跟着问道："如今开封被困，望救甚急。卿看何人可以前去督师，为开封解围？"

周延儒站立回答："左良玉曾受侯恂提拔之恩，耿耿不忘，陛下可曾听人说过？"

崇祯轻轻点头："朕也有所闻。"

周延儒接着说："如今虽然有朱仙镇之败，然左良玉已至襄阳，立住脚跟，看来不难很快恢复元气，整军再战。前次之败，败于督师、总督与平贼将军不能和衷共济。故必须选派一位他素所爱戴的大臣出任督师，庶几……"

崇祯截住问："你是指的侯恂？"

延儒躬身说："是，陛下。恐怕只有侯恂可以指挥得动。"

崇祯沉吟片刻，狠狠地说："左良玉骄横跋扈，朕已百般隐忍，仍然不知悛改！"

延儒小心地说："左良玉虽然辜负圣恩，然目前中原寇氛猖獗，尚无宁日，像良玉这样有阅历、韬略之将才亦不易得。望陛下从大处着眼，待其以功覆过。有良玉在，不惟献贼胆慑，即闯贼亦有所顾忌，不能肆志中原。看闯贼不敢乘朱仙镇战胜余威，分兵穷追，直下襄阳，就可知闯贼仍不敢轻视良玉。"

崇祯又沉吟片刻，问道："左良玉能够很快恢复元气么？"

"左良玉威望素著，善于驾驭，远非一般大将能望其项背。看他密奏，说他到襄阳之后，卧薪尝胆，招集旧部……"

崇祯心中急躁，不等首辅说完，问道："卿看良玉能否再次救援开封？"

延儒说："这要看对他如何驾驭指挥。"

"他果然能听从侯恂指挥？"

"臣不敢说他必会听从侯恂指挥，但知他至今仍然把侯恂当恩人看待。"

崇祯仍不能决定，沉吟说："姑且试试？"

延儒说："是否可以将侯恂释放出狱，畀以援汴督师重任，请皇上圣衷裁决。"

崇祯实在别无善策，觉得这是一个可行的办法。如今对别人很难指靠，只有对左良玉尚可寄托一线希望。他也明白，别的人确实无法指挥左良玉，只有侯恂也许可以指挥得动。然而此事也有难处。他想了一下，说：

“朕也不惜将侯恂释放出狱，命其戴罪督师，将功赎罪。但是他下狱多年，怕一时朝臣不服，如之奈何？”

周延儒回答道：“这事不难。陛下不妨第一步先将侯恂释放出狱，给以适当官职，使大家都知道陛下将要重用侯恂，将来言官也不会攻击。稍过一些日子，再命侯恂出京督师，也就很自然了。”

崇祯点点头，觉得周延儒毕竟是个有办法的人，想的这个主意好，十分妥当。他说：

“此事朕再考虑一下，倘确无更合适的人出京督师，言官又不妄议，就将侯恂释放。”

可是周延儒叩辞走了以后，崇祯心急如焚，哪里能够等待？他立刻把司礼监王德化叫来，命他代为拟稿，下旨将侯恂释放出狱。王德化跪在地上还没有起来，崇祯忽然觉得：“这事要办得越快越好。”随即挥手让王德化退出，自己坐在御椅上考虑了一阵，便提起笔来，在一张四边有龙纹图案的黄纸上写道：

> 前户部尚书侯恂，因罪蒙谴，久系诏狱。近闻该臣颇知感恩悔悟，忠忱未泯，愿图再试，以功补愆。目今国家多事，更需旧臣宣力，共维时艰。着将侯恂即日特赦出狱，命为兵部右侍郎兼右佥都御史，总督平蓟等镇援剿兵饷。钦此！

他命御前答应马上将手诏送司礼监发出，然后靠在御椅上，略微松了口气。正要去看田妃的病，一个太监进来，将陈新甲的一封密奏呈上。他看后心中一喜，不去承乾宫了。

据陈新甲的密奏，马绍愉已经回到北京，对满洲议和的事已经办成。崇祯马上命太监前去密谕陈新甲：马绍愉不宜在京城多见人，以免泄露机密。

太监走后，崇祯想着两件事总算都有了着落，心中暂时平静下来。午饭以后，他回到养德斋午睡一阵。醒来时，宫女魏清慧进来侍候他穿衣。崇祯的心情比午睡前更好，不再像平时那样愁眉苦脸。他打量了魏清慧一眼，觉得她虽然不像费珍娥那样美丽，但是凤眼蛾眉，肌肤细嫩，身材苗条，也有动人之处。特别是魏清慧已经二十一二岁，显然比费珍娥懂事得多。所以他一面让魏清慧给自己穿衣，一面不住地拿眼睛看她，脸上带着微笑。魏清慧正在替崇祯扣扣子，发现皇上目不转睛地望着自己，眼中有一种不平常的神情，不觉脸红，胸口突突乱跳。崇祯见她脸红，更觉有趣，一瞬间他很想把她搂在怀里，但又觉得自己毕竟是皇帝，又不是贪色误国的皇帝，不能那么轻狂，于是他笑着问道：

“管家婆，费珍娥现在还好么?”

魏清慧嫣然一笑，说：“皇上怎么也叫奴婢管家婆啦?”

“你是我的管家婆，乾清宫的许多事都要靠你照料。”

“只要皇上不生气，奴婢就是万幸了。”说着，她的眼波向皇上一转，那动人的神态使崇祯几乎不能自持。他听到魏清慧的心在狂跳，呼吸急促。然而他还是克制着自己，没有去搂抱她，又问道：

“魏清慧，我刚才问你，费珍娥可还好?”

“她还好。她一直都很感激皇上厚恩。”

“她是去陪公主读书的。你等一会儿去向公主传旨，叫她把仿书带来，让我看看她有没有长进。”

“遵旨。奴婢马上就去传旨。”

侍候崇祯梳洗之后，魏清慧就往长平公主的宫中走去。一路上她都在想着刚才发生的事情，奇怪崇祯今天第一次用那样的眼神看她，现在回想起来还有点不好意思。她平时常觉一生无出头之日，强装笑容，心中却藏着无限苦闷，如今却好像有一缕日光忽然照上了阶下幽草，使她感到惊奇、甜蜜、狐疑，觉得希望在前，又觉得世事渺茫难测。年轻的皇上毕竟没有对她做出异乎寻常的动作，或说出特别明显爱她的话，倒是念念不忘费珍娥。如今派她去向公主传旨，还不是想看看费珍娥?当然，费珍娥也是够可怜的，要真能蒙皇上喜爱，倒是一件好事。她一路胡思乱想，带着不平静的矛盾心情，匆匆地到了公主那里。

长平公主不敢怠慢，禀明母后，在一群宫女的簇拥下来到了乾清宫。她向父皇叩头问安之后，从费珍娥手里接过一叠仿书，亲手跪捧到父皇面前。崇祯说：

“你起来。我看看你的字有没有长进。”

公主又叩一个头，站了起来。崇祯把她的仿书放在御案上，认真地看了十几张，同时用朱笔将写得好的字打了圈。随即他放下朱笔，转过头来，含着微笑对公主说道：

“你的字有长进。今后还要好好地练。”

说毕，他扫了那些宫女一眼，好像是对她们的嘉许。其实他只是想看看费珍娥。当他的目光扫到费珍娥时，发现费珍娥也正在默默地偷眼望他。他的心中一动，觉得费珍娥真是美貌，好像比在乾清宫的时候更加出色。他连着望了几眼，望得费珍娥低下头去，双颊泛起红潮。

魏清慧站在一旁，将这一切都看在眼里。看到皇上果然仍是那么喜欢费珍娥，她既有点替费珍娥高兴，又不禁为自己感到怅惘，崇祯又向公主问道：

“你近来读些什么书？”

“正在读《列女传》和《诗经》。”

“那《列女传》可都会讲？”

“有些会，有些不会。不会讲的都由别的奴婢帮我讲，内书房的老太监也替我讲。一般的道理女儿都能明白。”

崇祯终于忍不住，转向费珍娥问道：“费珍娥，你是陪伴公主读书的，那书上的道理你能够懂得么？”

“奴婢能够懂得。”费珍娥跪下答道。

“你们在我面前说话，可以不必跪着。”

“奴婢原先伺候皇上，有时说话可以不跪。如今奴婢伺候公主，已经不在乾清宫了，因此皇爷问话，奴婢不敢不跪。”

崇祯笑了起来，说：“你倒是很懂皇家礼数。我问你，公主能背的书，你也能够背么？”

“奴婢还能背一些。”

公主接着说：“她比我背得还熟。”

崇祯又笑起来，问公主道：“你《诗经》读到哪里了？”

“《国风》还没有读完，待读完以后才能接着读《小雅》。”

崇祯又问费珍娥：“你也读《诗经》么？”

“奴婢陪侍公主读书，凡是公主读的，奴婢也读。”

公主又插话说：“她不但也读，她比我还读得好，《国风》已经读完，开始读《小雅》了。”

崇祯笑着问费珍娥：“你最喜欢读哪几首？可能背几句给我听听？”

“奴婢遵旨。”费珍娥说罢，马上朗声背道：“呦呦鹿鸣，食野之苹。我有嘉宾，鼓瑟吹笙。吹笙鼓簧，承筐是将。人之好我，示我周行。呦呦鹿鸣，食野之蒿……”

当费珍娥开始背书的时候，崇祯看见她两片红唇中露出的牙齿异常洁白、整齐，声音又是那么娇嫩，那么清脆悦耳，心里越发感到喜爱。他怕在女儿和别的宫女面前泄露自己的真实感情，失去他做父亲和做皇帝的尊严，便做了一个手势，让费珍娥停下来，淡淡地说道：

“费珍娥，你背得不错。你是个聪明人，今后要好好读书。”说罢，他又转过脸来，望着公主说：“《诗经》中有些是讽刺诗，有些是称颂后妃之德的，我怕有许多诗句你们不懂，可以过一年再读。现在先把《列女传》读熟，《女四书》也要读熟。”

然后他命魏清慧取出四匹绸缎和文房四宝，赐给公主，对服侍公主的宫女们另有赏赐，特别对费珍娥多赏了四两银子，以奖励她陪伴公主读书有功。先是公主，随后宫女们都向他跪下磕头谢恩，然后辞出。这时崇祯最后又望了费珍娥一眼，心里想：等公主明年下嫁的时候，不妨把费珍娥留下，仍让她回乾清宫来。

公主走后，崇祯也没有在乾清宫多留，就乘辇往承乾宫看田妃去。

田妃今天的情况又很不好，痰中带着血丝，吐在一个银壶里。崇祯坐在田妃的床前，亲自拿过银壶来看了看，不觉眉头紧皱，心中凄然。昨天他已命太监去太医院询问：田妃到底还能活多久。据太医们回奏，恐怕只在一月左右。但这些话他不好对田妃说出来，仍然安慰她道：

“你的病不要紧，慢慢会有起色。你一定要宽心，好好养病。”

田妃并不相信崇祯的话，但也不愿使崇祯伤心，勉强苦笑一下。崇祯忽然想起从前每次来承乾宫时多么快活，而如今竟然成此模样，心中又一阵难过。他站了起来，走到平时田妃喜欢的一座盆景前边，看见盆中的水已经干了，花草已经萎谢。他不忍再看，回到田妃的床边，又说了几句安慰的话，就乘辇返回乾清宫。

就在他去承乾宫看望田妃的时候，他的御案上又新到了一些奏疏。他随手拆开一封一看，不禁大吃一惊：原来是一个言官弹劾陈新甲与东虏议和，疏中提到款议的内容和他所见的密件竟然相同，还说目前不仅举朝哗然，而且京师臣民人人都在痛恨陈新甲的丧权辱国之罪。崇祯又惊又气：如此机密大事，如何会泄露出去，而且泄露得如此之快？难道是马绍愉泄露的？但他随即又想：马绍愉决无这样的胆量。那么，究竟是怎么泄露的呢？他站起来，绕着柱子转来转去，彷徨很久，连连说道：

“怪！怪！如何泄露出去？如何京师臣民都知道了？真是咄咄怪事！”

尽管乾清宫并不很热，但是崇祯看了言官方士亮的奏疏却急出了一身热汗。他既担心由于言官的反对，使得之不易的“款事”败于一旦，又害怕同“东虏”秘密议和的真相全部张扬出去，有损于他的“英主”之名，而这后一点使他最为害怕。他从水晶盘中抓起一块窖冰①向两边太阳穴擦一擦，竭力使自己略微镇静，随即站起来在暖阁里走来走去，边走边狠狠地小声骂道：

“什么言官，都是臭嘴乌鸦，成事不足，败事有余！哼！你们遇事就哇啦哇啦，自诩敢言，借以沽名钓誉，全不顾国家困难。朝廷上许多事都败在你们这班乌鸦手中！”

他踱了一阵，心情稍微平静，重新坐下，在方士亮的疏上批了“留中”二字。过了片刻，他觉得不妥。倘若方士亮还要纠缠怎么好？倘若明日有许多言官跟着方士亮起哄，纷纷上疏攻讦陈新甲，反对议和，岂不败了和议大计又张扬了种种内情？他的双脚在地上乱踏，急了一阵，重新提起朱笔，在一张黄色笺纸上写下了严厉手谕：

> 给事中方士亮平日专讲门户，党同伐异。朕已多次容忍，以示朝廷广开言路之意。不意值此松锦新败、中原危急之时，方士亮不恤国步艰难，专事捕风捉影，轻信流言蜚语，对大臣肆口攻讦，混淆视听，干扰朝政，殊堪痛恨！本应拿问，以振纲纪；姑从宽处，以冀悔悟。着罚俸三月，并交吏部酌调往边远行省效力。钦此！

他忽然一想，担心如此处置言官，会引起朝议大哗，纷纷讦奏陈新甲暗中主持和议之非，反而会将秘密内情和盘托出。于是他的怒气消了，只好将刚写好的手谕揉成纸团，投入痰盂，决定等一等朝臣们有什么动静。尽管他的心情十分烦乱，但是御案上堆的重要文书很多，他不能不勉强苦恼地继续省阅。方士亮讦奏陈新甲的事缠绕在他的心上，使他十分苦恼，不时地停住朱笔，望着窗户凝神，深深地嘘出闷气。

御案上的香已经烧得差不多了。今天本来轮到一个姓陈的年纪较大的宫女负责乾清宫中添香和送茶的事，可是魏清慧对她说：“皇爷今日心绪不佳，容易生气，我替你去吧。”姓陈的宫女也知道自己本来长得不十分俊，年纪又

---

① 窖冰——冬天将大冰块藏于窖中，夏日取用的自然冰。

已经二十四岁，早就断了被皇上看中的念头，现在听了魏清慧的话，感激她对自己的好意，便悄悄笑着说："清慧妹，不怪你是乾清宫的管家婆，真会体谅别人。"

魏清慧知道崇祯从承乾宫看过田娘娘的病后，心情就不十分好，但没有料到刚才又有一封言官的奏疏惹动了他生气。她一方面确实怕姓陈的宫女无意中受皇上责备，另一方面也怀着一点缥缈的希望。她特意换上一套用龙涎香熏过的平时皇上比较喜欢的衣裙，薄施脂粉，云鬓上插了两朵鲜花，又对着新磨的铜镜照了照，觉得自己虽然不像费珍娥那样玉貌花颜，但也自有一种青春美色。

于是她离开了乾清宫后面的宫女住房，脚步轻盈地来到崇祯正在省阅文书的暖阁外边，听一听，然后轻轻地掀帘而入，那帘子几乎连一点声音都没有发出。当她一路走来时，心里早已做好打算：今日来到皇上面前添香，她当然要像往日一样庄重、小心、温柔、大方，决不能使皇上觉得她有一点轻浮，但同时她要大胆地露一丝若有若无的微笑，还要设法在皇上面前多逗留一些时候。甚至她还想着，如果皇上看她添香，她不妨故意地将眼波向皇上一转，像前天在养德斋侍候皇上穿衣时那样胆大，看皇上对她如何。对于这些想法，她自己也觉得害臊，不由地脸颊泛红，呼吸急促。但这时她已经到了皇上面前，没有时间继续想了。皇上并没有觉察她的来到。魏清慧看见崇祯的神情，不禁心中一寒，那一切在心中悄悄燃烧的希望的火苗突然熄灭。她不敢多看皇上，赶快添了香，屏息退出，心中暗问：

"天呀！出了什么事儿？"

崇祯知道有人进来添香，但他没有抬起头来，不知道是魏清慧。后来他听见身后帘子一响，知道添香的宫女已经走了。他放下文书，又长嘘一口闷气，靠在椅背上，重新想着泄露机密的事，仰视空中，连说：

"怪事！怪事！真是奇怪！"

崇祯想叫陈新甲立刻进宫，当面问他如何泄露机密，便命一名太监出宫传旨，但马上又把这个太监叫回。他想，如果现在把陈新甲叫进宫来，追问他如何泄露机密，这事就很可能传出去，至少陈新甲自己会泄露给他的左右亲信，朝臣中会说他先命陈新甲秘密议和，现在又来商量如何掩盖。重新考虑的结果，他决心从现在起就不单独召见陈新甲了，以便到不得已时只说自己毫不知情，将新甲下入诏狱，等半年、一年或两年之后，事过境迁，还可

以将新甲放出，重新使用。

从下午直到晚上，他在宫中六神无主，各种事情都无心过问，也不愿召见任何大臣。首辅周延儒曾经要求进宫奏事，他命太监回绝，只说："今日圣上御体略有不适。"陈新甲也曾要求入宫单独面奏，他同样拒不召见。往日他也有种种烦恼、愁闷，但今日似乎特别地精神颓丧，萎靡不振，连各处飞来的紧急文书也都无心省阅。无聊之中，他就往袁妃住的翊坤宫去散心。

皇上的突然驾临，完全出袁妃的意料之外。虽然袁于一年前晋封为贵妃，但是很少能盼望到皇上来翊坤宫一次。接驾之后，趁着崇祯欣赏金鱼，她赶紧重新打扮。虽然她妩媚不如田妃，但是丰满、稳重，则田妃不如。崇祯一时高兴，要同她下棋。她不再像三年前在瀛台澄渊亭上那样，故意使用心计，把皇上逼得走投无路，然后卖出破绽，让皇上转败为胜，而是一见皇上有点困难，马上就暗中让步。崇祯比较容易地连胜两局，十分满意，晚上就宿在翊坤宫中。就在他聚精会神地同袁贵妃下棋时候，陈新甲与满洲秘密议和、丧权辱国的消息已经传遍了朝野，言官们纷纷地将弹劾陈新甲的奏本递进宫来。

年轻的崇祯皇帝由于田妃久病，不到承乾宫过夜，也极少召别的妃嫔或宫女到养德斋陪宿，每日都在为国事苦恼，今晚偶然宿在翊坤宫，一时间十分愉快。袁妃虽然不如田妃美艳，也不像田妃那样多才多艺，又善揣摸他的心意，但袁妃也毕竟是他和皇后一起于崇祯初年从许多美女中挑选的人尖子，今年不满三十岁，仍是青春焕发年龄。她在晚膳后经过精心晚妆，淡雅中含着妩媚，加之天生的肌肤细嫩，面如桃花，蛾眉凤眼，睛如点漆，光彩照人，顾盼有情，这一切都很使崇祯动心。袁妃很少能盼望到皇上"临幸"，平日冷落深宫，放鸽养花，消磨苦闷时光，今晚竟像是久旱忽逢甘雨。近来她明白田妃不久将要死去，深望从今后将得到皇上眷顾，不再在闲愁幽怨中虚掷青春。她已经为皇上生了一儿一女，暗想着一旦田妃亡故，只要她能够得到皇上一半宠爱，晋封为皇贵妃不难。这一晚上，她对崇祯百般温柔体贴，使他高兴。袁妃平日待人宽厚，对下有恩。宫女们和太监们都希望她从今后能受到皇上的宠爱，他们就会有许多好处，也能在后宫中稍稍"扬眉吐气"，所以今夜整个翊坤宫都是在幸福之中。他们觉得，今晚翊坤宫的花儿特别芳香，连红纱宫灯和明角宫灯也显得特别明亮，带着喜气。

可是玄武门刚刚打过四更，崇祯一乍醒来，想起来与满洲议和的事已经泄露，不禁出了一身热汗，将袁妃一推，突然说道：

“我要起来，回乾清宫去！”

袁妃惊醒，知道皇上要走，温柔地悄声劝道：“皇爷，你年年忧心国事，日理万机，难道连一夜安生觉就不能睡到五更？”

崇祯又一次推开她，焦急地小声说：“唉，你不懂，你不懂朕有多么困难。卿莫留我，不要误我的大事！”

袁妃的心中惘然若失，不敢再留，随即唤值夜的宫女们进来。她在宫女们的服侍下赶快梳洗穿戴，然后她和宫女们又侍候崇祯起床。吃过燕窝汤和几样可口的点心，崇祯立即吩咐“起驾”。袁妃率领宫女和太监们到翊坤门跪下送驾。当皇帝上辇时候，她轻轻叫了一声：“皇爷……”她本来想说她希望皇上今晚再来，但是她当着一大群跪着的宫女和太监的面不好出口，磕了头，怅然望着皇上乘的辇在几盏摇晃的宫灯中顺着长巷远去。她的许多梦想顿然落空。从地上起身之后，她暗想着国事不好，心头不禁变得沉重，又想到她自己的不幸，陡然心中一酸，几乎滚出热泪。

崇祯回到乾清宫，果然不出所料，御案上堆着昨晚送来的许多文书，其中有三封反对朝廷与满洲秘密议和。这三封奏疏中，有一封是几个言官联名，措词激烈。所有这些奏疏，并不是徒说空话，而是连马绍愉同满洲方面议定的条款都一股脑儿端了出来。尽管这些奏章都是攻讦陈新甲的，但崇祯知道每一件事都是出自他的主张或曾经得到他的点头，所以他的脸孔一阵一阵地发热，前胸和脊背不住冒汗。

玄武门楼上传来了五更的钟声以后，崇祯在宫女们的服侍下换上了常朝冠服，到乾清宫丹墀上虔敬拜天，默默祝祷，然后乘辇去左顺门上朝。关于言官们讦奏陈新甲与满洲暗中议和的事，他决定在上朝时一字不提，下朝以后再作理会。但是他已经断定是由陈新甲那里泄露了机密，所以对陈新甲非常恼恨。他一则为着忍不住一股怒火，二则希望使言官们不要认为他知道陈新甲与满洲议和的事，在常朝进行了一半时候，他忽然脸色一变，严词责备陈新甲身为兵部尚书而对开封解围不力，朱仙镇丧师惨重；又责备他不能迅速调兵防备山海关和长城各口，特别是在洪承畴投降之后，对辽东恢复事束手无策，一味因循敷衍，不能解朝廷东顾之忧。

陈新甲俯伏在地，不敢抬头。起初他不知道皇上为什么拿开封的事突然

这样对他严加责备，接着又责备他不能调兵防守山海关和长城各口，不能为皇上解除东顾之忧。随即他忽然明白：一定是皇上变卦，要把与东虏议和的事归罪到他的头上。于是他浑身冒汗，颤抖得很厉害。当崇祯向他问话的时候，他简直不知道如何回答。虽然他平日口齿伶俐，但现在竟讷讷地说不出话来，只是在心中对自己说：

"我天天担心的大祸果然来了！"

但是陈新甲虽很恐怖，却不完全绝望。他想他是奉密旨行事，目前东事方急，皇上会想出转圜办法。

崇祯将陈新甲痛责一顿之后，忽然又问刑部尚书："那个在松山临阵脱逃的总兵王朴，为什么要判处秋决？"刑部尚书赶紧跪下说明：王朴虽然从松山逃回，人马损失惨重，可是溃逃的不光是他一个总兵官，而是整个援锦大军崩溃，他也是身不由己，所以根据国法，判为死罪，秋后处决。

崇祯听了大怒，将御案一拍，喝道："胡说！像他这样的总兵，贪生怕死，临敌不能为国效命，竟然惊慌逃窜，致使全军瓦解，为什么不立时处决？"

刑部尚书也被这突然严责弄得莫名其妙，惊慌失措，赶紧叩头回奏："臣部量刑偏轻，死罪死罪。今当遵旨将王朴改判为'立决'，随时可以处决。"

崇祯余怒未息，本来不打算理会言官，可是一时激动起来，忍耐不住，将严厉的目光转向几个御史和给事中，指着他们说：

"你们这班人，专门听信谣言，然后写出奏本，危言耸听，哗众沽名。朝中大事，都败在你们这些言官身上。如果再像这样徒事攻讦，朝廷还有什么威望？还能办什么事情？"

他声色俱厉，不断地用拳头捶着御案。那些御史和给事中一个个吓得跪在地上，面如土色，不敢抬头。这么发了一阵脾气之后，他不再等待朝臣们向他继续奏事，起身退朝。

崇祯回到乾清宫，自认为今天上朝发了一顿脾气，对东虏议和的事大概没人再敢提了，这一阵风浪从此可以压下去了。只要朝臣中没有人再攻讦陈新甲，朝议缓和下去，对满洲议和事以后再说。但是他害怕这一次风波并没有完，叹一口气，精神混乱，仰望藻井[1]，自言自语：

---

[1] 藻井——有彩绘装饰的天花板。

“中原糜烂。辽东糜烂。处处糜烂。糜烂！糜烂！倘若款事不成，虏兵重新入塞，这风雨飘摇的江山叫我如何支撑啊！”

过了一天，朝中果然仍有几个不怕死的言官，又上疏痛讦陈新甲暗中与东虏议和、丧权辱国之罪。其中有一封奏疏竟然半明半暗地涉及到崇祯本人，说外面纷纷议论，谣传陈新甲暗中与东虏议和是奉皇上密旨，但上疏者本人并不相信，盖深知皇上是千古英明之主，非宋主可比云云。崇祯阅罢，明白这话是挖苦他，但没有借口将上疏的言官下狱。他的心中很焦急，眼看着事情已经闹大，想暗中平息已不可能。可是这事情到底是怎么泄露的呢？他不好差太监去问陈新甲，便把东厂提督太监曹化淳和锦衣卫使吴孟明叫进宫来。曹化淳先到了乾清宫，崇祯先用责备的口气问曹化淳：

“陈新甲辜负朕意，暗中派马绍愉同东虏议和。事情经过，朕实不知。他们暗中议和之事，言官们如何全都知道？你的东厂和吴孟明的锦衣卫两个衙门，职司侦伺臣民，养了许多打事件的番子。像这样大事，你们竟然如聋如瞽，白当了朕的心腹耳目！陈新甲等做的事，何等机密，朝中的乌鸦们是怎样知道的？”

曹化淳跪在地上，一边连说“奴婢有罪，恳皇爷息怒”，一边在转着心思。从秘密议和开始，主意出自皇上，中间如何进行，曲曲折折，他完全心中清楚。但听了皇上的这几句话，他明白皇上要将这事儿全推到陈新甲的身上。他在地上回奏说：

“对东虏议抚的事，原来很是机密，奴婢不大清楚。如今泄露出来，奴婢才叫番子们多方侦查……”

“侦查的结果如何？”

“启禀皇爷，事情是这样的：马绍愉将一封密件的副本夜里呈给陈新甲。陈新甲因为困倦，一时疏忽，看过之后，忘在书案上便去睡了。他的一个亲信仆人，看见上边并未批‘绝密’二字，以为是发抄的公事，就赶快送下去作为邸报传抄。这也是因为陈新甲治事敏捷，案无留牍，成了习惯，他的仆人们也常怕耽误了公事受责。方士亮是兵科给事中，所以先落到他的手中。第二天五更上朝时候，陈新甲想起来这个抄件，知道被仆人误发下去，赶快追回，不料已经被方士亮抄了一份留下。这个方士亮像一只苍蝇一样，正愁没有窟窿蕃蛆，得了这密件后自然要大做文章。”

“京师臣民们如何议论？”

“京师臣民闻知此事，自然舆论大哗。大家说皇上是千古英明之主，断不会知道与东虏议和之事，所以大家都归咎于兵部尚书不该背着皇上做此丧权辱国之事。”

崇祯沉吟片刻，叹息说：“朕之苦衷，臣民未必尽知！”

曹化淳赶快说：“臣民尽知皇上是尧、舜之君，忧国忧民，朝乾夕惕[①]。纵然知道此事，也只是一时受了臣下欺哄，不是陛下本心。”

崇祯说：“你下去吧。”

略停片刻，在乾清门等候召见的锦衣卫使吴孟明被叫了进来，跪在崇祯面前。他同曹化淳已经在进宫时交换了意见，所以回答皇帝的话差不多一样。崇祯露出心事很重的神色，想了一阵，忽然小声问道：

“马绍愉住在什么地方，你可知道？”

“微臣知道。陛下要密召马绍愉进宫询问？”

“去他家看他的人多不多？”

“他原是秘密回京，去看他的人不多。自从谣言起来之后，微臣派了锦衣旗校在他的住处周围巡逻，又派人装成小贩和市井细民暗中监视。他一家人知道这种情形，闭户不敢出来。”

崇祯又小声说：“今日夜晚，街上人静以后，你派人将马绍愉逮捕。他家中的钱财什物不许骚扰，嘱咐他的家人：倘有别人问起，只说马绍愉因有急事出京，不知何往。如敢胡说一句，全家主仆祸将不测。”

吴孟明问道：“将他下入镇抚司狱中？”

崇祯摇摇头，接着吩咐：“将他送往西山远处，僻静地方，孤庙中看管起来。叫他改名换姓，改为道装，如同挂褡隐居的有学问的道士模样，对任何人不许说出他是马绍愉。庙中道士都要尊敬他，不许乱问，不许张扬。你们要好生照料他的饮食，不可亏待了他。”

“要看管到什么时候？”

“等待新旨。”

吴孟明恍然明白皇上的苦心，赶快叩头说：“遵旨！”

崇祯召见过曹化淳和吴孟明以后，断定这件事已经没法儿强压下去，只

---

① 朝乾夕惕——意思是朝夕勤奋戒惧，不敢懈怠。这是封建朝代歌颂皇帝的习用语。

好把全部罪责推到陈新甲身上。于是他下了一道手谕，责备陈新甲瞒着他派马绍愉出关与东虏议款，并要陈新甲“好生回话”。实际上他希望陈新甲在回话时引罪自责，将全部责任揽到自己身上，等事过境迁，他再救他。

陈新甲接到皇上的手谕后，十分害怕。尽管他的家中保存着崇祯关于与满洲议和的几次手谕，但是实际上他不敢拿出来“彰君之恶”。他很清楚，本朝从洪武以来，历朝皇帝都对大臣寡恩，用着时倚为股肱，一旦翻脸，抄家灭门，而崇祯也是动不动就诛戮大臣。他只以为皇上将要借他的人头以推卸责任，却没有想到皇上是希望他先将罪责揽在自己身上，将来还要救他。陈新甲实在感到冤枉，而性格又比较倔强，于是在绝望之下头脑发昏，写了一封很不得体的“奉旨回话”的奏疏，将一场大祸弄得不可挽回了。在将奏疏拜发时，他竟会糊涂地愤然想道：

“既然你要杀我，我就干脆把什么事情都说出来。也许我一说出来，你就不敢杀我了。”

在“奉旨回话”的奏疏中，他丝毫不引罪自责，反而为他与满洲议和的事进行辩解。他先把两年来国家内外交困的种种情形陈述出来，然后说他完全是奉旨派马绍愉出关议和。他说皇上是英明之主，与满洲议和完全是为着祖宗江山，这事情本来做得很对，但因恐朝臣中有人大肆张扬，所以命他秘密进行，原打算事成之后，即向举朝宣布。如今既然已经张扬出去，也不妨就此向朝臣说明原委：今日救国之计，不议和不能对外，也不能安内，舍此别无良策。

崇祯看了此疏，猛然将一只茶杯摔得粉碎，骂道：“该杀！真是该杀！”尽管他也知道陈新甲所说的事实和道理都是对的，但陈新甲竟把这一切在奏疏中公然说出，而且用了“奉旨议和”四个字，使他感到万万不能饶恕。于是他又下了一道手谕，责备陈新甲“违旨议和”，用意是要让陈新甲领悟过来，引罪自责。

陈新甲看了圣旨后，更加相信崇祯是要杀他，于是索性横下一条心，又上了一封奏疏，不惟不引罪，而且具体地指出了某月某日皇上如何密谕、某月某日皇上又如何密谕，将崇祯给他的各次密诏披露无遗。他误以为这封奏疏会使崇祯无言自解，从而将他减罪。

崇祯看了奏疏后，从御椅上跳起来，虽然十分愤怒，却一时不能决定个妥当办法。他在乾清宫内走来走去，遇到一个花盆，猛地一脚踢翻。走了几

圈后，他回到御案前坐下，下诏将陈新甲立即逮捕下狱，交刑部立即从严议罪。

当天晚上，崇祯知道陈新甲已经下到狱中，刑部正在对他审问，议罪。他忽然想到自己的多次手诏，分明陈新甲并没有在看过后遵旨烧毁，如今仍藏在陈新甲的家中。于是他将吴孟明叫进宫来，命他亲自率领锦衣旗校和兵丁立即将陈家包围，严密搜查。他想着那些秘密手诏可能传到朝野，留存后世，成为他的“盛德之累”，情绪十分激动，一时没有将搜查的事说得清楚。吴孟明跪在地上问道：

“将陈新甲的财产全数抄没？”

“财产不要动，一切都不要动，只查抄他家中的重要文书。尤其是宫中去的，片纸不留，一概抄出。抄到以后，马上密封，连夜送进宫来。倘有片纸留传在外，或有人胆敢偷看，定要从严治罪！”

吴孟明害怕查抄不全，皇上对他生疑，将有后祸，还怕曹化淳对他嫉妒，他恳求皇上命曹化淳同他一起前去。崇祯也有点对他不放心，登时答应命曹化淳一同前去。

当夜二更时候，陈新甲的宅子被东厂和锦衣卫的人包围起来。曹化淳和吴孟明带领一群人进入宅中，将陈新甲的妻、妾、儿子等和重要奴仆们全数拘留，口传圣旨，逼他们指出收藏重要文书的地方。果然在一口雕花樟木箱子里找到了全部密诏。曹化淳和吴孟明放了心，登时严密封好，共同送往宫中，呈给皇帝。

崇祯问道：“可是全在这里？”

曹化淳说：“奴婢与吴孟明找到的就这么多，全部跪呈皇爷，片纸不敢漏掉。”

崇祯点头说：“你们做的事绝不许对外声张！”

曹化淳和吴孟明走后，崇祯将这一包密诏包起来带到养德斋中，命宫女和太监都离开，然后他打开包封，将所有的密诏匆匆忙忙地看了一遍，不禁又愧又恨，愧的是这确实是他的手迹，是他做的事；恨的是陈新甲并没有听他的话，将每一道密诏看过后立即烧毁，而是全部私藏了起来。他在心中骂道：“用心险恶的东西！”随即向外间叫了一声：

“魏清慧！”

魏清慧应声而至。崇祯吩咐她快去拿一个铜香炉来。魏清慧心中不明白，迟疑地说：

“皇爷，这香炉里还有香，是我刚才添的。”

“你再拿一个来，朕有用处。”

魏清慧打量了崇祯一眼，看到他手里拿的东西，心里似乎有点明白，赶快跑出去，捧了一个香炉进来。崇祯命魏清慧把香炉放到地上，然后把那些密诏递给她，说：

“你把这些没用的东西全部烧掉，不许留下片纸。”

魏清慧将香炉和蜡烛放在地上，然后将全部密诏放进香炉，点了起来，小心不让纸灰飞出。不一会儿，就有一股青烟从香炉中冒出，在屋中缭绕几圈，又飞出窗外。崇祯的目光先是注视着香炉，然后也随着这股青烟转向窗外。他忽然觉得，如果窗外有宫女和太监看见这股青烟，知道他在屋内烧东西，也很不好。但侧耳听去，窗外很安静，连一点脚步声也没有，放下心来。魏清慧一直等到香炉中不再有火光，也不再冒烟，只剩下一些黑色灰烬，然后她请皇上看了一下，便把香炉送出。她随即重回到崇祯面前，问道：

“皇爷还有没有别的吩咐?”

崇祯将魏清慧从上到下打量了一番，不禁感到，宫里虽有众多妃嫔，像这样机密的事却只有让魏清慧来办才能放心。魏清慧心里却很奇怪：皇上身为天下之主，还有什么秘密怕人知道？为什么要烧这些手诏？为什么这样鬼鬼祟祟，害怕窗外有人？但是她连一句话也不敢问，甚至眼中都没有流露出丝毫疑问。崇祯心头上的一块石头放下了，想着魏清慧常常能够体谅他的苦心，今夜遵照他的旨意，不声不响地把事情做得又快又干净，使他十分满意。他用眼睛示意魏清慧走上前来，然后他双手拉住了她的手。魏清慧顿时脸颊通红，低头不语，心头狂跳。崇祯轻轻地说：

“你是我的知心人。”

魏清慧不晓得如何回答，脸颊更红。突然，崇祯搂住她的腰，往怀中一拉，使她坐在自己的腿上。魏清慧只觉得心快从口中跳出，不知是激动还是感激，一丝泪光在眼中闪耀。这时外边响起了脚步声，而且不止一个人的脚步声。魏清慧赶紧挣开，站了起来，低着头不知如何是好。这时帘外有声音向崇祯奏道：

“承乾宫掌事奴婢吴忠有事跪奏皇爷。”

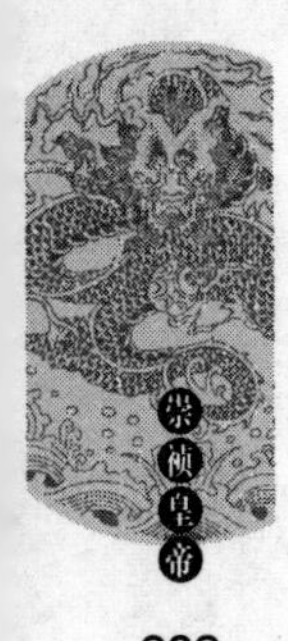

崇祯望了魏清慧一眼，轻声说："叫他进来。"魏清慧便向帘外叫道：

"吴忠进来面奏！"

崇祯一下子变得神态非常严肃，端端正正地坐着，望着跪在面前的吴忠问道：

"有何事面奏？"

吴忠奏道："启奏皇爷：田娘娘今日病情不佳，奴婢不敢隐瞒，特来奏明。"

"如何不好啊？"

"今日病情十分沉重，看来有点不妙。"

崇祯一听，顿时脸色灰白，说："朕知道了。朕马上去承乾宫看她。"

在太监为他备辇的时候，崇祯已经回到乾清宫西暖阁。发现在他平时省阅文书的御案上，有一封陈新甲新从狱中递进的奏疏。他拿起来匆匆看了一遍。这封奏疏与上两次口气大不一样。陈新甲痛自认罪，说自己不该瞒着皇帝与东虏暗主和议，请皇上体谅他为国的苦心，留下他的微命，再效犬马之劳，至于崇祯如何如何密谕他议抚的话，完全不提了。崇祯心中动摇起来：究竟杀他还是不杀？杀他，的确于心不忍，毕竟这事完全是自己密谕他去干的。可是不杀，则以后必然会泄露和议真情。正想着，他又看见案上还有周延儒的一个奏本。拿起一看，是救陈新甲的。周延儒在疏中说，陈新甲对东虏暗主和议，虽然罪不容诛，但请皇上念他为国之心，赦他不死。又说如今正是国家用人之时，杀了陈新甲殊为可惜。崇祯阅罢，觉得周延儒说的话也有道理，陈新甲确实是个有用的人才。"留下他？还是不留？"崇祯一面在心中自问，一面上辇。

在往承乾宫去的路上，他的心又回到田妃身上。知道田妃死期已近，他禁不住热泪盈眶，心中悲叹：

"难道你就这么要同我永别了么？"

他的辇还没有到承乾宫，秉笔太监王承恩从后面追上来，向他呈上两本十万火急的文书。他停下辇来拆看，原来一本是周王的告急文书，一本是高名衡等封疆大吏联名的告急文书，都是为着开封被围的事，说城内粮食已经断绝，百万生灵即将饿死，请求皇上速发救兵。

崇祯的心中十分焦急，感到开封的事确实要紧。万一开封失守，局势将不堪设想。他也明白开封的存亡，比田妃的病和陈新甲的事，要紧得多。他的思想混乱，在心中断断续续地说：

“开封被围，真是要命……啊，开封！开封！……侯恂已到了黄河北岸，难道……竟然一筹莫展？”

田妃的病情到了立秋以后，更加不好，很明显地一天比一天接近死亡。据太医们说，看来拖不到八月了。在三个月前，崇祯接受太医院使[1]的暗中建议和皇后的敦促，命工部立即在钦天监所择定的地方和山向[2]为田妃修建坟墓，由京营兵拨一千人帮助工部衙门所募的工匠役夫。如今因田妃病情垂危，工部营缮司郎中亲自住在工地，日夜督工修筑。田妃所需寿衣，正在由宫内针工局[3]赶办。直到这时，崇祯对救活田妃仍抱着一线希望。他继续申斥太医们没有尽心，继续向能医治田皇贵妃沉疴的江湖异人和草野医生悬出重赏，继续传旨僧道录司督促全京城僧、道们日夜为田妃诵经，继续命宣武门内天主堂西人传教士和中国的信教男女为田妃虔诚祈祷，而他自己也经常去南宫或去大高玄殿或英华殿拈香许愿……

崇祯皇帝在这样笼罩着愁云惨雾的日子里，陈新甲的问题又必须赶快解决。近半个多月来，有不少朝臣，包括首辅周延儒在内，都上疏救陈新甲。许多人开始从大局着眼：目前对满洲无任何良策，而中原又正在糜烂，中枢易人，已经很为失计，倘再杀掉陈新甲，将会使“知兵”的大臣们从此寒心，视兵部为危途。朝臣中许多人都明白对满洲和议是出自“上意”，陈新甲只是秉承密旨办事。他们还认为和议虽是下策，但毕竟胜于无策。倘若崇祯在这时候将陈新甲从轻发落，虽然仍会有几个言官上疏争论，但也可以不了了之。无奈他想到陈新甲在“奉旨回话”的疏中说出和议是奉密旨行事，使他十分痛恨。陈新甲的奏疏他已经“留中”，还可以销毁，可是如果让陈新甲活下去，就会使别人相信陈新甲果是遵照密旨行事，而且陈新甲还会说出来事情的曲折经过。所以当朝议多数要救陈新甲时，崇祯反而决心杀陈新甲，而且要快杀，越快越好。

到了七月中旬，刑部已经三次将定谳呈给崇祯，都没有定为死罪，按照《大明律》，不管如何加重处罪，都没有可死之款。崇祯将首辅周延儒、刑部

---

① 太医院使——太医院主管官，正五品。

② 山向——坟墓的方向。

③ 针工局——太监所属的一个机构。

尚书和左右侍郎、大理寺卿、都察院左右都御史召进乾清宫正殿，地上跪了一片。他厉声问道：

“朕原叫刑部议陈新甲之罪，因见议罪过轻，才叫三法司会审。不料你们仍旧量刑过轻，显然是互为朋比，共谋包庇陈新甲，置祖宗大法于不顾。三法司大臣如此姑息养奸，难道以为朕不能治尔等之罪?”

刑部尚书声音颤栗地说：“请陛下息怒！臣等谨按《大明律》，本兵亲自丢失重要城寨者可斩，而陈新甲无此罪。故臣等……”

崇祯怒喝道：“胡说！陈新甲他罪姑且不论，他连失洛阳、襄阳，福王与襄王等亲藩七人被贼杀害，难道不更甚于失陷城寨么？难道不该斩么?”

左都御史颤栗说：“虽然……”

崇祯将御案一拍，说：“不许你们再为陈新甲乞饶，速下去按两次失陷藩封议罪！下去!”

首辅周延儒跪下说：“请陛下息怒。按律，敌兵不薄城……”

崇祯截断说：“连陷七亲藩，不甚于敌兵薄城？先生勿言!”

三法司大臣们叩头退出，重新会议。虽然他们知皇上决心要杀陈新甲，但是他们仍希望皇上有回心转意时候，于是定为“斩监候”，呈报皇上钦批。崇祯提起朱笔，批了“立决”二字。京师臣民闻知此事，又一次舆论哗然，但没有人敢将真正的舆论传进宫中。

七月十六日，天气阴沉。因为田妃病危，一清早就从英华殿传出来为田妃诵经祈禳时敲的木鱼和钟、磬声，传入乾清宫。崇祯心重如铅，照例五更拜天，然后上朝，下朝。这天上午，他接到从全国各地来的许多紧急文书，其中有侯恂从封丘来的一封密奏。他昨夜睡眠很少，实在困倦，颓然靠在龙椅上，命王承恩跪在面前，先将侯恂的密疏读给他听。

新任督师侯恂在疏中先写了十五年来“剿贼”常常挫败的原因，接着分析了河南的目前形势。他认为全河南省十分已失陷七八，河南已不可救，开封也不可救。他说，目前的中原已经不再是天下腹心，而是一片“糜破之区”；救周王固然要紧，但是救皇上的整个社稷尤其要紧。他大胆建议舍弃河南和开封，命保定巡抚杨进和山东巡抚王永吉防守黄河，使“贼”不得过河往北；命凤阳巡抚马士英和淮徐巡抚史可法挡住贼不能往南；命陕西、三边总督孙传庭守住潼关，使“贼”不得往西；他本人驰赴襄阳，率领左良玉固守荆襄，以断“流贼”奔窜之路。中原赤地千里，人烟断绝，莫说“贼”声称有百万之众，就拿有五十万人和十万骡马说，将没法活下去。曹操一支看出李自成有兼并之心，暗中猜疑，有了二心。袁时中的人马，已经离开李自成，变为敌人。我方当利用机会从中离间，“贼”必内里生变，不攻自溃。为今之计，只能如此。……

崇祯听到这里，不由地骂道：“屁话！全是屁话！下边还说些什么？”

王承恩看着奏疏回答：“他请求皇爷准他不驻在封丘，驰赴左良玉军中，就近指挥左良玉。”

崇祯冷笑说：“在封丘他是督师，住在左良玉军中就成了左良玉的一位高等食客，全无作用！”就摆手不让再读下去，问道：“今日斩陈新甲么？”

“是，今日午时出斩。”

“何人监斩？”

“三法司堂官共同监斩。”

“京师臣民对斩陈新甲有何议论？”

王承恩事先受王德化嘱咐，不许使皇上生气，赶快回答说：“听说京师臣民都称颂皇爷是千古英主，可以为万世帝王楷模。”

崇祯挥退王承恩，赶快乘辇去南宫为田妃祈禳。快到中午时候，他已经在佛坛前烧过香，正准备往道坛烧香，抬头望望日影，心里说：“陈新甲到行刑的时候了。”回想着几年来他将陈新甲倚为心腹，密谋“款议”，今后将不会再有第二个陈新甲了，心中不免有点惋惜。但是一转念想到陈新甲泄露了密诏，成为他的“盛德之累”，那一点惋惜的心情顿然消失。

当他正往道坛走去时候，忽然坤宁宫一名年轻太监奉皇后之命急急忙忙地奔来，在他的脚前跪下，喘着气说：

“启奏皇爷，奴婢奉皇后懿旨……”

崇祯的脸色一变，赶快问：“是承乾宫……”

“是，皇爷，恕奴婢死罪，承乾宫田娘娘不好了，请皇爷立刻回宫。”

崇祯满心悲痛，几乎忍不住大哭起来。他扶住一个太监的肩膀，使自己不要倒下去，自言自语地喃喃说：

“我早知道会有这一天……”

崇祯立刻流着泪乘辇回宫，一进东华门就开始抽咽。来到承乾宫，遇见该宫正要奔往南宫去的太监。知道田妃已死，他不禁以袖掩面，悲痛呜咽。

田妃的尸体已经被移到寝宫正间，用较素净的锦被覆盖，脸上盖着纯素

白绸。田妃所生的皇子、皇女，阖宫太监和宫女，来不及穿孝，临时用白绸条缠在发上，跪在地上痛哭。承乾宫掌事太监吴忠率领一部分太监在承乾门内跪着接驾。崇祯哭着下辇，由太监搀扶着，一边哭一边踉跄地向里走去。檐前鎏金亮架的鹦鹉发出凄然叫声："圣驾到!"但声音很低，被哭声掩盖，几乎没人听见。崇祯到了停尸的地方，嚎啕大哭。

为着皇贵妃之丧，崇祯辍朝五日。从此以后，他照旧上朝，省阅文书，早起晚睡，辛辛勤勤，在明朝永乐以后的历代皇帝中十分少有。但是他常常不思饮食，精神恍惚，在宫中对空自语，或者默默垂泪。到了七月将尽，连日阴云惨雾，秋雨淅沥。每到静夜，他坐在御案前省阅文书，实在困倦，不免打盹，迷迷糊糊，仿佛看见田妃就在面前，走动时仍然像平日体态轻盈，似乎还听见她环佩丁冬。他猛然睁开眼睛，伤心四顾，只看见御案上烛影摇晃，盘龙柱子边宫灯昏黄，香炉中青烟袅袅，却不见田妃的影子消失何处。他似乎听见环佩声消失在窗外，但仔细一听，只有乾清宫高檐下的铁马不住地响动，还有不紧不慢的风声雨声不断。

一连三夜，他在养德斋中都做了噩梦。第一夜他梦见了杨嗣昌跪在他的面前，胡须和双鬓斑白。他的心中难过，问道：

"卿离京时，胡须是黑的，鬓边无白发。今日见卿，何以老得如此?"

杨嗣昌神情愁惨，回答说："臣两年的军中日月，皇上何能尽悉。将骄兵惰，人各为己，全不以国家安危为重。臣以督师辅臣之尊，指挥不灵，欲战不能，欲守不可。身在军中，心驰朝廷，日日忧谗畏忌……"

崇祯说："朕全知道，卿不用说了。朕要问卿，目前局势更加猖獗，如火燎原，卿有何善策，速速说出!"

"襄阳要紧，不可丢失。"

"襄阳有左良玉驻守，可以无忧。目前河南糜烂，开封被围日久，城中已经绝粮。卿有何善策?"

"襄阳要紧，要紧。"

"卿不必再提襄阳的事。去年襄阳失守，罪不在卿。卿在四川，几次驰檄襄阳道张克俭与知府王述曾，一再嘱咐襄阳要紧，不可疏忽。无奈他们……"

突然在乾清宫的屋脊上响个炸雷，然后隆隆的雷声滚向午门。崇祯被雷声惊醒，梦中的情形犹能记忆。他想了一阵，叹口气说：

"近来仍有一二朝臣攻击嗣昌失守襄阳之罪，他是来向朕辩冤!"

第二天夜里他梦见田妃，仍像两年前那样美艳，在他的面前轻盈地走动，不知在忙着什么。他叫她，她回眸一笑，似有淡淡哀愁，不来他的身边，也不停止忙碌。他看左右无人，扑上去要将她搂在怀里。但是她身子轻飘地一闪，使他扑了个空。他连扑三次，都被她躲闪开了。他忽然想起来她已死去，不禁失声痛哭，从梦中哭醒。

遵照皇后“懿旨”，魏清慧每夜带一个宫女在养德斋的外间值夜。她于睡意朦胧中被崇祯的哭声惊醒，赶快进来，跪在御榻前边劝道：

“皇爷，请不要这样悲苦。陛下这样悲苦，伤了御体，田娘娘在九泉下也难安眠。”

崇祯又哽咽片刻，问道：“眼下什么时候？”

“还没有交四更，皇爷。”

“夜间有没有新到的紧急军情文书？”

“皇爷三更时刚刚睡下，有从河南来的一封十万火急的军情文书，司礼监王公公为着皇爷御体要紧，不要奴婢叫醒皇爷，放在乾清宫西暖阁的御案上。”

“去，给我取来！”

“皇爷，请不必急着看那种军情文书，休息御体要紧。皇后一再面谕奴婢……”

崇祯截住她说：“算啦，你休息去吧。”

他不敢看河南的军情文书，明知看了也没有办法。等魏清慧退出以后，他闭起眼睛，强迫自己入睡，却再也不能入睡，听着窗外的风声、雨声、养德斋檐角铃声，一忽儿想着河南和开封，一忽儿想到关外……

第三天夜间，他先梦见薛国观，对他只是冷笑，不知是什么意思。他吓得出了一身冷汗醒了。第二次入睡以后，他梦见陈新甲跪在他的面前，不住流泪。他也心中难过，说道：

“卿死得冤枉，朕何尝不知，此是不得已啊！朕之苦衷，卿亦应知。”

陈新甲说：“臣今夜请求秘密召对，并非为诉冤而来。臣因和议事败，东虏不久将大举进犯，特来向陛下面奏，请陛下预作迎敌准备。”

崇祯一惊，惨然说：“如今兵没兵，将没将，饷没饷，如何准备迎敌？”

“请陛下不要问臣。臣已离开朝廷，死于西市了。”

陈新甲说罢，叩头起身，向外走去。崇祯目送他的背影，忽然看见他只

有身子，并没有头。他在恐怖中醒来，睁开眼睛，屋中灯光昏暗，似有鬼影徘徊，看不分明，而窗外雨声正稠，檐溜像瀑布一般倾泻在地。在雨声、风声、水声中似有人在窗外叹息。他大声惊呼：

“魏清慧！魏清慧！……”

多尔衮时代开始

第四十四章

进入甲申年，多尔衮每天都在注视着关内的局势变化。他获得关内的各种消息，主要依靠派许多细作在北京打探。对探到特别重要消息的细作，不惜重赏。关于北京朝廷上的忙乱举措和纷争，以及“陕西流贼”的重要活动，几乎是每天或每隔三两天就有潜伏在北京的细作报到盛京，先密报到兵部衙门，随即火速禀报到睿亲王府。住在沈阳城内的多尔衮，天天都在考虑如何率大军进入中原，而明朝当局却因自顾不暇，没有时间考虑满洲敌人的动静。至于李自成，一则被一年多来军事上的不断胜利冲昏了头脑，二则目光短浅，不懂得他东征幽燕进入北京以后的强敌，并不是一筹莫展的崇祯皇帝和好比日落西山的大明朝廷，而是崛起于辽东的、对关内虎视眈眈的所谓“东虏”，所以对关外的情况知之甚少甚或全然不知。

大约在正月下旬，多尔衮连得探报，说那个名叫李自成的“流贼”首领已经在西安建立了大顺朝，改元永昌，并且从去年十二月底到今年正月初，派遣了五十万人马分批从韩城附近渡过黄河，进入山西境内，所向无敌，正在向太原进兵，声言要进犯北京，夺取明朝江山。这一消息不仅来自朝野惊慌的北京，也来自吴三桂驻守的宁远城中。当时宁远已经是明朝留在山海关外的一座孤城，但是由于吴三桂的父母和一家三十余口都住在北京城中，而吴三桂与驻节永平的蓟辽总督王永吉也常有密使往来，所以从宁远城中也可以知道北京的重大消息。从北京、永平和宁远城中探听到的“流贼”正在向北京进犯的消息大致相同，使多尔衮不能不焦急了。

在爱新觉罗皇族中，最有雄才大略的年轻领袖莫过于多尔衮这位亲王。他从十八岁就带兵打仗，不仅勇敢，而且富于智谋，后来成了皇太极政权圈子中的重要亲王。去年八月间，皇太极突然去世之后，皇族中有人愿意拥戴他继承皇位，他自己也有一部分可靠的兵力，然而为着安定清国大局，避免皇室诸王为皇位继承问题发生纷争，削弱国力，他坚决不继承皇位，也打退了别人觊觎皇位的野心，严厉惩罚了几个人，同时他紧紧拉着比他年长的、且有一部分兵力的郑亲王济尔哈朗，同心拥戴皇太极的六岁幼子福临登极，由他和郑亲王共同辅政，被称为辅政亲王。

他自幼就以他的聪明和勇敢，在诸王贝勒中表现非凡，受到父亲努尔哈赤的宠爱，也受到同父异母的哥哥皇太极的特别看重。他自己虽然口中不说，然而环顾同辈，不能不自认为是爱新觉罗皇族中的不世英雄。由于他在二十岁左右的时候就有进兵中原，灭亡明朝，迁都北京，以“大清”国号统治中国的抱负，所以在皇太极突然病逝之后，在举朝震惊失措、陷于皇位纷争，满洲的兴衰决于一旦之际，他能够以其出众的智谋和应变才能，使不懂事的小福临登上皇位，为他以后实现统兵进入中原的大计准备了条件。然而，像多尔衮这样有心术又有野心的人物，对与济尔哈朗共同辅政这件事并不甘心，他必须在统兵南下之前实现两件大事：一是将大清国的朝政大权和军权牢牢地拿到他一个人手中；二是再对心怀不满的肃亲王豪格搞一次惩罚，除掉日后的祸患。

多尔衮在与济尔哈朗共同辅政之初，利用济尔哈朗思想上的弱点，不失时机地建立他的专政体制。济尔哈朗的父亲名叫舒尔哈赤，是努尔哈赤的同母兄弟，协助努尔哈赤起兵，反抗明朝，吞并建州各部，战功卓著，声名不下于努尔哈赤。大概是由于疑忌心理，努尔哈赤忽然摘去了舒尔哈赤的兵权，将他禁锢起来，随后又秘密杀掉，又杀了舒尔哈赤的两个儿子。这一件努尔哈赤杀弟的惨案并没有冠冕堂皇的理由，所以在努尔哈赤生前不允许随便谈论，他死后在皇室和群臣中也不许谈论。当父兄们被杀害的时候，济尔哈朗尚在幼年，由伯父努尔哈赤养大，也受皇太极的恩眷，初封为贝勒，后封为亲王。这一件家庭悲剧在他长大后从来不敢打听，更不敢对伯父努尔哈赤有怀恨之心，从小养成了一种谨慎畏祸的性格，只希望保住亲王的禄位，在功业上并无多的奢望。多尔衮平日看透了济尔哈朗性格上这些弱点，所以拉住他共同辅政，为自己实现独专国政的野心做一块垫脚石，以后不需要的时候就一脚踢开。

大清国的武装力量分为满洲八旗、汉军八旗、蒙古八旗。基本武装是满洲八旗。满洲八旗分为上三旗和下五旗。原来上三旗是正黄旗、镶黄旗和正蓝旗。两黄旗的旗主是皇太极，而正蓝旗的旗主是努尔哈赤的第五子爱新觉罗·莽古尔泰，天命元年时被封为和硕贝勒，是满族开国时的核心人物之一。这上三旗等于皇帝的亲军，平时也由上三旗拱卫盛京。天聪五年（公元一六三一年），莽古尔泰参加围攻大凌河城的战役，他因本旗人员伤亡较重，要求调回沈阳休息，同皇太极发生争吵。莽古尔泰一时激动，不由地紧握刀柄，但刚刚将腰刀拔出一点，被皇太极身边的戈什哈扑上前去，夺下腰刀。莽古尔泰因此犯了“御前露刃”的罪，革掉大贝勒封号，夺去五牛录[1]，人员拨归两黄旗，又罚了一万两银子。又过了一年多，莽古尔泰暴病而亡，他这一旗的力量便大大衰弱，内部也分化了。多尔衮担任辅政之后，就同济尔哈朗一商量，将正蓝旗降入下五旗，而将他的同母弟多铎所率领的正白旗升入上三旗。原来属于皇帝亲自率领的两黄旗，如今就归幼主福临继承。但福临尚在幼年，两旗的重大问题都由多尔衮代为决定。有时多尔衮也通过两宫皇太后加以控制。这样，上三旗的指挥权就完全落在他的手中。

满洲政权的多年传统是各部中央衙门分别由亲王、贝勒管理，称之为“十王议政”。多尔衮与济尔哈朗一商量，于崇德八年十二月十五日召集诸王、贝勒、贝子、公、大臣会议，当众宣布停止这一传统制度。大家听了以后，小声议论一阵，慑于多尔衮的威势，不得不表示同意。自从努尔哈赤于明万历四十四年（公元一六一六年）建立后金政权，定年号为天命元年开始，由爱新觉罗皇族的贵族共同听政，改为各职官分管朝政，听命于皇帝。这一次的政治体制改革，是满洲政权的一大改革，也是多尔衮走向个人独裁的重要一步。

多尔衮在个人独裁的道路上步步前进，而济尔哈朗却步步退让。凡有重大决定，都是多尔衮自己决定之后，告诉郑亲王济尔哈朗，由郑亲王向朝中大臣们宣布，命大家遵行不误。郑亲王虽然对多尔衮的步步进逼很不甘心，但是事实上多尔衮在朝臣中的威望日隆，又掌握着拱卫盛京的上三旗兵力，许多朝中趋炎附势的大臣都向睿亲王靠拢，他在不很甘心的情况下被迫做着

① 牛录——清八旗组织的基层单位。一牛录为三百人。

多尔衮手中一个工具。他已经通过他自己的一些亲信知道多尔衮与肃亲王豪格势不两立，其间必将有一次严重的斗争。虽然豪格是先皇帝的长子，又是一旗之主，但是一则他的智谋和威望不如多尔衮，二则多尔衮身居辅政亲王的崇高地位，又有顺治皇帝的母亲在宫中给他支持，济尔哈朗看出来豪格必然会大祸临头。他是皇室斗争中的惊弓之鸟，密嘱他手下的亲信官员们千万不要同肃王府的人员有任何来往，只可暗中探听消息，不可在人前露出风声。同时他知道睿亲王身有暗疾，经常服药，而且在朝臣中招来不少人的暗中忌恨。他预料到将来迟早会有一天，睿亲王也会有倒运的时候，所以他在表面上忍气吞声，而在心中恨恨地说：

“有些话，到那时再说！”

甲申正月的一天，济尔哈朗按照多尔衮的意思，召集内三院、六部、都察院、理藩院全部堂官，用下命令的口气说道：

“我今日召见各位大臣，不为别事，只是要面谕各位记住：嗣后各衙门办理事务，或有需要禀白我们两位辅政亲王的，都要先启禀睿亲王；档子书名，也应该先书睿亲王的名字，将本王的名字写在后边。坐立朝班和行礼的时候，都是睿亲王在我的上边，不可乱了。你们都听清了么？”

众大臣都明白这不是一件平常的事，而是预示今后的朝政会有大的变化。大家在心中凛凛畏惧，互相交换了一个眼色，一齐躬身回答：

“喳！”

经过这件事情以后，多尔衮在大清国独裁专政的体制上又向前跨进一步，原来议定的他与郑亲王共同辅政的体制变了，郑亲王的地位突然下降，成了他的助手。多尔衮瞒着济尔哈朗，从一开始就将实现他的专政野心同亲自率清兵南下占领北京这一扩张野心联系在一起考虑。如今他向独专朝政的目标日益接近，只有两件事等待实现：一是给肃亲王豪格一次致命的打击，拔掉他在爱新觉罗皇族中的心腹之患；二是在出兵之前将他的称号改称摄政王，而不是辅政王。其时，在大清国的文武大臣中，有汉文化修养的人较少，所以有时不能将摄政与辅政的真正性质分清，在称谓上常常混乱。多尔衮遇事留心，勤于思考，又常同像范文程这样较有学问的汉大臣谈论，长了知识，所以他明白摄政虽然也是辅政，但真正含义绝不同于辅政。他也知道当皇帝尚在幼小年纪，不能治理国家时，有一位亲族大臣代皇帝全权处理朝政，没有皇帝之名，而有皇帝之实，这就叫做摄政，如周公辅成王的故事。在拥立福临登极之初，他已经有此野心，但当时他如果提出来这一想法，必会招致激烈反对。他考虑再三，不敢提出这个意见，而是暗中授意他的一派人物拥护他与郑亲王共同辅政。经过几个月的酝酿，条件愈来愈对他有利，郑亲王对他步步退让，甘居下风。到了这时，他要做摄政王，独揽朝纲的各种条件差不多都接近成熟。一旦他亲自率领大军向中原进兵，将大清国的满、蒙、汉三股人马和征伐之权掌握到手中，就理所当然地高居摄政王之位了。

满洲君臣经过清太宗皇太极的国丧，内部一度为继承皇位的斗争发生较大风波，但因多尔衮处置得当，没有使国家损伤元气。事平之后，这割据中国东北一隅的新兴王国依然是朝气蓬勃，对长城内虎视眈眈，准备着随时趁明朝危亡之机进入中原，占领北京，恢复四百年前金朝的盛世局面。由于出重赏收买探报，有关李自成向北京进军以至明朝束手无策的各种消息，纷纷而来。到了甲申年的正月下旬，多尔衮口谕盛京的文武大臣讨论向中原进兵之策。许多人平素知道多尔衮的开国雄心，纷纷建议趁“流贼”尚在北来途中，先去攻破北京，以逸待劳，迎击“流贼”。

多尔衮虽然遇到这开国机运，感到心情振奋，然而他平日考虑事情比别人冷静，不肯匆忙就决定南下进兵大计。到了正月下旬，李自成率领的大军已经破了平阳，一路无阻，直奔太原，并且知道李自成另有一支人马也准备渡过黄河，作为一支偏师，走上党，破怀庆，再破卫辉，北上彰德，横扫豫北三府，然后北进，占领保定，从南路逼近北京。眼看明朝亡在旦夕，多尔衮连日亲自主持在睿王府召开秘密会议，讨论决策。

却说洪承畴投降以后，生活上备受优待，但没正式官职，直到此时，多尔衮才以顺治皇帝的名义任用他为内院学士，使他与范文程同样为他的帷幄之臣，时时参与对南朝的用兵密议。

今天在睿王府举行的是一次高层次重要密议，除多尔衮本人外，只有郑亲王济尔哈朗、范文程和洪承畴。他们讨论的最重要问题是要判断李自成的实际兵力。从北京来的探报是说李自成率领五十万大军从韩城渡河入晋，尚有百万大军在后。如果李自成确有这么多的人马北上，清国满、蒙、汉全部人马不会超过二十万，就决不能贸然南下，以免败于人数众多而士气方盛的“流贼”。考虑着李自成兵力的强大，多尔衮不能不心中踌躇。

在多尔衮亲自主持的前两次密议中，洪承畴的看法都是与众不同，使多

尔衮不能不刮目相看。洪承畴认为李自成入晋东犯的全部人马绝不会有五十万人。他认为，自古“兵不厌诈”，兵强可以示弱，借以欺骗和麻痹敌人，孙膑对庞涓进行的马陵道之战是“以多示寡”的用兵范例。至于曹操的赤壁之战，苻坚的淝水之战，则是以弱示强，大大夸大了自己人马的数量。洪承畴用十分自信的口气说道：

“以臣愚见，李贼自称有五十万人马渡河入晋，东犯幽燕，也是虚夸之词，实际兵力决无此数。兵将人数大概在二十万至三十万之间，不会更多。姑且以三十万计，到北京城下能够作战的兵力将不会超过二十万。”

多尔衮问道：“你为何估计得这样少？”

范文程插言说：“洪大人，我估计李自成来到北京的人马大概在三十万以上。”

郑亲王接着说：“我们的八旗兵还没有同流贼交过手，千万不能轻敌。宁可将敌人的兵力估计强一点，不可失之大意。”

洪承畴思索片刻，含笑说道：“两位辅政王爷和范学士从用兵方面慎重考虑，愿意将东犯的流贼兵力看得强大一些，以便事先调集更多人马，一战全歼流贼，这自然不错。但是兵法云：‘知己知彼，百战百胜。’此古今不易之理。臣在南朝，与流贼作战多年，对贼中实情，略有所知。贼惯用虚声恫吓，且利用朝廷与各省官军弱点，才能迅速壮大，不断胜利而有今日。近几年贼势最盛，号称有百万之众，然而以臣看来，最盛时不超过五十万人。郧阳、均州均为王光恩兄弟所据，为襄阳肘腋之患，李自成竟不能攻破郧、均。汝南府多么重要，李自成竟无重兵驻守，任地方绅士与土匪窃据。所以臣说李自成虽有大约五十万人，还得分兵驻守各处，有许多重要之处竟无力驻守。这样看来，流贼渡河入晋，东犯幽燕的兵员实数绝不会超过三十万人。何况此次流贼东犯，与往日行军大不相同。李自成本是流贼，长于流动。如今在西安建立伪号，又渡河东犯，妄图在北京正位称帝，所以他必将文武百官等许多重要的人物带在身边，每一官僚必有一群奴仆相从，还得有兵马保护。试想这三十万众，数千里远征，谈何容易！单说粮秣辎重的运送，也得一两万人。如此看来，李贼如以三十万众渡河东来，沿途留兵驻守，到北京城下时不会有二十万人。”

范文程认为洪承畴说出的这个见解有道理，但仍然不敢完全相信，怕犯了轻敌的错误。他望望睿亲王脸上疑惑不定的神色，随即向洪承畴问道：

“洪大人熟于南朝情况，果然见解不凡。但是文程尚不解者是，你说李贼的兵力不多，多依恃虚声恫吓，但是他近三年驰骋中原，所向无敌，席卷湖广，长驱入陕，轻易占领西安，横扫西北各地，使明朝穷于应付，已临亡国危局。这情况你如何解释?”

济尔哈朗先向范文程笑着点头，然后向洪承畴逼问一句：

“对，近三年来李自成所向无敌，难道都是假的?”

多尔衮不等洪承畴说话，已经猜到洪承畴如何回答，在铁火盆的边上磕去烟灰，哈哈大笑，说道：

“有趣！有趣！现在不必谈了。我已经命王府厨房预备了午膳，走吧，我们去午膳桌上，边吃边谈！”刚从火盆边站起来，多尔衮又说道：“还有一件事，我也要同你们商量一下，看是否可行。如果可行，当然是越快越好，要在李自成尚在半路上就见到他，得到他的回书才好。”

“王爷有何妙棋?”范文程站着问道。

多尔衮胸有成竹地含笑回答：“我想派人带着我大清国的一封书子，在山西境内的路上迎见李自成，一则探听他对我大清国是敌是友，二则亲去看看流贼的实力如何。你们觉得此计如何?”

范文程平日细心，接着问道：“用何人名义给流贼头目写信?用辅政王您的名义?”

多尔衮颇有深意地一笑，随即轻轻地将右手一挥，说道：

“走，边用膳边商量大事!”

睿王府正殿的建筑规模不大，虽然也是明三暗五，五脊六兽，五层台阶，但如果放在关内，不过像富家地主的厅堂。午膳的红漆描金八仙桌摆在正殿的东暖阁，房间中温暖如春，陈设简单。多尔衮同济尔哈朗并坐在八仙桌北边的铺有红毡的两把太师椅上，面向正南，多尔衮在左，济尔哈朗在右。八仙桌的左边是洪承畴的座位，右边是范文程的座位。这是睿亲王指定的位置，不允许洪承畴谦让。范文程知道睿亲王在进兵灭亡明朝的大事上要重用洪承畴，对洪拱拱手，欣然在八仙桌右边坐下。

济尔哈朗对多尔衮指示洪承畴坐在左边，虽不说话，但心中暗觉奇怪。他认为范文程在太祖艰难创业时就来投效，忠心不贰。到了太宗朝，更是倚为心腹，大小事由范章京一言而决。他根本不理解睿亲王的用心。虽然洪承

畴与范文程同样是内院学士，但是在多尔衮眼中，洪承畴不仅是朝中大臣，而且在今后不久进兵中原的时候更要依靠洪承畴出谋献策。另一方面，洪承畴在投降前是明朝的蓟辽总督，挂兵部尚书衔，二品大员，这一点优于在满洲土生土长的范文程。多尔衮既然要锐意进取中原，不能不尊重汉族的这一习惯。然而他没有将这种思想同济尔哈朗谈过，也不曾同范文程谈过。倒是范文程心中明白，也知道洪承畴曾经决意不做引着清兵夺取崇祯皇帝江山的千古罪人。此时范文程在心中含笑想道：

“你洪九老[①]已入睿王爷的彀中，很快就会引着八旗大军前去攻破北京，想不做大清兵的带路人，不可得矣！”

因为有睿王府的两个包衣在暖阁中伺候午膳，所以多尔衮根本不提军事问题，也不谈清国朝政。郑亲王和范文程等都明白睿王府的规矩，所以都不提军情消息。不过他们都急于想知道李自成的实际兵力，好决定大清兵的南下方略。洪承畴虽然已经投降满洲两年，但是南朝毕竟是他的父母之邦，崇祯是他的故君，所以他也忘不下山西军情，神色忧郁地低头不语。

自从济尔哈朗退后一步，拥护多尔衮主持朝政以来，多尔衮就吩咐在西偏院中腾出来五间房屋，警卫严密，由内三院的学士们加上满汉笔帖式数人，日夜轮流值班，以免误了公事。多尔衮在王位上坐下以后，忽然想到给李自成下书子的事颇为紧急，立即命一包衣去西偏院叫一位值班的内秘书院学士前来。满族包衣答了声“喳！”转身退出。多尔衮向右边的郑亲王拿起筷子略微示意，于是两位辅政王与两位内院学士开始用膳。过了片刻，在西偏院值班的内秘书院学士来到面前，向两位辅政屈膝请安。多尔衮将向李自成下书的事告诉了他，命他在午膳后赶快起个稿子送来，并把要写的内容也告诉了他。值班的学士问道：

“请问王爷，听说李自成已经在西安僭了伪号，国号大顺，年号永昌，这封书子是写给李自成么？”

“当然要给他。不给他给谁？”

“用什么人的名义写这封信？就用两位辅政王爷的名义？”

郑亲王刚从暖锅中夹起来一大块白肉，还没有夹稳，听了这句话，筷子一动，那一块肥厚的白肉落进暖锅。他害怕日后万一朝局有变，有谁追究他

---

① 九老——洪承畴字亨九。

伙同多尔衮与流贼暗通声气，而足智多谋的多尔衮将罪责推到他一人身上。他暂停再动筷子，眼睛转向左边，望了多尔衮一眼，在心中称赞恭候桌边的值班学士：

“问得好，是要请示清楚！”

多尔衮对这个问题从一开始就胸有成竹，此时不假思索，满可以随口回答，但是他故意向范文程问道：

“从前，太宗爷主持朝政，有事就问范章京，听范章京一言而定。范学士，你说，我大清国应该由谁具名为妥？”

范文程回答说：“此事在我国并无先例，恐怕只得用两位辅政王爷的名义了。”

多尔衮摇摇头，向济尔哈朗问道：“郑亲王，你有什么主张？”

济尔哈朗说：“我朝已有定制：虽然设有两位辅政，但朝政以睿亲王为主。睿亲王虽无摄政之名，却有摄政之实。这一封给李自成的书信十分重要，当然应该用我朝辅政睿亲王的名义发出，收信的是大顺国王。”

多尔衮面带微笑，在肚里骂道：“狡猾！愚而诈！”随即他不动声色，向肃立恭候的值班学士说道：“李自成已经占有数省土地，在西安建立伪号，非一般土贼、流寇可比。为着使他对这封书信重视，对前去下书的使者以礼相待，以便查看李自成的实际兵力如何，也弄清楚他对我国有何看法，这封书信必须堂堂正正，用我国皇帝的名义致书于他。不可用我国辅政亲王的名义。这是我大清国皇帝致书于大顺国王！”

由于辅政睿亲王的面谕十分明确，口气也很果决，这位值班学士没有再问，赶快退出去了。

多尔衮等人继续用膳。睿亲王府的午膳只有一个较大的什锦火锅，另有四盘荤素菜肴。在午膳的时候，大家都不再谈论国事，东暖阁中肃静无声。郑亲王济尔哈朗一边吃一边心中嘀咕：以大清国皇帝名义致书李自成这样的大事，多尔衮事前竟没有商量，甚至连招呼都不打一声。洪承畴对睿亲王竟然用大清国皇帝的名义给流贼头目李自成致送“国书”，合谋灭亡明朝，心中实不赞成。他不敢说出自己的意见，只好低头用膳。在这件事情上，他更加看出来多尔衮正在步步向独专朝政的道路上走去，利用顺治的幼小，正如古语所云：“挟天子以令诸侯”。他更加明白多尔衮与皇太极的性格大不相同，今后倘若不谨慎触怒了多尔衮，必将有杀身之祸。

很快地用完午膳，大家随着睿亲王回到西暖阁，漱过了口，重新围着火盆坐下。王府的奴仆们悄悄地退了出去。多尔衮点着烟袋，吸了两三口，向洪承畴问道：

“洪学士，常听说李自成有百万之众，所向无敌，使明朝无力应付，才有今日亡国之危，你为什么说李自成的人马并不很多？是不是有点儿轻敌？”看见洪承畴要站起来，多尔衮用手势阻止，又说道：“在一起议论贼情，可以坐下说话。你是不是因为原是明朝大臣，与流贼有不共戴天之仇，惯于轻视流贼，所以不愿说他的兵马强盛？”

“不然。臣今日为辅政王谋，为大清国谋，惟求竭智尽忠，以利辅政王的千秋功业。今日李自成是明朝的死敌，人人清楚。然而一旦李自成破了北京，明朝亡了，他就是我大清国的劲敌。臣估计，李自成到达北京城下，大概在三月中旬……”

多尔衮感到吃惊，问道：“只有两个月左右……难道沿途没有拦阻？”

“秦晋之间一条黄河，流贼踏冰渡河，竟未遇到阻拦，足见山西十分空虚、无兵防守。流贼过河之后，第一步是攻占平阳。平阳瓦解，太原必难坚守，破了太原之后，山西全省人心瓦解，流贼就可以长驱东进，所以臣估计大约三月中旬即可到北京城下。”

范文程说道：“太原自古是兵家必争之地，流贼如何能轻易攻破？”

洪承畴说：“山西全省空虚，太原虽是省会，却无重兵防守。况巡抚蔡茂德是个文人，素不知兵，手无缚鸡之力。臣敢断言，太原必不能守；蔡茂德如欲为忠臣，惟有城破后自尽而已，别无善策。”

多尔衮又问：“你说李自成到北京的人马只有——”

“十万，顶多二十万。”

郑亲王插了一句：“老洪啊，南边的事你最清楚。要是你把流贼到北京的兵力估计错了，估计少了，我们在战场上是会吃亏的！”

“臣估计，假若流贼以三十万人渡河入晋，实际可战之兵不会超过二十五万。入晋以后，凡是重要地方，必须留兵驻守，弹压变乱。例如平阳为晋中重镇，绾毂南北，必须留兵驻守。上党一带背靠太行，东连河内，在全晋居高临下，自古为兵家必争之地，失上党则全晋动摇，且断入豫之路，故李贼必将派重兵前去。太原为三晋省会，又是明朝晋王封地。太原及其周围数县，明朝乡宦大户，到处皆是。流贼攻占太原不难，难在治理，故必须留下大将与重兵驻守。太原至北京，按通常进兵道路，应该东出固关，沿真定大道北上，进入畿辅。从太原至北京共有一千二百里，有些重要地方，必须留兵驻守。臣粗略估计，李贼到达北京城下兵力，只有十几万人，甚至不足十万之数。但李贼破太原后向北京进犯路途，目前尚不清楚。等到流贼破了太原之后，方能知道流贼进犯北京的路途，那时更好判断流贼会有多少人马到达北京城下。"

郑亲王问道："从太原来犯北京，出固关，破真定往北，路途最近也最顺。流贼不走这条路，难道能走别处?"

洪承畴说："明朝在大同、宁武、宣府等处都有大将镇守，且有重兵，都是所谓九边重镇。如留下这些地方不管，万一这些地方的武将率领边兵捣太原之虚，不惟全晋大乱，且使李自成隔断了关中之路，在北京腹背受敌。由此看来，李贼攻破太原之后，稍事休息，不一定马上就东出固关，进攻真定，直向北京。说不定逆贼会先从太原北犯，一支人马由他亲自率领，破忻州，出雁门，攻占大同，而另由一员大将率领偏师，从忻州趋宁武。大同与宁武如被攻陷，即清除了太原与三晋的后顾之忧。依臣看来，倘若李贼破太原后仍有二十万之众，他会自率十万人东出固关，经真定进犯北京。倘若他亲自率大军自太原北出忻州，攻占大同、宁武，不敢自太原分兵，即证明他的人马不多。"

"有道理！有道理！"多尔衮在心中称赞洪承畴非同一般，随即又问道："李贼破了大同与宁武之后，仍然回师太原，出固关走真定北犯么?"

"不会。那样绕道很远，且费时日。"

"李贼从大同如何进犯北京？绕出塞外，岂不路程很远?"

"其实也远不了多少。自太原向北，走忻州、代州，出雁门关，到大同，大约是七百里路。自大同走塞外入居庸关到北京，约有九百里路。从大同经宣府，直抵居庸关，并无险阻，也无重兵阻拦，可以利用骑兵长驱而进。"

济尔哈朗说："可是八达岭与居庸关号称天险，明军不能不守。"

"若以常理而言，王爷所论极是。然而目前明朝亡在旦夕，变局事出非常。太原如陷贼手，必然举国震动，人心离散，有险而不能固守。流贼攻下大同与宣府之后，居庸关可能闻风瓦解，不攻自破。纵然有兵将效忠明朝，死守关门，但自古作战，地是死的，人是活的。善用兵者可以乘暇捣隙，避实就虚，攻其所不备，趋其所不守，攻北京非仅有居庸关一途。明正统十四

年秋天，英宗在土木堡兵溃，被也先所俘。十月间，也先乘北京空虚，朝野惊惶之际，长驱至北京城外，就避开居庸关，而是下太行，出紫荆关，循易州大道东来，如入无人之境。此是二百年前旧事，说明居庸关并不可恃。再看近十五年来，我大清兵几次南下，威胁北京，马踏畿辅，进入冀南，横扫山东，破济南、德州，大胜而还，都是避开山海关。所以依臣愚见，倘若逆贼走塞外东来，在此非常时期，明朝上下解体，士无斗志，居庸关的守将会开门迎降，流贼也可以绕道而过。说不定流贼尚在几百里外，而劝降的使者早已进入居庸关了。"

济尔哈朗称赞说："老洪，你说得好，说得好，不怪先皇帝对你十分看重，说你是我大清兵进入中原时最好的一个带路人！"

范文程对洪承畴的这一番谈论军事的话也很佩服，接着说道："不日我大清兵进入中原，占领北京，扫除流贼，洪学士得展经略，建立大功，名垂青史，定不负先皇帝知遇之恩。"

听了郑亲王和范文程的称赞，洪承畴丝毫不感到高兴，反而有一股辛酸滋味涌上心头。他明白，从前的皇太极和目前的多尔衮都对他十分看重，但是两年来他没有一天忘记他的故国，也没有忘记他的故君。这种心情他没有对任何人流露过，只能深深地埋在心中。最近他知道李自成已经在西安建号改元，正在向北京进军，心中暗暗忧愁。他十分清楚，自从杨嗣昌被排挤离开中枢，督师无功，在沙市自尽之后，崇祯周围的大臣中已经没有一个胸有韬略的人。后来的兵部尚书陈新甲，还算是小有聪明，勤于治事，可惜也被崇祯杀了。崇祯左右再无一个真正有用之人。勋臣皆纨袴之辈，大僚多昏庸之徒，纵有二三骨鲠老臣，也苦于门户纷争，主上多疑，眼见国势有累卵之急，却不能有所作为。想到这里，他不禁在心中暗暗叹道：

"呜呼苍天！奈何奈何！"

近来洪承畴不但知道李自成已经率大军自韩城附近渡河入晋，指向太原，声称将东征幽燕，攻破北京，而且知道大清朝廷上也在纷纷议论，有些人主张趁流贼到达幽燕之前，八旗兵应该迅速南下，抢先占领北京及其周围要地，以逸待劳，准备好迎击陕西流贼。看来清朝正在加紧准备，已经在征调人马，加紧操练，同时也从各地征调粮草向盛京附近运送。近几年大清国的八旗兵已经会使用火器，除从明军手中夺取了许多火器之外，也学会自己制造火器，甚至连红衣大炮也会造了。白天，洪承畴常常听到盛京附近有炮声传来，有时隆隆的炮声震耳，当然是操演红衣大炮。他心中明白，这是为进攻做准备。每日黎明，当鸡叫二遍时候，他便听见盛京城内，远近角声、海螺声、鸡啼声，成队的马蹄声，接续不断。他明白这是驻守盛京城内的上三旗开始出城操练，也断定多尔衮必有率兵南下的重大决策。于是他赶快披衣起床，在娈童兼侍仆白如玉的照料下穿好衣服，戴好貂皮便帽，登上皮靴，来到严霜铺地的小小庭院。天上有残月疏星，东南方才露出熹微晨光，他开始舞剑。按说，他是科举出身，二十三岁中进士，进入仕途，逐步晋升，直至挂兵部尚书衔，实任蓟辽总督，为明朝功名显赫的二品大员，但是他从少年时代起就怀有“经邦济世”之志，所以读书和学作八股文之外，也于闲暇时候练习骑射，又学剑术。往往在校场观操时候，他身穿二品补服，腰系玉带，斜挂宝剑，更显得大帅威严和儒将风流。前年二月间在慌乱中出松山堡西门突围时候，不意所骑的瘦马没有力气，猛下陡坡，连人栽倒。埋伏在附近的清兵呐喊而出。洪承畴想拔剑自刎，措手不及，成了俘虏，宝剑也被清兵抢去。他在盛京投降后过了很久，皇太极下令将这把宝剑找到，归还给他。

在庭院中舞剑以后，天色已经明了，身上也有点汗津津的。他在仆人们和白如玉的服侍下洗了脸，梳了头，然后用餐。早餐时他还在想着目前北京的危急形势，暗恨两年前兵溃松山，如今对大明的亡国只能够袖手旁观。他习惯上不能把松山兵溃的责任归罪于崇祯皇帝，而心中深恨监军御史张若麒的不懂军事，一味催战，致遭惨败。

此刻，济尔哈朗、洪承畴和范文程三人又在多尔衮面前议论李自成的兵力实情，这个问题对确定清兵下一步的作战方略十分重要。洪承畴再没插言，他所想的是北京的危急形势和朝野的恐慌情况。他想着北京的兵力十分空虚，又无粮饷，并且朝廷上尽是些无用官僚，没有一个有胆识的知兵大臣，缓急之际不能够真正为皇帝分忧。但是他的心事绝不能在人前流露出来，害怕英明过人的多尔衮会怪罪他不忘故君，对大清并无忠心。他想着南朝的朝野旧友，不论认识的或不认识的，两年来没人不骂他是一个背叛朝廷、背叛祖宗、背叛君父的无耻汉奸，谁也不会想到他直到今日仍然每夜魂绕神京，心系“魏阙①”！想到这里，他的心中一阵酸痛，几乎要发出长叹，眼珠湿了。

---

① 魏阙——古代宫门外的建筑，是发布政令的地方，后用为朝廷的代称。

多尔衮忽然叫道："洪学士！"

洪承畴蓦然一惊，没有机会擦去眼泪，只好抬起头来，心中说："糟了！"多尔衮看见了他的脸上的忧郁神情和似乎湿润的眼睛，觉得奇怪，马上问道：

"流贼将要攻破北京，你是怎样想法？"

洪承畴迅速回答："自古国家兴亡，既关人事，也在历数。自从臣松山被俘，来到盛京，幸蒙先皇帝待以殊恩，使罪臣顽石感化，投降圣朝，明清兴亡之理洞悉于胸。今日见流贼倾巢东犯，北京必将陷落，虽有故国将亡之悲，也只是人之常情。臣心中十分明白，流贼决不能夺取天下，不过是天使流贼为我大清平定中原扫除道路耳。"

多尔衮含笑点头，语气温和地说道："刚才你忽然抬起头来，我看见你面带愁容，双眼含泪，还以为心念故君，所以才问你对流贼将要攻破北京有何想法。既然你明白我大清应运龙兴，南朝历数已尽，必将亡国，就不负先皇帝待你的厚恩了。我八旗兵不日南下，剿灭流贼，戡定中原，正是你建功立业的时候到了。"

"臣定当鞠躬尽瘁，以效犬马之劳。"

"倘若流贼攻破北京，明朝灭亡，崇祯与皇后不能逃走，身殉社稷，你一时难免伤心，也是人之常情。只要你肯帮助大清平定中原，就是大清的功臣了。"

洪承畴听出来多尔衮的话虽然表示宽厚，但实际对他并不放心。他虽然投降清国日浅，但读书较多，阅世较深，知道努尔哈赤和皇太极都是不世的开国英雄，而皇太极的识见尤为宽广，可惜死得太早，不能完成其胸中抱负。多尔衮也是满洲少有的开国英雄，其聪明睿智过于皇太极，只是容量不及，为众人所畏，可以算作一代枭雄。其他诸王，只是战将之材，可以在多尔衮指挥下建功立业，均无过人之处。至于郑亲王济尔哈朗，虽以因缘巧合，得居辅政高位，在洪承畴的眼中是属于庸碌之辈。洪承畴对满洲皇室诸王的这些评价，只是他自己的"皮里阳秋"，从不流露一字。因为他对多尔衮的性格认识较深，深怕多尔衮刚才看见了他的愁容和泪痕迟早会疑心他对即将亡国的崇祯皇帝仍怀有故君之情，于是他又对多尔衮说道：

"目前流贼已入晋境，大约三月间到北京城下，破北京并不困难。臣老母与臣之妻妾、仆婢等三十余口都在北京居住。前年臣降顺圣朝之后，崇祯一反常态，不曾杀戮臣的家人。刚才因北京难守，想到臣老母已经七十余岁，遭此大故，生死难保，不禁心中难过……”

多尔衮安慰说：“我现在正在思虑，我是否可以赶快亲率满、蒙、汉八旗精兵进入长城，先破北京，然后以逸待劳，在北京近郊大破流贼。近来朝臣中许多人有此议论，范学士也有此建议。倘若如此，你的老母和一家人就可以平安无事。向北京进兵的时候，你当然同范学士都在我的身边；一破北京，专派一队骑兵去保护你家住宅，不会有乱兵骚扰，何必担心！”

洪承畴的心中打个寒战。他千百次地想过，由于他绝食不终，降了满洲，必将留千古骂名，倘若由他跟随多尔衮攻破北京，使崇祯帝后于城破时身殉社稷，他更要招万世唾骂。他自幼读孔孟之书，在母亲怀抱中便认识“忠孝”二字，身为大明朝二品文臣，深知由他带领清兵进入北京一事的可怕，不觉在心中叹道：“今生欲为王景略①不可得矣！”然而此时此刻，以不使多尔衮怀疑他投降后对大清的忠心要紧。他带着感恩的神情对多尔衮说：

“只求破北京时得保家母无恙，臣纵然粉身碎骨，也要为大清效犬马之劳，以报先皇与王爷隆恩！”

多尔衮笑着说：“你空有一肚子学问本事，在南朝没有用上，今日在我大清做官，正是你建功立业，扬名后世的时运到了。”

范文程也对洪承畴说道：“睿王爷说的很是，九老，你空有满腹韬略，在南朝好比是明珠投暗，太可惜了！古人云：‘良臣择主而事，良禽择木而栖。’睿王爷马上要去攻破北京，夺取明朝天下，你不可失此立功良机。”

洪承畴正欲回答，恰好睿王府的一名亲信包衣带领在睿王府值班的一位内秘书院的章京进来。值班章京先向睿亲王行屈膝礼，再向郑亲王行礼，然后将一个红绫封皮的文书夹子用双手呈给睿亲王。多尔衮轻声说：

“你下去休息吧，等我们看了以后叫你。”

值班的章京退出以后，多尔衮打开文书夹，取出用汉文小楷缮写清楚的文书，就是以大清国顺治皇帝的名义写给李自成的书信，从头到尾仔细看了一遍。特别是对书信开头推敲片刻，觉着似乎有什么问题，但一时又说不出来，便将这书信转递给济尔哈朗。郑亲王不像睿亲王那样天资颖悟，记忆力强，又读过许多汉文书籍，但是近几年在皇太极的督责之下，他也能看明白

① 王景略——王猛的字，前秦宰相，曾劝苻坚不要向东晋兴兵，后世传为美谈。

一般的汉字文书，能说一般汉语。他将给李自成的书信看完之后，明白全是按照睿亲王在午膳时吩咐的意思写的，看不出有什么毛病，便遵照往日习惯，将缮写的书信转给范文程看。

范文程将书稿看了以后，在对李自成应该如何称呼这个问题上产生犹豫。但是他话到口边咽下去了，不敢贸然提出自己的意见。他记得睿亲王在午膳时面谕值班学士，这封书子是写给大顺国王李自成的，并且将书子的主要意思都面谕明白。如果他现在反对这封书子的某些关键地方，不是给睿亲王难堪么？他的犹豫只是刹那间的事，立刻将书信稿递给洪承畴，态度谦逊地说道：

“九老，你最洞悉南朝的事，胜弟十倍。请你说，这封书子可以这样写么？”

洪承畴对李自成的态度与清朝的王公大臣们完全不同。清朝的掌权人物同李自成、张献忠等所谓“流贼”的关系多年来是井水不犯河水，素无冤仇，只是近日李自成要攻占北京，才与清政权发生利害冲突。洪承畴在几十年中一直站在大明朝廷方面，成为“流贼”的死敌，最是敏感。当洪承畴开始看这封书信稿子的第一行时就频频摇头，引起了两位辅政亲王和内院大学士的注意，大家都注视着他的神情，等待他说出意见。

洪承畴看完稿子，对两位亲王说道：“请恕臣冒昧直言，李自成只是一个乱世流贼，不应该称他为大顺国王。我国很快要进兵中原，迁都北京，戡定四海。这书信中将李自成称为大顺国王，我大清兵去剿灭流贼，就显得名不正，言不顺。天下士民将何以看待我朝皇帝？”

济尔哈朗一半是不明白洪承畴的深意，一半带有开玩笑的意思，故意说道：

“可是李自成已经在西安建立国号大顺，改元永昌，难道他还是流贼么？”

洪承畴回答说：“莫说他占领了西安，建号改元，他就不是一个乱世流贼。纵然他攻占了北京，在臣的眼中他也还是流贼。”

“那是何故？”

洪承畴说：“李自成自从攻破洛阳以后，不断打仗，不肯设官理民，不肯爱养百姓，令士民大失所望，岂不是贼性不改？自古有这样建国立业的么？”

济尔哈朗说：“可是听说他在三四年前打了许多败仗，几乎被明朝官兵剿灭。从崇祯十三年秋天奔入河南，此后便一帆风顺，大走红运，直到前几个月破了西安，在西安建立国号，确非一般流贼可比。你说，这是何故?”

洪承畴说：“臣知道，流贼如今已经占领了河南全省，又占领了半个湖广，整个陕西全省，西到西宁、甘肃，北到榆林，又派人进入山东境内，传檄所至，纷纷归顺。在此形势之下，人人都以为流贼的气焰很盛，必得天下，然而依臣看来，此正是逆贼灭亡之道，其必败之弱点已经显露。目前议论中国大势，不应该再是流贼与明朝之战，而是我大清兵与流贼逐鹿中原。中国气运不决于流贼气焰高涨，狼奔豕突，一路势如破竹，将会攻破北京，而在于我大清兵如何善用时机，善用中国民心，善用兵力。目今中国前途，以我大清为主，成败决定在我，不在流贼。简言之，即决定于我将如何在北京与流贼一战。”

济尔哈朗认为大清兵的人数不过十余万，连蒙、汉八旗兵一次能够进入中原的不会超过二十万，感到对战胜消灭李自成没有信心，正想说话，尚未开口，忽然睿王府的一个包衣进来，向多尔衮屈膝启禀：

“启禀王爷，皇太后差人前来，有事要问王爷，叫他进来么?”

多尔衮问：“哪位皇太后?”

“是永福宫圣母皇太后。听他说，是询问皇上开春后读书的事。”

“啊，这倒是一件大事!”多尔衮的心头立刻浮现了一位年轻美貌的妇女面影：两眼奕奕生辉，充满灵秀神色。他含笑说：

“你叫他回奏圣母皇太后：说皇上开春后读书的事，我已经命礼部大臣加紧准备，请皇太后不必操心。一二日内，我亲自率礼部尚书侍郎和秘书院大学士去皇上读书的地方察看，然后进宫去向圣母皇太后当面奏明。”

“喳!”

禀事的王府包衣退出以后，多尔衮将眼光转到了洪承畴的脸上，济尔哈朗和范文程也不约而同地注视着洪承畴。可是就在这片刻之间，多尔衮的思想变了。首先，他也不相信李自成的兵力有所传的强大；其次，他认为不要多久，对李自成的兵力就会清楚；第三，他在率兵南征之前有几样大事要做，这些事目前正横在他的心中。哪些事呢？他此时不肯说出，也不想跟济尔哈朗一起讨论。于是他慢吞吞地抽了两口旱烟，向洪承畴说道：

“给李自成的那封书子，你有什么意见?”

“以臣愚见……”

满洲人对“流贼”与明朝的多年战争不惟一向漠不关心，反而常认为“流贼”的叛乱，使明朝穷于应付，正是给满洲兵进入中原造成了大好机会。多尔衮在午膳时口授给李自成的书信以礼相称，一则因为大清国对李自成并无宿怨，二则多尔衮不能不考虑到倘若李自成确实率领五十万大军北来，在北京建立了大顺朝，必然与偏处辽东的大清国成为劲敌，过早地触怒李自成对大清国没有好处。此刻重新思索，开始觉得用大清皇帝的名义写信称流贼首领李自成为“大顺国王”似乎不妥，但是到底为什么不妥，他没有来得及深思，看见洪承畴正在犹豫，多尔衮说道：

“南朝的事你最熟悉，对李自成应该怎样称呼呢？”

洪承畴在心中极不同意称李自成为“大顺国王”，对此简直有点愤慨，但是他不敢直率地对多尔衮说出他的意见，稍一迟疑，向多尔衮恭敬地回答说：“这书信是内院学士遵照王爷的面谕草拟的，臣不敢妄言可否。”他转向范文程问道：“范学士，南朝的情况你也清楚，你看目前对李自成应该如何称呼为宜？”

范文程说：“目前明朝臣民视李自成为流贼，我朝皇帝在书信中过早地称他为‘大顺国王’，恐非所宜，会失去南朝臣民之心。”

“应该如何称呼为妥？”多尔衮又问。

范文程说：“臣以为应称‘李自成将军’，不必予以‘国王’尊称。”

多尔衮沉吟说：“那么这书信的开头就改为‘大清国皇帝致书于西安府李自成将军’，是这样么？”

范文程不敢贸然回答，向洪承畴问道：“请你斟酌，书信用这样开头如何？”

洪承畴感到这封用大清国皇帝具名发出的极为重要的书信，对李自成不称国王，只称将军，仅使他稍觉满意，但不是完全满意。在这个称呼上，他比一般人有更为深刻的用心，但是他不想马上说出。为着尊重睿亲王的时候不冷落另一位辅政亲王济尔哈朗，他转望着济尔哈朗问道：

“王爷，尊意如何？”

郑亲王笑着说：“操这样的心是你们文臣的事，何必问我？”

多尔衮猜到洪承畴必有高明主意，对洪承畴说道：“有好意见你就说出来，赶快说吧！”

洪承畴说：“以臣愚昧之见，流贼中渠魁甚多，原是饥饿所迫，聚众劫掠，本无忠义可言。一旦受挫，必将互相火并，自取灭亡。故今日我皇帝向流贼致书，不当以李自成为主，增其威望。书中措辞，应当隐含离间伙党之意，以便日后除罪大恶极之元凶外，可以分别招降。又听说逆贼已经在西安僭号，恢复长安旧名，定为伪京，故书信不必提到西安这个地方，以示我之蔑视。臣以待罪之身，效忠圣朝，才疏学浅，所言未必有当。请两位辅政亲王钧裁。”

济尔哈朗赶快说：“我同睿亲王都是辅政亲王，不能称君。”

汉文化程度较高的多尔衮知道郑亲王听不懂“钧裁”二字，但是不暇纠正，赶快向范文程问道：

“你认为洪学士的意见如何？”

“洪学士所见极高，用意甚深，其韬略胜臣十倍，果然不负先皇帝知人之明。”

多尔衮向洪承畴含笑说道：“你就在这里亲自修改吧，修改好交值班的官员誊清。”

洪承畴立刻遵谕来到靠南窗的桌子旁边，不敢坐在睿亲王平日常坐的蒙着虎皮的朱漆雕花太师椅上，而是另外拉来一把有垫子的普通椅子，放在桌子的侧边。他坐下以后，打开北京出产的大铜墨盒，将笔在墨盒中膏一膏，然后迅速地修改了书信的称谓，又修改了信中的几个地方，自己再看一遍，然后回到原来在火盆旁边的矮椅上，用带有浓重福建土音的官话将改好的稿子读了出来。在他读过以后，多尔衮接了稿子，自己一字一字地看了一遍，点点头，随即转给坐在右边的郑亲王。郑亲王见多尔衮已经含笑点头，不愿再操心推敲，随手转给隔火盆坐在对面矮椅上的范文程，笑着说：

“老范，睿亲王已经点头，你再看一看，如没有大的毛病，就交下去誊抄干净，由兵部衙门另行缮写，盖上皇帝玉玺，趁李自成在进犯北京的路上，不要耽搁时间，马上差使者送给李自成好啦。”等范文程刚看了第一句，郑亲王又接着说：“老范，你读出声，让我听听。我认识的汉字不多，你念出来我一听就更明白啦。”

范文程一则有一个看文件喜欢读出声来的习惯，二则他不愿拂了郑亲王的心意，随即一字一句地读道：

> 大清国皇帝致书于西据明地之诸帅：朕与公等山河远隔，但闻战胜攻取之名，不能悉知称号，故书中不及，幸毋以此而介意也。兹者致书，

欲与诸公协谋同力，并取中原。倘混一区宇，富贵共之矣，不知尊意如何耳。惟望速驰书使，倾怀以告，是诚至愿也。

范文程将书信的正文念完以后，又念最后的单独一行：

"顺治元年正月二十六日。"

"完了？"郑亲王问道。

"完了，殿下。"

"你觉得怎样？"

范文程既有丰富学识，也有多年的从政经验；既是开国能臣，也是深懂世故的官僚。他很容易看出来这篇书稿漏洞很多，作为大清皇帝的国书，简直不合情理，十分可笑。例如李自成率领数十万"流贼"与明朝作战多年，占有数省之地，并且已经在西安建号改元，怎能说不知道他是众多"流贼"之首？怎能说对于众多"流贼"的渠魁不知名号？怎能说不知李自成早已经占领西安，改称长安，定为京城，而笼统地说成是"西据明地之诸帅"呢？然而他一则知道洪承畴这样修改有蔑视和离间"贼首"的深刻用心，二则睿亲王已经点头，所以他对于书信的一些矛盾之处撇开不谈，略微沉吟片刻，采用"王顾左右而言他"的办法对两位辅政亲王说道：

"这封书子由我朝皇帝出名，加盖玉玺，虽无国书之名，实有国书之实。自然不能交密探携带前去，而应该堂堂正正地差遣官员前往赍送，务必在流贼东来的路上送到他手中。"

多尔衮也急于摸清楚李自成的人马实力和对大清的真实态度，当即唤来一名包衣，命他将书稿送交在偏院值班的内秘书院学士，嘱咐数语。

这件事办完以后，又略谈片刻，因多尔衮感到身体不适，今天的会议就结束了。

过了一天，用大清皇帝名义写给李自成的书子用黄纸誊写清楚，盖好玉玺，由兵部衙门派遣使者星夜送出盛京。范文程一时没事，来找洪承畴下棋闲谈。刚刚摆好棋盘，提到给李自成的书子，范文程笑着说道：

"九老，春秋时有'二桃杀三士'的故事，足见晏婴的智谋过人。你将昨日写给李自成的书子改为给'西据明地之诸帅'，也是智虑过人。据你看，睿王爷想试探与李自成等渠贼'协谋同力，并取中原'，能做到么？"

洪承畴十分明白，目前李自成已经在西安建号改元，而这封书子是写给"西据明地之诸帅"的，对李自成极不尊重，李自成必然十分恼火，必无回书，更不会与满洲人合力灭明。但是洪承畴不敢说出他的用心，只是淡然一笑，说道：

“今日形势，干戈重于玉帛，他非愚弟所知。”

范文程没再说话，回答一笑，开始下棋。

第四十五章

进入二月以后，多尔衮经过与大臣们多次商议，已经确定了重要方略，即打消了抢先占领北京的建议，加紧安排由他率兵南下的各项准备工作。有的准备工作是公开进行，有的是极其秘密的暗中活动，只有他的极少的亲信知道。对于这件事，范文程以其同满洲人的特殊关系，略有觉察，但不敢过多打听，装作毫无所知，只等待在多尔衮出兵前这件事如何分晓。

这一天，盛京气候温和，阳光明媚，开始显出大地回春的景色。早饭以后，多尔衮在大政殿接见了蒙古和朝鲜的进贡使者，又同户、兵二部大臣商议了辽河一带的春耕和练兵事务。退朝之后，他率领范文程、洪承畴和另外两位内院学士到三官庙察看。

关于幼主福临从今年春天起开始入学读书的问题，在大清朝廷上成了一件大事。四位御前老师已经选定，有三位是汉族文臣，一位是满族文臣。皇宫内不能随便进出，也没有清静院落和宽敞房屋，所以决定将三官庙的院落改造，重新粉刷，已经基本上修缮完毕。开学的吉日已经择定，开学时的一些仪注也由礼部大臣们参考明朝制度详细拟定，已在前几天呈报两位辅政亲王批示遵行。多尔衮自认为在教育小皇帝读书成人这样的事情上，他比济尔哈朗负有更大责任，所以他要趁今天上午有暇，亲自去三官庙察看一遍，以便进宫去向圣母皇太后当面禀报。一想到圣母皇太后，他的心头上立刻荡漾着一片春意。

洪承畴和范文程紧跟在两位辅政亲王的背后，以备垂询。范文程虽然生在辽东，却是世代书香宦门之后，自幼在私塾读书，直到考中秀才。他看三官庙处处焕然一新，连院中的土地也换成了砖地，大门也重新改建，轿子可以一直抬进院中，大门外还有警卫的小亭和拴马的石猴。他很满意，在心中叹道：

“好，好，这才像幼主读书的地方！辅政睿亲王只有一句口谕，工部衙门不到一个月就将三官庙修缮得这样焕然一新，很不容易，这也是大清的兴旺之象！”

范文程又想起两年前他奉先皇之命来三官庙对洪承畴劝降的事，不觉心中一笑，偷眼向洪承畴看了一眼。

洪承畴这是第二次进三官庙，他不能不回忆自己的许多往事和难以告人的感慨，所以只是跟随在两位辅政王的身后，一言不发。他和范文程的背后还跟着礼部和工部的两个官员。有时多尔衮回头向他询问意见，他虽然马上恭敬地回答，但实际上他在想着别的心事，不能不敷衍地表示同意或称赞。他一进三官庙的大门，就想起两年前的春天，他在松山被俘的时候，与他同守弹丸孤城的巡抚邱民仰被清兵杀了，总兵曹变蛟也被杀了，被俘的几百名饥饿不堪的下级将校和士兵全被杀了，惟独将他留下，用马车押回沈阳。他虽然在松山堡中断粮多日，勉强未死，但在被俘之后，也不进食，立志绝食尽节。到三官庙门前，他已经十分无力，被押解他的清兵扶着走进大门，然后走进三官庙正殿西边两间坐北朝南的空屋，那就是给他准备的囚室。现在他随着两位辅政亲王走进一看，才知道完全变样了：墙壁变得雪白，新砖铺地，下有地炕，温暖如春，上边扎了顶棚，再不会从梁上落下灰尘。窗棂漆成朱红，窗棂外糊着新纱，窗子的上半可以开合。对窗子摆着一张红漆描金矮长桌，上边放着考究的文房四宝，长桌后是一张铺有黄缎绣龙厚椅垫的椅子。砖地上铺着红毡。靠山墙有一个空书架。多尔衮频频点头，向洪承畴含笑问道：

“洪学士，你可还记得这个地方？”

洪承畴的脸上一红，赶快笑着回答：“两年前此处是罪臣的囚室，而今是幼年皇上读书之地。仍然是一个地方，情景却大不相同了。惭愧，惭愧！”

多尔衮安慰他说：“松山之败，为明朝灭亡关键，但是责不在你。先皇帝心中十分清楚，我大清朝重要的文武大臣也都清楚。所以在松山堡城破之前，先皇帝严令大清将士对你不准伤害，保护你平安来到盛京，劝你降顺我朝，建立大功。崇祯事后也知道明军十三万在松山溃败，责不在你，所以没有杀你住在北京的老母和妻妾家人。比之他杀袁崇焕，杀其他许多重臣，对你宽厚多了。我知道，崇祯待你颇为有恩，非同一般。”

洪承畴虽然投降了清朝，深受优待，但他毕竟是自幼读孔孟之书，进士出身，然后入仕，多年为朝廷所倚信，受钦命统兵作战，在国家艰难的时候，

身任蓟辽总督挂兵部尚书衔，率八位总兵去解锦州之围，不幸兵溃，被俘降清，贻辱祖宗，愧见师友和故国山河。每次想到此事，他就暗暗伤神。此刻听辅政王多尔衮提到此事，特别是提到崇祯对他的"君恩"深厚，他猛然控制不住，滚出眼泪，但立刻遮掩说：

"因北京局势危急，臣又想起老母来了。"

聪明过人的多尔衮淡然一笑，随即向洪承畴问道：

"你看，幼主在此读书写字，还有什么不足的地方?"

洪承畴恭敬地说："似乎应该在墙角摆一个宫廷用的茶几，上边摆一香炉。"

多尔衮点点头，向跟在后边的一位官员望了一眼。在退出的时候，他向济尔哈朗说道：

"这是我大清幼主读书的地方，一切布置，不能稍有马虎。你看如何?"

"我看很好。"郑亲王转向跟在后边的两个官员们问道："为御前蒙师们安排的休息地方，为随驾前来的宫女们安排的休息地方，供应茶水和点心的小膳房，都准备好了么?"

一位官员回答："请王爷放心，一切都准备妥当了。"

多尔衮对郑亲王说："要紧的是皇上读书的这个地方，其余的地方我们都不必看了。我今天下午就进宫去向圣母皇太后当面奏明三官庙的修缮情况，也请皇太后亲来看看，届时应有礼部大臣在此恭迎。"

郑亲王说："这样好，这样好。听说清宁宫太后近日身体不适，就不必请清宁宫太后费心来了。"

出了三官庙以后，两位辅政亲王上马，由各自王府侍卫前后护拥着回府。其他官员也都走了。

多尔衮走了一箭之地，勒转马头，招手让洪承畴和范文程前去。当洪、范二人到了他的面前时，他挥退随从的王府官员与包衣，用温和的眼神望着洪承畴说道：

"刚才正说话间，你忽然心中难过，几乎流出眼泪。不管你是为老母和妻妾一家人身居危城，还是不忘故主崇祯皇帝对你的旧恩，这都是人之常情。何况你自幼读孔孟之书，进士出身，当然有忠孝之心。先皇帝只望你降顺我朝，并不急于向你问伐明之策。你是崇德七年二月来到盛京的。这年十一月我大清兵由密云境内分道进入长城，纵横数千里，破府州县数十座，俘虏男女人口将近四十万，所得金银财物无数，直到去年四月间才退出长城。这次清军数路伐明，关系重大，可是太宗先皇帝因知道你对明朝有故国之情，从不向你问计。有一个文件，可以证明崇祯对你很有恩情。可是先皇帝得到密探从北京送来这一抄录的密件之后，一则不愿意扰乱你的心情，二则不愿使盛京的大臣们传些闲话，所以只有我看了，范学士看了，存入密档，不许泄露。”

洪承畴心中大惊，不知将来会有什么大祸，恳求说：“王爷，臣已与明朝斩断了君臣之谊，誓为大清效犬马之劳。如此重要文件，可否让臣一阅?”

多尔衮含笑说：“快了。到了时候，我会叫人拿出来给你看的。”

多尔衮将手一招，立马在十丈外的随从们都回到他的身边，一阵风地去了。

洪、范今日既未骑马，也没带仆人。洪承畴尽管在官场中混了多年，颇为聪明，但今天听了辅政睿亲王的话，却依然摸不着头脑。他向范文程问道：

“范大人，到底是什么文件?”

范文程回答：“和硕睿亲王既然说不到时候，我怎么敢说出来呢？还是等一等吧!”

洪承畴同范文程拱手相别，各回自己公馆。范文程猜到睿亲王的用心，一定是等李自成攻破北京之后，才让洪承畴看两年前一个潜伏在北京城内的细作抄回的这份文件，更觉得睿亲王真是智谋、聪明过人，不禁在心中绽开了一股微笑。

洪承畴回到公馆，被男女奴仆接着，送进干净雅致的书房。仆人们知道他的最大特点是喜好男色，有空时不免要搂一搂如玉的腰身，捏一捏如玉的脸蛋，所以等老爷坐定以后，都赶快退出了。那个中年女仆临退出时还回过头来看着如玉撇嘴一笑。如玉倒了一杯热茶，捧到他的面前，放在桌上，故意娇气地斜靠桌边，微微含笑，似乎有所等待。洪承畴轻轻挥手，让他退出。玉儿一惊，又看了老爷一眼，娇娆地腰身一扭，不敢说一句话。退出书房，他走到窗外，有意暂不远去，停住脚听听动静，果然听见老爷沉重地叹一口气，心情烦闷地说：

“这真是丈二和尚，令人摸不着头脑!”

在大清国中和硕睿亲王是最忙碌的人，是大权独揽的人，因而也是令人

嫉妒，令人害怕，令人佩服的人。

到睿王府大门前下马之后，他匆匆向里走去，恰好他的福晋带着几个妇女送肃王的福晋走出二门，正下台阶。肃王福晋看见睿亲王，赶快避在路边，恭敬而含笑地行屈膝礼，说道：

“向九叔王爷请安！”

“啊？你来了？”多尔衮略显惊诧，望着肃王福晋又问，“留下用午膳嘛，怎么要走了？”

“谢谢九叔王爷。我来了一大阵，该回去了。我来的时候，肃王嘱咐我代他向九叔请安。”

“他在肃王府中做些什么事呀？”

“不敢承辅政叔王垂问。自从他几个月前受了九叔王爷和郑亲王的责备，每日在家中闭门思过，特别小心谨慎，不敢多与外边来往。闷的时候也只在王府后院中练习骑射。他只等一旦辅政叔王率兵南伐，进攻北京，他随时跟着前去，立功赎罪。”

多尔衮目不转睛地在肃王福晋的面上看了片刻，一边猜想她的来意，一边贪婪地欣赏她的美貌和装束。她只有二十四五岁年纪，肤色白皙，明眸大眼，戴着一顶貂皮围边、顶上绣花、缀着两根下有银铃的绣花长飘带的“坤秋”。多尔衮看着，心头不觉跳了几下，笑着说道：

“如今盛京臣民都知道流贼李自成率领数十万人马正在向北京进犯，已经到了山西境内。有不少大臣建议我率领大清兵要赶在流贼前边，先去攻破北京，灭了明朝，再迎头杀败流贼。至于我大清兵何时从盛京出动，尚未决定。我同郑亲王一旦商定启程的日期，自然要让肃亲王随我出征，建功立业。我虽是叔父，又受群臣推戴，与郑亲王同任辅政，可是我的身上有病，不能过分操劳。肃亲王是先皇帝的长子，又自幼随先皇帝带兵打仗，屡立战功。一旦兴兵南下，我是要倚靠肃亲王的。你怎么不在我的府中用膳？”

“谢谢叔王。我已经坐了很久，敝府中还有不少杂事，该回去了。”

肃王福晋又向多尔衮行了一个屈膝礼，随即别了辅政睿亲王和送她的睿王福晋等一群妇女，在她自己的仆婢们服侍下出睿王府了。

多尔衮从前也见过几次豪格的福晋，但今天却对她的美貌感到动心。他走进寝宫，在温暖的铺着貂皮褥子的炕上坐下去，命一个面目清秀的、十六七岁的婢女跪在炕上替他捶腿。另一个女仆端来了一碗燕窝汤，放在炕桌上。

他向自己的福晋问道：

“肃王的福晋来有什么事？”

“她说新近得到了几颗大的东珠，特意送来献给辅政叔王镶在帽子上用。我不肯要，说我们府中也不缺少这种东西，要她拿回去给肃亲王用。她执意不肯拿回，我只好留下了。”睿王福晋随即取来一个锦盒，打开盒盖，送到睿亲王眼前，又说道：“你看，这一串东珠中有四颗果然不小！”

多尔衮随便向锦盒中瞄了一眼，问道：“她都谈了些什么话？”

“她除谈到肃亲王每日闭门思过，闷时练习骑射的话以外，并没谈别的事儿。”

“她是不是来探听国家大事的？”

福晋一惊，回答说：“噢！她果然是来打听国家大事的！她对我说，朝野间都在谈论我大清要出兵伐明，攻破北京，先灭了明朝，再消灭流贼。她问我，是不是辅政叔王亲自率兵南下？是不是最近就要出兵？”

“你怎么回答？”

“我对她说，我们睿王府有一个规矩，凡是国家机密大事，王爷自来不在后宫谈论，也不许宫眷打听。你问的这些事儿我一概不知。”

“你回答得好，好！”

多尔衮赶快命宫婢停止捶腿，虎地坐起，将剩下的半杯已经凉了的燕窝汤一口喝尽，匆匆地离开后宫。

他回到正殿的西暖阁，在火盆旁边的圈椅中坐下，想着豪格如此急于打听他率兵南下的消息，必是要趁他离开盛京期间有什么阴谋诡计。然而又不像有什么阴谋诡计，因为他不会将豪格留在盛京，豪格也不会有此想法。到底豪格命他的福晋来睿王府送东珠是不是为了探听消息？……很难说，也许不是。忽然，肃亲王福晋的影子出现在他的眼前。那发光的、秀美的一双眼睛！那弯弯的细长蛾眉！那红润的小口！那说话时露出的整齐而洁白的牙齿！他有点动心，正如他近来常想到福临的母亲时一样动心。不过对庄妃（如今的皇太后）他只是怀着极其秘密的一点情欲，而想着肃亲王的福晋，他却忍不住在心中说道：

“豪格怎么会有这么好的老婆！”

在他的眼前，既出现了肃亲王府中的福晋，也同时出现了年轻的圣母皇太后，两个美貌妇女在眼前忽而轮流出现，忽而重叠，忽而他的爱欲略为冷

静，将两人的美貌加以比较，再比较……啊，在心上比较了片刻之后，他更爱皇太后小博尔济吉特氏！这位从前的永福宫庄妃，不仅貌美，而且是过人的聪慧，美貌中有雍容华贵和很有修养的气派，为所有满洲的贵夫人不能相比。她十四岁嫁给皇太极，皇太极见她异常聪明，鼓励她识字读书。她认识满文和汉文，读了不少汉字的书。所以透过她的眼神，她的言语，都流露出她是一位很不一般的女子。可惜，她是皇太后，好比是高悬在天上的一轮明月，不可能揽在怀中！

胡思乱想一阵，他的思想回到了小皇帝福临春季上学的事上，离择定的日子只有几天了。他命睿王府的一名官员去凤凰门（后宫的大门）向专管宫中传事的官员说明辅政睿亲王要在午膳以后，未申之间进宫，当面向圣母皇太后禀明皇上上学的各种事项。望着这名官员退出以后，他想着午膳后就要进宫去面见美貌的年轻太后，心中不由地怦怦地跳了几下。

睿亲王打开一个锁得很严的红漆描金立柜，里边分隔成许多档子，摆放着各种机要文书。他先把吏部和兵部呈报的名册取出，仔细地看了一遍。尽管他的记性很好，平素熟于朝政，对满汉八旗人物、朝中文武臣僚，各人的情况，他都一清二楚。但是近来大清国正在兴旺发达，家大业大，难免有记不清的。考虑到不日他就要率兵南下，应该将什么人带在身边，将什么人留在盛京，他必须心中有数，由他自已决定，不必同济尔哈朗商量。

仔细看了文武官员的名册以后，他将要带走什么官员和留守盛京什么官员，大体都考虑好了。总之他有一个想法，盛京不但是大清国的龙兴之地，也是统驭满洲、蒙古和朝鲜的根本重地，因此在他统兵南下之后，需要一批对他忠诚可靠的文武官员在盛京治理国事，巩固根本。

午膳以后，多尔衮在暖炕上休息一阵，坐起来批阅了一阵文件，便由宫女们服侍他换好衣帽，带着护卫们骑马往永福宫去。

圣母皇太后小博尔济吉特氏尚在为丈夫服孝期间，知道多尔衮将在未末申初的时候进宫来见，便早早地由成群的宫女们侍候，重新梳洗打扮，朴素的衣服用上等香料熏过，头上没有多的金银珠宝首饰，除几颗较大的东珠外，只插着朝鲜进贡的绢制白玫瑰花。尽管她在服孝期间屏除脂粉，但白里透红的细嫩皮肤依然呈现着出众的青春之美，而一双大眼睛并没有一般年轻寡妇常有的哀伤神情，倒是在高贵、端庄的眼神中闪耀着聪慧的灵光。

等多尔衮行了简单的朝见礼以后，小博尔济吉特氏命他在对面的一把椅子上坐下，首先问道：

“辅政亲王，有什么重要国事？”

多尔衮权倾朝野，此时对着寡嫂，心情莫名其妙地竟有点慌乱。他望了小博尔济吉特氏一眼，赶快回避开使他动心的目光，说道：

“臣有要事奏明太后，请左右暂时回避。”

小博尔济吉特氏流露出一丝不安的眼神，向左右轻轻一挥手。站在她身边服侍的四个宫女不敢迟误，立刻体态轻盈地从屋中退出。

圣母皇太后原来知道多尔衮进宫只是为着幼主福临开始上学的事，没想到多尔衮要她屏退左右，以为必有重要军国大事，不宜使宫女闻知，不由地暗暗吃惊，心中问道：“难道就要出兵了么？”等身边没有别人，皇太后顿觉心中不安。她同多尔衮既是君臣关系，又是叔嫂关系，而且最使她感到不安的是她同多尔衮年岁一样，只差数月。二人近在咫尺，相对而坐，更使她的心中很不自在。她听说朝臣中有许多人都害怕多尔衮的炯炯目光，她也害怕。她不是害怕他的权势，而是害怕同多尔衮四目相对。每当她见多尔衮在看她时，她禁不住赶快回避了他的目光，脸颊微红，心头突突直跳。不等多尔衮说话，她首先打破这难耐的沉默场面，用银铃一般的声音问道：

“九王爷，要出兵伐明么？听说朝廷上多主张我大清兵先破北京，再一战杀败流贼。可是这样决定了？”

多尔衮在片刻间没有说话。他原来打算先奏明幼主福临如何开始上学的事，到最后提几句眼前的军国大计。他自从执掌朝政以来，既要利用小博尔济吉特氏的聪明才干和圣母皇太后的崇高地位，以及她和清宁宫皇太后在先皇帝留下的上三旗中所具有的别人不能代替的影响，帮助他巩固权力，也要防止她插手国事，日后对他不利。他没有想到，这位美貌的年轻皇太后竟然先问他南下伐明的大事，不觉在心中暗自说道：

“皇太后真了不起，绝非一般的女流之辈！”

他看见圣母皇太后面含微笑，目不转睛地望着他，等待回答。他欠身答道：

“皇太后身居深宫，抚育幼主，会想到我国应该趁目前这个时机，派兵南下，进入中原，足见太后不忘先皇上的遗志，肯为重大国事操心。不过臣今日进宫，不是为此事……”

“我知道你进宫来是为奏明幼主开春后上学读书的事。只是左右并无别人，所以我才问你。虽然朝廷一切军国大事全托付九叔亲王经营，另有郑亲王帮你办理，可是自从我十四岁入宫，先皇帝平日没甚病症，睡到夜间，好端端地归天了，没有看见进入中原的大功告成。在那大丧无主的几天里，要不是你九王爷有力量，有主张，谁晓得这江山落在谁手？还谈什么进入中原，灭亡明朝，剿灭流贼！”说到这里，年轻的皇太后忽然忍不住叹了口气，眼睛红了。

多尔衮以为皇太后是因为想起了先皇帝，寡妇想起亡夫而伤心是人之常情。他劝慰道：

“幸而臣当时不想使我大清为继承皇位事动了刀兵，伤了元气，所以拉着郑亲王共同拥戴五岁的幼主登极，杀了几个人，痛斥了几个人，安定了大局，才能有今日的太平兴盛局面。要不然，纵然今日机会来到，要想统兵南下，平定中原，谈何容易！”

皇太后回想到去年八月间争夺皇位的事，又不觉深深地叹了一声。她知道太祖爷的大妃纳喇氏，十二岁就侍奉努尔哈赤，到十七八岁的时候，长得品貌出众，又极聪明能干，深得太祖欢心，封为大妃，生下了阿济格、多尔衮、多铎三个儿子。太祖死后，皇太极继承皇位，说太祖临死前留下遗言，要大妃纳喇氏殉葬。纳喇氏舍不得三个儿子，哭着不肯从命，拖延一天多，胳膊扭不过大腿，只好自尽。在去年皇太极刚死的两三天内，她只怕豪格继承皇位，诡称奉有父皇密谕，要她殉葬。所以在争夺皇位的宫廷斗争中，她不但在宫中为多尔衮祈祷，也暗中利用平日同自己的姑母，即中宫皇后的亲密感情以及相同的利害，利用平时在皇太极身边为两黄旗将领们说好话结下的恩信，使这两旗都愿意拥戴幼主，这自然使多尔衮在斗争中得了大益。直到小福临在大政殿登了皇位，受了文武百官朝拜，年轻的圣母皇太后才解脱了为先皇帝殉葬的恐惧。

然而她当时的害怕心情，不曾对任何人流露丝毫，更不愿多尔衮知道。事后，当身边的一位心腹宫女提到那一段艰难日子的时候，圣母皇太后十分坦然地含笑说：

“去年皇上虽然只有五岁，我倒并不担心。他能做大清国的皇帝，原是出自天意，就是大家常说的真命天子。你忘了么？我生他的时候，忽然满屋红光，你曾看见，一条龙盘绕在我的身上，你怎么忘了？”

“是，是。奴婢没有忘记。”这位聪明的心腹宫女，不仅不敢否认曾有此事，而且有意将这编造的故事在宫中传扬开了。

此刻小博尔济吉特氏的心中很不自然，不愿意多尔衮在她的宫中逗留太久，打算赶快同多尔衮谈谈小福临开春后读书的事便让他离开后宫，然而一种想知道军国大事的强烈兴趣迫使她不由地问道：

“听说流贼正在向东来，声言要攻占北京。九王爷何时出兵南下，抢在流贼前边先灭明朝？”

多尔衮本来不想同圣母皇太后多谈论军国大计，防备她渐渐地干预国政。但是一则皇太后所询问的事正是他作为辅政王应该回答的，二则皇太后的年轻貌美使他暗中动心，三则他极欲在率兵出征前将他的辅政王的名义改称摄政王，而今日正是试探圣母皇太后意见的时候。以上这三种心思混合成一种奇妙的力量，使他直视着皇太后的一双眼睛，决定将他新近的决策告诉皇太后。正在这刹那之间，小博尔济吉特氏装作听一听室外是不是有人声，稍稍地回避了他的眼睛。小博尔济吉特氏的这一着若有意若无意的回避，使她的庄严、高贵的神态中含有妩媚。多尔衮对她不敢有亵渎之想，但同时不能不有点动情。他欠身说道：

“太后，自从正月间流贼渡过黄河，到了山西境内以后，我朝大臣纷纷议论，建议应该赶快出兵南下，当时臣也拿不定主意，一时不敢贸然决定。目前我朝大臣中最有深谋远虑的莫过于范文程与洪承畴二人，最熟悉流贼情况的莫过于洪承畴……”

皇太后想起来她在两年前往三官庙送人参汤的旧事，嘴角流露出一丝微笑：

“洪承畴有何建议？”

“经过臣与洪承畴多次在睿王府秘商大计，臣看出来洪承畴胸有韬略，非一般文臣可比，勿怪先皇帝对他那么重视！先皇帝当时想尽一切办法使洪承畴投降，曾说我国要进入中原需要像洪承畴这样一个引路人。臣近来才相信先皇帝说的很是，很是。”

圣母皇太后在心中说：“只要他忠心降顺，不枉我佯装宫女，亲去三官庙的囚室一趟！”但这话她没有说出口来，只是用轻轻的声音问道：“洪承畴可赞成我大清兵趁流贼尚在远处，先去攻破北京城么？”

“他一开始就不赞成。”

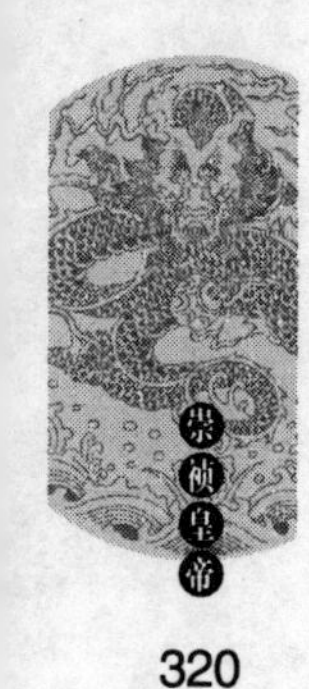

“噢，我明白他的心思！”

“太后如何明白？”

“洪承畴虽然投降我朝，但是他与范文程毕竟不同。范文程虽是汉人，却是世居辽东，土生土长的辽东人，也没有吃过明朝俸禄。洪承畴是福建人，二十几岁就中了进士，步入仕途，一步一步升迁，直到任蓟辽总督，挂兵部尚书衔，成为明朝的二品大臣。所以纵然他降顺我朝，也不会干干净净地忘记故国，忘记故君，所以他不肯亲自带引大清兵攻破北京，灭亡明朝，一则他良心不忍，二则他也不愿留下千古骂名。九王爷，你说是这个道理么？”

多尔衮暗暗吃惊，没有马上回答，心中想道：“皇太后真是聪明过人呀！以后既不能将朝中大事一概瞒她，但也不能让她干预朝政！”

圣母皇太后见多尔衮没有立刻回答她所关心的问题，也就不急于再往下问，另外找一个题目，含笑说道：

“我虽是女人，也略知中国故事。目前皇上幼小，不能亲自治理朝政。九王爷今日地位，如同周公辅成王。在我们大清国中，辅政王与摄政王只是称呼不同，说到底，都是代皇上处理军国大事，所以辅政也就是摄政。是这样不是？”

多尔衮近来心中明白，中国历史上所谓摄政与辅政大不相同。辅政同时有两位或两位以上；摄政只有一位，有天子之权而不居天子名。多尔衮听了圣母皇太后的这几句话，很合自己心意，尤其将他的辅幼主比为“周公辅成王”，最使他满意。在这之前，群臣中时常将辅政和摄政两种称号混叫，而且也没有人提到“周公辅成王”这个典故。不料现在竟从圣母皇太后的口中说出！

如果换一个人，听到皇太后说睿亲王的辅政好比“周公辅成王”，他一定会忍不住趁机说出来自己改称摄政王的意见。但多尔衮既是一个心怀智谋的非凡之辈，又习惯于深沉不露。他认为称摄政的事在出兵前一定要办妥，但目前还不到时候。他再一次望着年轻皇太后的眼睛，含笑说道：

“皇太后说洪承畴虽然投降了我朝，心中对崇祯仍存有故君之情，可算是看人看事入木三分。其实，先皇帝在世时，何尝不明白洪承畴不忘故君的一些心思？”

“你如何知道先皇帝也明白洪承畴怀着不敢告人的心思？”

“自从洪承畴投降以后，先皇帝赐予各种赏赐，独迟迟不给他正式官职，就因为知道他不忘旧主。直到先皇帝病故，臣与郑亲王辅政，才让他任内院大学士之职。还有，前年冬天，我国派精兵伐明，占领蓟州，深入冀南，横扫山东，到去年春末夏初始班师回来。这一次出兵十分重要，可是先皇帝并不向洪承畴问计，为的是知道洪承畴尚有故国之情，不引起他心中难过。”

“我朝这样处处体谅洪承畴，什么时候才能使他的学问为我朝所用？”

多尔衮笑着说：“我朝使用洪承畴不是只为眼前一时之计，是为长远之计，为日后夺取中原之计。”

“可是我八旗精兵不趁此时南下，把北京城白白地让给流贼攻占，岂不失计？”

“许多年来，先皇帝心心念念是占领中原，恢复金朝盛世局面，不是仅仅占领北京。不占领中原数省之地，单有一座北京城也不能国基巩固。臣经过反复思忖，同意了洪承畴的意见，将北京让给流贼，然后再杀败流贼，从流贼的手中夺得北京，进而平定中原数省之地，重建大金盛世的局面。”

皇太后的心中仍不服帖，想了片刻，又慢慢地小声说道：

“我世代都是蒙古科尔沁人，没有去过北京。可是自幼听说，北京是辽、金、元、明四朝建都的地方，单说明朝在北京建都也有两百四五十年。全国的财富都集中在北京，一旦落入贼手，遭到洗劫，岂不可惜？”

多尔衮说道：“皇太后想得很是。但目前在臣的眼中，最大的事情是如何夺取江山，不是北京城的金银财富。只要江山到了我大清手中，北京成为我大清朝在关内的建都之地，何患各地的财货不输往北京。”

“啊，到底是看事情眼光不同！”

小博尔济吉特氏的心中一亮，想着多尔衮果然不凡，但没有说出口来。她又一次打量多尔衮的脸上神情，同多尔衮四目相对，不觉心中一动，赶快略微低头，回避了对方的炯炯逼人的目光。她平日风闻多尔衮身有暗疾，甚至有人说他不是长寿之人，但是她从多尔衮的外表上看不出他有什么病症，倒是体格魁梧，精力饱满，双目有神，使她不敢正视，遂把自己的眼光移向别处。

多尔衮因为年轻的皇太后回避了他的眼睛，也只得将眼光移向别处，落到他同太后中间的黄铜火盆上，又移到太后的出风透花紫红浅腰的小皮鞋上。他今日进宫本来是为着面奏幼主福临开春如何上学读书的事，但是他无意将简单的事情谈完就离开后宫，不知有一种什么力量吸引着他不能马上辞去。

他想从腰间取出来别着的旱烟袋抽一袋烟，但是他仅仅动了一下抽烟的念头，随后就打消了。尽管他目前权倾朝野，却不能不在皇太后面前保持君臣礼节，为文武百官作表率。永福宫中极其静谧，只偶尔从铜火盆中发出木炭的轻微爆裂声。就在这静谧之中，从年轻皇太后的绣花银狐长袍上散发出的清雅香气，越发使他不能取出烟袋，也使他不愿告辞。

他知道皇太后此刻很关心北京城将会落入贼手的事。虽然他谨防皇太后干预朝政，但是他想到，她既然是圣母皇太后，在一定限度内关心国家大事也是应该的，完全不使她知道反而会产生不好后果。等到不久他居于摄政王地位，权力更大、地位更加稳固以后，皇太后干预大政的机会就不会有了。这样在心中盘算以后，多尔衮抬起头来向皇太后说道：

"臣原先也打算抢在流贼之前去攻破北京，可是随后也改变了想法。先让流贼攻占北京，然后去杀败流贼，从流贼的手中夺得北京也好。"

"从流贼的手中……九王爷，这是为何？"

多尔衮回答："太后，首先一条，流贼东犯的真正兵力，到今天尚不清楚。李自成自称是亲率五十万精兵来攻北京，尚有大军在后。据洪承畴判断这是虚夸之词，流贼的实际兵力不会很多，渡河入晋的最多不会超过三十万。沿途有许多重要地方不能不分兵驻守，免除后顾之忧，又要与西安信使往还，血脉畅通，所以纵然有三十万人马，断不能全部东来。假若有二十万来到北京城外，这兵力也不可轻视。我大清在辽东建国，地旷人稀，与中原不能相比。从此往北，虽然远至黑龙江流域，长白山一带，直到那些靠渔猎为生，使犬使鹿的地方，都归我国治理，但是越往北，人烟越稀。我大清的人口主要在辽河流域，兵源粮草都依靠这里。近十多年我国几次越过长城，威逼北京，马踏畿辅，深入冀南，横扫山东，如入无人之境，俘虏众多人口，获得粮食财物，全师而归。其实，我国每次出兵，人马都不很多。我们的长处是以骑兵为主，官兵自幼就练习骑射；不管是亲王、郡王、贝勒、贝子、各旗旗主，一旦奉命出征，必须勇猛向前，不许畏怯后退，军纪很严。回来以后，凡是畏怯的人，一经别人举发，都是从严处治。明朝不是这样，上下暮气沉沉，军纪败坏，士兵从来不练，见敌即溃，加上文武不和，各自一心，既不能战，也不能守。如有一二城池，官民同心固守，我军为避免死伤，也就舍而不攻。这是我大清十几年来的用兵经验。因为今日东犯流贼，情势非明朝官军可比，所以臣反复思忖，也不打算抢在流贼之前攻占北京。"

“九王爷想的很是。流贼是我大清兵多年来未曾遇过的强敌，经九王爷一说，我心中明白了。”

多尔衮接着说：“倘若流贼来到北京的有二十万人马，我八旗兵也没有这么多。何况对敌作战，必须看准时机，不可盲目用兵。看准时机，就是要避其锐气，击其惰气。流贼目前锐气正盛，对北京志在必得，所以我以数万八旗兵在北京城下迎击二十万锐气强盛之敌，很是不智。争天下何必先占北京？我国必须做好准备，看好时机，一战杀败强敌，才是上策。”

皇太后在心中点头，轻轻说道：“皇上年幼，九王爷身居周公地位，一切用兵的大事全靠你了。”

听到圣母皇太后又提到“周公”的典故，多尔衮心中一动，又接着说道：“臣不急于率兵南下，还有一层意思，也应该向太后奏明。”

“还有一层什么意思？”

“十几年来，我国每次派兵南下都在秋末冬初，不在春耕时节。我国的八旗制度不仅是兵农合一，而且军、政、农、百工都合在一起，最重要的是兵农。汉人所说的寓兵于农，在汉人早已是一句空话，在我国却不是空话。凡我大清臣民都编入八旗。开始只有满八旗，后来有了汉八旗和蒙古八旗。多数八旗的人，出征打仗时是兵，不出征就务农。所以每次派兵南下伐明，不在春天，不在夏天，都在秋冬之间，场光地净的时候。倘若误了春耕，夏秋再遇旱涝之灾，就会动摇了立国之本。所以我已下谕全国，一面搞好春耕，一面抓紧操练，单等时机来到，立刻出征。”

小博尔济吉特氏听多尔衮面奏了眼下她最关心的军国大事，一则释去了她对战争胜败的担心，二则也增添了她的见识，三则她对多尔衮的满腹韬略更加钦佩。当皇太极活着的时候，她在十五位妻子中的地位并不很高。地位最高的是她的姑母，也是科尔沁博尔济吉特氏人。建立后金朝以后，皇太极尊称后金汗，姑母被封为中宫大福晋；崇德元年，皇太极改称皇帝，姑母随着晋封为清宁宫皇后。在皇太极的十五位妻子中，最受皇太极宠爱的也是博尔济吉特氏家族人，受封为关雎宫宸妃，是永福宫庄妃的同族姐姐。皇太极同宸妃的感情最好，用封建时代的话说可算是“宠冠后宫”。所以在皇太极的众多妻子中，论尊贵莫过于清宁宫皇后，论受宠爱莫过于关雎宫宸妃，而圣母皇太后原称永福宫庄妃，居于中等偏上地位，对于国家大事从来不敢打听，也不怎么关心。自从皇太极突然病故，她的儿子小福临被多尔衮等拥立为大

清皇帝，她在一夜之间突然地位大变，上升为皇太后之尊。这样一来，顺治朝就同时有两位太后，都姓博尔济吉特氏。不过汉人大臣，按照汉人习惯，在小博尔济吉特氏皇太后的称谓前边加上“圣母”二字，以表示她是皇上的生母。

圣母皇太后听多尔衮面奏了军国大计以后，又询问了三官庙作为学堂的修缮情况，以及开学的仪注，以后每日上学和下学的时间，沿途护驾安排等等，多尔衮一一奏明。小博尔济吉特氏听后十分满意，不禁笑容满面。这笑容更增添了她的青春美丽，使多尔衮不敢正视。

多尔衮辞出以后，圣母皇太后立刻前往清宁宫去，将多尔衮面奏的军国大计和小皇上读书的安排都向正宫皇太后谈了。她十分明白，她的姑母，即正宫皇太后，在两黄旗将士们的眼中地位很高，她要巩固小福临的皇位，不能不依靠正宫皇太后的力量。另外，她毕竟是一位年轻寡妇，同多尔衮的来往应该随时让清宁宫皇太后清楚才好。

在一群宫女的围绕中，圣母皇太后体态轻盈地向清宁宫走去的时候，忽然想起来多尔衮曾经目不转睛地望着她的神情，在心中想道：

“他忘了我今日是皇太后的身份！”

李自成围城时刻*

第四十六章

崇祯十七年三月十七日上午，当李自成的一部分骑兵到达北京城外的时候，首先被包围的是北边的德胜门和安定门，西边的西直门和阜成门，内城的东边城门和外城各门是直到十七日下午才被大顺军包围的，并有骑兵在外城的近郊巡逻。从此，北京城与外边的消息完全隔断。

当大顺军由李过和李友率领的两三万先锋步骑兵毫不费力气击溃了在沙河布防的数千京营兵，长驱来到德胜门外时，驻节永平的蓟辽总督王永吉派人送来的十万火急的军情密奏侥幸送进正待关闭的朝阳门，直送到通政司。通政司堂上官一看是六百里塘马送来的军情密奏，不敢拆封，不敢耽误，立刻送进宫中。据王永吉密奏，吴三桂已于十六日到达山海关，随同进关来的二十万宁远各地百姓和将士眷属暂时安置在关内附近各地，他本人将率领数万精锐边兵星夜驰援京师，恳求皇上务必使北京坚守数日，以待吴三桂的援兵到来。王永吉的这一密奏，使崇祯觉得是绝处逢生，一时不禁狂喜，以掌拍案，大声说道：

“吴三桂果是忠臣！”

恰好魏清慧前来添香，听见皇上用力以掌拍案，心中大惊，但皇上接着

---

* 崇祯十五年秋，李自成第三次围攻开封已四个多月，在开封府推官黄澍等策划下，官军炸开黄河大堤，滔滔洪水淹没开封。李自成遂于十二月初攻入襄阳，成立临时中央政府，国号“新顺”。翌年9月义军攻破潼关，孙传庭死于乱军之中。李自成遂进入西安，定国号“大顺”，健全了中央政府。崇祯十七年正月，李自成东征，渡黄河，入山西，克太原，不费一矢进入居庸关，一路迎降，直驱北京。

说的一句话她没有听清。她赶快掀帘进来，看见皇上喜形于色，顿感放心，柔声说道：

“皇爷，为何事手拍御案?”

崇祯说道：“吴三桂已率领数万精兵从山海关前来勤王，北京城不要紧了!”

魏清慧说：“我朝三百年江山，国基永固。从英宗皇爷以来，北京几次被围，都能逢凶化吉，这次也是一样。请皇爷从今不必过于焦急，损伤御体。请下手诏，催吴三桂的救兵速来好啦。”

崇祯点头：“叫司礼监来人!”

魏清慧立刻退出暖阁，传旨在殿外侍候的太监，速传司礼监太监前来。趁这时候，崇祯用朱笔给吴三桂写了一道手谕：

谕平西伯吴三桂，速率大军来京，痛剿逆贼，以解京师之危!

司礼监太监将这一皇上手谕拿去之后，在黄纸上端盖一颗“崇祯御笔”便玺，封好，封套上加注“六百里飞递”五个字，登记发文的月、日和时间，不经内阁，直接送交兵部，要立即派塘马送出京城。

魏清慧在成化年制宝鼎式铜香炉中添完香，又送来一杯香茶，放在御案上。她看见皇帝正在默想心事，想着他连日饮食失常，夜不安寝，憔悴已甚，难得此刻心情略好，便向他柔声劝道：

“皇爷，既然有了天大的好消息，吴三桂即将率关宁精兵来解北京之围，请皇爷稍宽圣心，到养德斋御榻上休息一阵。”

崇祯望望她，没有做声，继续在思索着蓟辽总督王永吉的军情密奏。他知道王永吉曾经亲身驰赴宁远，敦促吴三桂迅速率兵勤王。后来又接到王永吉的飞奏，说吴三桂正在向山海关走来，三月十六日可到关门，而他先驰回永平，部署进关辽民的安置事宜，以后就没有消息了。现在崇祯正在绝望之中，忽接王永吉的这一密奏，如同绝处看见救星，自然不免心中狂喜。崇祯把密奏拿起来重看一遍，连连点头，似乎是对着站立在面前的宫女魏清慧，又似乎是自言自语地说：

“吴三桂果然是一个难得的忠臣，已经从山海关率领数万精兵来救北京!”

魏清慧望着皇帝，激动得两眼眶充满热泪，嘴唇欲张又止。遵照崇祯朝的宫中规矩，关于一切朝中大事，宫女们连一句话也不许说，不许问，所以魏清慧装做去整理香炉，悄悄地揩去了激动的热泪，同时在心中叹道：

"谢天谢地！谢天谢地！"然后悄悄地走出去了。

倘若在往年，崇祯如此狂喜，一定会立刻将王永吉的飞奏宣示内阁，然后由主管衙门将这一消息布告京师臣民周知，以安人心。然而，近来的经验使他变得慎重了。已经有许多次，他的希望变成了绝望，他的"庙谟"无救于大局瓦解。崇祯十四年督催洪承畴率领八总兵去救锦州，去年督催孙传庭出潼关入豫剿贼，两次战争结果，与他的预期恰恰相反。援救锦州之役，八总兵全军崩溃，洪承畴被围松山，继而降虏，锦州守将祖大寿也只得献城出降。孙传庭在汝州剿闯，全军溃败，闯贼进入潼关，又不战而进西安，大局从此不可挽回。想着这两次痛苦经验，他对吴三桂救北京的事也不敢抱十分希望。如今他担心吴三桂害怕"闯贼"兵势强大，在山海关一带畏缩观望，不能星夜前来，或李自成一面分兵东去阻挡关宁兵西来，一面加紧攻城，使吴兵救援不及。自从昨天三大营在沙河溃散以来，他的心头压着亡国的恐惧，只恨满朝文武没有一个人能够为他分忧。由于这种绝望心情，他不肯贸然将吴三桂来救京师的消息向臣民宣布，独自在乾清宫绕屋彷徨多时，重新坐下愁思，忽然深深地叹息一声，没有注意到魏清慧进来送茶。

魏清慧实际上十分辛苦，这时本来她可以坐在乾清宫后边自己舒适的、散着香气的小房间里休息，命别的宫女为皇上送茶。为皇上按时送茶，这活儿十分简单，用不着她这个做乾清宫"管家婆"的、最有头面的宫女亲自前来。

魏清慧之所以亲自前来送茶，是因为她对眼下的国家大事十分放心不下。国家亡在旦夕，不惟她放心不下，她知道所有的宫人们没有谁能够放心。可是内宫中规矩森严，别人都没法得到消息，只有她常在皇帝身边，有可能知道一些情况，所以不但乾清宫的人们都向她打听，连坤宁宫中的吴婉容也是如此。她在自己的房间里坐不安，躺不下，想来想去，决定亲自来给皇帝送茶，看有没有机会打听一点消息。既然国家亡在旦夕，纵然受皇帝责备她也不怕。国家一亡，皇帝也罢，奴婢也罢，反正要同归于尽！她于是对着铜镜整理一下鬓发，净净纤手，来给皇帝送茶来了。

在送茶时听见皇上深深地叹息一声，她吃了一惊，随即用温柔的小声说道：

"皇爷，已经来了大好消息，为何还要如此忧愁？"

倘若在平日，崇祯会挥手使魏宫人退出；尽管他知道她的忠心，他也决不肯对她谈一句心里的话。然而亡国之祸到了眼前，崇祯对宫女的态度也变

了。他恼恨文武群臣都是混蛋，一定有不少人在等待向“流贼”投降，有的人在等待逃出城去。他痛恨平时每遇一事，朝臣们争论不休，可是今天竟没有一个人进宫来向他献救急之策！他望一眼面容憔悴，眼睛含泪的魏宫人，心中叹道：“患难之际，倒只有面前的这个弱女子还对朕怀着同往日一样的忠心！”他深为魏宫人的忠心感动，几乎要涌出热泪，轻轻点头，示意她走近一步。魏宫人走近一步，站在他的面前。崇祯又伤心地叹气，低声说道：

“吴三桂虽然正在从山海关来京勤王，但怕是远水不救近火。贼兵已到北京城下，必将猛攻不止。三大营已经溃散，北京靠数千太监与市民百姓守城，何济于事！”

魏宫人大胆地小声问道：“满朝文武难道就没有一个肯为皇上尽忠报国的人？”

崇祯摇头不答，禁不住滚出热泪。魏宫人此刻才更加明白亡国的惨祸确实已经临头，也落下眼泪，小声哽咽说：

“但愿上天和祖宗眷佑，国家逢凶化吉。”

崇祯不由地握住魏的一只手，语调真挚地说道：“倘若蒙上天与祖宗保佑，北京平安无事，事定之后，朕将封你为贵人，使你永享富贵。”魏宫人当崇祯握住她的一只手时，由于事出意外，不觉浑身一战，又听皇上说出了这样的话，赶快挣脱皇上的手，跪地叩头，颤声说道：“叩谢皇恩！”此时此刻，她一方面感激“天语恩深”，一方面也明白已经晚了，认为是命中注定她不能受封，只能以宫女身份为皇上殉节。所以在照例叩头谢恩之后，小声地呜咽痛哭。崇祯明白魏宫人的伏地呜咽包含着即将亡国之痛，也跟着叹息洒泪。但是他不愿使太监看见，有失皇家体统，便将魏宫人拉了一下，小声说：

“起来！起来！”

魏宫人又叩了一个头，从地上起来，以袖揩泪，仍在断续哽咽。正在这时，新承钦命任京营提督、总管守城诸事的司礼监秉笔太监王承恩进来。他先向魏宫人使个眼色，使魏回避，然后将崇祯给吴三桂的手诏放到御案上，跪下奏道：

“皇爷，如今各城门全被逆贼围困，且有众多贼骑在四郊巡逻，还听说有众多贼兵往通州前去，给吴三桂的手诏送不出去了。”

崇祯大惊：“东直门和齐化门都包围了？”

“连外城的东便门和广渠门也被逆贼的大军包围。奴婢去齐化门巡视，遇到本兵[①]张缙彦，他将皇爷给吴三桂的手诏退还奴婢，带回宫中。”

崇祯脸色凄惨，默然片刻，然后问道：“崇祯二年，东虏进犯，来到北京近郊，何等危急。可是袁崇焕[②]一接到勤王诏书，留下一部分人马守宁远，他自己率领满桂、祖大寿等大将与两三万精兵，火速入关，日夜行军，迅速来到京师，扎营于广渠门外，使北京城转危为安。以袁崇焕为例，吴三桂知道京师危急，他率领关宁骑兵，从山海关两日夜可到朝阳门外，一部分守城，一部分驻扎城外与逆贼作战，北京可以万无一失。你想，吴三桂在两天之内会来到么？”

提到袁崇焕，王承恩伏地不敢回答。近十年来，由于东事[③]日坏，北京朝野中私下议论袁崇焕的人多了起来，都说袁崇焕是一位少有的人才，崇祯先听了朝臣中的诽谤之言，随后又中了敌人的反间计，枉杀了他，自毁长城。他知道皇上近几年也从厂臣[④]密奏朝野私下议论，略闻中了敌人的反间计，心中反悔，但不肯承认自己错杀了袁崇焕，所以一直无意对袁的冤案昭雪。崇祯看见王承恩俯首不语，问道：

“你也听说袁崇焕死得冤枉？”

王承恩叩头说：“奴婢不敢妄言，风闻朝野间早已有此议论。吴三桂只是一员武将，论忠贞、论谋略，都不能同袁崇焕相比。皇上，眼下十余万逆贼已把北京城四面合围，吴三桂的救兵不会来了！”

崇祯摇头，流下眼泪，痛心地叹息一声，命王承恩站起来，问道：

“城上的守御情况，你可去察看了么？”

王承恩哭着说道：“皇爷！事到如今，奴婢只好冒死实奏。城上太监只有三千人，老百姓和三大营的老弱残兵上城的也不多，大概三个城垛才摊到一个人。守城百姓每天只发几个制钱，只能买几个烧饼充饥。城上很冷，大家又饥又冷，口出怨言，无心守城。”

“逆贼今夜是否会攻城？倘若攻城，如何应付？”

---

① 本兵——明代对兵部尚书的习惯称呼。

② 袁崇焕——袁崇焕（1584—1630）广东东莞人，崇祯初年任兵部尚书，督师蓟辽。崇祯二年十一月，后金（满洲）兵越长城，破遵化，进围北京。袁崇焕黑夜驰援，使北京转危为安。崇祯中了满洲人的反间计，将袁崇焕逮捕，下狱，第二年被凌迟处死，妻子充军，死时四十六岁。

③ 东事——指辽东问题、满洲问题。

④ 厂臣——指东厂的掌印太监，即东厂提督。

“逆贼远来，今日陆续来到城下，将城包围，尚在部署兵力。以奴婢忖度，逆贼要攻城是在明天。今夜可以平安无事，但须谨防城中有变。”

崇祯问道：“城内派兵巡逻，查拿奸细，难道就没有兵了？”

“三大营的数千人在沙河御敌，不战而溃。留在城内的三大营虽然按册尚有五六万人，但是前两天经戎政侍郎王家彦按册点名，始知十之八九都是缺额，实有官兵人数不足五千。这不足五千官兵也是老弱无用之人，充数支饷罢了。王家彦同奴婢商议，从中挑出一千人上城，余下的分在内外城轮班巡逻。内外城中巡逻弹压，就靠这一些不管用的老弱残兵。”

崇祯明白吴三桂的救兵已经没有指望，守城兵力空虚，亡国灭族的惨祸已经来到眼前，蓦然出了一身冷汗，浑身颤栗，几乎不能自持。但是他毕竟是一位秉性刚烈的皇帝，霎时过去，他恢复了常态，叹气说：

“土木之变[1]，英宗皇爷陷敌。也先兵势甚盛，挟英宗皇爷来到北京城下，认为北京唾手可得。那时国家何等危急，可是朝中有一个兵部尚书于谦，指挥京营迎敌，打退也先，使京城转危为安。如今朕非亡国之君，可是十七年来，满朝文武泄泄沓沓[2]，徒尚门户之争，无一忠心谋国之臣，倘若朝中有半个于谦，何至会有今日！”说毕，随即痛哭。

王承恩又跪下说：“这是气数，也是国运，请皇爷不必伤心。”

崇祯哽咽说：“虽是国运，可是倘非诸臣误朕，国运何竟至此！只说从天启至今二十年中，国家何尝没有人才，没有边才[3]。皆因朝廷上多是妨功害能之臣，蒙蔽主上，阻挠大计，陷害忠良，使人才不但往往不得其用，而且不得其死。从天启朝的熊廷弼、孙承宗算起，到本朝的杨嗣昌等人，都是未展抱负就群起攻讦，使朝廷自毁长城，而有今日之祸。朕非亡国之君，而遇亡国之事，死不瞑目！”说毕，又一阵泪如泉涌，掩面呜咽。

王承恩知道亡国惨祸已经临头，城陷只在一二日内，也忍不住伏地悲哭，却不知拿什么话安慰皇上。几个乾清宫中较有头面的太监都因为亡国惨祸已经来到眼前，十分关心王承恩和皇上的谈话，屏息立在窗外。这时听见主奴二人一个坐在龙椅上，一个跪在地上，相对呜咽，他们有的偷偷揩泪，有的

---

① 土木之变——明英宗于正统十四年（公元 1449 年）率大军在土木堡遇到也先所率蒙古族瓦剌部军队，明军溃败，英宗被俘。

② 泄泄沓沓——空言乱政。

③ 边才——边防人才。

轻轻走开，到别处哭出声来。

过了一阵，崇祯命王承恩起来，问道："没有办法给吴三桂送去手诏，催他火速率骑兵来救京师?"

王承恩犹豫片刻，躬身说道："兵部已无办法送出皇爷手诏，请容奴婢此刻再去同厂臣密商，厚给赏银，无论如何，今夜派遣一个忠心敢死之人，缒出城去，前往永平和山海关方面，将皇上手诏送到吴三桂军中。"

崇祯明知他的手诏纵然能够送出，也已经是缓不济急。但是哪怕只有一线希望，他也决不肯放弃。他望着王承恩，滚出眼泪，哽咽说道：

"你赶快去吧!"

自从得到李自成的大军越过宣府消息以后，乾清宫每日中午和晚上都遵照崇祯谕旨，皇帝用膳时不再奏乐，菜肴减少到只剩下十几样，这叫做"撤乐减膳"。今日北京已经被围，西直门和阜成门方面曾经有几阵炮声传入大内，所以今日崇祯的晚膳更是食不下咽。但是他担心今夜李自成的人马会开始猛烈攻城，他需要勉强吃点东西，保持体力，好应付紧急情况。

宫中有两位年老的太妃，曾抚育过幼年的崇祯。皇后为了不使她们受到惊骇，不许宫女和太监将李自成包围北京的消息禀奏她们。按照往日习惯，每日皇上晚膳时候，这两位太妃从各自的宫中派遣两名宫女，共捧着两个朱漆描龙食盒，每个食盒装着两样皇上喜爱吃的精美小菜，送到乾清宫，以表示她们关心皇上饮食的心意。这两位太妃住在相邻的两座宫院，所以每日两宫的四个宫女总是相约一同将小菜送来。

由于皇上钦谕"减膳"，今晚由御膳房送来的菜肴不及平日的三分之一，但也算是"色、香、味"俱全了。无奈崇祯只想着亡国灭族的惨祸已经临头，正如俗话所说的"愁肠百结"，不管什么样人间美馔，到口中都只有泥土滋味。当两位太妃的食盒送来时，他照例从御椅上站起来说道："谢两位太妃慈怀!"为设法使太妃们感到安慰，将送来的四样小菜都尝了半口，不觉滚出热泪。四个送菜的宫女蓦然一惊，相顾失色。魏清慧赶快向她们使个眼色，按照惯例，魏清慧命两个侍膳的宫女将太妃们的小菜倒在别的盖碗中，将原来的四个成窑瓷盖碗放回食盒。魏清慧亲自将四个宫女送出日精门外，小声叮嘱：

"四位姐妹，今晚乾清宫中事忙，我不能离开皇上身边，请你们代我回奏

两位太妃：皇上今日食量很好；两位太妃送来的四样美味，皇上吃了大半，余下的赐给都人们吃了。乾清宫的都人们叩谢两位太妃的慈恩。”

一个宫女问道：“清慧姐姐，贼兵围城，吴三桂的救兵能够来么?”

“听说吴三桂的勤王兵前天已经过了永平，正在向北京前来。皇爷又下了手诏，催吴三桂火速赶到。两位太妃可知道贼兵围城么?”

“我们两宫的都人和太监，奉了皇后娘娘懿旨，不许将贼兵围城之事，在太妃们面前透露一丝风声，所以太妃们至今不知。”

魏清慧含泪点头，又问：“今日响了两阵大炮，难道两位太妃没有听见?”

一宫女回答说：“两位太妃正在下棋，吃了一惊，问是怎么回事儿。我们正不知如何回奏，恰好坤宁宫的吴婉容姐姐奉皇后懿旨来向两位太妃问安，说那是神机营在西城外举行操演，试放火器。两位太妃放了心，继续下棋。”

魏清慧哽咽说：“两位太妃年近花甲，几十年深居宫中，怎么也不会料到国运会如此凶险!”

一个宫女拉着魏清慧的手，用颤栗的悄声问道：“清慧姐，万一大事不好……”

魏清慧说：“到那时，有志气的都人姐妹跟我一起，宁死不能受辱!”

崇祯皇帝草草地用了晚膳，漱了口，回到乾清宫背后的养德斋休息，等候太监和宫女们用膳后随他去奉先殿哭拜祖宗神灵。他今天又听见身边的太监禀报：两三天来宫女和太监们又在纷纷传说，在深夜曾听见太庙中巨大响声，又似乎有脚步声走出太庙。他还听说，奉先殿连日来在深夜有恨恨的叹息声，有时还传出顿足声。他很留心这一类不吉利的迷信消息，所以乾清宫的掌事太监和左右长随，也常把这类消息向他禀奏。每次听到太监的禀奏，都使他的心灵发生震撼。他虽然口中不言，但是有时在心中绝望地叹道：

“这是亡国之象！亡国之象!”

崇祯十七岁继承皇位。在即位后的几年中，他每日兢兢业业，立志中兴明室，做一位“千古英主”。作为受命于天，代天理民的天子，他照例每日五更起床，在宫女们的服侍下梳洗穿戴，在乾清宫的丹墀上焚香拜天，祝祷国泰民安，然后乘辇上朝，一天的忙碌生活就开始了。

在刚即位的第二年，他命一位有学问兼善书法的太监高时明写一“敬天法祖”的匾额，悬挂在乾清宫正殿中间。这四个字，从前没有别的皇帝用过，是他经过反复斟酌，想出这四个字，表明他的“为君之道”。在他看来，天生万物，天道无私，能敬天即能爱民，所以作一位“尧舜之君”，敬天是理所当然。至于“法祖”，是表明他要效法大明的开国皇帝太祖和成祖。这两位皇帝被称为“二祖”，是他立志效法的榜样。成祖以后的历代皇帝，都称为“列宗”，他并不打算效法，只是出于伦理思想，对他们尊敬罢了。

近几年来，由于国运日坏，他的锐气日减，而迷信鬼神的思想与日俱增，每年到奉先殿跪在“二祖”的神主前痛哭祷告的次数也增多了。愈是国事挫折，愈是悲观绝望，愈是愤懑愁苦，他愈是想到奉先殿，跪在太祖和成祖的神主前痛哭一场。他不是一个性格软弱的人，到奉先殿去不全是求祖宗保佑，如古语所说的“乞灵于枯骨”。他有无限苦恼和说不尽的伤心话，既不能对朝臣明言，也不能对后妃吐露，而只能对两位开国祖先的神灵痛哭。他在痛哭时虽然不说话，避免被宫女和太监听见，但是他奔涌的眼泪和感人的呜咽就是他发自心灵深处的倾诉。自从前天居庸关守将和监军太监向李自成开关迎降，昌平兵变和官绅迎降，好几千京营兵在沙河不战溃散，而吴三桂救兵不至，崇祯就明白亡国局势已成，表面上故作镇静，而心中十分害怕。今日李自成已将北京合围，他知道城破只在旦夕，更加陷入绝望，在心中对自己说：

“朕朝乾夕惕①，苦撑了十七年，竟落到今日下场！”

在这样国家将亡时候，即令奉先殿没有异常情况，他也要到奉先殿痛哭一场，何况一连数夜，侍候在奉先殿的太监们都听见正殿中在半夜三更时候，常有叹气声，顿脚声；还有一位老年太监看见烛光下有高大的人影走动，使老太监猛一惊骇，大叫一声，跌坐在殿外地上。崇祯认为祖宗传下来的江山要亡在他的手中，他死后无面目拜见祖宗，这种多日来压在心头的自愧心情，今日特别强烈，使他坐立不安。他忽然在暖阁中狂乱走动，连连发出恨声，并且喃喃地自言自语：

“朕无面目见祖宗！无面目见祖宗！……”

这时，太监和宫女们都已经匆匆用毕晚膳。因为他们都知道局势十分紧急，皇上心情很坏，所以大家都是面带愁容，心中恐慌。几个常在皇帝身边服侍的太监和宫女都来到乾清宫正殿外边，屏息等候，不敢走进暖阁。

崇祯颓然坐进龙椅，拿起茶杯，喝了一口温茶，打算使自己的心思冷静一下，但忽然想到了无用的大小朝臣，不禁满腔愤恨。在往日，大小臣工，

---

① 朝乾夕惕——语出《易经》，意谓终日兢兢业业，不敢懈怠。

每日除在上朝时面陈各种国事之外，还要请求召对①，还要上疏言事。今日京师被围，国家亡在旦夕，满朝文武为何没有一个人要求召对，献上一策？

他忽然又想到吴三桂来京勤王的事，更觉恼恨。当朝廷得知李自成破了太原的时候，就有人建议下诏吴三桂进关，回救北京。蓟辽总督王永吉也从永平府来了密奏，力主调吴三桂回救京师，以固国家根本。他当时已经同意，加封吴三桂为平西伯，指望吴三桂平定西来之贼。可是朝臣中有不少人激烈阻挠，说祖宗疆土一寸也不能丢掉，责备放弃关外土地为非计。朝中为应否调吴三桂勤王的事争论不休，白白地耽搁了时间。后来因局势日见紧迫，朝臣们才同意召吴三桂勤王，但又说辽东百姓均皇上子民，必须将宁远这一带百姓全部带进关内，这样就必然误了“戎机”。他痛恨朝廷上都是庸庸碌碌之臣，竟没有一个有识有胆、肯为国家担当是非的人！……想到这里，他怒不可遏，将端在手中的一只茶杯用力往地上摔得粉碎，骂了一句：

“诸臣误国误朕，个个该死！”

乾清宫掌事太监吴祥正在殿前，闻声大惊，赶快进来，跪到地上，不敢询问，只是等候吩咐。恰在此时，魏清慧也跟着进来，跪到地上。

崇祯望望他们，小声说：“传旨，马上往奉先殿去！”

掌事太监问：“要备辇么？”

“不用备辇，步行前去！”

掌事太监赶快出了乾清宫正殿，安排一部分太监随驾去奉先殿，一部分留在宫内，另外差一名小答应速去通知奉先殿掌事太监，恭候接驾。魏清慧也离开皇帝，赶快去将宫女们召集在一起，吩咐一部分宫女留下，一部分赶快准备随驾侍候。

当太监和宫女们正在准备时候，崇祯默默垂泪，在心中对自己说道：“城破就在旦夕，这分明是最后一次去奉先殿了！”他一想到亡国惨祸，不由地想到了皇后和袁妃，还有几个未成年的子女，心中一阵凄楚，鼻子一酸，热泪奔涌而出。

周皇后十六岁被选为信王妃。那时主持为信王选妃这件大事的是天启皇后张氏，即现在的懿安皇后。在许多备选的良家姑娘②中，信王同张皇后都看

① 召对——明代政治术语，指皇上在宫中召见臣工，有时是出于臣工的请求。

② 良家姑娘——明代为防止外戚干政，不许从贵戚和官宦之家选妃，只选身家清白的平民百姓姑娘。

中了姓周的姑娘，真是玉貌花容，光彩照人，而且仪态端庄，温柔大方。张皇后小声问他：

“信王，你看这位姓周的姑娘如何?”

信王不好意思地小声回答：“请皇嫂决定。她容貌很美，只是瘦了一点。”

张皇后微微一笑，说道：“她才十六岁，还没有长成大人，再过两三年就不会嫌瘦了。”为信王选妃的大事就这样定了。又过了半年，天启皇帝病故，得力于张皇后的主张，当夜将信王迎进宫中继承皇位。那时客、魏[1]擅权，朝政紊乱。为防备信王进宫去会被客魏奸党暗害，由信王妃亲自同宫女烙了一张饼子，给信王带进宫中。信王在庭院中上轿时候，周妃走到轿边，用颤栗的小声嘱咐：

“王爷，你今夜若是饿了……请你牢牢记住，只吃从家中带去的饼子，切莫吃宫中的东西。等到明日清早，你在皇极殿即了皇位，受了文武百官的朝贺，才算是万事大吉。”看见信王点头，她又噙着热泪嘱咐：“王爷去吧，请今夜不要睡觉，随身带去的宝剑就放在面前桌上。妾已经吩咐随王爷进宫的四个太监，今夜就在王爷身边服侍，……王爷进宫以后，妾整夜在神前祈祷，求上天保佑王爷平安登极!”

这几句颤声叮咛的话，还有他当时望见周妃明亮凤眼中闪着的泪光，深深地震撼着他的心灵，经过十七年记忆犹新，如今又在他的心上出现。

崇祯登极以后，信王妃周氏就被迎进宫中，尊为皇后，住在坤宁宫。接着，按照皇家礼制，由皇后主持，陆续选了一些貌美端庄的良家姑娘充实六宫，总称为妃嫔，实际上名称和等级很多。崇祯登极后最重要和最早的一次选妃是选了田妃和袁妃。由礼部拟定晋封仪注，皇帝颁赐册文，昭告天下。田妃住在承乾宫，称为东宫娘娘；袁妃住在翊坤宫，称为西宫娘娘。后来田妃逐步晋封为贵妃，皇贵妃，于崇祯十五年七月病故。田妃死后，袁妃晋封为皇贵妃。袁氏本应该移到承乾宫住，但她不愿皇帝为田妃伤心，坚决留在翊坤宫。崇祯本来就爱她容貌很美，颀长身材，肥瘦适中，面如皎月，唇红齿白，不恃脂粉而自有美色，加上她的秉性温柔贤慧，遇事谦逊退让，在宫眷中从不争风吃醋，受到所有妃嫔的称赞，也受到她身边的宫女爱戴。去年她晋封皇贵妃后，不肯移居承乾宫，使崇祯深受感动，更加爱她。

① 客、魏——天启皇帝的乳母客氏和魏忠贤。

近来他为局势日非，很少到坤宁宫去，同翊坤宫的皇贵妃更少见面。此刻他准备往奉先殿时，想着由于不能保住江山，皇后和袁妃将惨死于“逆贼”之手，忍不住暗暗流泪。这时乾清宫掌事太监吴祥进来，到他的面前躬身问道：

“皇爷何时启驾?”

崇祯害怕呜咽出声，没有回答，立即从龙椅上站起身来。吴祥赶快退出，在乾清宫丹墀上刚传呼太监们“侍候启驾”，崇祯已从殿内走出来了。他在一群太监和宫女打着十几盏灯笼的前后簇拥中走下丹陛，到了乾清宫院中，恰好王承恩进来了。

崇祯一见王承恩，便立刻止步，急忙问道：

“王承恩，朕的手诏送出城了么?”

王承恩躬身回答：“回皇爷，奴婢找到厂臣曹化淳，商量一下，又找锦衣卫使吴孟明密商。锦衣卫的打事件番子中，三教九流、各色人物都有，就由他们中挑选了两个特别精明强健的冀东人，道路最熟，要他们将皇上手诏送到吴三桂军中。每人给他们五十两纹银，作为安家费，对他们讲说明白：只要他们将皇上的手诏送到吴三桂手中，他们就是为朝廷立了大功，国家要破格重赏，使他们世世富贵。”

崇祯对王承恩在眼下困难时刻能够如此忠心办事，颇为感动，但是他没有说别的话，只是吩咐王承恩速去城上，督促太监和军民认真守城。他在心中叹息说：

“纵然手诏能够送到吴三桂军中，也来不及了！”

从乾清宫去奉先殿是从日精门出去，顺着东一长街（宫中永巷之一）往南走，再从内东裕库的前边往东，便到奉先殿院落的正门。但是出了日精门顺永巷正向南走，崇祯忽然转念，吩咐往坤宁宫去，并吩咐魏清慧往翊坤宫向皇贵妃传旨：速到坤宁宫来。魏清慧回答说：

“刚才吴婉容奉皇后懿旨来问皇爷晚膳情形，听她说，皇贵妃娘娘下午陪皇后相对流泪，然后一起去英华殿[①]祈祷，又回到坤宁宫用晚膳，此刻尚未回翊坤宫。”

宫女和太监们听见皇帝边走边自言自语地说：“好，好。”但是崇祯还有

---

① 英华殿——在紫禁城内最西北角的一座宫院，神宗的母亲孝定太后晚年居住、礼佛、静修的地方。宫中传说孝定太后成了九莲菩萨。

一句要紧的话没有说出，所以连魏清慧也一时不明白皇上说的这“好，好”二字是什么意思。

愁眉不展的周后，正在坤宁宫中与袁妃相对而坐，听到太监禀报说圣驾马上就到，吃了一惊，不禁心中狂跳，想道：“我的天，一定是大事不好！”她赶快率领袁妃、宫女和太监到院中接驾，一切都按照皇后宫中的素日礼节，只是不免显得草率罢了。

崇祯被迎进坤宁宫正殿，坐下以后，半天没有说话。他几天来寝不安枕，食不下咽，已经显得面色灰暗，眼窝深陷，刚刚三十四岁的年轻天子却两鬓上新添了几根白发，和他的年纪很不相称；尤其是皇后和皇贵妃最熟悉的一双眼睛，本来是炯炯有神，充满着刚毅之气。如今那逼人的光芒没有了，不但神采暗淡，白眼球上网着血丝，而且显得目光迟钝和绝望。皇后看见了皇上这种异乎寻常的神情，心中酸楚，不敢细看，回头向皇贵妃瞟了一眼。袁妃眼中含泪，低下头去。皇后在心中问道：“难道国家真要亡么？”她想放声大哭，但竭力忍耐住了。

崇祯觉得对皇后和皇贵妃有很多话要说，但是又觉得无话可说。皇后今年才三十三岁，袁妃三十二岁，原来都是花容玉貌，不施脂粉而面如桃花。今晚，崇祯看见她们都变得十分憔悴，好像在几天之内就老了十年。他不敢多看皇后，皇后的忧戚神情使他十分心痛，甚至深恨自己对不起皇后，使皇后有今日下场。十七年来，他同皇后之间有许多恩爱往事使他永难忘怀，特别是二十天前的一件事，使他现在痛悔莫及，不敢再看皇后，低下头深深地叹息一声，并且在地上跺了一脚，在心中说道：

“唉！那时听皇后一句话，何至今日！……”

周后听皇上顿脚，吃了一惊，抬头望望皇上，但不见皇上说话。十七年来，她很少看见皇上像这样失去常态。自从听说“逆贼”过了宣府以来，她在心中已经考虑过上千遍，万一城破国亡，她身为“国母”，断无忍辱苟活之理，所以她随时准备着为国殉身。看见皇上突然来坤宁宫，如此神态失常，心中猜想：莫非皇上要告诉她殉国的时候已经到了？又等了片刻，她再也忍耐不住，向崇祯颤声问道：

“皇上，对臣妾等倘若有话吩咐，就请吩咐吧！”

崇祯知道皇后问这句话是什么意思，但是他低着头没有说话，只是悔恨

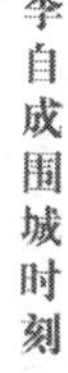

关于逃往南京的事不肯听皇后一句劝告，到今日欲逃不能，等待着城破国亡，一家人同归于尽。二十天前，朝中有大臣建议他离开北京，逃往南京，然后利用江南的财富和人民，整军经武，平定中原，重回北京。当时懿安皇后和周后都有此意。当李自成率十余万大军从太原向北京前来的时候，也正是朝廷上关于他应否往南京去争论最激烈的时候。懿安皇后和周皇后从两宫掌事太监的口中知道了两派朝臣争论不休，而朝廷上没一个真正能够担当重任的大臣，所以皇上一直举棋不定。懿安皇后暗嘱皇后，遇方便的时候，劝皇上早拿主意，免得临时仓皇无计。有一天，崇祯因为心情苦闷，来到坤宁宫闲坐，不觉长叹一声。周后趁机说道："我们南方还有一个家……"崇祯不等她将这句话说完，对她严厉地将眼睛一瞪，使她不敢再往下说。自从他登极以后，鉴于前代后妃干政之弊，绝不许后妃们打听朝廷大事，更不许随便说话，所以在是否"南迁"的大事上对周后作出这样的严厉态度。此刻他望见周后的面容憔悴异常，神情愁惨，又听了她的询问，使他深感悔恨，几乎想放声痛哭。他竭力忍住，同时也不能开口说话，因为他要一开口便会忍不住呜咽起来，紧接着放声大哭。

皇后虽然对自己应该为国殉节，早已拿定主意，认为是"天经地义"，但是如今在等待皇上说话时候，她却不由地浑身打颤。她忽然想到她的两个儿子太子和定王，又想到她的两个女儿长平公主和昭仁公主①，浑身颤栗得更加厉害。吴婉容悄悄地走到皇后身边，以便随时将皇后搀扶一下。

正在这时，从阜成门方面传过来一阵炮声，起初有三声炮响得没有力量，随后的几炮特别有力，震天动地。崇祯和宫眷们都吓了一跳，侧耳谛听，随后却寂然无声。大家知道这并非李自成的大军攻城，才略微放下心来。

北京四郊村庄的乌鸦、麻雀，依照一代代的生活习惯，每日黄昏，成群结队，肃肃地飞进北京城内，寄宿在各处的树枝上和屋脊上；黎明醒来，纷纷啼叫，然后又成群结队地起飞，盘旋，飞回乡下。这后边特别震耳的大炮声惊起了寄宿在西城各处的上万只乌鸦，一群一群地向东飞逃，其中有一部分飞到中南海和北海，一部分飞进紫禁城内，散落在各个宫院的树枝上。还有一小部分飞到坤宁宫背后的御花园中，落在高大的白皮松和连理柏上；另有十几只落在坤宁宫院中的古槐上。来到坤宁宫院中的乌鸦，虽然已经听不

---

① 昭仁公主——周后所生的小女儿，年仅六岁，尚无封号，因为同奶母住在昭仁殿故宫中，称为昭仁公主。

见炮声，但仍然惊疑不定，落下又起飞，飞起来又落下，方才安静。

当乌鸦安静以后，紫禁城中又回到可怕的寂静。因为天上有云，月光不明，到处是昏暗的宫殿阴影，使皇宫中更显得阴森森地骇人。

坤宁宫中，从皇后、皇贵妃，到宫女和太监，都将视线移到皇帝身上。由于刚才的一阵炮声，皇后明白李自成不久就要攻城，她同袁妃尽节的时候也快到了，忍不住又向崇祯颤声问道：

"皇上，您到底有何吩咐？"

崇祯尚未抬头，从东长街[1]传来了打二更的木梆声。每敲两下，便有一个老太监用苍哑的声音叫一句："天下……太平！"打更的太监从北向南，过了极化门，又过了永祥门，渐渐远了。崇祯深深地叹了一口气，对皇后说道：

"朕本来是要去奉先殿，出日精门刚走几丈远，忽然想到你同袁妃……"

周后说道："皇爷，事已至此，臣妾等并不害怕一死。您有话请直说吧，臣妾等遵旨殉节！"

崇祯打个哽咽，接着说道："朕本是要去奉先殿哭别祖宗神主，只是忽然想到你们，转到坤宁宫来。我们夫妻，十七年忧患与共，再见面的时候不多了！……"

他说不下去，首先呜咽。皇后和皇贵妃都忍不住痛哭起来。宫女和太监们有的流泪，有的呜咽出声。崇祯不忍看宫眷伤心哭泣，忽然起立，走出正殿，向恭候在坤宁宫丹墀上的宫女和太监们吩咐：

"启驾！"

皇后率宫眷们将皇上送到院中，随即拉着袁妃的手，回到作为寝宫的坤宁宫西暖阁坐下，揩去眼泪，向跟着进来的"管家婆"哽咽吩咐：

"婉容，今晚皇爷的精神有点儿反常，我很不放心，你带几个都人去奉先殿随驾侍候，有什么事儿随时来向我禀奏！"

吴婉容率领几个宫女打着灯笼追赶皇帝去后，皇后又吩咐另外的宫女在丹墀上摆好香案，说道：

"我要同皇贵妃对天祈祷！"

从坤宁宫出来，崇祯命乾清宫掌事太监吴祥直接横过东一长街，先到承

---

① 东长街——宫中的永巷，在乾清宫和坤宁宫的东边。

乾宫去。承乾宫中大部分原来侍候田皇贵妃的太监和宫女还都留着，为着皇上有时前来看看田妃的旧居，他们每天照例打扫各处，浇花除草，小心饲养鹦鹉。今晚北京被围，情况很坏，皇上突然到承乾宫来，实出大家意外。在太监和宫女们纷纷奔出，跪在甬路旁接驾时候，挂在廊下的白鹦鹉虽然隔着黑绒笼罩，也已经感觉是皇帝驾到，在笼中兴奋地叫道：

"接驾！接驾！……万岁驾到！"

崇祯走进承乾宫的正殿，停了片刻，看了看由一位翰林院待诏、擅长肖像的江南名画师去年春天凭着宫女们的口头描述，为田妃画的一幅"幽篁琵琶图"遗容，仿佛田妃又活现在他的眼前。随后，他走进作为田妃寝宫的东暖阁，用泪眼看了一遍，一切陈设依旧，整洁犹如田妃在日。临南窗的长案上放着田妃的遗物：文房四宝和一本宋拓《洛神赋》。金鱼缸和江南盆景仍在几上。墙壁上挂着一张用锦囊装着的古琴和四幅田妃所画的花卉草虫条幅。崇祯又走进里边一间，桌椅和床上陈设，仍保持往年原样。崇祯在椅子上坐下去，眼光呆滞地望到床上，心头浮现出许多夫妻间恩爱往事，随后又仿佛看见正在生病的田妃，病体虚弱，靠在床上。她知道自己不久于人世，双目含泪，分明心中有许多话，欲言又止。崇祯揩去自己的眼泪，再向床上看去，却只是一张空床。他对着空床点点头，伤心地小声说道：

"你死得早，死得好。你幸而早死一年多，朕不用为你操心了。你在陵寝中等着吧，朕快要同你相见了！……"

崇祯的话没有说完，已经泣不成声，跟在他身边的有承乾宫的原在田妃身边的贴身宫女王瑞芬和四个宫女，乾清宫的魏清慧和另外两个宫女，还有从坤宁宫追来侍候的吴婉容和两个宫女，其余的宫女们和太监们有的停留在田妃寝宫的外间，有的恭候在窗外廊下。此时大家听见了皇上的话，都不由地哽咽流泪。

每年春季，北京多风，现在又起风了。虽然风不很大，却使承乾宫院中树影摇晃，正殿檐下的铃声丁冬，更增加了宫女们的悲哀。

魏清慧首先在皇帝的面前跪下，吴婉容等众宫女也纷纷跪下。魏清慧在皇帝脚下悲声说道：

"请皇爷宽心！请皇爷宽心！"

又过了一阵，崇祯揩去脸上泪痕，对着田妃的空床在心中说："爱妃啊，古人说，睹物思人，朕再来承乾宫的时候怕没有了！"说毕便挥泪起身，脚步踉跄地往奉先殿去。

奉先殿的太监们看见皇上来到，一齐跪到地上迎驾。奉先殿因是皇帝在紫禁城中的家庙，所以院落较大，古树较多。今夜有十几只乌鸦原在西城寄宿，受到大炮声的惊吓，从西城惊慌飞来，落在奉先殿的古柏枝上，因为有西北风，都将头朝着西北方向，缩着脖子，刚刚入睡。忽然有一大群宫女和太监打着十几盏灯笼，随侍着皇帝走进院中，那惊魂才定的宿鸦，乍然被脚步声和灯光惊醒，侧首下望，哑哑地惊叫几声，不敢再叫，等待动静。有的惊慌地飞离树梢，在低空中盘旋一阵，但见夜色昏暗，北风凄紧，无处可以去，又陆续落回原处。

崇祯进入奉先殿，先在太祖皇帝的神主前行了三跪九叩头礼，又在成祖皇帝的神主前行三跪九叩头礼，随即伏地痛哭，一边哭一边断断续续地诉说：

“二位皇祖，您们身经百战，平定僭窃，驱逐胡元，而有大明天下。到了不肖孙子，无德无能，承继正德[①]以来的历代弊政，虽也尽力振作，志在中兴，可怜国运日非。孙子苦苦挣扎十七年，有心中兴，无力回天，眼看就要城破国亡，家族屠灭，陵寝与宗庙任贼焚毁，不肖孙子纵然死志已决，甘愿身殉社稷，但恨无面目见二祖列宗[②]于地下！在孙子手中失了祖宗江山，不孝之罪，上通于天！……”

崇祯说不下去，以头触地，号啕痛哭之声，震动大殿，惨痛更加动人，不仅进到殿内的乾清宫掌事太监吴祥，两宫“管家婆”魏清慧、吴婉容和其他四个宫女随皇帝伏地痛哭，那跪在殿外的众多太监和宫女也都泣不成声。

那些常在皇上身边侍候的太监和宫女虽然有多次看见皇上因为国事艰难，或默默流泪，或呜咽痛哭，但是像今夜这样当着许多宫女和太监号啕痛哭，倾诉衷肠的情形还是第一次。他们既出自忠君思想，也深感即将亡国之痛，又想着自己的眼前大祸，所以都只顾随着皇上伏地悲哭，竟无人劝解皇上。

忽然，从院中的高树枝上发出了一声奇特的鸟叫，好像是古怪的笑声。魏清慧有一夜曾经在御花园听见过这种鸟叫声，一位照料钦安殿[③]的老太监告

---

① 正德——明武宗的年号（1506—1521），以后的皇帝年号是嘉靖、隆庆、万历、泰昌、天启、崇祯。

② 二祖列宗——即俗话所说的历代祖宗。但明代因为皇家的政治斗争关系，奉先殿中不供奉建文帝和景帝的神主。

③ 钦安殿——在坤宁宫的背后，旁边是御花园。

她说这是猫头鹰的叫声。如今魏清慧听到这声音，不觉毛骨悚然。她担心“逆贼”随时都可能攻城，如皇上在此时哭坏了身体将无法应付变故。她膝行而前，到了崇祯背后，哽咽劝道：

“皇爷，时候不早了，请圣驾回宫去吧！”

崇祯没有听见她的话，又抬头望着成祖的神主哭着诉说：

“自万历末年以来，内政不修，辽事日棘，至天启末年，朝政更坏，内地天灾不断，民不聊生，盗贼蜂起。辽东方面，虏势日盛，朝廷用兵屡挫，土地日削，不肖孙子登极以后，欲对关外用兵就不能专力剿贼，欲剿贼就无力平定辽东。内外交困，国运日坏，一直没有转机，以至有今日之祸！用武将则将骄兵惰，不能实心剿贼，徒会扰害百姓，驱民为乱。用文臣则几乎无官不贪，在朝中各树门户，互相攻讦，却没有一个人能够为朝廷实心做事，敢在国家困难时担当重任。孙子并非亡国之君，偏有今日亡国之祸，都因为文臣误国，武将误国！……”

崇祯又一次放声大哭，感动得殿内殿外的太监和宫女们都放声大哭。自从永乐年间由南京迁都北京，在紫禁城外修建了太庙，在紫禁城内后宫中修建了奉先殿之后，二百多年从来没像今夜有皇帝和一大群宫女、太监在奉先殿正殿内外一片放声痛哭的事。由于哭声很大，又一次惊醒了树枝上的乌鸦，纷纷惊叫，飞往别处。

皇上在奉先殿伏地大哭的事，一开始就由吴婉容差遣两个宫女结伴，打着一盏纱灯，奔回坤宁宫，启奏皇后。周后知道皇帝这次去奉先殿痛哭并不是再去乞求祖宗保佑，而是前去“辞庙”，所以得到宫女禀奏后，立刻同袁妃在坤宁宫大哭起来。坤宁宫中众多的宫女和太监，还有一些女子，原是宫女身份，却已经有了女官职称，大家都随皇后和皇贵妃大哭起来。

深夜，月色昏暗，北风凄紧，树影摇动，檐际铁马丁冬……这一切更增加了坤宁宫中的悲凉和绝望气氛。

崇祯在奉先殿又伏地痛哭一阵，经魏清慧和吴婉容的苦劝，才向太祖和成祖的神主分别叩了头，从拜垫上站起身来。但是他今夜来奉先殿的目的是因为他清醒地明白国家亡在旦夕，他自己将要遵照“国君死社稷”的《春秋》古训，以死殉国，如今是前来“辞庙”，所以他又到每个前代皇帝即所谓列宗的神主前叩三个头，只是在熹宗皇帝的神主前拜了一拜，没叩头。从正殿出来，他又到偏殿去，在有的神主前拜一拜，有的神主前只是走过，连拜也没拜。走到他母亲的神主前，他在拜垫上跪下去，叩了三个头，热泪纵横，但是他竭力忍耐住，没有放声痛哭。在偏殿的一个角落，他看见放着三个黑漆大立柜，用大铜锁锁着。他知道有两个柜子里存放着备用的祭器，第三个大立柜子中存放着永乐皇帝的盔甲、宝剑和其他遗物，从来不许打开。他幼年时候，曾听奉先殿的一个老太监说，这个大立柜有神灵守护，随便打开，会有灾祸降临。当他走到这个大立柜的前边时，忽然想到一个关于建文帝“逊国”① 的神秘故事，不觉心中一动，他不敢多想，便从殿中走出来了。

在返回乾清宫的路上，他禁不住又想起那个巨大的黑立柜和建文帝的神秘故事。相传当永乐皇帝率领人马进入南京金川门时，建文皇帝虽然在宫中纵火，烧毁宫殿，他自己却没有死在火中。太祖爷晏驾前知道他将有亡国之祸，给他留下一只小箱，遗命好好保藏，到万不得已时才可以打开。建文皇帝在南京乾清宫起火之后，正要投身烈火，忽然想起太祖爷留下的小箱，一向藏在奉先殿，他赶快命太监将小箱取来，锁孔被铁汁灌死，无法将小箱打开。他同几个准备从死烈火中的忠臣用斧头将小箱劈开，看见里边有剃刀一把，袈裟数袭，还有一张黄纸，上面写着从亡诸臣姓名。建文帝随即由从臣帮他剃了头发，从臣们也互相剃去头发，大家换了袈裟，从水西门逃出南京，从此就在云贵、广西、湘西各处过云游不定的生活，逃避了永乐皇爷的侦捕，得到善终。崇祯暗想，永乐爷是十分英明的皇帝，手下有不少奇异之臣，是不是预知子孙有亡国之祸，也给他留下一只小箱，就放在那第三个黑立柜中？……

他想返回奉先殿，命太监将那第三个黑立柜打开，看有没有永乐皇爷留下的一只小箱。但是他对吴三桂的救兵仍怀着一线希望，加上实在困乏，就不再去奉先殿了。

回到乾清宫院，他已经十分疲累，便遣散众人，由魏清慧等宫女侍候，绕过乾清宫正殿，回到养德斋休息。留在乾清宫中的宫女将温水端来，服侍他洗了脸，又端来了一小碗人参银耳汤，一杯香茶。他一边喝人参银耳汤，一边想着那个神秘的黑立柜，心中害怕，向自己问道：

① 逊国——意思是让国。朱元璋的太子早死，他的孙子朱允炆继承皇位，年号建文。燕王朱棣举兵叛乱，打进南京，篡夺了皇位。在明朝为避免永乐篡位的恶名，称建文帝的亡国为逊国。

“难道逆贼进来之时，朕将在乾清宫举火自焚么?”

魏清慧服侍他漱口以后，躬身请他到御榻上休息。他问道：

“今晚是哪个都人在养德斋值夜?”

“奴婢值夜。”

“啊?连日来你日夜劳累，今晚为什么不叫别的都人值夜?”

“国家不幸，处此时候，别人值夜，奴婢不能放心。”

“唉，你这样辛苦，朕也不忍。好吧，你去净净手来。”

魏清慧不知皇上是何用意，赶快出去净净手，重新进来，恭候吩咐。崇祯叫她随便写一个字，由他拆字，以卜吉凶。魏清慧是一个极其聪明的人，她要写一个吉利的字，而目前最吉利的事莫过于救兵有望，北京有救，于是跪在凳上，从御案上取了一支笔，写出一个“有”字。崇祯将这个字顺看横看，忽然摇摇头长叹一声。魏清慧大吃一惊，赶快跪到地上问道：

“皇爷为何叹气?”

崇祯说：“你站起来，朕来给你看。”

魏清慧从地上站起来，看着皇帝提起朱笔将“有”字拆开写，成了“ナ月”二字，忽然说道：

“你看，‘大’不成‘大’，‘明’不成‘明’，大明已经完了。”

魏清慧听了皇上这样对“有”字作拆字解释，吓得面如土色，赶快跪下叩头，颤声说道：

“奴婢死罪！奴婢死罪！奴婢不该写这个字！”

崇祯虽然神色悲愁，却没有流泪，也没有再叹一口气，他将象牙管狼毫朱笔放在玛瑙山子笔架上，用平静的声音说道：

“这是天意，不干你写字的事。朕非亡国之君，但天意若此，无可奈何。夜已经很深啦，朕要休息了。”

这时从玄武门楼上传来云板三响，魏清慧刚才仿佛曾听到三声鼓声，因为大家正在奉先殿痛哭，没有特别注意。现在听见这云板三响，才恍然明白，已经是三更三点了。她服侍皇上脱去衣服，在御榻上就寝之后，自己退到外间，和衣睡下。正在这时，打更的木梆声从乾清宫月华门外的西一长街自南向北而去，同时传来打更老太监的苍哑声音：

“天下……太平！……天下……太平！……”

崇祯睡到枕上以后，冷静地想着倘若明日城破，他应该如何殉国，最好是在“逆贼”进宫之前举火自焚，以免落入“逆贼”之手。他又想，最好的办法是，他应该传旨，命皇后率妃嫔们都在坤宁宫举火自焚，他在乾清宫举火自焚，都不将尸体留给贼人，以免死后受辱。但他又想到许多宫女本来可以不死，让她们在两宫的烈火中号呼而死，他又感到不忍。忽然又想起来建文皇帝的故事，想起奉先殿偏殿中那一排黑漆立柜……

魏清慧本来很疲倦，但因为刚才皇上测字使她受了新的震动，久久地不能入睡。她十一岁被选进宫来，起初分在坤宁宫中服侍皇后，并在内书堂读书识字。后因皇帝身边需要一个聪明细心的都人，将她拨到乾清宫，十七岁就升为“管家婆”，成为皇帝身边一个得力的宫人。她生得不算十分美貌，但也眉目俊秀，唇红齿白，举止娴雅，体态轻盈。原来她希望倘若在宫中有出头之日，就可以奏明皇上，派人到静海县乡下将她的父母接来北京居住。虽然宫禁森严，不能够经常同父母见面，但只要父母能不受饥寒之苦，她这一生孝敬父母的心愿就满足了。如今不但她孝亲之心不能如愿，连她自身也要为皇家尽节了。魏清慧害怕惊动皇上，竭力忍耐着不哭出声来，但是那不住奔流的热泪很快就将她的绣花枕头湿了一大片。

她不知暗暗哭了多久才倦极入睡。快到五更时候，她忽然被痛哭的声音惊醒。睁开眼睛一听，明白这哭声不是来自别处，正是来自皇上！她赶快披好衣服，趿着绣鞋，跑进里间，站在御榻旁连推皇上，连声呼唤：

“皇爷醒醒！皇爷醒醒！皇爷醒醒！”

崇祯仍在痛哭，但已半睁眼睛，对魏清慧哭着说道：

“你看看画像！看看画像！”

魏宫人恐怖地说：“皇爷，什么画像？……没有画像！……你醒醒！醒醒！”

崇祯的眼睛全睁开了，轻轻叹道：“原来是……朕又做了一个凶梦！”

“皇爷不要怕，……皇爷做了什么凶梦？”

崇祯梦见他亲自率领王承恩等几个亲信太监，到奉先殿的偏殿中将几个黑漆立柜打开，果然找到了一个箱子，锁得很牢，上有封条，盖着“永乐皇帝之玺”。另外贴着一张纸条，上写“不遇大变，不可轻启”。他立刻命太监们将铜锁砸开，从小箱中取出一个纸卷，展开一看，是画着一位穿着龙袍的帝王，没戴帽子，披头散发，悬梁自尽，样子十分可怕。他一看画像，忍不住大哭起来。如今被叫醒了，犹自感到害怕。魏清慧又问他做了什么凶梦，

他不肯说明，只是沉重地长叹一声。恰在这时，从玄武门上传来五更的鼓声。他听了鼓声，想了片刻，对魏宫人吩咐：

“叫别的都人也来，服侍朕赶快起床，按时到乾清宫前边拜天！”

第四十七章

崇祯皇帝在宫女们的服侍下梳洗以后，换上了常朝服，在宫女和太监的簇拥中来到乾清宫的东暖阁，稍坐片刻，喝了宫女献上的半杯香茶，然后到丹墀上拜天。

每日黎明时皇帝拜天，照例不奏乐，只是丹墀上的仙鹤等古铜香炉全都点燃沉香，喷出来袅袅香烟。乾清宫的太监和宫女们一部分跪在丹墀两边，一部分跪在丹墀下边。整个宫院中没人敢随便走动，没人敢小声言语，没人敢发出一点声音，一片肃穆。

当崇祯在香烟氤氲的丹墀上向上天三跪九叩的时候，表面上同往日一样虔敬，但是心情却大不相同。自从他十七岁登极以来，不论春夏秋冬，他每日黎明都要拜天。如逢大风或下雨雪，不能在丹墀上拜，他就在乾清宫的正殿中拜。他认为天意合乎民心，敬天才能爱民，他立志要做一个中兴大明的英明圣君，所以十七年来，他每日辛辛苦苦地治理国事，纵然晚上为着省阅文书，批答奏章，直到深夜就寝，但是照例黎明起床，第一件大事就是拜天。往日拜天，他或是默祷“剿贼”胜利，或是默祷“东虏”无警，总之都为着一个心愿祈祷：国泰民安。从今年一月间李自成的大军过河入晋以来，他在黎明拜天时的祝祷内容已经有了几次变化：他先是默祷上天保佑，使太原能够固守，阻止“流贼”东来；当太原失守之后，他默祷宁武和大同能够固守，宣府能够固守，居庸关能够固守……到了李自成的大军不但进入居庸关，而且毫无阻拦地越过昌平和沙河以后，他的心绪全乱了，默祷的惟一内容是吴三桂的数万勤王铁骑赶快来到，杀退“逆贼”，使北京转危为安。今早，他一面虔敬地三跪九叩，一面祷告上苍使吴三桂能够在今日来到。拜天之后，他没有马上起身，在黄缎绣龙拜垫上继续低着头停了片刻，忽然想着这大概是他最后一次拜天了，心中一阵酸痛，暗暗流下热泪。

有几位站得较近的老太监，想着皇上在这样快要亡国的日子还不忘黎明

拜天，又想着皇上十七年辛勤治国，竟有今日，不禁悄悄流泪；那位乾清宫的掌事太监吴祥几乎禁不住哽咽出声。

魏清慧是乾清宫的众多宫女中最贴近崇祯身边的人，埋藏在皇上心中的忧愁和痛苦，她不仅比一般的宫女和太监清楚，甚至皇后有时想知道皇上的饮食起居和皇上对国事有什么新的想法，也命吴婉容来悄悄地向她询问。昨天下午，因为袁皇贵妃在坤宁宫中同皇后相对流泪，皇后又命吴婉容来乾清宫向魏清慧询问情况，吴婉容跪下奏道：

“命魏清慧亲自来坤宁宫向二位娘娘当面禀奏好么?”

皇后摇头说道：“不用魏清慧亲自前来，如今到了这样时候，皇帝身边需要有一个知冷知暖的人儿!”

吴婉容来到乾清宫背后的宫人住处，悄悄地将皇后和皇贵妃在坤宁宫相对流泪的事告诉了魏清慧，并说明皇后娘娘命她来问问皇上的情况。魏清慧将她所知道的事情都告诉了吴婉容，但是当她将吴婉容送到交泰殿旁边要分手时，悄悄叮咛说：

“吴姐，有些话我只是让你知道，可不要都向皇后娘娘奏明。倘若都叫皇后知道，她不知会怎样忧愁呢!”

吴婉容含泪点头：“我明白。真不料会有今日！娘娘身为国母，读书明理，十分圣德，可是皇帝为严禁后妃干政，不管什么朝政大事从来不告诉皇后知道，也不许皇后打听，反不如民间贫寒夫妻，遇事一同商量!”

吴婉容从交泰殿旁边向坤宁宫走了几步，忽然回来，重新拉住魏清慧的手，悄悄问道：

“清慧妹，你日夜在皇爷身边服侍，据你看，还能够撑持几天?”

魏宫人凑近吴婉容的耳根说：“如今众心已散，无人守城，吴三桂的救兵又不能及时赶到，恐怕这一两天就要……”

魏清慧忽然喉咙堵塞，不禁哽咽，没有将话说完。吴婉容浑身微微打颤，将魏清慧的手握得更紧，哽咽说：

“到了那时，娘娘必然自尽殉国，我们也要按照几天前的约定，为主子自尽，决不活着受辱!”

魏清慧态度坚定地说：“我们虽不是须眉男儿，不能杀贼报国，血染沙场，可是身为清白女子，断无蒙羞受辱、贪生苟活之理。到了那个时候，你来找我，咱们一同尽节。”

“还有费珍娥，虽然年纪小，倒很有志气。她告诉我说，她决意到时候为帝后尽节，决不贪生怕死。”

魏清慧又说：“我知道各宫院中，有志气的人很多，我要招呼姐妹们都跟我来，跑出西华门不远，护城河就是我们的葬身之地！”

吴婉容一向十分信任和尊敬这位乾清宫的“管家婆”，到这快要亡国的时候，更将她们的死生大事连结到一起了。她向女伴的网着血丝的一双凤眼和显得苍白憔悴的脸上注视片刻，忽然松开了魏清慧的手，揩去自己眼中和颊上的泪痕，转身向坤宁宫走去。

这是昨天下午的事，到了现在，即三月十八日的黎明，吴三桂的救兵没有消息，亡国的大祸更近了。经过昨夜几乎是一夜的折腾，魏清慧更加憔悴了。她跪在地上，等待着皇上拜过天以后赶快进暖阁休息，她好命宫女们献上银耳燕窝汤。但是过了一阵，皇上仍不起身，似乎在继续向上天默祷。她知道昨夜皇上哭过多次，甚至放声痛哭，还做了可怕的凶梦，一夜不曾安寝，再这样跪下去，御体是没法支撑的。她也明白，在这样时候，众多的太监们和宫女们肃静跪地，没人敢做声，只有她可以劝皇上起身，于是她膝行向前，到了皇上背后，柔声说道：

“皇上，已经拜过了天，请到暖阁中休息吧！”

崇祯好像没有听见，仍在心中默祷上天鉴怜他十七年敬天法祖，宵衣旰食，惟恐陨越，保佑他渡过目前难关。他还呼吁上天保佑吴三桂的人马一路无阻，今日能赶来北京城外……

魏清慧又一次柔声说道：“皇爷连日寝食失常，今日还要应付不测大事，请赶快回暖阁休息吧！”

崇祯一惊，想着魏宫人的话很有道理，便从拜垫上起来，走进暖阁休息。吃过了银耳燕窝汤和两样点心，随即有两个宫女进来，一个用银托盘捧来一杯温茶，跪在他的面前，另外跪着一个宫女，用银托盘捧着一个官窑粉彩仕女漱盂。崇祯用温茶漱了口，吐进漱盂，然后向龙椅上一靠，深深地叹了口气。

他向御案上望了一眼，御案的右端堆放着许多军情文书，都是在围城以前送来的。前天，他正在批阅文书，忽然得到禀报，知道李自成的人马已经到了德胜门和西直门外，他大惊失色，投下朱笔，突然站起，在暖阁中不住彷徨，小声叫道：“苍天！苍天！”现在他重新向未曾批阅的一堆文书上投了

一眼，轻轻摇头，又一次想着十七年的宵衣旰食都不能挽救国运，竟然亡国，不禁一阵心酸，滚出热泪，随即在心中问道：

“今日如何应付？如何应付啊？……”

一个太监进来，跪下说：“请皇爷用早膳！”

崇祯正在想着今日李自成可能大举攻城，可能城破……所以不但没有听见御前牌子请用早膳的话，甚至没注意这个太监跪在他的面前。等太监第二次请他去用早膳，他才心中明白，摇头说：

“免了！”

太监一惊，怕自己没有听清，正想再一次请皇上去正殿用膳，但见皇上心情极其烦躁地挥手说：

“早膳免了，下去！”

御前牌子不敢言语，叩头退出。等候在乾清宫正殿门外的本宫掌事太监吴祥，知道皇上不肯用早膳，不觉在心中叹了口气，正在没有办法，恰好魏清慧从乾清宫后边来了。

魏清慧出于女子的爱美本性，已经匆匆地回到自己的住室中，洗去泪痕，对着铜镜，重新薄施脂粉以掩饰脸上的憔悴神色，又在鬓边插一朵苏州进贡的深红色玫瑰绢花，然后带着两个宫女，脚步轻盈地来到乾清宫侍候早膳。到了正殿门外，掌事太监拦住她，将皇上不用早膳的事悄悄地对她说了，并且说道：

“你看，今日京城最为吃紧，皇上不用早膳，如何处置大事？别人不敢多劝，劝也无用。姑娘，你的话皇上听，请劝劝皇上用膳吧！”

魏清慧猛然一惊，对着吴公公目瞪口呆，说不出一句话来。但是她没有失去理智，不禁在心中叹道：

“天呀，不料皇爷对大事已经灰心到如此地步！”

她噙着泪对吴祥点点头，表示她心中明白，随即将随来侍膳的两个宫女留在殿外，她自己跨过朱漆高门槛，转身向东暖阁走去。

从前天以来，魏宫人由于明白了亡国之祸已经来到眼前，心中产生了一个不可告人的幻想。她幻想，倘若“逆贼”破城，皇帝能够脱下龙袍，换上民间便服，由王承恩等几位忠心不二的太监们用心服侍，逃出紫禁城和皇城，藏匿在事先安排好的僻静去处的小户民家，过几天再逃出京城，辗转南逃，必会有办法逃到江南。如今当她轻脚轻手地向最里边一间的暖阁走去时候，这一个幻想又浮上她的心头。这一幻想，在昨天又有了发展。她想，既然吴三桂的关宁兵已经进入关内，只要皇上能够逃到吴三桂军中或逃到天津，圣驾就可以平安逃往南京。由于怀着这一幻想，她一定要劝说皇上进膳，使皇上能保持着较好的身体，以防不测之变。当她跪到皇帝面前，劝请皇上用早膳时，崇祯望望她，没有说话。他想着今天李自成可能猛力攻城，可能破城，他自己和大明三百年江山，还有他的一家人和众多皇亲、大臣，都要同归于尽。自从拜天以后，他一直反复地想着这一即将来到眼前的惨祸，心中焦急烦乱，不思饮食。现在他看一看魏宫人，看见她的眼窝下陷，神情愁苦，眼睛发红，使他感动，在心中叹道："这几天，你也够苦了！"魏宫人又一次恳求皇上用膳，禁不住在声音中带着哽咽。崇祯的心中更觉难过，轻声说：

"你起去吧，朕的心中很闷，不想用膳了。"

魏清慧灵机一动，随即说道："皇帝应该为天下臣民勉强进膳。奴婢刚才沐手焚香，祷告神灵，用金钱卜了一卦，询问吴三桂的救兵今日是否能够来到。两个金钱落在桌上，一反一正，正是青龙吉卦。奴婢私自忖度，吴三桂知道北京被围，必定率领骑兵在前，步兵在后，日夜赶路，一定会在今日来到北京城外。请皇爷宽心用膳，莫要愁坏了圣体。"

崇祯问道："你的金钱卜卦可灵么？"

"启奏皇爷，俗话说'诚则灵'。自从三年前蒙皇爷恩赏这两枚金钱，奴婢用黄绫包好，放入锦盒，敬谨珍藏，只在有疑难事不能决断时才沐手焚香，将金钱请出，虔诚祝祷，然后虚虚地握在手中，摇动三下，抛在一干二净的梳妆桌上，每次卜卦都灵，全因为这金钱原是宫中前朝旧物，蒙皇爷钦赐奴婢玩耍，奴婢不敢以玩物看待，敬谨珍藏，在每次卜卦时，又十分虔诚，所以卜卦总是很灵。"

崇祯望着魏宫人没有说话，但在心中想道："倘若吴三桂的救兵能够今日赶到，北京城就可以转危为安。"他因心头上稍微宽松，忽然闪过了一个念头：这魏清慧如此忠贞，深明事理，时时为国事操心，在宫中并不多见，倘若北京转危为安，朕将封她"贵人"，再过一年晋封"选侍"。崇祯的这一刹那间的心思，魏宫人全没料到，她只是觉得皇上的愁容略微轻了一些，必须继续劝皇上去用早膳，于是她接着柔声说道：

"皇爷，今日关宁精兵来到，更需要皇爷努力加餐。奴婢虽然幼年进宫，

对外边事丝毫不懂，可是以奴婢想，关宁兵到时，必然在东直门和朝阳门外有一次恶战。到那时，皇爷乘辇登上城头。关宁数万将士遥见城头上一柄黄伞，皇上坐在黄伞前边观战，必会欢声雷动，勇气倍增。皇爷，不用膳，伤了圣体，如何能够登城？”

听了魏清慧的这几句话，崇祯的脸上微露笑意，点头说：

“好吧，用膳好啦！”

虽然已经尽量“减膳”，但是御膳房依然捧来了十几样小菜和点心。崇祯只吃了一小碗龙眼莲子粥和一个小小的夹肉糜的芝麻饼，忽然想到吴三桂的救兵可能又是一次空想，今日李自成必将猛力攻城，便不再吃下去，立刻神色惨暗，投箸而起，对吴祥说道：

“辰时一刻，御门[①]早朝，不得有误！”

魏清慧和御前太监们都吃了一惊，望望吴祥。吴祥本来应该提醒皇上今日不是常朝的日子，但看见皇上的方寸已乱，便不敢说话，只得赶快准备。

过了不久，午门上的钟声响了。又过了一阵，崇祯乘辇上朝。吴祥和乾清宫中的一部分太监随驾去了。

魏清慧知道朝廷规矩，不在上朝的日子，只有出特别大事，才由午门鸣钟，招集文武百官进宫。她害怕全宫惊疑，在皇上乘辇走后，赶快差遣宫女分头去坤宁宫、翊坤宫、慈庆宫等处，向各位娘娘奏明如今午门敲钟并没有紧急大事。随后她回到自己的闺房，关起房门，坐下休息。别的宫女因知她连日来操劳过度，都不敢惊动她，只有两个粗使的宫女推开她的房门，为她捧来了早点。但是她什么也不想吃，默默地挥挥手，使两个宫女把早点端走。

她想着此时皇上该到平台了。仓促敲钟，决不会有群臣上朝，皇上岂不震怒？岂不伤心？她又忽然想到她今早为着使皇上用膳，灵机一动，编了个金钱卜卦的谎言宽慰圣心。虽然她跪在皇上脚前编造的事已经过去了，但是她在良心上责备自己的欺君，暗暗地叹了口气。过了片刻，她又想通了，倘若她不编出这个金钱卜卦的谎言宽解圣心，皇上一点早膳不吃，难道就是她对皇上的忠心么？她随即又想，在皇宫中，故意骗取主子高兴的大小事儿随时可见。田娘娘活着时最受宠爱，正是因为她聪明过人，懂得皇上的心事，随时哄得皇上高兴。宫人们都说袁娘娘比较老实，可是袁娘娘哄骗皇上高兴

---

① 御门——崇祯平日上朝（“常朝”）和召见臣工的地方，多在建极殿右边的右后门，俗称“平台”。

的时候还少么？……

这么一想，她不再为自己编瞎话感到内疚了，忽然决定，何妨趁着此刻没事，诚心地用金钱卜一卦，向神灵问一问吴三桂的救兵是否能来，北京城的吉凶如何。于是她关好房门，在银盆中倒进温水，重新净了手，在北墙上悬挂的观世音像轴前点了三炷香，然后从一个雕花红漆樟木箱子中取出一个黄绫包儿，恭敬地打开，露出锦盒，她忽然迟疑了，不敢取出金钱卜卦。想了片刻，终于下了决心，将锦盒放在观世音像前的方桌上，小心地将两枚金钱“请出”，放在锦盒前边，不让碰出一点声音。她跪到拜垫上，虔诚地叩了三个头，默然片刻，然后平身，拣起金钱，握在手中，摇了三下，却又迟疑了，不敢将金钱从手中倒出。她重新向观世音的神像默祷，仿佛看见了这出自前朝宫中名画师焚香恭绘的白描神像的衣纹在微微飘动。她不禁热泪盈眶，又哽咽地祷告一句：

“请菩萨赐一吉卦！”

两枚金钱倒在桌面上，有一枚先俯在桌上，分明是钱镘[①]朝上，另一枚还在摇动。她小声祈求：“钱镘朝下！朝下！”然而这一枚又是镘朝上！她几乎想哭，但是胆子一壮，立刻将两枚金钱拣起，握在手中，重新祷告，重新摇了三下，撒到桌上，竟然又是“黑卦”！魏清慧大为绝望，不敢卜第三次了。她抬头望着观世音，虽然观世音依旧用一只纤纤的素手持宝瓶，一只纤纤的素手持杨柳枝，依旧神态娴静地侧首下望，然而魏宫人忽然看见她不再像往日一样带着若有若无的慈祥微笑，而是带着满面愁容。魏清慧忽然想到城破之后，皇上的殉国和她的殉节，不由地一阵惊恐，在心中悲声叫道：

“救苦救难的南海观世音啊！”

崇祯以前的几代皇帝，很少临朝听政，甚至很少同群臣见面。崇祯登极以后，竭力矫正自明朝中叶以来导致“皇纲”不振的积弊，每日宵衣旰食，黎明即起，焚香拜天，然后上朝。像他这样每日上朝的情形，历朝少有，只是从李自成的大军过了宣府以后，他为军事紧急，许多问题需要他随时处理，也需要随时召见少数臣工密商，才将每日早朝的办法停止，改为逢三六九日御门听政。今日不是三六九日，忽然决定上朝，前一日并未传谕，群臣如何

---

① 钱镘——即金属钱币的背面，一般是没有字的一面。两枚钱币都是背面朝上，俗称“黑卦”，表示不吉或大凶。

能够赶来？

当崇祯乘辇离开乾清宫不远，到了建极殿时候，忽然想到自己错了。他后悔自己的“方寸已乱”，在心中叹道：“难道这也是亡国之象?”但是午门上的钟声已经响过一阵，要取消上朝已经晚了。他转念一想，在目前这样时候，纵然在平台只看见几个臣工也是好的，也许会有人想出应急办法，今天倘若吴三桂的救兵不到，“逆贼”破城，这就是他最后一次御门听政了……

一阵伤心，使他几乎痛哭。但是平台的丹墀上静鞭已响，他也在右后门的里边落辇了。

平日常朝，虽然不设卤簿①，也不奏乐，但是在丹墀上有鸿胪寺官员和负责纠正朝仪的御史，还有一大批锦衣力士在丹墀旁肃立侍候。至于十三道御史和六科给事中，都是天子近臣，称为“言官”，都必须提前来到。今天，崇祯突然决定临朝，午门上的钟声虽然敲响一阵，但分散住在东西城和北城的官员们多数没有听见，少数听见钟声的也不能赶到。锦衣卫衙门虽然较近，但锦衣卫使吴孟明借口守东直门，正在曹化淳的公馆里密商他们自己的今后“大事”，锦衣力士等都奉命分班在皇城各处巡逻。十七年来，崇祯每次常朝，从来没有像这般朝仪失常，冷冷清清，只有少数太监侍候，而跪在平台上接驾的只有二位大臣：一是都察院左都御史李邦华，二是兵部侍郎协理戎政大臣（又称戎政侍郎）王家彦。李邦华今年七十一岁，白须如银，飘在胸前，王家彦今年五十七岁。崇祯看见离御案几尺外只跪着两个老臣，除这两位老臣外，便只有十几个从乾清宫随驾来侍候的内臣，显得宫院中空空荡荡，不觉落下眼泪。在往日，举行大朝会的热闹和隆重场面不用提了，就以平时常朝来说，一般也有一两百人，按部就班，在面前跪一大片。他不考虑今天是临时鸣钟上朝，所以没有多的朝臣前来，他只想着同往日的常朝情况相比，在心中伤心地叹息说：

“唉！亡国之象！”

他没法忍受这种不成体统的现象，突然吩咐“退朝”，使左右的太监们和跪在面前的两位大臣吃了一惊。大家的思想上还没有转过弯儿，崇祯已经站起来向后走去。但是刚刚上辇，他就后悔不该突然退朝回宫，心思竟然如此慌乱！他想着王家彦是戎政（兵部）侍郎，职掌守城之责，如今赶来上朝，

① 卤簿——皇帝的全部仪仗。

必有紧要事情陈奏。他应该在平台上当面问明城上守御情况，可是他因为不忍看见上朝时“亡国之象”，什么话也不问就退朝了！他又想到须鬓如银的李邦华是四朝老臣，平生有学问、有操守，刚正不阿，为举朝臣僚所推重；接着想到本月初四日，李邦华同工部尚书兼东宫大学士范景文都建议护送太子去南京。这是个很好的建议，只因当时有言官反对，他一时拿不定主意，此计未被采纳，可恨！可恨！另外的朝臣建议他自己迁往南京，也未采纳，因循至今，后悔无及！这两件争议，如今像闪电般地出现在他的心头。难道李邦华今日又有什么新的建议不成？……

“传谕李邦华、王家彦到乾清门等候召对！”崇祯向吴祥吩咐一句，声音中带着哽咽。

崇祯回到乾清宫东暖阁坐下，等待着李邦华和王家彦来到。他在心里恨恨地说：“往日，大小臣工，这个请求召对，那个请求召对，为何自从北京被围以来，国家将亡，反而没有人请求召对？往日，不但从各地每日送来许多文书，而且京城大小臣工，每日也有许多奏本，可是三天来竟无一封奏本，无人为救此危亡之局献一策，建一议！可恨！可恨！”刚想到这里，魏清慧轻轻地掀帘进来，用永乐年间果园厂制造的雕漆龙凤托盘捧来了一杯香茶。她跪到崇祯面前，说道：

“请皇爷用茶！”

崇祯正在等待李邦华和王家彦来到，同时又奇怪提督京营的心腹太监王承恩何以不见影儿，心绪纷乱如麻，突然向魏清慧问道：

“城上有什么消息？”

魏清慧答道：“宫外事奴婢一概不知，请皇爷趁热用茶。”

崇祯猛然清醒，才注意是魏宫人跪在面前。他命魏宫人将茶杯放在御座旁边的茶几上，又命她退去。这时他忽然看见御案上放着一个四方漆盒，上有四个恭楷金字“东宫仿书”。他向魏宫人问道：

“太子的仿书又送来了？”

魏宫人回答说：“是的，皇爷，刚才钟粹宫的一个宫人将太子近几天的仿书送来了。奴婢告她说皇上怕没有工夫为太子判仿[1]，叫她带回去，等局势平定以后，再将仿书送来不迟。她说这是皇爷定的规矩，将仿书盒子交给奴婢

① 判仿——童蒙学生写完仿书（俗称写仿），由师长用红笔画圈，或改正笔画，叫做判仿。

就走了。”

“唉，此是何时，尚讲此不急之务！”

崇祯的话刚刚落音，吴祥进来，躬身禀奏：“李邦华和王家彦已经来到乾清门，候旨召见。”

崇祯说道：

“叫他们赶快进来！”

吴祥恭敬退出。魏清慧赶快跟着退出了。随即在正殿的丹墀上有一个尖尖的声音传呼：

“左都御史李邦华与协理戎政侍郎王家彦速进东暖阁召对！”

过了片刻，一个太监掀开帘子，李邦华在前，王家彦在后，进入里间暖阁，在崇祯的面前叩头。崇祯问道：

“王家彦，城上守御如何？逆贼有何动静？”

王家彦奏道：“陛下，城上兵力单薄，众心已散。前日在沙河和土城关外防守的三大营兵遇敌即溃，一部分降了敌人，如今在西直门和阜成门外攻城的多是三大营的降兵，真正贼兵反而在后边休息。三大营降兵同守城的军民不断说话，称说逆贼兵力如何强大，包围北京的有二十万精兵，随时可以破城，劝城上人识时务，早一点开门投降，免遭屠戮。城上人听了他们的说话，众心更加瓦解。”

“为何不严令禁止城上城下说话？”

王家彦痛心地说：“陛下！自从逆贼来到城下，城上人心瓦解，还说什么令行禁止！微臣身为兵部侍郎兼协理戎政大臣，分守安定门，从十六日到昨日上午，竟不能登城巡视，几次登城，都被守城内臣挡回；张缙彦是兵部尚书，为朝廷枢密重臣，值大敌围城之日，竟然亦不能登城视察。自古以来，无此怪事！……”

王家彦说不下去，伏地泣不成声。李邦华也默默流泪，悔恨自己一生空有刚正敢言之名，却对南迁之议不敢有坚决主张，遂有今日之祸。崇祯见两位大臣哭，也不禁流泪，恨恨地说：

“内臣本是皇家的家奴，不料竟然对守城事如此儿戏！”

王家彦接着说：“臣几次不能登城，只好回至戎政府抱头痛哭。戎政府的官员们认为这是亡国之象，看见臣哭，大家也哭。前日下午，臣去兵部衙门找张缙彦商议，张缙彦也正在束手无计。我们商量之后，当时由张缙彦将此情况具疏，紧急陈奏。幸蒙陛下立即下一手敕：‘张缙彦登城视察，内臣不得阻挠’。从十六日下午申时以后，本兵始获登城，微臣亦随同缙彦登城。局势如此，臣为社稷忧！蒙陛下恩眷，命臣协理戎政。臣奉命于危难之际，纵然决心以一死报陛下，但恨死不蔽辜！”说毕又哭。

崇祯看了李邦华一眼，想着还有重要话要同他密谈，挥泪向家彦问道：

“卿自入仕以来，已是三朝老臣，如今是第二次为北京守城事鞠躬尽瘁，君臣患难与共……”

王家彦听到皇上的这一句话，禁不住痛哭失声。崇祯也哭了。李邦华流着泪插言说：“国家到此地步，文武百官都不能辞其咎。老臣当言不言，深负陛下，死有余辜！”

崇祯对李邦华的这两句话的真正含义不很清楚，顾不得去想，又接着对王家彦说道：

“朕清楚记得，十五年冬天，你由太仆寺卿[1]刚升任户部侍郎，忽然边事告急，特授你为兵部右侍郎，协理京营戎政。你拜命之日，即从正阳门开始，沿城头骑马巡视了内城九门；第二天又从西便门开始，巡视了外城七门，你察看内外城一万九千多个垛口，整顿了一切守御器具，使京师的防务壁垒一新。你曾经在雪夜中不带一人，步上城头，自己提一灯笼，巡视一些要紧地方。城上官兵和百姓丁壮，谁也不知道你是兵部侍郎。第二天，你该奖励的奖励，该处罚的处罚，将士们无不惊服。家彦，朕虽深居九重，日理万机，可是你如何治事勤谨，朕全知道！”

王家彦呜咽说：“皇上如此明察，千古少有。今日大局之坏，全在文武群臣！”

崇祯又接着说：“不久，东虏进犯京畿，京师戒严。卿受命分守阜成门，又移守安定门。自前年闰十一月至去年五月，前后七个月，卿躬冒寒暑，鼓励将士各用所长。狂虏退出长城之后，朕赐宴午门外，晋封你为太子太保，世袭锦衣指挥。卿一再谦退，上表力辞。朕不得已答应卿的请求，只加卿一级，袭正千户三世。今年开春以后，廷推[2]卿为户部尚书，朕向内阁批示说：‘王家彦勤劳王事，且清慎不爱钱，理财最好，宜任户部尚书。但目前逆贼已渡河入晋，军情吃紧。王家彦在戎政上已有经验，临敌不便更易，应继续留

---

① 太仆寺卿——掌管全国军用马政。首脑官称太仆寺卿，从三品。

② 廷推——由朝臣会议，共同推举。

在京营！'家彦，卿是朕的股肱之臣。事到如今，难道你就没有一点办法么？"

王家彦哽咽说："皇上，人心已散，臣力已竭，臣惟有以一死报陛下知遇之恩！"

崇祯又一次陷于绝望，呜咽出声。王家彦也呜咽不止。李邦华虽然不哭，却是不断流泪，在心中又暗暗悔恨自己没有对南迁事作有力主张。君臣们相对哭了一阵，崇祯对王家彦说道：

"卿速去城上巡视，尽力防守，以待吴三桂的救兵赶来！"

王家彦叩头，站起身来，挥泪退出暖阁。

王家彦退出以后，崇祯望着李邦华说道：

"先生平身。赐坐！"

一个站在窗外侍候的太监，立即进来，在崇祯的斜对面摆好一把椅子。李邦华躬身谢恩，然后侧身落座，等待皇上问话。崇祯对待李邦华这样有学问、有操守的老臣一向尊重，照例称先生而不呼名。但是他明白，如今京师被围，戎马倥偬，不是从容论道时候，李邦华年事已高，纵有四朝老臣威望，对挽救大局也无济于事。崇祯心中难过，叹一口气，随便问道：

"先生，今日朕因心中已乱，临时上朝，文武百官事前都不知道。先生已是古稀之年，如何赶来上朝？不知有何重要陈奏？"

李邦华在椅子上欠身说道："启奏陛下，自十六日贼越过昌平以后，老臣知大事已不可为，即移住文丞相祠[①]，不再回家，决意到逆贼破城之日，臣即自缢于文丞相之侧。两天来……"

崇祯的心头猛一震动，挥手使邦华不要说下去。他忽然想起昨夜的一个凶梦，想到自己也要自缢，不禁掩面呜咽。李邦华见皇上哭，自己也哭，同时悔恨自己身为大臣对来到眼前的"天崩地坼"之祸负有罪责。崇祯不知道李邦华的悔恨心情，呜咽片刻之后，揩泪问道：

"先生刚才说到'两天来'，两天来怎么了？"

"老臣两天来每至五更，命仆人牵马，到东华门外，再从紫禁城外来到阙左门[②]外下马，进阙左门来到午门之外，瞭望一阵，然后回去。臣以为再无见

---

① 文丞相祠——在府学胡同。

② 阙左门——午门外向东的一门。明清时代，阙左、阙右两门外大约一丈远都立有下马碑，文武百官于此下马。

君之日了，在死前多望望午门也是为臣的一片愚忠。不料今日来到午门前边，听见钟声，恰逢陛下御门上朝，使老臣有幸再睹天颜。”

崇祯又感动又深有感慨地说：“倘若大臣每[1]都似先生居官清正，忠心耿耿，国事何能坏到今日地步！”

李邦华突然离开椅子，跪下叩头，颤声说道：“陛下！国家到此地步，老臣死不蔽辜！”

崇祯猛然一惊，愣了片刻，问道：

“先生何出此言？”

“臣有误君误国之罪。”

“先生何事误国？”

“此事陛下不知，但臣心中明白，如今后悔已无及矣！”

崇祯听出来李邦华的话中含有很深的痛悔意思，但是他一时尚不明白，一边胡乱猜想，一边叫邦华坐下说话。等邦华重新叩头起身，坐下以后，崇祯问道：

“先生所指何事？”

李邦华欠身说：“正月初，贼方渡河入晋，太原尚未失陷，然全晋空虚，京师守御亦弱，识者已知京师将不能坚守。李明睿建议陛下乘敌兵尚远，迅速驾幸南京，然后凭借江南财赋与兵源，整军经武，对逆贼大张挞伐，先定楚、豫，次第扫荡陕、晋，此是谋国上策……”

“当时有些言官如光时亨辈竭力反对，乱了朕意。此计未行，朕如今也很后悔。可恨言官与一般文官无知，惟尚空谈，十七年来许多事都坏在这帮乌鸦身上，殊为可恨！”

“虽然当时有些文臣知经而不知权，阻挠陛下南巡[2]大计，误君误国，但臣是四朝老臣，身为都宪[3]，当时也顾虑重重，未能披肝沥胆，执奏南巡，也同样有误君误国之罪。”

“卿当时建议择重臣护送太子抚军南京，也不失为一个救国良策。”

“臣本意也是要建议皇上往南京去，因见李明睿的建议遭多人反对，所以臣就改为请送太子抚军南京了。”

---

① 每——同“们”。自宋元以来，口语都用“每”字。“们”是后来才有的新字。

② 南巡——讳言逃往南京，用大舜南巡的典故。

③ 都宪——都察院左都御史的简称。

“啊?!”

“确实如此，故臣也有负国之罪。”

崇祯如梦初醒，但他对李邦华没有抱怨，摇头说道：“此是气数、气数。”停了片刻，崇祯又说：“据先生看来，当时如若朕去南京，路途如何?”

“当时李贼大军刚刚渡河入晋，欲拦截圣驾南巡，根本无此可能。欲从后追赶，尚隔两千余里。况且到处有军民守城，关河阻隔，使贼骑不能长驱而进。”

“可是当时河南已失，已有贼进入山东境内，运河水路中断。”

“贼进山东省只是零星小股，倚恃虚声恫吓，并以‘剿兵安民’与‘开仓放赈’之词煽惑百姓，遂使无知小民，闻风响应，驱逐官吏，开门迎降。这都是癣疥之患，并非流贼之强兵劲旅已入山东。翠华①经过之处，乱民震于天威，谁人还敢犯驾？不久以前，倪元璐疏请送太子抚军南京，陛下不肯，将元璐的密疏留中。元璐见局势紧迫，又密疏建议用六十金招募一个壮士，共招募五百个敢死之士，可以溃围而出，召来勤王之师。元璐的这一密疏陛下可还记得?”

“此疏也留中了。当时逆贼尚在居庸关外，说什么募五百敢死之士溃围而出?”

“陛下！元璐因朝廷上商议应变急务如同道旁筑舍，必将因循误国，所以他建议召五百敢死之士，以备护卫皇上到不得已时离开北京。这是倪元璐的一番苦心，事先同臣密谈过，但在密疏中不敢明言，恐触犯皇上的忌讳。今日事已至此，臣不能不代为言之。元璐请以重金召募五百死士，非为溃围计，为陛下南幸时护驾计！”

“道路纷扰，纵然募到五百死士，能济何事?”

“倘若陛下南幸，当然要计出万全。凡请陛下南幸诸臣，决无鲁莽从事之心。此五百死士，交一忠贞知兵文臣统带，不离圣驾前后。京师距天津只有二百余里，沿路平稳。陛下留二三重臣率京营兵固守北京待援，圣驾轻装简从，于夜间突然离京，直趋天津，只须二三日即可赶到。天津巡抚冯元彪预想陛下将有南幸之举，已准备派兵迎驾。倘若命冯元彪派兵迎至中途，亦甚容易。陛下一到天津，召吴三桂以二千精骑速到天津护驾，宁远军民可以缓

---

① 翠华——皇帝仪仗的一种旌旗，上边装饰着翠鸟羽毛，这种旌旗在古人诗文中称为翠华，往往代指旅途中的皇帝。

缓撤入关内。”

“宫眷如何?”

“正二月间，逆贼距北京尚远，直到三月上旬，逆贼亦未临近。当时如陛下决计南幸，六宫娘娘和懿安皇后，均可平安离京。皇上只要到了天津，就如同龙归大海，腾云致雨，惟在圣心。陛下一离北京，即不再坐困愁城，可以制贼而不制于贼。如将吴三桂封为侯爵，他必感恩图报，亲率关宁铁骑护驾。陛下一面密诏史可法率大军北上迎驾，一面敕左良玉进剿襄郑之贼，使贼有后顾之忧。”

“倘若盘踞中原之贼，倾巢入鲁，占据济宁与临清各地，为之奈何?”

“倘不得已，可以走海道南幸。”

“海道!”

“是的，陛下。当逆贼到达宣大后，天津巡抚冯元彪连有密疏，力陈寇至门庭，宜早布置，防患未然。后见情势已急，遣其子冯恺章飞章入奏，内言:‘京城兵力单虚，战守无一可恃。臣谨备海船二百艘，率劲卒千人，身抵通州，候圣驾旦夕南幸。’本月初七日，恺章从天津飞骑来京，遍谒阁僚。因朝中有人攻讦南迁，陛下亦讳言南幸，阁僚及大臣中竟无人敢有所主张，通政司也不肯将冯元彪的密疏转呈，冯恺章一直等候到十五日下午，因其父的密疏不能奏闻陛下，而贼兵即将来到，只好洒泪奔回天津。倘能采纳津抚之议，何有今日！冯恺章来京八天，就住在其伯父冯元飙家中，故臣亦尽知其事。值国家危亡之日，臣竟然在两件事上不能尽忠执奏，因循误国，辜负君恩，死有遗恨!”李邦华老泪纵横，银色长须在胸前索索颤抖。

崇祯临到此亡国之前，对这位老臣的忠心十分感动，不禁又一次涌出热泪，哽咽说:“冯元彪的密奏，朕毫不知道。但这事责在内阁与通政司，与卿无干。”

“不，陛下！臣为总宪，可以为津抚代奏；况巡抚例兼佥都御史衔，为都察院属僚，臣有责为他代奏。只因臣见陛下讳言南迁，始而只请送东宫抚军南京，不敢直言请陛下南幸，继而明知冯元彪密疏为救国良策，不敢代他上奏。臣两误陛下，决计为君殉节，缢死于文丞相之旁，但恨死不蔽辜耳!”

崇祯叹息说:“不意君臣壅隔，一至于此!”

“此系我朝累世积弊，如今说也晚了!”

崇祯此刻心情只求活命，不愿就这个问题谈下去。因为李邦华提到由海

道南逃的话，忽然使他产生一线幻想，低声问道：

"先生，冯元彪建议朕从海道南幸，你以为此计如何？"

"此计定能成功。"

"怎么说定能成功？"

"在元朝时候，江南漕运，自扬州沿运河北上，至淮安府顺淮河往东，二百多里即到海边，然后漕运由海路北上，从直沽入海河、到天津，接通惠河①，到达通州之张家湾。自淮安府至张家湾，海程共三千三百九十里。我朝洪武至永乐初年，运河未通，漕运均由海运，所以先后有海运立功者受封为镇海侯，航海侯，舳舻侯。永乐十年以后，开通了会通河②，南北运河贯通，漕运才改以运河为主，然海运并未全废。崇祯十二年，崇明人沈廷扬为内阁中书，复陈海运之便，且辑《海运书》五卷进呈……"

崇祯似乎记起来有这么一件事，微微点头，听李邦华再说下去。

李邦华接着说道："当时陛下命廷扬造海船试试。廷扬造了两艘海船，载米数百石，于十三年六月朔日由淮安出发，望日抵天津，途中停留五日等候顺风，共用了十天，在海上扬帆，飞驶三千余里。陛下闻之甚喜，加廷扬户部郎中。陛下本来可以率六宫前往南京，津抚冯元彪已备好二百艘海船，足敷御驾南巡之用。淮安为江北重镇，驻有重兵。圣上只要到达淮安，何患逆贼猖獗！"

崇祯顿脚说："如今后悔已迟，可恨！可恨！"

忽然，王承恩不管皇上正在同大臣谈话，神色仓皇地掀帘进来，跪到皇上面前，奏道：

"皇爷！奴婢有紧急军情奏闻！"

崇祯的脸色突然煞白，一阵心跳，问道："何事？何事？……快说！"

李邦华赶快起身，伏地叩头，说道："老臣叩辞出宫，在文丞相祠等候消息，为君尽节。"

崇祯目送李邦华出了暖阁，跟着从御座上突然站起，浑身打颤，又向王承恩惊慌问道：

"快说！是不是城上有变？"

---

① 通惠河——元代郭守敬主持开挖的一段运河，由通州注入白河，至天津汇入海河。

② 会通河——从山东临清至东平之间的数百里运河，为明朝永乐年间所开。

第四十八章

昨夜整整通宵，王承恩没有睡眠，在城上各处巡视。他已经十分明白，守城的三大营残兵、太监和少数百姓们都没有心思守城，准备随时献出城门投降。虽然他在内臣中地位较高，是司礼监的秉笔太监，又受皇帝钦命，负着提督京营守城的重任，但是他在城上说话已经没人听了。

昨夜二更，当皇上在坤宁宫中，快要往奉先殿的时候，王永恩巡视到阜成门，听说李自成的老营驻扎在武清侯李皇亲别墅，距阜成门只有数里。他站在城头上向西南林木茂密的地方观看一阵，但见李自成的老营一带，灯火很稠，并且不断有成群的战马嘶鸣。他认为如果用城头上的两尊红衣大炮对着灯火最稠的地方打去，再加上其他大炮同时燃放，定可以将钓鱼台一带打得墙倒屋塌，人马死伤成片。倘若能将李自成和刘宗敏等人打死或打成重伤，京师就有救了。他站在一处城垛口观望一阵，命令来到他面前的几个守城的内臣头儿立刻将两尊红衣大炮对钓鱼台一带瞄准，准备燃放，另外三尊射程较近的大炮也对准二三里外的人声和灯火瞄准，准备与红衣大炮同时施放。但是他面前的几个太监小头儿都不听话了。大家都说大炮不一定能够打准，反而会惹恼敌人，城上和城内会受到猛烈还击，白白使城中许多无辜百姓在炮火中丧生。王承恩又气又急，夺过来火香要自己点炮。但几个守城太监小头目都跪到他的面前，有的人拉住他的袍袖，苦劝他要为城上和城内的无辜性命着想，千万不要点炮。王承恩虽然受钦命提督守城军事，可以命他的随从们将违抗命令的几个内臣立刻逮捕，严加惩处，但是他看出来城上的人心已经变了，万一处事不慎，就会激出变故，不仅他的性命难保，而且守城的内臣和百姓会马上开门迎贼，所以他不敢发怒，只能向众人苦口劝说，恳求众人让他亲自点放一炮。正在纷争不休，一个太监匆匆来到他的身边，向他恭敬地说道：

“请王老爷转步到城门楼中，宗主爷[①]有话相谈。”

王承恩问道：“宗主爷现在此地？”

“是的，他在同东主爷[②]饮酒谈话，已经谈了很久，也快要往别处巡视去了。”

王承恩又问：“内臣中何人也在这儿？”

“没有别人。”

王承恩不觉心中发疑：曹化淳分守朝阳门，为何来此地与王德化密谈？

由于王德化和曹化淳比王承恩在太监中的班辈高，地位尊，尤其他出自曹化淳门下，所以王承恩不得不停止了城头上的纷争，赶快去城门楼中。当他跨进门槛的时候，两位受皇上倚信的大太监都向他微笑拱手，要他坐下。王承恩因敌情紧急，心急如焚，不肯落座。他一眼看见桌上的酒菜已残，两位深沐皇恩的老太监脸上都带有二分酒意，并无愁容，更增加他的疑心。不等他开口，王德化先呼着他的表字说道：

“之心，你辛苦啦。”

王承恩谦恭地说：“不敢，宗主爷和东主爷都是望五之年，连日为守城操心，才是辛苦哩。”

曹化淳说道：“只要能保住北京城有惊无险，我们大家比这更辛苦十倍，也是分所应该。”

王德化紧接着说：“之心，我刚才同东主爷正是为守城事商量办法。刚刚商量完，听说你在城上吩咐向钓鱼台燃放红衣大炮，守城的内臣们不肯听话，你很生气。我害怕激出变故，所以差一个答应[③]去请你来。之心，你虽然不是我的门下出身[④]，可是我同曹爷情如兄弟，一向把你当自己门下子弟看待。我已经快满五十，精力大不如前。几年之后，这司礼监掌印一职就落在你的身上……”

王承恩心中焦急，而且有点愤怒，赶快说道：“宗主爷，您老资深望重，阅历丰富，圣上倚信方殷，何出此言？承恩虽不肖，亦从无此念，况今夕何

---

① 宗主爷——明朝太监们对司礼监掌印太监的尊称。司礼监有秉笔太监数人，习惯上比为“内相”，而掌印太监比为宫内“首相”。

② 东主爷——太监们习惯上对东厂提督太监的尊称。

③ 答应——太监中的一种名目。

④ 门下出身——小太监进宫后，都要拜一年长太监为师。司礼监太监多出自较有学问、有地位的老太监名下。

时，京师且将不保，遑论此与大局无干之事！”

王德化笑一笑，说：“我说的全是肺腑之言，日后你自然明白。好，日后我将保你晋升掌印之事，此刻不必谈。”

他喝了一口温茶，接着说道：“刚才你在城头上为向钓鱼台打炮事，同几个内臣头目争执，请你不必为此事动怒。你是奉钦命提督守城重任，在城头上有内臣和军民拒不听命，当然可以从严处置，或打或斩都可。可是之心啊，无奈此时城上人心涣散，十分可怕，纵然是圣上亲自来城上下旨，也未必能雷厉风行，何况你我！”

王承恩伤心地问：“宗主爷，话虽如此，可是我明知逆贼的老营盘踞在钓鱼台内，倘若用红衣大炮瞄准打去，定能使众渠魁不死即伤，大杀逆贼狂焰。承恩在此时机，不敢对逆贼巢穴开炮，上无以对皇上，下无以对京师百万士民！”

王德化点头说：“你的意见很是。对钓鱼台打炮事由我吩咐，不过片时，城头上即会众炮齐鸣，使钓鱼台一带墙倒屋塌，血肉乱飞。”王德化向立在身后的答应说：“去，唤一个守城的内臣头儿进来！”他又对王承恩说：“之心，刚才我听说安定、东直、朝阳各门的情况都很紧急，你赶快去安定门瞧一瞧，这里的事情你不用操心啦。”

曹化淳起身说：“皇上命我分守朝阳门，我现在就飞马前去。宗主爷，失陪了。”随即向王德化和王承恩拱拱手，提着马鞭子下城了。

王承恩不好再说别的话，也向王德化作揖告辞。他是从德胜门一路沿城头巡视来的，他的几名随从太监和家奴有的跟随他上城，有的牵着马从城内靠近城墙的街道和胡同追随。他从阜成门旁边的砖阶上下来以后，曹化淳已经带领着众人走远了。他猜不透王德化和曹化淳密谈何事，但觉得十分可疑：如今大势已去，难道他们也怀有别的打算？他越想越感到愤慨的是，王德化和曹化淳多年中依靠皇上的恩宠，得到了高官厚禄，在京城中有几家大商号，在畿辅有多处庄田。他最清楚的是逢年过节和王德化生日，他都去拜节庆寿，看见王的公馆在厚载门[①]附近的鼓楼两边，房屋成片，十分壮观。而且院中不仅有亭台楼阁，还有很大的花园、假山池沼、翠竹苍松。奴仆成群，一呼百应。王德化年轻时在宫中同一位姓贾的宫女相好，宫中习惯称为“菜户”，又

① 厚载门——即地安门。

称“对食”。有一年皇后千秋节，把一批年长的宫女放出宫来。贾宫人出宫后既未回父母家中，也不嫁人，住到王德化公馆中主持家务，俨然是王公馆中的女主人身份，也很受王德化的侄子们和奴仆们的尊敬，呼为太太。……王承恩在马上暗想，像王德化这样的人沐浴皇恩，位极内臣，如今也心思不稳，可见大明朝的大势已经去了。他的心中非常难过，几乎要为皇上痛哭。

当王承恩带着随从骑马奔到西长安街的时候，突然从阜成门和西直门之间的城头上传过连续三响炮声，分明是向城外打去。王承恩和他的从人们立刻在街心驻马，回首倾听。不过片刻，连续几响炮声，声震大地，并听见炮弹在空中隆隆飞近，打塌了附近房屋。王承恩一起人大为惊骇，本能地慌忙下马，闪到街边的屋檐之下。这一阵炮声停后，他们惊魂未定，赶快上马，向东驰去。过了西单牌楼以后，王承恩在马上恍然大悟，明白原来先从城头上放的三炮，只装火药，没有炮弹，所以响声无力，也无炮弹向空中飞去的隆隆巨声，同随后从城外打来的大炮声大不一样。他对大势更加绝望，在心中愤恨地说：

“果然，城上的人心已变，王德化和曹化淳也不可靠。皇爷孤立在上，这情况他如何知晓!”

王承恩策马穿过西单牌楼，本来可以不进皇城，直接奔往安定门，但是他临时改变主意：他必须立刻进宫去将危险的局势奏明皇帝。他已经十分清楚：人心已变，京城的局势不会再支持多久了，城上的守御等于儿戏，不但“贼兵”可以毫无抵抗地靠云梯上城，而且更可能的是守城的内臣和军民们开门迎降。倘若皇上不能够立刻筹措数十万银子，重赏守城人员，重新征召忠义之士上城，恐怕北京失守只是旦夕间的事了。

他率领从人们策马到了长安右门[①]，翻身下马。因为承天门前边正对皇宫，遵照明朝礼制，任何人不许骑马和乘轿子横过御道，所以王承恩命从人们绕道大明门，也就是今天的中华门前走过去，在长安左门外边等候。他自己只带着一个十几岁的小答应，打着灯笼，匆匆地从侧门走进承天门，穿过端门，来到午门前边。午门早已关闭，午门的城头上有两三只红纱灯笼在风中飘动。他以司礼监秉笔太监的身份，叫开了午门，急速往乾清宫走去。刚

---

① 长安右门——又称西长安门，同它相对的是长安左门（东长安门），都是三阙，称东西三座门，这两座门均在民国年间拆除，在明代紫禁城的南门是承天门，而大明门（今中华门）是皇城南门，所以东西长安门之内也是禁地。

过皇极殿东侧的中左门，迎面遇着两位在三大殿一带值夜的熟识太监，告诉他皇上在坤宁宫同皇后和袁娘娘一起哭过后，又到承乾宫对田娘娘的遗像哭了一阵，又到奉先殿去了。这两位值夜的太监还悄悄告诉他，皇上在奉先殿已经痛哭很久，如今还在痛哭；随在皇上身边的众多太监和宫女也都跟着皇上伏地痛哭，没有人能劝慰皇上。一个年长的太监说毕，摇头叹息，又流着泪说了一句：

“王老爷，像这样事是从来没有过的。看来皇上也知道大事不妙，只是无法可想!”

王承恩不去见皇上了，赶快哭着出宫。因为不知道安定门的情况如何，他在东长安门外上马，挥了一鞭，向东单牌楼驰去，打算从东单牌楼往北转，直奔安定门。在马上经寒冷的北风一吹，他开始明白，皇上今夜去奉先殿痛哭和往日的痛哭不同：今夜是皇上已知国亡在即，决计身殉社稷，哭辞祖庙。大约在二十天前，当朝廷上出现了请皇上南迁之议以后，他希望皇上能够拿定主意，排除阻挠，毅然驾幸南京。他虽然是深受皇上宠信的司礼监秉笔太监，在宫中有“内相”地位，但是他一向在皇帝前小心谨慎，不忘记自己是皇帝家奴，对南迁事他不敢妄言一句，不触犯皇上忌讳。事到今日，他不能不愤恨一部分反对南迁的大小文臣。他在心中咬牙切齿地骂道：

“皇帝的江山都坏在你们手里!”

王承恩来到安定门城上时，知道自从黄昏以后，守城的人和城外敌人不断互相呼喊，互相说话。而城下的敌人夸称他们的永昌皇帝如何仁义和如何兵力强盛、天下无敌，大明的江山已经完了。王承恩以钦命提督守城诸事的身份严禁守城的内臣和兵民与城外敌人说话，又来回巡视了从安定门到东北城角的城防情况，天已经大亮了。

两天来王承恩日夜不得休息，昨夜又通宵不曾合眼，也忙得没吃东西。他本来想去德胜门和东直门等处巡视，但是头昏，疲惫，腹中饥饿，感到不能支持。于是他下了城墙，带着从人们骑马奔回家中。

王承恩的公馆在灯市大街附近的椿树胡同，公馆中有他的母亲、侄儿、侄媳，和一群男女奴仆。吃过早饭以后，他向家人们和从人们嘱咐了几句话，倒头便睡。后来他被家人叫醒，听了心腹从人对他悄悄地禀报以后，他骇得脸色苍白。匆匆梳洗之后，向母亲磕了三个头，哽咽说道：

“儿此刻要进宫去，今生不能再在娘的面前尽孝了。但等局势稍定，您老

人家带着一家人仍回天津居住，不必再留在北京城中。”

他母亲不知道出了何事，但是猜想到城破就在眼前，浑身颤栗，流着泪说：

“我的儿，你快进宫去吧。自古尽忠不能尽孝。家务事我有安排，你快走吧！”

王承恩立刻到大门外带着从人上马，进了东安门，直向东华门外的护城河桥头奔去。

今日早晨，李自成命手下将士面对彰义门搭了一座巨大的黄色毡帐，端坐在毡帐前边，命秦、晋二王坐在左右地上，然后晓谕守城的军民赶快打开城门投降。像这样大事，竟没有人向崇祯禀报。当听了王承恩的禀奏以后，崇祯浑身一震，登时脸色煞白，两手打颤，心头怦怦乱跳，乍然间竟说不出一句话来。为着使自己稍微镇定，他从御案上端起一杯温茶，喝了一口。由于手打颤，放下茶杯时杯底在御案上碰了一下，将温茶溅了出来。他愤怒地问道：

“闯贼的毡帐离彰义门有多远？”

“听说只有一里多远，不到两里。”

“城头上为何不放大炮？为何不放大炮？”

“奴婢并不在彰义门，详情不知。奴婢听到这一意外消息，赶快进宫向皇帝禀奏。”

“你速去彰义门，传朕严旨，所有大炮一齐对逆贼打去！快去！”

“听说城上不放炮，是怕伤了秦、晋二王。”

“胡说！既然秦晋二王不能死社稷，降了逆贼，死也应该！你快去，亲自指挥，必使彰义门城头上众炮齐发，将逆贼及其首要文武贼伙打成肉酱！”

王承恩颤声说道：“皇爷，已经晚了！”

崇祯厉声问道：“怎么已经晚了？!”

王承恩说：“闯贼在彰义门外并没有停留多久。在奴婢得到消息时，闯贼早已回钓鱼台了。”

崇祯恨恨地叹一口气，顿脚说道：“想不到守城的内臣和军民竟如此不肯为国家效力，白白地放过闯贼！”

王承恩说道：“皇爷，城头上人心已变，大势十分不妙，如今皇爷生气也是无用。俗话说，‘重赏之下，必有勇夫。’要想鼓舞守城人心，恐怕非立刻用银子厚赏不可。”

“唉，国库如洗，从哪儿筹措银子！”

崇祯没有主意，默默流泪。王承恩也知道确实国库如洗，跪地上不敢仰视，陪主子默默流泪。过了一阵，崇祯忽然生出了一线希望，说：

“承恩，你速去传旨，传公、侯、伯都到朝阳门楼上会商救急之策，有力出力，有钱出钱。倘若他们能率领家丁守城，再献出几万两银子作奖励士气之用，既是保国，也是保家。一旦国不能保，他们的富贵也就完了。你去，火速传旨，不可有误！”

王承恩心中明白，要公、侯、伯们为国家出钱出力，等于妄想，但又不能不遵旨去办，也许会有一线希望。于是磕了个头，站起来说道：“奴婢遵旨！”赶快退出去了。

崇祯发呆地坐在御案旁边，很明白大势已去，守城的内臣和军民随时可能打开城门，迎接“贼兵”进城，而没有人能挽救他的亡国。他知道城上的红衣大炮可以打到十里以外，一种炮弹可以将城墙打开缺口，另一种是开花弹，炸开来可以使一亩地范围内的人畜不死即伤。至于一般大炮，也可以打三四里远。他伤心地暗暗叹道：“我大明三百年深仁厚泽，这些守城军民和内臣都受我大明养育之恩，为什么不对钓鱼台地方打炮？为什么不对坐在彰义门外的闯贼打炮？……”他忽然重复说道：

“咄咄怪事！咄咄怪事！”

他想到转眼间就要身殉社稷，全家惨死，祖宗江山亡在他的手中，不觉出了一身冷汗，连呼三声“苍天！”猛然在御案上捶了一拳，震得茶杯子跳了起来，溅湿了御案。随即他站了起来，在暖阁中狂乱走动，又连连说：

“我不应该是亡国之君！不应该是亡国之君！”

魏清慧和两个太监站在窗外，屏息地听皇上在暖阁中的动静，觉得皇上快要发疯了，但是大家平日震慑于崇祯的威严，只是互相望望，没人敢进暖阁中去劝解皇上。虽然魏清慧也惊慌失色，但是她不忍心皇上这样独自痛苦悲叹，于是她不顾一切地快步走进暖阁，到了皇上面前，用打颤的柔声说道：

“请皇爷宽心，请皇爷宽心。奴婢已经用金钱卜了卦，北京城有惊无险。请皇上宽心，珍重御体要紧！”

崇祯没有看她，也没有听见她的话，继续绕室乱走，极度悲愤地哽咽说

道：

"苍天啊！我十七年敬天法祖，勤政爱民，宵衣旰食，孜孜求治，不应该落到这个下场！苍天！苍天！你怎么不回答我啊！……我不是荒淫之主，不是昏聩之君，也不是年老多病之人……我正是年富力强的时候，只要我任用得人，严于罪己，惩前毖后，改弦更张，我可以使国家得到治理，使百姓能够安享太平。天呀，你为何不听我的祷告？不听我的控诉？不俯察我的困难？不给我一点慈悲？"他用右拳捶打着朱漆描金盘龙柱，放声痛哭，随即又以头碰到柱上，碰得咚咚响。

魏清慧吓坏了，以为皇上要疯了，又以为他要触柱而死，扑通跪到他的脚边，牵住龙袍一角，哭着恳求：

"皇爷呀皇爷！千万不要如此伤心！值此时候，千万不要损伤了龙体！皇上，皇上！"

经过以头碰柱，崇祯的狂乱心态稍微冷静，才注意到魏宫人跪在脚边，愤怒地问道：

"魏清慧，我应该有今日之祸么？"他回避了"亡国"二字。

"皇上圣明，皆群臣误国之罪！"

提到群臣误国，崇祯立刻火冒三丈。他不仅深恨自从万历以来，文臣们只讲门户，互相攻讦，不顾国家安危，不顾人民疾苦，加上无官不贪，无吏不劣，他尤其恨一些人既阻挠他南迁大计，又阻挠他调吴三桂来京勤王……越想他越怒不可遏，一脚将魏宫人踢倒在地，迅速地走到御案旁边，在龙椅上一坐，双眼射出凶光，忿恨地说：

"我要杀人！我要杀人！"

乾清宫执事太监吴祥进来，骇了一跳，但已经进来了，只好大着胆子向皇帝躬身说道：

"启奏皇爷，王德化有要事要面奏陛下。"

崇祯没注意吴祥的话，仍在继续刚才的思路，忿恨地说：

"朕要杀人，要杀人……可惜已经晚了！晚了！"

吴祥赶快跪下，说道："请皇爷息怒，王德化在司礼监服侍皇上多年，并无大罪。"

崇祯没有听清楚吴祥的话，定睛看着俯伏地上的吴祥，又看见魏清慧也从被踢倒的地方膝行来到面前，跪在吴祥身后。他问道：

“有什么事？城上的情况如何？”

吴祥说：“回皇爷，城上的情况奴才不知。王德化有事要面奏皇爷。”

“王德化？……”崇祯感到奇怪，又问道：“你说是王德化么？他是司礼监掌印太监，自来有事面奏，不需要别人传报，为什么不自己进来呀？真是怪事！”

吴祥回道：“王德化登上丹墀以后，听说皇上正在生气，不敢贸然进来，所以叫奴婢来启禀皇爷。”

崇祯又问：“他在守城，有什么好的消息禀奏？”

吴祥已经问过了王德化，但是他不敢说出实话，吞吞吐吐地说道：

“王德化要当面奏明皇上，他，他，他正在丹墀上恭候圣旨。”

“叫他进来！”

吴祥起身退出。魏清慧也赶快退出去了。

当王德化走进乾清宫的时候，两腿禁不住索索打颤。皇上的脾气他很清楚，他想着十成有八成杜勋会立时被杀，他也会以带进叛监之罪连累被杀。在宣武门一时糊涂，相信了杜勋的花言巧语，同意将杜勋带来面见皇上，如今后悔也迟了。

原来当李自成坐在彰义门外时候，王德化在阜成门上。这时曹化淳因听说阜成门和西直门面对李自成的钓鱼台老营，情况最紧，也来到阜成门察看并同他密商。他们本应指示守彰义门和西便门的太监和兵民对李自成的毡帐开炮，但因为眼见明朝的大势已去，正考虑如何投降，保住自己的性命和家产，所以他们只是来到靠近西便门不远的内城转角处观看，却不下命令向城外开炮。后来他们看见李自成同一群文武要员走后，有一个人从彰义门缒上城头，并且传说是宣府监军太监杜勋进城。他们大为吃惊，立刻下城，带领一群随从骑马奔往宣武门等候。

因为外城未失，内城的三座南门，即正阳、崇文、宣武，仍未完全关闭，可以单人进出。杜勋一到彰义门城上，立刻被守城的太监们围了起来，向他打听城外消息。他急于要进宫叩见皇帝，没有时间在城头多留，只说李王兵力强盛，所向无敌，如今李王亲率二十万精兵包围北京，北京断难坚守。他又说李王如何仁义，古今少有，所以义兵所到之处，军民开门迎降。他毫不隐讳地在城头上说出了煽惑人心的话，还对同他认识的、守彰义门的太监头

儿小声说道："你放心，不管谁坐天下，都不会不用内臣！"他向这个太监头儿借了一匹马，便奔往宣武门了。

杜勋在宣武门内看见了王德化和曹化淳，赶快跪下去叩头请安。王德化又喜又惊，弯身拉他起来，叫着他的字说：

"子猷，看见你平安无恙，我很高兴。你，真胆大！你为何缒进城来，自己寻死？"

不等杜勋回答，曹化淳也说道："前些日子，传闻你在宣化尽节。皇上特降天恩，追封你为司礼监秉笔太监，饬宣府地方官为你建忠烈祠，春秋致祭，又荫封你的侄儿为世袭锦衣千户。皇上英明，你竟敢缒进城来！给皇上知道了，不惟你活不成，你的一家人活不成，连许多缒你进城的人也都要受到连累，陪着你白送性命。你做事真是荒唐！"

杜勋也感到害怕，脸色灰白，但是他既然在大顺皇帝面前说出大话，而且已经进了内城，便只好硬着头皮，冒死进宫见皇帝，至于见了皇帝后如何说话，他将见机而行，总要保住自己的性命，平安回到城外。他在缒城之前，想好了要指望王德化或曹化淳带他去面见皇帝；如今不同平日，他已是投了流贼的内臣，倘若没有他们帮助，他不但不能进入紫禁城和内宫，甚至走到承天门前也会被拿下。他在颤栗中向王德化和曹化淳深深一揖，请求说：

"两位老爷所言甚是。请屏退左右，愚晚有私话禀明。"

王德化将袍袖一挥，从人都退到十丈以外，谁也听不清这三个权贵内臣站在一起交头接耳地如何商议，只见王德化和曹化淳表情沉重，有两次坚决摇头。后来王德化在迟疑中勉强点头，叹口气说：

"子猷，你平日喜欢押宝。这一宝倘若押不准，可就输惨啦！"

"请宗主爷放心。昨晚宋矮子替我卜了一卦，他包我平安无事。"

王德化并不放心，说道："哼，听说宋矮子从前在北京也卖过卦，不料他一到李闯王那里就变成了诸葛孔明！"他转向曹化淳说："老曹，我带子猷进宫一趟，你到平则门等着。子猷从宫中出来，从平则门缒出城最为近便，不要走顺承门出到外城，再从彰义门缒城了。"

随即，王德化吩咐送杜勋的人将杜勋借的马送回彰义门，让杜勋换骑另一匹马，同他往北奔去，只带着侍候自己的一个青年答应骑马跟在后边。王德化的其他众多随从跟随曹化淳转往平则门了。

王德化等人到了西长安街的东口，西三座门的外边下马，留下青年答应照料马匹，然后从长安右门进入承天门、端门和午门。王德化一路走着，心中很不踏实，后悔不该带杜勋进来。杜勋也是胆战心惊，脸色苍白，很后悔他在李自成的面前夸下海口，说他可以进宫来劝说崇祯皇帝自己退位，以成就禅让的千古美名。想着他可能被立刻斩首，可能被乱棍打死，连两条腿都软了。

王德化叫杜勋在右后门（平台）等候，自己鼓着勇气往乾清宫去见崇祯皇帝。当他进入东暖阁跪在崇祯面前时，崇祯一眼就看出来他的惊恐神色。崇祯以为城上出了变故，十分吃惊，厉声说道：

“王德化，你有何不好的消息禀奏？”

王德化不敢抬头，俯伏地上，颤声回答：“回皇上，杜勋进宫来了……”

崇祯睁大了惊恐的眼睛，大声问：“你说什么？说什么？”

“奴婢向皇上禀奏，杜勋进宫来了。”

“有几个杜勋？”

“只有一个杜勋。”

“胡说！杜勋已经死了。你带进宫来的这个杜勋是鬼呀是人？是他的鬼魂进宫来了？”

“不是鬼魂。皇爷，是他的本人进宫来了。”

在片刻中，崇祯惊吓得目瞪口呆，望着跪伏在他面前的王德化，不由地想起来近日宫中几次出现鬼魂的事，再也说不出话来。

大约二十天前，李自成破了宣府以后，他接到塘报，说监军太监杜勋同总兵官王承胤、巡抚朱之冯都被流贼捉到，慷慨不屈，骂贼尽节。尤其是塘报中说，杜勋十分忠勇，手刃流贼多人，正要冲出重围，继续指挥杀敌，不幸受伤被俘，敌人劝其投降，杜勋骂不绝口，遂致见杀，死事最烈。他下旨阁臣，偕同礼部堂上官速议如何厚赐旌表，以酬忠节。虽然当时在言官中曾有人上过奏本，说杜勋已经降“贼”，所传尽节是虚，请将杜勋在京城中的弟弟和侄儿斩首，但崇祯绝不相信杜勋竟会辜负皇恩，降了“逆贼”，认为原塘报称杜勋在宣府尽节的消息是实在的。于是不等内阁与礼部复奏，立刻下旨说：

“国家不幸，贼氛鸱张。值大局危乱之日，正忠臣效命之时。顷据确报，钦派宣府监军内臣杜勋骂贼身死，忠义可嘉。特降鸿恩，赐杜勋为司礼监秉

笔太监，立祠宣府，有司春秋致祭；荫其弟为锦衣卫堂上官①，其侄为世袭锦衣千户。钦此！”

虽然这一道圣旨下了以后，举朝为之失色，然而崇祯坚信杜勋是他亲手“豢养”的知兵内臣，忠诚可靠，为国尽节之事定无可疑。由于这时候李自成的大军迅速东来，朝廷上惶惶不可终日，关于皇帝是否应该南迁的问题和是否应该调吴三桂来京勤王的问题，正在争论不休，牵动着京师臣民的心，所以大家不再关心杜勋的问题了。如今崇祯猛听王德化说杜勋确实已经进宫，有紧要事向他面奏，他怔了片刻，禁不住心中惊叫：

“又一件咄咄怪事！”停了一阵，他望着王德化问道：“王德化，这是怎么一回事呀？”

王德化胆怯地回答说：“杜勋降贼是真，前传骂贼死节是虚。”

“你为何不早奏明？”

“奴婢原来也受蒙蔽，只以为杜勋已经为皇上尽节，不知他竟然降了逆贼。”

“他来见朕何事？”

王德化不敢说出实话，应付道：“他不肯向奴婢说明，只说这话十分重要，为解救皇上目前危难，他才冒死进城。”

崇祯又问道：“他如何进得城来？”

“他在城濠边叫城，说他是宣府监军太监杜勋。起初城上以为是杜勋的鬼魂出现，后来在城头上认识他的内臣看清楚了，才相信他果然没死，就用绳子将他缒上来了。”

“是谁差他进城的？”

“听他说是李贼差他进城。”

崇祯气得脸色发青，说道：“该死的叛奴！去，命人将他抓起来，立刻斩首！”

王德化恳求说：“请皇上暂息雷霆之怒，见过他以后再斩不迟。至少可以从他的口中知道一点闯贼的情况。不问就斩，连逆贼的一点情况也不知道了。”

崇祯犹豫片刻，觉得王德化的话也有道理。但是他决不能容忍一个家奴

---

① 堂上官——负实际责任的主管官，并非虚衔。

叛变投敌，又引着敌人来围攻北京。他恨不得亲手将杜勋杀死，咬牙切齿地连声说道："杀！杀！非杀不可！"想了片刻，决定问过杜勋以后再杀，决不让杜勋活着出城。王德化问道：

"皇爷，要不要叫杜勋进来？"

崇祯说："胡说！这乾清宫是朕十七年间敬天法祖，经营天下的庄严神圣地方，怎么能叫这个该死的奴才进来？"

王德化又问："杜勋正在平台候旨，可否就在平台召见？"

"不行！平台是朕平日'御门听政'的地方，杜勋是该死的奴才，不配在平台受朕召见！"

"那么……皇爷，在什么地方召见好呀？"

崇祯沉吟片刻，记起来十年以前他曾经在乾清门审问并处死过一个犯罪的太监，于是向窗外问道：

"吴祥在哪里？"

站在窗外的吴祥随即进来，跪到地上。崇祯吩咐吴祥准备在乾清门审问杜勋，又吩咐他速去准备一切，还要他差人去午门叫十名锦衣旗校来乾清门伺候。等吴祥出去以后，崇祯恨恨地对王德化说：

"朕要在乾清门审问杜勋，你，你，你亲自去带他进来！"

王德化听见皇上使用"审问"二字，不是说的"召见"，知道杜勋必死无疑，他自己也难逃罪责，心头怦怦狂跳，充满了恐慌和后悔。他在地上叩了一个响头，两腿不住打颤，退出了乾清宫。在走下台阶时，因为心慌和两腿瘫软，几乎摔了一跤。

乾清宫的太监们都明白杜勋必死，认为是罪有应得，同时也为宗主爷王德化捏了一把冷汗，埋怨他一向小心谨慎，稳居司礼监掌印太监的高位，今天为杜勋事难免不受重责，真是聪明一世，糊涂一时。吴祥心中明白，王德化处此亡国关头，为保护自己的身家性命和偌大家产，所以甘愿受杜勋利用，栽跟头也是应该。

杜勋站在右后门平台的一个角落等候消息，愈等愈感到害怕，愈后悔不该进宫。看见王德化走出右后门，脸色十分沉重，他的心头狂跳，暗中叫道："我完了！"他赶快迎上去，小声问道：

"宗主爷，皇上怎么说？"

王德化说道："皇上在乾清门召见，快随我去吧。皇上的脾气你是知道

的，他已经为你的投敌很震怒，经我苦劝，他才没有下旨抓你斩首。为着你的脑袋，你说话千万小心，不要再火上浇油！”

杜勋双腿瘫软，浑身打颤，硬着头皮随王德化向乾清门走去。当杜勋到乾清门时，御案和御座已经摆好，乾清宫的太监们分两排肃立伺候。稍过片刻，十名驻守午门的锦衣旗校跑步赶到，分两排肃立阶下。这种异乎寻常的气氛简直使王德化和杜勋不能呼吸。又过了很长一阵，一个太监匆匆走出，说道：

“圣驾到！”

杜勋赶快跪下，以头伏地，不敢仰视。随即，一柄黄伞前导，崇祯在几名随驾太监的簇拥中走完了汉白玉铺的御道，出了乾清门，升了御座。一个长随太监跟在他的后边，等他坐定以后，将捧来的一把宝剑从绣有“御用龙泉”四字的黄缎剑套中取出，恭敬地双手捧放在御案上。这是一柄据传是永乐皇帝用过的、削铁如泥的龙泉剑，漆成墨绿色的鲨鱼皮剑鞘上用金丝镶嵌着一条矫健的飞龙，用银丝镶嵌成朵朵白云，另外还用一些耀眼的小宝石、珊瑚、贝壳等镶嵌成日月星辰。据宫中世代相传，永乐皇帝曾经用这把龙泉剑亲手斩过叛臣。崇祯曾经习过骑射，也略通剑术。前几年举行内操[①]时候，崇祯因慕成祖皇帝整军经武之风，命太监从内库中取出这把龙泉宝剑自己佩用，曾命人用这把宝剑在寿皇殿前斩过一个迟到的太监头儿以肃军纪。后来这把宝剑就挂在乾清宫后边养德斋中的柱子上，据说有时在风雨雷电之夜会发出啸声。

此刻，一个长随太监将这把轻易不令人见的龙泉剑抽出了鞘放在御案上，加上崇祯皇帝的愤怒脸色，使乾清门外充满了恐怖的气氛。

吓得面无人色的司礼监掌印太监王德化退立一侧侍候。看见御案上的御用龙泉剑，知道杜勋不免被斩，而他也要连累而死，恐怖得面无人色，心中想道：“我上了杜勋的当，今日大祸临头！”他又看一眼皇上的愤怒脸色，脊背上冒出冷汗。

“杜勋，你知罪么？”崇祯问，威严的声音中带着杀气。

杜勋连连叩头，颤栗说道：“奴婢死罪！奴婢死罪！恳皇爷开恩！”

---

① 内操——崇祯十五年（公元1642年），崇祯挑选了一大批年轻力壮的太监，在景山北边和寿皇殿前边的院中操练，称为内操。

崇祯恨恨地说："朕命你到宣府监军，抵御逆贼东犯，原是把你作为心腹家臣，不想你竟然毫无良心，辜负皇恩，投降逆贼。你不能为朕尽节，却引贼东犯，罪不容诛，为什么敢来见朕?"

杜勋说道："当时奴婢见宣府官兵都蜂拥出城，欢迎闯贼，喝禁无效，正要拔剑自刎，被手下人夺去宝剑，又被鼓噪将士挟制，强迫出城，面见李贼，使奴婢欲死不能。后来奴婢转念一想，既然军心已变，宣府已失，奴婢徒死无益，不如留下这条微命，缓急之际还可以为陛下出一点犬马之力，以报陛下豢养之恩。"

崇祯忽然产生一线幻想，冷笑一下，用略微平静的口气问道："你已经降了闯贼，还能为朕做什么事情?"

杜勋说："奴婢此次冒死进宫，就是要为陛下竭尽忠心，敬献犬马之力。"

崇祯心中惊异：莫非他能说出来使朕出城逃走的办法？随即问道：

"你究竟进宫何事，速速向朕奏明，不得隐瞒!"

杜勋叩头说："奴婢死罪。说出来如皇爷认为不对，冒犯了天威，恳求皇爷想着这不是平常时候，暂缓雷霆之怒，饶恕奴婢万死之罪。奴婢敢在此时冒死进宫，毕竟是出自犬马忠心。"

崇祯说："你说吧，只要有救朕之策，确实出自忠心，纵然说错了也不打紧。"

杜勋问道："目前京城决不可守，皇上到底作何打算?"

崇祯说："三天以前，吴三桂所率关宁铁骑已到山海关了，正在赶来北京勤王。逆贼屯兵于坚城之下，一旦关宁铁骑到来，逆贼必然溃逃，京城可万无一失。"

杜勋默然不语，伏在地上，等待崇祯继续问话。崇祯果然又接着问道：

"杜勋，李贼命你进城，究竟为了何事?"

杜勋知道崇祯色厉内荏，带着恐吓和威胁的意图说道："皇爷千古圣明，请听奴婢的逆耳忠言。李自成亲率二十万精兵进犯京师，尚有数十万人马在后接应。吴三桂虽有关宁边兵，号称精锐，但只有数万之众，远非闯贼对手。他如今闻知流贼已经包围北京，必然停留在山海关与永平之间观望徘徊，不敢冒险前来。奴婢听宋献策说，京师臣民盼望吴三桂的救兵只是望梅止渴。奴婢又听到贼中纷纷传说……"杜勋不敢直言说出，心惊胆战，咽下一口唾沫。

崇祯脸色大变，心中狂跳，怒目望着杜勋，厉声喝道："什么传说！不要吞吞吐吐，快快奏明！"

"请恕奴婢死罪，奴婢方敢直说。"

"你说吧，快说实话！"

"贼中传说，宋献策在来京的路上卜了一卦，如今看来是有点儿应验了。"

"他卜的卦怎么说？怎么应验了？"

"奴婢听到贼军老营中纷纷传说，宋献策在居庸关来北京的路上卜了一卦，卦上说，倘若十八日有微雨，十九日必定破城。倘若十八日是晴天，破城得稍迟数日。今日巳时左右，曾有微雨，奴婢暗中心惊，不觉望着城中悲叹。"

崇祯浑身打颤，拍案怒骂："胡说！你是我家家奴，敢替逆贼做说客么？敢以此话来恐吓朕么？该死！该死的畜生！"

杜勋深知崇祯的秉性暴躁，有时十分残酷，对大臣毫不容情，说杀就杀，说廷杖就廷杖，所以他见崇祯动怒，吓得浑身打颤，以头碰地，连说：

"奴婢死罪！奴婢死罪！……"

崇祯忽然问道："李贼叫你进宫来到底有何话说？"

杜勋横下心向崇祯奏道："李自成进犯京城，但他同皇上无仇……"

"胡说，朕是万民之主，他是杀戮百姓的逆贼，何谓无仇！"

"以奴婢所知，李贼直至今天还是尊敬皇上，不说皇上一句坏话。他知道皇上也是圣君，国事都坏在朝廷上群臣不好，误了皇上，误了国家。倘若群臣得力，皇上不失为英明之主。李自成离开西安时，曾发布一张布告，沿路张贴，疆臣们和兵部一定奏报了皇上，那布告中就说得十分明白，皇上为何不信？"

李自成的北伐布告也就是檄文，虽然崇祯曾经见到，但是看了头两句就十分暴怒，立即投到地上，用脚乱踏，随即被乾清宫的太监拾起来，拿出去烧成灰烬，以后通政使衙门收到这一类能够触动"上怒"的文书再也不敢送进宫了。现在经杜勋一提醒，他马上问道：

"逆贼的布告中怎么说？"

"恳皇爷恕奴婢死罪，奴婢才敢实奏。"

"你只实奏，决不罪你！"

杜勋的文化修养本来很低，李自成的"北伐檄文"中有一句典故他不懂，也记不清楚，只好随口胡诌，但有些话大致不差：

“奴婢记不很准，只记得有几句好像是这样写的：‘君甚英明，孤立而蒙蔽很多①；臣尽行私，比党而公忠绝少。’还有许多话，奴婢记不清了。皇爷，连李自成的文告也称颂陛下英明，说陛下常受臣下蒙蔽，政事腐败都因为臣下不好。”

崇祯望着杜勋，沉默不语，一面想着李自成写在文告中的这几句话仍然称颂他为英明之君的真正含义，一面生出了一些渺茫的幻想。过了片刻，他又向杜勋问道：

“杜勋，看来逆贼李自成虽然罪恶滔天，但良心尚未全泯。他叫你进宫见朕，究竟是何意思？”

杜勋抓住机会说道：“李自成因知朝政都是被文武群臣坏了，皇上并无失德，所以二十万大军将北京团团围住，不忍心马上攻城，不肯使北京城中玉石俱焚……”

崇祯似乎猛然醒悟，问道：“他要‘清君侧’么？岂有此理！”

“皇爷，请恕奴婢直言。他不是要‘清君侧’，是要，是要……”

“是要什么？快说！”

“奴婢万死，实不敢说出口来。”

“快说！快说！一字不许隐瞒！”

杜勋连叩两个头，十分惶恐，冒着杀身之祸，吞吞吐吐地说道：

“皇爷天纵英明，烛照一切，奴婢照实把李、李、李自成的大逆不道的……谬见说出，请皇爷不要震怒……李贼实是叫奴婢进宫来劝、劝说皇上……让出江山。他说，这是效法尧舜禅让之礼。他还说，只要皇上让出江山，他誓保城内官绅百姓平安，保皇上和宗室皇亲照旧安享荣华富贵。他将尊称皇上为……让皇帝，仍享帝王之福。他说……”

崇祯听到这里，将御案用力一拍，又猛力一推，几乎将御案推翻，随后突然站起，抓起横放在御案上的龙泉宝剑，登时有一道寒光在众人眼前闪烁。站在他的两边和背后的太监们一个个面目失色，停止了呼吸。站立在阶下的十名锦衣旗校都以为杜勋替逆贼劝皇上让出江山，必斩无疑，立时紧张起来，紧紧地握住剑柄，准备随时登上台阶，将杜勋推出午门斩首。但皇上没有口

① 君甚……很多——李自成“北伐檄文”中的原句为：“君非甚暗，孤立而炀蔽恒多。”杜勋将前半句改为“君甚英明”，将下半句的“炀蔽”一词改为“蒙蔽”，“恒多”改为“很多”。

谕，他们只能肃立等候，怒目注视伏在地上颤栗叩头的杜勋，身子却纹丝不动，也不敢违制拔剑出鞘。那恭立在御座背后，擎着黄伞的青年太监，担心杜勋身上暗藏兵器，可能会突然跃起，向皇上行刺，所以在刹那间按了伞柄机关，黄伞刷拉落下，伞柄上端露出来半尺长的锋利枪尖。

在众人屏息的片刻之间，崇祯决定不下是就地挥剑杀死杜勋，还是命锦衣旗校将叛监推出午门斩首。王德化不敢迟误，赶快跪下，叩头说道：

“恳皇爷暂息圣怒！杜勋进宫来原是为要替陛下解救目前之危，实非帮逆贼劝陛下让出江山。请陛下命杜勋将话说完，再斩不迟。”

一团疑云扫过了崇祯的眼前，他将龙泉剑在御案上平着一拍，震得一支斑管狼毫朱笔从玛瑙笔架上猛然跳起，滚落案上。他厉声问道：

“杜勋，该死的奴才，你还有何话说？”

杜勋说：“皇爷！刚才说的那些效尧舜禅让天下的话，全是李贼一派胡言，奴婢当时就冒死反驳，使逆贼不得不改变主意，同意不再攻城，不再争大明江山，甘愿为圣明天子效力。”

崇祯大感意外，半信半疑，问道：“你如何劝逆贼改变主意？他又如何说不再争大明江山？”

杜勋说：“奴婢对李贼言讲，大明朝有万里江山，三百年基业，纵然你能破了北京，也不能亡了大明。江南必有宗室亲王兴师继统，以陪都为京师，用江南财富与人力，恢复中原；满洲人兵强马壮，久已虎视于关外，时时伺机南侵。大王……”

“什么大王！”

“奴婢死罪！奴婢是对闯贼说话，为要以理说服敌人，所以称他‘大王’。其实，奴婢对逆贼恨之入骨，恨不能吃他的肉，饮他的血！”

崇祯点头说：“你说下去吧。……王德化平身！”

王德化叩头起来，看见皇上脸上的怒容已减，心中略觉宽松，暗中骂道：“好险！杜勋这小子真有一手！”

杜勋接着说：“奴婢对李贼说道，你纵能攻破北京，可是大明的臣民四海同愤，誓为皇上复仇，使你应付不暇。满洲人必然乘机进犯北京和畿辅，更可怕的是进占山西、山东两省，席卷中原。到那时你腹背受敌，反而顾南不能顾北，顾东不能顾西，到了那时，大王……”杜勋住口，重重地对自己左右掌嘴。

崇祯皱一下眉头，催促道："说下去，快说下去。逆贼怎么说？"

杜勋又接着说："他说他愿意拥戴皇上，拥戴大明。只要皇上肯让出一半江山给他，他愿意为皇上率领大军出关，征服辽东，平定国内。保皇上的江山像铁打铜铸的一样坚固。"

崇祯片刻无言，默默地暗想：杜勋这话是真是假？哪有逆贼到此时还不想夺取江山？闯贼已经包围北京，岂有拥戴朝廷之理？显然这话不是出自李自成的真心！何况他要挟朕分给他一半江山，岂有此理！哼，这不过是来试试朕的口气罢了。但是他想从杜勋的口中多知道一点敌人的情况，所以他没有动火，向站在一旁的王德化问道：

"王德化，你听杜勋这话可是真的？"

王德化赶快跪下，心头慌乱，不知如何回答。他晓得杜勋的这些话都是漫天撒谎，欺哄皇上，试探皇上口气，但是他不能点破杜勋的谎言，使杜勋身首异处，也连累他自己惹出大祸。崇祯见王德化俯首跪地不语，便对杜勋怒冲冲地说道：

"你说的话全不可信！无非是对朕恫吓，欺朕身陷重围。你这个叛主逆奴，实实该死！……杀！"

王德化赶快提醒杜勋说："杜勋，你真是胆大包天，竟敢以逆贼的话亵渎圣听，还不速速谢罪！"

杜勋明白必须赶快脱身，倘若再激怒皇上必将立刻被杀，于是他连叩两个头，说道：

"皇上天纵英明，烛照一切。李贼确实想逼皇上禅让江山，但经奴婢冒死相争，详陈利害，他也不能不略微动心，说只要皇上封他为王，世守秦晋，他愿意不进北京，率大军征剿辽东。但奴婢人微言轻，必须皇上钦差一二皇亲重臣，出城详议；议定之后，对天盟誓，并请皇上颁降明诏，宣谕四海，天下共闻。李贼本来定于今日申时攻城，后来为等候奴婢回话，决定暂缓攻城。李贼还说，只要皇上封他为王，世守秦晋，他不但不下令攻城，还可以退兵二十里，以待盟誓。"

崇祯问："他要申时攻城？"

"是的，皇爷。此刻已是未时。倘若奴婢在申时前不出城回话，李贼就下令攻城了。"

崇祯皇帝本来是一个十分聪明的人，又有十七年丰富的政治经验，像杜

勋的话前后矛盾，漏洞百出，如何能欺骗了他？但是一则他此时心慌意乱，失去常态；二则此时只要有万分之一的救命和保国的机会，他也不肯放过。李自成兵围京师，胁迫他封王裂土，这是他绝对不能允许的。此刻作为缓兵之计，他以为只好同意，求得北京城能够有二三日内不被攻破，等候吴三桂救兵来到。他望着杜勋思忖片刻，说道：

“你赶快出城去吧。必须使逆贼李自成上体朕心，不要攻城，能退兵二十里外更好。朕明日一早即钦差皇亲重臣携带手诏，出城去面议封王裂土及讨伐东虏之事。你速速出城！”

杜勋叩头说：“皇上圣明，京师臣民之福，国家之福。万岁，万万岁！”

崇祯立刻起身，回到乾清宫东暖阁中。此时过了午膳时候已经很久了。尚膳监一个太监来到他的面前跪下，恭问是否即用午膳。崇祯无意用膳，挥手使尚膳监的太监退出。他的心中充满了狐疑、愤懑和屈辱，眼泪滚落颊上。他很快清醒起来，明白杜勋对他说的那些话，只有李自成逼他禅让是真，其余的话全是信口胡说，决非李贼原意。他将吴祥叫到面前，恨恨地吩咐：

“你火速亲自带人到城上将杜勋抓回，在午门外乱棍打死！”

却说杜勋离开乾清门以后，同王德化赶快走出紫禁城，到长安右门外上马，扬鞭疾驰，到阜成门下马，登上城头。曹化淳早在城楼等候，并且命人备好酒肴。杜勋已经很饿，坐下去饮了一杯长春露酒，正要吃菜，王德化提醒说：

“子猷，皇上秉性多疑善变，你赶快缒城走吧！”

杜勋一听，投箸而起，连声说：“是，是。宗主爷想得周到！”随即他们屏退从人，交头接耳地商量一阵。在城楼外伺候的内臣听不清他们所商何事，只看见王德化和曹化淳轻轻点头，最后王德化叮咛说：

“子猷，你向李王献出了宣府重镇，又劝说居庸关的监军内臣和镇将迎降，为李王立了大功。李王坐了天下，你必是司礼监掌印太监。我同曹东主都已年近半百，早有退隐之心。今后要仰仗你多赐关照，方好安度余年。”

杜勋说：“李王十分仁义，请两位前辈完全放心。”

城头上的长绳子和竹筐子已经准备好了。杜勋要缒下城时，被一群熟识的太监围住，问长问短。杜勋对他们说：

“你们都不要害怕。李王进城，坐了江山，我们的富贵仍然照旧。”

有个别太监还拉住他问别的话。杜勋又说：“你们不必多问，有我杜勋在，你们就不会吃亏。”说了以后，同大家拱手告别，坐在竹筐中缒下城去。

杜勋出城后不到一个时辰，申时未过，守彰义门的太监和百姓将城门打开了，西便门也跟着打开了。几千大顺军整队进入外城，占领了各处十字路口和重要街道，其他外城诸门也都随着开了。

崇祯皇帝之死

第四十九章

连日来崇祯皇帝食不下咽，夜不成寐，不但眼眶深陷，脸色灰暗，而且头昏目眩，身体难以支撑。但是亡国就在眼前，他不能倒下去对国运撒手不管，也不能到养德斋的御榻上痛睡一阵。他本来打算在乾清门亲手挥剑斩杜勋，临时来了精神，带着一腔怒火，顿然间忘记疲惫，大踏步走出乾清宫，从丹墀上下了台阶，走到乾清门，稳稳地在龙椅上坐定。乾清宫的宫女们和太监们重新看见了往日的年轻皇上。但是杜勋走后，崇祯鼓起的精神塌下去了，连午膳也吃不下，回到乾清宫的东暖阁，在龙椅上颓然坐下，恨恨地长叹一声，喃喃自语：

“连豢养的家奴也竟然胆敢如此……”

他十分后悔刚才没有在乾清门将杜勋处死，以为背主投敌者戒。生了一阵闷气，他感到身体不能支撑，便回到养德斋，由宫女们服侍他躺到御榻上，勉强闭着眼睛休息。当养德斋中只剩下魏清慧一个宫女时，他睁开眼睛，轻轻吩咐：

“要是今日吴三桂的关宁铁骑能够来到北京城外，你立刻将朕唤醒。”

魏清慧虽然明白吴三桂断不会来，但是她忍着哽咽答应了“遵旨”二字。崇祯又嘱咐说：

“朕命王承恩传谕诸皇亲勋臣们在朝阳门会商应变之策，如今该会商毕了。王承恩如回宫来，立刻奏朕知道。还有，朕命吴祥带人去城上捉拿杜勋，一旦吴祥回来，你也立刻启奏！”

“皇爷，既然刚才不杀杜勋，已经放他出城，为甚又要将他捉拿回来？皇上万乘之尊，何必为杜勋这样的无耻小人生气？”

崇祯恨恨地说：“哼，朕一日乾纲不坠，国有典刑，祖宗也有家法！”

魏清慧不敢再说话，低下头去，轻手轻脚地退到外间，坐在椅子上守候着皇上动静，也不许有人在近处说话惊驾。过了片刻，听见御榻上没有声音，料想皇上实在困倦，已经入睡，她在肚里叹息一声，揩去了眼角的泪水。

崇祯一入睡就被噩梦缠绕，后来他梦见自己是跪在奉先殿太祖高皇帝的神主前伤心痛哭。太祖爷“显圣”了。宫中藏有太祖高皇帝的两种画像：一种是脸孔胖胖的，神态和平而有福泽；另一种是一个丑像，脸孔较长，下巴突出，是个猪像，同一般人很不一样。崇祯自幼听说那一轴类似猪脸的画像是按照洪武本人画的。现在向他“显圣”的就是这位长着一副猪脸的、神态威严的老年皇帝。他十分害怕，浑身打颤，伏地叩头，哭着说：

“孙儿不肖，无福无德，不足以承继江山。流贼眼看就要破城，宗社不保，国亡族灭。孙儿无面目见太祖皇爷在天之灵，已决定身殉社稷，以谢祖宗，以谢天下。”

洪武爷高坐在皇帝宝座上，长叹一声，呼唤着他的名字说道：“由检，你以身殉国有什么用？你应该逃出去，逃出去恢复你的祖宗江山。你还年轻，不应该白白地死在宫中！”

崇祯哭着问道：“请太祖皇爷明示，不肖孙儿如何能逃出北京？”

洪武爷沉吟说：“你总得想办法逃出北京，逃不走再自尽殉国。”

“如何逃得出去？”

崇祯俯地片刻，高皇帝没有回答。他大胆地抬起头来，但见高高的宝座上烟雾氤氲，“显圣”的容貌渐渐模糊，最后只剩下灰色的、不住浮动的一团烟雾，从烟雾中传出来一声叹息。

崇祯忍不住放声痛哭。

魏清慧站在御榻旁边，连声呼唤：“皇爷！皇爷！……”

崇祯醒来，但还没有全醒，不清楚是自己哭醒，还是被人唤醒。他茫然睁开眼睛，看见魏宫人站在榻边，不觉脱口而出：

“朕梦见了太祖高皇帝！……”

魏宫人又叫道：“皇爷，大事不好，你赶快醒醒！”

崇祯猛然睁大眼睛，惊慌地问：“什么事？什么大事？……快奏！”

魏宫人声音打颤地说："吴祥从平则门回来，他看见逆贼已经破了外城。外城城门大开，有几千步兵和骑兵从彰义门和西便门整队进城！"

崇祯登时面如土色，浑身颤栗，从榻上虎地坐起，但是两脚从榻上落到朱漆脚踏板上，却穿不上靴子。魏宫人赶快跪下去，服侍他将绣着云龙的黄缎靴子穿好。崇祯问道：

"吴祥在哪里？在哪里？"

魏宫人浑身打颤说道："因为宫中规矩，任何人不准进入养德斋中奏事，所以吴祥此刻在乾清宫中恭候圣驾。"

崇祯又惊慌地问："你听他说贼兵已经进了外城？"

魏宫人强作镇静地回答说："内城的防守很坚固，请皇爷不必害怕……"

"快照实向朕禀奏，吴祥到底怎么说？快！"

"吴祥刚才慌慌张张回到宫中，要奴婢叫醒皇爷。因奴婢说皇爷十分困乏，刚刚朦胧不久，他才告诉奴婢逆贼已经从彰义门和西便门进了外城，大事不好，必须马上禀奏皇上。"

崇祯全听明白了，浑身更加打颤，腿也发软。他要立刻到乾清宫去亲自询问吴祥。当他下脚踏板时，两脚无力，踉跄几步，趁势跌坐在龙椅上。他不愿在乾清宫太监们的眼中显得惊慌失措，向魏宫人吩咐：

"传吴祥来这儿奏事！"

魏宫人感到诧异，怕自己没有听清，小声问道："叫吴祥来养德斋中奏事？"

崇祯从迷乱中忽然醒悟，改口说："叫他在乾清宫等候，朕马上去听他面奏！"

这时，两个十几岁的宫女进来。一个宫女用金盆端来了洗脸的温水，跪在皇上面前，水中放着一条松江府①进贡的用白棉线织的面巾，在面巾的一端用黄线和红线绣成了小小的二龙戏珠图；另一宫女也跪在地上，捧着一个银盘，上边放着一条干的白棉面巾，以备皇上洗面后用干巾擦手。但是崇祯不再按照平日的习惯在午觉醒来后用温水净面，却用粗话骂道："滚开！"随即绕过跪在面前的两个宫女，匆忙地走出养德斋，向乾清宫正殿的前边走去。

---

① 松江府——栽种棉花和纺织棉布的技术，大概在隋唐时传入我国的西域地方，中晚唐时候，广西地方也出现了棉布，但是向内地发展不快。元代又由海道传来松江人黄道婆植棉和纺织棉布的技术，黄道婆对此作出了巨大贡献。到了明代中叶以后，松江的棉布行销全国。

魏宫人看见他一步高，一步低，赶快去挟住左边胳臂，小声说道：

“皇爷，您要冷静，内城防守很牢固，足可以支持数日，等到吴三桂的勤王兵马来到。”

崇祯没有听清楚魏清慧的话，实际上他现在对于任何空洞的安慰话都没有兴趣听，而心中最关心的问题是能否逃出北京，倘若逃不出应该如何身殉社稷，以及对宫眷们如何处置。已经走近乾清宫前边时，他不愿使太监们看见他的害怕和软弱，用力将左臂一晃，摆脱了魏宫人挽扶着他的手，踏着有力的步子向前走去。

他坐在乾清宫的东暖阁，听吴祥禀奏。原来当吴祥奉旨到平则门上捉拿杜勋时，杜勋已经缒出了城，在一群人的簇拥中，骑着马，快走到钓鱼台了。他正在城楼中同王德化谈话，忽然有守城的太监奔入，禀告王德化，大批贼兵进彰义门了，随后也从西便门进入外城了……

崇祯截住问道：“城门是怎么开的？”

“听说是守城的内臣和军民自己打开的。可恨成群的老百姓忘记了我朝三百年天覆地载之恩，拥拥挤挤站在城门里迎接贼兵，有人还放了鞭炮。”

崇祯突然大哭：“天哪！我的二祖列宗！……”

吴祥升为乾清宫掌事太监已有数年，是一个循规蹈矩的人，年年盼望着国运好转，不料竟然落到亡国地步，所以崇祯一哭，他也跪在地上放声痛哭。

魏清慧和几个宫女，还有几个太监，都站在东暖阁的窗外，听见皇上和吴祥痛哭，知道外城已破，大难临头，有的痛哭，有的抽咽，有的虽不敢哭出声来，却鼻孔发酸，热泪奔流。

吴祥哭了片刻，抬头劝道：“事已如此，请皇爷速想别法！”

崇祯哭着问：“王德化和曹化淳现在何处？”

吴祥知道王德化和曹化淳都已变心，而守彰义门的内臣头儿正是曹化淳的门下，但是他不敢说出实话，只好回答说：

“他们都在城上，督率众内臣和军民固守内城，不敢松懈。可是守城军民已无固志，内城破在眼前，请皇爷快想办法，不能指望王德化和曹化淳了。”

崇祯沉默片刻，又一次想起来太祖皇爷在他“显圣”时嘱咐的一句话：“你得想办法逃出北京。”可是他想不出好办法，向自己问道：

“难道等待着城破被杀，亡了祖宗江山？”

他忽然决定召集文武百官进宫来商议帮助他逃出北京之计，于是他对吴

祥说道：

“你去传旨，午门上紧急鸣钟！”

崇祯曾经略习武艺，在煤山与寿皇殿[①]之间的空院中两次亲自主持过内操，所以他在死亡临头时却不甘死在宫中。此时他的心情迷乱，已经不能冷静地思考问题，竟然异想天开，要率一部分习过武艺的年轻内臣，再挑选几百名皇亲的年轻家丁，在今夜三更时候，突然开齐化门冲出，且战且逃，向山海关方向奔去，然后奔往南京。北京的内城尚未失去，他决定留下太子坐镇。文武百官除少数年轻有为的可以护驾，随他逃往吴三桂军中之外，其余的都留下辅佐太子。皇后和妃嫔们能够带走就带走，不能带走的就只好留在宫中，遵旨自尽。这决定使他感到伤心和可怕，可是事到如今，不走这条路，又有什么办法？想到这里，他又一次忍不住放声痛哭。

从午门的城头上传来了紧急钟声。他认为，文武百官听见钟声会陆续赶来宫中，他将向惊慌失措的群臣宣布“亲征”[②] 的决定，还要宣布一通“亲征”手诏。于是他停止痛哭，坐在御案前边，在不断传来的钟声中草拟诏书。他一边拟稿，一边呜咽，不住流泪，将诏书稿子拟了撕毁，撕毁重拟，尽管他平素在文笔上较有修养，但今天的诏书在措词上十分困难。事实是他的亡国已在眼前，仓皇出逃，生死难料，但是他要将措词写得冠冕堂皇，不但不能有损于皇帝身份，而且倘若逃不出去，这诏书传到后世也不能成为他的声名之玷，所以他几次易稿，总难满意。到钟声停止很久，崇祯才将诏书的稿子拟好。

崇祯刚刚抛下朱笔，王承恩进来了。他现在是皇帝身边惟一的心腹内臣。崇祯早就盼望他赶快进宫，现在听见帘子响动，回头看见是他进来，立即问道：

“王承恩，贼兵已经进了外城，你可知道？”

王承恩跪下说：“启奏皇上，奴婢听说流贼已进外城，就赶快离开齐化门，先到正阳门，又到宣武门，观看外城情况……”

“快快照实禀奏，逆贼进外城后什么情况？”

---

① 寿皇殿——明代寿皇殿旧址在景山东北，清乾隆朝移建今址，正对景山中峰。寿皇殿东为永寿殿（清改名永恩殿）。再东为观德殿。

② 亲征——崇祯因为是皇帝，在他的思想中没有“逃跑”二字，用“亲征”一词代替“逃跑”。

“奴婢看见，流贼步骑兵整队入城，分住各处，另有小队骑兵在正阳门外的大街小巷，传下渠贼[1]刘宗敏的严令，不许兵将骚扰百姓，命百姓各安生业。奴婢还看见外城中满是贼兵，大概外城七门[2]全开了。皇爷，既然外城已失，人无固志，这内城万不能守，望陛下速拿主意！”

“朝阳门会议如何？”

“启禀皇爷，奴婢差内臣分头传皇上口谕，召集皇亲勋臣齐集朝阳门城楼议事。大家害怕为守城捐助饷银，都不肯奉旨前来，来到朝阳门楼的只有新乐侯刘文炳，驸马都尉巩永固。人来不齐，会议不成，他们两位皇亲哭着回府。”

崇祯恨恨地说：“皇亲勋臣们平日受国深恩，与国家同命相连，休戚与共，今日竟然如此，实在可恨！”

“皇上，不要再指望皇亲勋臣，要赶快另拿主意，不可迟误！”

“刚才午门上已经鸣钟，朕等着文武百官进宫，君臣们共同商议。”

“午门上虽然鸣钟，然而事已至此，群臣们不会来的。”

“朕要亲征，你看看朕刚才拟好的这通诏书！”

王承恩听见皇上说出了“亲征”二字，心中吃了一惊，赶快从皇上手中接过来诏书稿子，看了一遍，但见皇上在两张黄色笺纸上用朱笔写道：

> 朕以藐躬，上承祖宗之丕业，下临亿兆于万方，十有七载于兹。政不加修，祸乱日至。抑圣人在下位欤？至干天怒，积怨民心，赤子沦为盗贼，良田化为榛莽；陵寝震惊，亲王屠戮。国家之祸，莫大于此。今且围困京师，突入外城。宗社阽危，间不容发。不有挞伐，何申国威！朕将亲率六师出讨，留东宫监国，国家重务，悉以付之。告尔臣民，有能奋发忠勇，或助粮草器械，骡马舟车，悉诣军前听用，以歼丑类。分茅胙土之赏，决不食言！

当王承恩阅读诏书时候，崇祯焦急地从龙椅上突然站起，在暖阁中走来走去。片刻后向王承恩问道：

“你看完了？‘亲征’之计可行么？”

王承恩颤声说道：“陛下是千古英主，早应离京‘亲征’，可惜如今已经

---

① 渠贼——“贼”的大头领。

② 外城七门——永定门、左安门、右安门、广渠门、广宁门、东便门、西便门。

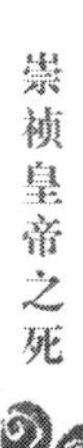

晚了!”

“晚了?!”

“是的，请恕奴婢死罪，已经晚了！……”

崇祯面如土色，又一次浑身颤栗，瞪目望着王承恩停了片刻，忽然问道：“难道你要朕坐守宫中，徒死于逆贼之手?”

王承恩接着说道：“倘若在三四天前，敌人尚在居庸关外，陛下决意行此出京‘亲征’之计，定可成功。眼下逆贼二十万大军将北京围得水泄不通，外城已破，只有飞鸟可以出城。陛下纵然是千古英主，无兵无将，如何能够出城‘亲征’? 事到如今，奴婢只好直言，请恕奴婢死罪!”

听了王承恩的话，崇祯的头脑开始清醒，同时也失去了一股奇妙的求生力量，浑身蓦然瘫软，颓然跌坐在龙椅上，说不出一句话来。在这刚刚恢复了理智的片刻中，他不但想着王承恩的话很有道理，同时重新想起今日午后太祖高皇帝在他的梦中“显圣”的事。太祖皇爷虽然嘱咐他应该逃出北京，可是当他向太祖爷询问如何逃出，连问两次，太祖爷颇有戚容，都未回答。他第三次哭着询问时，太祖爷的影像在他的面前消失了，连同那高高的宝座也化成了一团烟雾，但听见从他的头上前方，从一团缭绕飘忽的烟雾中传出来一声深沉的叹息……

王承恩悲伤地说道：“皇爷，以奴婢估计，内城是守不住了。”

崇祯点点头，无可奈何地叹一口气，命王承恩将刚才放回到御案上的诏书稿子递给他。他把稿子撕得粉碎，投到地上，用平静的声调说道：

“国君死社稷，义之正也，朕决不再作他想，但恨群臣中无人从死耳!”

王承恩哽咽说：“奴婢愿意在地下服侍皇爷!”

崇祯定睛注视王承恩的饱含热泪的眼睛，点点头，禁不住伤心呜咽。

崇祯断定今夜或明日早晨，“贼兵”必破内城。他为要应付亡国巨变，所以晚膳虽然用得匆忙，却尽量吃饱，也命王承恩等大小内臣们各自饱餐一顿。他已明白只有自尽一条路走，决定了当敌兵进入内城时“以身殉国”。但是在用过晚膳以后，他坐在乾清宫的暖阁休息，忽然一股求生之欲又一次出现心头。他口谕王承恩，火速点齐三百名经过内操训练的太监来承天门外伺候。

王承恩猛然一惊，明白皇上的逃走之心未死。然而一出城必被“逆贼”活捉，受尽侮辱而死，绝无生路，不如在宫中自尽。他立刻在崇祯脚前跪下，哽咽说道：

“皇爷，如今飞走路绝，断不能走出城门。与其以肉喂虎，不如死在宫中！”

崇祯此时已经精神崩溃，不能够冷静地思考问题。听了王承恩的谏阻，他觉得也有道理，三百名习过武艺的内臣护驾出城，实在太少了。然而他要拼死逃走的心思并未消失，对王承恩说道：

“你速去点齐三百名内臣，一律骑马，刀剑弓箭齐备，到承天门等候，不可误事。去吧！”

他转身走到御案旁边，来不及在龙椅上坐下，弯身提起朱笔，字体潦草地在一张黄纸上写出来一道手诏：

谕新乐侯刘文炳、驸马都尉巩永固，速带家丁前来护驾。此谕！

写毕，命乾清宫掌事太监吴祥立即差一名长随，火速骑马将手诏送往新乐侯府，随即他颓然坐下，恨恨地自言自语地说了一句：

“朕志决矣！”

恰在这时，魏清慧前来给皇帝送茶。像送茶这样的事，本来不必她亲自前来，但是为要时刻知道皇上的动静，她决定亲自送茶。差不多一个时辰了，她没有离开过乾清宫的外间和窗外附近。刚才听见皇上命王承恩速点齐三百内臣护驾，准备逃出北京。虽然王承恩跪下谏阻，但皇上并未回心转意。她明白皇上的心思已乱，故有此糊涂决定，一出城门必被流贼活捉，或者顷刻被杀。皇上秉性脾气她最清楚，一旦坚执己见，就会一头碰到南墙上，无人能劝他回头。她赶快奔往乾清宫的后角门，打算去坤宁宫启奏皇后，请皇后来劝阻皇爷。但是在后角门停了一下，忽觉不妥。她想，如果此刻就启奏皇后，必会使皇后和宫眷们认为国家已亡，后宫局面大乱，合宫痛哭，纷纷自尽。于是她稍微冷静下来，决定托故为皇上送茶，再到皇上面前一趟，见机行事。

当魏清慧端着茶盘进入暖阁时，听了崇祯那一句“朕志决矣！”的自言自语，猛一震惊，茶盘一晃，盖碗中的热茶几乎溅出。她小心地将茶碗放在御案上，躬身说道：

“皇爷，请吃茶！”

她原希望崇祯会看她一眼，或者对她说一句什么话，她好猜测出皇上此刻的一点心思。但是皇上既没有说话，也没有看她一眼，好像根本没有注意

到她的进来。她偷看皇上一眼，见皇上双眉深锁，眼睛呆呆地望着烛光，分明心中很乱。她不敢在皇上的身边停留，蹑手蹑脚地退出暖阁，退出正殿，在东暖阁的窗外边站立，继续偷听窗内动静。这时她已经知道有一个长随太监骑马去传旨召新乐侯刘文炳和驸马都尉巩永固即刻进宫。她明白，他们都是皇上的至亲，最受皇上宠信，只是限于祖宗家法，为杜绝前代外戚干政之弊，没有让他们在朝中担任官职，但是他们的地位，他们在皇上心中的分量，与王承恩完全不同。她不知道皇上叫这两位皇亲进宫来为了何事，但是在心中默默地说：

“苍天！千万叫他们劝皇上拿定主意，不要出城！”

崇祯此时还在考虑着如何打开城门，冲杀出去，或许可以成功。只要能逃出去，就不会亡国。但是他也想到，自己战死的可能十有八九，他必须另外想办法使太子能够不死，交亲信内臣保护，暂时藏在民间，以后逃出北京，辗转逃往南京，恢复大明江山。可是命谁来保护太子呢？他至今不知道王德化和曹化淳已经变心，在心慌意乱中，认为只有他们可以托此大事：一则他们深受皇恩，应该在此时感恩图报，二则他们在京城多年来倚仗皇家势力，树植党羽，盘根错节，要隐藏太子并不困难，尤其是曹化淳任东厂提督多年，在他的手下，三教九流中什么样的人都有，只要他的良心未泯，保护太子出京必有办法可想。想了一阵之后，他吩咐：

“你速差内臣，去城上传旨，叫王德化和曹化淳火速进宫！”

下了这道口谕以后，他走出乾清宫，在丹墀上徘徊很久，等候表兄刘文炳和妹夫巩永固带着家丁前来。如今他对于死已经不再害怕，所以反觉得心中平静，只是他并不甘心自尽身亡。他在暗想着如何率领三百名经过内操训练的年轻内臣和刘、巩两皇亲府中的心腹家丁，突然冲出城门，或者杀开一条血路逃走，或者死于乱军之中。纵然死也要在青史上留下千古英烈皇帝之名，决非一般懦弱的亡国之君。当他这样想着时候，他的精神突然振奋，大有“视死如归”的气概，对于以身殉国的事，只有无限痛心，不再有恐惧之感。他心中恨恨地说：

“是诸臣误朕，致有今日，朕岂是亡国之君！”

他停住脚步，仰观天色。天上仍有薄云，月色不明。他又一次想着这正是利于突围出走的夜色，出城的心意更为坚定。他又在丹墀上徘徊许久，猜想他等待的两位可以率家丁护驾的皇亲应该到了，于是他停止脚步，打算回寝宫准备一下，忽然看见王承恩从西侧走上丹墀，他马上问道：

“三百名练过武艺的内臣到了么？”

王承恩躬身回答：“回皇爷，三百名内臣已经点齐，都遵旨在承天门外列队恭候。”

崇祯没说话，转身向乾清宫的东暖阁走去。当他跨进乾清宫正殿的门槛时，回头来对吴祥说道：

“命人去将朕的御马牵来一匹！”

吴祥问：“皇爷，今夜骑哪匹御马？”

崇祯略一思忖，为求吉利，回答说：“今夜骑吉良乘①！”

他到暖阁中等候片刻，忽然吴祥亲自进来禀报：新乐侯刘文炳，驸马都尉巩永固奉诏进宫，在乾清门恭候召见。崇祯轻声说：

“叫他们进来吧！”

在这亡国之祸已经来到眼前的时刻，崇祯原来希望午门上响过钟声之后，住得较近的文武臣工会赶快来到宫中，没料到现在竟然连一个人也没有来。他平时就在心中痛恨“诸臣误国”，此刻看见自己兢兢业业经营天下十七载，并无失德，到头来竟然如此孤独无助。一听吴祥禀报刘文炳和巩永固来到，他立刻叫他们进来，同时在心中说道：

“朕如今只有这两个可靠的人了，他们必会率家丁保朕出城！”

站立在乾清宫外边的宫女和太监们的心情顿时紧张起来。他们都知道，皇上会不会冒死出城，就看这两位皇亲了。

吴祥亲自在丹墀上高呼：“刘文炳、巩永固速速进殿！”

刘文炳和巩永固是最受皇上宠爱的至亲，平日别的皇亲极少被皇上召见，倘若有机会见到皇上，都是提心吊胆，深怕因事获谴。在朝中独有他们两位，见到皇上的机会较多，在皇帝面前并不害怕。过去举行内操时，崇祯因为他二人年纪轻，习过骑射，往往命他们身带弓矢，戎装骑马，从东华门外向北，沿护城河外边进北上东门向北转，再进山左里门，到了煤山东北的观德殿前，然后下马，陪皇帝观看太监们练习骑射。有时崇祯的兴致来了，不但自己射箭，也命他们二人射箭。他们认为这是皇上的“殊恩”，在射箭后总要叩头谢

① 吉良乘——崇祯有四匹心爱的御马，吉良乘是其中之一。

恩。可是今晚不是平时。当听见太监传呼他们进殿以后，他们一边往里走，一边两腿打颤，脸色灰白。进入暖阁，在皇上面前叩了头，等候上谕。崇祯神色凄然，命他们平身，赐坐，然后说道：

“朕平日在诸皇亲中对你们二人最为器重，因限于祖宗制度，不许皇亲实授官职，以杜前代外戚干政之弊。今日国事不同平日，所以要破除旧制，召你们进宫来，委以重任。”

两位年轻皇亲因为从皇帝手谕中已经明白召他们进宫来所为何事，所以听了这话后就站起来说：

“请陛下明谕。”

崇祯接着说道：“逆贼进入外城的人数，想来还不会很多。朕打算出城‘亲征’，与贼决一死战，如荷祖宗之灵，逢凶化吉，杀出重围，国家事尚有可为。二卿速将家丁纠合起来，今夜随朕出城巷战如何?”

新乐侯刘文炳重新跪下，哽咽说道：“皇上！我朝祖宗制度极严，皇亲国戚不许多蓄家奴，更不许蓄养家丁①。臣与驸马都尉两家，连男女老弱在内，合起来不过二三百个家奴，粗通武艺的更是寥寥无几……”

崇祯的心头一凉，两手轻轻颤抖，注视着新乐侯，等他将话说完。新乐侯继续说道：

“臣与驸马都尉两家，纵然挑选出四五十名年轻体壮奴仆，并未练过武艺，加上数百内臣，如何能够保护皇上出城？纵然这数百人全是武艺高强的精兵，也因人数太少，不能保护皇上在悍贼千军万马中杀开一条血路，破围出走。这些内臣和奴仆，从未经过阵仗，见过敌人。臣恐怕一出城门，他们必将惊慌四散，逃不及的便被杀或投降。”

崇祯出了一身冷汗，不知不觉地将右手攥紧又松开，听新乐侯接着说道：

“臣愿为陛下尽忠效命，不惧肝脑涂地，但恐陛下‘亲征’失利，臣死后将成为千古罪人。”

崇祯已经清醒，不觉长叹一声。他后悔自己一味想着破围出走，把天大的困难都不去想，甚至连“皇亲不许多蓄家奴”，更不许“豢养家丁”这两条“祖制”也忘了。他忽然明白自己这一大阵想入非非，实际就是张皇失措。他向驸马都尉悲声问道：

---

① 家丁——家丁也是奴仆，但与一般奴仆不同。这是从奴仆中挑选的青年男仆，训练武艺，组成保护主人的武装力量。

"巩永固，你有何意见?"

巩永固跪在地上哭着说道："倘若皇上在半个月前离京，还不算迟。如今外城已破，内城陷于重围，四郊敌骑充斥，断难走出城门一步，望陛下三思!"

崇祯只是落泪，只是悔恨，没有做声。

刘文炳接着说道："十天以前，逆贼尚在居庸关外很远。天津巡抚冯元彪特遣其子恺章来京呈递密奏，劝皇上驾幸天津，由海道前往南京。恺章是户部尚书冯元飙的亲侄儿，就住在他的家中，可是冯元飙不敢代递，内阁诸辅臣不敢代递，连四朝老臣、都察院左都御史李邦华也不敢代递。恺章于本月初三日来到北京，直到逆贼破了居庸关后才哭着离京，驰回天津。当时……"

崇祯说："此事，直到昨天，李邦华才对朕提到。南幸良机一失，无可挽回!"

"当时如皇上采纳天津巡抚之请，偕三宫与重臣离京，前往天津，何有今日!"

崇祯痛心地说："朕临朝十七载，日夜求治，不敢懈怠，不料亡国于君臣壅塞!"

刘文炳平时留心国事，喜与士人往来，对朝廷弊端本有许多意见，只是身为皇上至亲，谨遵祖制，不敢说一句干预朝政的话。如今亡国在即，不惟皇上要身殉社稷，他自己全家也都要死。在万分悲痛中他大胆说道：

"陛下，国家将亡，臣全家也将为皇上尽节。此是最后一次君臣相对，请容臣说出几句直言。只是这话，如今说出来已经晚了。"

"你不妨直说。"

刘文炳含泪说道："我朝自洪武以来，君位之尊，远迈汉、唐与两宋。此为三纲中'君为臣纲'不易之理，亦为百代必至之势。然而君威日隆，君臣间壅塞必生。魏征在唐太宗前敢犯颜直谏，面折廷争，遂有贞观之治。这种君臣毫无壅塞之情，近世少有。陛下虽有图治之心，然无纳谏之量，往往对臣下太严，十七年来大臣中因言论忤旨，遭受廷杖、贬斥、赐死之祸者屡屡。臣工上朝，一见皇上动问，颤栗失色。如此安能不上下壅塞?陛下以英明之主，自处于孤立之境，致有今日天崩地坼之祸!陛下啊……"

崇祯从来没听到皇亲中有人敢对他如此说话，很不顺耳，但此时即将亡国，身死，族灭，他没有动怒，等待他的表兄哭了几声之后将话说完。

刘文炳以袍袖拭泪，接着说："李邦华与李明睿都是江西同乡，他们原来都主张皇上迁往南京，以避贼锋，再谋恢复。当李自成尚在山西时，南迁实为明智之策。然因皇上讳言南迁，李邦华遂改为送太子去南京而皇上坐镇北京。此是亡国下策。李明睿在朝中资望甚浅，独主张皇上南迁，所以重臣们不敢响应。皇上一经言官反对，便不许再有南迁之议，遂使一盘活棋变成了死棋，遗恨千秋。李自成才过大同，离居庸关尚远，天津巡抚具密疏请皇上速幸天津，乘海船南下，并说他将身率一千精兵到通州迎驾。当时如采纳津抚冯元彪之议，国家必不会亡，皇上必不会身殉社稷。朝廷上下壅塞之祸，从来没人敢说，遂有今日！臣此刻所言，已经恨晚，无救于大局。古人云'鸟之将死，其鸣也哀'。请皇上恕臣哀鸣之罪！"

崇祯在此时已经完全头脑清醒，长叹一声，流着眼泪说道："自古天子蒙尘，离开京城，艰难复国，并不少见，唐代即有两次。今日朕虽欲蒙尘而不可得了！天之待朕，何以如此之酷？……"说着，他忍不住放声痛哭。

两位年轻皇亲也伏地痛哭，声闻殿外。

几个在乾清宫中较有头面的太监和乾清宫的宫女头儿魏清慧，因为国亡在即，不再遵守不许窃听之制，此刻屏息地散立在窗外窃听，暗暗流泪。

从西城和北城上陆续地传来炮声，但是炮声无力，没有惊起来宫中的宿鸦。这炮是守城的人们为着欺骗宫中，从城上向城外打的空炮，以表示他们认真对敌。

哭过一阵，崇祯叹息一声，向他们问道："倘若不是诸臣空谈误国，朕在半月前携宫眷前往南京，可以平安离京么？"

刘文炳说："倘若皇上在半月前离京，臣敢言万无一失。"

巩永固也说道："纵然皇上在五天前离京，贼兵尚在居庸关外，也会平安无事。"

崇祯问："五天前还来得及？"

刘文炳说："天津卫距京师只有二百余里，只要到天津，就不愁到南京了。"

崇祯又一次思想糊涂了，用责备的口气问道："当时朝廷上对南迁事议论不决，你们何以不言？"

刘文炳冷静地回答说："臣已说过，祖宗家法甚严，不许外戚干预朝政。臣等恪遵祖制，故不敢冒昧进言，那时臣等倘若违背祖制，建议南迁，皇上定然也不许臣等说话!”

崇祯悔恨地说:“祖制!家法!没料到朕十七年敬天法祖,竟有今日亡国之祸!”

崇祯忍不住又呜咽起来。两位皇亲伏在地上流泪。过了片刻,崇祯忽然说道:

“朕志决矣!”

刘文炳问:“陛下如何决定?”

“朕决定在宫中自尽,身殉社稷,再也不作他想!”

刘文炳哽咽说:“皇上殉社稷,臣将阖家殉皇上,决不苟且偷生。”

崇祯想到了他的外祖母,心中一动,问:“瀛国夫人如何?”

提到祖母,刘文炳忍不住痛哭起来,然后边哭边说:“瀛国夫人今年整寿八十,不意遭此天崩地坼之变,许多话都不敢对她明说。自从孝纯皇太后[①]进宫以后,瀛国夫人因思女心切,不能见面,常常哭泣。后来知道陛下诞生,瀛国夫人才稍展愁眉。不久惊闻孝纯皇太后突然归天,瀛国夫人悲痛万分,又担心大祸临头,日夜忧愁,不断痛哭,大病多日。如此过了十年,陛下封为信王……”刘文炳忽然后悔,想到此是何时,为什么要说此闲话?于是他突然而止,伏地痛哭。

崇祯哽咽说:“你说下去,说下去。瀛国夫人年已八十,遇此亡国惨变,可以不必为国自尽。”

刘文炳接着说:“臣已与家人决定,今夜将瀛国夫人托付可靠之人,照料她安度余年。臣母及全家男女老幼,都要在贼兵进城之时,登楼自焚。臣有一妹嫁到武清侯家,出嫁一年夫死,今日臣母已差人将她接回,以便母女相守而死。”

崇祯含泪点头,随即看着巩永固问道:“卿将如何厝置公主灵柩?”

巩永固说:“公主[②]灵柩尚停在大厅正间,未曾殡葬。臣已命奴仆辈在大厅前后堆积了柴草。一旦流贼入城,臣立即率全家人进入大厅,命仆人点着柴草,死在公主灵柩周围。”

---

① 孝纯皇太后——崇祯的生母刘氏,入宫后封为淑女。当时崇祯的父亲尚是太子,她在太子的群妾中名位较低,并不受宠。不久,惹怒崇祯的父亲,受谴责而死,可能是自尽,在宫中保密。后来崇祯长成少年,封为信王,她才被追封为妃。到崇祯即位,上尊谥为孝纯皇太后,其母受封为瀛国夫人。

② 公主——崇祯的同父异母妹,巩永固之妻。

崇祯凄然问道："公主有五个儿女，年纪尚幼，如何能够使他们逃生？"

巩永固淌着泪说："公主的子女都是大明天子的外甥，决不能令他们死于贼手。贼兵一旦进城，臣即将五个幼小子女绑在公主的灵柩旁边，然后命家奴点火，与臣同死于公主之旁。"

崇祯又一阵心中刺疼，不禁以袖掩面，呜咽出声。

刘文炳说道："事已至此，请皇上不必悲伤，还请速作焚毁宫殿准备，到时候皇上偕宫眷慷慨赴火，以殉社稷，使千秋后世知皇上为英烈之主。"

崇祯对于自己如何身殉社稷和宫眷们如何尽节，他心中已有主意，但现在不愿说出。他赞成两位有声望的皇亲全家自焚尽节，点点头说：

"好！不愧是皇家至亲！朕不负社稷，不负二祖列宗，卿等不负国恩，我君臣们将相见于地下……"

天上乌云更浓，月色更暗，不见星光。冷风吹过房檐，铁马丁冬。偶尔从城头上传来空炮声，表明内臣和兵民们仍在守城。

今夜，紫禁城中没人睡觉，都在等待着敌人破城，等待着皇上可能下旨在宫中放火，等待着死亡。曾经下了一阵零星微雨，此时又止住了。整个紫禁城笼罩着愁云惨雾。

刘文炳抬起头来说："皇上！事已至此，请恕臣直言，恕臣直言。"

崇祯猜想到他要说什么，说道："朕殉国之志已决，不再有出城之想，你有何话，赶快直说！"

"陛下！……万一，万一内城失守，皇上应当焚毁宗庙，焚毁三大殿，焚毁乾清宫。臣等望见宫中起火，知道皇上殉国，即跟着举家自焚，以报皇上厚恩。"

崇祯点点头说："卿等放心。朕非懦弱之主，决不会落入逆贼之手。已经二更了，城破在即，卿等快回去吧！快出宫吧！"

两位皇亲叩头离开以后，崇祯在乾清宫的暖阁中又坐了一阵，默默地想着心事。如今最后一次要逃出城去的念头已经破灭了，剩下的心事只有三件：一是他自己如何自尽殉国。二是宫眷们如何发落，不能使他们落入"逆贼"之手，有辱国体。关于第一件事，虽然二皇亲建议他在宫中举火自焚，也是一个可行的办法，既死得壮烈，也不使"贼人"戮辱他的尸首，然而他还有别的死法，而且主意已定，但因为做皇帝养成的习惯，此刻他不愿对任何人吐露真情。关于第二件事，三天来他不断在心中考虑，已经下了狠心，但不到最后时刻他不肯宣布他的决定。

还有第三个问题，是如何使他的三个儿子逃出宫中，尤其是应该使太子活下去，以后好恢复江山。他此刻已经既没有逃生的幻想，也不再对自尽怀着恐惧，可以比较冷静地进行思考，大有“视死如归”的心态。

忠心的吴祥，因在窗外听到二位皇亲向皇上建议在宫中举火自焚，皇上并没有说不同意。他想焚烧乾清宫和三大殿必须事先准备好许多干柴，到临时就来不及了。他走进暖阁，跪在崇祯面前，本来想问一问是否命内臣们立刻就准备柴火，但是不敢直问，胆怯地问道：

“皇爷，事急了，有何吩咐?”

崇祯问道：“王承恩现在何处?”

“他在乾清门伺候。”

“王德化和曹化淳来了么?”

“奴婢差内臣飞马去城上传旨，叫他们速速进宫。找了几个地方，没有找到他们，请皇爷恕奴婢死罪，看来他们都躲起来了。”

崇祯恨恨将脚一顿，骂道：“该死!”又说：“牵御马伺候！告诉王承恩准备出宫!”

吴祥骇了一跳：“如今出宫去要往何处?”但是不敢多问，立刻叩头退出，照皇上的吩咐传旨。他知道皇上已经死了逃出城去的一条心，决定自焚。他心中焦急的是，事前不准备好许多干柴，一旦要焚毁乾清宫和三大殿就来不及了!

崇祯走出乾清宫，对一个内臣吩咐：“将朕的三眼铳[1]装好弹药!”然后由一个小答应提着宫灯，绕过乾清宫的东山墙，向养德斋走去。

乾清宫的宫女们都知道李自成的人马已经破了外城，就要攻破内城，皇上不是自尽，便是被杀。想着她们自己一定将被奸淫或者杀戮，大祸就在眼前，分成几团，相对流泪和哭泣。只有魏清慧没有同她们在一起哭泣。她刚才跟着乾清宫两三个头面太监悄悄地站立在贴近东暖阁的窗外窃听。当二位皇亲从乾清宫退出时，她暂时躲进一处黑影里；后来吴祥进到暖阁中向皇上请旨，她又站到窗外，所以皇上在亡国前的动静，她较所有的宫女都清楚。

① 三眼铳——明代火器，较大的称为炮，较小的称为铳。三眼铳是一种很小的火器，有一个大约二尺长的柄，上端有三个铁的铳筒，都可以从前口装药和铁子，从后边点燃火线。

当崇祯从暖阁中出来时，她赶快脚步轻轻地走回乾清宫的后边，先告诉别的宫女："姐妹们，皇上要回养德斋，都不要再哭了。"然后她回到养德斋的门口，恭候圣驾。

崇祯的心绪慌乱，面色惨白，既想着自己的死，也想着许多宫眷、太子和二王的生死问题。他由魏清慧迎接，回到养德斋，颓然坐到龙椅上，略微喘气，向这个居住了十七年的地方打量一眼，不觉叹了一口气。魏清慧赶快跪到他的面前，用颤栗的低声说道：

"国家之有今日，不是皇上之过，都是群臣之罪。奴婢和乾清宫的众都人受皇爷深恩，决不等待受辱。皇爷一旦在乾清宫中举火，奴婢等都愿赴火而死，以报皇恩！"

崇祯的心中一动，想道："莫非她窃听了朕与二位皇亲的密谈？"倘若在平时，他一定会进行追问，严加处分，但是此刻即将亡国，他无心理会窃听的事，对魏清慧说道：

"为朕换一双旧的靴子！"

魏清慧赶快找来了一双穿旧的靴子，跪下去替他换上。崇祯突然站起身来，又吩咐说：

"将朕的宝剑取来！"

魏清慧赶快取下挂在墙上的御用宝剑，用长袖拂去了剑鞘上的轻尘。她自己从来没有玩弄过刀剑，也不曾留意刀剑应挂在什么地方，在心慌意乱中她站到皇上的右边，将宝剑往丝绦上系，忽听皇上怒斥道："左边！"她恍然明白，赶快转到皇帝的左侧，将宝剑牢牢地系在丝绦上。崇祯看了魏宫人一眼，看见她哭得红肿了的双眼和憔悴的面容，想着连宫眷们也跟着遭殃，不禁心中一酸，悲伤地小声说道："朕还要回来的！"随即大踏步往乾清宫的前边走去。

王承恩在丹墀上恭候。他已经问过吴祥，知道皇上听从了两皇亲之劝，打消了出城之念。他原来决定伏地苦谏，这时也不提了。

吴祥猜到皇上只是想在亡国前看一看北京情况，为防备城中突然起变故，所以要多带内臣，以便平安回到宫中，举火自焚。他也挑选了乾清宫中参加过内操的年轻太监大约三十余人，各带刀剑，肃立在丹墀下边。他自己留在丹墀上，站在王承恩的身旁，崇祯向王承恩问道：

"人都准备好了？"

王承恩回答："回皇爷，都遵旨在承天门外等候，连同奴婢手下的内臣，共约三百五十余人。又从御马监牵来了战马。"

吴祥接着说道："启奏陛下，乾清宫中前年参加过内操的年轻太监也有三十余人，都在丹墀下边等候护驾！"

"乾清宫的内臣们留下，不要离宫。"

吴祥说："皇上出宫，奴婢们理应扈从。"

崇祯点头示意吴祥趋前一步，小声说道："朕还要回宫来的。乾清宫的内臣们一出去，宫女们不知情况，必然大乱；乾清宫一乱，各宫院都会跟着大乱。你留下，率领内臣们严守本宫，等朕回来。"

吴祥跪着说："请恕奴婢死罪！要为乾清宫准备柴草么？"

崇祯迟疑片刻，在心中说道："都是想着朕应该举火自焚，唉，只有魏清慧知道朕的噩梦！"他没有回答吴祥的话，对王承恩说道：

"我们走吧！"

崇祯的御马吉良乘早已被牵在乾清门外等候。一个小太监搬来朱漆马凳。崇祯上了七宝镂金雕鞍，一个长随太监替他牵马，绕过三大殿，又过了皇极门，在内金水河南边驻马，稍停片刻。他回头看了一阵，想着这一片祖宗留下的巍峨宫殿和雕栏玉砌，只有天上才有，转眼间将不再是他的了，心中猛然感到刺痛，眼泪也夺眶而出。要放火烧毁么？他的心中迟疑，下不了这样狠心，随即勒转马头，继续前行。

崇祯只有王承恩跟随，一个太监牵马，在十七年的皇帝生涯中从来没有如此走过夜路。他孤孤单单地走出午门，走过了两边朝房空荡荡和暗沉沉的院落，走出了端门，又到了大致同样的一进院落。这一进院落不同的是，在端门和承天门之间虽然也有东西排房，但中间断了，建了两座大门，东边的通往太庙，西边的通往社稷。崇祯在马上忍不住向左右望望，想着自己辛辛苦苦经营天下十七年，朝乾夕惕，从没有怠于政事，竟然落到今日下场：宗庙不保，社稷失守！他又一次滚出眼泪，在心中连声悲呼：

"苍天！苍天！"

崇祯满怀凄怆，骑马出了承天门，过了金水桥，停顿片刻，泪眼四顾。三四百内臣牵着马，等候吩咐。王承恩明白崇祯的心绪已经乱了，出宫来无处可去，大胆地向他问道：

"皇上，要往何处？"

崇祯叹息说："往正阳门去！"

王承恩猛吃一惊，赶快谏道："皇爷，正阳门决不能开，圣驾决不能出城一步！"

"朕不要出城。朕为一国之主，只想知道贼兵进入外城，如何放火，如何杀戮朕的子民。你们随朕上城头看看！"

王承恩命三四百名太监立即上马，前后左右护驾，簇拥着崇祯穿过千步廊，走出大明门，来到棋盘街。前边就是关闭着的正阳门，瓮城外就是敌人，再往何处？王承恩望望皇上，等待吩咐。正在这当儿，守城的太监们在昏暗的夜色中看见棋盘街灯笼零乱，人马拥挤，以为是宫中出了变故，大为惊慌，向下喝问何事。下边答话后，城上听不清楚。守城的太监中有人声音紧张地大叫：

"放箭！放箭！赶快放箭！皇城里有变了，赶快放箭！"

又有人喊："快放火器！把炮口转过来，往下开炮！"

在棋盘街上有人向城上大喊："不许放箭！不许放炮！是提督王老爷到此，不是别人！"

城上人问："什么？什么？到底是谁？"

王承恩勒马向前，仰头望着城上，用威严的声音说道：

"是我！我是钦命京营提督，司礼监的王老爷。是圣驾来到，不必惊慌！"

城头上一听说是圣驾来到，登时寂静。没有人敢探头下望，没有人再敢做声，只有从远处传来的稀疏柝声。在城头上昏暗的夜色中但见一根高杆上悬着三只白灯笼，说明军情已到了万分紧急的时刻。

一天来，崇祯的精神状态是一会儿惊慌迷乱，一会儿视死如归，刚才他离开宫院和紫禁城，被深夜的冷风一吹，头脑已经清醒许多。此刻他立马在棋盘街上，因城上要向下射箭打炮，他心中猛然一惊，心态更加冷静了。停了片刻，他完全清醒过来，心中自问："如此人心惊疑时候，朕为何要来这里？"他明白，他原是打算登上城头，看一眼外城情况。可是他忽然明白，已经到了此时，内城即将不守，自己的命且不保，社稷不保，他到城头上看看贼兵在外城杀人放火，已经无济于事了。

"唉！"他心中叹息说，"眼下有多少紧急大事待朕处理，一刻也不能耽误！不能耽误！……回宫，赶快回宫！"

此时，三四百人马拥挤在棋盘街，十分混乱。王承恩知道皇上急于回宫，到他的面前说："请皇爷随奴婢来，从东边绕过去！事不宜迟！"崇祯随即跟着王承恩，在太监们的簇拥中由棋盘街向东转取道白家巷回宫。白家巷的南口连着东江米胡同的西口，有一座栅栏。在进入栅栏时，他忽然驻马，伤心地回头向正阳门城头望望，才望见城头上悬起来三只白灯笼。其实，这三只白灯笼早已悬挂在一根高杆上，只是崇祯和他周围的太监们刚才拥挤在棋盘街，站立的角度不对，所以都没看见，现在才看清了。

原来事前规定，当"贼兵"向外城进攻紧急时，挂出一只白灯笼；开始攻入外城，挂出两只白灯笼；已经有大批人马进入外城，到了前门外大街，接近瓮城，立刻挂出三只白灯笼。现在崇祯望见这三只白灯笼，突然瘫软在马鞍上，浑身冒出冷汗。他赶快用颤栗的左手抱紧马鞍，而三眼铳从他的右手落到地上。替他牵马的太监弯身从地上拾起三眼铳，双手捧呈给他，但他摇摇头，不再要了。

出了白家巷，来到东长安街的大街上，往西可以走进长安左门，进承天门回宫；往东向北转，可以去朝阳门。王承恩向他问道：

"陛下还去何处？"

崇祯的神志更加混乱，只想着敌人何时攻入内城，他应该如何殉国，宫眷们应该如何处置，太子和二王如何逃生……他神志混乱中还在幻想着吴三桂的救兵突然从东方来到，所以漫然回答说：

"往朝阳门！"

向朝阳门的方向走了一段路程，前面路北边出现了一座十分壮观的第宅，崇祯问道：

"这是何处？"

一个太监回答："启禀皇爷，此系成国公①府。"

崇祯说："叫成国公出来！"

三四百人停止在成国公府门前的东西两座石牌坊之间，有一个太监下马，去叫成国公府的大门，里边有人问：

"是谁叫门？有何要事？"

太监回答："是钦命京营提督，司礼监王老爷有事拜见国公。"

门内声音："国公爷在金鱼胡同李侯爷府赴宴未回，请王老爷改日来吧！"

---

① 成国公——朱勇是明成祖的开国功臣，封为成国公，永乐四年卒于军中。世袭至最后一代成国公名朱纯臣，甲申三月降李自成，随后被杀。

叫门的太监回来对王承恩说："内相老爷，今晚不会有谁设宴请客。朱国公一定在府。只是朱府的人害怕您是为捐助军饷而来，所以托词回绝。我告诉他说是圣驾到此好么？"

崇祯轻声说："见他也是无用，回宫去吧！"

在走往承天门的路上，崇祯对王承恩伤心地说道："从朱勇封国公，至今世袭了两百三十多年，与国家休戚相共，今夜竟然连朕身边的秉笔太监也不肯见，实实令人痛恨！"

快走到长安左门的时候，崇祯经过这一阵对自己的折腾，头脑完全清醒了。如今已经三更以后，他需要赶快处置宫中的大事和准备身殉社稷了。

他在东长安街心暂时停下，告诉王承恩，传谕内臣们不必进宫，各自回家。当这三四百名年轻的太监们纷纷离开以后，崇祯的身边只剩下秉笔太监王承恩，另外还有一个是替他牵马的乾清宫的答应，一个是王承恩的亲随太监。寂静的十里长街，突然间只剩下这孤单单的君臣四人，使崇祯不由地胆颤心惊。他暂时立马的地方，南边的是左公生门，北边隔红墙就是太庙。他向西南望一望前门城头，三只白灯笼在冷风中微微飘动。他又看一看红墙里边，太庙院中的高大松柏黑森森的，偶尔有栖在树上的白鹤从梦中乍然被炮声惊醒，带着睡意地低叫几声。崇祯对王承恩说：

"朕要回宫，你也回家去吧。"

王承恩说："奴婢昨日已经辞别了母亲。陛下殉社稷，奴婢殉主，义之正也，奴婢决不会偷生人间！"

崇祯今天常常愤恨地思忖着一件事：前朝古代，帝王身殉社稷时候，常有许多从死之臣，可恨他在亡国时候，竟没有一个忠义之臣进宫来随他殉国！他平日知道王承恩十分忠贞，此时听了王承恩的话，使他的心中感动。他定睛看看王承恩，抑制着心中的汹涌感情，仍然不失他的皇帝身份，点点头说：

"很好，毕竟不忘朕豢养之恩，比许多读书出身的文臣强多了！"

王承恩遵照紫禁城中除皇帝外任何人不能骑马的"祖制"，到了长安左门外边的下马碑处，赶快下马，将马匹交给亲随的太监牵走，他步行跟在崇祯的马后进宫。他猜不透也不敢问，皇上到底是要在乾清宫举火自焚还是自缢。当走进皇极门的东角门（即宏政门）时，他看见皇极殿就在眼前，绕过三大殿就是乾清宫了，王承恩胆怯地问道：

"皇爷，时间不多，要不要命内臣们赶快向三大殿和乾清宫搬来干柴？"

崇祯又一次浑身一震，停住吉良乘，回头看看王承恩，跟着又一次下了决心，回答说：

“朕从昨天就有了主张，不必多问！”

王承恩不敢再问，只是心中十分焦急，只怕一旦贼兵进入内城，皇上要从容自尽就来不及了。他已经看出来王德化与曹化淳已经变心，同杜勋有了密议。到了约定时候，内城九门会同时打开，放进贼兵。他不仅担心皇上会来不及从容殉国，而且宫中还有皇后、皇贵妃、太子、永定二王、公主、众多宫眷……

第五十章

到了乾清门外，崇祯下马，吩咐王承恩暂到司礼监值房休息，等候呼唤。他对于应该马上处理的几件事已经胸有成竹，踏着坚定的脚步走进乾清门。一个太监依照平日规矩，在乾清门内高声传呼："圣驾回宫！"立刻有吴祥等许多太监跪到甬路旁边接驾。魏清慧和一群宫女正在乾清宫的一角提心吊胆地等候消息，一听皇上回宫，慌忙从黑影中奔出，跪在丹墀的一边接驾。

崇祯没有马上进入乾清宫，想到皇后、袁妃、公主……马上都要死去，他在丹墀上彷徨顿脚，发出沉重的叹息。忽然一个太监来到他的面前跪下，声音哆嗦地说道：

"启奏皇爷，请皇爷不要忧愁，奴婢有一计策可保皇爷平安。"

崇祯一看，原来是一个名叫张殷的太监，在乾清宫中是个小答应，平常十分老实，做点粗活，从不敢在他的面前说话。此时听他一说，感到奇怪：这个老实奴才会有什么妙计？于是低下头来问道：

"张殷，别害怕，你有何妙计？"

张殷回答说："皇爷，倘若贼兵进了内城，只管投降便没有事了。"

崇祯的眼睛一瞪，将张殷狠踢一脚，踢得他仰坐地上，随即拔出宝剑，斜砍下去，劈死了张殷。这是崇祯平生第一次亲手杀人，杀过之后，气犹未消，浑身颤栗。众太监和宫女们第一次看到皇上在宫中杀人，都惊恐伏地。看见皇上依然盛怒，脚步沉重地走下丹墀，吴祥赶快追上去，跪在他面前问道：

"皇爷要往何处？"

"坤宁宫！"

大家听到皇上要去坤宁宫，一齐大惊，知道宫中的惨祸要开始了。吴祥赶快命一个太监奔往坤宁宫，启奏皇后准备接驾，同时取来了两只宫灯，随着皇上走出日精门，从东长街向北走去。魏清慧也赶快拉着一个宫女，点着两只宫灯，从乾清宫的后角门出去，追上皇帝。

周后正在哭泣，听说皇帝驾到，赶快到院中接驾。崇祯一路想着，要把宫眷中哪一些人召到坤宁宫，吩咐她们自尽，倘有不肯奉旨立刻自尽的，他就挥剑杀死，决不将她们留给贼人，失了皇家体统。因为考虑着他要亲自挥剑杀死宫眷，所以他不进坤宁宫正殿，匆匆走进了东边的偏殿。皇后紧紧地跟随着他。跪在院中接驾的太监们和宫女们都站起来，围立在偏殿门外伺候，颤栗屏息。

崇祯在偏殿正间的龙椅上坐下，命皇后也赶快坐下，对皇后说道：

"大势去了，国家亡在眼前。你是天下之母，应该死了。"

周后对于死，心中早已有了准备。皇上的话并没有出她的意料之外。她没有说话，只是点点头，表示明白。坤宁宫的宫女们知道皇后就要自尽，都跪到地上哭了起来。站在殿外的太监们因为宫女们一哭，有的流泪，有的呜咽。

近三天来，周后因知道国家要亡，心中怀着不能对任何人说出的一件恨事，如今忽然间又出现在心头。

一个月前，李自成尚在山西境内时，朝中有人建议皇上迁往南京，以避贼锋，再图恢复。朝廷上有人赞成，有人反对，使皇上拿不定主意。周后和懿安皇后通过各自的宫中太监，也都知道此事。懿安皇后是赞同迁都南京的，但她是天启的寡妇，不便流露自己的主张。有一天托故来找周后闲谈，屏退左右，悄悄请周后设法劝皇上迁都南京。后来，崇祯心绪烦闷地来到坤宁宫，偶然提到李自成率五十万人马已入山西，各州县望风投降的事，不觉长叹一声。周后趁机说道：

"皇上，我们南边还有一个家……"

崇祯当时把眼睛一瞪，吓得周后不敢再往下说了。从那次事情以后，在宫中只听说李自成的人马继续往北京来，局势一天比一天坏，亡国大祸一天近似一天。周后日夜忧愁，寝食难安，但又不敢向皇上询问一字。她常常瞎想，民间贫寒夫妻，有事还可以共同商量，偏在皇家，做皇后的对国家大事就不许说出一字！她痛心地反复暗想，她虽不如懿安皇后那样读书很多，但是她对历代兴亡历史也略有粗浅认识。她也听说，洪武爷那样喜欢杀人，有时还听从马皇后的谏言！她小心谨慎，总想做一个贤德皇后，对朝政从不打听，可是遇到国家存亡大事，她怎能不关心呢？她曾经忍不住说了半句话，

受到皇上严厉的眼色责备，不许她把话说完。假若皇上能听她一句劝告，在一个月前逃往南京，今天不至于坐等贼来，国家灭亡，全家灭亡！

她有一万句话如今都不需要说了，只是想着儿子们都未长成，公主才十五岁，已经选定驸马，尚未下嫁，难道在她死之前不能同儿女们见一面么？她没有说话，等候儿女们来到，也等候皇上说话，眼泪像泉水般地在脸上奔流。

崇祯命太监们分头去叫太子和永王、定王速来，又对皇后说道：

“事不宜迟。你是六宫之主，要为妃嫔们做个榜样，速回你的寝宫自缢吧！”

周后说道：“皇上，你不要催我，我决不会辱你朱家国体。让我稍等片刻。公主们我不能见了，我临死要看一眼我的三个儿子！”

皇后说了这句话，忍不住以袖掩面，痛哭起来。

这时，魏清慧等和一部分皇后的贴身宫女如吴婉容等都已经进入偏殿，她们听到皇后说她临死前不能见到两个公主，但求见到太子与二王的话，每一个字都震击着她们的心灵。第一个不知谁哭出声来，跟着就全哭起来，而且不约而同地环跪在皇后面前，号啕大哭。站在门外的几十名宫女和太监都跟着呜咽哭泣。

周后本来还只是热泪奔流，竭力忍耐着不肯大哭，为的是不使皇上被哭得心乱，误了他处置大事。到了这时，她再也忍耐不住，放声痛哭。

崇祯也极悲痛，在一片哭声中，望着皇后，无话可说，不禁呜咽。他知道皇后不肯马上去死，不是贪生怕死，而是想等待看三个儿子一眼。呜咽一阵，他又一次用袍袖擦了眼泪，对皇后说道：

“内城将破，你赶快去死吧。朕马上也要自尽，身殉社稷，我们夫妻相从于地下。”

周后突然忍住痛哭，从心中喷发出一句话：“皇上，是的，只看儿子们一眼，我马上就去死。可是有一句话我要说出：我嫁你十七年，对国事不敢说一句话，倘若你听了我一句话，何至今日！”

崇祯明白她说的是逃往南京的事，呜咽说道：“原是诸臣误朕，如今悔恨已迟。你还是赶快死吧！你死我也死，我们夫妻很快就要在地下见面！”

周后并不马上站起身来去寝宫自尽，想到就要同太子和二王死别，又想到临死不能见两个亲生的公主，哭得更惨。崇祯见此情形，后悔不曾下决心逃往南京，不由地顿足痛哭。

坤宁宫正殿内外的几十个宫女和太监全都哭得很痛。有一个进入偏殿的宫女晕倒在地，被吴婉容用指甲掐了她的人中，从地上扶了起来。

崇祯哭了几声，立刻忍住，命一个宫女速速奔往慈庆宫，禀奏懿安皇后，请她自尽，并说：

“你启奏懿安皇后，皇帝和皇后都要自尽，身殉社稷。如今亡国大祸临头，皇上请她也悬梁自尽，莫坏了祖宗的体面！”

这时，太子、永王和定王，都被召到了坤宁宫偏殿。周后一手拉着十五岁的太子，一手拉着十一岁的定王，不忍离开他们，哭得更痛。永王十三岁，生母田皇贵妃于一年半以前病逝。周后是他的嫡母，待他“视如己出”。他现在站在皇后的身边痛哭。皇后用拉过定王的手又拉了永王，撕人心肝地放声大哭。崇祯催促皇后说：

“如今事已至此，哭也无用。你快自尽吧，不要再迟误了。”他又向一个宫女说：“速去传旨催袁娘娘自尽，催长平公主自尽，都快死吧，不要耽误到贼人进来，坏了祖宗的国体。”

此时，从玄武门上传来了报时的鼓声和报刻的云板声，知道四更过了一半，离五更不远了。坤宁宫后边便是御花园和钦安殿，再往后便是玄武门。玄武门左右，紧靠着紫禁城里边的排房，俗称廊下家，住着一部分地位较低的太监。这时，从廊下家传出来一声两声鸡啼，同云板声混在一起。

皇后一听见鸡啼声，在心中痛恨地说：“唉，两个女儿再也不能见到了！”她放开了太子和永王的手，毅然站起，向崇祯说道：

“皇上，妾先行一步，在阴间的路上等待圣驾！”

虽然她不再怕死，丝毫不再留恋做皇后的荣华富贵，但是她十分痛心竟然如此不幸，身逢亡国灭族惨祸。她临走时心犹不甘，用泪眼看一眼三个儿子，看一眼马上也要自尽殉国的皇上，同时又想到两个女儿，深深地叹了口气。她两天两夜来寝食俱废，十分困乏，又加上脚缠得太小，穿着弓鞋，刚走两步，忽然打个趔趄。幸而吴婉容已经从地上站起，赶快将她扶住。

崇祯望着皇后在一群宫女的簇拥中走出偏殿，又一次满心悲痛，声音凄怆地对太子和二王吩咐：

“母后要同你们永别了。你们恭送母后回到寝宫，速速回来，朕有话说！”

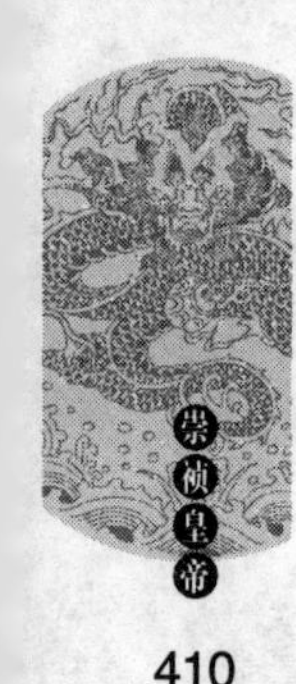

因为五更将到，崇祯知道自己的时间不多了。想到马上还要在宫中杀人，他深感已经精力不够，吩咐宫女们："拿酒来！快拿酒来！"宫女们马上把酒拿来，只是仓皇中来不及准备下酒小菜。崇祯不能等待，厉声吩咐：

"斟酒！"

一个宫女用金杯满满地斟了一杯，放在长方形银盘中端来，摆到他的面前。他端起酒杯一饮而尽，又说道：

"斟酒！"

宫中酿造的御酒"长春露"虽然酒力不大，但是他一连饮了十来杯（他平生从来不曾如此猛饮），已经有了三分醉意。当他连连喝酒的时候，神态慷慨沉着，似乎对生死已经忘怀。站在左右的宫女和太监们看到他的这种异乎寻常的神气，而且眼睛通红，都低下头去，不敢仰视，只怕他酒醉之后挥剑杀人，接着自刎。然而崇祯只是借酒浇愁，增加勇气，所以心中十分清楚。他停止再饮，向一个太监吩咐：

"传主儿来！"

宫中说的"主儿"就是太子。太子马上来到了偏殿，永王和定王也随着来到，跪在他的面前。太子哽咽说：

"回父皇，儿臣等已恭送母后回到寝宫了。"

"自尽了么？"

太子哭着回答："母后马上就要自尽，宫女们正在为她准备。"

"你母后还在哭么？"

"母后只是深深地叹气，不再哭了。"

"好，好。身为皇后，理应身殉社稷。"

他侧耳向坤宁宫正殿倾听，果然听不见皇后的哭声，接着说道：

"贼兵快攻进内城，越快越好。"

此时皇后确实已经镇定，等太子和二王哭着叩头离开，她叹了口气，命一个小太监在宫女们的帮助下，替她在寝宫（坤宁宫西暖阁）的画梁上绑一条白练，摆好踏脚的凳子。寝宫中以及窗子外和坤宁宫正殿，站立众多宫女，屏息无声，十分寂静。吴婉容挥走了小太监，跪到皇后面前，用颤抖的低声说道：

"启奏娘娘，白练已经绑好了。"

皇后没有马上起身，轻声吩咐："快拿针线来，要白丝线！"

吴婉容不知皇后要针线何用，只好向跪在她身后的宫女吩咐。很快，宫女们将针线拿到了。吴婉容接住针线，手指轻轻打颤，仰面问道：

“娘娘，要针线何用？”

原来周后今年才三十三岁，想到自己生得出众的貌美，浑身皮肤光洁嫩白，堪称“玉体”，担心贼人进宫后尸身会遭污辱，所以在上吊前命一个平日熟练女红的年长宫女跪在地上用丝线将衣裙的开口缝牢。当这个宫女噙着眼泪，心慌意乱，匆忙地缝死衣裙的时候，周后不是想着她自己的死，而是牵挂着太子和二王的生死。她想知道皇上如何安排三个儿子逃出宫去，努力听偏殿中有何动静。但是皇上说话的声音不高，使她没法听清。她又叹口气，望着跪在地上的宫女，颤声说道：

“你的手不要颤抖，赶快缝吧！”

那个熟练针线的年长宫女，手颤抖得更加厉害，连着两次被针尖扎伤了手指。吴婉容看在眼里，接过来针线，一边流泪，一边飞针走线，很快将皇后的衣襟和裙子缝死。皇后对吴婉容说：“叫宫人们都来！”马上，三十多个宫女都跪在她的面前。她用袖头揩揩眼泪，说道：

“我是当今皇后，一国之母，理应随皇帝身殉社稷。你们无罪，可以不死。等到天明，你们就从玄武门逃出宫去。国家虽穷，这坤宁宫中的金银珠宝还是很多，你们可以随便携带珠宝出宫。吴婉容，你赶快扶我一把！”

吴婉容赶快扶着皇后从椅子上站起来，向上吊的地方走去。她竭力要保持镇定，无奈浑身微颤，两腿瘫软，不能不倚靠吴婉容用力搀扶，缓慢前行。她顷刻间就要离开人世，但是她的心还在牵挂着丈夫和儿子，一边向前走一边叹气，幽幽地自言自语：

“皇上啊！太子和永、定二王，再不送他们逃出宫去就晚啦！”

偏殿里，太子和永、定二王已经从地上站起来，立在父皇面前，等待面谕。崇祯忽然注意到三个儿子所穿的王袍和戴的王帽，吃了一惊，用责备的口气说：

“什么时候了，你们还是这副打扮！”随即他向站在偏殿内的一群宫女和太监看了一眼，说：“还不赶快找旧衣帽给主儿换上！给二王换上！”

众人匆忙间找来了三套小太监穿旧了的衣服，由两个宫女替太子更换，另有宫女们替二王更换。崇祯嫌宫女们的动作太慢，自己用颤抖的双手替太子系衣带，一边系一边哽咽着嘱咐说：

“儿啊！你今夜还是太子，天明以后就是庶民百姓了。逃出宫去，流落民间，你要隐姓埋名，万不可露出太子身份。见到年纪老的人，你要称呼爷爷；见到中年人，你要称呼伯伯、叔叔；见到年岁与你相仿的人，你要称呼哥哥……我的儿啊，你要明白！你一出宫就是庶民百姓，就是无家可归的人，比有家可归的庶民还要可怜！你要千万小心，保住你一条性命！你父皇即将以身殉社稷。你母后已经先我去了！……”

当崇祯亲自照料为太子换好衣帽时，永、定二王的衣帽也由宫女们换好了。在这生离死别的一刻，他拉着太子的手，还想嘱咐两句话，但是一阵悲痛，哽咽得说不出一个字，只有热泪奔流。

皇后由吴婉容搀扶着，走到从梁上挂下白练的地方。她最后用泪眼望一望在坤宁宫中忠心服侍她的宫女们，似乎有不胜悲痛的永别之情。除吴婉容外，所有的宫女都跪在地上为皇后送行，不敢仰视。周后由吴婉容搀扶，登上垫脚的红漆描金独凳，双手抓住了从画梁上垂下的白练，忽然想到临死不能够同两个公主（一个才六岁）再见一面，恨恨地长叹一声。吴婉容问道：

“娘娘，还有什么话对奴婢吩咐？”

周后将头探进白练环中，脸色惨白，她双手抓紧白练，声音异常平静地对吴说道：

“我要走了。你去启奏皇上，说本宫已经领旨在寝宫自缢，先到黄泉去迎接圣驾。”

周后说毕，将凳子一蹬，但未蹬动。吴婉容赶快将凳子移开，同时周后将两手一松，身体在空中摆动一下，不再动了。宫女们仰头一看，一齐放声痛哭，另外在窗外的太监们也发出了哭声。

崇祯听见从皇后的寝宫内外传来宫女们和太监们一阵哭声，知道皇后已经自缢身亡，不觉涌出热泪，连声说：

“死得好，死得好。不愧是大明朝一国之母！”

他正要吩咐太监们护送三个儿子出宫，吴婉容神色慌张地走进偏殿，跪在他的面前说道：

“皇爷，皇后命奴婢前来启奏陛下，她已经遵旨悬梁自尽，身殉社稷！”

崇祯睁大眼睛，望着吴婉容问道：

“皇后还说了什么话？”

“皇后说道，她先行一步，在黄泉路上迎接圣驾。”

崇祯忍不住掩面痛哭。站在他面前的三个儿子跟着他放声痛哭，没有人能抬起头来。

崇祯不敢多耽搁时间，他赶快停止痛哭，吩咐钟粹宫的掌事太监赶快将太子和定王送往他们的外祖父嘉定侯周奎的府中，又吩咐一个可靠的太监将永王送到田皇亲府中，传旨两家皇亲找地方使他的三个儿子暂时躲藏，以后出城南逃。吩咐了太监们以后，崇祯因为将恢复江山的希望寄托在太子身上，他又对太子说道：

“儿啊，汝父经营天下十七年，敬天法祖，勤政爱民，并无失德，不是亡国之君。皆朝中诸臣误我，误国……致有今日之祸。儿呀！你是太子，倘若不死，等你长大之后，你要恢复祖宗江山，为你的父母报仇。千言万语，只是一句话，我的儿啊！你要活下去！活下去！恢复江山！……”他痛哭两声，吩咐太监们带着太子和永、定二王赶快出宫。

他本来下旨：曾经被他召幸[1]过的女子，不管有了封号的和没有封号的，都集中在钱选侍的宫中，等候召进坤宁宫中处置，也就是吩咐她们立刻自尽，不肯自尽的就由他亲手杀死，绝不能留下来失身流贼。

然而现在已经将近五更，住在玄武门内左右廊下家的太监们喂养的公鸡开始纷纷地叫明了。崇祯不再叫等候在钱选侍宫中的宫眷们前来，他出了偏殿，转身往正殿走去。

吴婉容知道他要去看一眼皇后的尸首，赶快跑在前面，通知宫女们止哭，接驾。崇祯进了坤宁宫的西暖阁，看一看仍然悬在梁上的尸体，他用剑鞘将尸体推了一下，轻轻地点头说：“已经死讫了，先走了，好，好！”他立即回身退出，一脚高一脚低地走出坤宁宫院的大门，向寿宁宫转去。一部分太监和宫女紧随在他的身后，有人在心中惊叫：

“天哪，是去逼公主自尽！”

听见廊下家的鸡叫声愈来愈稠，崇祯的心中很急，脚步踉跄地向寿宁宫走去。他虽然想保持镇静，在死前从容处理诸事，然而他的神志已经慌乱，只怕来不及了，越走越快，几乎使背后的宫女和太监们追赶不上。

---

① 召幸——在崇祯朝，皇后和田、袁二妃的地位崇高，皇上可以到坤宁宫、承乾宫、翊坤宫中住宿，但别的妃嫔和被他看中的女子只能召到养德斋陪宿，天明时离开。这种办法称做召幸。皇帝同女子发生性行为，在封建时代叫做“幸”。

住在寿宁宫的长平公主是崇祯的长女，自幼深得父皇的喜爱。当她小的时候，尽管崇祯日理万机，朝政揪心，还是经常抱她，逗她玩耍。她生得如花似玉，异常聪慧，很像皇后才入信邸时候。去年已经为她选定了驸马，本应今年春天“下嫁”，只因国事日坏，不能举行。此刻他要去看看他的爱女是否已经自尽，尸悬画梁……他的心中忽然万分酸痛，浑身颤栗，连腿也软了。他想大哭，但哭不出声，在心中叫道：

“天啊，亡国灭族……人间竟有如此惨事！”

住在寿宁宫的长平公主今年十六岁，刚才坤宁宫中的一个宫女奔来传旨，命她自尽。她不肯，宫女们也守着她不让她自尽。现在众宫女正围着她哭泣，忽然听说万岁驾到，她赶快带着众宫女奔到院中，跪下接驾。崇祯见公主仍然活着，又急又气，说道：

“女儿，你为何还没有死？”

公主牵着他的衣服哭着说：“女儿……无罪！父皇啊……”

崇祯颤抖地说：“不要再说啦！你不幸生在皇家，就是有罪！”

长平公主正要再说话，崇祯的右手颤抖着挥剑砍去。她将身子一躲，没有砍中她的脖颈，砍中了左臂。她在极度恐怖中尖叫一声，倒在地上，昏迷过去。崇祯见公主没有死，重新举起宝剑，但是他的手臂颤抖得更凶，没有力气，心也软了，勉强将宝剑举起之后，却看见费珍娥扑到公主身上，一边大哭一边叫道：

“皇爷，砍吧！砍吧！奴婢愿随公主同死！”

崇祯的手腕更软了，宝剑砍不下去，叹口气，转身走出寿宁宫，仓皇地走到了袁妃居住的翊坤宫。崇祯走后，寿宁宫中的宫女们和公主的奶母仍在围着公主哭泣。寿宁宫的掌事太监何新赶快从御药房找来止血的药，指挥年纪较长的两个宫女将公主抬放榻上，为公主上药和包扎伤口，却没有别的办法。公主仍在昏迷中，不省人事，既不呻吟，也不哭泣。由于皇后已死，皇帝正在宫中杀人，寿宁宫中事出非常，掌事太监何新和奶母陈嬷嬷对昏迷不醒的公主都不知如何处理。幸而恰在这时，被大家素日敬爱的吴婉容来到了。

原来吴婉容等皇上走出坤宁宫后，不让太监插手，同坤宁宫中几个比较懂事和胆大的宫女一齐动手，将皇后的尸体从梁上卸下，安放在御榻上，略整衣裙，替皇后将一只没有闭拢的眼睛闭上，又将绣着龙凤的黄缎被子盖好尸体。她知道皇上是往寿宁宫来，不知公主的死活，便跟在皇上之后奔来了。

吴婉容看见公主虽然被砍伤左臂，因皇上手软无力，并未砍断骨头，更没有伤到致命地方，醒来以后休养些日子就会康复。她将何新叫到寿宁宫的前庑下，避开众人，小声问道：

“何公公，你打算如何救公主逃出宫去？”

何新说：“公主已经不省人事，倘若我送公主出宫，公主死在路上，我的罪万死莫赎。”

“不，何公公。据我看，公主的昏迷不醒是刚才极度惊惧所致，一定不会死去。你何不趁着天明以前，不要带任何人，独自背公主出玄武门，逃到周皇亲府中？”

何新的心中恍然明白，说道：“就这么办，好主意！”

费珍娥已经出来，听见了他们救公主的办法，小声恳求说：“让我跟随去服侍公主行么？”

何新说：“不行！多一个人跟去就容易走漏消息！”

费宫人转求坤宁宫的管家婆：“婉容姐，我愿意舍命保公主，让我去么？”

婉容说：“你留在宫中吧。让何公公背着公主悄悄逃走，就是你对公主的忠心。”

“可是我决不受贼人之辱！”

“这我知道。还是前天我对你说的话，我们都要做清白的节烈女子，决不受辱。一旦逆贼破了内城，你来坤宁宫找我，我们都跟魏清慧一起尽节，报答帝后深恩。”

吴婉容因坤宁宫中的众宫人离不开她，匆匆而去。她同袁皇贵妃的感情较好，本想去看袁妃的尽节情况，但没有工夫去了，在心中悲痛地说：

“袁娘娘，你没有罪，不该死，可是这就叫做亡国啊！”

其实，此时袁妃并没有死。她身为皇贵妃，国亡，当然要随皇帝身殉江山，所以三天来她对于死完全有精神准备。当皇上在坤宁宫催周后自尽时候，她本来毫不犹豫地遵旨自尽，不料因为她平日待下人比较宽厚，宫女们故意在画梁上替她绑一根半朽的丝绦。结果她尚未绝气，丝绦忽然断了，将她跌落地上，慢慢地复苏了。虽然她吩咐宫女们重新替她绑好绳子，重新扶她上吊，但宫女们都跪在地上，围着她哭，谁也不肯听话。崇祯进来，知道她因绳子忽断，自缢未死，对她砍了一剑，伤了臂膀。因为他的手臂颤栗，加上翊坤宫一片哭声，他没有再砍，顿顿脚，说了句“你自己死吧！”，转身走了

出去。

他奔到钱选侍的宫中。所有选侍、美人和尚没有名目的女子都遵旨集中在那里。这些平日同皇上没有机会见面的女子，都属于皇上的群妾，有的还是宫女身份，她们同皇上并没有感情，只是怀着一种被皇上冷落的“宫怨”和对前途捉摸不定的忧虑，等待着皇上处分。当崇祯匆匆来到时，她们吓得面如土色，浑身颤抖着跪下接驾。崇祯命她们赶快自尽，不得迟误。她们一齐叩头，颤声回答：

“奴婢遵旨!”

几个女子向外退出时，有一个神情倔强的宫女，名叫李翠莲，禁不住恨恨地叹一口气，小声说道：

“奴婢遵旨尽节，只是死不瞑目!”

崇祯喝问：“回来！为什么死不瞑目?”

倔强的李翠莲返身来重新跪下，大胆地回答说：“我承蒙陛下召幸，至今已有两年，不曾再见陛下，在陛下前尚不能自称‘臣妾’，仍是奴婢。因为未赐名分，父母也不能受恩。今日亡国，虽然理当殉节，但因为在宫中尚无名分，所以死不瞑目。”

崇祯受此顶撞，勃然大怒，只听刷拉一声，他将宝剑拔出半截，对跪在面前的宫女瞋目注视。这宫女却毫不畏惧，本来是俯伏地上，听到宝剑出鞘声，忽然将身子跪直，同时将脖颈伸直，低着头，屏住呼吸，只等头颅落地。崇祯是怎样回心转意，没人知晓，但见他将拔出来一半的宝剑又送回鞘中，伤心地轻声说道：

“你的命不好，十年前不幸选进末代宫中。如今大明亡国，你与别的宫女不同，因为曾经蒙朕‘召幸’，所以不可失身于贼。看你性子刚烈，朕不杀你，赐你自己尽节，自己快从容悬梁自缢，留个全尸。去吧，越快越好!”

李翠莲叩头说：“奴婢领旨!”

李翠莲走后，崇祯知道天已快明，不敢耽误，见有女子很不愿意尽节，他猛跺一脚，挥剑砍倒两个，不管她们死活，在一片哭声中离开，奔回乾清宫。在他身殉江山之前，还有一件最使他痛心而不能断然决定的事情，就是昭仁公主的问题。现在他下狠心了。

他有一个小女儿为皇后所生，今年虚岁六岁，长得十分好看，活泼可爱。他因为很喜爱这个小公主，叫奶母和几个宫女服侍小公主住在乾清宫的昭仁殿，在乾清宫正殿的左边，只相隔一条夹道。因为公主的年纪还小，没有封号，宫中都称她是昭仁公主。这小女孩既不懂亡国，也不懂自尽，怎么办呢？三天来他就在考虑着他自己身殉社稷之前在宫中必须处理的几件事，其中就包括小公主。现在该处理的几件事都已经处理完毕，只剩下昭仁公主了。

他匆匆回乾清宫去。过了交泰殿，快进乾清宫的日精门了，他一边走一边在心中说道：

"我的小女儿啊，不是父皇太残忍，是因为你是天生的金枝玉叶，不应该死于贼手，也不应该长大后流落民间！儿啊，你死到阴间休抱怨你父皇对你不慈！……"

崇祯进了日精门，不回乾清宫正殿，直接登上昭仁殿的丹墀。小公主的奶母和宫女们正在一起流泪，等待大难降临，忽听说皇上驾到，一齐拥着小公主出来跪下接驾。小公主已经在学习宫中礼仪，用十分可爱的稚嫩声音叫道："父皇万岁！"她的话音刚落，崇祯一咬牙，手起剑落，小公主来不及哭喊一声，就倒在血泊中死了。

奶母和众宫女们一齐大哭。

崇祯回到乾清宫东暖阁，一般的太监和宫女都留在丹墀上，只有吴祥和魏清慧随崇祯进了暖阁。崇祯回头吩咐：

"快快拿酒！传王承恩进来！"忽然听见昭仁殿一片哭声，他又吩咐："酒送到宏德殿，王承恩也到宏德殿等候！"

崇祯吩咐之后，拉出素缎暗龙黄袍的前襟，将玉白色袍里朝上，平摊御案，提起朱笔，颤抖着，潦草歪斜地写出了以下遗言：

> 朕非庸暗之主，乃诸臣误国，致失江山。朕无面目见祖宗于地下，不敢终于正寝。贼来，宁毁朕尸，勿伤百姓！

崇祯在衣襟上写毕遗诏，抛下朱笔，听见城头上炮声忽止，猜想必定是守城的太监和军民已经打开城门投降。他回头对魏清慧看了看，似乎想说什么话，但未说出。魏宫人已经看见了他在衣襟上写的遗诏，此时以为皇上也想要她自尽，赶快跪下，挺直身子，伸颈等待，慷慨呜咽说道：

"请皇爷赐奴婢一剑！"

崇祯摇摇头，说道："朕马上身殉社稷，你同都人们出宫逃命去吧！"

宏德殿在乾清宫正殿的右边，同昭仁殿左右对称，形式相同。往日崇祯

召见臣工，为避免繁文缛节的礼仪，都不在乾清宫正殿，通常在乾清宫的东西暖阁，也有时在宏德殿，即所谓乾清宫的偏殿。

当崇祯匆匆地离开乾清宫的东暖阁走进宏德殿时，王承恩已经在殿门外恭候，而一壶宫制琥珀色玉液春酒和一只金盏，四样下酒冷盘（来不及准备热菜）已经摆在临时搬来的方桌上。崇祯进来，往正中向南的椅子上猛然坐下，说道："斟酒！"跟随他进来的魏清慧立刻拿起嵌金丝双龙银壶替他斟满金杯。他将挂在腰间的沉甸甸的宝剑取下，铿然一声，放到桌上，端起金杯，一饮而尽，说道："再斟！"随即向殿门口问道：

"王承恩呢？"

王承恩赶快进来，跪下回答："奴婢在此伺候！刚才奴婢已在殿门口跪接圣驾了。"

崇祯对王承恩看了看，想起来王承恩确实在殿门口接驾，只是他在忙乱中没有看清是谁。由于他马上就要自尽，知道王承恩甘愿从死，使他安慰和感动。他向立在殿门口的太监们吩咐：

"替王承恩搬来一把椅子，拿个酒杯！"

恭立在殿门口的吴祥和几个太监吃了一惊，心中说："皇上的章法乱了！"但他们不敢耽误，立刻从偏殿的暖阁中搬出一把椅子，又找到一只宫中常用的粉彩草虫瓷酒杯。魏清慧立刻在瓷杯中斟满了酒。崇祯说道：

"王承恩，坐下！"

"奴婢不敢！"王承恩心中吃惊，叩头说。

"朕命你坐下，此系殊恩，用[①]酬你的忠心。时间不多了，你快坐下！"

"皇上，祖宗定制，内臣不管在宫中有何职位，永远是皇上的家奴，断无赐坐之理。"

"此非平时，坐下！"

王承恩惶恐地伏地叩头谢恩，然后站起，在崇祯对面的椅子上欠着身子坐下，不敢实坐。崇祯端起金杯，望着王承恩说：

"朕马上就要殉国，你要随朕前去。来，陪朕饮此一杯！"说毕，一饮而尽。

王承恩赶快跪在地上，双手微微打颤，捧着酒杯，说道：

---

① 用——意义同"以"，古人习惯用法。

“谢圣上鸿恩！”

他将杯中酒饮了一半，另一半浇在地上，又说道：

“启奏皇爷，城头上几处炮声忽然停止，必是守城人开门迎降。皇上既决定身殉社稷，不可迟误。即命内臣们搬运来引火的干柴如何？”

崇祯的神情又变得十分冷静，沉默不答，面露苦笑，以目示意魏清慧再替他斟满金杯。魏宫人知道崇祯平日很少饮酒，以为他是要借酒壮胆，怕他喝醉，斟满金杯后小声说道：

“皇爷，贼兵已经进城，请皇爷少饮一杯，免得误了大事。”

崇祯到了此时，又变得十分镇静，神情慷慨而又从容。死亡临头，事成定局，他已经既不怕死，也没有愁了，所有的只是无穷的亡国遗恨。三天来他寝食均废，生活在不停止的惊涛骇浪之中，又经过一整夜的折腾，亲历了宫廷惨祸，他需要多饮几杯酒，一则借酒浇一浇他的胸中遗恨，二则增加一点力量，使他更容易从容殉国。他认为，北京城大，敌人进城之后，也不会很快就进入皇宫，所以他饮了第三杯酒以后，对魏宫人说：

“再为朕满斟一杯！”

当魏宫人又斟酒时，王承恩第二次催促说：“皇爷，奴婢估计，贼兵正在向紫禁城奔来，大庖厨[①]院中堆有许多干柴，该下旨准备在三大殿和乾清宫如何放火，再不下旨就来不及了！”

崇祯端起金杯不语，沉默片刻，深沉地叹一口气，将金杯放下。只有魏宫人知道皇上无意焚毁宫殿。她看见他一刻前坐在乾清宫东暖阁，在衣襟的里边写有遗诏。虽然她站在皇上背后相距三尺以外，看不见遗诏内容，但她知道皇上要穿着衣服自尽，断不会举火自焚。到底要吞金？服毒？自缢？自刎？还是投水……她不清楚。至于吴祥等几个在乾清宫中较有头面的太监，他们窃听到巩、刘二皇亲向皇上建议在宫中举火自焚并烧毁三大殿的话，并不知道皇上在衣襟上写遗诏的事，所以都认为皇上会放火焚烧三大殿和乾清宫。他们还将这一消息告诉了王承恩。王承恩也认为这样的办法最为合宜，不但皇上为祖宗江山死得壮烈，死得干净，而且也不将巍峨的宫殿留给“逆贼”。王承恩担心敌兵马上来到，又忍不住向崇祯问道：

“陛下，可否命内臣们赶快搬运木柴？”

---

① 大庖厨——在西华门内稍北，武英殿的西边，东临金水河，西靠紫禁城，与尚膳监在一起。

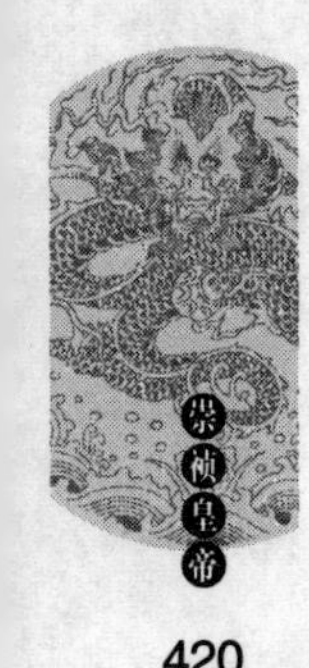

他摇摇头，没有说话，伤心地向魏清慧望了一眼。

魏宫人轻声问道："皇爷，有何吩咐？"

崇祯叹口气，向魏宫人说："朕将如何自尽，在昨日午觉中已经决定了。"

魏宫人含泪说："昨日午后，皇爷做了一个凶梦，在梦中大哭，是奴婢将皇爷唤醒。可是皇爷梦见了什么事情，并没有告诉奴婢。"

此刻，崇祯的眼前又浮现出噩梦中看见的那幅图像：一个末代皇帝，皇冠落地，龙袍不整，披散头发，舌头微吐，一只眼睁，一只眼闭，上吊而亡。但是他没有对魏清慧说出他昨日梦见的可怕图像，一口将酒喝干，将金杯铿然放到桌上，大声说道：

"斟酒！再斟一杯！"

王承恩骇了一跳，说道："皇上，奴婢侍候皇上多年，深知皇上励精图治，勤政爱民，不幸到了今日，深怀亡国遗恨。可是皇上，您听，玄武门已打五更，再耽误就来不及焚毁宫殿了！"

几天来崇祯常想着一些国事上的重大失误，致有今日亡国之祸。他有一套习惯思路，自信很强，认为许多重大失误，都是诸臣误国，他自己没有错误。近些日子，他眼看着将要亡国，每次回想亡国的各种原故，有几件大事使他痛恨朝中群臣，无法忘怀。第一件，在几年前，满洲的兵力还不像今日强大，有意同朝廷言和。他同杨嗣昌都主张同满洲言和，求得同满洲息兵数年，使朝廷摆脱两面作战困境，专力对付"流贼"。不料消息泄漏，举朝哗然，群起攻击与满洲言和，杨嗣昌被迫离开朝廷，出外督师，死在湖广。继杨嗣昌主持中枢[①]的是陈新甲，也知道国家当务之急是同满洲言和，以摆脱两面作战，内外交困之局。和议即将成功，不料消息再次泄漏，又是举朝大哗，比上一次攻击和议的言论更为猛烈，他迫不得已将陈新甲下狱，斩首。假如当时朝中文臣们稍有远见，避免门户之争，都肯从大局着想，使和议之策成功，朝廷暂缓东顾之忧，国力不致消耗净尽，何有今日！假如杨嗣昌和陈新甲有一个不死，留在朝廷，何有今日！尤其他近几天时时在心中痛恨的是，关于南迁的事，何等紧迫，满朝文臣们各存私心，大臣反对，小臣不敢坚持，致有今日！还有，关于调吴三桂来京勤王的事，又是何等紧迫，朝廷上好些天议论不决，贻误军机，坐等流贼日夜东来，致有今日！……

---

① 中枢——本指中央政府、朝廷。因宋朝的枢密院掌管全国军政，明初亦然，所以习惯上有时称兵部尚书为"枢臣"，或称为"主持中枢"。

“斟酒！斟满！”他大声说，咬牙切齿。

魏清慧浑身打颤，赶快又斟满金杯。崇祯伸出右手中指，在金杯中蘸了一下，在案上写了一句话叫王承恩看，随即端起金杯一饮而尽。他在案上写的是：

“文臣每（们）个个可杀！”

看见了崇祯写的这句话，王承恩和魏清慧都感到莫名其妙。尤其是王承恩，他断定敌兵正在向皇城奔来，进了皇城后就是毫无防守能力的紫禁城，再不赶快为焚毁乾清宫和三大殿准备好引火之物，后悔就来不及了。他望着皇上说：

“陛下，乾清宫……”

崇祯心乱，没有听清，以为催他自尽，他冷静地说道：“不要担心，还来得及，来得及。”

正在此时，从西城外又传来了一阵炮声。崇祯浑身一震。

王承恩又催促说：“皇上，需要赶快准备……”

崇祯说：“朕早已反复思忖，拿定了主意。你等一等，随朕出宫。”他瞟了魏清慧一眼：“再斟一杯！替王承恩也斟一杯！……王承恩，饮过了这杯酒，你就随朕出宫！”

王承恩说：“可是皇爷，如今已无处可去，只有在宫中放火……”

“三大殿和乾清宫不用焚。”

“岂不是留以资敌！”

崇祯没心回答，饮下去最后一杯酒，命王承恩也饮下杯中酒，从椅子上站起来，准备动身。魏清慧赶快从桌上捧起宝剑，准备替皇上系在腰间。但崇祯心中明白这宝剑没有用了，轻轻一摆头，阻止了她。他对乾清宫的掌事太监吴祥和“管家婆”魏清慧说了一句话：“你们赶快逃生吧，不需要伺候了。”他对王承恩说了句：“出玄武门！”随即从宏德殿出来了。

从乾清宫的宫院去玄武门，应该出日精门或月华门向北转，可是崇祯一直往前走，出了乾清门。站在乾清门前，回过头来，伤心地看了片刻，落下了热泪，在心中说：“再也不会回来了！”他又向南看一眼建极殿（三大殿的后边一殿）的高大影子，叹了一声，心中说：“再也看不见了！”他忍耐着没有痛哭，因为已经没时间哭了。

到了此时，王承恩、吴祥等人才知道皇上无意焚毁乾清宫和三大殿，但是不明白什么原因，也不敢再问。吴祥和魏清慧率领乾清宫的全体太监和宫女送皇帝出乾清门。一个太监牵着太平在乾清门外等候，另一个太监搬了马凳，还有四个太监用朱漆龙头短棒打着四只羊角宫灯侍候。崇祯上了御马，接了杏黄丝缰，挥手使牵马的和打灯笼的太监都不要跟随，只要王承恩跟在马后。他从乾清门外向东，到内左门向北转，向东一长街（乾清宫和坤宁宫东边的一条永巷）方向走去。

太监和宫女们一直跟随到内左门，跪下去叩头，吴祥和魏清慧等同时哽咽说道：

“奴婢们为皇爷送驾！”

虽然天色已经麻麻亮，但永巷的两边都是很高的红墙，隔红墙尽是宫殿，加上天色阴沉，永巷中的夜色仍然很浓。崇祯骑马向玄武门走去的影子很快消失在永巷的阴影中，看不见了，但还能听见渐渐远去的马蹄声音。

平日皇上晚间出乾清宫，总是乘步辇，华贵的灯笼成阵，由太监和宫女簇拥而行。魏清慧第一次看见皇上是这样出乾清宫，忍不住望着皇上的马蹄声逐渐远去的方向伤心，呜咽出声。她一呜咽，许多宫女和太监都跟着哭了。

在黎明前靠近乾清宫、交泰殿和坤宁宫旁边的永巷（宫中称为东二长街）中，这时候特别幽暗，凄风冷雨，没有人管的路灯大部分已经熄灭。孤单的马蹄声向北走去，在接近玄武门的御花园方向消失，而乾清宫院中的太监和宫女们送别皇上的哭声还没有完全停止。

魏清慧很快从地上站起来，差两个宫女去坤宁宫请吴婉容速来商量要事，她自己回乾清宫后边的住房中料理临死前的一些事情。她的心中还在挂念着皇上的去向，忽然她产生了一种猜想。她希望皇上不是找一个地方自尽，而可能是皇上瞒着左右太监，另外吩咐别人，事先替他秘密做好安排，此刻只带着王承恩逃出宫去，到一个连王承恩也不知道的地方藏起来，然后再逃出北京。但这只是一个渺茫的希望，她没有说出口来。

天色更亮了。玄武门城楼上，报晓的鼓声停止，云板不响了。内城各门大开。大顺军开始从不同的地方整队入城，而李过和李岩等率领的清宫人马也从西长安街来了。

崇祯经过御花园时，一只黑色大鸟从古柏树上扑噜噜惊起，飞出紫禁城外。

守玄武门的太监已经逃散，只剩下两个人了。他们看见皇上来了，赶快将门打开，跪在路边，低头不敢仰视。

崇祯出了玄武门，又走出北上门，过了石桥，越过一条冷清的大路，便进入万岁门，来到煤山的大院中。那时煤山上和周围的树木比现代多，范围较大。崇祯来到院中，在西山脚下马，有一只夜间从鹿舍走出的梅花鹿从草中惊起，窜入密林。

崇祯下马以后，命王承恩在前带路，要顺小路上山顶看看。王承恩断定“流贼”正在向皇城前来，心中焦急，劝说道：“陛下，天色已经亮了，不敢多耽搁时间了。”崇祯没有说话，迈步前行。王承恩见他态度执拗地要去山上，只好走在前面带路。

扔下的御马没有人管，七宝雕鞍未卸，肚带未松，镶金嵌玉的辔头依然，黄丝缰绳搭在鞍上，在山脚下慢吞吞地吃草，等待它的主人从原路回来。

王承恩引着崇祯从西山脚下，手分树枝，顺着坎坷的小路上山。自从崇祯末年，国事日坏，皇帝和后妃们许多年不来煤山，所以上山的道路失修，不仅坎坷，而且道旁荒草和杂树不少。虽然用现代科学方法测量，煤山的垂直高度只有旧市尺十四丈，但是在明清两代，它的顶峰是北京城中最高的地方。所以，如今崇祯上山所走的崎岖小路，就显得很长。但见林木茂密，山路幽暗。煤山上的密林中栖有许多白鹤，刚刚从黎明的残梦中醒来，有几只听见上山的人声，从松柏枝头乍然睁眼，感到吃惊，片刻犹豫，展翅起飞，飞往北海琼岛，在长空中发出来几声嘹亮的悲鸣。

空中布满暗云，所以天色已明，却迟迟不肯大亮，仍然有零星微雨。凉风忽起，松涛汹涌。崇祯在慌乱中右脚被石头绊了一下，冷不防打个前栽，幸好抓住了在前边带路的王承恩，没有跌倒。经过这一踉跄前栽，他的今早不曾梳过的头发更散乱了，略微嫌松的右脚上的靴子失落了。继续走了几步，他感到脚底很疼痛，才明白临时换的一只旧靴子丢失了。但是他没有回头寻找，也没有告诉王承恩。他想，马上就要上吊殉国了，脚掌疼痛一阵算得什么！

煤山有五峰，峰各有亭①。他们上到了煤山的中间主峰，是煤山的最高处，在当时也是全北京城的最高处。这里有一个不到两丈见方的平坦地方，上建一亭，就是清代改建的寿皇亭的前身。倘若是一般庸庸碌碌的亡国之君，

---

① 峰各有亭——明代煤山上原有五亭，见孙承泽所著《春明梦余录》。清乾隆十六年改建，更加富丽，换了新的名称。有些清人著作中认为明代煤山上无亭，其实不然。

到此时一定是惊慌迷乱，或者痛哭流涕，或者妄想逃藏，或者赶快自尽，免得落入敌手。然而崇祯不同。他到此刻，反而能保持镇静，不再哭，也不很惊慌了。他先望一望紫禁城中的各处宫殿，想着这一大片从永乐年间建成，后经历代祖宗补建和重建的皇宫，真可谓琼楼玉宇，人间再无二处，从今日以后，再也不属于他的了。他深感愧对祖宗，一阵心如刀割，流出两行眼泪。他又纵目遥望，遍观了西城、东城和外城，想象着“贼兵”此时已经开始在各处抢劫、奸淫、杀人，不禁心中辛酸，叹口气说：

“唉，朕无力治理江山，徒苦了满城百姓！”

王承恩说道：“皇爷真是圣君，此时还念着满城百姓！”

崇祯又说：“自古亡国，国君身殉社稷，必有臣民从死。我朝三百年养士，深恩厚泽，难道只有你一个人不忘君恩，为朕尽节？”

“皇爷，奴婢敢言，遇此天崩地坼之祸，京师内外臣工以及忠义士民，一旦得知龙驭上宾，定有许多人为皇上尽节而死，岂止奴婢一内臣而已！”

崇祯的心中稍觉安慰，忽然问道：“文丞相祠在什么地方？”

王承恩遥指东北方向，哽咽说：“在那个方向，离国子监不远。皇爷，像文天祥那样的甘愿杀身成仁的千秋忠臣，也莫能救宋朝之亡。自古国家兴亡，关乎气数，请皇上想开一点，还是赶快自尽为好，莫等贼兵来到身边！”

崇祯在想着颇有忠正之名的四朝老臣李邦华昨日曾告诉他说在贼兵入城时将在文丞相祠中自缢，此时也许已经自缢了。其实，李邦华昨日听说李自成的人马破了外城，就带着一个仆人移居文丞相祠中，准备随时自尽。这一夜他不断叹息，流泪，时时绕室彷徨。他越想越认为倘若皇上采纳他的“南迁”之议，大明必不会有今日亡国之祸。他身为左都御史，北京被围之前竟不能使皇上接纳他的“南迁”建议，北京被围之后，连上城察看防守情形也被城上太监们阻拦，想着这些情况，在摇晃的烛光下暗暗痛哭。

黎明时候，仆人向他禀报“流贼”已经进入内城的消息。他走到文天祥的塑像前，深深地作了三个揖，含泪说道：

“邦华死国难，请从先生于地下矣！”

随后，他向白石灰刷的粉墙望了一眼，又瞟一眼仆人在屋梁上为他绑好的麻绳，和绳子下边的一只独凳，马上放心地坐下去研墨膏笔，口中似乎在念诵着什么。忠心的仆人拿一张白纸摊在桌上，用颤抖的声音躬身说道：

“贼人已经进内城了，请老爷写好遗嘱，老奴一定会差一个妥当仆人送到吉水府中。”

李邦华心中说：“身为朝廷大臣，国已经亡了，还说什么吉水府中！”

他站立起来，卷起右手袍袖，在粉墙上题了三句绝命诗：

> 堂堂丈夫兮圣贤为徒，
> 忠孝大节兮誓死靡渝，
> 临危授命兮吾无愧吾！

李邦华不是诗人，也没有诗才，但是这三句绝命诗却反映了他的性格与死时心态。

崇祯临死前想到李邦华曾建议逃往南京的事，悔之已晚，深深地叹了一声。他没有将这件事告诉王承恩，转向东南方向望去，最早看见的是崇文门的巍峨箭楼，接着又看见古观象台。忽然，他看见崇文门内偏东的地方冒出了火光。他浑身猛然一震，从喉咙里“啊”了一声，定睛向火光望去。片刻之间，离那火光不远地方又冒出一股火光。两处火光迅速变成烈焰腾腾，照得东南方一大片云天通红。

王承恩也惊骇地望着火光，对崇祯说道：“皇爷，那烈火焚烧的正是新乐侯府和巩驸马府！一定是贼兵进崇文门后，先抢劫焚烧这两家皇亲！”

崇祯仍在看远处的火光和浓烟，颤声说：“烧得好，烧得好，真是忠臣！”

王承恩不明白他的话是什么意思，说道：“皇上，愈在这时愈要镇静，方好从容殉国。说不定贼兵已经进承天门啦！”

崇祯想到这两家皇亲一定是等不到宫中举火，因为贼兵已经进了崇文门，不能耽误，自己先举火全家自焚。使他最痛心的是外祖母年已八十，竟遇到亡国之祸。限于朝廷礼制森严，他跟外祖母有君臣之别，外祖母虽然受封为瀛国夫人，却没进过宫来，而他也没有去看过瀛国夫人，所以他一辈子没有同外祖母见过一面。如今，由于他的亡国，外祖母全家人举火自焚，外祖母纵然能够不死于大火之中，以后只剩下她一个年已八十的孤老婆子，将如何生活下去？……

王承恩在他的脚前跪下，焦急地恳求说：“皇上是英烈之主，慷慨殉国，事不宜迟。如要自缢，请即下旨，奴婢为皇爷准备。如今天已大亮，贼兵大概已进入紫禁城了！”

在崇祯的复杂多样的性格中本来有刚强和软弱两种素质，此时到即将慷慨自尽时候，他性格中的刚强一面特别突出，恐惧和软弱竟然没有了。他已经视死如归，明知贼兵可能已进入午门，反而表现得十分冷静和沉着，和王承恩的惊慌表情很不相同。他想着紫禁城内宫殿巍峨，宫院连云，千门万户，贼兵进入紫禁城中到处寻找他的踪迹，如入迷宫，断不会知道他在煤山上边。他这样想着，便愈加从容不迫，向王承恩小声说：

“不要惊慌，让朕再停留片刻。”

崇祯继续站在煤山主峰的亭子下边，手扶栏杆，向南凝望，似乎听见紫禁城中有新来的人声，但不清楚。他确实没有恐惧，心境很平静，暗中自我安慰说：“这没有什么，国君死社稷，义之正也。”他的心境由镇定到松弛，许多往事，纷纷地浮上心头。忽然记起来崇祯初年的一件旧事，好像就在眼前。那时天下尚未糜烂，他在重阳日偕皇后和田、袁二妃乘步辇来此地登高，观赏秋色，瞭望全城，还在亭中饮酒。因事前就有重阳来此登高之意，所以太监们在登山的路边和向阳的山下院中栽种了许多菊花，供他和娘娘们欣赏。他曾想以后每逢重阳，必定偕宫眷们或来此地，或去琼岛，登高饮酒，欢度佳节。但后来国事一天坏过一天，他不但逢重阳再没有来过这儿，连琼岛也没有心思登临……

忽然，他从往事的回忆中猛然一惊，回到眼前的事。如今，田妃早死，皇后已经自尽，袁妃自尽，大公主被他砍伤，小公主被他砍死，贼兵已经在紫禁城中，他自己马上也要自尽，回想历历往事，恍如一梦！他不能再想下去，只觉心中酸痛，恨恨地叹一口气，望着天空说道：

“唉唉，天呀！祖宗三百年江山，竟然失于我手！失于我手！可叹我辛辛苦苦，宵衣旰食，励精图治，梦想中兴，无奈文臣贪赃，武将怕死，朝廷上只有门户之争，缺少为朕分忧之臣，到头来落一个亡国灭族的惨祸。一朝亡国，人事皆非，山河改色，天理何在！……唉，苍天！我不是亡国之君而偏遭亡国之祸，这是什么道理？你回答我！你回答我！回答我！”

“皇爷，苍天已聩，双目全闭，问也不应。贼兵已入大内，皇爷不可耽误！”

崇祯又一次感情爆发，用头碰着亭柱，咚咚发声，头发更加散乱。王承恩以为他要触柱而死，但他又看见他不像用大力触柱，怕他晕倒山上，敌兵来到，想自尽就来不及了。他拉住崇祯的衣襟，大声叫道：

“皇上！皇上！这样碰不死！不如自缢！”

崇祯冷冷一笑，说道：“是的，朕要自缢殉国，在昨日午梦中已经决定。可恨的是，朕非亡国之君，偏有亡国之祸，死不瞑目！”他想一想，又接着说：“你说的是，朕要自缢。可是朕要问一声苍天，问一声后土，为什么使朕亡国，这是什么天理？唉唉！这是什么天理？皇天后土，请回答我！回答我！”

王承恩劝解说：“陛下！贼兵已经进了皇城，进了午门，大势已去，此时呼天不应，呼地不灵，不如及早殉国，免落逆贼之手。”

崇祯又镇静下来，面带冷笑，说道：“你不要担心，朕决不会落入贼手！”

“奴婢担心万一……”

“你不用担心！紫禁城中，千门万户，贼兵进入紫禁城中，寻找不到朕躬，必然在宫中抢劫财物，奸污宫女，决不会很快就来到此地。朕来到这个地方，正是为从容殉国，但是有些话，朕不得不对皇天后土倾诉！”

“皇爷，事已至此，全是天意，请不要太难过了！”

崇祯忽然又以头碰柱，继而捶胸顿足，仰天痛哭数声，然后用嘶哑的声音问道：

“皇天在上，我难道是一个昏庸无道的亡国之君？我难道是一个荒淫酒色，不理朝政之主？我难道是一个软弱无能，愚昧痴呆，或者年幼无知，任凭奸臣乱政的国君么？难道我不是每日黎明即起，虔诚敬天，恪守祖训，总想着励精图治的英明之主？……天乎！天乎！你回答我，为何将我抛弃，使我有此下场？皇天在上，为何如此无情？你为何不讲道理！你说！你说！……我呼天不应，你难道是聋了么？真的是皇天聩聩！聩聩！”

一阵沉闷的雷声从头上滚过，又刮起一阵寒风。他听见林木中有什么怪声，以为谁进到院中，不觉打个寒战，赶快转身向北望去。大院中天色更加亮了。他看见大院中空空荡荡，并无一个人，正北方是寿皇殿，殿门关闭，窗内没有灯光，因殿前有几株松树，更显得阴森森的。他正在向寿皇殿注视，似乎从殿中发来什么响声，接着又似乎发出来奇怪的幽幽哭声。由于近来宫中经常闹鬼，他恍然明白：这就是鬼哭！这就是鬼哭！是为他的亡国而哭！是为他的身殉社稷而哭！

他转向南望，想看看贼兵如何在宫中抢劫和杀人。如在往日，此时已经是天色大亮，但今早因为低云沉沉，宫院内的长巷中仍然很暗。他忽然把眼

光凝望着乾清宫的方向，只能看见暗云笼罩的宫殿影子，看不见什么人影。他在心中问道：

“内臣们自然都逃出宫了，那些宫女们可逃走了么？魏清慧可逃走了么？”一阵北风将冷雨吹进亭内，崇祯仰天长叹一声，忽然对王承恩哽咽说道：“啊啊，我明白了！怪道今天早晨的天色这么阴暗，冷风凄凄，又下了两阵小雨，原来是天地不忍看见我的亡国，惨然陨泣！”

王承恩从一些异常的人声中觉察出来李自成的部队已经有很多人进入紫禁城，并且觉察出许多人从玄武门仓皇逃出，向西奔去，也有的向东奔去。他焦急地站起身来，向崇祯说道：

“贼兵已经有很多人进入大内，皇爷不可再迟误了！”他已经明白皇上是决定自缢，又说道：“皇爷，倘若圣衷已决定自缢殉国，此亭在煤山主峰，为京师最高处，可否就在这个亭子中自缢？”

崇祯没有回答。他此刻从站立的最高处向正南望去，不是对着坤宁宫、乾清宫和三大殿，而是对着紫禁城内的奉先殿和紫禁城外太庙，这两个地方的巍峨殿宇和高大的树木影子都出现在他的眼前。他认为他失去了祖宗留下的江山，不应该对着祖宗的庙宇上吊。他已经选定了一个上吊的地方，但没有说出口来。他虽然已到了自尽时刻，对亡国十分痛心，但是他的神志不乱，在想着许多问题。他忽然想开了，好像有一点从苦海中解脱的感觉，想着十七年为国事辛苦备尝，到今天才得到休息，到阴间去再也不用操心了。但是这种从苦海中解脱的思想忽然又发生波动。他又回想他从十七岁开始承继的大明皇统，是一个国事崩坏的烂摊子，使他不管如何苦苦挣扎，只能使大明江山延长了十七年，却不能看见中兴。当王承恩又一次催促他就在这座亭子中自缢的时候，他恰好想到他十几年中日夜梦想要成为大明的“中兴之主”，而今竟然失了江山，不觉叹口气说：

“十七年……一切落空！”

王承恩催促说：“皇上究竟在何处殉国，请速决定，莫再耽误！”

“好吧，不再耽误了。你跟随朕来，跟随朕来！”

从此时起，直到自缢，崇祯都表现得好像大梦初醒，态度异常从容。无用的愤懑控诉的话儿没有了，痛哭和呜咽没有了，叹息没有了，眼泪也没有了。

他带着王承恩离开了煤山主峰，往东下山。又过了两个亭子，又走了大约三丈远，下山的路径断了。在崇祯年间，只有崇祯和后妃们偶然在重阳节来此登高，所以登煤山的路径只有西边的一条，已经长久失修，而东边是没有路的，十分幽僻。崇祯命王承恩走在前边，替他用双手分开树枝，往东山脚下走去。半路上，他的黄缎便帽被树枝挂落，头发也被挂得更乱。山脚下，有一棵古槐树，一棵小槐树，相距不远，正在发芽。两棵槐树的周围，几尺以外，有许多杂树，还有去年的枯草混杂着今春的新草。分明，皇家的草木全不管国家兴亡和人间沧桑，到春天依然发芽，依然变绿。

在几年以前，国事还不到不可收拾。一年暮春时候，天气温和，崇祯一时高兴，偕后妃们来永寿殿[1]前边看牡丹。看过以后，周后同袁妃坐在寿皇殿吃茶闲话，他带着田妃来到煤山脚下闲步，发现了这个地方，喜欢这地方十分幽静，对田妃说道：

“日后战乱平息，重见太平，朕将在此两株槐树中间建一个小亭，前边几丈外种几丛翠柳，万机之暇，偕汝来此亭下小憩，下棋弹琴，稍享太平无事乐趣！”

自从他同心爱的田皇贵妃闲步此处之后，这事情、这地方、这个心愿，一直牢记在他的心中，所以到今天选择此处殉国。来到了古槐树下边，他告诉王承恩可以在此处从容自尽，随即解下丝绦，叫王承恩替他绑在槐树枝上，王承恩正在寻找高低合适的横枝时候，崇祯忽然说：“向南的枝上就好！”崇祯只是因为向南的一个横枝比较粗壮，只有一人多高，自缢较为方便，并没有别的意思。但他同王承恩都同时想到了“南柯梦”这个典故。王承恩的心中一动，不敢说出。崇祯惨然一笑，叹口气说：

“今日亡国，出自天意，非朕之罪。十七年惨淡经营，总想中兴。可是大明气数已尽，处处事与愿违，无法挽回。十七年的中兴之愿只是南柯一梦！”

王承恩听了这话，对皇帝深为同情，心中十分悲痛，但未做声，赶快从荒草中找来几块砖头垫脚，替皇帝将黄丝绦绑在向南的槐树枝上，又解下自己的腰间青丝绦，在旁边的一棵小槐树枝上绑好另一个上吊的绳套。这时王承恩听见从玄武门城上和城下传来了嘈杂的人声，特别使他胆战心惊的是陕西口音在北上门外大声查问崇祯逃往何处。王承恩不好明白催皇上赶快上吊，

① 永寿殿——明代景山大院的北边有三座殿，西边是寿皇殿，中间是永寿殿，东边是观德殿。清代重建寿皇殿，将地址东移。明代永寿殿前边有牡丹圃。

他向皇帝躬身问道：

“皇爷还有何吩咐？”

崇祯摇摇头，又一次惨然微笑：“没有事了。皇后在等着，朕该走了。”

他此时确实对于死无所恐惧，也没有多余的话需要倾吐，而且他知道“贼兵”已经占领了紫禁城，有一部分为搜索他出了玄武门和北上门，再前进一步就会进入煤山院中，他万不能再耽误了。于是他神情镇静，一转身走到古槐树旁，手扶树身，登上了垫脚的砖堆。他拉一拉横枝上的杏黄丝绦，觉得很牢，正要上吊，王承恩叫道：

“皇爷，请等一等，让奴婢为皇爷整理一下头发！”

“算了，让头发遮在面上好啦。朕无面目见二祖列宗于地下！”

崇祯索性使更多的长发披散脸上，随即将头插进丝绦环中，双脚用力蹬倒砖堆，抓着丝绦的双手松开，落了下来，悬挂着的身体猛一晃动，再也不动了。

王承恩看见皇上已经断气，向死尸跪下去叩了三个头，说道：“皇爷，请圣驾稍等片刻，容奴婢随驾前去！”他又面朝东方，给他的母亲叩了三个头，然后起身，在旁边不远的小槐树枝上自缢。

微雨停了。北风停了。鸟不鸣，树枝不动。煤山的大院中一如平日，十分寂静。

…………

后记：父亲的遗愿

姚海天

公元1999年的春天，父亲久病不治，驾鹤西去，渐行渐远……

掐指算来，至今已七年有余了，然而父亲的音容笑貌却历历在目；父亲的谆谆教诲音犹在耳；父亲孜孜不倦的身影经常在眼前浮动；父亲的未竟事业日夜萦绕在心头……

父亲辞世后，在有关方面领导的关怀下，在各方面朋友的帮助下，整理出版了《李自成》第四、五卷；重新分卷出版了《李自成》全书；编纂出版了《姚雪垠书系》；捐出《李自成》四、五卷出版的稿费，设立了“姚雪垠长篇历史小说奖”；在家乡河南邓州建立了姚雪垠文学馆……这一切让我十分感激，也让九泉之下的父亲感到欣慰。

但父亲在完成长篇历史小说《李自成》之后还有一个鲜为人知的心愿：完成《李自成》全书并经修订后把书中有关崇祯皇帝及宫廷生活的内容进行整理，使其独立成篇，让崇祯皇帝的宫廷生活得以再现，在明清交替的历史大动荡的全景画面中全方位展现崇祯皇帝。

这个想法，是早在1984年著名旅法翻译家李治华建议的。当时李先生把父亲的自传体长篇小说《长夜》译成法文，在法国出版后引起很大反响。是年父亲应邀访问法国，李先生再次向父亲提及此事，计划把《李自成》中有关崇祯皇帝的单元章节抽出来，整理后译成法文，书名暂定《崇祯皇帝》，他相信此书出版定会引起国外读者的极大兴趣。但当时《李自成》第四、五卷尚未完成，该计划便搁置下来了。

父亲去世后，《李自成》第一卷责任编辑、中国文联原书记处书记江晓天先生也多次对我说，《李自成》是一座丰富的矿藏，应该深入挖掘，编出《崇祯皇帝》、《李信与红娘子》、《慧梅之死》等节选本，并就如何节选提出了宝贵意见。在江先生的热情鼓励下，2003年我即和王维玲同志合作，开始着手《崇祯皇帝》

的节选工作。

王维玲同志是《李自成》第二、三卷责编，中国青年出版社原副总编辑，虽年已古稀，身染沉疴，但为实现老人遗愿，确保节选质量，又反复通读了300余万字的《李自成》全书，做了大量案头工作。在我们近三年的合作中，就如何节选、如何取舍、如何衔接等问题，共同切磋，互相补充，始终处在缜密、融洽、愉快的气氛中，令人难忘。

今年初夏，书稿打印出来后，我想应先请我军“儒将”又谙熟《李自成》的父亲生前友好田永清同志过目把关。他欣然允诺，放下手头很多事情，很快看完80余万字书稿，给予了充分肯定。之后，他又应我的要求为本书作序，撰就《未能中兴反亡国》序文。序言写得通俗、生动，深刻剖析了崇祯的复杂性格和君死明亡这个大悲剧形成的主客观原因，对读者可起到很好的导读作用。

父亲数十年的至交、湖北大学教授周勃先生虽在病中，仍反复斟酌，为本书拟出了《魂断煤山》等书名，体现了他对本书的关爱和友情。

著名作家、书法家丁一先生欣闻本书将要面世，即赋诗祝贺：长河滚滚卷狂澜，人生匆匆历百年。自成一派书青史，雪垠如镜可正冠。中兴之主虽勤勉，魂断煤山天使然。海天七载补遗憾，姚老九泉笑欣然。丁先生又挥笔为本书题写了书名。

本书也到了华艺出版社鲍立衔社长、刘泰副社长、副总编辑兼责编郑治清等同志的高度重视，为本书的尽快和高质量出版付出了很大心血。他们雷厉风行和严谨的治学态度，我敬佩之至。

总之，以上朋友和同志都对《崇祯皇帝》给予厚爱，给予了巨大支持和帮助，我谨向他们表示由衷的感谢。

本书能得到广大读者的认可，这是我最关心的，我怀着忐忑的心情期待着……

姚海天

2006年初冬

图书在版编目(CIP)数据

崇祯皇帝/姚雪垠著.—北京：华艺出版社，
2006.12
ISBN 978-7-80142-809-7

Ⅰ.崇… Ⅱ.姚… Ⅲ.长篇小说—中国—当代
Ⅳ.I247.5

中国版本图书馆CIP数据核字(2006)第143237号

崇祯皇帝

作　　者：姚雪垠
整　　理：姚海天 王维玲
责　　编：郑治清
出版发行：华艺出版社
社　　址：北京市海淀区北四环中路229号海泰大厦10层
电　　话：010-82885151
邮　　编：100083
E－mail：huayip@vip.sina.com
印　　刷：煤炭工业出版社印刷厂
开　　本：787×1092　1/16
字　　数：800千字
印　　张：53.25
版　　次：2007年1月第一版
印　　次：2007年1月第一次印刷
书　　号：ISBN 978-7-80142-809-7/I·380
定　　价：78.00元